YVY KAZI

The Feeling Of Forever

YVY KAZI

THE *feeling* OF FOREVER

Roman

LYX

LYX in der Bastei Lübbe AG
Dieser Titel ist auch als E-Book und als Hörbuch erschienen.

Textredaktion: Kathleen Weise
Umschlaggestaltung: © Sandra Taufer unter Verwendung von Motiven von © Viktoriia Debopre/shutterstock; Klavdiya Krinichnaya/shutterstock; Taigi/shutterstock
Satz: Greiner & Reichel, Köln
Gesetzt aus der Adobe Caslon
Druck und Verarbeitung: GGP Media GmbH, Pößneck
Printed in Germany
ISBN 978-3-7363-1676-8

1 3 5 7 6 4 2

Sie finden uns im Internet unter lyx-verlag.de
Bitte beachten Sie auch: luebbe.de und lesejury.de

Liebe Leser:innen,

dieses Buch enthält Elemente,
die potenziell triggern können. Diese sind:

Erwähnung von Retterkindern, Schilderungen von toxischen Familienverhältnissen, Erwähnung von Fehlgeburten.

Wir wünschen uns für euch alle das bestmögliche Leseerlebnis.

Euer LYX-Verlag

Für L.
– und die Kinder von gestern,
heute und morgen

Was willst du dir selbst sagen,
wenn du auf dem Sterbebett liegst?
Dass du deine Zeit bestmöglich genutzt hast
oder dass die Bilanz lautet:
Habe stets versucht, es allen recht zu machen?

July C. Summers

Playlist

»Drunk And I Miss You« – KIDDO, Decco
»(I Just) Died In Your Arm« – Annett Louisan
»Falling« – Harry Styles
»I Like Me Better« – Lauv
»Anywhere With You Is Home« – Kurt Hugo Schneider, Sam Tsui, Alyson Stoner
»Better Together« – Jack Johnson
»More Than Love« – Trevor Hall, Sofi Tukker
»The Lime Tree« – Trevor Hall
»If You Really Love Me« – David Guetta, MistaJam, John Newman
»Missing Peace« – JJ Heller
»Cure For Me« – AURORA
»L.I.F.E.« – Remady, Manu-L
»This Is Me« – Keala Settle, The Greatest Showman Ensemble
»Lean On Me (Acoustic)« – Joshua Radin
»I Say No« – Carrie Hope Fletcher, Original Westend Cast Of Heathers
»Unwritten« – Jonah Baker
»White Flag« – Dido

Liebe Zukunfts-Penny,

ich schreibe dir heute, weil du keinen guten Tag hast.
Aber das sollte er sein: der verflucht glücklichste Tag deines ganzen Lebens! Es ist immerhin der Tag, an dem das ersehnte Schreiben der Columbia ankam. Eine Zusage für Journalismus!
Eine Zusage, die du eurer Haushälterin Hanna gegeben hast, damit sie sie für dich verbrennt, weil du sie nie wieder in den Händen halten willst. Weil du nicht daran erinnert werden möchtest, dass sie je existiert hat. Und weil July sie auf keinen Fall in die Finger bekommen soll, denn sie würde wollen, dass du nach New York gehst, um deinen Traum zu leben.
Aber das kannst du nicht! Falls du vergessen solltest, wieso das nicht geht, kommt hier eine schnelle Erinnerung:
1.) Du hast July versprochen, in Fair Haven zu bleiben, weil sie hier nicht wegkann. Ihr Vater kann es sich nicht leisten, ihr ein Studium andernorts zu ermöglichen. Sie hat bereits ihre Mom verloren und es nicht verdient, auch noch ihre beste Freundin zu verlieren.
2.) Du hast deinen Eltern zugesagt, BWL zu studieren. Etwas Richtiges. Du bist es ihnen schuldig. Also: Mach sie stolz!
Ich weiß, dass sich das alles in diesem Moment nicht gut anfühlt – dass es sich nicht richtig anfühlt. Aber das wird es! Irgendwann. Ganz bestimmt.
Wenn du diesen Brief in frühestens vier Jahren aus deinem Schmuckkästchen hervorholst, wird es dir besser gehen. Du wirst deinen Bachelor haben und glücklich sein.
Das hier ist nicht das Ende deines Traums. Es ist die Chance auf einen neuen.
Ganz sicher.

In Liebe
Deine Vergangenheits-Penny

1. KAPITEL

☑ *Einen One-Night-Stand haben*

Beinahe wie in Zeitlupe steige ich aus dem Doppelbett und halte die Luft an, um möglichst leise zu sein. Auf Zehenspitzen schleiche ich über den weichen Teppich des Hotelzimmers, sammle mein Kleid und die High Heels vom Boden auf.

Ein Fluchen unterdrückend stolpere ich über ein herumliegendes Kissen, taste nach meinem Handy, schalte die Taschenlampenfunktion ein und suche die Strumpfhose, bis mir wieder einfällt, dass ich sie im Taxi ausgezogen und vermutlich dort vergessen habe.

Auch okay. Wer braucht in Kalifornien schon eine Strumpfhose?

Auf dem Weg zur Tür schlüpfe ich in die Schuhe und lasse den Blick ein letztes Mal durch das Zimmer schweifen. Ein paar verstreute Kissen, eine leere Champagnerflasche, eine Hose. Das Chaos hält sich in Grenzen. Cameron wird sicherlich allein damit fertigwerden, sobald er wieder aufwacht – falls er überhaupt schläft. Vielleicht tut er auch nur so, damit ich mich unbemerkt und ohne peinliche Abschiedsszene aus dem Staub machen kann.

An der Tür angekommen, sehe ich noch einmal zu ihm zurück und bewundere seine muskulöse Rückenansicht im Mondschein, der durch einen Spalt zwischen den Vorhängen auf das Bett fällt. Allein für diesen Anblick hat sich der Ausflug in sein Hotelzimmer schon gelohnt. Ich bin viel zu versucht, mir meinen Lippenstift zu schnappen und das Wort *Danke* auf seinen makellosen Körper zu schreiben. Er war der perfekte Abschluss meines einundzwanzigsten Geburtstags: Cameron Burton.

Meinen Nachnamen habe ich ihm nicht genannt, da wir wussten, dass diese Nacht kein Nachspiel haben würde. Cameron kommt aus Ohio und ist ebenfalls nur für dieses Wochenende in Los Angeles. Hiernach werden sich unsere Wege nie wieder kreuzen. Aber das ist okay, denke ich. Vielleicht macht die Einmaligkeit den Zauber dieser besonderen Nacht aus. Und das war sie: besonders. Für ein paar Stunden war vollkommen egal, wie ich heiße oder was ich studiere. Cameron hat mich so genommen, wie ich bin. In vielerlei Hinsicht.

Und jetzt? Schleiche ich mich tatsächlich aus dem Hotelzimmer eines beinahe Fremden. Ich weiß nicht viel über ihn, trotzdem hat er mir von der ersten Sekunde an, in der wir uns im Club begegnet sind, das Gefühl gegeben, besonders zu sein. Als gäbe es unter den Hunderten Menschen keinen einzigen, mit dem er gerade lieber zusammen wäre. Wenn ich mich an seine bewundernden Blicke und liebevollen Berührungen erinnere, kostet es mich all meine Selbstbeherrschung, nicht wieder zu ihm ins Bett zu steigen.

Aber auch die beste Nacht muss irgendwann ein Ende finden. Andernfalls werde ich mich wieder an ihn schmiegen und in seinen Armen einschlafen. Und was dann? Werden wir morgen früh gemeinsam aufwachen, uns in die Augen sehen und …?

Hirn an Herz: Vergiss es. Ich lasse mich nicht noch einmal von dir einlullen.

Ich weiß, dass es besser ist, jetzt zu verschwinden. Dieser Abend war einfach nur ein Punkt auf meiner Ordne-dein-Leben-neu-To-do-Liste. Denn wenn ich etwas tun muss, dann mein Leben aufräumen.

Eigentlich läuft es ganz gut. Marie Kondō wäre sicherlich stolz auf mich. Ich habe im Sommer endlich mit dem Cheerleading aufgehört, zu dem ich mich jahrelang gequält habe, weil ich mir eingeredet habe, dass es zu mir passt. Großer Irrtum. Und ich habe meinen untreuen Ex-Freund Kyle verlassen, nachdem ich mir immer wieder eingeredet hatte, dass er sich ganz bestimmt irgendwann für mich ändert, wenn ich mir nur genug Mühe mit ihm gebe. Riesiger Irrtum! Seitdem kümmere ich mich vor allem um kleinere Anliegen auf besagter To-do-Liste. Dinge wie: Mir beweisen, dass ich sehr wohl leidenschaftlich sein kann.

Und genau das habe ich mit dieser Nacht getan.

Als Aliza mir angeboten hat, die Tage zwischen Weihnachten und Silvester mit ihr in ihrer neuen Wohnung in L.A. zu verbringen, musste ich einfach zusagen. Vielleicht weil ich *spontan verreisen* von meiner Liste streichen wollte. Mein Ausflug war so überaus spontan, dass er meine Eltern beinahe in eine Sinnkrise gestürzt hätte, weil ich damit ihre Neujahrspläne durchkreuzt habe. Es war schwierig für sie zu akzeptieren, dass ich ausgerechnet den einundzwanzigsten Geburtstag ohne elterliche Begleitung feiern wollte.

Aliza hat jedenfalls gespürt, dass ich Abstand von allem brauchte. Vielleicht sogar von mir selbst und meinem alten Ich. Manchmal scheint sie für so etwas einen siebten Sinn zu besitzen. Obwohl sie jetzt an der Westküste lebt und uns mehr als 2000 Meilen voneinander trennen, schafft sie es bemerkenswert oft, mich anzurufen oder mir eine Nachricht zu schicken, wenn ich gerade an sie denke. Es ist merkwürdig, das zuzugeben, weil ich mich mit ihrem Bruder Drew anfangs nicht gut verstanden habe, aber ohne ihn und meine beste Freundin July hätte ich Aliza McDaniels nie kennengelernt – und damit einige der besten Nächte meines Lebens verpasst.

Nachdem sie sich letztes Jahr von ihrem Freund Bradley getrennt hat, hat sie sich ein paar Wochen Auszeit vom Job als seine PR-Managerin genommen und ihren Bruder in Fair Haven besucht. Es war eine Auszeit, in der wir oft gemeinsam feiern waren, obwohl ich damals eigentlich nicht alt genug gewesen war, um in die Clubs zu kommen, in die sie mich mitgenommen hat. Seit gestern bin ich es nun. Aliza hat viel damit zu tun, dass ich in der letzten Zeit Dinge getan habe, die sich die alte Penny nie getraut hätte, und dafür bin ich ihr unendlich dankbar. Sie ist einfach ebenso hinreißend wie mitreißend.

Zugegeben: Sie war nicht besonders begeistert davon, dass ich mit einem fremden Mann mitgegangen bin, aber ich musste es tun. Nicht nur, um einen Eintrag auf meiner Liste durchstreichen zu können. Cameron hatte irgendetwas an sich, das es mir leichtgemacht hat, mich für ein paar Stunden fallen zu lassen.

Doch die sind nun vorbei. In Fair Haven warten die unerledigten Punkte meiner To-do-Liste und mein altes Leben auf mich. Ein Leben, das sich manchmal so unbequem anfühlt wie meine High Heels nach einer wirklich langen Nacht.

Bedauernd schließe ich die Tür hinter mir.

2. KAPITEL

☑ *Nicht streiten*

»Dass wir dich auch mal wieder sehen«, tadelt Dad, als ich mich zu meinen Eltern an den Esstisch im Wintergarten setze. Er schaut kurz von dem Tablet in seinen Händen auf, als Hanna eine Kanne mit Tee auf dem Tisch abstellt, versinkt jedoch sofort wieder in seiner Arbeit.

Mein Blick gleitet nach draußen, über die Terrasse auf den Lake St. Clair hinaus. Die Aussicht in die Natur hilft mir manchmal dabei, mich etwas zu entspannen. Ich werde nie verstehen, warum meine Eltern die alte Villa, die früher hier stand, abgerissen haben, um sie durch diesen gläsernen Kasten von einem Architektenhaus ersetzen zu lassen. Glas, Beton, Pampasgras und schneeweiße Teppiche, die jeden Sockenfussel so magisch anziehen, dass im gesamten Haus Hausschuhpflicht herrscht. Warum nur macht man sich den Alltag absichtlich derart ungemütlich?

»Wir haben dich bereits zum Frühstück erwartet«, reißt Mom mich aus den Gedanken und zieht ihre schmalen Augenbrauen vorwurfsvoll zusammen.

»Ich habe euch gesagt, dass ich heute nicht zum Frühstück kommen kann, weil ich mit July zu einer Lesung gehe.«

»Und die Lesung irgendeiner Autorin ist dir wichtiger als deine eigene Familie?« Mom blinzelt mich an. Wie kann eine so harmlose Geste dermaßen aufgebracht wirken?

»Es war nicht irgendeine Autorin, sondern Sofia Flores. Ihr neuer Roman ist …« Ich suche nach dem richtigen Wort, finde es aber nicht. »Bewegend. Und Augen öffnend. Ich bin ein großer Fan von ihr und ihrer Arbeit. Ihre Geschichte handelt zwar von einer fiktiven Person, aber Sofia verarbeitet darin ihre eigenen Erlebnisse. Als sie noch ein Kind war, wurde ihre Mom in Mexiko auf offener Straße erschossen. Einfach so.«

»Es wird schon Gründe gegeben haben«, murmelt Dad, ohne aufzusehen.

»Das sagst du so, aber wusstet ihr, dass in Mexiko jeden Tag rund zehn Frauen ermordet werden, ohne dass jemand etwas dagegen unternimmt? Ein Viertel davon einfach nur, weil sie Frauen sind. Wenn man dort in den sozialen Medien die Stimme erhebt, schlägt einem so viel Ablehnung entgegen, dass man fast das Gefühl hat, dass Gerechtigkeit mehr gehasst wird als Femizide. Und das heutzutage.«

»Penelope.« Mom seufzt so schwer, dass sich ihre Schultern heben und senken. Kopfschüttelnd greift sie nach der Teekanne.

»Was, Mom? Das sind Fakten. Sofia ist nicht nur Autorin, sie ist vor allem Journalistin. Ich verfolge ihre Artikel schon seit Jahren. Alles, was sie schreibt, ist gut recherchiert und trotzdem nie langweilig.«

»Ja, und wir haben Mexiko nicht grundlos verlassen.« Sie atmet erneut tief durch, aber ich sehe ihr genau an, dass sie über dieses Thema eigentlich nicht sprechen will. Überhaupt hat sie eine Abneigung gegen so ziemlich alles, was auch nur im Entferntesten unangenehm werden könnten, aber so schnell gebe ich nicht auf.

»Wusstet ihr, dass in Mexiko nur rund zehn Prozent der Jobs in Führungspositionen mit Frauen besetzt sind?«, führe ich fort, was Sofia vorhin berichtet hat. Fakt ist, dass July und ich ihr Buch gleichermaßen verschlungen haben, und es schmerzt mich, wie wenig Interesse meine Eltern an diesen Dingen zeigen. Ebenso wie an fast allen Dingen, die mich interessieren. »Worte haben Macht, aber nur wenn sie auf fruchtbaren Boden fallen. Nicht, wenn du sie schon im Keim erstickst. Das hat Sofia gesagt, und ich denke, sie hat recht.«

»Penelope, jetzt ist es aber genug!« Dad legt das Tablet auf dem Esstisch ab. »Wir sind hier nicht in Mexiko, und du brauchst keine Führungsposition. Was denkst du, wofür ich so hart arbeite?«

»Aber ich kann doch unmöglich für den Rest meines Lebens nichts tun und die Welt um uns ignorieren«, werfe ich ein und sehe Dad eindringlich an, als würde ich von ihm eine Erlaubnis erwarten. Wofür? Das weiß ich selbst nicht.

»Andere Kinder wären froh, wenn sie deine Möglichkeiten hätten.« Damit ist das Gespräch für ihn beendet.

Möglichkeiten?, liegt mir auf der Zunge. Welche habe ich denn, außer hübsch auszusehen und die Kontakte zu pflegen, die ihnen gefallen? Alles andere, jedes Mal wenn ich es wage, meine Meinung zu irgendetwas zu äußern, führt zu Streitereien.

»Penelope, jetzt sei doch nicht so.« Mom nippt an ihrem Tee und bedeutet mir, mich ebenfalls zu bedienen. »Wir haben doch nur noch dich und wollen, dass es dir gut geht.«

Da ist er. Der Satz, den sie immer dann bringt, wenn sie mir den Wind aus den Segeln nehmen will. Weil sie weiß, dass er seine Wirkung nie verfehlt.

Wir haben doch nur noch dich. Es ist Erinnerung und Vorwurf in einem.

Sie winkt Hanna heran. »Bringst du uns bitte noch Penelopes Geburtstagsgeschenk aus dem Arbeitszimmer. Bist du so gut?«

»Natürlich.«

Es gibt drei Dinge, die ich an Hanna bewundere. Erstens: die Fähigkeit, ihre Haare zu einem Dutt zusammenzuknoten, der jeder Hausarbeit standhält. Zweitens: dass sie in den zwanzig Jahren, die sie mittlerweile für meine Eltern arbeitet, nie die Haltung verloren hat. Auch dann nicht, wenn sie Dinge erledigen sollte, die garantiert nicht in ihrem Arbeitsvertrag stehen. Drittens: Wenn sie lächelt, tritt jedes Mal so ein Funke Nachsicht in ihre Augen, als wäre sie dazu in der Lage, in jedem Menschen immer nur das Beste zu sehen. Ich wünschte, ich wäre mehr wie sie.

Kurz darauf stellt sie eine Tasche auf dem Tisch ab. Es ist eine schlichte schwarze von Hermès, die mit einer roten Schleife versehen ist.

»Eigentlich hättest du sie schon zu Weihnachten bekommen sollen und die Reisetasche zum Geburtstag, aber als wir von deinen Reiseplänen gehört haben, haben wir uns spontan umentschieden. Gefällt sie dir nicht?« Mom neigt den Kopf zur Seite, sieht mich erwartungsvoll an und klopft mit dem Nagel des Zeigefingers gegen ihre Teetasse. *Pling. Pling. Pling.*

»Doch. Sicher. Das ist …«, bringe ich irgendwie hervor. Es ist nett. Meine Eltern haben es gut gemeint. Ich hatte Dad zwar schon vor Wochen eine E-Mail geschickt und ihn gebeten, mir nichts zu schenken, sondern das Geld einem örtlichen Kinderhospiz zu spenden, aber vielleicht kam sie nicht an? Vielleicht hat er sie ungelesen gelöscht? Ich weiß es nicht, aber es würde reichlich undankbar klingen, meinen Eltern Vorwürfe zu machen, weil sie meine Geschenkwünsche ignoriert haben. Es ist immerhin ihre Entscheidung, wofür sie ihr Geld ausgeben. »Die Tasche ist schön. Ich danke euch.«

»Ich hätte etwas mehr Begeisterung erwartet«, gesteht

Mom. »Ist das nicht die Tasche, die du letztes Jahr haben wolltest? Wir brauchten Cynthia Clovers Kontakte und mussten dennoch neun Monate warten, um eine von ihnen zu bekommen.«

Letztes Jahr fühlt sich für mich unendlich lange her an. Damals war ich noch mit Cynthias Sohn Kyle zusammen, aber in den vergangenen Monaten hat sich für mich viel geändert – nicht nur was mein Liebesleben betrifft. So selten wie ich hier bin, ist es allerdings kein Wunder, dass es ihnen nicht aufgefallen ist.

»Doch, die Tasche ist großartig. Danke. Wirklich.« Ich streiche mit den Fingern über das weiche Leder und weiß genau, dass July mich fragen wird, welches Tier dafür sein Leben lassen musste. Ich hingegen frage mich, wohin ich diese Tasche ausführen soll. Sie wäre groß genug, um all meine Collegeunterlagen darin zu verstauen, aber wenn ich mit einer Tasche, die locker so viel kostet wie anderer Leute Gebrauchtwagen, Bücher transportiere, käme ich mir komisch vor. Ich kann mir nicht einmal vorstellen, sie mit ins Wohnheim zu nehmen. Dort kamen schon weniger wertvolle Gegenstände abhanden.

»Hättest du dir etwas anderes zum einundzwanzigsten Geburtstag gewünscht?«, hakt Mom nach. »Cynthia sagte, dass diese Taschen eine sichere Investition sind und selbst gebraucht nicht an Wert verlieren.«

»Das habe ich auch gehört«, stimme ich zu.

»Sie hat auch gesagt, dass sie dir ihre Taschen gern vererbt hätte, wenn Kyle und du …«

»Mom, bitte.« Genervt schließe ich die Augen und massiere mir die Schläfen. Wie auch immer der Satz hätte enden sollen, es klingt, als wäre ich käuflich. Für keine Taschensammlung dieser Welt würde ich Kyle eine weitere Chance geben.

»In der Tasche steckt eine Karte«, unterbricht Dad uns. »Ein Spendennachweis. Ich habe Thomas gebeten, diesem Kinderheim aus deiner E-Mail eine kleine Aufmerksamkeit zu schicken.«

»Wirklich?«, frage ich überrascht und schenke ihm ein dankbares Lächeln. »Das ist großartig. Aber es ist kein Kinderheim, sondern ein Hospiz.«

»Oh«, ist alles, was Mom dazu sagt. Sie fährt mit dem Daumen über ihre Tasse und scheint sich einen Moment zu sortieren. »Ein Hospiz? Ich denke, dass es besser wäre, wenn eine junge Frau in deinem Alter sich nicht mit solchen Themen belastet.«

Ich würde ihr gern sagen, dass der Tod kein Alter kennt, bringe es aber nicht übers Herz. Das weiß sie schließlich besser als ich.

Es ist einer der Gründe dafür, dass ich Alizas Einladung nach L.A. einfach annehmen musste: Wenigstens dieser eine Geburtstag sollte mir allein gehören. Keine Erinnerung daran, dass ich mein ganzes Leben lang nur die zweite Wahl gewesen bin.

»Wieso beschäftigst du dich neuerdings mit diesen ganzen unschönen Dingen? Manchmal frage ich mich noch immer, ob July wirklich ein guter Umgang für dich ist«, setzt sie nach.

»Halt sie da raus.« Meine Antwort klingt unfreundlicher als beabsichtigt, aber ich kann mir das nicht anhören. Nicht schon wieder.

»Wir werden ja wohl noch besorgt sein dürfen«, wirft Dad ein.

»Manchmal erkennen wir dich gar nicht wieder«, stimmt Mom zu. »An irgendetwas muss es ja liegen. Früher wärst du nie zu Lesungen von Menschen gegangen, die mit ihrer Zeit nichts Besseres anfangen, als Unruhe zu stiften.«

»Menschen über Missstände aufzuklären, nennst du Unruhe stiften?« Mir entfährt ein abfälliges Schnauben. »Wenn Kyle sich während unserer Beziehung durch die halben Staaten vögelt, ist das natürlich vollkommen in Ordnung. Er ist ja noch jung und muss sich nur ausprobieren. Moralisch vollkommen vertretbar. Aber wenn ich zu einer Veranstaltung gehe, deren geladene Autorin ihr nicht mögt, bereitet euch das Sorgen? Findet ihr das nicht etwas … lächerlich?«

»Lächerlich? Genau das meine ich. Seit wann redest du so mit uns?«

Mir ist bewusst, dass ich mich im Tonfall vergriffen habe. Meine Eltern äußern ihre Sorgen, und zum Dank gifte ich sie an. Das ist nicht nett. Aber es ist einfach immer und immer wieder dasselbe. Ständig geraten wir aneinander. Und. Es. Ermüdet. Mich. Vielleicht auch, weil ich ohnehin nie das Gefühl habe, es meinen Eltern recht machen zu können. Nichts, was ich tue, ist für sie jemals gut genug.

Eine Entschuldigung murmelnd greife ich nach der Teekanne, gieße mir ein und spüle den bitteren Geschmack auf meiner Zunge mit ein paar Schlucken Pfefferminztee herunter. Schweigen breitet sich aus. Niemand fragt mich, wie es in L.A. war. Ob ich ein paar schöne Tage hatte. Wie es Aliza geht. Hier, an diesem Tisch, findet mein Leben nur statt, wenn es in die Schablone meiner Eltern passt. Das wird mir einmal mehr bewusst, als Mom sich räuspert, bevor sie die Stimme erhebt.

»Cynthia Clover hat mich übrigens gestern angerufen. Wusstest du, dass Kyle …«

Ich stöhne in meine Tasse. Wenn ich etwas noch weniger ertrage als das mangelnde Interesse an mir, ist es das gesteigerte Interesse meiner Eltern an meinem Ex-Freund.

»Wir finden, du solltest …«, beginnt sie erneut.

»Hör auf.«

»Verbietest du deiner Mutter gerade das Wort?« Dad lässt erneut das Tablet sinken und sieht mich mit einem Blick an, den ich keine Sekunde länger ertrage. Das wiederholte Gerede über Kyle hat mich endgültig überkochen lassen – Geburtstag hin oder her.

»Ich denke, ich sollte besser gehen.« Ich stelle die Tasse ab. Heute ist kein guter Tag, ich spüre es einfach. Wenn ich noch länger bleibe, wird es in einem Streit enden. Es gibt Phasen, während denen kann ich die Tochter sein, die meine Eltern sich wünschen. Die sie ganz sicher verdienen. Aber heute ist keine davon.

Hastig greife ich meinen Autoschlüssel vom Tisch.

»Wo willst du denn jetzt hin?«, ruft Dad mir nach, als ich mich erhebe und zum Gehen wende.

»Weg«, ist alles, was mir zu meiner Verteidigung einfällt. Im Vorbeigehen bitte ich Hanna, die Tasche auf mein Zimmer zu bringen. Ich muss hier raus. Meine Flucht wirkt vollkommen irrational. Ich weiß das. Aber manchmal fühlt es sich an, als wäre die Atmosphäre in diesem Haus derart vergiftet, dass sie mir die Luft zum Atmen raubt. Spätestens wenn meine Eltern wieder einmal von Kyle anfangen, ist das der Fall. Als würden sie nicht sehen, dass er mich so tief verletzt hat, dass allein der Klang seines Namens an manchen Tagen noch immer schmerzt.

Auf dem Weg nach draußen schließe ich die Hand dermaßen fest um den Autoschlüssel, dass es wehtut. Der körperliche Schmerz lenkt mich von dem Gefühlschaos in meinem Inneren ab. Nur mit Mühe kann ich das Brennen in den Augen zurückdrängen. Ich werde jetzt nicht weinen. Wir haben so oft Meinungsverschiedenheiten, dass sie beinahe zu einem normalen Treffen im Hause Perez dazugehören. Was macht da schon diese kleine Auseinandersetzung? Manchmal bin ich sogar fast dankbar für die Wut, denn sie überlagert die anderen Gefühle, die meine Eltern in mir hervorrufen: den Schmerz, die Ohnmacht, die Hilflosigkeit.

Warum müssen sie ständig betonen, dass ich ihr einziges Kind bin?

Einundzwanzig. Ich bin jetzt schon viel älter, als Alejandro werden durfte.

Mein Herz zieht sich jedes Mal zusammen, wenn ich an seinen Namen denke. An die verblassenden Kinderfotos in den Alben, die meine Mom in ihrem Nachttisch aufbewahrt, um sie ab und an hervorzuholen, über die Bilder zu streichen und stumme Tränen zu weinen. Meine Eltern reden schon seit Jahren nicht mehr über ihn, aber sie haben meinen Bruder nie vergessen. Jedes Mal, wenn ich mich daran erinnere, wie Mom heimlich ihre wohlgehüteten Bilder betrachtet, ist es eine erneute Erinnerung daran, dass ich versagt habe. Dass ich in der Schuld meiner Eltern stehe. Einer Schuld, die ich nicht begleichen kann. Mit keinem Geld der Welt. Ich will sie nicht enttäuschen, aber es wird von Jahr zu Jahr schwieriger, der Mensch zu sein, den sie sich wünschen. Weil ich das Gefühl habe, dass es immer öfter bedeutet, nicht der Mensch zu sein, der *ich* gern wäre.

Nachdem ich mich ins Auto gesetzt habe, lasse ich den Schlüssel in das Fach der Mittelkonsole fallen, atme einige Male tief durch und zucke zusammen, als mein Handy eine neue Nachricht anzeigt.

Ungläubig lese ich sie. Einmal. Und noch einmal. Aber egal, wie oft ich die Zeile überfliege, der Inhalt ändert sich dadurch nicht.

Kyle: *Ich sitze gerade im Flugzeug nach Washtenaw und denke an dich.*

Es läuft mir eiskalt den Rücken hinunter. Wollte Mom mir das sagen? Dass Kyle sein Auslandssemester beendet hat und auf dem Weg hierher ist? Dass es deswegen der perfekte Moment wäre, um ihm eine weitere Chance zu geben? Noch nie wollte ich so sehr hier weg. Raus. Alles hinter mir zurücklassen. Aber so funktioniert das Leben nicht. Ich sitze in Fair Haven fest, und mein Ex-Freund kommt zurück. Es fühlt sich an, als wäre der Käfig, in dem ich gefangen bin, gerade noch kleiner geworden. Noch enger. Wie ein Korsett schnürt er mich ein.

Er denkt an mich.

Was soll das heißen? Warum schreibt er mir so etwas?

Selbst Stunden später kreisen mir Kyles Worte noch immer durch den Kopf. Ich habe ihm auf seine Nachricht nicht geantwortet. Stattdessen bin ich vollkommen sinnlos ins nahe gelegene Ann Arbor gefahren, habe mein Elektroauto aufgeladen, währenddessen in einem Café gesessen, Tee getrunken und aus dem Fenster gestarrt. Aber auch nach diesem spontanen Ausflug weiß ich nicht, was ich ihm schreiben soll.

Fragen wir unsere Lesenden. Stimmen Sie jetzt ab, und gewinnen Sie ein Jahresabo. Wie lautet die richtige Antwort auf diese Nachricht?

a) Komm gut nach Hause, du Traum meiner schlaflosen Nächte.

b) Schön für dich. Mir egal.

c) Fick dich!

Was schreibt man seinem Ex-Freund als Antwort auf so eine Nachricht? Es gibt immerhin einen guten Grund dafür, dass wir nicht mehr zusammen sind. Mehr als einen sogar. Diese Gründe hören auf malerische Namen wie Brook, Chloé oder Isabel. Während sich Kyle nach unserer Trennung für einige Monate nach Europa abgesetzt hat, bin ich seinen Partyeroberungen auf dem Campus immer wieder über den Weg gelaufen. Mittlerweile habe ich mich mit der Situation arrangiert. Mit Chloé war ich früher in einem Cheerleading Squad und arbeite jetzt mit ihr in der Redaktion des College-Blogs zusammen. Den anderen gehe ich bestmöglich aus dem Weg. Zumindest denjenigen, von denen ich weiß. Ich bin eben die, deren Ex-Freund immer wieder fremdgegangen ist. Punkt. Oder vielleicht ist es auch eher ein Ausrufezeichen, denn wenn dein Freund ständig fremdgeht, wirft das ein schlechtes Licht auf dich.

Er wird schon seine Gründe haben. Sie ist bestimmt echt schlecht im Bett. Haben die überhaupt Sex, so prüde wie sie aussieht?

Tief durchatmend schüttle ich den Kopf, als könnte ich die lästigen Stimmen dadurch aus meinen Gedanken vertreiben.

Ich habe mir Mühe gegeben, Kyle immer und immer wieder zu verzeihen. All seine Entschuldigungen und Versprechungen habe ich mir angehört. Sogar über eine offene Beziehung habe ich nachgedacht, um einen Weg zu finden, mir seine Fehltritte schönzureden und ihn nicht zu verlieren. Ich habe ihn verteidigt und damit beinahe all meine Freundschaften riskiert. Und was hat er getan? Wie hat er es mir gedankt? Indem er vor meiner besten Freundin July behauptet hat, dass ich nur des Images wegen mit ihm zusammen gewesen wäre.

Ich hatte jedes verdammte Recht dazu, mit ihm Schluss zu machen. Welches Recht hat er, mir zu schreiben, als wäre nie etwas gewesen? Als hätte ich kein eigenes Leben und würde nur hier in Fair Haven sitzen und auf ihn warten?

Er ist einfach ein Arschloch. Ein Armleuchter. Ein Aas. O-Ton July Summers, zwanzig Jahre, beste Freundin der Betrogenen.

Berichterstattung Ende.

Zugegeben: Vielleicht hätte ich in dem einen Punkt direkter sein können. Eventuell habe ich Kyle gesagt, dass ich Abstand von ihm brauche – und nie präzisiert, dass der gern für immer sein kann. Aber kann man das tatsächlich dermaßen falsch verstehen? Er war für ein halbes Jahr in Europa, hat sich nicht gemeldet, und nach allem, was vorgefallen ist, bin ich einfach davon ausgegangen, dass er die Beziehung auch nicht mehr fortsetzen will. Doch nun schickt er mir diese Nachricht.

Ich denke an dich. Was soll das?

Fluchend schlage ich auf das Lenkrad. Seitdem ich die Nachricht gelesen habe, kaue ich so exzessiv auf der Unterlippe, dass ich nun Blut schmecke. Aber noch immer sind meine Gedanken keinen Deut klarer. Wütend über mich selbst presse ich einen Zeigefinger auf die kaputte Stelle und stutze.

Was zum Geier macht der Fahrer vor mir da?

Täuscht es oder wird er immer langsamer? Und langsamer. Und langsamer. Wenn er so weitermacht, kann er auch gleich aussteigen und sein Auto schieben. Vielleicht muss er das sogar. Zumindest hält er jetzt an und schaltet den Warnblinker ein.

Hervorragend. Das hat mir heute gerade noch gefehlt.

3. KAPITEL

☑ *Einen Mann abschleppen*

Ich würde das Auto am liebsten einfach überholen, immerhin befinden wir uns mitten im Nirgendwo auf einer Nebenstraße nach Fair Haven, und die einzigen Augenzeugen sind ein paar schneegepuderte Bäume. Es ist als junge Frau vielleicht nicht allzu klug, aus dem Auto zu steigen, aber der Wagen vor mir ist ein Elektroauto. Genauer gesagt ein piRez – und stammt damit aus der Fabrik meines Dads. Im Gegensatz zur Zahl Pi ist die Akkulaufzeit dieser Fahrzeuge nicht annähernd unendlich. Aufgrund eines Fehlers in dem mexikanischen Werk, das die Akkus herstellt, ist sie sogar ausgesprochen kurz, wenn man das kostenlose Upgrade noch nicht in Anspruch genommen hat. Ob ich will oder nicht, fühle ich mich für die arme, liegen gebliebene Seele verantwortlich. Immerhin kosten diese Autos ein halbes Vermögen, da sollte man mit besserer Qualität rechnen können.

Es ist einfach nicht mein Tag!

Seufzend fahre ich rechts ran und setze ebenfalls den Warnblinker, nur für den unwahrscheinlichen Fall, dass jemand vorbeikommen sollte.

Ein kurzer Blick in den Spiegel der Sonnenblende bestätigt, dass ich nicht an der Unterlippe hätte kauen sollen, aber davon abgesehen, sehe ich vernünftig aus.

Nach dem Aussteigen richte ich meinen camelfarbenen

Mantel und will zu dem Auto hinübergehen, als ein junger Mann aussteigt und mich in der Bewegung verharren lässt. Seine Statur ist imposant. Der Mann dürfte beinahe zwei Meter groß sein. Er verbringt offensichtlich viel Zeit im Fitnessstudio. Sehr viel Zeit. Wahrscheinlich könnte er das Auto notfalls mit purer Muskelkraft fortbewegen. Obwohl es winterlich kühl ist, trägt er nur einen Hoodie mit einem quietschbunten Aufdruck, der im Kontrast zu seiner dunklen Haut steht. Auch seine Turnschuhe haben Akzente in Neonfarben, die in der tristen Winterlandschaft förmlich leuchten. Wenn Kleider Leute machen, was ist er dann?

Ich will gerade zu ihm hinübergehen, um ihm meine Hilfe anzubieten, da dreht er sich zu mir um. Blinzelnd verharre ich in der Bewegung, er wirkt ebenso überrascht wie ich.

»Penny?«

»Cameron.« Mein Tonfall ist selbst für mich nicht zu deuten. Mein Herz schlägt einen anderen Takt an, während mein Hirn nur noch in Zeitlupe zu funktionieren scheint, als würde ich unter einem internen Serverabsturz leiden. Ich weiß nicht, was ich bei Camerons Anblick fühlen soll. Momentan überwiegt Überforderung. Was tut er auf der Landstraße zwischen Fair Haven und Ann Arbor? Sollte er nicht in Toledo sein?

Verlegen lächelnd fährt er sich über die kurz geschorenen Haare.

Noch bevor ich seinen plötzlichen Anblick verarbeitet habe, öffnet sich die Beifahrertür. Ein Mädchen im Grundschulalter springt aus dem Auto, lässt die Tür offen stehen und sieht sich interessiert um. Anscheinend teilt sie seine Vorliebe für farbenfrohe Kleidung. Von ihrem schwarzen Kleid aus zwinkert mir ein neongelber Smiley zu. Ihre pinken Schuhe und grünen Zopfgummis passen farblich zu nichts. Vor allem nicht zueinander. Wahrscheinlich steht in ihrem Freundschaftsbuch unter Lieblingsfarbe: *bunt*.

Die Anwesenheit der Kleinen sorgt nicht dafür, dass der Grad meiner Verwirrung abnimmt. Wieso reist Cameron mit einem Mädchen in Richtung Fair Haven?

Als die Kleine mich erblickt, winkt sie mir zu – und ich zögerlich zurück.

»Lucy. Habe ich nicht gesagt, dass du im Auto warten sollst?« Cameron schenkt ihr nur einen halben Seitenblick. Seiner verkrampften Körperhaltung nach zu urteilen, hat er ebenso wenig damit gerechnet, mich hier zu treffen, wie umgekehrt.

Besagte Lucy steht im Gras am Straßenrand und zuckt mit der Schulter. »Du hast auch gesagt, dass ich an der Raststätte keinen Schokopudding bekomme, wenn ich mir auf der Toilette nicht die Hände wasche, und hast es nicht so gemeint.«

»Doch. Habe ich«, widerspricht er und sieht sie zweifelnd an.

»Ups.« Sie zuckt erneut mit den Schultern. »Dann hättest du es wohl besser kontrollieren sollen.«

»Ich dachte, ich kann dir vertrauen«, murmelt er kopfschüttelnd.

»Ja, normalerweise schon, aber die Toilette da war echt superekIig. Du hättest sie mal sehen sollen. Da wäre dir auch die Lust auf Schokoladenpudding vergangen.« Sie rümpft die Nase, bevor sie wieder zu mir herübersieht. »Können wir dir irgendwie helfen?«

Ich fühle mich dabei ertappt, wie ich sie belausche, und versuche mich an einem entschuldigenden Lächeln, spüre aber, wie sehr meine Mundwinkel zittern. »Eigentlich wollte ich gerade fragen, ob ich euch helfen kann«, gestehe ich, streiche mir eine widerspenstige Haarsträhne hinter das Ohr und gehe zu ihnen hinüber.

»Ja. Nein. Alles gut. Irgendwas stimmt mit dem Akku nicht.« Cameron weicht meinem Blick aus. »Ich schwöre, er war eben noch voll aufgeladen. Ich habe die Anzeige die ganze Zeit über im Auge behalten, weil ich diesen Elektroautos nicht traue. Und jetzt ist die Karre einfach stehengeblieben.«

»Karre«, wiederhole ich schmunzelnd. Das Wort hört man in Bezug auf Luxusautos dann doch eher selten.

»Ich bin übrigens Lucy«, stellt sich das Mädchen vor.

»Lucy? Steigst du jetzt bitte wieder ein?« Cameron wischt sich die Hände an den schwarzen Jeans ab, als wäre er nervös.

Wie von selbst gleitet mein Blick zu den strammen Oberschenkeln, die sich unter der engen Hose abzeichnen. Sofort schenkt mir mein Gedächtnis eine Rückblende, wie er mich unter der Dusche gehalten hat. Wie sich sein feuchter, heißer Körper im Kontrast zu den kalten Fliesen an meinem Rücken angefühlt hat. Eine Erinnerung ebenso intensiv wie unangebracht.

»Ich kenne mich mit Autos aus«, versichere ich rasch, bevor meine Gedanken zu weit auf Wanderschaft gehen können. Hoffentlich glühen meine Wangen nicht annähernd so sehr, wie es sich anfühlt. Wahrscheinlich stehen mir all meine unangebrachten Fantasien in Großbuchstaben auf der Stirn geschrieben. »Ich hatte den Eindruck, dass ihr vielleicht Hilfe brauchen könntet.«

Widerstrebend steigt Lucy wieder ins Auto, schließt umständlich die Tür hinter sich und schnallt sich artig an. Sie greift einen Plüschotter vom Armaturenbrett und zeigt ihm durch die Fensterscheibe die Landschaft.

»Was für eine schräge Situation.« Cameron reibt sich mit einer Hand über den Hals.

»In der Tat«, stimme ich zu und spüre den Anflug eines schlechten Gewissens, weil ich mich bei unserer letzten Begegnung ohne Verabschiedung aus dem Zimmer geschlichen habe. Nicht dass es für einen One-Night-Stand eine groß angelegte Verabschiedungszeremonie bräuchte, aber sich aus heiterem Himmel wiederzusehen ruft sehr gemischte Gefühle in mir hervor. »Hast du nicht gesagt, du wohnst in Toledo?«

»Das stimmt auch. Stimmte. Bis heute.« Er wirft einen flüchtigen Blick auf das Auto, bevor er auf mich zukommt. »Nachdem wir uns einig waren, dass wir uns nicht wiedersehen werden, dachte ich, dass es überflüssig ist, dir zu sagen, dass ich demnächst umziehe.«

»Du ziehst hierher?«, wiederhole ich stumpf, weil mein Gehirn offensichtlich noch immer nicht ganz hochgefahren ist. »Nach Fair Haven?«

»Hatte ich dir nicht erzählt, dass ich Football spiele? Die St. Clair Otters haben mich übernommen, weil sie …« Er verstummt und mustert mein Gesicht, als wäre er sich noch immer nicht ganz sicher, ob ich tatsächlich vor ihm stehe. Oder als hätte er bei meinem Anblick schlichtweg den Rest des Satzes vergessen. »Wow. Entschuldige. Ich hätte nicht gedacht, dass du im Tageslicht noch hübscher aussehen kannst.«

Das beruht auf Gegenseitigkeit.

»Danke«, antworte ich wenig eloquent. Ich sollte in Zukunft einen Bogen um Footballspieler machen. Irgendwie läuft es mit denen nie nach Plan. »Also bist du hier, weil sie das Team ausbauen?«, vermute ich. Sie haben Cameron übernommen, genauso wie sie Drew einen Startplatz angeboten haben.

Als er nickt, wirkt es, als hätte er sich wieder gesammelt. »Die Aussicht auf einen Startplatz bei einer erfolgreicheren Mannschaft und näher an Ann Arbor zu sein konnte ich nicht ablehnen. Und du …?« Er deutet vage um sich.

»Ich wohne in Fair Haven«, beantworte ich seine unausgesprochene Frage. Ich studiere am St. Clair. Und wir werden uns zukünftig zwangsläufig über den Weg laufen müssen.

Es reicht ein Blickwechsel, um zu klären, dass wir uns das beide anders vorgestellt hatten.

»Das hier ist irgendwie typisch für mein Leben«, gesteht Cameron.

»Nicht nur für deins.«

Er fährt herum, als Lucy die Beifahrertür erneut öffnet.

»Dad? Dauert das noch lange?«

Dad? Hat sie das gerade wirklich gesagt? Wie kann sich ein kurzes Wort so unangenehm anfühlen?

»Lucy, wartest du bitte im Auto? Es ist zu kalt hier draußen. Ich kümmere mich darum, dass wir gleich weiterfahren können«, antwortet er und erntet ein genervtes Stöhnen.

»Sie ist deine Tochter?«, frage ich, kaum dass sie die Tür wieder geschlossen hat.

»Der Satz *Ich habe eine Tochter* ist normalerweise nicht unbedingt der passende Türöffner für One-Night-Stands, aber ja.«

»Normalerweise?«, hake ich nach. »Du hast darin also Routine? Sag mir nur bitte, dass du nicht verheiratet bist.«

Abwehrend hebt er die Hände. »Glücklicher Single. Wenn auch in diesem Moment ein etwas verwirrter, peinlich berührter glücklicher Single.«

Mir entweicht ein Seufzen, das vielleicht eine Spur zu erleichtert klingt, aber das Gefühl der Beruhigung hält nur kurz. Die Tatsache, dass wir zukünftig auf dem gleichen Campus studieren werden, ändert irgendwie alles. Ich weiß so gut wie nichts über Cameron. Ist er jemand, der mit seinen Bettgeschichten prahlt? Gerüchte machen am St. Clair schneller die Runde als eine Grippewelle. Ich sollte es gewohnt sein, dass man in den Fluren hinter meinem Rücken über mich tuschelt, trotzdem ist mir die Vorstellung davon unangenehm. »Vorschlag: Wenn wir uns zukünftig auf dem Campus über den

Weg laufen, ist diese Sache nie passiert, okay? Was in L.A. geschieht, bleibt in L.A.?«

»Klingt gut. Lucy weiß nichts von uns, und ich wäre dir dankbar, wenn es dabei bleibt.«

»Perfekt. Von mir wird sie nichts erfahren.« Allein die Idee, dass ich einem kleinen Mädchen erzählen könnte, was ich mit ihrem Daddy getan habe, entlockt mir ein Naserümpfen. »Es ist ja auch nicht so, als hätte es eine Bedeutung gehabt.«

»Natürlich nicht. Also sind wir offiziell zwei Fremde?«, vergewissert sich Cameron und hält mir die Hand hin, um unsere Abmachung zu besiegeln.

Ich erwidere die Geste. »Wie wäre es mit Fremden, die sich prinzipiell sympathisch sind?«

»Deal.« Er schließt seine warme Hand um meine.

Da wir gerade beschlossen haben, dass alle Erinnerungen an L.A. bedeutungslos sind – auch die daran, wo mich diese Hände schon berührt haben und wie unfassbar gut es sich angefühlt hat –, ziehe ich sie rasch zurück.

»Vielleicht kann ich euch mit eurem Auto helfen«, schlage ich vor, weil der rationale Teil meines Gehirns offensichtlich der erste ist, der wieder einsatzbereit ist. »Ich habe zufällig ein passendes Datenkabel dabei und könnte eben rasch den Fehlerspeicher eures Wagens auslesen. Falls es sich um Fehler Y-002 handeln sollte, kann ich euch einen schnellen Werkstatttermin organisieren. Ich habe in Fair Haven ein paar Kontakte, die auf E-Autos spezialisiert sind.«

»Von diesen Autosachen verstehe ich gar nichts.«

»Musst du ja auch nicht«, behaupte ich, obwohl ich immer noch nicht weiß, was er studiert. Ich wende mich zum Gehen und hole schnell das Kabel und mein iPhone.

Erst als ich wieder bei ihm bin, setze ich meinen Vortrag fort. »Bei der Produktlinie zwei des piRez wurden fehlerhafte

Akkus verbaut. Sehr ärgerlich und rufschädigend. Es ist schwer zu sagen, ob es ein Versehen im mexikanischen Werk war oder eine Art von Sabotage aus Protest. Mein Dad …« Ich stocke und beschließe, Cameron nichts über meine Familie zu erzählen. Er weiß nicht, wie mein Nachname lautet – und wenn es nach mir geht, kann es gern noch eine Weile so bleiben. Meistens benehmen sich die Menschen anders, sobald sie erfahren, wer mein Dad ist. Vorsichtig und skeptisch, weil sie Respekt vor ihm und der Macht des Geldes haben. Oder aber aufdringlich und anhänglich, weil sie sich durch mich Privilegien erhoffen, die ich ihnen nicht bieten kann.

»Dein Dad?«, wiederholt Cameron meine letzten Worte.

»Ich wollte nur sagen, dass es einige Menschen kritisch sehen, dass Manuel Perez zwar die Produktionsstätten in Mexiko aufgebaut hat, selbst allerdings in den USA lebt. Und so kommt es in letzter Zeit immer häufiger zu Problemen aller Art.«

Camerons aufmerksamer Blick gleitet über meinen Körper und bleibt an den Fingern hängen, die unruhig mit dem Ladekabel spielen. »Eine Bekannte von mir arbeitet bei einer Tankstelle drüben in Ann Arbor. Sie hat sich mal bei der Perez Inc. beworben, aber ohne Schulabschluss hatte sie keine Chance.«

»Das tut mir leid.« Tut es wirklich, aber mit den Einstellungsvoraussetzungen habe ich nichts zu tun. »Ich müsste einmal kurz an das Lenkrad des Fahrzeugs, um den Fehlerspeicher auszulesen. Nur wenn es für dich okay ist und du keine Angst hast, dass ich stattdessen deine Tochter entführe.« Es soll ein Scherz sein, aber seinem sparsamen Lächeln nach findet er ihn nicht witzig. »Das war nur Spaß. Ich würde etwas derartiges nie tun.«

»Davon bin ich auch nicht ausgegangen«, sagt er, bevor er mir die Fahrertür öffnet, als wäre es eine Einladung.

Während ich mich auf den Fahrersitz gleiten lasse und Lucy erneut begrüße, kann ich nicht anders, als sie kurz zu mustern. Wenn Cameron nicht gelogen hat, ist er kaum älter als ich, aber Lucy sieht aus, als wäre sie sechs oder sieben Jahre alt. Das bedeutet, er wäre mit etwa fünfzehn Jahren Vater geworden. In dem Alter habe ich mich wahrscheinlich eher für Pokémon als Jungs interessiert. Einerseits wüsste ich gern, wie es dazu gekommen war, andererseits habe ich nach unserer Nacht eine ziemlich genaue Vorstellung davon. Aber wenn mich etwas nichts angeht, dann ist es Camerons Privatleben.

»Ich muss einmal kurz euer Auto fragen, was ihm fehlt«, erkläre ich auf Lucys interessierten Blick hin. Die eigenartige Stimmung zwischen mir und ihrem Dad ist schließlich nicht ihre Schuld, und ich habe keinen Grund dafür, nicht nett zu ihr zu sein. Durch einen flüchtigen Blick nehme ich wahr, dass die Rückbank mit Reisetaschen und Bettzeug vollgestopft ist.

»Daddy zieht heute hierher«, plaudert Lucy und beobachtet, wie ich mit einem Handgriff eine Verblendung löse und das Datenkabel einstecke, bevor ich es mit dem iPhone verbinde.

Ich muss die passende App öffnen und kurz warten. Der Rest geschieht automatisch. »Wieso nur Daddy? Ziehst du nicht mit ihm?«

»Leider nicht. Aber Fair Haven ist schon einmal sehr viel besser als Toledo. Ich wohne nämlich mit Mommy und Juicy in Ann Arbor. Solang Daddy noch nicht spielt, besuche ich ihn jedes zweite Wochenende. An den Tagen kümmert sich dann Mommy um Juicy.«

»Juicy ist ihre Schildkröte«, erklärt Cameron hilfsbereit.

»Interessantes Haustier. Ich hatte mal zwei Hamster. Sie hießen Cookie und Bagel.« Dass es mit ihnen kein gutes Ende nahm, behalte ich lieber für mich. »Ich bin übrigens Penny«, stelle ich mich vor.

»Das ist ein schöner Name«, behauptet Cameron, als hätte er ihn nicht bereits gekannt, und lehnt sich gegen das Auto.

Mir steigt ein vertrauter Duft in die Nase. Es ist eine Mischung aus ihm und Vanille, die auf mich anziehender wirkt, als mir lieb ist. Bis vor Kurzem war mir gar nicht bewusst, dass Vanille dermaßen sexy sein kann. Entweder das, oder ich brauche eine kalte Dusche. Dringend. Denn wahrscheinlich hat er einfach nur das Shampoo seiner Tochter benutzt.

Tochter. Er hat eine Tochter. Er trägt Verantwortung für einen anderen Menschen – und ich konnte mich nicht einmal um zwei Hamster kümmern.

Räuspernd wende ich mich dem iPhone zu. »Ich wusste übrigens, dass das Footballteam einen Neuzugang erwartet, aber ich hatte keine Ahnung, dass der ausgerechnet Cameron Burton heißt.«

»Oh. Du hast schon mal von Daddy gehört?«, vermutet Lucy und klingt ziemlich stolz. »Manchmal passiert das, dass Leute ihn auf der Straße erkennen.«

»Aber eher selten. Die Torpedoes sind momentan ja nicht gerade auf Erfolgskurs«, gesteht er beinahe kleinlaut.

»Aber auch ein Startplatz in Toledo ist etwas Großartiges«, werfe ich ein. »Das schafft nicht jeder.«

»Daddy hat einen Fan«, trällert Lucy und zieht das letzte Wort in die Länge.

»Ich bin mir sicher, dass er sogar sehr viele Fans hat.«

Der Redaktion der St. CC News wurde zwar ein potenzieller Nachfolger von Cornerback Lex Smith, der dieses Jahr seinen Abschluss macht, angekündigt. Aber es war nicht mehr als ein Post-it, der auf meinem Schreibtisch in der Redaktion klebte. Foto und persönliche Daten sollten noch nachgereicht werden. Jetzt weiß ich also: Ausgerechnet Cameron stößt mitten im laufenden Studienjahr als Transfer zu den Otters. Was bedeutet, dass er für den Rest der Saison erst mal als Redshirt pausieren muss und nicht an den Spielen teilnehmen darf. Wenn sein Studienfach mit auf der Notiz stand, kann ich mich daran nicht erinnern.

Warum nur interessiert es mich? Weil ich mir einbilde, dass die Wahl des Studienfachs irgendetwas über einen Menschen verrät? Dabei sollte ich am besten wissen, dass das ganz schön in die Irre führen kann. Was es wohl mit dem Aufdruck auf seinem Hoodie auf sich hat? Wenn mich nicht alles täuscht, ist es die Comicversion eines Zettels, auf dem *Exam* steht. Er hält in der einen Hand ein Schwert, in der anderen einen Zauberstab und schreit: »You shall not pass!« Ich habe die Vermutung, dass es ein Der-Herr-der-Ringe-Studium-Witz sein soll, aber mit diesen Dingen kenne ich mich nicht aus.

»Ich bin übrigens die Leiterin der St. CC News«, erkläre ich, nachdem ich Cameron vielleicht ein paar Sekunden zu lange betrachtet habe. »Head Coach Brooks hat mich gebeten, dich irgendwann in den nächsten Tagen zu interviewen.«

Vielmehr stand er im Türrahmen zur Redaktion und sagte etwas wie: »Hey, Perez. Hast du meine Notiz gefunden? Du interviewst dann für uns den Neuzugang?« Danach verschwand er, kaum dass ich den Ansatz eines Nickens gezeigt habe.

»Natürlich erst, sobald du dich ein wenig eingelebt hast. Wir machen auf unserem Blog kleine Vorstellungsartikel für fast alle Sportler, und der Head Coach hätte dich bestimmt gern dabei.«

»Cool«, ist alles, was ihm dazu einfällt.

»Cool«, wiederhole ich und werfe einen flüchtigen Blick auf das iPhone. Es lädt noch. Täuscht es oder braucht es ganz schön lange? Das ist kein gutes Zeichen.

»Ich habe letztens auf dem St.-CC-Blog vorbeigeschaut und muss sagen, dass mir gefällt, was ihr macht«, sagt Cameron.

»Du hast dir den Blog angesehen?«, hake ich nach. Wobei meine eigentliche Frage wohl lautet: Hast du dir die Steckbriefe der Redaktionsmitglieder auch durchgelesen? Wusstest du, wer ich bin, als du mich im Club angetanzt hast? War ich es, die dich interessiert hat – oder war es nur mein Name?

Aber so überrascht, wie er eben ausgesehen hat, hat er wohl nicht damit gerechnet, mich in Fair Haven zu treffen. Manchmal machen mich meine Erfahrungen ein wenig paranoid. »Bis vor Kurzem habe ich mich eigentlich nur um den Tratschteil gekümmert. *Liebe und Lifestyle auf dem Campus.* Aber die vorherige Leiterin musste ihren Job abgeben. Jetzt habe ich die ehrenvolle Aufgabe, das Redaktionsteam zu leiten.«

»Du siehst aus, als würdest du das schaffen«, behauptet er.

Schön, dass er mich kaum kennt und trotzdem so zuversichtlich klingt. Oder vielleicht klingt er auch nur so optimistisch, eben weil er mich nicht kennt.

July hat sofort das Panik-P in meinen Augen erkannt, als ich ihr davon erzählt habe, dass ich die Redaktionsleitung übernehmen soll. Für andere Verantwortung zu übernehmen ist keine meiner Kernkompetenzen.

Ich bin nur gut darin, den Anschein zu erwecken, als hätte ich mein Leben im Griff. Dass sich mein Inneres sehr oft nach Chaos anfühlt, muss man von außen ja nicht sehen. Jeder, der mich trifft, denkt immer, ich wäre organisiert und mein Leben durchgeplant, aber in mir sieht es aus, als wäre jemand mit der Abrissbirne durchgegangen und hätte die Trümmer achtlos liegen lassen. Wahrscheinlich wäre der Soundtrack meines momentanen Lebens tatsächlich *Wrecking Ball.* Und wenn nicht der Soundtrack meines Lebens, dann zumindest der meines bisherigen Studiums.

Laut meinen Eltern gibt es Dinge, die man im Leben durchgemacht haben muss. Zum Beispiel das Wohnen in einem kleinen geteilten Zimmer im Studierendenwohnheim. Check. Ich hätte noch anzubieten: ein Studienfach, das sich trotz hervorragender Noten bemerkenswert falsch anfühlt. Check. Ein Hobby, bei dem ich mich jahrelang zur Perfektion gequält habe, nur um es hinzuwerfen. Check. Eine katastrophal gescheiterte Beziehung, die in den sozialen Medien breitgetreten wurde. Check.

Und nicht einmal die Sache mit dem One-Night-Stand lief wie gedacht. Statt uns nie wiederzusehen, steht Cameron jetzt neben mir, weil er zukünftig am selben College studieren wird. Ich habe keine Ahnung, was ich diesbezüglich fühlen soll. Klingt irgendetwas davon, als hätte ich alles unter Kontrolle?

Tief durchatmend widme ich mich wieder dem iPhone. Es hat endlich fertig geladen und ist bereit, den Fehlerspeicher anzuzeigen. Ein Tippen später kann ich ein Naserümpfen nicht unterdrücken. »Fehler Y-002. Die gute Nachricht ist, dass er allgemein bekannt ist. Alle Vertragswerkstätten wissen Bescheid. Ihr werdet für den Austausch des Akkus und das Software-Update nichts zahlen müssen, das ist ein Garantiefall. Die schlechte Nachricht ist, dass ihr hier heute nicht mehr wegkommt. Zumindest nicht in diesem Auto. Ihr werdet einen Abschleppdienst brauchen.«

Cameron reibt sich stöhnend mit der flachen Hand über die Stirn. Das sind offensichtlich nicht die Neuigkeiten, die er sich erhofft hat.

»Tut mir leid, dass ich keine besseren Nachrichten für euch habe.« Ich bin mir sicher, dass sich auch Cameron seinen Tag irgendwie anders vorgestellt hat.

»Du kennst dich aber gut mit Autos aus«, sagt Lucy anerkennend.

»Ist eine Art Hobby von mir«, stimme ich zu. »Ich kenne in Fair Haven übrigens eine sehr gute Werkstatt für E-Autos. Ich kann für euch anrufen, damit sie einen Abschleppwagen vorbeischicken und ihr euer Fahrzeug schnellstmöglich zurückbekommt. Ich schätze mal, eine Woche wird die Reparatur dennoch dauern.«

»Eine Woche? Es ist eigentlich nur ein Leihwagen, den ich morgen wieder abgeben wollte«, gesteht Cameron.

»Wie gesagt, der Fehler ist bekannt, ihr habt nichts falsch gemacht, also dürfte der Autoverleih euch deswegen keinen Stress machen. Ich bin mir sogar sicher, dass es grob fahrlässig war, euch den piRez ohne das Update überhaupt zu überlassen. Ich kann euch gern helfen, ein paar Anrufe übernehmen und euch die letzten Meter nach Fair Haven mitnehmen, falls ihr wollt. Ich habe bis heute Abend ohnehin nichts mehr vor.«

Was auch immer zwischen mir und Cameron gewesen sein mag: Ich kann die zwei unmöglich allein in der Kälte stehenlassen. Diese Strecke ist selten befahren, und ich könnte es nicht mit meinem Gewissen vereinbaren, ihnen nicht zu helfen.

Es hat viel zu lange gedauert, bis der Abschleppdienst endlich da war. Ich hatte schon Sorge, Lucy würde sich erkälten oder aber der Akku meines Autos würde nicht bis nach Fair Haven reichen, wenn ich die Heizung noch wärmer drehe.

Beim Umladen der Sachen vom Leihwagen in mein Auto ist Lucy die Bettdecke auf den Boden gefallen. Nun ist sie vollkommen durchnässt und dreckig. Also habe ich versprochen, Cameron eine Ersatzdecke samt Bettzeug vorbeizubringen. Ich weiß nicht, wo die beiden unterkommen wollen, aber sie scheinen nur das Nötigste bei sich zu haben. Zumindest habe ich noch niemanden gesehen, der nur mit zwei Reisetaschen umzieht.

Cameron sitzt zusammen mit dem Gepäck auf der Rückbank, weil wir Angst hatten, dass Lucy davon erschlagen werden würde, wenn wir sie neben den Berg aus Taschen und Bettzeug setzen. Sie lümmelt in ihrem Kindersitz auf dem Beifahrersitz meines Autos und erzählt ihrem Plüschtier eine Geschichte nach der anderen. Mittlerweile weiß ich, dass der Otter Clair heißt und Cameron ihn ihr vor Kurzem geschenkt hat, als er am College angenommen wurde. Clair der Otter für die Tochter eines St.-Clair-Otters. Cameron scheint eine interessante Art von Humor zu haben.

»Wo darf ich euch zwei denn eigentlich absetzen?«, frage ich.

»Weißt du zufällig, wo das ist?« Cameron reicht mir hilfsbereit sein Handy nach vorn.

Als ich die Adresse erkenne, zu der sie gebracht werden wollen, stutze ich. Die muss ich nicht einmal in die Navigationsapp eingeben. Den Weg dorthin kenne ich auswendig.

»Weiß ich. Ich war in der Vergangenheit ein paarmal dort«, gestehe ich und muss mich räuspern, da sich mein Hals mit einem Mal trocken anfühlt. Ich war bereits in diesem Haus. In diesem Appartement. In einer Vergangenheit, die mich heute zu oft einholt – egal wie weit ich fahre, um vor ihr zu fliehen.

Es geht mich nichts an, wenn sich Mateo Ortega und Joshua Simons einen neuen Mitbewohner suchen, dennoch wundert es mich. Hat Kyle nicht geschrieben, dass er auf dem Rückweg nach Fair Haven ist? Also wird er nicht in seine ehemalige WG zurückziehen. Ob er wohl ans St. Clair zurückkommt? Ich werde mich hüten, ihm zu schreiben, um ihn danach zu fragen.

Unruhig streiche ich mit den Fingern über das Lenkrad. »Was meint ihr? Schafft ihr es nachher, die Sachen allein hochzutragen, oder soll ich euch helfen? Ich würde euch sonst nur kurz rauslassen und zum Wohnheim weiterfahren, um das Bettzeug zu holen. Es könnte zwar sein, dass euch Mateo und Joshua auch welches leihen können, aber sie haben selbst oft Übernachtungsbesuch, deswegen würde ich mich nicht darauf verlassen.«

»Weißt du zufällig etwas über unsere zukünftigen Mitbewohner? Der Coach sagte nur, sie studieren am St. Clair und sind Startspieler der Otters. Ich habe mir ein paar ihrer Spiele angesehen und sie gegoogelt, aber das war, ehrlich gesagt, etwas einschüchternd.«

»Weswegen? Abseits des Felds sind sie ganz normale Studierende mit Problemen wie jeder andere.« Ich reiche ihm sein Handy zurück und zucke unwillkürlich zusammen, als mich seine warmen Finger berühren. Diese winzige Berührung reicht aus, um mir einen wohligen Schauer über den Körper zu jagen, den er hoffentlich nicht bemerkt. Hastig wende ich mich von ihm ab und fahre los. »Apropos Probleme. Ich sage es nur, bevor sie es euch erzählen: Mein Ex-Freund hat mit ihnen zusammen in der WG gelebt.«

»Warum ist er dein *Ex*-Freund?«, fragt Lucy und blinzelt mich mit grauen Augen an. »Warum habt ihr euch nicht mehr lieb?«

»Weil …« Mir fällt so schnell keine Begründung ein, die für die Ohren von kleinen Kindern geeignet wäre.

»Schwere Trennung?«, deutet Cameron mein Schweigen.

»Vieles an der Beziehung war schwierig für mich. Die Trennung von Kyle war nicht einmal die größte Herausforderung.« Kaum habe ich den Namen ausgesprochen, bereue ich es. Zumindest bis ich mich daran erinnere, dass die zwei nicht von hier sind.

Ich weiß nicht, welche Aufzeichnungen der Spiele Cameron sich angesehen hat, aber selbst wenn Kyle Clover dabei noch

Starting-Quarterback der Otters war, heißt es nicht, dass er all die Gerüchte über ihn gelesen hat. All die Berichte über seine Eskapaden. Frauen, die er in der Mannschaftsumkleide verführt hat. Abende, an denen er betrunken aus einer Bar getragen wurde. Und wenn er es doch getan hat, kann er sich vielleicht denken, warum wir nicht mehr zusammen sind, denn allein die Erinnerungen reichen, um die ganzen unangenehmen Gefühle wieder aufkommen zu lassen.

»Aber eure Mitbewohner sind wirklich vollkommen in Ordnung«, wechsle ich das Thema.

»Wenn Daddys Mitbewohner in Ordnung sind, aber dein Ex-Freund nicht, hätte er sich bei ihnen abschauen sollen, wie man aufräumt«, sagt Lucy und widmet sich wieder ihrem Otter.

»Wie wahr.« Ich kann ein Schmunzeln nicht unterdrücken.

»Lucy?«, bittet Cameron. »Was habe ich dir über das Beurteilen von Menschen gesagt?«

»Dass es nicht nett ist.« Sie seufzt resigniert und streckt sich, um zum Fenster hinauszusehen. Ein andächtiges »Wow« kommt über ihre Lippen, als der Lake St. Clair zwischen den Bäumen aufblitzt.

Ich fahre so oft daran vorbei, dass mir schon gar nicht mehr auffällt, wie schön es hier ist. Egal zu welcher Jahreszeit: Fair Haven hat seinen eigenen Zauber. Automobilindustrie, Collegeleben, Sportbegeisterung und einzigartige Natur treffen aufeinander. Und das nicht nur laut Werbeprospekt. Jeder, der einen lauen Sommerabend an einem der Lagerfeuer am Seeufer verbracht hat, würde mir zustimmen. Sie sind magisch.

»Willkommen in Michigan – dem Bundesstaat der Autos und Seen«, plaudere ich. »Und du wohnst in Ann Arbor?«

»Jupp«, antwortet Lucy. »Daddy eigentlich auch. Er ist nur

für das Studium weggezogen. Da war ich drei. Toledo liegt übrigens in Ohio.«

»Sekunde. Du kommst aus Ann Arbor?«, frage ich überrascht.

»Quasi«, lautet seine vage Antwort. »Als ich kleiner war, sind meine Eltern oft umgezogen. Die je drei Jahre in Ann Arbor und Toledo waren meine längste Zeit an einem Ort. Woher kennst du dich eigentlich so gut mit Autos aus?«, wechselt er das Thema.

Unwillkürlich umfasse ich das Lenkrad fester und streiche mit dem Daumen darüber. Was soll ich darauf antworten? Am besten irgendetwas Unverfängliches, das keine Fragen nach sich zieht. »Das ist eine lange und langweilige Geschichte. Mein Dad sagt immer, dass Autos ein Männerding sind. Ich wollte ihm wohl das Gegenteil beweisen und habe irgendwann damit angefangen, mich ein wenig damit zu beschäftigen. Autos, Football und solche Dinge.«

»Weißt du, was mein Dad immer über Männerdinge sagt?«, hakt Lucy nach, richtet sich in ihrem Sitz auf und erhebt den Zeigefinger.

»Was sage ich denn?«, fragt Cameron verwundert.

»Dass es keine Männerdinge und Frauendinge gibt. Es sei denn, man braucht zur Bedienung einen Penis oder eine Vagina.«

Camerons leises »Oh Gott« bringt mich zum Lachen.

»Was denn? Das sagst du doch immer!«, rechtfertigt sie sich.

»Ja. Und was habe ich dir über die Wörter Penis und Vagina gesagt?«

»Dass man sie nicht in der Öffentlichkeit benutzt.« Sie deutet demonstrativ um sich. Ihrer Meinung nach zählt mein Auto wohl nicht zur *Öffentlichkeit*. »Ich verstehe das nicht. Kopf und Fuß darf man doch auch überall sagen. Und die gehören auch zum Körper. Da sagt niemand: Oh Gott, Lucy, du hast gerade *Fuß* gesagt. Wie konntest du nur? Das ergibt doch überhaupt keinen Sinn!«

Lucys Geplauder und Camerons peinlich berührte Art bringen mich zum Lachen. Ich versuche wirklich, mich zusammenzureißen, kann es aber nicht. Diese ganze Konstellation ist einfach zu schräg. Vor allem, wenn man Camerons andere Seite kennt. Wenn man weiß, wie wenig zurückhaltend er sein kann.

Die Situation wird auch nicht besser, als Lucy in meinen Lachanfall einfällt. Keine Ahnung, worüber sie sich so amüsiert. Vielleicht darüber, dass mir Tränen die Wangen hinunterlaufen. Aber es ist einfach zu süß, wie sie sich darüber echauffiert, dass ein Penis nicht das Gleiche wie ein Fuß ist.

»Wie schön, dass ihr zwei euch versteht«, schnaubt Cameron von der Rückbank.

Auch ohne mich zu ihm umzudrehen, höre ich an dem warmen Unterton in seiner Stimme, dass er es ehrlich meint.

Als ich an einer roten Ampel halten muss, hole ich einmal tief Luft. Zum ersten Mal an diesem Tag habe ich das Gefühl, wieder frei atmen zu können. Keine Erwartungen, keine Vorhaltungen, keine Altlasten. Für einen kurzen Moment bin ich einfach nur ich, genau wie ich es in L.A. sein konnte.

»Danke, Lucy.«

»Wofür?«, fragt sie verwundert.

»Bisher war mein Tag echt mies. Ihr habt ihn gerade sehr viel besser gemacht.«

»Unser Tag war auch mies«, murmelt sie und wendet sich dem Fenster zu. »Die Toilette an der Tankstelle war eklig. Das Auto ist kaputt. Und Daddy zieht noch immer nicht zu uns zurück.«

»Ja, aber wenn du möchtest, machen wir weiterhin jeden Tag Videotelefonie«, verspricht Cameron, lehnt sich zwischen den

Sitzen nach vorn und knufft sie in die Schulter. »Es ändert sich doch gar nichts.«

»Doch! Du hättest zu uns ziehen und jeden Tag nach Fair Haven fahren können!«, erwidert sie, ohne den Blick vom Fenster zu lösen. »Mommy hätte dir sogar ihr Auto geliehen.«

Ihr Tonfall sorgt dafür, dass sich mein Herz schmerzhaft zusammenzieht. Weil ich weiß, wie es ist, wenn Eltern einen enttäuschen. Wenn sie keine Zeit für einen haben. Wenn man sich gemeinsame Momente und Zuneigung wünscht – und stattdessen mit Geschenken abgespeist wird. Aber dies ist eine Sache zwischen Cameron und seiner Tochter, also schweige ich.

Er streckt die Hand aus, um ihr über den Kopf zu streicheln, aber sie weist ihn ab. »Es ist doch nur eine Stunde Autofahrt. Wenn irgendetwas sein sollte, leihe ich mir ein Auto und komme schnellstmöglich vorbei.«

»Versprochen?«

»Versprochen.« Er zögert, bevor er ergänzt: »Aber das zählt nicht für Spinnennotfälle. Die sind immer noch Mommys oder Grandpas Einsatzbereich.«

»Was sind denn Spinnennotfälle?«, hake ich nach, obwohl es mich ebenfalls nichts angeht.

»Zum Beispiel, wenn eine wirklich, wirklich eklige Spinne auf deinem Kopfkissen sitzt und du schlafen gehen sollst«, erklärt Lucy. »Oder vor der Toilette, wenn du dringend Pipi musst. Dann müssen Mommy oder Daddy kommen und sie wegmachen. Hattest du denn noch nie einen Spinnennotfall?«

Vermutlich nicht. Zumindest kann ich mich nicht daran erinnern, dass mein Dad jemals ins Badezimmer gekommen wäre, um für mich eine Spinne zu beseitigen. Für solche Sachen war wohl Hanna zuständig. Genauso wie für die meisten anderen Dinge, die mich betrafen.

Trotz Camerons Versprechen, sie jeden Tag anzurufen, wirkt

Lucy nicht überzeugt. Es dauert einen Moment, bis sie mit der Sprache rausrückt, was diesen Tag für sie wirklich so mies macht. »Wenn du immer noch nicht zu uns zurückziehst, wie wollen Mommy und du euch dann wieder ineinander verlieben?«

Lucys Frage klingt unschuldig, ihre Stimme zerbrechlich – und Camerons einzige Antwort ist ein Schweigen. Es breitet sich im Auto aus wie eine Lawine. Alles wird unter ihr erdrückt, und zumindest mir nimmt sie für einen Moment die Luft zum Atmen. Ich spüre Lucys Hoffnung auf ein Happy End beinahe körperlich. Als ich es nicht mehr aushalte, schaue ich in den Rückspiegel. Camerons Blick kreuzt meinen. Vielleicht täusche ich mich, vielleicht schüttelt er leicht den Kopf. Aber ich weiß nicht, was es bedeuten soll.

Mir auf die Unterlippe beißend lenke ich meine Aufmerksamkeit auf die Straße, und zumindest für ein paar Sekunden bleibt sie dort.

Einerseits wünsche ich Lucy ihre heile Familie zurück, andererseits … Gibt es eine andere Seite? Eine, die sich insgeheim darüber gefreut hat, Cameron noch einmal wiederzusehen? Die sich daran erinnert, wie gut sich seine Nähe angefühlt hat? Aber was spielt das für eine Rolle? Wenn dieser Moment Teil einer Geschichte wäre, die ich schreibe, würde ich Lucy ihr Happy End schenken. Weil ihre Kindheit definitiv wichtiger ist als meine Erinnerungen an eine Nacht, die ohnehin keine tiefere Bedeutung hat.

»Wenn ihr mal Heimweh habt und eine Ablenkung sucht, kann ich euch das *Hazelcup* empfehlen«, versuche ich die Stille mit Small Talk zu durchbrechen. »Dort gibt es das beste Eis der Stadt. Und im Winter bauen sie im Rose Parc einen Eislaufring auf. Magst du Eislaufen?« Ich sehe Lucy flüchtig an, aber sie starrt aus dem Fenster, ohne zu reagieren.

Was habe ich auch erwartet? Dass meine Frage sie davon ablenkt, dass ihr Dad noch immer nicht zu ihr zurückzieht? Dass sie vielleicht das Gefühl hat, dass er sie im Stich lässt? Dass es ihr das Herz bricht?

»Eis essen im *Hazelcup* klingt doch gut«, antwortet Cameron schließlich.

»Wenn Mommy auch mitkommt«, murmelt Lucy.

Das ist der Moment, in dem ich das nachfolgende Schweigen einfach akzeptiere. Hatte ich vorhin ein schlechtes Gewissen, weil ich mich aus Camerons Hotelzimmer geschlichen habe, habe ich es jetzt, weil ich überhaupt mit ihm mitgegangen bin.

4. KAPITEL

☑ *Alte Freunde wiedertreffen*

Ich bin ganz froh darüber, dass Cameron es schafft, die Taschen allein ins Haus zu tragen. Derweil fahre ich ins Wohnheim, um das Bettzeug zu holen. Dass ich welches übrig habe, liegt vor allem daran, dass ich in der Vergangenheit ab und an unerlaubten Übernachtungsbesuch hatte, wenn meine Mitbewohnerin nicht da war.

Erst als ich mich mit zitternden Knien auf mein Bett fallen lasse, verstehe ich, was da eben passiert ist. Ich brauche definitiv einen Moment, bevor ich erneut auf Cameron treffe. Auf Cameron – und Lucy.

Ich kann verstehen, dass sie traurig ist. Welches Kind wünscht sich keine intakte Familie? Aber was hatte Camerons Kopfschütteln vorhin zu bedeuten? Dass ich keine Fragen stellen soll, weil es mich nichts angeht? Oder dass Lucys Hoffnungen vergebens sind? Steckt vielleicht mehr dahinter? Ich kenne Cameron nicht, weiß nichts über ihn oder seine Ex-Freundin. Vielleicht war ich nur eine kurze Zerstreuung, bevor er sich überlegt, zu ihr zurückzugehen. So etwas gibt es. Und es wäre in Ordnung, schließlich hatten wir nur bedeutungslosen Sex. Oder nicht?

Warum denke ich überhaupt darüber nach?

Seufzend greife ich nach meinem iPhone und tue das Erste, was mir einfällt: Ich rufe Aliza an.

»Hey, Süße«, flötet es aus dem Hörer, noch bevor ich mir zurechtgelegt habe, was ich ihr erzählen soll.

»Hey.« Es ist nur ein Laut, doch offensichtlich klingt er seltsam genug, um sie aufhorchen zu lassen.

»Den Tonfall kenne ich. Was ist los? Stress mit deinen Eltern? Brauchst du ein One-Way-Ticket?«

»Verlockendes Angebot.« Das ist es wirklich, wird aber meine Probleme nicht lösen. »Erinnerst du dich an den jungen Mann, den ich an Silvester im Club getroffen habe?«

»Vage. Ich bin mir nicht sicher, ob ich sein Gesicht gesehen habe, weil ihr so damit beschäftigt wart, euch pausenlos zu küssen. Wieso fragst du?«

»Weil ich ihn gerade wiedergesehen habe – er zieht nach Fair Haven.«

Ich weiß nicht, mit welcher Reaktion ich gerechnet habe, aber in der Leitung ist es so still, dass ich mich frage, ob sie noch dran ist.

»Aliza?«

»Ja, entschuldige. Das passiert mir nicht oft, aber ich bin ein wenig sprachlos. Gib mir noch einen Moment, bis ich sortiert habe, ob ich mich für dich freue oder es ein wenig verrückt finde. Ich meine, ihr kennt euch wie lange? Eine Nacht und ein Date lang.«

Es dauert, bis ich begreife, dass sie mich falsch verstanden hat. »Er zieht nicht zu mir, sondern nach Fair Haven, weil die Otters ihn übernommen haben. Er spielt Football. Wir sind uns eben nur zufällig über den Weg gelaufen.«

»Gott sei Dank. Nicht dass ich nicht an Liebe auf den ersten Blick glauben würde, aber manchmal ist es gut, ein wenig vorsichtig zu sein. Es gibt nicht nur Frauen, die ziemlich Gas geben, wenn sie erfahren, dass irgendwann ein üppiges Erbe winkt.«

»Danke für die Warnung, aber er hat keine Ahnung, wer ich bin, und sah genauso überrascht aus wie ich. Es ist eher die ganze Situation, die mich überfordert. Dass ich ihn wiedersehe. Dass er in Kyles ehemaliges Zimmer zieht. Dass er eine Tochter hat – was soll ich jetzt tun?«

»Er hat eine Tochter?«, fragt Aliza überrascht, aber hat sich sofort wieder gefangen. »Da ich dir schon im Club gesagt habe, dass du nicht mit ihm mitgehen solltest, und es nichts gebracht hat, werde ich dir keine weiteren Ratschläge geben. Außer vielleicht, dass du mehr auf deinen Verstand hören solltest, weil dein Herz und dein Körper offensichtlich zu Fehlentscheidungen neigen.«

Wem sagt sie das?

Wir plaudern noch eine Weile, bis ich mich beruhigt habe und dazu bereit fühle, zur WG zu fahren.

Vermutlich haben Joshua und Mateo genauso wenig damit gerechnet, dass ich so schnell wieder vor dieser Tür stehen würde, wie ich. Es fühlt sich eigenartig befremdlich und zugleich vertraut an, den Klingelknopf an der Wohnungstür zu drücken. Wie oft habe ich das in der Vergangenheit getan? Und wie viele Male hinterher bereut?

Ich werde aus meinen Erinnerungen gerissen, als sich die Tür öffnet.

Grüne Augen, unbändige Locken und selbst zu Hause Sportkleidung? Das ist eindeutig Mateo Ortega. Er hat sich in den letzten Monaten kaum verändert – zumindest optisch nicht. Seitdem er offiziell mit Haley zusammen ist, wird er allerdings nur noch selten auf Partys gesehen. Und wenn er doch geht, dann verlässt er sie nüchtern und stets allein statt jedes Mal mit einer anderen jungen Frau am Arm. So, wie er jetzt vor mir steht, erscheint er ruhiger und fokussierter.

»Perez?« Er blinzelt mich überrascht an, bevor er mir ein

freundlich-unverbindliches Lächeln schenkt und mir bedeutet, einzutreten. »Du warst also die hübsche junge Frau, die unsere neuen Mitbewohner vor dem Kältetod gerettet hat? Das hätten wir uns ja eigentlich denken können. Es gibt nicht allzu viele Frauen, die in der Lage sind, ein Auto zu hacken.«

»Es ist kein Hacken, wenn man sich der offiziell zugelassenen Auslesesoftware bedient«, behaupte ich. »Und ich habe vorher gefragt, mir also keinen unberechtigten Zutritt verschafft.«

»Dann lass es mich anders formulieren«, schlägt er vor. »Es gibt nicht allzu viele junge Frauen, die die Auslesesoftware der Perez Inc. auf ihrem Handy installiert haben.«

»Mag sein«, gestehe ich widerwillig ein und schaue demonstrativ auf die Decke in meinen Armen hinab. »Kann ich die irgendwo ablegen?«

»Penny!«, ruft Lucy herüber und winkt mit einer Kuchengabel in der Hand.

Sie sitzt mit Haley und Cameron am Esstisch vor der großen Fensterfront. Unter ihrem Hintern stapeln sich einige Sofakissen, damit sie hoch genug und bequem am Esstisch sitzen kann. Ihre Füße baumeln in der Luft – im Takt eines Lieds, das sie summt. Mit einer Hand gabelt sie ein riesiges Stück Kuchen auf, in der anderen hält sie einen Buntstift. Beeindruckendes Multitasking. Wer kann schon essen, summen und gleichzeitig zeichnen? Ich könnte es nicht. Ihr Otter hat neben ihrem Kuchenteller Platz genommen und beobachtet sie.

»Der Freund unseres Mitbewohners hat uns zur Begrüßung einen Kuchen gebacken«, erklärt sie derart vergnügt, als hätte der Kuchen tatsächlich dazu beigetragen, ihre Laune ein wenig zu heben.

Er stammt zweifelsohne von Bo – Julys Zwillingsbruder und Freund ihres Mitbewohners Joshua. Ich kenne niemanden sonst, der so leidenschaftlich backt und noch dazu verdammt gut darin ist. Ich habe schon überlegt, ihn in einer dieser Back-TV-Shows anzumelden, doch Bos Begeisterung über den Vorschlag hielt sich in Grenzen.

»Das ist aber sehr lieb von Bo«, erwidere ich, lege das Bettzeug auf einem der Ledersofas ab, begrüße Haley und Cameron und bleibe unschlüssig stehen. Es ist merkwürdig, wieder hier zu sein. In dieser Wohnung voller Erinnerungen an Kyle und unsere gemeinsamen Momente. Camerons Blick auf meiner Haut zu spüren, während in meinem Kopfkino eine Wiederholung von *Best of Kyle und Penny* läuft, macht es nicht weniger eigenartig.

Ob die anderen merken, dass Cameron und ich uns besser kennen als zwei Fremde, die sich zufällig auf der Landstraße begegnet sind? Verraten wir uns durch irgendetwas? Mateo ist ja ein Experte, was One-Night-Stands betrifft, vielleicht hat er für so etwas einen Riecher?

Ich beginne zu schwitzen, bringe ein bisschen Distanz zwischen Cameron und mich und versuche dabei so gelassen wie möglich zu wirken.

»Und? Wie geht es dir? Was machst du so, wenn du keine Männer abschleppst?«, fragt Mateo geradeheraus, und Cameron verschluckt sich heftig.

Auch mir schlägt das Herz bis zum Hals. »Die gleichen langweiligen Sachen wie immer«, erwidere ich hastig.

»Da du mit dem Cheerleading aufgehört hast, sind das …?«

»Für Klausuren lernen, Leuten nervige Fragen stellen, Artikel schreiben.« *Und so tun, als hätte ich mein Leben im Griff.*

»Und hast du von irgendwem irgendetwas Neues gehört?«, fragt Mateo in einem sonderbaren Tonfall und zieht eine Augenbraue hoch, während er mich aufmerksam mustert.

Zu aufmerksam für meinen Geschmack. Bilde ich mir den Unterton nur ein, oder weiß er es? Hat Kyle ihm auch geschrieben, dass er auf dem Weg nach Fair Haven ist? Welche Reaktion erwartet er nun von mir?

»Nichts Interessantes gehört von niemandem«, verneine ich. Ich möchte nicht über Kyle reden und wechsle das Thema. »Ich habe mir übrigens gestern euer Spiel angesehen. Das war ganz schön knapp. Ihr hättet fast verloren. Auch wenn es eindeutig nach einem Defense-Problem aussah. Lex hat gewirkt, als wäre er höchstens körperlich anwesend – und selbst das an den falschen Stellen des Felds.«

»Wem sagst du das?«, seufzt Mateo. »Aber wir sind ein Team. Wenn einer schwächelt, trifft es uns alle. Und mir klingeln noch immer die Ohren von der Ansprache des Coachs. In dem Augenblick hätte ich echt gern mit Drew getauscht. Ich bin mir sicher, dass Julys Übersetzung sehr viel weniger Schimpfwörter enthielt. Keine Ahnung, ob es in der Gebärdensprache überhaupt so viele gibt.«

»Glaubt man gar nicht, dass Coach Brooks dermaßen toben kann«, werfe ich ein. »Er wirkt immer wie die Besonnenheit in Person, wenn man ihn irgendwo trifft.«

»Du weißt, wie das ist. Stille Wasser sind tief.« Er wackelt so übertrieben mit den Augenbrauen, dass ich mit den Augen rolle, obwohl er genau genommen in diesem Fall recht hat. »Komm schon. Wir wissen beide, dass du unschuldiger aussiehst als du bist.«

»Hörst du jemals mit den Anspielungen auf? Es ist mir auch so unangenehm genug, dass du Kyle und mich überrascht hast.«

»Mehrfach«, stimmt er grinsend zu.

»Womit überrascht?«, fragt Lucy unbedarft.

Cameron sieht aus, als würde er ihr am liebsten die Ohren zuhalten. Er schaut mich flüchtig an und schüttelt hastig den Kopf. Aber er kann unbesorgt sein, ich werde darauf sicher nicht weiter eingehen.

»Möchtest du ein Stück Kuchen, Penny?« Haley springt vom Stuhl auf und ist bereits auf dem Weg zum Küchentresen.

Mir fällt jetzt erst auf, wie hübsch sie heute aussieht. Ihr Modegeschmack ist nicht im Entferntesten mit meinem kompatibel. Ich meine: Es ist Winter, und sie trägt ein luftiges Sommerkleid, darüber einen Strickmantel und einen bunten Wollschal, der aussieht, als hätte er schon in den 1970er-Jahren existiert. Sie hat ihre blauen Haare zu einem chaotischen Half Bun zusammengesteckt, bei dessen Anblick meine Mom einen Anfall bekommen würde. Und obwohl das eine der wildesten Mischungen an Kleidungsstücken ist, die ein Mensch miteinander kombinieren kann, steht sie ihr. Ich würde an ihrer Stelle nur verkleidet aussehen.

»Fühl dich wie zu Hause. Du kennst dich ja hier aus.« Mateo schiebt die Hände in die Hosentaschen seiner Jogginghose und schlendert zur Küchenzeile hinüber. »Sieh mich nicht so pikiert an. Ich meine es ehrlich. Du warst oft genug hier, um zu wissen, wo alles steht. Setz dich zu uns, wenn du magst.«

»Danke euch, aber ich muss gleich wieder los. Bis zu Drews Party wollte ich noch ein paar Sachen für kommende Woche erledigen.«

»Tatsächlich?« Lucy neigt den Kopf zur Seite, schiebt sich ein besonders großes Kuchenstück in den Mund und redet kauend weiter. »Vorhin hast du noch gesagt, du hättest nichts mehr vor.«

»Lucy.« Cameron bedeutet ihr, mit geschlossenem Mund zu essen. »Ich denke, Penny hat heute schon genug ihrer Zeit mit uns verschwendet.«

»Ich habe euch gern geholfen. Es war keine Zeitverschwendung«, widerspreche ich. »Und ich würde gern noch bleiben, aber ich habe heute noch keinen einzigen Punkt von meiner

To-do-Liste streichen können.« Mein Gewissen drängt mich dazu, noch irgendetwas zu erledigen, bevor ich feiern gehe.

»Gewöhnt euch dran, Penny ist quasi immer auf dem Sprung.« Mateo lehnt sich mit dem Hintern gegen den Küchentresen. »Und keiner von uns hat jemals Wochenende. Du kennst das ja aus Toledo: lernen, Sport treiben, noch mehr Sport treiben, zu Auswärtsspielen und Presseterminen reisen, dich an den grausamen Diätplan der Coaches halten, der übrigens keinen Kuchen vorsieht, wieder Sport treiben …«

»Ja, ihr habt es wirklich schwer«, beteuert Haley und nimmt sich ein weiteres Stück. Sie blinzelt Mateo liebreizend an und lässt sich eine Gabelspitze des Kuchens genüsslich auf der Zunge zergehen. »So schade, dass ihr keinen Zucker essen dürft. Da werden Lucy und ich alles allein essen müssen.«

Mateos sehnsüchtigem Blick nach ist er sich nicht ganz sicher, ob er Haley das Stück Kuchen wegnehmen oder sie küssen soll. Stöhnend reißt er sich von ihrem Anblick los. »Das meine ich: Wir sind den ganzen Tag von Versuchungen umgeben und dürfen ihnen nicht nachgeben.«

»Bleibt mehr für uns«, schlussfolgert Lucy schulterzuckend und bringt Mateo zum Schnauben.

Die Versuchungen, an die er gerade gedacht hat, serviert man offensichtlich nicht auf einem Teller.

»Vielleicht nehme ich doch ein Stück Kuchen.« Ich weiß auch nicht, woher der Impuls kommt. Wahrscheinlich ist er ein Eingeständnis dessen, dass ich heute ohnehin nicht arbeiten kann. Meine Gedanken springen immerzu zwischen dem Morgen bei meinen Eltern, Kyles Nachricht und meiner Nacht mit Cameron hin und her. Gegessen habe ich bisher auch noch nichts, außer einem Keks, der mir im Café zum Tee gereicht wurde.

Ein Teil von mir würde Cameron zukünftig lieber aus dem

Weg gehen. Ein anderer hält mich hier und beobachtet ihn dabei, wie er Lucy einen Zeichentipp gibt. Es ist süß, die beiden so vertraut zu sehen.

Als würde er spüren, dass ich ihn betrachte, wendet Cameron mir den Kopf zu und versenkt seinen Blick in meinen. In seinen grauen Augen liegt ein Ausdruck, den ich nicht deuten kann. Woran er wohl denkt? Auch als ich meinen Schal abwickle und auf einer Stuhllehne ablege, spüre ich förmlich, dass er jede meiner Bewegungen verfolgt.

Und schon sind sie zurück: all die Erinnerungen an die sinnlichsten Momente meines Lebens. Rasch hänge ich die Handtasche ebenfalls über die Stuhllehne, setze ich mich und hoffe, dass man mir nicht anmerkt, dass ein bewundernder Blick von Cameron reicht, um meine Wangen zum Glühen zu bringen.

»Kuchen ist schon unterwegs«, trällert Haley und greift einen Teller aus dem Küchenschrank. »Also kommst du nachher auch zu Drews Geburtstagsparty?«

»Ja. Ich habe July angeboten, dass ich ihr beim Dekorieren der Wohnung helfen könnte, aber sie meinte, Bo und Joshua haben alles im Griff.«

»Ich freue mich, dass du auch kommst«, behauptet Lucy. »Dann kennen wir dort wenigstens schon ein paar Leute.«

»Du, junge Dame, wirst nachher von deiner Mom abgeholt. Nichts da mit Party«, korrigiert Cameron und tippt ihr mit der Rückseite eines Buntstifts auf die Nasenspitze.

»Aber Haley hat gesagt, wir sind auch eingeladen!«, ereifert sie sich.

»Über Partys reden wir noch mal, wenn du sechzehn bist. Frühestens. Das ist übrigens auch dein letztes Stück Kuchen. Nicht dass wir Ärger mit deiner Mom bekommen, weil du heute Abend Bauchschmerzen hast.«

»Bekomme ich nicht!«, versichert sie energisch. »Ich hatte von Kuchen noch nie Bauchschmerzen! Aber dann muss Penny halt deinetwegen kommen. Dann kann sie dich im Notfall wieder abschleppen.« Sie zuckt erschrocken zusammen, als Mateo laut auflacht, sich mühevoll zusammenreißt und umgehend entschuldigt.

»Ja, du hast recht«, stimmt er zu und räuspert sich. »Penny sollte dringend kommen und deinen Daddy abschleppen.«

»Weißt du, ich dachte, jetzt, wo du eine Freundin hast, reißt du dich ein wenig mehr zusammen«, antworte ich genervt.

Er sieht Haley an, die den Kopf schüttelt und ihm die Hand hinhält, damit er einschlagen kann. Ernsthaft? Er bekommt für seinen Kommentar auch noch ein High five von ihr?

»Ihr zwei habt euch echt gesucht und gefunden«, murmle ich und nehme von Haley Teller und Gabel entgegen. Irritiert betrachte ich das Stück. Das ist kein Kuchen, sondern eine Torte. »Übt Bo für eine Hochzeit?«, frage ich mit Blick auf die feinen, weißen Verzierungen, die auf dem Stück thronen. Es ist ein wahres Kunstwerk. Er hat sich sichtlich selbst übertroffen.

»Angeblich war dieses Experiment nur für seinen Blog«, sagt Haley. »Es würde mich aber auch nicht wundern, wenn er insgeheim schon anfängt an einem Rezept zu arbeiten. Für sich und Josh oder Drew und July. Wer weiß das schon?«

»Bist du etwa eifersüchtig?«, stichelt Mateo, stößt sich vom Tresen ab und lässt sich auf einen Stuhl fallen.

»Eifersüchtig? Ernsthaft?« Kopfschüttelnd folgt ihm Haley, setzt sich rittlings auf seinen Schoß und sieht ihn spöttisch an. »Das war mit Abstand der schlechteste Heiratsantrag in der Geschichte ganz Fair Havens, mein Freund.«

Er streicht ihr zärtlich über die Wange. »Das war kein Antrag. Wenn es einer gewesen wäre, hättest du nun einen Ring an deinem wunderschönen Finger.«

»Ach, tatsächlich? Woher willst du denn wissen, dass ich ihn angenommen hätte?«

»Hättest du nicht?« Mateo verharrt in der Bewegung und wirkt mit einem Mal sehr viel unsicherer, als ich ihn kenne. Allein die Vorstellung davon, dass Haley ablehnen könnte, scheint ihn nervös zu machen. Sofort ist der unruhige Mateo von früher zurück, lässt seine Hand ein Stück tiefer gleiten und trommelt mit den Fingern an ihre Taille.

Kopfschüttelnd ergreift Haley seine Hand und schiebt ihre Finger zwischen seine. »Du bist manchmal so ein Vollpfosten.« Statt eine klare Antwort zu geben, vergräbt sie die freie Hand in den Locken an seinem Hinterkopf und küsst ihn auf eine Weise, die mir vor Lucy ziemlich unangebracht vorkommt.

Es wird auch nicht besser, als Mateo leise in ihren Mund stöhnt. So ungleich die beiden auf den ersten Blick wirken mögen, offensichtlich haben sie einiges gemeinsam. Nicht nur das Medizinstudium und die große Klappe, sondern auch das Unvermögen, die Finger vom jeweils anderen zu lassen.

»Ihr werdet Bo lieben«, lenke ich von dem Schauspiel ab und wende mich an Lucy, die ihre zierliche Nase rümpft, als fände sie sich küssende Menschen eher eklig.

»Bo ist … wie ein großer Bruder.« Es fällt mir schwer, die Worte auszusprechen, aber auch wenn Bo jünger ist als ich, ist er im Grunde genau das für mich. Der große Bruder, den ich nie wirklich hatte. Manchmal habe ich ihn dafür geliebt, manchmal war seine Nähe für mich kaum erträglich. Sofort erinnert mich mein schlechtes Gewissen daran, dass es da eine Sache gibt, die ich dringend erledigen muss. Bo und ich sind gleichermaßen gut darin, uns in Dinge einzumischen, die uns nichts angehen. Er hat mich mit meiner Beziehung zu Kyle aufgezogen, dafür war ich nicht immer für ihn da, wie er es gebraucht hätte. Als auf dem Campus die Gerüchte über ihn und

Joshua die Runde machten, hätte ich zu ihm halten sollen, und es tut mir inzwischen sehr leid, dass ich damals gezögert habe.

»Hast du eigentlich Geschwister?«, fragt Lucy unbedarft.

Ich weiß, dass es eine harmlose Frage ist, trotzdem wird sie sich für den Rest meines Lebens schmerzhaft anfühlen. »Nein, ich habe leider keine«, sage ich leise, kratze mit der Gabel ein wenig Fondant ab und schiebe ihn an den Tellerrand. »Aber ich hätte gern welche gehabt.«

»Sieh es positiv: So hast du das Erbe deiner Eltern immerhin für dich allein«, wirft Mateo ein, kaum dass er sich von Haley gelöst hat. Offensichtlich ist den beiden gerade wieder eingefallen, dass noch andere Leute mit ihnen am Tisch sitzen. »Euer Auto hätte in keinem besseren Moment streiken können als direkt vor der Nase von Penelope Perez.«

»Doch. Vor einem Abschleppwagen beispielsweise«, behaupte ich und probiere ein Stückchen von Bos Torte. Sie ist tatsächlich genauso lecker, wie Lucy gesagt hat. Die perfekte Mischung aus saftigem Biskuitboden und feiner Creme. Fruchtig-sauer und buttrig-süß. Bo hat ein Händchen für diese Dinge. Dennoch stochere ich mit der Gabel im Teig herum und spüre Camerons Blick erneut auf meiner Haut.

»Penelope Perez?«, hakt er nach und mustert mich mit einem neuen Ausdruck in den Augen. Ist es Überraschung? Skepsis? Misstrauen? »Wie die Perez Inc., mit deren Autos du dich bemerkenswert gut auskennst?«

»Manuel Perez ist mein Dad«, gestehe ich und kann nicht sagen, warum es sich jedes Mal unangenehm anfühlt, es auszusprechen. Als würde ich den Leuten damit einen Freifahrtschein überreichen, über mich zu urteilen.

»Mhm.« Ist alles, was er dazu sagt.

Ich kann mir nur allzu gut vorstellen, wie er in Gedanken jedes einzelne Wort analysiert, das ich im Verlauf des Nachmittags von mir gegeben habe. Über meinen Vater, seine Firma, unsere Beziehung. Und am Ende wird er mich ansehen, ohne mich anzusehen. So wie sie es alle tun. Er wird sich fragen, von welcher Marke meine Handtasche ist. Wie oft ich ins Nagelstudio gehe. Ob ich diesen Kuchen gerade in seine Einzelteile zerlege, weil ich insgeheim die Kalorien zähle. Es ist immer das Gleiche, wenn die Leute erst meinen Nachnamen kennen. Sie sehen danach nie wieder mich an, sondern lassen sich stets von der glänzenden Fassade blenden.

Als ich ihn anschaue, erkenne ich in seinem Blick all das, was ich nicht wollte, und vor allem eins: Vorsicht. Als wäre ihm gerade bewusst geworden, dass er einen Fehler begangen hat. Als hätte er Angst, dass der Anwalt meines Dads ihn dafür verklagen könnte, mit mir geschlafen zu haben.

Oder denkt er an seine Bekannte, die von Dads Firma abgelehnt wurde? Falls es so sein sollte, habe ich damit nichts zu tun. Warum also fühlt es sich an, als würde sich zwischen uns gerade ein unüberwindbarer Graben auftun?

Einen Moment noch ertrage ich es, ihn anzusehen, dann wende ich mich wieder dem Kuchen zu. Unruhig lecke ich mir über die Lippen.

»Wenn du möchtest, kann ich dich nachher auf der Party mit einigen Leuten bekannt machen. Also nur falls du magst natürlich. Footballspieler, Cheerleader, Basketballer, die anderen aus der Redaktion. Ich wohne schon ein paar Jahre in Fair Haven und kenne einige Leute. Was studierst du noch mal?«, plaudere ich, weil es das ist, was die Leute gewöhnlich von mir erwarten: Small Talk und Networking.

»Daddy studiert Grafikdesign«, antwortet Lucy für ihn. »Er ist ein wahrer Künstler. Aber er braucht hier keine Freunde, wenn er eh bald zu uns zurückkommt.«

Cameron kratzt sich mit dem Stift in seiner Hand am Nasenrücken, während er über eine Antwort nachdenkt. »Ich kann nicht zurückkommen. Ich werde für mindestens anderthalb Jahre in Fair Haven sein. Du erinnerst dich, was wir abgesprochen haben? Einmal Weihnachten und dann noch bis zum Sommer. Und danach muss ich sehen, wo ich einen Job finde.«

»Mommy glaubt nicht, dass du es noch so lange ohne uns aushältst.« Sie zuckt mit den Schultern, als würde sie es ebenfalls bezweifeln. »Sie ist sich ziemlich sicher, dass du bald wieder zu uns ziehst.«

»Ja, aber Zoe vergisst auch gern, dass ich nicht nach Belieben das College wechseln kann. Ich muss da studieren, wo sie mich in der Mannschaft brauchen. Und meine Tage sind sehr lang. Ich kann nicht täglich stundenlang nach Ann Arbor oder zurück fahren.«

»Aber vielleicht finden sie ja noch einen Besseren und brauchen dich gar nicht in der Mannschaft.«

Autsch. Dieses ganze Gespräch fühlt sich selbst für mich unangenehm an. Dass Zoe und Cameron bei diesem Thema offensichtlich nicht in einem Team spielen, macht es nicht einfacher, mir das anzuhören.

»Lucy, sind wir mal ehrlich«, bittet Mateo und sieht sie verschwörerisch an. »Ich verstehe, dass du deinen Daddy vermisst. Ich vermisse meinen manchmal heute noch. Aber die Otters brauchen seine Hilfe wirklich dringend, und du bist doch schon ein großes Mädchen. Meinst du, du kannst ihn uns für eine Weile überlassen? Ohne ihn sind wir nächste Saison komplett verloren.«

Sie wirkt nicht überzeugt. Erst als Mateo die Hände ineinanderlegt, als würde er sie anflehen, gibt sie nach. »Okay. Aber dafür bekomme ich noch ein Stück Kuchen.«

»Ein halbes?«, schlägt Mateo vor.

»Ein ganzes!«

Auf Camerons ergebenes Nicken hin scheucht Mateo Haley von seinem Schoß und erhebt sich. »Du bist eine harte Verhandlungspartnerin, aber das gefällt mir.« Es liegt gar nicht mal an dem, was er sagt, es ist mehr die Art, wie er es sagt, die Lucy beschwichtigt. Ich hätte ihm einiges zugetraut, aber nicht, dass er gut mit Kindern umgehen kann.

Während er Lucys Teller vom Tisch nimmt und ihr noch ein Stück Kuchen holt, wendet er sich an Cameron. »Die ganze Mannschaft wird nachher bei der Party sein. Ich kann dich dem Team vorstellen. Für alles Weitere wende dich vertrauensvoll an Penny.«

»Für *fast* alles Weitere«, korrigiere ich.

Camerons zuckendem Mundwinkel nach denkt er vielleicht an etwas Ähnliches wie ich.

Was in Los Angeles geschieht, bleibt in Los Angeles, ermahne ich mich. Denn hier in Fair Haven gibt es ohnehin zu viele Gründe, die zwischen uns stehen. Oder sitzen. Einer davon nimmt gerade vergnügt seinen Nachschlag entgegen und wünscht sich offensichtlich seine intakte Familie zurück. Und ich kann es verstehen. Ich kann es wirklich verstehen.

»Ich hoffe, Fair Haven wird dir gefallen«, unterbreche ich meine finsteren Gedanken.

»Da bin ich mir sicher«, antwortet Cameron.

Für einen Moment frage ich mich, ob ich mir den doppeldeutigen Ton nur einbilde, aber vielleicht erinnern wir uns beide an denselben Moment im Club.

Lass uns von hier verschwinden. Ich hoffe, mein Hotelzimmer wird dir gefallen.

Da bin ich mir sicher.

Er hat nicht gelogen, sein Zimmer war schön. Aber ich hatte kaum Augen dafür. So wie meine Aufmerksamkeit auch jetzt ständig zu Cameron wandert. Ich bin dagegen absolut machtlos. Es ist, als wäre er ein Magnet, der mich erbarmungslos anzieht. Als würde er es spüren, sieht er zurück. Obwohl wir bereits alles Wichtige geklärt haben, fühlt es sich an, als würden wir mit unserem Blickduell irgendetwas ausdiskutieren.

Er hat eine Tochter, die sich ihren Dad zurückwünscht.

Mein Dad hingegen wünscht sich, dass seine Tochter ihren Ex-Freund zurücknimmt.

Am Ende dieser Bilanz gibt es keinen Gewinn.

5. KAPITEL

☑ *Auf einer Party Spaß haben*

»Wen willst du denn aufreißen?« Lin mustert mich skeptisch, während ich in meine Overkneestiefel schlüpfe.

»Niemanden«, wiegle ich ab. »Drew hat heute Geburtstag. Möchtest du mit?« Ich bin mir sicher, dass der halbe Campus eingeladen wurde, um den Geburtstag unseres Starting-Quarterbacks zu feiern. Auf eine Person mehr oder weniger kommt es da nicht an.

»Ich bin anderweitig verabredet.« Meine Mitbewohnerin widmet sich ihrem iPad. »Die Quadrantiden sind dieses Jahr schon Anfang Januar zu sehen. Falls die Wolken mitspielen, versteht sich.«

»Sternschnuppenregen?«, vermute ich, weil das eines der wenigen Ereignisse ist, die Lin nachts aus dem Zimmer locken.

Im ersten Semester war ich einmal mit ihren Freunden zur Sternschnuppenwacht. Ich mag Sternschnuppen. Wer nicht? Sie sind hübsch anzuschauen, und einen Wunscherfüller kann jeder brauchen. Aber stundenlang auf einem Hügel außerhalb von Fair Haven zu sitzen und Sternschnuppen zu zählen, verlor nach kurzer Zeit seinen Reiz. Zumal Lins Freunde schon vor unserem ersten Zusammentreffen beschlossen hatten, dass ich eine oberflächliche Zicke bin, die man am besten den ganzen Abend lang mit Witzen über Mexikaner in Schach hält.

»Wie nennt man einen Mexikaner, dem sein Auto geklaut wurde? Car-los.«

Sehr unterhaltsam.

Da Lin bestens mit verglühenden Gesteinsbrocken beschäftigt sein wird, bin ich nicht allzu traurig darüber, dass sie mich nicht begleiten möchte.

Die Geburtstagsparty eines College-Footballstars in einer so winzigen Wohnung zu feiern, fühlt sich an, als würde man ein Mentos in eine Colaflasche schmeißen, den Deckel draufschrauben und dann noch kräftig schütteln. Explosiv.

July hat mir erzählt, dass sie die Leute eigentlich zu verschiedenen Uhrzeiten eingeladen hat, um dieses Chaos zu umgehen, aber irgendwas scheint an der Taktik nicht aufgegangen zu sein. Vermutlich sind die Leute nach der Abgabe ihres Geschenks nicht wieder gegangen, sondern haben beschlossen, diese Party vollkommen eskalieren zu lassen.

Ich bin mir sicher, dass die Wohnung gleich aus allen Nähten platzt. Es ist laut, voll und warm. Theoretisch eine Kombination, gegen die ich nichts habe. Ab und zu gehe ich gern tanzen und feiern, aber in diesem Gedränge jemanden zu finden ist eine Herausforderung. Vor allem, wenn man so klein ist wie ich. Ich kann mich nur mühsam zusammenreißen, nicht zu hüpfen, um in diesem Menschenmeer nach Julys blonder Mähne Ausschau zu halten.

Es ist nur zu erahnen, dass im Hintergrund Musik läuft, denn das allgemeine Stimmengewirr übertönt alles.

Nach gefühlt einer Stunde habe ich den kurzen Weg von der Wohnungstür hin zum Wohnzimmer und Drew geschafft, um ihn und July zu begrüßen. Da er meine Leidenschaft für Autos teilt, habe ich ihm als Geschenk ein altes Modellauto für seine Sammlung besorgt. Die Miniaturausgabe seines Ford

Mustangs war nicht gerade ein Schnäppchen. Meine Eltern berechnen mein Taschengeld recht knapp, daher musste ich für dieses Geschenk zwei Monate lang jeden Cent umdrehen, aber das war es mir wert. Ich mag Drew und war in der Vergangenheit nicht immer besonders fair zu ihm. Das kann ich zwar mit keinem Präsent der Welt wieder gutmachen, aber ich hoffe, dass ich ihm zumindest eine kleine Freude bereiten kann. Dem gutmütigen Leuchten seiner braunen Augen nach war es erfolgreich. Er macht eine Gebärde, die ich mittlerweile kenne: Danke.

»Wo ist Bo?«, rufe ich July über die Musik hinweg zu, aber sie zuckt nur mit einer Schulter und deutet vage um sich. »Irgendwo mit Joshua verschwunden.«

Überrascht mich das? Eher nicht. Joshua und Bo sind bekanntlich nicht besonders gut darin, ihre Finger voneinander zu lassen. Immerhin begann ihre persönliche Liebesgeschichte mit einer stürmischen Begegnung auf der Gästetoilette einer Party wie dieser.

Ich finde die beiden jedoch ein paar Minuten später in ein Gespräch vertieft in der Küche, wo ich nach einem unbenutzten Becher suche.

Während Bo wie immer nach dem entspannten Sonnyboy vom Dienst aussieht, trägt Joshua heute ein dunkelblaues Maßhemd, in dem er sicher auch in der Anwaltskanzlei seiner Eltern aushelfen könnte.

Kaum habe ich die zwei begrüßt, erinnert mich mein Gewissen an den unerledigten Punkt auf meiner Liste. Vielleicht ist es ein Wink des Schicksals, dass ich die zwei zusammen erwische? Doch noch bevor ich dazu komme, den Mund zu öffnen, streckt Tim den Kopf zur Küchentür herein. Bei meinem Anblick will er sofort fliehen. »Tim! Dein Artikel über die Newcomer der College-Basketballszene ist morgen fällig!«

Er schenkt mir ein flüchtiges Lächeln. Statt einer Antwort klopft er gegen den Türrahmen und verschwindet wortlos im Getümmel.

Ich nehme nicht an, dass das heißen sollte, er geht jetzt sofort nach Hause, um daran zu arbeiten. »Der Typ macht mich wahnsinnig«, gestehe ich und atme tief durch. »Immer gibt er seine Texte auf den letzten Drücker ab, als müssten sie nicht mehr Korrektur gelesen werden oder als würde es mir Spaß machen, das mitten in der Nacht zu erledigen. Spoileralarm: beides nicht der Fall.«

»Vielleicht nimmst du diese ganze Redaktionssache etwas zu ernst?«, fragt Joshua vorsichtig.

»Tue ich nicht. Diese Sache ist mir einfach wichtig. Die Redaktionspläne gibt es seit Jahren. Erst für die gedruckte Campuszeitschrift, jetzt für das Online-Pendant der St. CC News. Ich will nicht, dass sie ausgerechnet unter meiner Leitung durcheinandergeraten, weil irgendwelche Leute ihre Termine nicht einhalten. Dienstag bedeutet Sportkolumne. Unsere Lesenden verlassen sich auf uns. Andere Onlinezeitungen setzen auch nicht für einen Tag alle Artikel aus, weil die Redaktion lieber feiern war.«

Mein Vortrag wird unterbrochen, als mir jemand so überschwänglich um den Hals fällt, dass ich einen Schritt vorwärtsstolpere.

»Pennyyyy!« Ava drückt mich fest an sich, bevor sie meine Hand ergreift und quiekend auf und ab hüpft. »Komm mit! Lass uns feiern. So wie früher!«

»Sicher«, ist alles, was ich herausbringe, bevor sie mich aus der Küche zerrt – direkt in die Mitte meines alten Cheerleading Squads. Offensichtlich haben die Mädchen July ebenfalls in Beschlag genommen und drücken jeder von uns einen Becher in die Hand, dessen Inhalt verdächtig nach Alkohol riecht. Dass July noch immer nicht volljährig ist, scheint niemanden zu kümmern.

Es gibt Dinge, die mir am Cheerleading fehlen, obwohl ich eigentlich ganz froh bin, damit aufgehört zu haben. Ich vermisse meine Mädchen, das Gemeinschaftsgefühl, unsere Ausflüge, die überschwänglichen Reaktionen der anderen Studierenden, wenn wir gemeinsam einen Flur auf dem Campus entlanggegangen sind … Wenn ich ehrlich sein soll, vermisse ich es auch, regelmäßig Zeit mit July zu verbringen. Seitdem wir nicht mehr zusammen zum Sport gehen, sehen wir uns viel seltener. Da war immer diese eine Sache, die uns stets verbunden hat, bis sie sich beim Training das Genick gebrochen hat und mit dem Cheerleading aufhören musste.

Vor ein paar Jahren habe ich mir selbst einmal die Nase gebrochen. Das war zwar nichts im Vergleich zu Julys Unfall, tat aber dennoch entsetzlich weh. Allein die Erinnerung an die Wochen voller Schmerzen lässt mich meine Entscheidung nicht bereuen. Es war die richtige Wahl. Ich habe nie so sehr für diesen Sport gelebt wie July. Aber es war eben auch nicht alles schlecht daran.

Ich höre irgendetwas, das meine Aufmerksamkeit auf sich zieht, kann es aber nicht einordnen. Mein Blick streift haltlos durch den Raum und sucht nach dem, was mich hat auffahren lassen. Aber da ist nichts Besonderes.

Drew begrüßt gerade Haley, Mateo und Cameron, die soeben zur Tür hereingekommen sind. Offensichtlich wurde Lucy mittlerweile abgeholt, zumindest kann ich sie nirgendwo entdecken. Cameron hat sicher recht: Auf einer Party wie dieser wäre sie nicht gut aufgehoben. Zu laut, zu eng, zu viel Alkohol. Und das an einem Sonntagabend … Vor meinem geistigen Auge sehe ich bereits sehr viele, sehr verkaterte Montagmorgenzombies über den Campus zum Kaffeemobil wanken.

Ich nippe an meinem Becher und betrachte Cameron, wie er aufmerksam mit Drew kommuniziert. Seine ganze Körperhaltung wirkt, als wäre er ein wenig eingeschüchtert davon, die Stammspieler der Otters kennenzulernen. Es ist irgendwie süß, ihn verlegen zu sehen, denn es passt gar nicht zu dem Mann, der mich so selbstbewusst im Club angesprochen hat. Lucy und seine Idole bringen Facetten an ihm zum Vorschein, die ich noch nicht kannte, aber mir ein Lächeln aufs Gesicht zaubern. Kein Mensch lässt sich in nur eine einzige Schublade stecken.

»Erde an Penny. Wen starrst du da so fasziniert an?«, stichelt Ava und folgt meinem Blick.

»Den potenziellen Nachfolger deines Cousins«, antworte ich wahrheitsgemäß und stutze. »Außerdem habe ich Cameron nicht *angestarrt.*«

»Hatte sie gerade Herzchenaugen oder nicht?« Ava sieht July auffordernd an, die mit einer Schulter zuckt.

»Wir alle wissen, dass du ein Herz für Sportler hast, also liegt ein feuriger Funkenflug zumindest im Bereich des Möglichen.«

Augenrollend nippe ich an meinem Getränk. Meistens finde ich Julys Vorliebe für Alliterationen jeder Art ganz unterhaltsam, aber manchmal ist sie etwas nervig. Vor allem wenn sie sie dazu nutzt, um einen aufzuziehen.

Avas Blick gleitet kurz zu Cameron und wieder zu mir zurück. »Er sieht nett aus.«

»Aber?«, hake ich nach und sehe sie über den Becherrand hinweg an.

»Er ist eben Sportler. Bestimmt ein echt toller Typ, doch mir reicht das ständige Gerede meines Cousins. Football hier, Football da. Hast du eine Ahnung, wie viel Zeit Lex mit dem Training verbringt? Oder dem Abwiegen seiner Nudeln? Kein Alkohol, kein Zucker, keine Nachtschattengewächse, kein Dies, kein Das, bis zu sieben Liter Wasser am Tag. Dank der anstehenden Abschlussprüfungen ist er noch unentspannter als sonst. Er hat nur noch zwei Lebensinhalte: Training und Lernen. Nein, danke. Weißt du, was das Problem mit diesen Typen ist? Die sehen zwar locker aus, aber privat haben die meisten von denen Tagespläne, da verkriecht sich deine Libido weinend im Bett. Ich brauche das echt nicht als Freund.«

»Also in meinem Bett weint niemand«, widerspricht July entschieden.

Nachdenklich knabbere ich am Becherrand und nicke unbestimmt. Wenn Ava die Sache so betrachtet, kann ich es sogar verstehen. Ein Leben als Leistungssportler erfordert Opfer. Nicht nur vom Sportler selbst, auch von seinem Umfeld. Obwohl July Verständnis für Drews Ambitionen hat, weiß ich, dass selbst sie manchmal frustriert ist, weil er so wenig Zeit für sie hat – und Drew verbringt wirklich jede einzelne Minute seiner Freizeit mit ihr.

Seufzend schaue ich zu Cameron zurück, aber Mateo macht ihn gerade mit Bo und Joshua bekannt. Danach sicherlich mit dem ganzen Team. Er ist ein guter Kerl und wird schon dafür sorgen, dass Cameron Anschluss findet.

»Okay«, sagt July gedehnt. »Du hast definitiv Herzchenaugen. Ich glaube, du hast gerade innerhalb von einer Minute zehnmal zu ihm hinübergesehen und mindestens genauso oft geseufzt.«

»Habe ich nicht«, widerspreche ich halbherzig und drehe Cameron den Rücken zu, um gar nicht erst wieder in Versuchung zu geraten.

»Doch, aber es ist okay.« Ava neigt den Kopf zur Seite, um an mir vorbeizusehen. »Ich bin mir ziemlich sicher, dass ihr quitt seid. Immer, wenn du wegsiehst, zieht er dich mit seinen Blicken aus. Aber wer könnte es ihm verübeln? In den Shorts hast du einen Wahnsinnshintern.«

»Wenn ich könnte, würde ich zustimmend nicken«, pflichtet July bei. Seit ihrem Unfall kann sie den Kopf nur noch eingeschränkt bewegen.

»Wisst ihr, was? Wie wäre es, wenn wir das Thema einfach gut sein lassen und zusammen feiern. Wie früher«, schlage ich vor, weil ich dringend eine Ablenkung brauche.

»Beste Idee des Abends! Das ist meine Penny!« Ava legt mir den Arm um die Schulter und küsst mich auf die Wange. »Wohoo!«

Wohoo. Sie sagt es. So bescheiden, wie dieser Tag am Morgen bei meinen Eltern begonnen hat, kann er eigentlich nur besser werden.

»Let's Go Blue! Let's Go!«, schreit Ava und hüpft auf und ab.

Prompt stimmen die anderen Mädchen ein. Und obwohl ich mich nicht dazu überwinden kann, mitzumachen, steckt mich die gute Laune augenblicklich an.

Aus einem unsinnigen Impuls heraus, den ich selbst nicht verstehe, drehe ich mich lachend zu Cameron um und stutze, als er zurückschaut.

Er lächelt mich an, als fände er die Schar aufgekratzter Cheerleaderinnen amüsant.

Für einen Moment versinken unsere Blicke ineinander. Wir sind umgeben von Menschen, doch keiner von ihnen ahnt etwas von unserem Geheimnis. Nur wir beide teilen diese eine Erinnerung, die mich ebenfalls zum Lächeln bringt. Ich proste ihm zu, im Gegenzug zwinkert er, als würde er mir viel Spaß wünschen.

Ich bin fest entschlossen, ihn zu haben. Den Spaß, nicht Cameron. Das Vergnügen hatte ich ja bereits.

Ich tanze und trinke, bis meine volle Blase mich zu einer Pause zwingt. Auf dem Weg zur Toilette verharre ich.

Cameron und Haley stehen im schmalen Flur, Seite an Seite gegen die Wand gelehnt, und unterhalten sich. Ich unterdrücke den unsinnigen Impuls, sofort kehrtzumachen. Es gibt keinen rationalen Grund dafür, Cameron zu meiden, außerdem stehen die beiden direkt neben der Tür zur einzigen Toilette.

»Hey, ihr zwei«, grüße ich möglichst zwanglos und drücke die Türklinke zum Badezimmer. Abgeschlossen. Natürlich.

»Es ist schon seit einer Viertelstunde belegt.« Haley verdreht die Augen. »Was auch immer das Pärchen da drinnen macht, ist sicher nicht Pipi.«

»Also steht ihr an?«

»Ich stehe an«, stimmt Cameron zu. »Haley ist so lieb, mir Gesellschaft zu leisten, damit ich an meinem ersten Abend in der neuen Stadt nicht wie ein Vollpfosten allein im Flur warten muss.«

»Interessante Küchen- und Flurgespräche sind das Einzige, was mich auf Partys hält«, gesteht sie, und ich glaube es ihr.

Ich habe sie noch nie tanzen gesehen.

Einen Moment lang überlege ich, ob es klug ist, neben Cameron zu warten. Erneut habe ich Angst, mich in seiner Gegenwart zu verraten. Aber wäre es wirklich so schlimm, wenn die Welt erfahren würde, dass wir uns bereits vor diesem Tag kannten? Liegt es am Alkohol, dass mir der Gedanke jetzt gerade viel weniger unangenehm vorkommt als vorhin?

»Stört es euch, wenn ich euch ein wenig Gesellschaft leiste, bis die Toilette frei wird?«

»Mich nicht«, antwortet Cameron. »Aber ich weiß nicht, ob du unser Thema so spannend findest. Du interessierst dich nicht zufällig für Marker?«

»Du redest wahrscheinlich nicht von Textmarkern?«, vermute ich. »Davon hätte ich eine beträchtliche Sammlung im Angebot. Und von Post-its.«

»Die sind auch nicht schlecht. Ich mag Neonfarben.«

»Apropos Neonfarben: Wusstest du, dass Cameron all seine Shirt-Aufdrucke gestaltet?« Haleys Augen leuchten regelrecht, während sie auf das Motiv seines Shirts deutet. Sie näht selbst, wahrscheinlich hat sie bereits Dutzende kreative Ideen, wie sie Camerons Talent für ihre eigenen Projekte nutzen könnte. Denn dass er Talent hat, davon bin ich überzeugt.

Mein Blick schweift zu seinem Shirt. Auch wenn ein neongelber Comic-Muffin mit muskulösen Armen und Superheldencape nicht ganz mein Geschmack ist, hat die Figur auf jeden Fall Wiedererkennungswert. Eines von Haleys extravaganten Shirts mit einem coolen Neonaufdruck? Ich könnte mir vorstellen, dass es Menschen gibt, die das feiern würden.

»Gefällt dir, was du siehst?«, fragt Cameron amüsiert, und ich senke beschämt den Blick.

Mir ist nicht einmal aufgefallen, dass ich seine Brust noch immer angestarrt habe.

»Entschuldige.« Ich komme mir primitiv vor, wie ich hier im engen Flur stehe und ihn anschmachte, als hätte ich noch nie einen Mann gesehen. Als hätte ich *ihn* noch nie gesehen.

»Habt ihr was dagegen, wenn ich mir kurz etwas zu trinken hole?«, vergewissert sich Haley. »Möchtest du auch etwas, Cam? Ich nehme mal an, Penny möchte vorerst nichts?« Sie deutet flüchtig auf die noch immer verschlossene Tür und verlässt uns, nachdem wir synchron die Köpfe geschüttelt haben.

»Cam?«, hake ich nach.

»In Toledo nennen mich all meine Freunde so«, gesteht er und sieht Haley lächelnd nach. »Sie ist nett.«

»Ist sie«, stimme ich zu und nehme ihren Platz ein, weil ich gerade das Bedürfnis nach einer stützenden Wand verspüre.

Dass er ihr seinen Spitznamen angeboten hat, mir hingegen nicht, sollte mich nicht so enttäuschen. Dabei hat er ja recht:

Haley ist nett. Sie hat July und Bo ein Zuhause geboten, als sie es brauchten. Sie hat Mateo Nachhilfe gegeben und für Joshua vor seinem Outing als Fake-Freundin hergehalten. Jetzt leistet sie Cameron Gesellschaft.

Ein eigenartiges Schweigen tritt ein. Ein Schweigen, das lauter wirkt als der Bass der Musik, der bis in den Flur dringt.

»Penelope Perez«, sagt Cameron auf einmal.

Fragend sehe ich zu ihm auf.

»Ich hätte es mir eigentlich denken können. Nicht nur, weil es generell zu meinem Glück passt. Die Hinweise waren da. Die High Heels mit der roten Sohle. Der karierte Schal. Spätestens bei dem Auto hätte mir klar sein müssen, dass die Kleidung kein Fake ist. Wer hat schon eine App zum Auslesen von Autofehlern auf dem iPhone?«

»Und was ändert sich dadurch, dass du meinen Nachnamen nun kennst?«

»Alles.«

Es ist nur ein Wort, aber es reicht, damit sich mein Herz zusammenzieht. Vielleicht liegt es auch an der Art, wie er meinem Blick ausweicht und die Zähne zusammenbeißt. Seine ganze Körperhaltung wirkt anders als noch vor wenigen Minuten. Mit Haley hat er so entspannt gesprochen, nun wirkt er verkrampft.

»Ein Nachname und meine Kleidung sagen dir also mehr über mich als …« Ich stocke, weil ich nicht weiß, ob ich mit meinen Worten eine Grenze überschreite. Er hat mich nackt und ungeschminkt unter der Dusche gesehen. Denkt er wirklich, dass ich in dem Moment weniger ich selbst war als jetzt?

»Mehr als die Erinnerung daran, wie es ist, wenn du meinen Namen hauchst, während du kommst?«, beendet Cameron den Satz und sieht flüchtig auf mich hinab, bevor er seine Schuhe betrachtet.

»Denkst du das wirklich?« Ich weiß nicht, wann wir so dicht aneinander herangerutscht sind, dass sich unsere Arme berühren und ich Camerons Wärme an meinem Körper spüre. Wenn ich einatme, steigt mir die vertraute Duftmischung aus Cameron und Vanille in die Nase. Ich will mehr davon.

Doch offensichtlich beruht das nicht auf Gegenseitigkeit.

Er räuspert sich. »Ich denke vor allem an die Dinge, die du über deinen Dad erzählt hast. Diese Sache mit den Männerdingen und alles, was ich in den Artikeln über ihn gelesen habe.«

»Dad ist kein schlechter Mensch. Er ist einfach einer der Sorte, die Sprüche sagen wie: *Mitleid bekommt man geschenkt, Neid muss man sich verdienen.* Er hat hart für den Erfolg seiner Firma gekämpft.«

»Und trotzdem ist er der Meinung, dass du sie später nicht übernehmen sollst? Ich dachte immer, erfolgreiche Menschen wollen, dass die Kinder in ihre Fußstapfen treten.«

»Er nicht.«

»Was wünscht er sich dann für dich?«

»Ich glaube, es reicht ihm, wenn ich meinen Abschluss mache und einen reichen Mann heirate. Was komisch klingt, oder nicht? Meine Eltern haben so hart für ihren Traum gekämpft und trotzdem kein Verständnis dafür, dass ich in meinem Leben mehr tun möchte, als ins Fitness- oder Nagelstudio zu gehen.«

»Es klingt nicht komisch. Es klingt, als würden sie dir das Leben wünschen, das sie nicht hatten.«

»Vielleicht«, stimme ich zu, aber es frustriert mich dennoch. »Können wir das Thema wechseln? Es gibt etwa tausend Dinge, über die ich lieber mit dir reden würde. Außerdem ist das hier Drews Geburtstagsfeier und nicht Penny-meckert-auf-hohem-Niveau-Zeit.«

Doch der Themenwechsel ergibt sich von selbst, als Haley wieder zu uns stößt. Nahtlos setzen die beiden ihr Gespräch fort, als wäre ich gar nicht wirklich anwesend. Haley erzählt von einem Copyshop, bei dem sie in der Vergangenheit T-Shirts hat bedrucken lassen. Sie tauschen sich über Vektorgrafiken und Bildauflösungen für den Textildruck aus. Allesamt Dinge, von denen ich nichts verstehe. Selten kam ich mir in einem Gespräch überflüssiger vor.

Ironischerweise gibt es dennoch einen Teil in mir, der hier nicht wegwill. Der es faszinierend findet, Cameron über Sachen reden zu hören, die ihn begeistern. Als kurze Zeit später das Bad frei wird, lässt Cameron mir den Vortritt. Das ist lieb, doch es fühlt sich unangenehmer an, als es sollte, weil es nicht wirkt, als würde er es tun, um höflich zu sein, sondern weil ihn das Gespräch mit Haley so fesselt.

»Dann wünsche ich euch noch viel Spaß«, verabschiede ich mich offenbar in einem derart seltsamen Ton, dass Haley mich irritiert ansieht.

Cameron schenkt mir ein Lächeln, das seine Augen nicht erreicht. Er sagt nichts, aber sein Blick reicht, um mir erneut zu bestätigen, dass die Nacht in L.A. für ihn tatsächlich vor allem eines war: eine einmalige Sache.

Das wusste ich ja schon, schließlich haben wir das besprochen. Also ist es okay. Warum nur fühle ich mich dann so zurückgewiesen, als ich das Badezimmer betrete? Was stimmt nicht mit mir?

Nach meinem Zwischenstopp kehre ich zu Ava und den Mädchen zurück, lasse mir einen Becher in die Hände drücken und versuche, mich um den einzigen Punkt auf der To-do-Liste für heute Abend zu kümmern: Spaß haben.

»Penny?«

Ich spüre eine Hand an meiner Schulter und fahre herum. Zu schnell, denn um mich dreht sich mit einem Mal alles. In irgendeinem der Becher, die ich im Laufe des Abends geleert habe, war vielleicht ein wenig zu viel Alkohol. Oder ein wenig mehr zu viel. Ergeben meine Gedanken überhaupt noch einen Sinn?

»Cameron.« Blinzelnd sehe ich zu ihm auf, bis die Welt stillsteht und seine Silhouette wieder an Kontur gewinnt. Er ist mein Fixpunkt in diesem wogenden Meer aus Menschen, Farben und Geräuschen.

»Bevor ich gehe, wollte ich mich nur noch einmal kurz für deine Hilfe bedanken. Ohne dich würden wir vielleicht immer noch auf der Landstraße stehen.« Er schenkt mir ein unsicheres Lächeln, das eine unnatürliche Hitze in mir entfacht.

Oder vielleicht auch nicht so unnatürlich. Es ist wirklich warm hier drinnen. Kein Wunder, bei den vielen Gästen. Mittlerweile hat es sich zumindest weitesgehend geleert, und man kann wieder anständig tanzen und sein eigenes Wort verstehen.

»Gern«, versichere ich ihm und klammere mich an meinen Becher, um meine Hände davon abzuhalten, andere Dinge zu tun. Warum nur wirkt er immer so verdammt anziehend auf mich?

Er schüttelt leicht den Kopf, als wollte er seine Gedanken klären. »Also danke noch mal. Ich sollte jetzt wirklich los.«

»Okay.« Ich habe es kaum ausgesprochen, da wendet er sich zum Gehen. Panisch greife ich nach seiner Hand.

Mit fragendem Blick dreht er sich zu mir um.

»Vielleicht können wir noch kurz reden?«, bitte ich und bedeute ihm, mit mir in die Küche zu kommen. Es ist der einzige Ort, an dem wir ein wenig Ruhe haben, und ich bin froh, dass Cameron mir folgt.

Aber … Reden, Penny? Worüber willst du denn mit ihm sprechen? Du bist nicht Haley, mit der er über die Beschaffenheit von Kohlestiften philosophieren kann.

Da wir allein sind, setze ich mich auf die Arbeitsplatte und sehe zu Cameron auf, der unsicher im Türrahmen stehen bleibt und sich dagegenlehnt.

»Worüber möchtest du denn reden?«, fragt er ohne Umschweife.

Berechtigterweise. Dabei wäre mir tatsächlich egal, worüber wir uns unterhalten, wenn er nur Zeit mit mir verbringt.

Vielleicht hätte ich weniger trinken sollen. Denn mit jedem Becher, den ich im Laufe des Abends geleert habe, wurde ich mir seiner Anwesenheit auf dieser Party bewusster. Obwohl ich mir das Gegenteil vorgenommen hatte. Ich habe seine Stimme aus allen anderen herausgehört, als hätte ich mein Radio auf seine Frequenz eingestellt. Und wenn ich ehrlich sein soll, habe ich mir schon die ganze Zeit gewünscht, dass er mich noch einmal anspricht. Dabei habe doch *ich* ihn im Flur stehen lassen.

»Über irgendwas außer meinem Nachnamen«, schlage ich vor und lehne den Kopf viel zu schwungvoll gegen die Schranktür hinter mir. Das Scheppern ist selbst über die Musik hinweg zu hören. Offensichtlich bin ich zu betrunken, um mich elegant zu bewegen – oder die richtigen Worte zu finden. »Ich möchte einfach nur ich selbst sein. Dass die Leute mich sehen und nicht das Vermögen meiner Eltern oder mögliche Kontakte. Verstehst du das? Ich will, dass du *mich* ansiehst. So wie du mich im Club angesehen hast. Oder als wir nackt unter der Dusche standen.«

Aufmerksam betrachtet er mich und streicht sich mit einer Hand über den Hals. »Ich kann zumindest erraten, was du meinst. Denke ich. Aber irgendwie habe ich die Befürchtung, dass du das nur sagst, weil du betrunken bist.«

»Nicht so betrunken, dass ich nicht mehr weiß, was ich rede.« Ich höre selbst, dass in meiner Stimme ein eigenartig bedürftiger Unterton mitschwingt. Aber was soll ich machen?

Ich betrachte Cameron, wie er im Türrahmen steht und mich mustert. Alles an ihm wirkt auf mich perfekt – und viel zu anziehend. Begonnen bei seinem T-Shirt mit tiefem V-Ausschnitt bis hin zu den derben, schwarzen Boots. Ihm steht diese Mischung aus sportlich und modisch. Er sieht aus, als wäre er soeben einem Musikvideo entstiegen. Das Einzige, was mir nicht gefällt, ist der Ausdruck in seinen Augen. Sein Körper ist der eines Raubtiers, aber wenn er mich ansieht, spüre ich seine Unsicherheit, die sich auf mich überträgt.

»Kannst du damit aufhören?«, bitte ich.

»Womit genau?«, fragt er irritiert.

»Mich auf diese Art und Weise anzusehen.«

»Warum? Wie sehe ich dich denn an?«

»Als würde der Name meiner Eltern zwischen uns stehen.«

»Im Moment steht niemand zwischen uns.« In seinem Blick liegt auf einmal ein Feuer, das ich schon einmal darin gesehen habe.

Kann es sein, dass diese Anziehung zwischen uns doch noch existiert und er sie auch fühlt?

Er zögert, bevor er sich vom Türrahmen abstößt und zu mir herüberkommt.

»Das ist gut so«, versichere ich ihm und greife nach seinem Shirt. Ungeduldig ziehe ich daran, bis Cameron jeden Abstand zwischen uns überwindet. Meine Hände finden wie von selbst den Weg unter sein Oberteil, fahren die Berge und Täler seiner Muskelstränge entlang. Die Wärme seines Körpers auf meiner Haut zu spüren fühlt sich unfassbar gut an.

Sofort sind all die Erinnerungen an unsere gemeinsame Nacht zurück und entfachen ein sehnsuchtsvolles Pochen in meiner Mitte. Ich weiß selbst, dass es keine Wiederholung geben sollte, weil das die Dinge nur unnötig verkompliziert. Für uns beide. Aber in diesem Moment fühle ich mich unfähig, darauf zu verzichten. Als wäre Camerons Nähe der Sauerstoff, den ich zum Leben brauche. Ja, Cameron zu küssen ist wie Atmen.

»Was soll das werden?«, fragt er mit belegter Stimme, während meine Fingerspitzen über seine samtige Haut gleiten. Hinauf bis zu der Stelle, unter der sein Herz schlägt. Viel zu schnell. Statt mich abzuweisen, stützt er die Hände neben meinen Oberschenkeln ab. In seinen dunkelgrauen Augen tobt etwas, als wären sie das Meer – rau und aufgewühlt.

»Ich weiß, dass ich anderes behauptet habe, aber ehrlich gesagt wollte ich das schon tun, seitdem ich dich wiedergesehen habe«, gestehe ich.

Das hier und noch so viel mehr. Ich will ihm das Shirt ausziehen und mit den Lippen die Spur nachfahren, die meine Finger gerade zeichnen. Und vor allen Dingen möchte ich von ihm geküsst werden. Auf den Mund. Den Hals. Überall. Gott. Wie sehr ich das möchte. Jetzt. Weil ich weiß, wie verdammt gut es sich anfühlen würde.

»Ich kann schon den ganzen Tag an nichts anderes mehr denken. Küss mich«, dränge ich, bevor sich der nicht von Alkohol betäubte vernünftige Teil meines Verstands einschalten kann.

»Ich denke nicht, dass das klug wäre. Was ist, wenn uns jemand sieht?« Seine Muskeln zucken unter meinen Fingerspitzen, während ich ihre Konturen nachzeichne.

Beginnend bei seiner Brust, über seinen Bauch, streichle ich hinab zum Bund seiner Hose. Er betrachtet mich aufmerksam und saugt scharf die Luft ein, als ich ein Bein um ihn schlinge, um ihm noch näher zu sein. Statt mich abzuweisen, ändert sich etwas in seinem Blick. Der letzte Funken Vorsicht weicht demselben Verlangen, mit dem auch unsere Nacht in L. A. begonnen hat. Und es gefällt mir.

»Keine Wiederholung«, bringt er hervor und lehnt sich dennoch meiner Berührung entgegen.

Langsam streiche ich über den Bund seiner Jeans und bin mir sicher, dass es seine Wirkung nicht verfehlt. Sein Körper versteht die Einladung.

»Ich dachte, du hast nichts gegen Wiederholungen? In L.A. konntest du kaum genug bekommen«, stichle ich und kann mich nur mühsam beherrschen, nicht über die Härte in seinen Jeans zu reiben.

Räuspernd schüttelt er den Kopf, macht aber keine Anstalten, mich abzuweisen. »Prinzipiell nicht. Aber ich habe eine Tochter – und sollte mich nicht gleich an meinem ersten Abend in der neuen Stadt dabei erwischen lassen, wie ich auf der Party des Teamkapitäns die Tochter von Manuel Perez in der Küche verführe.«

»Wie meinst du das?«, frage ich verwirrt.

Cameron schließt die Augen. Ballt die Hand zur Faust, als würde es ihn einige Selbstbeherrschung kosten, mich nicht zu berühren. »Wir haben Vorbildfunktion.«

»Und?«, frage ich. Es dauert ein paar Sekunden, bis ich begreife, dass es ihm unangenehm wäre, mit mir erwischt zu werden.

Als hätte ich mir die Finger verbrannt, ziehe ich sie zurück und setze mich auf. Augenblicklich fühle ich mich ernüchtert. »Entschuldige mein Verhalten. Das war unangebracht und aufdringlich«, sage ich, was dem gut dressierten Teil meines Selbst als Erstes in den Sinn kommt. Die Zähne zusammenbeißend wende ich den Blick ab.

Was habe ich auch erwartet? Dass er nach Fair Haven kommt und nichts Besseres zu tun hat, als sich erneut für mich auszuziehen?

Cameron zögert, bevor er die Hand ausstreckt und mir vorsichtig eine Haarsträhne aus dem Gesicht streicht. »Schau nicht so enttäuscht. Es geht mir nicht um mich. Nicht nur. Du bist intelligent und wunderschön, aber du hast getrunken. Ich möchte nicht, dass du Dinge tust, die du später bereust.«

»In L.A. hatte ich auch getrunken.«

»Ja, und im nüchternen Zustand haben wir uns darauf geeinigt, dass wir Fremde sind. Du erinnerst dich? Ich denke, dass es so besser ist. Und jetzt komm da runter«, bittet er versöhnlich und hält mir eine Hand hin.

»Wenn die Leute lästern wollen, nur weil ich auf einem Tresen sitze, sollen sie das tun. Ich habe schon ganz andere Gerüchte aus der Welt schaffen müssen.«

»Welche Gerüchte?« Er mustert mich auf eine Weise, die mich bereuen lässt, etwas gesagt zu haben, denn auf einmal erinnere ich mich wieder sehr genau daran, warum wir unsere Vereinbarung eingegangen sind.

Wenn ich durch meine Beziehung mit Kyle etwas gelernt habe, dann das, dass die eigenen Verfehlungen auf den Ruf der Menschen in der Umgebung abfärben. Ich kann verstehen, wenn Cameron vorsichtig ist, mit welchen Leuten er sich umgibt. Ein einziges verhängnisvolles Gerücht kann dafür sorgen, dass eine Karriere beendet ist, noch bevor sie beginnt.

Was mir in L.A. normal und bedeutungslos erschien, fühlt sich mit einem Mal falsch an. Hier, in Fair Haven, redet man über solche Dinge. Die Leute drehen sich auf der Straße nach einem um und zeigen mit dem Finger auf einen. Sie berichten meinen Eltern von meinen vermeintlichen Verfehlungen, nur damit die mir ins Gewissen reden. Ich wünschte, dass mir das Gerede egal wäre. Aber das ist es nicht.

»Ist alles gut?«, fragt Cameron einfühlsam.

»Ich weiß es nicht.« In mir kämpfen die Pennys gegeneinander, die alle Leute sehen. Die Tochter einer der reichsten

Männer dieser Gegend, die es gewohnt ist, die Kalorien ihrer Mahlzeiten zu zählen. Die niemals ungeschminkt aus dem Haus geht. Die viel zu oft ihr Spiegelbild überprüft. Die ihr Bestes gibt, um in einem Studienfach zu glänzen, das ihr nicht einmal etwas bedeutet. Manchmal übergibt sie an die Penny, die Kyle zuliebe Sex auf einem Parkplatz hatte. Die auf Partys zu viel trinkt. Die für einen kurzen Moment alle Emotionen des Lebens genießt, bevor sie sie wieder in den goldenen Käfig sperrt. Sie lassen sich nicht vereinbaren – die Prinzessin und die Partyqueen. Nicht in Fair Haven, wo jeder Fehltritt so viel schwerer wiegt als jede gute Tat. Für fünfzehn Minuten Spaß auf der Rückbank von Kyles Auto musste ich drei Monate lang in der hiesigen Kirchengemeinde aushelfen, bis mein Ruf wieder so rein war wie die Schneeflocken, die gerade jenseits des Küchenfensters zu fallen beginnen.

Ich weiß all das. Doch Cameron hat es mich für einen Moment vergessen lassen. Das macht ihn so gefährlich für mich. In seiner Gegenwart verschwimmt die Grenze zwischen richtig und falsch.

»Ist alles gut bei euch?«, fragt July hilfsbereit und reißt mich vollkommen aus den Gedanken.

Ich fahre auf, als sie im Türrahmen zur Küche stehen bleibt und uns lächelnd mustert. Wahrscheinlich sah es seltsam aus, wie ich schweigend aus dem Fenster gestarrt habe, während Cameron mich noch immer besorgt ansieht.

»Sicher.« Ich schenke ihr ein freudloses Lächeln, das sie mit einer erhobenen Augenbraue zur Kenntnis nimmt.

»Würdest du uns kurz allein lassen?«, bittet sie an Cameron gewandt.

Er sieht mich an, als wollte er noch etwas sagen, doch kein Wort kommt ihm über die Lippen. Stattdessen nickt er ihr zu und verlässt die Küche.

Ich beobachte ihn, wie er zu den anderen Jungs des Footballteams hinübergeht. Es ist schön zu sehen, dass sie ihn sofort in ihre Gruppe aufnehmen.

»Was ist los?«, fragt July und sieht mich noch immer an, als wollte sie irgendetwas von meinem Gesicht ablesen. »Ich will ja nicht indiskret sein, aber ich war eben schon einmal bei euch und dachte, du ziehst ihn gleich hier in der Küche aus.«

»Oh.« Mehr fällt mir dazu nicht ein, mir war nicht einmal aufgefallen, dass sie uns gesehen hat. Obwohl mir vor ihr nichts peinlich sein müsste, beginnen meine Ohrspitzen zu glühen.

»Ja, oh. Ich war kurz davor, euch Drews Bett anzubieten. Er hat da ohnehin noch nie drin geschlafen.« Sie kommt zu mir herüber und lehnt sich gegen die Arbeitsplatte. »Also, was ist los? Warum hast du ihn angesehen, als hättest du Zahnschmerzen? Hat er etwas Falsches gesagt oder sich danebenbenommen? Sollen wir ihn rauswerfen?«

»Nein«, antworte ich mit Nachdruck. »Er ist nett. Es hatte nichts mit ihm zu tun. Zumindest nicht direkt. Es ist kompliziert.« Seufzend lasse ich mich neben ihr vom Tresen gleiten und bekomme zum Dank ihren spitzen Ellbogen in den Oberarm gebohrt. Es ist ihre unausgesprochene Aufforderung weiterzusprechen. »Als ich bei Aliza in L.A. war, hatte ich das Gefühl, dass ich frei bin. Richtig frei. Dass ich tun und lassen kann, was ich will. Wir haben um Mitternacht noch Omeletts gebraten, wenn uns danach war. Am Sonntag sind wir den ganzen Tag im Jogginganzug durch ihre Wohnung gelaufen und haben Lieder von Cyndi Lauper gesungen. Wir waren feiern, bis die Sonne aufging. Die Stadt hat mich ein wenig überfordert, aber ich war schon lange nicht mehr so …«

»Frei?«, wiederholt July mein Wort.

»Jetzt bin ich wieder hier und habe das Gefühl, dass mir alles auf die Füße fällt.« Ich lege den Kopf in den Nacken und starre an die Zimmerdecke. »Keine Ahnung, wie ich dir das erklären soll, aber an meinem Geburtstag war ich mit Aliza feiern. Ich habe in einem Club einen jungen Mann kennengelernt – und wir hatten Sex.«

»Oh«, ist alles, was ihr dazu einfällt. »Ich meine, du warst diejenige, die mir Vorträge über One-Night-Stands gehalten hat. Ich dachte nicht, dass du … Egal. Erzähl weiter. Wie war der erste Sex nach Kyle? Mein erster Sex nach Kyle war Drew. Und Sofa schlägt Rückbank. Um Längen.«

Dass sie mir so bereitwillig davon erzählt, lässt mich vermuten, dass sie ebenfalls nicht mehr ganz nüchtern ist, denn normalerweise umschiffen wir das Thema *Kyle* großräumig.

»Ich glaube nicht, dass du Details über meinen One-Night-Stand möchtest«, werfe ich ein. »Weil ich nämlich mit Cameron geschlafen habe. Es ist wie in einer dieser billigen Seifenopern, die Haley so liebt. Ernsthaft. Ich fliege nach L.A., wir gehen da in einen angesagten Club, ich lerne einen Typen kennen, verbringe mit ihm die verdammt perfekteste Nacht meines Lebens. Und dann? Verreckt sein Auto heute Morgen vor meinem. Kurz vor Fair Haven. Weil er nämlich auch nur zu Besuch in L.A. war. Und – weil es ja noch nicht absurd genug ist – er wohnt aus irgendeinem Grund ausgerechnet in Kyles Zimmer. Ehrlich. Ich war vorhin da.«

Ungläubig starrt sie mich an.

»Getoppt wird es nur noch davon, dass Kyle seit heute auch zurück in Fair Haven ist. Was bedeutet, dass ich ihm früher oder später über den Weg laufen werde.« Ich muss tief Luft holen, weil die Worte nur so aus mir herausgesprudelt sind.

Doch statt mich zu bemitleiden, bricht July plötzlich in schallendes Gelächter aus.

Schmollend lehne ich mich gegen den Küchentresen und

warte, bis sie wieder genug Luft bekommt, um ein »nicht dein Ernst« hervorzubringen.

»Doch.«

»Das ist … katastrophal kitschig«, ist die erste Alliteration, die ihr dazu einfällt.

»Kitschig?«, vergewissere ich mich.

»Komm schon. In L.A. leben wie viele Menschen? Fast vier Millionen? Dass ausgerechnet ihr euch dort trefft, ist garantiert Schicksal.«

»Nur wenn das Schicksal einen echt miesen Sinn für Humor hat. Also: Was soll ich jetzt deiner Meinung nach tun?«

Seufzend zuckt sie mit den Schultern. »Das wird dir nicht gefallen, aber es wird Zeit für die Wahrheit. Du studierst etwas, um deine Eltern zufriedenzustellen. Du trägst die Kleidung, die ihnen gefällt. Du wohnst in dem Wohnheim, das sie für dich ausgesucht haben. Du fährst das Auto, das sie dir geschenkt haben. Beziehungsweise du fährst es nicht, wenn es kaputt ist und sie sich als Erziehungsmaßnahme weigern, es reparieren zu lassen. Sie entscheiden, wen du daten darfst. Soll ich die Liste fortsetzen? Ich weiß, wie ätzend es ist, wenn alle Leute einen auf der Straße erkennen. Es gibt Tage, da kann ich mit Drew nicht einmal in Ruhe ein Eis essen, weil er ständig von irgendwem aufgehalten wird. Aber wenn du weiterhin versuchst, es allen recht zu machen, ist es kein Wunder, wenn du eines Morgens aufwachst und dein Leben hasst.«

»Ich hasse mein Leben nicht«, erwidere ich halbherzig, vor allem, weil ich nicht undankbar klingen möchte. Ich habe so vieles geschenkt bekommen, für das andere hart arbeiten müssen. Das ist mir durchaus bewusst.

»Aber du bist auch nicht zufrieden«, wirft sie ein. »Statt daran zu arbeiten, perfekt in den Dingen zu werden, die die anderen von dir erwarten, könntest du die Zeit nutzen, um herauszufinden, was dich glücklich macht. Und ich meine wirklich glücklich. Beschissen-beste-Nacht-deines-Lebens, mäßig glücklich. Nicht: Ich kann die Situation ertragen, weil ich mir einrede, dass es so sein muss.«

»Bist du denn glücklich?« Kaum dass ich die Frage gestellt habe, bereue ich sie. Ich sehe die Antwort im Leuchten ihrer Augen. Jedes Mal, wenn sie Drew küsst. Wenn sie ein neues Lieblingsbuch für sich entdeckt hat. Wenn sie vom Training der Cheerdancer erzählt. Sie hätte allen Grund dazu, wütend auf die Welt zu sein, weil ihre Knochen manchmal noch immer so sehr schmerzen, dass sie nicht ohne Schmerzmittel durch den Tag kommt. Aber sie ist es nicht. Sie liebt ihr Leben, und ich wünschte, ich könnte das Gleiche über meines sagen.

»Weißt du, was wir die nächsten zweieinhalb Jahre tun sollten?«, fragt July unvermittelt. »Herausfinden, wer wir nach dem Studium sein wollen. Dafür ist es doch da, oder nicht?«

»Ich dachte, du willst dich darauf fokussieren, Übersetzerin und Gebärdendolmetscherin zu werden?«, hake ich nach.

»Ja, aber vielleicht probiere ich doch lieber, was mein Körper noch kann, und werde stattdessen Vollzeittrainerin. Wer weiß das schon? Jetzt komm und hab Spaß. Deine Texte laufen dir bis morgen nicht weg. Ganz im Gegensatz zu dem Typ, den du gerade angefleht hast, dich zu küssen. Und der im Übrigen gar nicht so abgeneigt aussah. Oder muss ich dir erst wieder eine *Bucket List* schreiben?«

Julys mahnender Blick bringt mich zum Stöhnen. Das hatte ich fast vergessen: Nach dem plötzlichen Tod ihrer Mom war July verständlicher Weise am Boden zerstört. Damals war ich diejenige, die die *Bucket List* eingeführt hat. Wenn eine von uns sich nicht zu einer Handlung motivieren konnte, durfte die andere einen Punkt zur Liste hinzufügen, um sie dazu zu überreden. Bei Nichterledigung in einem bestimmten Zeitfenster war man einen Gefallen schuldig. Ein einfaches auf Listen basierendes Prinzip – weil ich Listen liebe. Vor allem To-do-Listen und das befriedigende Gefühl, wenn man einen erledigten Punkt abhaken kann. Gibt es etwas Besseres?

Eigentlich dienten die Listen einem harmlosen Zweck. Wenn July sich mit einem Buch im Zimmer verkrochen hat, statt mit mir den neusten Kinofilm anzusehen, habe ich sie so herauslocken können. Dafür hat sie mich dazu gezwungen, über meinen Schatten zu springen, wenn ich mich gewisse Dinge nicht getraut habe. Ich war schon immer die Schüchternere von uns beiden. Cheerleading war für mich anfangs eine riesige Überwindung. Ich liebe Tanzen, aber lautes Schreien? Das ist wirklich nicht mein Ding. Wenn July mich nicht dazu gezwungen hätte, hätte ich nicht einmal das Probetraining überstanden. Mir wäre im Laufe der Jahre eine Menge Spaß entgangen. Dafür neigt July ab und an dazu, unüberlegt zu handeln. Auch dafür waren die Listen nützlich: um July von Sachen abzuhalten, die kein gutes Ende genommen hätten. Wäre ich damals auf der Party gewesen, auf der sie mit Kyle geschlafen hat, hätte ich sie mit Sicherheit davon abgehalten. Ich hätte ihr gleich sagen können, dass sie es bereuen wird, weil sie weder der Typ für One-Night-Stands noch für Kyle ist.

Zu Beginn der College-Zeit haben wir dann beschlossen, dass wir zu alt für solche Scherze sind, und die Listen aufgegeben. Dass July nun wieder damit anfängt, kann nur eines bedeuten: In ihren Augen verhalte ich mich in diesem Moment so dämlich, dass sie sich dazu gezwungen sieht, einzugreifen.

»Ich habe es mir überlegt und werde dir definitiv eine neue *Bucket List* schreiben«, verkündet sie.

»Ist das dein Ernst?«, frage ich zweifelnd und bekomme zur Antwort ihr umwerfendes Lächeln geschenkt. »Was habe ich davon, wenn ich all die Punkte deiner Liste abgearbeitet habe?«

»Im Leben geht es nicht darum, für alles eine Gegenleistung zu bekommen und möglichst wenig anzuecken, sondern darum, daran teilzunehmen und nicht freundlich zu winken, während es an dir vorbeizieht. Was willst du dir selbst sagen, wenn du auf dem Sterbebett liegst? Dass du deine Zeit bestmöglich genutzt hast oder dass die Bilanz lautet: Habe stets versucht, es allen recht zu machen?«

»Wieso habe ich das Gefühl, dass auf der Liste keine Punkte stehen werden, die mir Spaß machen?«

»Weil du bereits weißt, wie man Bierpong spielt und Sex auf einem Parkplatz hat. Du hast es zu den Cheerleadern geschafft und den Quarterback abgeschleppt. Die üblichen Aufgaben, die normalerweise auf so einer Liste stehen, sind was für Anfängerinnen. Du brauchst die Fortgeschrittenenvariante. Sieh es als Chance, um herauszufinden, was für ein Mensch du werden willst«, schlägt July vor. »Dann kriegst du vielleicht auch raus, was da zwischen dir und Cameron läuft.«

»Und was mache ich bis dahin?«

Sie klopft mir auf die Schulter. »Dich von Tresen fernhalten, auf die er dich eventuell heben könnte«, sagt sie amüsiert, und ich stöhne auf.

»Na schön, dann schreib mir deine Liste.« Was kann schon groß passieren?

Im schlimmsten Fall landet sie in meinem Papierkorb.

6. KAPITEL

☑ *Jemanden im Schnee küssen*

Da ich zu viel getrunken habe, um noch Auto zu fahren, und der Weg zum Wohnheim nicht allzu weit ist, beschließe ich, allein nach Hause zu gehen. Ich hoffe, dass die Winterluft mir dabei hilft, meine Gedanken zu ordnen und meine überhitzten Gefühle abzukühlen.

Kaum habe ich einen Fuß auf die Straße vor dem Haus gesetzt, fühle ich mich, als wäre ich in einer überdimensionalen Schneekugel gelandet. Die dicht fallenden Flocken rauben mir dermaßen die Sicht, dass ich beinahe in Cameron hineinlaufe, der an einer Kreuzung steht und versucht, sein Smartphone vor dem Schneetreiben zu schützen. Er dreht sich im Kreis und murmelt etwas, das wie eine Beschwörung an den Gott des guten Handyempfangs klingt.

Anscheinend können wir einander nicht entkommen. Obwohl er die Party früher als ich verlassen hat, begegnen wir uns nun schon wieder. Was will das Universum mir wohl sagen?

»Kann ich dir irgendwie helfen?«, biete ich an, da er reichlich verloren wirkt, und blinzle durch die Flocken zu ihm auf.

»Penny?« Überrascht fährt er herum. »Irgendwas stimmt mit dieser Navigationsapp nicht. Bei der ist überall Norden.«

»Hat Lucy sie installiert? Es klingt so, als wollte sie dich dringend zum Haus des Weihnachtsmannes lotsen. Welche Himmelsrichtung suchst du denn?«

»Peinlich, aber wahr: Eigentlich suche ich den Weg nach Hause. In der Dunkelheit und mit dem Schnee sieht hier für mich alles gleich aus.«

»Dann komme ich ja gerade recht. Du redest immerhin mit der Tochter einer Frau, die einem Navigationssystem ihre Stimme geliehen hat.« Eigentlich soll es ein Scherz sein, aber es entspricht tatsächlich der Wahrheit. »Ich kann dich nach Hause begleiten – oder leiten. Wie es dir lieber ist. Den Weg zur WG kenne ich zur Genüge.«

»Das ist nett, aber ich bekomme ein schlechtes Gewissen, wenn du mich schon zum zweiten Mal an einem Tag retten musst.« Er zögert, bevor er das Telefon in die Manteltasche gleiten lässt. Es wirkt wie eine Kapitulation.

»Schon gut, ich helfe dir gern«, erwidere ich und bedeute ihm, mir zu folgen. »Diese ›Jungfrau in Nöten‹-Nummer hat sowieso mehr Gleichberechtigung verdient. Auch ohne Jungfrauen. Du verstehst schon.«

Ergab der Satz einen Sinn? Wenn nicht, schiebe ich es einfach auf den Restalkohol. Aber zumindest bringt er Cameron zum Lachen, also hat er seinen Zweck erfüllt.

»Ich bin übrigens Jungfrau«, gesteht er.

Es dauert einen Moment, bis ich verstehe, dass er das Sternzeichen meint. »Und? Das heißt, du bist jeden Tag in Nöten?«

»Kommt darauf an, wie oft wir uns noch begegnen«, wirft er ein und zwinkert mir so übertrieben zu, dass ich nicht anders kann, als ebenfalls zu lachen. Ich weiß nicht, was er an sich hat, aber irgendwie fühle ich mich in seiner Nähe unglaublich leicht. Unbeschwert. Als wäre er ein kleiner Moment Auszeit.

Eigentlich bin ich wirklich gut darin, bedeutungslosen Small Talk zu halten. Über Autos, Football, das Wetter … Aber es kommt mir nicht richtig vor, die Stille zu unterbrechen, nur um Cameron darauf hinzuweisen, dass es immer noch schneit.

Die Flocken sind kaum übersehbar und vereinen sich auf dem Gehsteig zu einer wachsenden Schneedecke, die unter unseren Schuhsohlen knirscht.

Friedlich ist das erste Wort, das mir für diesen Moment einfällt.

Ob er diesen Augenblick wohl ebenfalls genießt? Oder ist ihm unser Schweigen unangenehm? »Wenn du doch lieber allein gehen willst …«, lasse ich offen, ziehe den Schal höher und vergrabe die Hände in den Taschen meines Mantels. Ich sehe flüchtig zu Cameron auf. Prompt verfangen sich Schneeflocken in meinen Wimpern und lassen mich erneut blinzeln. »Im Grunde musst du immer nur geradeaus gehen, bis du auf der linken Seite an einem italienischen Restaurant vorbeikommst.«

»Nein«, sagt er rasch und richtet den Kragen seines Mantels. »Ich meine, ich freue mich über deine Gesellschaft. Ich bin nur generell nicht der größte Redner. Mit den richtigen Menschen finde ich Schweigen ehrlich gesagt sogar erholsam. Besonders nach so anstrengenden Tagen. Viele Menschen, laute Musik, schlechte Luft in überhitzten Räumen – die perfekte Mischung für Kopfschmerzen. Dagegen ist ein Spaziergang im Schnee gerade sehr angenehm.«

»Warst du deswegen so schnell dafür, aus dem Club zu verschwinden?«

»Wahrscheinlich wäre ich auch ohne dich nicht lange geblieben. Ich war sowieso nur da, weil es eine gute Gelegenheit war, endlich mal ein paar der Leute zu treffen, zu denen ich sonst nur online Kontakt habe. Es war cool, aber niemand war mir böse, dass ich gegangen bin.«

»Du bekommst also schnell Kopfschmerzen und pflegst Onlinekontakte«, fasse ich zusammen.

»Enttäuscht? Ich bin ein introvertierter, hochsensibler Nerd mit Tochter. Gibt es etwas, was noch weniger sexy klingt?«

»Ich wüsste nicht, was daran unsexy sein soll.« Ich ziehe die Schultern nach oben, damit der Schal hochrutscht, und schmiege die Wange an das Kaschmir. »Wenn introvertiert zu sein unsexy ist, betrifft es uns beide. Es hat mich anfangs einige Überwindung gekostet, die Cheers beim Cheerleading auch wirklich zu schreien.«

»Hast du deswegen vorhin nicht mitgemacht?«, hakt er nach. »Nicht dass ich dich beobachten wollte, aber es sah irgendwie süß aus, wie du versucht hast, dich in deinem Becher zu verkriechen, während die anderen Mädchen gekreischt haben.«

»Wie gesagt, ich bin nicht unbedingt die geborene Cheerleaderin. Meine Eltern empfanden es als eine gute Übung, um aus mir herauszukommen, aber wenn ich daran etwas nicht vermisse, ist es das Schreien. Das und die unzähligen blauen Flecke.«

»Du bist also Ex-Cheerleaderin«, schlussfolgert er.

»Ja, ich habe letzten Sommer einiges beendet, was mir nicht gutgetan hat.«

»Ist vielleicht besser so. Ich wüsste sonst auch nicht, wie ich mich zukünftig auf das Spielen konzentrieren soll.«

Was für ein offensichtlicher Flirtversuch von jemandem, der mich zuvor abgewiesen hat. Er bringt mich dazu, amüsiert zu schnauben.

»Es ist süß, wenn du das machst. Du klingst dann wie ein niesendes Meerschwein.«

»Meerschwein?«

»Ja, die sind süß.«

»Sie sind okay. Wenn du mich fragst, sehen sie aus wie Ratten ohne Schwanz.«

»Wer hätte das gedacht? Penelope Perez ist eine Meerschwein-Hasserin.« Er presst sich theatralisch eine Hand auf das Herz. »Lass das bloß nicht Lucy hören.«

»Ich bin keine Meerschwein-Hasserin«, widerspreche ich empört.

»Sicher? Ich würde dein Geheimnis bewahren.« Als er die Hand herunternimmt, schiebt er die Finger zwischen meine. Vollkommen unvermittelt und unerwartet.

Es ist nur eine unschuldige Berührung, aber sofort schlägt mir das Herz bis zum Hals. Ich weiß nicht, warum er das tut. Noch vor einer halben Stunde war er es doch, der Abstand zwischen uns wollte. Hat er seine Meinung geändert? Aber warum? Wer läuft schon Händchen haltend mit dem verflossenen One-Night-Stand durch die Straßen?

Dennoch fühlt sich diese kleine Geste gut an. Seine warme Haut auf meiner zu spüren ist wie eine Rückversicherung, dass da in der Küche wirklich irgendetwas zwischen uns war, das ich mir nicht eingebildet habe. Etwas, das nicht allein von mir ausging. In diesem Moment fühlt sich alles richtig an. Die Ruhe der Nacht, die nur vom Knirschen des Schnees unterbrochen wird. Die Eiskristalle auf meiner Haut, die im Kontrast zu der Wärme stehen, die von Camerons Körper ausgeht. Als wäre er in der Lage dazu, mir Geborgenheit in diesem plötzlichen Winterwunderland zu schenken.

»Warum hast du mich in der Küche abgewiesen?«, frage ich leise. Wenn ich diese Frage nicht stelle, wird sie in einer Dauerschleife durch meinen Kopf laufen wie ein nerviger Newsticker.

»Weil du betrunken bist und ich nicht möchte, dass du etwas tust, das du morgen früh bereust.«

»Wieso sollte ich es bereuen, dich zu küssen? Ehrlich, ich bin nicht so betrunken, dass ich nicht mehr weiß, was ich tue. Und ich bin ein großes Mädchen und entscheide selbst, was ich will. Wen ich will. Und wann.« Ich bleibe stehen und greife mit der freien Hand nach dem Ärmel seines Mantels, meine Finger tasten nach seinen.

Als er meine Geste erwidert, ziehe ich leicht an seiner Hand. Es ist die stumme Bitte, mir entgegenzukommen.

Nur zögerlich gibt er nach. »Ich weiß nicht, ob das eine gute Idee ist. Bist du dir ganz sicher, dass du das willst?«, flüstert er gegen meine Lippen, sein Atem streicht verführerisch über meine Haut.

»Ich weiß, was ich will, aber ich weiß nicht, was *du* willst. Du sendest ziemlich widersprüchliche Signale aus.«

Meine Worte verfehlen ihre Wirkung nicht. Sein Blick wird leidenschaftlicher und zieht mich vollkommen in seinen Bann. Als er antwortet, hat seine Stimme einen rauen Unterton. »Du hast keine Ahnung, wie viel Selbstbeherrschung es mich kostet, mich zusammenzureißen.«

»Dann hör damit auf.« Mutig greife ich nach dem Kragen seines Mantels und überwinde jeden Abstand zwischen uns.

Einen Augenblick lang scheint er an meinem Verstand zu zweifeln. Er hadert spürbar, bevor er den Kuss erwidert. Federleicht.

Unsere Lippen berühren sich kaum, dennoch entfährt mir ein zufriedenes Seufzen. Camerons Nähe fühlt sich genauso gut an wie bei unserer letzten Begegnung. Aber er ist heute so anders. So zurückhaltend. So zaghaft.

Ich möchte mehr, bin mir aber nicht sicher, ob es auf Gegenseitigkeit beruht.

»Ist das alles, was du willst?«, frage ich geradeheraus, ohne meine Lippen von seinen zu lösen. Ich knabbere sanft an seiner Unterlippe und entlocke ihm ein leises Knurren, das mir einen wohligen Schauer über den Rücken jagt.

Er vergräbt eine Hand in meinen Haaren und intensiviert unsere Berührung. Endlich.

»Viel besser«, lobe ich seine Initiative.

Als wäre dadurch ein Damm gebrochen, drängt Cameron

mich gegen eine Hauswand, stützt sich mit einer Hand neben meinem Kopf ab und küsst mich so drängend, dass es sich anfühlt, als würde mein ganzer Körper nur noch aus kribbelnden Nervenenden bestehen.

»Zu viel?«, raunt er, dabei kennt er die Antwort längst.

»Noch lange nicht.«

Seine Hände gleiten an meinem Rücken hinab, über meinen Po und umfassen meine Oberschenkel. Mir entfährt ein leises Quieken, als er mich anhebt. So vollkommen mühelos, als würde ich nicht viel mehr wiegen als eine Schneeflocke. Wie von selbst schlinge ich die Beine um ihn und verfluche den Winter für den Schnee und die Notwendigkeit, Mäntel zu tragen. Da ist viel zu viel Stoff zwischen uns, der unsere Körper voneinander trennt.

Nur aus dem Augenwinkel nehme ich wahr, dass jemand an uns vorbeigeht, aber Cameron unterbricht unseren Kuss nicht. Vermutlich hat er es nicht einmal mitbekommen.

»Du hast mir gefehlt«, raunt er zwischen zwei Küssen.

»Du mir auch.« Ich habe meine Antwort kaum ausgesprochen, da spüre ich seine Zungenspitze an meiner. Eine ganze Welle irrationaler Glücksgefühle rauscht durch meinen Körper, bevor sie zwischen meinen Beinen erneut ein drängendes Pochen entfacht.

Von der Intensität der Emotionen überwältigt schnappe ich nach Luft, und plötzlich sagt Cameron: »Wir sollten das hier wirklich nicht tun.«

Noch bevor ich protestieren kann, lässt er mich zu Boden gleiten. Doch statt von mir abzulassen, umfasst er mein Gesicht mit den Händen. Sein Daumen streichelt meine Wange und streift wie zufällig meine Unterlippe, als wollte er mich quälen.

Sofort drängt mein Körper nach mehr. »Warum nicht?«, wispere ich. Ich spüre doch, dass er mich ebenso will wie ich ihn.

Aber Cameron schüttelt den Kopf. »Ich weiß, ich bin ein elendiger Vollpfosten, das abzulehnen, aber … Keine weiteren One-Night-Stands. Vor allem nicht solang du betrunken bist. Ich will nicht, dass wir etwas tun, das du morgen bereust.«

»Das werde ich nicht«, versichere ich ihm und klinge mindestens so bedürftig, wie ich mich fühle. Mir fehlt seine Nähe jetzt schon.

»Wir sind nicht mehr in Los Angeles. Die Leute hier kennen dich.« Er streichelt mir erneut über die Wange, als wäre ich ein kleines Mädchen, das er zu trösten versucht. »Ich laufe dir nicht weg. Wir holen das nach, wenn du es nüchtern noch immer willst.«

»Okay«, seufze ich und weise vorsichtig seine Hand ab. Ein Teil von mir versteht seine Skepsis. Ein anderer ist enttäuscht. Aus einem Becken voller Haifische habe ich soeben den einzigen Delfin gefischt. *Glückwunsch, Penny.* »Sich gleich zweimal an einem Tag von derselben Frau abschleppen zu lassen ist vielleicht auch zu viel des Guten«, scherze ich halbherzig und schaffe es tatsächlich, ihn zum Lachen zu bringen. Ich liebe dieses Geräusch. »Soll ich dich jetzt nach Hause bringen?«, biete ich an.

Cameron schenkt mir ein Lächeln, das mein Herz schneller schlagen lässt. »Es wäre mir eine Ehre.«

Sehr zu meiner Verwunderung wendet er sich nicht zum Gehen, sondern beugt sich zu mir hinab. So langsam, dass ich jederzeit den Kopf abwenden könnte, wenn ich wollte.

Stattdessen kralle ich die Hand wie von selbst in den Kragen seines Mantels, kaum dass Camerons Lippen meine berühren. Ich weiß nicht, wie er es macht. Eigentlich war ich gerade fest entschlossen, mich zusammenzureißen, aber kaum kommen wir uns näher, steht sofort alles in mir in Flammen. Und das schon bevor ich seine Zungenspitze an meiner Unterlippe spüre.

Ohne zu zögern, öffne ich den Mund erneut für ihn und gebe ein zufriedenes Stöhnen von mir, als er den Arm um meine Taille legt und mich dichter an sich zieht. Dieser Kuss geht eindeutig von ihm aus. Das ist der Cameron, den ich aus dem Club kenne. Der Cameron, der mich im Sturm erobert hat.

Ich höre, wie sich seine Atemfrequenz ändert. Seine Worte sind noch immer in meinem Kopf. Sie klingen vernünftig. Aber Camerons Körper verrät, dass er diesen Moment ebenso will wie ich. In dieser Nacht wird mir auf jeden Fall keine Joggingrunde der Welt helfen, meine Gedanken zu ordnen.

Nach Luft ringend zieht sich Cameron zurück. »Entschuldige. Das war keine Absicht. Es kam so über mich. Also, wo geht's lang?«, fragt er mühsam beherrscht und versucht offensichtlich, so zu tun, als wäre nichts gewesen.

Es ist alles gut. Es war nur ein Kuss. In dieser Nacht wird nichts weiter passieren. Meine Knie dürfen jetzt zu zittern aufhören.

»Immer geradeaus und beim Italiener links«, wiederhole ich, wende mich von Cameron ab und vergrabe die Hände erneut in den Manteltaschen. Räuspernd setze ich mich in Bewegung. »Die WG liegt quasi auf dem Weg zum Wohnheim.«

»Wie kommt es eigentlich, dass du im Wohnheim lebst? Ich habe gelesen, dass deine Eltern eine Villa in Fair Haven besitzen. Warum wohnst du nicht bei ihnen?« Cameron richtet seinen Mantel – sehr viel umständlicher, als es nötig wäre. Es wirkt, als wollte er Zeit schinden, bevor er mir folgt.

Allein die Erinnerung an meine Eltern hilft mir dabei, all die unanständigen Gefühle zu verdrängen. Fröstelnd ziehe ich den Mantel enger um mich. »Ich liebe meine Eltern, aber wir verstehen uns nicht immer. Von daher stand es irgendwie nicht zur Debatte, dass ich nach dem Highschool-Abschluss bei ihnen wohnen bleibe. Sie könnten mir zwar eine Wohnung finanzieren, aber das ist nicht ihre Art. Sie hatten in ihrer

Jugend nicht viel Geld, sondern haben ihr Vermögen selbst erarbeitet. Mein Dad hat Football gespielt und sein verdientes Geld in ein Start-up investiert, das … Ich will dich nicht mit Details langweilen. Die Wirtschaftsmagazine feiern ihn als Revolutionär der E-Mobil-Branche, aber er war nur zur richtigen Zeit am richtigen Ort und hatte das passende Kleingeld parat. An keiner der Entwicklungen seiner Firma hat er wirklich aktiv mitgearbeitet. Er hat sie finanziert. Auf jeden Fall sind meine Eltern davon überzeugt, dass jeder klein beginnen sollte. Es klingt ein wenig seltsam, weil sie auch der Meinung sind, dass engagierte *Erbin* ein adäquater Beruf wäre, aber beim Thema Geld haben sie generell sehr interessante Ansichten.«

»So seltsam klingt es nicht. Eher, als wollten sie dir den Wert des Geldes vermitteln, für das sie so hart gearbeitet haben.«

»Wahrscheinlich.« Vielleicht ist es so, aber ich werde meine Eltern wohl nie ganz verstehen.

»Und dein Ex-Freund ist Kyle Clover? Ich bin schon seit Wochen auf Wohnungssuche, und gefühlt die halbe Stadt gehört seiner Familie.«

»Willkommen in Clover-City«, stimme ich widerwillig zu. »Kyles Familie lebt schon seit Generationen hier. Sie macht den Großteil ihres Geldes mit Immobilien und Geldanlagen.« Tief durchatmend sehe ich zum Nachthimmel auf und streiche mir flüchtig eine Schneeflocke von der Augenbraue. »Aber wollen wir jetzt wirklich über meinen Ex-Freund reden? Wenn es nach mir geht, erzähl mir lieber von Football oder von Lucy und dir. Oder deiner Familie. Von irgendetwas *außer* Kyle.«

»Von meiner Familie? Ehrlich? Bist du dir sicher, dass du das willst?« Er lacht. »Spätestens dann bereust du, was wir getan haben.«

»Weswegen?«, frage ich irritiert. »Mit welchen dubiosen Mitteln ist deine Familie an Geld gekommen?«

»Gar nicht«, sagt er schlicht. »Wir haben keins.«

»Wie kannst du dir dann das Zimmer in der WG leisten?« Seine Aussage verwirrt mich. Die Wohngegend ist nicht gerade für günstige Mieten bekannt. Nicht einmal dann, wenn man sie durch drei teilt.

»Mateo und Joshua lassen mich für eine Weile umsonst bei sich wohnen, bis ich eine eigene Wohnung gefunden habe. Das Wohnheim ist mit Kind leider keine Option. Head Coach Brooks hat sich für mich umgehört, ob jemand eine Bleibe hätte, und die beiden haben sich bereit erklärt, mich aufzunehmen. Es ist eine ziemlich luxuriöse Notunterkunft – ich weiß. Ich hätte auch ein Sofa oder eine Luftmatratze genommen.«

»Okay«, antworte ich überrascht. Damit hätte ich nicht gerechnet. Julys Familie hatte auch nie Geld. Im Gegenteil: Die Schulden ihres Dads haben sie und Bo in der Vergangenheit in gewaltige Schwierigkeiten gebracht. Aber das war kein Grund dafür, nicht mit ihr befreundet zu sein. »Noch bereue ich es nicht, dich geküsst zu haben. Erzähl mir mehr.«

»Was willst du hören? Wie ich mit fünfzehn Vater wurde? Dass meine Eltern gemeinsam einen Diner betreiben, nachdem sie jahrelang mit einem Foodtruck durch die Gegend gezogen sind? Lucys Mom hat damals die Schule abgebrochen und arbeitet die Nachtschicht in einer Tankstelle, während meine Eltern abwechselnd auf Lucy aufpassen. Das Geld für den Wagen musste ich mir von Dad leihen. Da bekommt das Wort *Leihwagen* gleich eine ganz andere Bedeutung.«

Ich sehe zu ihm auf, und er blickt erwartungsvoll zurück. Denkt er wirklich, dass ich jetzt schockiert die Straßenseite wechsle? »Deine Bekannte, die die Schule abgebrochen hat, von Dads Personalern abgelehnt wurde und nun in einer Tankstelle jobbt, ist also Lucys Mom?«

»Korrekt. Verstehst du mich jetzt? Leute wie ich sind die Menschen, die du am Telefon unter Druck setzt, um einen schnellen Werkstatttermin für deinen streikenden Wagen zu bekommen.«

»Denkst du das?«, frage ich unangenehm berührt. »Ich setze niemanden unter Druck.« Zumindest hoffe ich, dass ich vorhin am Telefon nicht unfreundlich war. Falls doch, tut es mir leid. Mir war einfach wahnsinnig kalt.

»Du weißt, was ich meine«, sagt er versöhnlich und stößt mich sacht mit dem Ellbogen an. »Ich bin der Junge aus dem falschen Teil der Stadt. Niemand hier hat auf mich gewartet.«

»Das stimmt nicht, sonst hätte dich das St. Clair nicht angenommen. Vielleicht bist du genau derjenige, den unser College braucht. Die Otters suchen einen neuen Cornerback, und wenn du nur halb so gut spielst, wie du küsst, wirst du eine Bereicherung für das Team sein.«

»Wir werden sehen«, antwortet er so unbestimmt, als wäre er davon noch nicht überzeugt.

Vielleicht täusche ich mich. Vielleicht ist ihm das Thema tatsächlich unangenehm, also beschließe ich es zu wechseln. »Warum studierst du eigentlich Grafikdesign?«

»Unter anderem weil ich nichts anderes kann«, gesteht er. Er zieht die Schultern hoch, als wäre er Lucys Schildkröte auf der Suche nach Schutz. »Ich liebe meinen Studiengang, ehrlich, aber ich habe es nur mit einer Begabtenförderung und dem Sportstipendium überhaupt ans College geschafft. Ich würde auf das Studium verzichten und im Diner meiner Eltern arbeiten gehen, aber ich tue es auch für Lucy. Um ihr zu zeigen, dass man alles erreichen kann, wenn man sich bemüht. Egal woher man kommt, und auch wenn viele Menschen gemeine

Dinge über einen sagen.« Tief durchatmend rollt er die Schultern zurück und sieht auf mich hinab. »Da, wo ich herkomme, in Ann Arbor, bin ich für viele Leute der Typ, der zu dumm zum Verhüten war – und Lucy ein Unfall. Ein Fehler. Ich will, dass sie mehr in sich sieht als das. Also versuche ich, das Beste aus mir zu machen. Und vielleicht ist das auch einer der Gründe dafür, dass ich dankbar war, nach Toledo oder Fair Haven gehen zu können. Wenn ich Football spiele und studiere, bin ich jemand, der ich zu Hause nicht sein konnte. Jemand, auf den Lucy später stolz sein kann.«

Camerons Worte berühren mich auf eine Art, die ich auch in nüchternem Zustand nicht beschreiben könnte. Weil ich weiß, wie es ist, als Fehler wahrgenommen zu werden. Und weil ich nachvollziehen kann, wie es sich anfühlt, um Anerkennung zu kämpfen.

»Verstehe«, murmle ich. »Menschen können furchtbar gemein sein, und wenn sie einen erst abgestempelt haben, wird man das nur schwer wieder los. Aber ich meine es ernst: Nicht jeder bekommt eine Förderung. Das ist eine großartige Sache. Du kannst verdammt stolz auf dich sein.«

»Ich arbeite daran«, gesteht er und reibt sich mit der Hand über die Stirn. »Ich habe einfach oft das Gefühl, dass Leute mich nur loben, um nett zu mir zu sein. Vielleicht, weil sie Mitleid empfinden. Nicht, weil ich es verdiene.«

»Ich kann erahnen, was du meinst. An sich selbst zu glauben ist manchmal eine ziemliche Herausforderung. Versuch es trotzdem«, bitte ich ihn, obwohl ich weiß, dass es mit aufmunternden Worten nicht getan ist. Selbstvertrauen ist nichts, was man Menschen einreden kann, das müssen sie – wie der Name sagt – in sich selbst finden.

Ich weiß das, weil ich schon seit Jahren auf der Suche danach bin. Immer wenn ich denke, mich endlich gefunden zu haben, kommt jemand, der mich eines Besseren belehrt, und schon muss ich von vorn beginnen. »Aber weißt du, was? Wenn du es noch nicht kannst, übernehme ich das solang für dich.«

»An mich zu glauben?«, fragt Cameron überrascht.

Lächelnd sehe ich zu ihm auf. »Warum nicht? Die Suche nach sich selbst ist ein langer und schwieriger Weg. Wie wäre es, wenn wir uns gegenseitig für jeden getanen Schritt applaudieren? Wie klingt das?«

Statt mir zu antworten, klatscht er in die Hände und bringt mich zum Lachen. Dann haben wir wohl eine Vereinbarung. Ich hoffe, sie führt nicht zu ähnlichen Verwirrungen wie die erste.

Auf dem schneegepuderten Weg zum Wohnhaus der WG angekommen, bleiben wir stehen.

»Danke fürs Nach-Hause-Bringen«, sagt Cameron.

»Gern geschehen. Jederzeit wieder. Obwohl ich dir wohl nicht wünschen sollte, dich ständig zu verlaufen. Das wäre ziemlich eigennützig von mir.«

»Hast du von mir eigentlich genug Antworten für deinen Blog-Artikel bekommen, oder sehen wir uns noch einmal wieder?«

»Soweit ich weiß, hat die Defense Montagabend Trainingspause. Wir könnten uns für das Interview im Café auf dem Campus treffen. Oder in eurer WG, wenn es dir dort lieber ist. Bei Interviews in Cafés kommt man sich manchmal etwas belauscht vor«, wende ich ein.

»Also morgen Abend in der WG?«, schlägt Cameron vor. »Ich könnte uns etwas kochen. Magst du Curry?«

»Curry klingt perfekt. Vorausgesetzt natürlich, du kannst mit vollem Mund noch meine Fragen beantworten«, scherze ich.

»Ich werde mich bemühen, dich zufriedenzustellen.«

»Dann haben wir wohl ein Date.« Erst als ich es ausgesprochen habe, realisiere ich, wie falsch es sich anhört.

Vielleicht sollte ich richtigstellen, dass es natürlich nur ein Arbeitstreffen ist, aber als Cameron mich anlächelt, erröte ich bis unter den Haaransatz. Wie gut, dass es so dunkel ist, dass er meine glühenden Wangen nicht sehen kann. Wir werden uns allein in der WG aufhalten, denn Mateo und Joshua spielen in der Offense und werden noch beim Training sein. Das ist ein Zustand, der meiner Fantasie nicht guttut. Oder zu gut. Je nachdem wie man es nimmt.

»Schlaf gut.« Ich will mich gerade zum Gehen wenden, als Cameron mich aufhält.

»Warte«, bittet er. »Gibst du mir deine Handynummer? Ich habe kein gutes Gefühl dabei, wenn du nachts allein durch die Stadt läufst. Wir können telefonieren, bis du zu Hause bist. Nur wenn du möchtest, natürlich.«

»Oh.« Blinzelnd sehe ich zu ihm auf. Darüber habe ich bisher keine Sekunde nachgedacht. Ich reiche ihm mein Telefon, damit er seine Nummer eingeben kann. »Und du bist dir ganz sicher, dass du nicht lieber schon schlafen gehen willst? Ich brauche mindestens zwanzig Minuten bis zum Wohnheim.«

»Ganz sicher.« Er zieht sein Handy aus der Manteltasche hervor, bevor er mir mein iPhone zurückgibt.

Unsicher wiege ich es in der Hand. Ich sollte einfach gehen, aber irgendetwas hält mich zurück. »Ich wäre vielleicht noch betrunken genug für einen Abschiedskuss.«

»Vielleicht?« Provozierend hebt er eine Augenbraue und beugt sich extra langsam zu mir hinab. Als ob ich es mir wirklich noch anders überlegen würde.

»Ganz sicher«, wispere ich gegen seine Lippen.

Für einen Moment frage ich mich, ob es tatsächlich so simpel sein kann. Dass man zufällig einen Menschen trifft, bei dem man sich sofort wohlfühlt. Der einem ein Gefühl von Sicherheit gibt, damit man sich bei ihm fallen lassen kann, obwohl er einem selbst seine Verletzlichkeit zeigt.

Vielleicht werde ich es morgen früh anders sehen, aber in diesem Moment bereue ich nichts. Ich lasse mich vollkommen auf diesen Kuss ein. Er ist so langsam und innig, dass sich mein Herz sehnsuchtsvoll zusammenzieht.

Das Geräusch seiner Smartwatch lässt Cameron auffahren. Mit Blick auf die Uhr lacht er leise. »Offensichtlich ist dich zu küssen zu aufregend. Das war der Herzfrequenzalarm.«

»Fluch und Segen der modernen Technik?« Ich betrachte ihn aufmerksam. »Du bist dir sicher, dass es dir gut geht?«

»Ja, du machst mich nur nervöser, als ich zugeben sollte. Du in Verbindung mit der Tatsache, dass mein Bett bloß ein paar Meter entfernt ist. Was mich offensichtlich mehr in Versuchung führt, als ich zugeben sollte«, gesteht er und wackelt demonstrativ mit dem Handy in der Hand. »Wir bleiben in Kontakt?«

»Jetzt, nachdem du mir gerade gesagt hast, dass du kurz vor einem Herzinfarkt stehst, auf jeden Fall.« Ich wähle seine Nummer. »Pass auf, dass du auf dem Weg nach oben nicht deinen Schuh auf der Treppe verlierst, Camerella.«

»Du bist ganz schön vorlaut für jemanden, der so klein ist«, antwortet er schmunzelnd und nähert sich vorsichtig.

Wollte ich nicht eigentlich gerade gehen? Stattdessen küssen wir uns erneut. Es fühlt sich bereits jetzt vertraut an.

»Verlauf dich nicht, ich könnte dich nicht retten kommen«, dringt seine Stimme aus dem Hörer, kaum dass ich mich von ihm abgewandt habe. »Es sei denn, du verirrst dich zum Weihnachtsmann. Dann stehen deine Chancen ganz gut.«

Lachend schüttle ich den Kopf. Da kann er ganz unbesorgt sein, ich werde meinen Weg schon finden. Obwohl ich dank des ungemütlichen Wetters länger als gewöhnlich zum Wohnheim brauche, kam mir die Strecke noch nie so kurz vor wie mit Camerons Stimme im Ohr.

»Cam?« Kurz bevor ich das Wohnheim erreiche, dessen von Laternen erhellter Weg wie eine beleuchtete Landebahn im Dunkel wirkt, ist da dieser Gedanke, der einfach rausmuss. »Danke, dass du mich nach Hause begleitet hast. Manchmal kommt mir die Welt da draußen sehr dunkel vor, aber mit dir ist sie irgendwie heller. Als ginge ein Licht an. Verstehst du, was ich meine?«

Er lacht leise. »Ich kann es erahnen. Manchmal trifft man Menschen, mit denen man so sein kann, wie man gern wäre.«

»Ja, genau«, murmle ich. Vielleicht ist es das. »Irgendwie beschämend, dass du bessere Worte dafür findest. Vielleicht solltest du dich selbst interviewen.«

»Ich glaube, ich habe einen unfairen Vorteil. In meinen Becher hat niemand Gin gekippt.«

»Ich sollte echt nie wieder Alkohol trinken«, stimme ich zu.

»Dazu sage ich nichts. Dein Körper wird dir schon selbst mitteilen, was er davon hält.«

»Jetzt gerade findet mein Körper es immer noch bedauerlich, dass keiner von uns allein wohnt. Aber ich bin beim Wohnheim angekommen, also überlasse ich dich nun dir selbst.«

»Oh, Penny. Das klang so unfassbar falsch.« Er lacht, aber ich weiß nicht, wieso.

»Es klang genau so, wie ich es gemeint habe, Cameron Burton. Schlaf gut und träum was Schönes.« Damit lege ich auf.

Dass ich vielleicht immer noch nicht ganz nüchtern bin, merke ich, als ich beim Ausziehen der Overkneestiefel dermaßen ungeschickt auf das quietschende Bett falle, dass meine Mitbewohnerin aus dem Schlaf aufschreckt.

»Gott, Penny«, stöhnt Lin in ihr Kissen. »Wie kann ein einzelner Mensch so einen Krach machen?«

»War keine Absicht«, antworte ich und bleibe wie erschlagen auf dem Bett liegen.

»Schlaf doch das nächste Mal einfach bei July«, murrt sie. Durch den Vorhang aus glitzernden Plastikperlen, der unsere Zimmerhälften voneinander trennt, kann ich erahnen, dass sie sich auf die andere Seite ihres Betts dreht und sich die Decke über den Kopf zieht. Ihrem leisen Schnarchen nach ist sie sofort wieder eingeschlafen. Typisch.

Eigentlich möchte ich noch Zähne putzen gehen und mich umziehen, aber dazu fehlt mir nach dem langen Tag die Energie.

Mir wird jetzt erst bewusst, wie durchgefroren ich bin. Shorts, eine dünne Strumpfhose und ein Umweg im Schneetreiben vertragen sich nicht. Bevor mich die Müdigkeit endgültig übermannt, kuschle ich mich in die wärmende Bettdecke.

Im Halbschlaf gleiten meine Gedanken zu Cameron. Meine Fingerspitzen streichen wie von selbst über meine Lippen, während ich mich daran erinnere, wie sich seine Küsse an anderen Stellen meines Körpers anfühlen. Auf meinem Hals. Auf meinen Brüsten. Zwischen meinen Beinen. Nur die Erinnerung daran, dass ich nicht allein in diesem Zimmer bin, hält mich davon ab, meine Fantasien zu sehr ausschweifen zu lassen.

Von einer quälenden Unruhe getrieben, greife ich nach dem Handy und schreibe Cameron eine Nachricht.

Penny: *Du fehlst mir gerade. Alles an dir.*

Aber es kommt keine Antwort.

7. KAPITEL

☑ *Cameron interviewen*

Als mein Handy am nächsten Morgen eine neue Nachricht ankündigt, möchte ich es am liebsten gegen die Wand werfen. Mein Kopf dröhnt, und mein Mund fühlt sich so ausgetrocknet an, als wäre über Nacht eine Wollmaus hineingekrochen, um dort zu verenden. Ich hätte definitiv Zähne putzen und etwas trinken sollen, statt einfach einzuschlafen.

Noch im Halbschlaf taste ich nach dem iPhone, das neben mir im Bett liegt. Beim Lesen der Nachricht entfährt mir ein Stöhnen. Das darf doch nicht wahr sein.

Cameron hat mir geschrieben. Zumindest nehme ich an, dass er es war.

CMA BRUTON: *Na, wieder nüchtern?*

Offensichtlich habe ich nicht nur beim Anlegen seines Kontakts die falschen Tasten getroffen. Was auch immer ich ihm gestern schreiben wollte, ergibt keinen Sinn. Geht es noch peinlicher?

Langsam kehren die Erinnerungen an den gestrigen Abend zurück und beantworten meine unausgesprochene Frage mit einem Ja. Habe ich Cameron ernsthaft mehrfach angefleht, mich zu küssen?

Nur mit Mühe schaffe ich es, mich aus dem Bett zu quälen.

Heftiges Pulsieren in meinem Kopf begleitet meine Schritte zum Bad. Das ist wohl der Dank meines Körpers für den Giftcocktail aus diversen alkoholischen Getränken.

Beim Blick in den Spiegel entfährt mir ein weiteres Stöhnen. Ich sehe mindestens so schrecklich aus, wie ich mich fühle. Meine Haare gleichen einem Vogelnest, und die Kissenabdrücke auf meinem Gesicht haben sich so tief in die Haut gegraben, dass ich sie nicht wegmassieren kann. Sie werden mich noch eine Weile durch den Morgen begleiten. Schwerfällig kehre ich nach einer Katzenwäsche ins Zimmer zurück, lasse mich aufs quietschende Bett fallen und ignoriere Lins Protest, dass ich schon wieder viel zu laut bin. Erst nach zwei Kopfschmerztabletten und ein paar Schluck Wasser kann ich mich zu einer Antwort aufraffen.

Penny: *Sehe zwar wie ein Zombie aus, lebe aber noch. Interview heute Abend kann also stattfinden.*

Mit Blick auf die Uhr lege ich das Handy auf dem Nachttisch ab. Zehn Minuten habe ich bestimmt noch, um Motivation zu sammeln. Wieso hielt ich es doch gleich für eine gute Idee, an einem Sonntagabend feiern zu gehen?

Der Tag wird lang. Ich bin noch nicht einmal aufgestanden und sehne mich jetzt schon danach, mich wieder hinzulegen.

Wenn Tage falsch beginnen, gehen sie meist auch so weiter. Mein Highlight ist eine Nachricht von Cameron.

CMA BRUTON: *Also bleibt es bei dem Essen? Oder schwenkst du um? Kaffee intravenös und Katzenminze zur Besänftigung des Katers wären auch verfügbar …*

Penny: *Süßes Wortspiel, aber streunende Kater soll man nicht zähmen.*

Dass der kurze Wortwechsel mit Abstand das Beste ist, was mir diesen Tag über passiert, sagt eigentlich genug darüber aus. Nur mit Hilfe von Kopfschmerztabletten, Tee und Wasser überstehe ich die Vorlesungen und Seminare. Danach würde ich am liebsten sofort ins Bett kriechen, quäle mich jedoch stattdessen zu einem Interview mit dem Physiotherapeuten unseres Campus. Er hat versprochen, sich für eine Beitragsreihe über gesunde Ernährung im Studierendenleben zur Verfügung zu stellen. Aber muss die ausgerechnet heute beginnen? Und kann bitte jemand diesen Montag reparieren? Er ist kaputt. Ehrlich. Genau wie der Getränkeautomat am Nebeneingang zum Ökonomietrakt. Er spuckt einen Plastikbecher aus, der auf dem Fußboden landet, und lässt meinen Kakao in das Auffangsieb laufen. Fünfzig Cent verschenkt. Für manche Menschen mag das nicht nach viel klingen, doch das Geld, das mir meine Eltern überweisen, ist wirklich knapp kalkuliert. Aber ich will mich nicht beklagen, immerhin unterstützen sie mich überhaupt. Trotzdem verzichte ich auf eine Wiederholung dieses Glücksspiels – und den Kakao.

Vermutlich fragt sich auch der Physiotherapeut, was mit mir los ist, nachdem ich mir seinen Namen dreimal habe buchstabieren lassen, nur damit er mir bei der Verabschiedung schon wieder entfallen ist. Vielleicht sollte ich mir beim nächsten Mal *Mr Basumatary* auf meine Handinnenfläche schreiben, um es ablesen zu können. Mein heutiges Unvermögen ist mir einfach nur peinlich.

Nach dem Interview ist vor dem Interview, doch bevor ich zur WG fahre, werfe ich auf dem Weg zu meinem Auto einen Blick auf mein Handy und rufe die neusten NFL-Spielergebnisse ab.

Das darf doch nicht wahr sein! Letzte Saison haben die New York Nightingales den Superbowl gewonnen, und gestern hätten sie beinahe gegen einen absoluten Außenseiter verloren? Schnell überfliege ich den Spielbericht. Das Fazit der Zusammenfassung lautet: *Was ist nur mit Quarterback Bradley los?*

Das frage ich mich auch.

Ich kann nicht anders, als Aliza eine Nachricht zu schreiben. Immerhin ist sie nicht nur seine Ex-Freundin, sondern vor allem immer noch seine PR-Beraterin.

Penny: *Eine Frage an Bradleys Beraterin: Ist bei ihm alles in Ordnung? Mein NYN-Fanherz blutet, wenn ich diese Spielergebnisse sehe.*

Da Aliza quasi mit ihrem iPhone verheiratet ist, kommt ihre Antwort sofort.

Aliza: *Das fragst du mich? In letzter Zeit hat er sich ziemlich rar gemacht, was Termine und Kooperationen angeht. Er antwortet nicht auf meine Anrufe, auf Instagram postet er auch nichts, und bei Dad meldet er sich nur, wenn er muss. Außer den Ergebnissen der letzten Spiele – die allesamt ziemlich schwach waren – kann ich dir also nichts über ihn schreiben. Wenn du mich fragst, ist es verdächtig, wenn du dich weder bei deinem Manager noch deiner PR-Beraterin meldest. Es ist irgendetwas los, an dem er uns nicht teilhaben lassen will.*

Penny: *Ich würde ja sagen: Es geht auf das Saisonende zu, vielleicht hat er momentan den Kopf woanders. Aber die ganze Saison läuft nicht besonders.*

Aliza: *Dass er seinen Kopf woanders hat, vermute ich auch. Wortwörtlich. Es würde mich nicht wundern, wenn demnächst irgendein Klatschportal Paparazzifotos von Bradley und einer anderen Frau veröffentlicht.*

Penny: *Das weißt du nicht.*

Sie und Bradley sind seit etwa einem halben Jahr getrennt. Es wäre zumindest im Bereich des Denkbaren, dass er eine andere Frau kennengelernt hat. Oder plant, das Management zu wechseln, weil es sich seltsam anfühlt, mit dem Vater der Ex-Freundin zusammenzuarbeiten. Beides erklärt jedoch nicht, wie aus dem Star-Quarterback innerhalb weniger Monate jemand werden konnte, der über die eigenen Füße stolpert und Pässe ins Nichts wirft.

Die Öffentlichkeit vermutet, dass ihn der Wechsel nach New York aus der Bahn geworfen hat und er eine Saison braucht, um sich einzuleben. Aber vielleicht ist er nur nicht so gut darin wie Aliza, nach der Trennung einfach weiterzumachen. Wenn man ihren Instagram-Kanal ansieht, wirkt es, als hätte sie mit allem abgeschlossen. Die zwei sind seit der Schulzeit zusammen gewesen. Bradley wollte eine Familie mit ihr gründen. Es ist zumindest möglich, dass sie ihm bei der Trennung das Herz gebrochen hat. So leid es mir für ihn tut, aber dank ihm muss mein New-York-Fanherz diese Saison auch ganz schön was aushalten.

Ein letztes Mal checke ich die E-Mails im Posteingang der Redaktion, aber Tims Artikel für die Sportkolumne ist noch immer nicht angekommen. Wäre ja auch zu schön gewesen.

Dass dieser Tag abgeschrieben gehört, wird mir einmal mehr bewusst, als ich nahe der WG parke und beim Aussteigen mein Handy klingelt. Tim. Schon vor dem Entgegennehmen des Anrufs weiß ich, dass er nichts Gutes bedeutet.

»Das ist nicht dein Ernst.« Energisch drücke ich den Klingelknopf und nehme nur am Rande zur Kenntnis, dass jemand das Türschild ausgetauscht hat: *B. O. S.* – Burton, Ortega, Simons. Ich habe meine Hausaufgaben gemacht und im Laufe des Tages alle öffentlich zugänglichen Informationen über Cameron auswendig gelernt. Wer seine Hausaufgaben hingegen nicht gemacht hat, ist Tim.

»Ich habe mich auf dich verlassen!«, ist alles, was ich hervorbringe. Jemandem eine Szene zu machen ist nicht mein Ding, aber dieses Mal bin ich kurz davor.

Er murmelt irgendeine halbherzige Entschuldigung, als die Wohnungstür aufgeht.

Mein Herz nimmt mit einem freudigen Hüpfer Camerons warmes Lächeln zur Kenntnis, aber meine Aufmerksamkeit ist noch immer auf das Telefonat gerichtet. Mit einem knappen »Hallo« dränge ich mich mit meinen Taschen in die Wohnung, lasse sie am Sofa zu Boden gleiten und fahre mir durch die Haare, als würde das bei irgendetwas helfen.

»Es ist jetzt schon das zweite Mal, dass du es nicht schaffst, deinen Artikel pünktlich einzureichen. Und das Jahr hat erst vor Kurzem begonnen.«

»Ja, sorry«, murmelt es aus dem Telefon.

»Nichts *sorry*. Morgen ist Dienstag. Dienstag ist die Sportkolumne fällig. Unsere Leserschaft verlässt sich auf uns. Auf dich! Wir können nicht einfach ohne Ankündigung den Beitrag ausfallen lassen! Du hast versprochen, dich zu bessern, und jetzt lässt du mich schon wieder hängen.«

»Dann improvisier halt was«, schlägt Tim vor.

Das ist seine Antwort? Er macht Versprechungen, die er nicht ernst meint, und schiebt mir die Verantwortung zu? Wütend beiße ich die Zähne zusammen. Ich weiß, dass ich mich zusammenreißen sollte, aber ich weiß auch, dass sich das jemand wie Aliza nicht gefallen lassen würde. Sie würde sich wehren.

»Weißt du, was? Improvisieren? Das werde ich!«, stimme ich zu und sehe flüchtig zu Cameron auf, der leise die Tür schließt und in Richtung Küchenzeile schleicht, als wollte er nicht stören. »Du bist gefeuert!«

Cameron zuckt so unvermittelt zusammen, als hätte ich ihn gemeint.

»Bitte. Als ob wir für den Scheiß bezahlt werden würden«, grummelt Tim und beendet das Telefonat.

»Er legt einfach auf!« Ich starre das Handy an und blinzle. Wie kann er mitten im Gespräch auflegen? Allerdings hat er offensichtlich ja auch sonst keine Probleme damit, mich hängenzulassen. Super! Es ist der krönende Abschluss dieses bescheidenen Tags.

Erst als ich das Telefon wegstecke, nehme ich zur Kenntnis, dass es in der Wohnung verdammt gut nach Curry duftet.

»Stress in der Redaktion?«, vermutet Cameron und schenkt mir beim Umrühren einen kurzen Seitenblick.

»Ja. Tim mal wieder. Er studiert sogar mit July zusammen Literaturwissenschaften und bekommt Credits für seine Mitarbeit, hat aber trotzdem Besseres zu tun, als seine Artikel pünktlich abzuliefern. Ich verstehe ihn einfach nicht. Aber hallo erst mal«, erwidere ich kleinlaut. »Ich wollte hier eigentlich nicht so einfallen und gleich schlechte Schwingungen verbreiten. Normalerweise schreie ich auch keine Leute am Telefon an. Ehrlich.«

»Dann *Hi* erst mal.« Lächelnd klopft er den Löffel am Rand des Topfs ab, bevor er zu mir herüberkommt.

Unsicher sehe ich zu ihm auf und frage mich, was ich empfinden soll. Fühlt es sich anders an, ihm nüchtern gegenüberzustehen? Warum bin ich nur so nervös?

Jenseits der großen Fensterfront ist die Wintersonne längst untergegangen, und nur die indirekte Beleuchtung der Dunstabzugshaube und eine Stehlampe am Sofa schenken uns ein wenig Licht. Alles ist in einen warmen Glanz getaucht, der zu dem gutmütigen Funkeln in Camerons Augen passt.

Er trägt wieder eines dieser bedruckten T-Shirts mit V-Ausschnitt, das seinen Körper betont. Und was für einen Körper. Aber noch anziehender wirkt das Lächeln, mit dem er mich mustert, als wäre es nicht erst ein paar Stunden, sondern ein paar Tage her, dass wir uns gesehen hätten.

Nein, beantworte ich mir meine unausgesprochene Frage selbst. Es fühlt sich nicht seltsam an, ihm jetzt gegenüberzustehen. Auf eine unerklärliche Weise ist es so aufregend, dass mein Herz schneller zu schlagen beginnt. Als könnte in seiner Nähe einfach alles passieren. Ich kann nicht anders, als sein Lächeln zu erwidern. Es zupft an meinen Mundwinkeln, bis ich nachgebe. Vielleicht sollte ich etwas sagen? Aber mir sind alle Wörter entfallen.

Cameron hebt die Hand, streicht mir vorsichtig eine Haarsträhne hinters Ohr. Dort, wo seine Finger mich berühren, hinterlassen sie ein angenehmes Kribbeln auf meiner Haut. Cameron senkt den Blick auf meine Lippen – aber er zögert.

Wie von selbst richtet sich meine Aufmerksamkeit auf seinen wunderschönen Mund. Prompt schießt mir Wärme in die Wangen. In meinen Gedanken sind wir dabei, dort weiterzumachen, wo wir gestern Abend aufgehört haben.

Doch als Cameron sich zu mir hinabbeugt, küsst er mich lediglich zärtlich auf die Wange. Es ist nur ein Hauch. Ich ahne seine Berührung mehr, als dass ich sie wirklich spüre.

Er richtet sich wieder auf, lässt die Hand sinken und sieht mich zweifelnd an. »War das zu viel oder zu wenig?«

Meinem enttäuschten Herz nach – oder welcher Körperteil da auch immer beleidigt aufbegehrt – war es zu wenig.

»Wenn dies ein Arbeitstreffen bleiben soll, ist es wohl angemessen«, vermute ich. Es ist seltsam, wie diese flüchtige Berührung ausreicht, um mich den Stress mit Tim fast vergessen zu lassen.

»*Angemessen*«, wiederholt er schmunzelnd. »Was für eine schöne Umschreibung für: Cam, du bist ein Feigling.«

»Das habe ich nicht gesagt«, widerspreche ich und schaue auf meine Taschen hinab, als sollten sie mir etwas zuflüstern. »Ich fand den Abend gestern sehr schön. Ein Teil von mir würde nichts lieber tun, als genau dort weiterzumachen. Aber ich weiß nicht, wohin es führen soll.«

Damit meine ich nicht unser Telefonat oder unsere Verabredung, einander zu unterstützen, sondern die Küsse. Allein wenn ich daran denke, fangen meine Lippen zu kribbeln an, als könnten sie eine Fortsetzung kaum erwarten. Aber was dann?

»Als ich dachte, dass das zwischen uns eine einmalige Sache ist, war es okay für mich. Wir hatten diese eine perfekte Nacht. Und du wärst der Typ, an dem sich alle zukünftigen hätten messen müssen – nur um daran zu scheitern. Ein Idealbild. Eine Illusion. Etwas, was nur in meiner Erinnerung existiert. Doch das funktioniert nicht, wenn du jeden Tag vor mir stehst.«

Cameron wirkt überrascht, hat sich aber sofort wieder gefasst. »Ja, wenn man mich jeden Tag sieht, wirke ich weniger perfekt.«

»So meinte ich das nicht. Ich habe nur einfach …« Ich suche nach dem richtigen Wort, finde es aber nicht. »Baustellen.«

»Hat die nicht jeder?«, fragt er vollkommen ruhig.

Mag sein, aber ein Kuss von ihm reicht aus, damit ich in Flammen stehe. Es ist nicht so, dass ich das Gefühl von mir nicht kennen würde, es war allerdings nie so intensiv. Nicht so unmittelbar. Mein Verstand setzt einfach aus und überlässt meinem Körper die Kontrolle. Und das ist das Problem. Nicht nur, weil Dates mit ihm ein weiterer Grund für Stress mit meinen Eltern wären.

Ich bin gerade erst dabei, mich nach der Beziehung mit Kyle wiederzufinden. Herauszufinden, wer ich bin, wer ich sein will und was mich glücklich macht. Auch wenn Camerons Nähe mich durchaus sehr beglückt, ist er nicht die Antwort auf all diese Fragen. Schon allein deswegen, weil ich nie wieder zulassen möchte, dass ein Mann das Ziel all meiner Bestrebungen ist. Viel zu viel habe ich in die ungesunde Beziehung zu Kyle investiert. Zu oft habe ich mir eingeredet, dass es sich irgendwann auszahlen wird. Aber der Scheck kam nie, stattdessen gab es nur eine Quittung nach der anderen.

»Ich glaube, du hattest recht gestern Abend«, murmle ich. »Ich bin einfach noch nicht so weit, mich auf mehr einzulassen. Also wäre es wohl besser, wenn es keine Wiederholung gibt.«

Einen Moment lang sieht auch er enttäuscht aus, aber dann nickt er. »Du hast gesagt, dass sich deine Eltern einen wohlhabenden Mann für dich wünschen. Jemanden, der hier reinpasst und ganz sicher nicht in einem Wohnwagen aufgewachsen ist. Wenn ich mein Stipendium behalten will, ist es wohl ohnehin besser, wenn ich mich darauf konzentriere, nächste Saison einen Startplatz zu ergattern, statt nachts wach zu liegen und an dich zu denken.«

Obwohl seine Worte ein unangenehmes Brennen in meiner Brust auslösen, hat er auch damit recht. Es wäre besser für uns, wenn sich jeder auf sich und die eigenen Baustellen konzentriert.

»In Ordnung«, erwidere ich mit gemischten Gefühlen, die ich mir selbst nicht so recht erklären kann. Ich bin froh und dankbar, dass Cameron mir nicht böse ist. Trotzdem ist da dieses Nagen in meinem Inneren, das ich nicht zuordnen kann. Es ist kein schlechtes Gewissen, aber ähnlich unangenehm. Da ich es nicht zu deuten weiß, beschließe ich es zu verdrängen. Zusammen mit all den anderen negativen Emotionen, die sich im Laufe der letzten Jahre angesammelt haben. »Wäre es für dich eigentlich in Ordnung, wenn wir dein Interview schon morgen veröffentlichen? Normalerweise würde ich es erst in Ruhe ausarbeiten und dir zum Gegenlesen schicken, aber Tim hat seinen für morgen fälligen Artikel nicht geschrieben, und ich brauche einen Ersatz für die Sportkolumne.«

»Kein Problem«, versichert er mir und geht wieder an den Herd, um das Curry erneut umzurühren. »Ich habe heute Abend nichts mehr vor und muss morgen nicht früh raus. Du kannst deine Fragen stellen, dann essen wir alle gemeinsam und arbeiten anschließend deinen Artikel aus. Wie klingt das?«

»Perfekt.« Wie fast alles, was Cameron betrifft.

Ich ziehe den Mantel aus, hänge ihn an die Flurgarderobe und setze mich mit meinem Laptop an den Küchentresen. Offensichtlich wurde das WLAN-Passwort seit Monaten nicht geändert, zumindest komme ich immer noch problemlos ins Internet.

Ich habe nicht gezählt, wie viele Interviews ich in den letzten Monaten geführt oder wie viele Artikel ich geschrieben habe – es waren einige –, dennoch fühlt es sich seltsam an, jetzt in den Arbeitsmodus zu wechseln. Allein Camerons entspannte Art macht es mir etwas leichter.

Er würzt das Curry, als wäre nie etwas gewesen. Im Grunde war es ja auch nichts, und wir haben alles geklärt. Keiner von uns bereut, was passiert ist, dennoch wäre eine Fortsetzung nicht unbedingt empfehlenswert. Ende.

Seufzend widme ich mich dem Schreibprogramm. »Das Interview ist keine große Sache«, sage ich halb an ihn und halb an mich selbst gewandt. »Wir haben für den Blog ein paar festgelegte Fragen und einen standardisierten Spielersteckbrief mit Daten wie Größe, Gewicht und Beziehungsstatus. Du kannst ein wenig darüber erzählen, wie du zum Football gekommen bist oder welche Bedeutung es für dich hat. Wie privat du werden möchtest, liegt ganz bei dir. Wenn du eins hast, kannst du mir gern noch ein Foto von dir senden. Am besten eins in Sportkleidung, das wirkt immer authentisch. Und das war's dann auch schon.«

Cameron stützt die Unterarme auf die Arbeitsplatte und mustert mich. Schon wieder liegt ein amüsierter Funke in seinen Augen. »Ich werde mein Bestes geben, dich zufriedenzustellen.«

»Darin bist du ziemlich gut«, rutscht mir heraus. Hatten wir nicht beschlossen, nicht miteinander zu flirten? »Also …« Ich deute demonstrativ auf den Laptop. Vor allem, um mich selbst daran zu erinnern, weswegen ich hier bin: zum Arbeiten. »Möchtest du Lucy in dem Beitrag erwähnen oder eher nicht? Manche NFL-Spieler zeigen sich oft mit ihren Kindern oder Nichten und Neffen in der Öffentlichkeit. Es wirkt sympathisch und nahbar. Sonst schreiben wir über dich nur, dass du Single bist. Je nachdem wie du dein Image etablieren möchtest.«

»Dann schreib glücklicher Single und noch glücklicherer Dad einer kleinen Tochter«, schlägt er vor, stößt sich vom Tresen ab und nimmt einen kleinen Löffel aus der Schublade. »Streich das *glücklich* vor Single. Ich bin ein armer, missverstandener Mann, von dem sie alle nur das Eine wollen.« Er legt die Hand aufs Herz und lässt das Kinn auf die Brust sinken.

»Tatsächlich?«, hake ich nach und lächle schief. »Wir alle wollen das? Soll ich das so schreiben?«

»Lass die Information über meinen Beziehungsstatus weg und probier lieber, ob dir die Soße zu scharf ist«, bittet er mich und bietet mir eine Löffelspitze an.

Ich muss lachen, kaum dass ich probiert habe.

»Was?«, fragt er verunsichert.

»Du kochst eindeutig zu oft für kleine Kinder, wenn du das als scharf bezeichnest.«

»Möchtest du noch nachwürzen?«

»Das möchtest du den anderen nicht antun«, lehne ich ab. »Chilis und Jalapeños sind bei uns zu Hause quasi Grundnahrungsmittel.«

»Mit *zu Hause* meinst du Mexiko?«

»Nein, ich meinte mein Elternhaus«, korrigiere ich. »Es ist nur ein Klischee, dass mexikanisches Essen generell scharf ist. Die allermeisten Gerichte wie Tacos, Enchiladas oder Pastor haben überhaupt keine Schärfe, wenn du sie nicht nachwürzt. Es sei denn, du kaufst sie an einem dieser Foodtrucks, wo sie alles in Salsasoße ertränken und mit Jalapeños bestreuen. Natürlich nichts gegen Foodtrucks.«

»Natürlich nicht.«

»Ich wurde übrigens in Florida geboren und kenne Mexiko nur aus dem Urlaub.«

»Entschuldige. Mit beiden Füßen ins Fettnäpfchen.« Peinlich berührt rümpft er über sich selbst die Nase. »Dafür habe ich echt Talent.«

»Ist schon okay, das kannst du ja nicht wissen. Mein Dad hat damals in Tampa Football gespielt. Kurz nach meiner Geburt hat er beschlossen, damit aufzuhören und sich anderen Dingen zu widmen. Vor etwa zehn Jahren hat es ihn nach Michigan verschlagen, weil hier das Herz der Automobilindustrie schlägt. Er hat noch immer eine Vorliebe für das traditionelle Essen seines Herkunftslandes, aber alle anderen Erinnerungen an ihre ehemalige Heimat haben meine Eltern beim Überqueren der Ländergrenzen hinter sich gelassen. Wir sprechen kein Spanisch und feiern keinen der traditionellen Feiertage.«

»Es ist mir trotzdem unangenehm«, gesteht er und kann ein verlegenes Lächeln nicht unterdrücken.

»Muss es nicht. Außerdem wollten wir uns eigentlich über dich unterhalten. Sollen wir dann mit dem Interview beginnen, du heimlicher Single und Vater einer kleinen Tochter, der nicht scharf kocht? Ist es okay für dich, wenn ich die Diktierfunktion meines Handys einschalte? Ich nehme die Interviews gern auf, damit ich sie mir nach dem Schreiben des Artikels noch mal in Ruhe anhören kann und nicht aus Versehen etwas Falsches schreibe.«

»Mach nur«, stimmt er schulterzuckend zu und widmet sich wieder dem Curry. »Ab jetzt also keine Witze mehr darüber, wie scharf du bist? Äh, wie scharf du isst, meinte ich natürlich.«

»Natürlich meintest du das.« Schmunzelnd starte ich die Aufnahme. Ich habe kaum zwei Fragen gestellt, da stützt er die Unterarme erneut auf die Arbeitsplatte und lächelt mich an. »Was?«, frage ich abgelenkt von der plötzlichen Nähe.

»Nichts. Stell deine Fragen. Ich stehe einfach nur hier und schaue dir beim Arbeiten zu.«

Ich sehe ihn an, und obwohl ich es nicht tun sollte, spüre ich das Verlangen, ihn zu küssen. Wir haben uns darauf geeinigt, das hier zu beenden, doch offensichtlich ist diese Information noch nicht von meinem internen Rechenzentrum zur Versandabteilung für Glückshormone weitergeleitet worden. Meine drängenden Gefühle zu ignorieren ist in seiner Nähe eine ziemliche Herausforderung.

»Wie läuft es eigentlich mit dem Training?«, frage ich, während ich seine letzte Antwort eintippe.

Er schneidet eine Grimasse und macht eine vage Geste. »Ich war bisher nur einmal beim Aufnahmetraining dabei. Ich denke, es war ganz okay.«

»Ganz okay?«, hake ich nach, gerade als sich die Wohnungstür öffnet.

Mateo und Joshua sind zurück. Mir ist gar nicht aufgefallen, wie schnell die Zeit vergangen ist. Joshua begrüßt mich nur kurz und bringt die Sporttasche in sein Zimmer, Mateo hingegen lässt seine achtlos hinter der Tür zu Boden fallen und schenkt mir ein Nicken. Er tritt sich die Schuhe von den Füßen und streckt sich der Länge nach.

Es sieht so aus, als wären die beiden vorgewarnt worden, dass ich hier sein würde. Sie wirken zumindest nicht irritiert davon, dass ich mit dem Laptop an ihrem Küchentresen sitze.

»Das Training würde vermutlich noch mehr Spaß machen, wenn man nicht jeden einzelnen Sprint verliert«, gesteht Cameron.

»Nicht jeden, mein Freund«, korrigiert Mateo. »Nur jeden gegen mich.«

»Und gegen Joshua«, wirft Cameron ein. »Die zwei sind nicht zu fassen. Ich frage mich schon, wo sie ihren Zaubertrank lagern.«

Dass er gegen Mateo den Kürzeren zieht, ist zu verkraften. Mateo ist tatsächlich unschlagbar schnell und wendig – nicht umsonst liegt er im landesweiten Talentranking so weit vorn. Aber dass Cameron langsamer als Joshua läuft, ist nicht gut. Ein Cornerback muss nicht nur kräftig genug sein, um den gegnerischen Wide Receiver in vollem Lauf zu Fall zu bringen, er muss vor allem auch schnell genug sein, um mit ihm mithalten zu können.

»Mach dir keinen Kopf«, sagt Joshua, kaum dass er aus seinem Zimmer zurück ist. »Das wird schon noch. Du warst erst einen Tag bei uns. Sieh dich an. Du bist nur nicht gut austrainiert. Es ist wie Coach Brooks sagte: In Zukunft weniger Kraft- und mehr Lauftraining, dann wird das bis nächste Saison vielleicht.«

»Vielleicht«, stimmt Cameron zu. »Es ist ja nicht so, als wäre ich der einzige potenzielle Nachfolger für Lex.«

»Nicht der einzige, aber der interessanteste«, wirft Mateo ein. »Sonst wäre Penny nicht hier.«

»Unter Anbetracht der Tatsache, dass mich euer Head Coach um das Interview gebeten hat, muss ich ihm zustimmen. Er sieht offensichtlich dein Potenzial.« Ich erkläre das Interview für beendet und stoppe die Tonaufnahme.

»Wenn wir ehrlich sind, bringst du von Haus aus schon einen entscheidenden Vorteil mit, um ein guter Cornerback zu sein: Du bist schwarz. Statistisch sind 99,99 Prozent aller Cornerbacks schwarz«, klärt Mateo auf.

»Wow.« Mir entfährt ein verächtliches Schnauben. »Was für ein tolles Auswahlkriterium.«

»Frag nicht mich, sondern die Statistiken«, antwortet er schulterzuckend. »Es ist nun mal ein Fakt, und Fakten lügen nicht.«

»Wollt ihr mit uns essen?«, bietet Cameron einen unverfänglichen Themenwechsel an.

»Sorry, Kumpel. Ich bin raus«, lehnt Mateo ab. »Ich mache kurz Pause, hole ein paar frische Klamotten und sammle dann Haley bei ihrem Zeichenkurs ein. Wir fahren zu ihr und lernen dort.«

»Du bist mittlerweile zu einem elendigen Streber geworden«, neckt Joshua ihn. »Dein Leben besteht nur noch aus lernen, trainieren und essen. In der Reihenfolge.«

»Lernen, trainieren, essen und der besten Freundin der Welt«, korrigiert ihn Mateo und lässt sich auf das Sofa fallen. »In variabler Reihenfolge.«

»Wie läuft es eigentlich mit der Wohnungssuche?«, hake ich an Cameron gewandt nach, während ich über das WG-Leben nachdenke.

»Es ist echt schwer, hier eine Wohnung zu finden. Ich bin bei mehreren Immobilienportalen angemeldet und schreibe täglich E-Mails, aber meist kommt nichts oder eine Standardabsage zurück.«

»Das kann ich mir vorstellen. Der Immobilienmarkt in Fair Haven ist nicht ganz einfach.«

»Mach dir keinen Stress. Du kannst bleiben, solang du willst«, erwidert Mateo. »Simons macht hier bestimmt noch seinen Master.«

»Wahrscheinlich.« Joshua nimmt sich ein Wasser aus dem Kühlschrank und setzt sich auf den Barhocker neben mir.

Mir läuft es eiskalt den Rücken hinunter, wenn ich nur daran denke, dennoch schlage ich es vor. »Falls ich Kyles Dad mal treffe, könnte ich ihn fragen, ob er einen Tipp für dich hat. Wie du schon festgestellt hast, hat er viel mit Immobilien zu tun und kennt einige Leute in der Stadt. Soweit ich weiß, verdienen viele seiner Bekannten ihr Geld mit Vermietung.«

»Das wäre super.« Cameron schenkt mir ein dankbares Lächeln, dabei weiß ich nicht, ob es mir tatsächlich möglich ist, ihm zu helfen. Ich kann es versuchen, aber mehr nicht.

»*Das wäre super*«, äfft Mateo ihn nach. »Das sagst du nur, weil dir nicht bewusst ist, dass sie gerade angeboten hat, ihre Seele für dich zu verkaufen.«

»Dass deine Eltern immer noch mit den Clovers befreundet sind, nachdem Kyle dich so verarscht hat, ist unfassbar«, stimmt Joshua zu und zeigt den Ansatz eines Kopfschüttelns. »Nur damit du es weißt: Wir fanden es nie gut, wie er dich behandelt hat. Keiner von uns.«

»Was wir dir auch gelegentlich zu verstehen gegeben haben und du jedes Mal ignoriert hast«, ergänzt Mateo.

Genau genommen hat vor allen Dingen Mateo eine Menge dummer Sprüche von sich gegeben. Irgendwie habe ich damals nicht verstanden, dass er nicht neidisch war, sondern es nett gemeint haben könnte.

»Tut mir leid, irgendwie war ich …« Ich kann den Satz nicht beenden. Dumm, naiv, geblendet? Nicht einmal July und Bo sind zu mir durchgedrungen, so vernarrt war ich in Kyle. Oder in eine Vision von uns, die zwar meinen Eltern gefallen, aber mich unglücklich gemacht hätte.

»Blind vor Liebe?«, schlussfolgert Cameron.

»So etwas in der Art«, antworte ich ausweichend.

»Eure Trennung war die richtige Entscheidung«, versichert mir Mateo. »Wir beide kennen Kyle besser als jeder andere in dieser Stadt. Er hätte sich nicht geändert. Nicht für dich, aber auch für keine andere.«

»Und das sagt Mateo Ortega«, wirft Joshua ein und wendet sich an Cameron. »Der Mann, der zeitweilig einen ganzen Harem schöner Frauen um sich herum hatte.«

»He!« Mateo hebt abwehrend die Hände. »Ich gebe zu, dass ich durchaus die Ehre hatte, einige unserer Kommilitoninnen näher kennenzulernen. Sehr viel näher. Aber im Gegensatz zu Kyle war ich Single. Ich würde Haley nie betrügen.«

»Ich glaube dir. Du liebst sie wirklich«, rutscht es mir heraus. Ich habe es gestern selbst gesehen.

»Penny, ich bin so ein Vollpfosten!« Mateo springt vom Sofa auf, vergräbt eine Hand in den Locken und zieht daran. »Ich habe es ihr noch nie gesagt.«

»Was hast du nicht gesagt? Dass du sie liebst? Du hast es öffentlich in einen Artikel des College-Blogs geschrieben«, erinnere ich ihn. »Denkst du nicht, dass sie den gelesen hat?«

»Es zu lesen oder ins Gesicht gesagt zu bekommen ist ein Unterschied«, ereifert er sich.

Der Gedanke scheint ihn wirklich zu beschäftigen. Ohne ein weiteres Wort verschwindet er in sein Zimmer, nur um kurz darauf mit seiner gepackten Tasche wiederzukommen.

»Entspann dich«, bittet Joshua. »Und sag mir, dass du deine Sachen nicht wahllos in die Tasche gestopft hast. Haley bekommt Anfälle, wenn sie das sieht.« Die Augen verdrehend geht er zu ihm hinüber, nimmt ihm die Tasche ab und packt sie auf dem Sofa neu.

»Möchtest du deiner Freundin und dir etwas zu essen mitnehmen?«, schlägt Cameron vor. »Es ist genug da.«

»Gute Idee. Ich ernenne dich hiermit zum besten Mitbewohner aller Zeiten!« Mateo nimmt sich eine Frischhaltebox aus dem Schrank und ignoriert Joshuas halbherzigen Protest. »Ja, dich habe ich auch lieb«, sagt er mit einem Luftkuss.

Als Joshua sein Werk beendet und Mateos Kleidung ordentlich zusammengelegt und in der Tasche verstaut hat, kommt er zu uns herüber und setzt sich wieder neben mich.

Mateo und Cameron füllen derweil etwas zu essen ab, bevor Mateo die Tasche schultert, sich ungefragt den Schlüssel zu Joshuas Lexus schnappt und in Rekordzeit aus der Wohnung verschwindet.

Zweifelnd wirft Joshua einen Blick auf die Küchenuhr. »Er wird viel zu früh da sein und sich im Auto den Hintern abfrieren.«

»Aber wenn er doch so dringende Worte loswerden will.« Cameron wackelt vielsagend mit den Augenbrauen.

»Ihr zwei seid echte Klatschweiber«, scherze ich und deute auf den Laptop. »Noch mal kurz zurück zum Interview. Ist es okay, wenn ich dir spätestens morgen früh den finalen Entwurf für den Artikel schicke? Falls du bis vierzehn Uhr keine Änderungswünsche anmeldest, würde er um fünfzehn Uhr online gehen. Meinst du, du hast Zeit, zwischendurch kurz drüberzulesen?«

»Bestimmt, aber ich vertraue dir, dass du nichts Unschönes schreibst.« Cameron füllt einen Teller mit Reis und Curry. »Ich konnte gestern Nacht nicht einschlafen und habe noch ein paar deiner Artikel gelesen. Unter anderem den über Joshua und Bo. Du schreibst gut und sehr respektvoll.«

»Das tut sie«, stimmt Joshua zu und sieht mich aufmerksam von der Seite an.

»Was?«, frage ich irritiert und probiere einen Löffel des Currys. Für mich könnte es noch schärfer sein, aber es schmeckt trotzdem sehr gut. Es ist cremig und frisch. Dafür bekommt er einen erhobenen Daumen.

Ich warte, bis Cameron Joshua und sich selbst die Teller gefüllt hat, bevor wir uns gemeinsam an den Esstisch setzen. Es fühlt sich immer noch merkwürdig an, wieder hier zu sein. Mit Joshua an diesem Esstisch zu sitzen weckt Erinnerungen.

»Was ist eigentlich mit der Tischtennisplatte passiert, die hier immer stand?«, frage ich und deute mit der Gabel in die Mitte des Raums. Wenn meine Mom das sehen könnte, würde sie Anfälle bekommen. Wo sind nur meine Tischmanieren geblieben?

»Wir haben sie weggeräumt, damit Lucy mehr Platz hat und sich beim Spielen nicht aus Versehen den Kopf daran stößt«, erklärt Joshua leichthin.

»Das hättet ihr nicht tun müssen«, erwidert Cameron. »Ich will euch keine Umstände bereiten.«

»Ist echt kein Problem. Wir haben sie ohnehin nur auf Partys genutzt, aber es stehen momentan keine an. Mat verbringt seine Abende lieber lernend bei Haley, und ich war noch nie so ein Partymensch.«

»Kommt Bo heute noch vorbei?«, hake ich nach.

Er wirkt unangenehm berührt und zeichnet mit der Gabel Muster in seinen Reis. »Nein, ich muss dringend lernen, und Benjamin lenkt mich davon ab.«

»Weswegen?«, frage ich unbedarft und habe das Gefühl, dass er der einzige Mensch ist, der sich die Zeit nimmt, Bo immerzu bei seinem richtigen Namen zu nennen.

Joshua sortiert noch immer die Reiskörner auf dem Teller.

»Ich kann mich in seiner Nähe nicht konzentrieren. Ich kann mich ehrlich gesagt nicht einmal dann konzentrieren, wenn ich in meinem Schlafzimmer lerne und er hier auf dem Sofa Playstation spielt. Keine Ahnung, woran es liegt. Wenn ich das nicht in den Griff bekomme, werden wir bis zum Ende meines Studiums getrennt wohnen müssen.«

»Wie lange seid ihr eigentlich schon zusammen?«, fragt Cameron.

»Noch keine zwei Monate«, antwortet Joshua kleinlaut. »Also so richtig. Aber ich bin mir trotzdem sicher, dass ich den Rest meines Lebens mit ihm verbringen will. Wir kennen uns jetzt seit anderthalb Jahren, und es gab keinen Tag, an dem ich nicht an ihn gedacht habe.«

»Das ist süß. Menschen, die einem nicht aus dem Kopf gehen, sollte man im Herzen behalten.« Cameron schenkt mir ein Lächeln und probiert von dem Curry, nur um hustend aufzustehen und sich ein Glas Leitungswasser zu holen.

»Nimm Milch, das hilft besser«, rufe ich ihm nach und beobachte, wie er meinem Vorschlag folgt.

Mit Tränen in den Augen kehrt er an den Tisch zurück und isst einen Löffel voll Reis.

»Zu scharf?«, frage ich an Joshua gewandt, der eine vage Geste macht.

»Gerade an der Grenze«, lautet sein Fazit.

Cameron nimmt noch einen Schluck Milch und räuspert sich. »An der Grenze wozu? Zum Abflussreiniger?«

»Ich habe doch gesagt, dass mein Geschmack nicht das Maß der Dinge ist«, erinnere ich ihn kleinlaut. »Jeder hat so seine Vorlieben. Dafür stehe ich nicht unbedingt auf warme Süßspeisen.«

»Wie schade«, bringt er heiser hervor und kämpft noch immer gegen die Tränen an.

»Sag jetzt bitte nichts wie: *Wie schade, dabei bin ich doch so süß*. Oder noch schlimmer: *Du bist ja auch so schon süß genug.*«

»Du hast zwar in beiden Punkten recht, aber eigentlich wollte ich nur erwähnen, dass ich ein hervorragendes Apple-Crumble-Rezept kenne«, erwidert Cameron und scheint sich langsam von dem Schärfeattentat erholt zu haben.

Joshua stöhnt. Als ich ihn fragend ansehe, wendet er den Blick ab und murmelt leise: »Warum eigentlich immer ich?«

»Wie meinst du das?«, frage ich irritiert.

»Ich habe nichts gesagt.« Er bedenkt Cameron mit einem Nicken. »Aber gib dir ab sofort mehr Mühe beim Training, Burton.«

»Ich versuche es«, stimmt Cameron zu, doch Joshua schüttelt entschieden den Kopf.

»Kein Versuch. Ich erwarte, dass du mich morgen beim Training mindestens einmal abfängst. Glaub es oder nicht, aber deine Zukunft hängt davon ab.«

»Ich weiß.«

»Du weißt gar nichts, Jon Schnee«, widerspricht Joshua und widmet sich seinem Essen, nur um sich kurz darauf zu korrigieren. »Außer wie man ein echt gutes Curry kocht.«

»War das gerade ein Game-of-Thrones-Zitat?«, hakt Cameron nach.

Von da an klinke ich mich aus dem Gespräch aus, denn ich kenne keine einzige Folge. Generell bin ich, was Filme und Serien betrifft, überhaupt nicht auf dem Laufenden. Ich habe gar keine Zeit dafür und wundere mich, woher Joshua sie nimmt. »Wann kommst du dazu, dir das alles anzuschauen? Dein Terminkalender ist doch noch voller als meiner.«

»Wir sind mit dem Footballteam viel unterwegs«, antwortet er schulterzuckend. »Ich kann mich während der Busfahrten zu Auswärtsspielen nicht aufs Lernen konzentrieren, aber Serien schauen geht ganz gut.«

Da die beiden noch immer in ihr Gespräch vertieft sind, kann ich nach dem Essen in Ruhe die Rohfassung des Artikels schreiben, während sie über Spezialeffekte und Figurenentwicklungen plaudern.

Es ist schön, zu sehen, dass sie sich gut verstehen. Das ist der Teamgeist der Otters: *Egal, ob du in der Startmannschaft spielst oder nicht. Ganz gleich, ob du neu in der Stadt bist oder schon ewig hier wohnst. Ein Otter ist immer ein Teil der Familie.*

Irgendwann finde ich mich neben Cameron auf dem Sofa wieder. Joshua hat sich mittlerweile zum Lernen in sein Zimmer zurückgezogen, während Cameron den Artikel über sich gegenliest.

»Du hast mir nur noch nicht beantwortet, warum du Football spielst. Es sei denn, *weil ich es liebe und es mir das Stipendium sichert* ist deine ganze Antwort«, ziehe ich ihn auf und zeichne mit den Fingern Gänsefüßchen in die Luft, während ich ihn zitiere.

»Was schreiben denn die anderen da so?«, fragt er und reicht mir den Laptop zurück.

»Drew ist quasi mit Football aufgewachsen, weil seine ganze Familie dafür lebt. Seine Eltern und seine Schwester Aliza managen Footballspieler, sein Bruder Aron spielt in der NFL. Wahrscheinlich hat man ihm statt eines Teddybären einen Ball in die Wiege gelegt. Mateo hat geschrieben, dass das Footballteam ihm eine Art von Familie geboten hat, als er seine verloren hat. Solche Dinge eben.«

»Und *es finanziert mir das Studium* ist keine ausreichende Antwort?« Er seufzt. »Denn ehrlich gesagt ist es so. Dort, wo ich zur Schule gegangen bin, haben sie uns schon früh beigebracht, dass wir ein Stipendium brauchen werden, wenn wir es jemals ans College schaffen wollen. Und ein Sportstipendium war für mich am leichtesten zu erreichen.«

»Du sagst das so, als wäre es nichts Besonderes, aber ein Sportstipendium ist auch nichts, was sie einem nachwerfen. Vor allem nicht bei so beliebten Sportarten wie Football. Es erfordert harte Arbeit und eiserne Disziplin.«

»Und trotzdem war es der einfachste Weg.«

»Für dich vielleicht. Viele andere scheitern daran.« Kopfschüttelnd stelle ich den Laptop auf dem Wohnzimmertisch ab, wende mich Cameron zu und schlage die Beine unter. »Ein Stipendium und eine Begabtenförderung sind großartige Sachen, auf die du verdammt stolz sein kannst. Du hast hart dafür gearbeitet.«

Ihm entfährt ein Schnauben. »Für die Förderung habe ich Bilder gemalt. Zählt das als harte Arbeit?«

»Natürlich. Du hast Zeit und Material investiert, um etwas zu erschaffen, was nur du kannst.«

»Du hast die Bilder nicht einmal gesehen. Vielleicht waren sie ein Haufen Müll, und jemand hatte Mitleid.«

Ich suche in seinen Augen nach dem amüsierten Funkeln, das mich so fasziniert, aber da ist nichts. Er meint das ernst. »In der Highschool war ich nicht nur Ballkönigin, sondern auch Königin der Selbstzweifel. Ich erkenne sie, wenn sie vor mir sitzen. Als Tochter eines Unternehmers kann ich dir versichern, dass niemand aus Mitleid Geld vergibt, wenn er noch Hunderte von anderen möglichen Protegés zur Auswahl hat. Ich muss deine Bilder nicht gesehen haben, um zu wissen, dass du gut bist, Cameron Burton. Sprich mir nach: Du bist gut.«

»Du bist gut«, wiederholt er stumpf und bringt mich dazu, mit den Augen zu rollen.

»Scherzkeks.«

Während wir in einem Blickduell ausdiskutieren, wer von uns recht hat, wird mir eines klar: Ich bin hier offensichtlich nicht die Einzige, die noch ungeordnetes Chaos aus der Vergangenheit mit sich trägt.

»Wenn ich in diesen Gelddingen zu unsensibel nachgebohrt habe, möchte ich mich entschuldigen. Ein Stipendium ist etwas, worauf du stolz sein kannst. Wirklich. Ich dachte nur … Keine Ahnung. Dass es vielleicht mehr gäbe, was dich mit Football verbindet. Etwas anderes. Es tut mir leid.«

»Schon okay.« Cameron blickt in meine Richtung, ohne mich wirklich anzusehen. »Ich glaube, ich bin einfach nicht gut darin, über mich zu reden. Keiner in meiner Familie war auf dem College. Für meine Eltern ist das eine Riesensache, und sie sind unfassbar stolz. Aber irgendwie habe ich das Gefühl, dass ich das gar nicht verdient habe. Ich studiere schließlich nur Grafikdesign und nicht Astrophysik oder so. Klar haben wir auch Theoriekurse, aber es ist keine echte Wissenschaft. Falls du verstehst, was ich meine.«

Nickend ziehe ich ein Bein an und lege den Arm darum. Unruhig zupfe ich am Saum meiner Hose. »Ich habe mal darüber nachgedacht, Journalismus zu studieren, aber für meine Eltern ist das auch nichts *Richtiges*.« Ich setze das Wort erneut in Gänsefüßchen. »Was nicht heißt, dass es so ist. Fundierte Artikel zu schreiben, dafür zu recherchieren und komplizierte Sachverhalte so wiederzugeben, dass die Mehrheit der Menschen sie versteht, ist auch eine Kunst.«

»Du wolltest das hier beruflich machen? Dann ziehst du Leuten also gern die Worte aus der Nase?«, hakt Cameron nach und erwacht aus seiner Starre.

»Ja und nein. Mich fasziniert es eher, die Geschichten hinter den Geschichten zu erfahren. Sofia Flores ist zum Beispiel eine

Meisterin darin, die Schicksale von Menschen so lebensnah zu beleuchten, dass man das Gefühl hat, sich selbst in den Artikeln wiederzufinden, auch wenn man mit den Themen vorher nie in Berührung kam. Manchmal wünschte ich, ich könnte schreiben wie sie. Aber irgendwie habe ich das Gefühl, dass du gerade geschickt von dir ablenkst. In diesem Interview soll es nicht um mich gehen.«

Seufzend lehnt er den Kopf gegen die Sofalehne. »Du interessierst dich also für die Geschichte hinter der Geschichte? Solang ich denken kann, wollte ich irgendwas Künstlerisches machen. In den Fotoalben meiner Eltern sind Hunderte Kinderfotos, auf denen ich zeichne oder bastle. Football war für mich nur ein Hobby, nichts, was ich verfolgen wollte. Schon gar nicht beruflich. Aber irgendwann wurde der Sport für mich zum einzigen Weg, studieren zu können, was ich liebe, und meine Fahrkarte, um aus Ann Arbor rauszukommen. Ich brauchte das Stipendium, also brauchte ich den Sport. Und Football beruflich zu spielen wäre zumindest eine gute Möglichkeit, für Lucy zu sorgen.«

»Aber dein Herz hängt nicht daran?«, vermute ich.

Cameron schweigt, und vielleicht ist das die ehrlichste Antwort, zu der er imstande ist.

»Vielleicht haben wir etwas gemeinsam«, gestehe ich. Weil wir beide wissen, wie es ist, wenn man seine Träume höheren Zielen opfert – und dabei so tut, als würde es einem nichts ausmachen. »Wie wäre es, wenn wir einfach schreiben, dass Football dir dabei hilft, deine Träume zu verwirklichen?«

Schweigend mustert er mich. »Klingt gut.«

Seine Körperhaltung spiegelnd lehne ich ebenfalls den Kopf gegen die Lehne. Mir ist nicht aufgefallen, dass ich dichter an ihn herangerutscht bin, doch mit einem Mal sind unsere Gesichter nur noch eine Handbreit voneinander entfernt.

»Wenn ich in diesen Gelddingen zu unsensibel nachgebohrt habe, tut es mir leid«, sage ich noch einmal.

»Wenn man kein Geld hat, ist es eine ziemlich gute Motivation. Sonst würden morgens nicht Millionen von Menschen aus ihrem Bett aufstehen, um es zu verdienen, wenn sie viel lieber liegen bleiben würden.«

»Um dort was genau zu tun?«, wispere ich, und Camerons warmer Atem streicht über meine Lippen.

»Du hast eine sehr interessante Interviewtechnik.«

»Irgendwie muss ich ja deine intimsten Geheimnisse aus dir herauskitzeln.« Meine Nasenspitze berührt seine. Ich schließe die Augen. Und auch wenn ich weiß, dass es nicht vernünftig ist, wünsche ich mir nichts sehnlicher, als seine Lippen dort zu spüren, wo mich sein Atem streift. Es kostet mich große Selbstbeherrschung, um nicht den letzten Abstand zwischen uns zu überbrücken.

So vergehen die Sekunden. Doch statt mich zu küssen, räuspert er sich. »Ich laufe immer barfuß. Selbst im Winter. Auch in Schuhen. Weil ich das Gefühl von Socken an den Füßen nicht ertrage«, sagt er vollkommen unvermittelt.

Das war nicht ganz die Art von intimem Geständnis, die ich gemeint habe. Blinzelnd sehe ich ihn an, während er kaum merklich zurückweicht.

»Ich brauche jetzt dringend etwas zu trinken. Möchtest du auch etwas?« Er erhebt sich vom Sofa und geht schnellen Schrittes zum Kühlschrank hinüber.

Das wirkt wie ein Eimer kaltes Wasser. Ich richte mich peinlich berührt auf. Cameron ist so viel besser darin, sich an unsere Abmachung zu halten als ich. Kaum sage ich ihm, dass ich keine Beziehung will, schmeiße ich mich auch schon wieder an ihn ran. Das muss wirklich aufhören! Ich bin eine erwachsene Frau, ich werde mich ja wohl zusammenreißen können.

Von der Situation und meinen konfusen Gefühlen überfordert, schüttle ich den Kopf. »Nein, aber ich denke, ich sollte jetzt besser ins Wohnheim fahren. Ich schicke dir den Artikel nachher oder morgen früh noch einmal zur Ansicht.«

»Du musst nicht gehen«, versichert er mir, nimmt sich eine Wasserflasche und lehnt sich gegen den Küchentresen.

»Aber ich sollte wohl auch nicht bleiben«, sage ich kleinlaut. »Jedes Mal, wenn wir aufeinandertreffen, endet die Situation seltsam.«

»Seltsam ist nicht das Wort, das ich verwenden würde.«

»Aber man nennt es One-Night-Stand, weil es sich nicht wiederholt. Richtig?« Während ich meine Sachen zusammenpacke, herrscht ein Schweigen, das Cameron durchbricht, als ich mich dem Flur zuwende.

»Nur fürs Protokoll: Wie würde man es nennen, wenn wir es wiederholen? Rein theoretisch.«

»Ich weiß nicht. Two-Night-Stand? Affäre? Freundschaft plus? Ich kenne mich mit diesen Dingen nicht aus.«

»Ich bisher auch nicht. Du bringst Seiten an mir zum Vorschein, von denen ich nicht wusste, dass sie überhaupt existieren.«

»Ist das etwas Schlechtes?«, frage ich verunsichert.

»Darüber denke ich gerade nach«, gesteht er, ohne sich zu rühren.

»Vielleicht sollten wir das tun. Nachdenken«, stimme ich zu.

»Was nicht heißt, dass wir uns zukünftig aus dem Weg gehen müssen.«

»Aber wir sollten einen Mindestabstand einhalten?«

»Bis wir geklärt haben, was wir wollen.«

Das klingt vernünftig. Zumindest wenn ich ausblende, dass wir gerade über die Option einer Affäre nachdenken, was mit Vernunft vermutlich eher weniger zu tun hat.

Während ich mich schließlich mit einem flüchtigen Wangenkuss von Cameron verabschiede, wird mir eines bewusst: Der Punkt *Kyle endlich antworten!* rutscht ganz nach oben auf meiner internen To-do-Liste.

Weil er eine ehrliche Antwort verdient hat. Und weil ich keine Entscheidungen für die Zukunft treffen kann, solang ich zu viele unerledigte Punkte aus der Vergangenheit auf meiner Liste mit mir herumtrage.

Doch so einfach ist das nicht. Zurück im Wohnheim starre ich eine halbe Stunde lang auf das iPhone in meiner Hand und schaffe es nicht, den Text an Kyle abzusenden. Egal, wie ich ihn formuliere, er klingt immer eigenartig.

Penny: *Ich hoffe, du bist gut in Fair Haven angekommen, aber mir wäre es lieb, wenn du zukünftig nicht mehr an mich denkst. Schick mir keine weiteren Nachrichten.*

»Was auch immer du da tust, hör damit auf«, bittet Lin. »Deine Seufz-Dauerschleife ist echt nervig und ablenkend.«

»Das hier ist wichtig, okay?« Zumindest mir ist es wichtig. Ich brauche klare Verhältnisse. Mit einem letzten Seufzen schicke ich die Nachricht ab – und fühle mich nicht frei, sondern schuldig. Als wäre ich eine Versagerin, die es nicht geschafft hat, eine anständige Beziehung zu führen. Oder sie wenigstens richtig zu beenden.

Da ich mit meinen Emotionen nichts anzufangen weiß, öffne ich die Notizen-App des Handys und verwandle meine Gefühle in eine Art von Gedicht. Irgendwann habe ich damit angefangen, Beiträge für einen fiktiven Poetry Slam zu verfassen, an dem ich niemals teilnehmen werde.

Hin und wieder sehe ich mir Siegerbeiträge in den sozialen

Medien an und bewundere die Vortragenden für ihren Umgang mit Worten. Ich glaube nicht, dass ich das könnte: auf einer Bühne stehen und Teile meines Innersten offenbaren. Dennoch hilft mir das Schreiben, denn danach geht es mir zumindest kurzfristig besser. In meiner Zeit mit Kyle sind sicher hundert Gedichte entstanden, die ich mir nie wieder durchgelesen habe. Ich schreibe sie auf – und vergesse sie, sobald die Gedanken und Gefühle aus meinem Kopf sind.

Schon als ich die ersten Worte tippe, spüre ich, dass es das letzte Gedicht über Kyle sein wird.

Wenn es nach mir geht, ist dieses Kapitel meines Lebens damit endgültig beendet. Ich kann Kyle endlich abhaken.

8. KAPITEL

☑ *July treffen*

»Penny!«

Mit dem iPhone am Ohr drehe ich mich zu Ava herum. Sie kommt über die schneebedeckte Wiese in der Mitte des Campus auf mich zugelaufen und winkt überschwänglich. Da ich die Zweite in der Warteschlange des Kaffeemobils bin, habe ich schon eine Ahnung davon, was sie von mir möchte, und nicke fahrig. Ich werde für sie mitbestellen und widme meine Aufmerksamkeit wieder der Nachricht auf meiner Mailbox.

»Falls du Burtons Nummer hast, meld dich doch mal. Weißt du zufällig, wie lange die Jungs heute Abend trainieren? Ist während der Saison echt schwer, an sie heranzukommen. Meine Nummer lautet …«, säuselt eine Frauenstimme.

Genervt verdrehe ich die Augen, als Ava vor mir stehen bleibt, mich fragend ansieht und auf das Smartphone an meinem Ohr deutet.

»Kein Telefonat, ich habe nur kurz den Anrufbeantworter abgehört.« Ich küsse sie zur Begrüßung auf die Wange, lösche die Nachricht und stecke das Handy in die Manteltasche. »Wenn noch ein einziges Fangirl in der Redaktion anruft, um mir zu sagen, dass es gern Burtons Telefonnummer hätte, gründe ich eine Partnervermittlung«, prophezeie ich und bestelle Tee und Kaffee. Eigentlich würde ich lieber einen warmen Kakao trinken, aber ich habe die Befürchtung, dass es ein weiterer langer Tag wird, da kann ich mir kein Schokoladenkoma leisten.

»Darin wärst du bestimmt gut. *Penelope Perez' Partnervermittlung* klingt auch ziemlich überzeugend.« Ava fährt mit dem Arm durch die Luft, als könnte sie das Firmenschild bereits vor dem geistigen Auge sehen. »Was das Burton-Problem angeht: Das hast du dir selbst zuzuschreiben. Dein Artikel über ihn war so süß, dass selbst ich kurz davor bin, all meine Prinzipien zu vergessen und ihn doch um ein Date zu bitten.«

»Was hält dich davon ab?«

»Außer dass er Sportler ist? Was ich offensichtlich als einziger Mensch auf der Welt ziemlich unsexy finde. Er hat eine Tochter«, antwortet sie ohne Umschweife und greift sich zwei Zuckerpäckchen vom Stand, die sie unruhig in der Hand knetet. »Also nichts gegen Kinder, aber ich fühle mich zu jung für … so etwas.«

»Für so etwas«, äffe ich sie nach. »Das klingt, als wäre Lucy eine Krankheit.«

»So meinte ich das nicht, aber sie wird trotzdem immer da sein. Was ist, wenn es gut läuft? Dann werde ich Mutter mit einundzwanzig? Dafür bin ich nicht bereit.«

So weit habe ich noch gar nicht gedacht, aber irgendwie kann ich Ava verstehen. Ich habe ja nicht einmal mein eigenes Leben im Griff. Wie sollte ich da Verantwortung für ein Kind übernehmen?

Mein klingelndes Telefon reißt mich aus den Gedanken. Genervt ziehe ich es aus der Tasche und werfe einen flüchtigen Blick darauf. *Unbekannte Rufnummer.* Das kann nichts Wichtiges sein. Den Anruf wegdrückend stecke ich das Handy wieder ein und beschließe, es für den Rest des Nachmittags zu ignorieren. Auch wenn ich weiß, dass ich den Vorsatz gleich wieder verwerfe, um irgendeinen Instagram-Kommentar zu beantworten. Die Reihe über gesunde Ernährung spaltet die Gemüter – was zu erwarten war. In der Mensa gibt es ohnehin schon ständig Streit darüber, dass die vegetarischen Speisen neben den Burgern stehen. Oder weil der angeblich vegane Auflauf mit handelsüblichem Käse überbacken wurde. Die Artikel des Physiotherapeuten heizen die Diskussionen nur noch weiter an.

»Wo waren wir?« Meine Gedanken sind vollkommen abgeschweift.

»Bei Burtons Tochter«, erinnert mich Ava. »Sie wird immer die Nummer eins in seinem Herzen sein, auch wenn sie gerade nicht da ist. Sobald sie um Hilfe schreit, wird er springen. Notfalls auch nackt aus deinem Bett. Und zumindest für eine Weile möchte ich weder mit Kindern noch Sport konkurrieren müssen, sondern einfach nur irgendjemandes Nummer eins sein. Kompromisslos.«

Kann ich verstehen, sagt mein Kopf. *Ich möchte auch mal jemandes Nummer eins sein*, sagt mein Herz. *Für eine weitere Nacht würde ich ihn immer noch nehmen*, sagt mein Körper. *Oder vielleicht auch für ein paar Nächte mehr.* Aber der hat glücklicherweise nichts zu melden.

Dankend nehmen wir von der Barista unsere Getränke entgegen und schlendern noch einen Moment über den Campus, bis mich der Timer meines Handys auffahren lässt. Wenn ich July am Stadion abfangen will, muss ich jetzt los.

Ava sieht mich kopfschüttelnd an und kann ein Lächeln dann doch nicht unterdrücken. »Den Penelope-Perez-Panikalarm hatte ich fast vergessen.«

Das Wort ist eine Kreation von July, die sich damals im Squad durchgesetzt hat. Aber ohne mein iPhone als ständigen Begleiter wäre ich vollkommen aufgeschmissen. Ich habe für alles Timer und Terminerinnerungen, die mich auf Kurs halten.

»Wenn du mal wieder Zeit für einen Kaffee hast, melde dich gern«, bittet mich Ava, als ich sie zum Abschied noch einmal auf die Wange küsse.

»Du bist jederzeit in der Redaktion willkommen. Schau einfach vorbei«, schlage ich vor, da es der Ort ist, an dem man mich auf dem Campus am häufigsten findet.

Nach einem letzten Winken mache ich mich auf den Weg zum Stadion. Nur dank des Presseausweises – und weil der Pförtner meinen Namen kennt – habe ich überhaupt Zutritt. Es ist, wie die Mädchen in den Mailboxnachrichten gesagt haben: Während der Endphase der Footballsaison herrscht striktes Besuchsverbot für Fans. Niemand soll die Jungs vom Training ablenken. Dass July noch immer eingelassen wird, obwohl ihr Dad nicht mehr der Physiotherapeut der Mannschaft ist, liegt vermutlich daran, dass sie mittlerweile schon fast zum Inventar gehört. Sie sitzt bereits seit Jahren – egal wie schlecht das Wetter auch sein mag – auf der Tribüne am Spielfeldrand und schaut beim Training zu.

»July?« Ich springe die letzten Stufen der Tribüne zu ihr hinauf und lasse mich neben sie fallen, bevor sie auch nur von ihrem Buch aufgesehen hat.

Ihre einzige Antwort ist ein unbestimmtes »Mhm«.

Offensichtlich sitzt sie schon eine Weile hier, denn einige Schneeflocken haben sich auf die Kapuze ihres Mantels verirrt. In ihrem Winteroutfit und unter der dicken Thermodecke, in die sie sich eingekuschelt hat, sieht man von ihr kaum mehr als ein paar blonde Haare, die sich durch den Schal den Weg an die frische Luft erkämpft haben.

»Sekunde noch …« Sie blättert um und versieht die Seite mit einem Post-it, bevor sie die Brille zurechtrückt und sich den Schnee vom Mantel wischt. »Jetzt kann ich. Was treibt dich ins Stadion? Noch dazu bei diesem Wetter?«

Verständliche Frage. Es ist wirklich kalt heute. Instinktiv klammere ich mich an meinen Becher, auch wenn der Inhalt mittlerweile als Eistee durchgehen würde. Wenn ich an Football etwas nicht leiden kann, dann das, dass es ein Wintersport ist. Und warum ist es ein Wintersport? Weil die Baseballsaison schon im Sommer liegt und es irgendein Scherzkeks für sinnvoll hielt, nicht beides parallel laufen zu lassen.

Apropos laufen ... Mein Blick gleitet auf das Feld hinunter. Früher saß ich oft mit July hier auf der Tribüne. Sie hat mit Bo auf ihren Dad gewartet, der damals noch Angestellter des Colleges war und die beiden nach Abschluss des Trainings nach Hause mitgenommen hat. Ich habe Kyle zugesehen, um anschließend mit ihm essen zu gehen oder ihn in die WG zu begleiten. Es kommt mir vor, als wären es Erinnerungen an ein anderes Leben. Jetzt hat Bo das Studium abgebrochen, ihr Dad wohnt in Ohio, July wartet auf Drew, und ich habe eigentlich keinen Grund mehr, hier mit meinem Po festzufrieren. Außer der hervorragenden Aussicht auf ein paar sehr hart trainierende Männer.

July stößt mir den Ellbogen zwischen die Rippen. Trotz des Mantels ist es so schmerzhaft, dass mein Bewunderungsmodus augenblicklich beendet ist. Was sieht sie mich so eindringlich an? Vermutlich, weil ich ihr noch immer nicht geantwortet habe.

»Ich habe dich gesucht«, gestehe ich. »Meine Eltern veranstalten nächsten Sonntag mal wieder einen ihrer Brunchs, und ich könnte nach dem Streit am Wochenende seelische Unterstützung brauchen, falls du Zeit und Nerven dazu hast. Es wird genauso ätzend wie jede andere ihrer Veranstaltungen.«

July braucht nichts zu sagen. Ihr Naserümpfen ist eigentlich Antwort genug. »Ich würde dich ja gern unterstützen, aber ich bin an dem Wochenende mit den Cheerdancern unterwegs. Ich könnte dir vielleicht Bo oder Drew ausleihen, wenn du sie mir unbeschadet zurückbringst.«

»Schon gut, behalt du sie. Ich kann bei den ganzen Aasgeiern nicht für ihre körperliche Unversehrtheit garantieren. Und für ihre seelische schon gar nicht.«

»Vielleicht sollte ich auf deine *Bucket List* so etwas schreiben wie: *Monatlichen Brunch bei deinen Eltern schwänzen*«, schlägt sie vor. »Jedes Mal gehst du hin, nur um dich dann darüber aufzuregen. Es schadet dir auch nicht, wenn du ihn einmal im Jahr ausfallen lässt. Oder zweimal.«

»Du weißt genau, dass meine Eltern eine riesige Sache daraus machen würden«, werfe ich ein.

Sie verdreht die Augen, spart sich aber jeden weiteren Kommentar.

Ich sehe erneut auf das Feld hinab, als Pfiffe ertönen und kurz darauf Mateos Stimme.

»Gib dir mehr Mühe, Burton! In dem Tempo läuft dir selbst Penny davon!«

Ich winke ihm freundlich zu, als er demonstrativ auf mich zeigt. Sich unbemerkt ins Stadion schleichen? Ein Ding der Unmöglichkeit.

»Noch eine Runde!«, befiehlt Mateo, als hätte er irgendetwas zu sagen.

Cameron salutiert artig und bringt July zum Lachen.

»Sie geben sich echt Mühe mit ihm«, sagt sie anerkennend.

»Vermutlich kratzt es an dem Ego der WG-Gemeinschaft, wenn er nicht glänzen kann«, stimme ich zu und ignoriere, dass sie mich aufmerksam mustert. »Glänzen – ungeschliffene Diamanten – ungenutztes Potenzial, du verstehst schon. Weil Joshua sagte, er hätte welches, das er nicht richtig nutzt.«

»Sag mal: Läuft da immer noch etwas zwischen euch?«

»Nicht wirklich. Ich war gestern bei ihm, aber wir haben nur geredet.«

July öffnet den Mund, aber ich unterbreche sie sofort.

»Du kennst meine Eltern. Wenn ich jemanden wie Cameron zu ihnen mitbringen würde, wären sie alles andere als begeistert. Er hat kein Geld, dafür aber eine Tochter, fragwürdige Aussichten auf die NFL und studiert Grafikdesign. Nichts davon würde ihnen gefallen. Solang meine Eltern der Meinung sind, dass ich Kyle noch eine zweite Chance geben sollte, und es bei jeder unpassenden Gelegenheit erwähnen, würde Cameron sich in meiner Familie ohnehin nicht wohlfühlen. Das ist okay. Nicht aus jedem One-Night-Stand muss gleich eine Romanze werden.«

»Ernsthaft? Deine Eltern wollen immer noch, dass du Kyle zurücknimmst, obwohl er dich so unglücklich gemacht hat?«, hakt sie nach. »Es war für mich wirklich schwer, euch zusammen zu sehen. Du warst früher nie so ...« Ihr scheint ein Wort zu fehlen.

»Wie ein zielloser, zickiger Zombie«, wiederhole ich, was sie mir schon einmal gesagt hat.

Ich weiß, wie sie das meint. Es gibt da dieses Sprichwort: *Sage mir, mit wem du umgehst, dann sage ich dir, wer du bist.* Vielleicht ist etwas Wahres dran, denn in Kyles Nähe war ich vieles, aber kein besserer Mensch. Und irgendwie auch nicht ganz ich selbst.

»Hast du Lust auf einen warmen Kakao?«, fragt July unvermittelt und steht auf. »Es wird mir hier langsam echt zu kalt, und ich habe keine Lust auf eine Blasenentzündung.«

Ich erhebe mich, ohne darüber nachzudenken. Vermisse ich meine Zeit mit ihr? Habe ich früher alles unter einen Hut bekommen und bin zusätzlich noch zum Cheerleading gegangen? Da wird wohl ein Becher Kakao drin sein, bevor ich ins Wohnheim zurückkehre.

Als ich abends auf dem Bett sitze und am zweiten Artikel über *Gesunde und günstige Ernährung für Studierende* arbeite, schickt July mir eine E-Mail. Im Anhang befindet sich das Foto einer Liste, die aussieht, als wäre sie von mindestens drei Personen handschriftlich zusammengetragen worden. Sie enthält unter anderem folgende Punkte:

- ☐ *Brunch bei deinen Eltern schwänzen.*
- ☐ *Spontan sein.*
- ☐ *Einen GANZEN Tag im Pyjama herumlaufen.*
- ☐ *Ungeschminkt in der Öffentlichkeit zeigen.*
- ☐ *Mit einem Mann, den deine Eltern nicht erst abgesegnet haben, einen Milchshake im* Hazelcup *trinken.*
- ☐ *Das Studienfach wechseln.*
- ☐ *Deine Haare färben.*

Ich weiß nicht, was ich von dieser Liste halten soll. Ein Teil der Aufgaben ist nicht erfüllbar. Das Studienfach wechseln? Das ist keine Sache, die man beschließt, nur um ein To-do zu erledigen. Meine Eltern bezahlen mir das Studium. Ich kann es nicht einfach hinwerfen, irgendetwas anderes studieren und erwarten, dass sie dafür Verständnis aufbringen. So sind sie nicht. Das weiß July ganz genau.

Statt die Liste umgehend zu löschen, drucke ich sie dennoch aus und hänge sie an die Wand über meinem Bett. Vielleicht lässt sich irgendetwas davon vor Ende des Studiums erledigen. Es eilt ja nicht. Ganz im Gegensatz zu meiner Arbeit für die Redaktion.

Das E-Mail-Postfach quillt schon wieder über vor Fotoeinsendungen. Ich suche diejenigen Bilder heraus, die vielleicht für den offiziellen Instagram-Kanal unseres Colleges infrage kommen. Es sind vor allem Impressionen vom Campus, den efeubewachsenen Gebäuden und der Stimmung. Ein paar Trainingsschnappschüsse der Sportmannschaften schaden auch nie, sofern die Rechte an den Bildern eingeholt wurden. Einige der Einsendungen lösche ich direkt, weil sie schlichtweg unangemessen sind, und bereite dann noch ein paar Beiträge für die nächsten Wochen vor. Schon wieder ist es viel zu spät, als ich endlich den Laptop zuklappe und mich schlafen lege.

Ich will gerade die Augen schließen, als das Display meines Handys aufleuchtet. Eine neue Nachricht von CMA BRUTON. Auch wenn ich über den Namen schmunzeln muss, benenne ich den Kontakt endlich um.

Cameron: *Warst du vorhin im Stadion?*
Penny: *Ja, ich habe July besucht. Warum fragst du?*
Cameron: *Weil ich zwischendurch kurz gedacht habe, ich müsste sterben. Da ist das Erscheinen eines Engels kein gutes Zeichen.*
Penny: *Ist das Training denn hier wirklich so viel härter als in Toledo?*
Cameron: *Alles ist hier so viel härter.*
Penny: *Oh, Cam. Das klang so unfassbar falsch*, ziehe ich ihn mit seinen eigenen Worten auf und muss trotzdem schmunzeln. *Aber es freut mich dennoch, dass du das Training überlebt hast.*
Cameron: *Ich glaube, ich habe jetzt schon Muskelkater im ganzen Körper. Keine Ahnung, wie ich es morgen aus dem Bett schaffen soll.*

Einen Moment lang grüble ich über meiner Antwort. Selbst wenn diese Sache zwischen uns im Sand verläuft, würde ich mich doch darüber freuen, wenn wir wenigstens Freunde werden. Cameron hat es verdient, dass er hier in Fair Haven Leute findet, die ihn unterstützen. Deshalb schreibe ich schließlich:

Penny: *Brauchst du eine Motivation?*
Cameron: *Was hast du anzubieten?*
Penny: *Ich überlege mir was, wenn du morgen artig zum Training gehst. Es wird dir gefallen.*
Cameron: *Daran habe ich keine Zweifel.*

Ja, das sind ziemlich große Worte für jemanden, der nicht einmal den Ansatz einer Idee hat, aber notfalls werde ich ihm seine neue Heimat zeigen, damit er sich zukünftig nicht noch einmal verläuft.

Penny: *Kannst du dir Sonntagnachmittag frei halten?*
Cameron: *Er gehört ganz dir.*

9. KAPITEL

☑ *In Sportsachen einkaufen gehen*

Von dieser Seite des Lake St. Clair mag ich den See am liebsten. Immer wenn ich joggen gehe, bleibe ich hier stehen. Nicht an der Promenade mit ihren Restaurants. Nicht am Badestrand. Und schon gar nicht an der bewohnten Seite, an dessen Ufer auch die gläserne Villa meiner Eltern steht. Hier gefällt es mir am besten – mitten in der unberührten Natur. Im Sommer wächst das Schilfgras am Seeufer so hoch, dass man kaum etwas vom Wasser erahnen kann. Jetzt sieht alles aus, als wäre es mit einer glitzernden Zuckerglasur überzogen. Weiße Wolken steigen bei jedem Atemzug auf. Es ist wunderschön. Der perfekte Moment, um zur Ruhe zu kommen und die vergangene Woche hinter sich zu lassen.

Ich versuche, ein Handyfoto für den Campus-Blog zu schießen, aber es wird dem Augenblick nicht gerecht. Bei Weitem nicht.

Ein Pärchen schlendert an mir vorbei. Mit ineinander verschlungenen Armen tauschen die beiden Worte aus und teilen sich einen Atem. Wahrscheinlich stört es sie nicht, dass demnächst die Sonne untergeht, aber für mich wird es Zeit umzukehren, bevor es zu dunkel wird, um etwas zu sehen. Eine warme Dusche, dann an den Schreibtisch und eine Marketing-Präsentation für nächste Woche vorbereiten. So lautet der Plan für meinen Freitagabend, denn von nichts kommt nichts.

Auf halber Strecke zur Seepromenade stutze ich und kann ein Lächeln nicht unterdrücken, als ich erkenne, wer mir entgegenkommt: Drew, Mateo und Joshua. Sie haben Bo und Cameron im Schlepptau. Ich weiß zwar, dass Bo schon seit Jahren ab und an joggen geht, bewundere ihn aber dafür, dass er mit den Profisportlern mithalten kann. Zumindest bis mein Mitleid für Cameron überwiegt. Er sieht jetzt schon vollkommen erschöpft aus, dabei scheinen sie noch nicht allzu lange unterwegs zu sein. Vielleicht hat Joshua recht und Cameron hat die letzten Jahre zu viel auf Kraft und zu wenig auf Ausdauer trainiert. Vielleicht macht ihm sein Muskelkater auch immer noch zu schaffen.

Als er mich sieht, schenkt er mir ein gequältes Lächeln und deutet mit einer Geste an, dass er den Anschluss nicht verpassen darf.

»Habt ihr Jungs jemals Feierabend?«, rufe ich ihnen im Vorbeilaufen zu.

»Hat die Sonne jemals Feierabend?«, antwortet Mateo provozierend.

»Findest du Anspielungen darauf, wie heiß du bist, nicht etwas unangebracht?«, hakt Joshua nach und erntet ein halbherziges Schulterzucken, weil jeder seiner Freunde weiß, dass Mateo niemals ernsthaft fremdflirten würde.

Ich gebe mir einen Ruck, mache kehrt und jogge noch ein Stück neben den Jungs her. Mittlerweile protestieren meine schmerzenden Schienbeine bei jedem Schritt, aber Cameron scheint es nicht besser zu gehen.

Keuchend wischt er sich den Schweiß von der Stirn.

»Alles okay?« Ich sehe zu ihm auf.

Er nickt flüchtig. »Ich dachte echt, ich wäre fit«, bringt er atemlos hervor. Seiner gequälten Grimasse nach war das eine Fehleinschätzung.

»Wenn wir mit dir fertig sind, bist du es«, verspricht Joshua und klopft ihm aufmunternd auf die Schulter.

»Warum genau tue ich mir das hier an?«, fragt Cameron schnaubend.

»Dein Stipendium? Oder die Aussicht auf dreizehn Millionen Dollar pro Saison?«, zähle ich auf.

»Deswegen, mein Freund.« Mateo deutet auf mich, als wollte er meine Worte bestätigen.

Cameron hingegen wirkt, als wollte er sich dennoch lieber der Länge nach auf dem Weg fallen lassen und einfach liegen bleiben.

»Du tust es für Lucy«, erinnere ich ihn. »Um ein Vorbild für sie zu sein und ihr das bestmögliche Leben zu bieten. Eine anständige Ausbildung und ein sicheres Zuhause.«

»Dafür – und für eine gemeinsame Dusche mit Perez«, schlägt Mateo vor.

Sofort erröte ich bis unter den Haaransatz. Warum sagt er ständig solche Sachen? Hat er tatsächlich durchschaut, dass es nicht das erste Mal wäre? Wir werden nicht zusammen duschen, auch wenn ein Teil von mir gar nicht so abgeneigt wäre, dieses Erlebnis zu wiederholen.

Auf Drews Handzeichen hin bleiben alle stehen.

»Was ist los, Kapitän?«, fragt Mateo und salutiert.

Drew bedeutet uns, einen Schritt zurückzutreten, und zieht mit der Schuhspitze eine Linie über den Weg.

Auf der einen Seite der Trennlinie stehen wir und auf der anderen Cameron. Noch während ich mich wundere, was das werden soll, beginnt Drew seine Ansprache. Er ist zwar gehörlos, aber wenn man sich an seine Aussprache gewöhnt hat, versteht man ihn problemlos.

»Cameron Burton«, beginnt er feierlich und zeigt auf die Linie. »Bis hierhin hast du es geschafft, weil dein Körper die perfekten Voraussetzungen mitbringt. Aber wenn du es hierhin schaffen willst …« Er deutet auf die andere Seite der Linie und damit auf den Rest der Gruppe. »… musst du von nun an das Beste daraus machen.«

»Soll heißen: Kneif die Arschbacken zusammen, und wer zuletzt zu Hause ist, kocht Abendessen für alle!« Mateo klopft Drew auf die Schulter und läuft davon.

»In etwa«, stimmt er schmunzelnd zu.

Während der Rest der Gruppe ihm folgt, schüttelt Bo den Kopf und signalisiert den anderen, dass er bei mir bleibt. Wir absolvieren ein paar Dehnübungen und schlendern anschließend gemeinsam zur Promenade zurück. Ein paar Schritte lang ist da nur das Knirschen des Kieswegs unter unseren Schuhen, bis ich es nicht mehr aushalte.

»Bo?«, frage ich leise und räuspere mich, weil sich meine Stimme eigenartig belegt anhört. »Ich möchte …« Ich weiß nicht, wo ich anfangen soll, aber ich muss die Worte endlich loswerden. Viel zu lange trage ich sie mit mir herum.

»Schon gut«, versichert er und lächelt nachsichtig auf mich hinab.

»Du weißt doch gar nicht, was ich sagen will«, widerspreche ich und schüttle entschieden den Kopf.

»Du willst sagen, dass es dir leidtut. All die Sachen, die du über mich gesagt hast – über Josh und über Drew. Ich kenne dich seit Jahren und sehe im *Hazelcup* immer wieder Menschen, die sich verlaufen haben. Die sich in etwas verrannt haben und erst bei einem in Tränen ertränkten Erdbeermilchshake verstehen, dass es immer einen Ausweg gibt.«

Ich vergrabe die Hände in den Taschen meiner Laufjacke und kuschle mich in den Schlauchschal. »Ich habe echt abscheuliche Dinge gesagt. Statt dich zu unterstützen, bin ich dir aus dem Weg gegangen. Es tut mir leid. Ich wusste einfach nicht, wie ich damit umgehen soll, Dinge über dich zu wissen, die du … Keine Ahnung … dir und anderen nicht eingestehen wolltest. Und es war auch nicht nett von mir, zu sagen, dass Drew aufgrund seiner Gehörlosigkeit keine Chance verdient hat. Das stimmt nicht.«

»Du warst mit Kyle zusammen, wir verstehen, dass du das Beste für ihn wolltest. Zumindest bis zu einem gewissen Punkt.« Er stößt mich mit dem Ellbogen an. »Penny, wir kennen dich nicht erst seit gestern. Wir wissen, wie sehr dich deine Eltern unter Druck setzen, und wir lesen deine Artikel über uns. Wir können uns denken, dass es dir leidtut und du auf deine Art für uns da bist und auf uns aufpasst. Jeder Mensch macht Fehler. Du brauchst dir deswegen keine Vorwürfe zu machen. Aber wenn wir dir das nächste Mal sagen, dass dein Freund eine Vollpfeife ist, tust du uns vielleicht den Gefallen, zumindest darüber nachzudenken.«

»Danke«, murmle ich. »Und Bo?«

»Penny?«

»Ich habe Lucy gesagt, dass du für uns alle der große Bruder bist, den wir …« Ich stolpere über das Satzende. Mir liegen Worte auf der Zunge, die ich so nicht sagen kann. »Du bist wie der große Bruder, den wir nicht haben. Obwohl ich älter bin als du. Du verstehst schon.«

Ich sehe flüchtig zu Bo auf, der mich nachsichtig anlächelt, bevor er stehen bleibt und mich umarmt. Einfach so.

Ohne darüber nachzudenken, erwidere ich seine Geste. Mir ist vollkommen egal, dass wir beide verschwitzt sind. Es fühlt sich an, als wäre mein innerer Trümmerhaufen gerade um einige Felsbrocken kleiner geworden.

»Ich hab dich auch lieb«, versichert er mir und drückt mir einen Kuss auf den Scheitel, bevor er von mir ablässt. »Ich habe eine Idee: Wie klingt Lasagne zum Abendessen? Ich koche freiwillig. Haley wollte nachher auch vorbeikommen, also haben die Jungs bestimmt nichts dagegen, wenn ich dich ebenfalls einlade.«

»Aber Haley ist ja auch mit Mateo zusammen.« So gern ich anderes behaupten würde, aber während meiner Zeit mit Kyle habe ich es nicht geschafft, mich richtig mit Joshua oder Mateo anzufreunden.

»Entspann dich. Keiner von ihnen wird meine kleine Schwester vor die Tür setzen.«

»Ich überleg's mir«, behaupte ich.

»Wenn ich dir die Zeit lasse, dir das zu überlegen, gehst du ins Wohnheim, schreibst eine Pro-Kontra-Liste und verbringst den Abend am Ende über irgendeiner Arbeit. Also gehen wir jetzt zusammen einkaufen, und du hilfst mir beim Kochen. Keine Bedenkzeit.«

Vielleicht hat Bo recht. Er kennt mich einfach zu gut.

»Einkaufen? In Sportkleidung?«, frage ich zweifelnd.

»Jetzt. In Sportkleidung«, bestätigt er. »Und ich bin mir sicher, dass Haley oder einer der Jungs in der WG irgendetwas hat, das du später beim Kochen anziehen kannst, wenn du dich darin nicht wohlfühlst.«

Ich beiße mir auf die Unterlippe und weiß nicht, ob ich zusagen soll.

»Was soll das Schlimmste sein, das die Leute über dich denken, wenn sie uns so sehen? Dass wir beim Joggen Hunger bekommen haben? Du erinnerst dich an die Challenge-Liste? Sieh es als Punkt eins: In Sportkleidung einkaufen gehen. Stell dir vor, wie gut es sich anfühlt, einen Haken dahinter zu machen.«

Ich sehe die Schlagzeilen schon vor mir: *Penelope Perez in Jogginghose zum Einkaufen – hat sie die Kontrolle über ihr Leben verloren?*

»Visualisiere den Haken«, drängt Bo und zeichnet ihn mit einem imaginären Stift in die Luft.

»Okay, okay. Du hast gewonnen«, murmle ich ergeben und versuche mich damit zu trösten, dass er ebenfalls gerade vom Laufen kommt. »Dann lass uns einkaufen. Aber du zahlst, ich habe keinen einzigen Cent dabei.«

»Nicht einmal einen Penny?«, stichelt er grinsend und bringt mich dazu, amüsiert mit den Augen zu rollen.

Manchmal ist Bo eine elendige Nervensäge, aber ich habe ihn trotzdem lieb, und wenn dieser Abend ein Teil unserer Versöhnung ist, mache ich mich gern zum Gespött der Leute.

»Mat?«, schreit Haley und watet durch ein Meer aus T-Shirts, das sich über den gesamten Boden seines Zimmers ausbreitet. »Sind die jetzt sauber oder dreckig? Und warum liegen die überhaupt noch hier?«

»Sauber! Keine Zeit gehabt, sie wegzuräumen!«, kommt die Antwort aus dem Wohnzimmer.

Mateo und Cameron sitzen auf einem der Sofas und testen ein neues Spiel auf Joshuas Konsole. Ich hatte beinahe vergessen, dass Joshua und Bo die Leidenschaft fürs Zocken teilen – wenn sie die Zeit dafür finden.

Ich stehe vor der Tür zu Mateos Zimmer und bewundere das vor mir liegende Chaos. Und ein sehr raumfüllendes Aktbild von Mateo, das über dem Kopfende seines Betts hängt. Das ist definitiv neu und stammt der Signatur nach von Haley. Man kann darüber denken, was man will, aber sie hat auf jeden Fall Talent. So eigenwillig wie ihre Kleiderentwürfe manchmal sind, so detailgetreu und einnehmend ist dieses Bild.

Als Haley sich räuspert, wende ich den Blick ab. Sie hat wohl recht, und ich sollte das Abbild ihres Freundes nicht so anstarren, aber es ist definitiv zu groß, um es nicht zu bemerken.

Seufzend öffnet sie eine Tür des Kleiderschranks und erinnert mich daran, was wir hier überhaupt suchen.

»Ich habe einen Wollmantel für dich. Frisch gewaschen. Wenn wir die Ärmel umkrempeln, ist er immer noch ein wenig zu groß, aber …« Sie bückt sich, um etwas aus einem Karton hervorzuziehen. »… dazu wird es süß aussehen.« Sie hält ein Jeanskleid mit Stickerei in den Händen, das ihr viel zu kurz sein dürfte, aber ganz hübsch aussieht. »Ebenfalls gewaschen. Ich schwöre es. Ich wollte daraus eigentlich etwas anderes nähen, bin aber bisher nicht dazu gekommen, weil ich ständig neue Ideen hatte. Saubere Handtücher findest du …« Sie zögert. »Das weißt du vermutlich genauso gut wie ich. Die sind immer noch in der Badezimmerkommode.« Auf dem Weg zur Tür schiebt sie mit dem Fuß einige Sachen beiseite. »Falls du eine Strumpfhose brauchst, sag Bescheid. Die passen ohnehin niemandem jemals richtig. Mat? Hast du deine Tasche eigentlich schon gepackt? Das Chaos hier macht mich wahnsinnig.«

»Du könntest es für ihn aufräumen«, schlage ich vor, ohne darüber nachzudenken, und werde angeguckt, als wäre ich ein Alien.

»Ja, ich könnte hier für ihn aufräumen. Ich könnte mir aber auch genauso gut einen Knopf an die Backe nähen.«

»Ich dachte nur, weil es dich stört …« Dankend nehme ich die Kleidungsstücke entgegen.

»Ich wollte gerade sagen, dass ich nicht seine Mutter bin, aber die würde hier sowieso nicht aufräumen«, wirft Haley ein. »Also gebe ich ihm fünfzehn Minuten, alles wegzuräumen, was nicht in seine Tasche soll. Weil er sonst am Sonntag allein hier schläft!« Sie ruft die letzten Worte an mir vorbei in Richtung Wohnzimmer.

Ich habe selten jemanden schneller seinen Controller beiseitelegen und vom Sofa aufspringen sehen als Mateo.

»Bin schon da«, versichert er grinsend.

»Du lässt dich von ihr erpressen?«, hake ich nach.

»Das ist keine Erpressung, das nennt man Kompromiss«, erwidert er schulterzuckend. »Wir treffen uns gern in der Mitte.«

»Hör nicht auf ihn.« Sie rollt mit den Augen.

Es dauert einen Moment, bis die Doppeldeutigkeit von Mateos Worten auch zu mir durchgesickert ist.

»Keine Details«, bitte ich und schließe die Tür hinter mir, weil die beiden sich gerade ansehen, als hätten sie gern einen Moment für sich allein.

Ich beeile mich im Bad und gönne mir nur eine schnelle Dusche, bevor ich in die geliehenen Sachen schlüpfe. Beim Blick in den Spiegel hebe ich überrascht die Augenbrauen. Normalerweise sind niedliche Kleidchen mit Stickereien und grobe Strickmäntel nicht mein Stil, aber Haley hat ein Händchen für Mode. Die Kombination sieht gar nicht so schlecht aus. Ich binde mir rasch die Haare zusammen und möchte Bo in der Küche zu Hilfe eilen, aber er hat alles im Griff. Natürlich hat er das. Die Tomaten sind bereits geschnitten, der Käse geraspelt und das Hack brät in der Pfanne an. Also setze ich mich an den Küchentresen und leiste ihm Gesellschaft, während Joshua in seinem Schlafzimmer die Reisetasche für das nächste Auswärtsspiel packt.

»Möchtest du etwas trinken?«, erkundigt sich Bo und sieht kurz von der Pfanne auf.

»Ein Wasser wäre nett.«

»Ich mach schon«, bietet Cameron an, pausiert das Spiel, holt drei Gläser und eine Wasserflasche und schenkt jedem von uns etwas zu trinken ein.

»Du hast Kellnerqualitäten«, scherzt Bo.

Cameron reicht mir ein Glas und setzt sich auf den neben mir stehenden Hocker.

Ich frage mich, ob es wirklich so klug war, hierherzukommen. Allein Camerons Nähe reicht, um meine Wangen zum Glühen zu bringen. Aber so entspannt, wie er antwortet, bin ich mit meinem Wunsch nach Nähe wohl allein.

»Ich habe tatsächlich ab und an im Diner meiner Eltern gearbeitet. Also falls ihr im *Hazelcup* mal Unterstützung benötigen solltet, sag gern Bescheid. Ich kann immer Geld brauchen, nur mit der Zeit sieht es etwas knapp aus.«

»Sei vorsichtig mit deinen Worten, ich komme vielleicht darauf zurück. Mr Palmer kränkelt in letzter Zeit ständig und ist kaum noch einsatzbereit. Entweder wird das *Hazelcup* schließen müssen, oder wir brauchen tatsächlich weitere Aushilfen.«

Bos Worte bereiten mir Sorgen. Mr Palmer und sein *Hazelcup* sind eine Institution in Fair Haven. Sollte er in Rente gehen, wird eine Ära enden. Nicht nur July, Bo und ich haben in unserer Jugend quasi dort gewohnt. Für mehrere Generationen war das *Hazelcup* einer *der* Treffpunkte – und nicht nur bei Jugendlichen und Studierenden beliebt. Selbst mein Dad hat dort das ein oder andere zwanglosere Firmenevent gefeiert.

»Was machst du, falls das Eiscafé schließt?«, frage ich beunruhigt. Mr Palmer ist so etwas wie Bos Ersatzopa und das *Hazelcup* schon seit Jahren Bos zweites Zuhause. Ihn würde eine Schließung sicher noch viel mehr treffen als mich – und das nicht nur, weil Mr Palmer ihm das Gehalt zahlt.

»Wenn er aufgibt, werde ich wohl irgendwo anders arbeiten gehen«, erwidert Bo schlicht. »Servicekräfte werden in einer Stadt wie Fair Haven immer gebraucht.«

»Aber Bo.« Ich sehe ihn eindringlich an. Sein gleichgültiges Schulterzucken nehme ich ihm nicht ab. Ich kenne ihn viel zu gut, um mich mit dieser coolen Geste abspeisen zu lassen. »Ich glaube dir nicht, dass dir die Zukunft des *Hazelcups* egal ist. Du liebst es.«

»Andere Männer haben auch schöne Cafés.«

»Selbst wenn es so ist: Willst du wirklich bis zum Rest deines Lebens einfach nur kellnern? Möchtest du für immer Eis und Kuchen verkaufen? Jeden einzelnen Tag?«

»Das macht mein Dad auch«, wirft Cameron ein.

»Ja, aber deinem Dad gehört der Diner, oder nicht? Er ist sein eigener Chef. Das ist etwas anderes.«

»Ich weiß, dass du dir Sorgen um mich machst, aber mir geht es gut mit meiner Entscheidung. Ich bin glücklich, okay?« Bo klingt nicht vorwurfsvoll, sondern einfühlsam. »Ich bin gern unter Menschen. Für viele bin ich nur ein lächelnder Teil des Inventars, aber die paar Kunden und Kundinnen, denen ich den Tag versüßen kann, machen das wieder wett.«

»Wem versüßt du den Tag?«, fragt Joshua unbedarft, als er aus seinem Zimmer zurückkommt und zu uns hinüberschlendert. Neugierig schaut er Bo über die Schulter, bevor er ihm mit einer Hand über den Rücken streicht und ihn zärtlich auf den Hals küsst.

Zwar freut es mich, die beiden so vertraut zu sehen, aber ich kann die Sorgen um Bos Zukunft nicht ganz abstellen.

»Penny hat Angst, dass ich mein Leben damit vergeude, anderen Leuten Kaffee und Eis zu servieren«, erklärt Bo.

Joshua stützt die Unterarme auf den Tresen und sieht mich mit einem Blick an, den ich nicht deuten kann. In seinen Augen liegt ein Ausdruck, der zwischen Ernst und Nachsicht schwankt. »Ich verstehe dich«, sagt er. »Wir kommen beide aus Familien, in denen ein Studium und harte Arbeit sehr geschätzt werden. Aber Benjamin und ich haben vor seiner Entscheidung lange darüber gesprochen, und ich habe verstanden, dass es viele Wege gibt, sein Leben zu bestreiten. Glück kann man nicht kaufen.«

»Ich weiß, dass du Angst hast, dass ich meine Lebenszeit damit verschwende, anderen Menschen Eis zu servieren, obwohl ich ihnen genauso gut die Zähne reparieren könnte«, ergänzt Bo. »Aber für den Moment bin ich zufrieden. Und wenn ich es nicht mehr bin, kümmere ich mich darum, einen anderen Weg zu finden. Okay?«

»Wobei Eis verkaufen ein durchaus wichtiger Job ist«, wirft Cameron ein. »Was wäre ein Sommer ohne das beste Eis der Stadt? Oder eine Innenstadt ohne Restaurants und Cafés?«

»Ein sehr trostloser Ort«, murmle ich und nippe an meinem Wasser. Natürlich ist Bos Job wichtig. Nur vielleicht auf eine andere Art und Weise als die, die meine Eltern mir beigebracht haben. Aber das ist mein Problem – nicht Bos. Joshua hat recht: Das Wichtigste ist, dass er glücklich ist, und das scheint er zu sein.

Nachdem das geklärt ist, haben wir alle einen entspannten Abend. Ich hatte ganz vergessen, wie gut es tun kann, mit Leuten gemeinsam zu essen und über tausend Dinge zu quatschen, die mal nichts mit dem Studium oder der Redaktion zu tun haben.

»Wie geht es eigentlich Lucy?«, frage ich und setze mich nach dem Essen neben Cameron auf das Sofa, da alle anderen Sitzgelegenheiten bereits besetzt – oder im wahrsten Sinne des Wortes belegt – sind. Und vielleicht auch, weil mir seine Nähe fehlt. Seit dem Interview haben wir uns ein paar Mal geschrieben, aber wenn die anderen dabei sind, plaudern wir so zwanglos, dass ich ihn gern fragen würde, ob unsere Verabredung für Sonntag überhaupt noch steht. Fühlt es sich für ihn auch jedes Mal so an, als würde die Luft zwischen uns vor Hitze flimmern, wenn wir uns zu nahe kommen? Oder liegt es nur an mir?

Cameron betrachtet mein Gesicht so aufmerksam, als wollte er ein Porträt von mir zeichnen, aber wirklich deuten kann ich den Ausdruck in seinen Augen nicht. Woran denkt er?

»Lucy geht es gut«, antwortet er knapp, zieht sein Handy aus der Hosentasche und öffnet die Bildergalerie. »Sie war vorhin mit Zoe eislaufen.« Zum Beweis zeigt er mir das Foto von einer unglaublich glücklich aussehenden Lucy und einer jungen Frau, die ebenfalls in die Kamera lächelt.

Die beiden sehen hinreißend aus, wie sie in ihren bunten Wollmützen und Kuschelschals vor der Winterlandschaft posieren. Wenn mich nicht alles täuscht, sind die Haare, die unter Zoes Mütze hervorlugen, blond und ihre Augen grün. Sie wirkt nett, trotzdem erzeugt das Bild ein schales Gefühl in mir, das ich zu unterdrücken versuche. Ist es Eifersucht? Weil ich weiß, dass sie Cameron gern zurückhätte? Ist es noch immer ein schlechtes Gewissen, weil ich mit ihm geschlafen habe, während Lucy sich eine heile Familie wünscht?

Warum sie sich wohl getrennt haben? Obwohl ein Teil von mir vor Neugierde brennt, beiße ich mir auf die Zunge, um die Frage nicht laut auszusprechen.

Mit jeder Sekunde, die mich Cameron ansieht, wächst die Unruhe in meinem Inneren. Dass ich seine Körperwärme an meinen nackten Beinen spüre, tut meiner Fantasie überhaupt nicht gut. Es kostet mich einige Selbstbeherrschung, nicht dichter an ihn heranzurutschen.

Cameron legt einen Arm über die Sofalehne und beugt sich leicht zu mir hinüber, als wollte er mir ein Geheimnis zuflüstern. Ein Duft von warmer Vanille nimmt mich gefangen. Langsam streckt er eine Hand aus und wischt über das Display des Telefons. Ein weiteres Bild erscheint. Es zeigt Lucy beim Eislaufen, allerdings richtet sich meine volle Aufmerksamkeit auf Camerons Finger, die sacht über meine streichen. Ist das nur

Zufall oder Absicht? Die winzige Berührung reicht, damit sich die Härchen auf meinen Armen aufstellen. Ob er es bemerkt?

Mein Blick zuckt zu seinen Augen, aber die sind auf sein Telefon gerichtet.

»Zoe sieht nett aus. Das sind sehr süße Fotos«, versichere ich und reiche ihm hastig das Telefon zurück, um die eigenartige Situation zu beenden.

»Wahrscheinlich findest du es nicht mehr so süß, wenn du jeden Tag fünfzig Bilder zu sehen bekommst«, gesteht er und wiegt das Handy auf der Hand. »Ich glaube, ich gehe den anderen mit den Fotos ganz schön auf die Nerven.«

»Nicht doch«, wiegelt Mateo ab. »Wir kennen Lucy bald besser als ihn. Beim Zeichnen, beim Essen, beim Eislaufen, beim Schlafen …«

»Wie gut, dass du Kinder magst«, stichelt Haley. Sie sitzt auf einem Sessel, Mateo auf dem Boden davor. Er lässt sich von ihr den Kopf massieren.

»Sie sind unsere Zukunft«, stimmt er zu, schließt die Augen und lehnt sich ihrer Berührung entgegen.

»Meinst du jetzt euer beider Zukunft oder generell die Zukunft der Menschheit?«, hakt Joshua nach und sieht von seinem Handy auf.

»Beides?«, schlägt Mateo vor. »Stell dir nur vor: meine niedlichen Locken und Haleys umwerfende Augen.«

»Meine Intelligenz und dein Ego – eine unschlagbare Kombination«, säuselt sie weiter und muss selbst darüber lachen.

Obwohl es mich freut, die beiden so vertraut zu sehen, ist da wieder dieses nagende Gefühl, das ich nicht einzuordnen weiß. Vielleicht ist es Eifersucht, weil sie bei dem anderen einfach ganz sie selbst sein können?

Gegen mein unbestimmtes Verlangen nach Nähe ankämpfend wende ich mich an Cameron. »Ich habe übrigens gefühlt hundert Telefonnummern für dich. Allesamt von jungen Frauen, die dich nach dem Artikel gern näher kennenlernen würden.«

»Dann hast du mich eindeutig zu gut dastehen lassen«, erwidert er lächelnd, steckt das Handy ein und wendet sich wieder mir zu. »Ich bin ein ziemlicher Langweiler und bestimmt keine hundert Telefonnummern wert.«

»Ich habe nur das geschrieben, was du mir gesagt hast«, widerspreche ich und lege den Arm ebenfalls über die Sofalehne. »Dann hast du mir deine langweiligen Seiten wohl verschwiegen. Also gestehe: Was treibst du Langweiler in deiner Freizeit? Sortierst du Briefmarken nach Farben?«

»Nein, aber manchmal sortiere ich tatsächlich meine Farbtuben nach Farbnuancen«, gibt er zu. »Oder meine Marker. Oder die Buntstifte. Du könntest vorbeikommen und mir dabei helfen.«

»Du würdest mich tatsächlich deine Zeichenutensilien anfassen lassen?«, hake ich nach und zucke zusammen, als sein Zeigefinger mich sacht am Arm berührt.

Behutsam zeichnet er an der Innenseite meines Handgelenks einen Kreis auf die empfindliche Haut, als würde es ihm Spaß machen, mich zu reizen. »Ich würde dich noch ganz andere Dinge …«, flüstert er verheißungsvoll und wird von Mateo unterbrochen.

Was für ein Timing! Jetzt werde ich nie erfahren, wie der Satz enden sollte.

»Apropos kostbare Freizeit!«, ruft Mateo enthusiastisch und erinnert mich daran, dass wir nicht allein sind. »Wenn ihr schon einmal alle hier seid, wie wäre es dann mit einer schnellen Nummer auf der Playstation?«, schlägt er vor und angelt sich bereits einen der Controller vom Wohnzimmertisch. »Mädels gegen Jungs?«

»Findest du es nicht etwas klischeehaft, bei einem Autorennspiel Frauen gegen Männer fahren zu lassen?«, hakt Joshua nach.

Mateo kommt gerade noch dazu, erneut den Mund zu öffnen, als Bo ihn unterbricht: »Ich spiele freiwillig mit den Mädchen.«

»Ernsthaft? Wir wissen beide, wie das endet«, seufze ich, wende mich schweren Herzens von Cameron ab und nicke ergeben.

Wenn Mateo es denn unbedingt so will, spiele ich gern zusammen mit Bo gegen ihn.

»Du schummelst doch, Perez!« Mateo sieht mich genervt an und lässt den Controller auf den Boden fallen.

Haley tätschelt ihm den Kopf, um ihn zu trösten.

»Ah, sieh einer an. Mateo Ortega ist ein kleiner Jammerlappen«, stichle ich.

»Oder zumindest ein schlechter Verlierer«, stimmt Bo zu und gibt mir ein High five. Wir haben in der Vergangenheit oft genug zusammen auf seiner Playstation gespielt, um zu wissen, dass wir im Team unschlagbar sind. Jeder Mensch hat geheime Talente, und meine lauten unter anderem: Autos hacken und Videospiele gewinnen.

»Wie machst du das?«, hakt Mateo nach und fordert in etwa die zehnte Revanche.

»Jahrelange Übung. Ihr habt mich ja früher nie mitspielen lassen, wenn ihr mit Kyle gezockt habt«, erkläre ich schulterzuckend. »Keiner von euch wollte mich in seinem Team.«

»Weil wir nicht wussten, dass du eine verdammte Rennspielgöttin bist! Ich will wenigstens einmal gewinnen!« Er greift wieder nach seinem Controller und sieht mich auffordernd an.

»Das ist der Kampfgeist, den wir von dir erwarten«, erklärt Joshua an Cameron gewandt, der aus seinem Notizbuch aufsieht und erneut salutiert.

Nachdem klar war, dass sie verlieren, hat er beschlossen, sich lieber mit dem Auswendiglernen von Spielzügen auseinanderzusetzen, als Mateo weiterhin beim Verzweifeln zuzusehen. Ab und an sieht er auf und schenkt mir ein Lächeln, das ich nicht deuten kann, das aber jedes Mal meinen Herzschlag beschleunigt und meine Ohrspitzen zum Glühen bringt.

Während Bo sich an Joshua kuschelt, holt Haley ihr Skizzenbuch und macht es sich wieder im Sessel bequem. »Wenn du Mat loswerden willst, sag Bescheid«, sagt sie, bevor sie sich ihrer Zeichnung widmet.

Ich bin mir sicher, dass ihr etwas einfällt, um Mateo vom Fernseher loszueisen, aber im Moment genieße ich den Abend außerhalb meines Wohnheimzimmers. Gar nicht mal, weil es mir etwas bedeuten würde, dieses Spiel zu gewinnen – Runde um Runde. Es tut einfach gut, etwas anderes als die verblasste Blümchentapete zu sehen. Mit jemand anderem als Lin zu reden. Ein sinnloses Spiel zu spielen, statt den nächsten Fünfjahresplan auszuarbeiten. Hier zu sein fühlt sich an, als könnte ich endlich mal wieder frei atmen. Ich trage nicht einmal meine eigene Kleidung und fühle mich trotzdem so unbeschwert wie schon lange nicht mehr.

Diese Runde gewinnt tatsächlich Mateo, weil mich der Benachrichtigungston meines iPhones ablenkt.

Während er seinen Sieg feiert, lese ich die neue Nachricht von July: *Hast du Lust, morgen Nachmittag vorbeizukommen? Die drei großen F rufen: Fernseher, Football, Fresskoma.*

»July hat gerade gefragt, ob ich morgen zum Footballschauen vorbeikomme«, sage ich an Bo gewandt. »Ist das okay für dich? Soll ich uns etwas zu essen mitbringen? Ich könnte die Haushälterin meiner Eltern bitten, mir dabei zu helfen, etwas zu machen. Ein paar Taquitos und Fajitas zum Beispiel.«

»Ich will auch!«, bettelt Haley.

»Seit wann schaust du Football?« Mateo sieht sie vollkommen verwirrt an.

»Gar nicht. Ich schau mir doch nicht freiwillig an, wie du dir die nächste Gehirnerschütterung abholst, aber Pennys Haushälterin macht verdammt gutes Essen – und für Essen bin ich immer zu haben.«

»Wenn ihr wollt, kommt vorbei«, stimmt Bo zu.

»Apropos morgen. Wir sollten langsam mal schlafen gehen.« Als Joshua demonstrativ auf die Uhr schaut, ist das mein Signal zu gehen.

Mittlerweile ist es reichlich spät geworden, und ich bin die Einzige, die nicht nur eine Zimmertür von ihrer Schlafgelegenheit entfernt ist.

Ich verspreche Haley, ihre Sachen bei Gelegenheit gewaschen vorbeizubringen, und sehe fragend zu Cameron auf, der ebenfalls aufsteht, als ich mich erhebe.

»Ich dachte, ich könnte dich noch kurz zum Auto bringen«, bietet er an. »Da ich morgen nicht auf dem Platz stehen und stattdessen hier lernen werde, kann ich mir die fünf Minuten sicher erlauben.«

Ein paar Herzschläge lang starren wir uns an, und während die anderen nacheinander das Wohnzimmer verlassen, lädt sich zwischen Cameron und mir die Luft auf. Ich habe das Gefühl, dass ich das Knistern auf der Haut spüren kann. Offenbar ist er doch nicht so gut darin, sich an Abmachungen zu halten, wie ich angenommen habe.

10. KAPITEL

☑ *Einen Two-Night-Stand haben*

Wie hypnotisiert verlasse ich die Wohnung. Cameron greift sich an der Tür einen der Schlüssel von der Kommode und tritt mit mir auf den Flur hinaus. Hinter uns schließt er die Tür, ohne hinzusehen. Sein Blick ist auf mein Gesicht gerichtet.

Die Sekunden verstreichen.

Mein Herzschlag verdoppelt sich.

Meine Wangen glühen, und plötzlich lege ich die Arme um seinen Hals, während er mich gegen die Wand drängt. Als wären wir zwei ausgehungerte Tiere, fallen wir übereinander her. Ich spüre seine Lippen an meinen. Mit einer Hand stützt sich Cameron an der Wand neben meinem Kopf ab, zieht sich kaum merklich zurück und mustert mich, als wollte er noch etwas sagen. Schwer atmend sieht er mir in die Augen, als wäre jetzt der richtige Moment, ein Veto einzulegen, falls es mir zu viel ist. Aber das ist es noch lange nicht. Stattdessen reibe ich die Schläfe an seinem Unterarm.

Das Feuer in seinem Blick entfacht eine Hitze in mir, die um Aufmerksamkeit bettelt.

»Ich muss noch nicht gehen«, wispere ich wie von Sinnen.

Er senkt die Lippen auf meinen Mundwinkel und streicht zu meinem Ohr, neckt mein Ohrläppchen, um anschließend eine Spur aus federnden Küssen meinen Hals hinab zu zeichnen. Ich lehne mich seiner Berührung entgegen, schlinge ein

Bein um seinen Körper und lege die Hand an seinen Hinterkopf.

Ich weiß nicht, ob es allein an Cameron liegt oder auch daran, dass wir es den ganzen Abend mit kuschelnden, knutschenden Pärchen zu tun hatten. Aber spielt das eine Rolle? Jeder einzelne seiner Küsse schenkt mir eine kribbelnde Gänsehaut am ganzen Körper und bringt meine Körpermitte zum Pulsieren. Meine freie Hand greift nach Camerons Shirt, um ihn an mich zu ziehen, dabei ist ohnehin kein Platz mehr zwischen uns. Nur der Stoff meines dünnen Kleids und seiner Jeans. Aber selbst die kann nicht verbergen, dass Was-auch-immer-das-hier-ist auf Gegenseitigkeit beruht. Und es gefällt mir.

»Hör nicht auf«, flehe ich, als er mit den Zähnen sacht über meinen Hals kratzt. Ich liebe es, wie er mich gleichermaßen quält und neckt. Mir entweicht ein seltsames Geräusch, als er mit einer Hand über meinen Oberschenkel streichelt. Seine Finger fahren langsam von meinem Knie bis zur Taille hinauf, ehe seine Hand auf meinem Po landet und mich noch fester an ihn zieht. Ich spüre seinen ganzen Körper an mir. Seinen Atem an meinem Hals. Wie sich seine Brust hebt und senkt. Der Rock meines Kleids ist mittlerweile so weit nach oben gerutscht, dass ich den harten Stoff von Camerons Jeans durch den Slip spüren kann. Den – und noch mehr.

»Ich könnte mit in dein Zimmer kommen«, schlage ich vor und kann mich kaum beherrschen, um mich nicht an der Härte in seiner Hose zu reiben. Das Verlangen nach seiner Nähe ist stärker als meine Vernunft.

Wir stehen in einem Flur, in dem man uns jederzeit erwischen könnte, aber meine Gedanken sind gerade ganz weit weg. Cameron soll mich weiter küssen. Anders. Inniger. Als ich meinen Körper an seinen presse, entfährt ihm ein Stöhnen.

Es ist das schönste Geräusch, das ich jemals gehört habe. Ich will mehr davon.

»Cam.«

»Ich mag es, wenn du meinen Namen sagst«, murmelt er an meinem Hals und drückt mir einen Kuss auf die Stelle, an der mein Puls schlägt. Doch statt weiterzumachen, lehnt er die Stirn auf einmal gegen meine und atmet tief durch.

Ich sehe ihn leidend an und ringe nach Luft. Was ist los?

»Willst du wirklich mit in mein Zimmer kommen? Was sollen wir den anderen sagen, wenn wir ihnen über den Weg laufen?«

Das ist zwar eine gute Frage, aber ein sehr hartnäckiger Teil meines Gehirns stellt sich noch immer vor, wie ich Camerons Hose öffne.

»Ich vertraue ihnen. Sie würden niemandem hiervon erzählen, wenn wir sie darum bitten.« July weiß es ja schon und hat bisher auch geschwiegen. Geheimnisse sind in diesem Freundeskreis gut aufgehoben.

Er küsst mich flüchtig auf die Schläfe und bedeutet mir, das Bein runterzunehmen. Die Zweifel kann ich ihm vom Gesicht ablesen.

»Ist dir wirklich so wichtig, was die anderen denken? Wir sind ihnen keine Rechenschaft schuldig.«

Schweigend sieht er mich an.

»Spiel keine Spielchen mit mir, Cam. Wenn du Angst hast, dass diese Sache zwischen uns dich in Schwierigkeiten bringt, dann sag es. Aber küss mich nicht auf diese Weise, nur um mich in der nächsten Sekunde abzuweisen. Das habe ich nicht verdient.«

Seufzend wendet er den Blick ab und ringt mit sich selbst. Er streicht sich mit den Händen über die Haare, bevor er beinahe wütend die Faust ballt. Dann geht plötzlich ein Ruck durch ihn, und er ergreift meine Hand. »Keine Ahnung, wer hier Spielchen mit wem spielt, aber dieses habe ich soeben verloren.« Entschlossen zieht er mich zurück in die Wohnung.

Wir können also festhalten, dass wir beide gleichermaßen katastrophal darin sind, uns an Absprachen zu halten – zumindest wenn es um den Abstand zwischen uns geht.

Als wir den Flur wieder betreten, ist das Licht im Wohnzimmer bereits gelöscht. Ich komme mir vor, als würde ich etwas Verbotenes tun, während wir uns möglichst leise in Camerons Zimmer zurückziehen. Behutsam schließt er die Tür hinter uns.

»Wollen wir da weitermachen, wo wir im Flur aufgehört haben, oder sind wir hier, um über unsere Zukunft zu reden?«, frage ich.

»Gute Frage«, murmelt er und betrachtet mich im Schein des Mondes, dessen Licht zum Fenster hereinfällt.

Es ist so still, dass ich mich kaum zu atmen traue.

»Wie wäre es mit weitermachen und danach reden?«, schlägt er vor.

»Perfekte Reihenfolge.« Noch während ich die Worte ausspreche, streife ich den Wollmantel ab und lasse ihn zu Boden gleiten.

Ich hatte fast vergessen, wie gut es sich anfühlt, wenn Cameron jede Vorsicht fallen lässt. Wenn er mich so wild und ungestüm küsst, als hätte er ewig auf diesen Moment gewartet.

»Ich müsste noch ein Kondom in der Schreibtischschublade haben«, bringt er hervor, ohne seine Lippen von meinen zu lösen.

Ich nehme zwar die Pille, aber das klingt vernünftig. Nickend stolpere ich rückwärts, lege einen Arm um seinen Hals und lasse mich von ihm auf den Tisch setzen. Mit einer Hand zieht er eine Schublade auf und sucht darin herum.

Ungeduldig ziehe ich den Rock meines Kleids hoch und schlüpfe aus meinem Slip, bevor ich seine Hose öffne.

Ja, ich bin ungeduldig und kann es kaum erwarten, Cameron erneut so zu spüren, wie es in L.A. der Fall war.

Mit der Hand reibe ich über die Härte in seinen Boxershorts, aber es ist schwer zu sagen, ob sein Stöhnen Erregung oder Frustration ist, weil er das Kondom noch immer nicht gefunden hat.

»Wenn du es nicht findest, ist es nicht schlimm«, versichere ich ihm. Es gibt genügend andere Dinge, die wir ohne tun könnten, aber just in dem Moment höre ich das erlösende Knistern eines kleinen Päckchens.

Es ist eigenartig. Alles, was von da an passiert, rauscht nur so an mir vorbei. Gerüche, Geräusche, Berührungen, alles verschwimmt zu einem Meer aus Sinneseindrücken. Es ist intensiv, bunt, berauschend, laut. Und ich kann nicht anders, als mich einfach hineinfallen zu lassen.

Anschließend liege ich auf Camerons Bett und lehne den Kopf an seine Schulter. Vollständig bekleidet, immerhin haben wir uns nicht einmal wirklich die Zeit genommen, uns überhaupt auszuziehen. Ich habe mir unseren Two-Night-Stand ein bisschen anders vorgestellt, trotzdem war der Moment auf seinem Tisch perfekt, so wie er war. Und diese Nacht muss noch nicht vorbei sein.

Während Cameron sacht mit den Fingern über meine Schläfe streicht, fühle ich mich geborgen. Und entspannt. Als wäre für einen Moment das Gewicht der Welt von mir abgefallen.

»Auf einer Skala von eins bis zehn«, murmelt er an meinen Haaren. »Wie seltsam ist es, wieder in diesem Bett zu liegen?«

»Glatte zehn, aber die Gesellschaft war nie besser. Wie fühlt sich das hier für dich an?«

»Sehr unwirklich. Ich sitze auf diesem fremden Bett, sehe mich in einem Zimmer voller Designermöbel um, in dieser Wohnung, die wahrscheinlich doppelt so groß ist wie die meiner Eltern. Und dann ist da diese Frau. Normalerweise spreche ich keine Frauen in Clubs an, aber bei dieser musste ich es. Jetzt ist sie hier. Bei mir. Am anderen Ende der USA. Total verrückt.«

July hält es für Schicksal, denke ich, aber traue mich nicht, es auszusprechen. Ich will diesen Moment nicht zerstören, indem ich ihm zu viel Bedeutung beimesse. Stattdessen hebe ich den Kopf, strecke mich und drücke Cameron einen Kuss auf die Wange, bevor ich den Kopf wieder gegen seine Schulter sinken lasse. Zum Dank zieht er mich enger an sich.

»Wie soll das hier weitergehen?«, fragt er leise und streichelt mit den Fingern träge über meinen Oberarm.

»Keine Ahnung«, gestehe ich. »Hast du denn Gründe, die gegen zwanglose Treffen sprechen? Ich meine, richtige Gründe und nicht den Preis meines Schals. Lucy hat gesagt, dass sie sich wünscht, dass du und Zoe wieder zusammenkommt.«

»Lucy.« Cameron seufzt schwer. »Ich wünschte wirklich, dass ich ihr die Kindheit bieten könnte, die sie sich wünscht. Die sie auch verdient hat. Aber dass Zoe und ich jemals wieder ein Paar werden könnten, findet nur in ihrer Fantasie statt.«

»Das tut mir übrigens leid für sie. Aber ich bin mir sicher, dass ihr auch getrennt gute Eltern seid.«

»Mhm.«

»Das glaube ich wirklich. Ich habe gesehen, wie du mit Lucy zusammen gezeichnet hast. Wie du mit ihr redest. Man hört aus jedem deiner Worte, wie sehr du sie liebst. Bedingungslos. Weißt du, mein Dad hat erst einmal zu mir gesagt, dass er stolz auf mich ist. Willst du wissen, wann das war? Kurz nachdem ich ihm Kyle als meinen Freund vorgestellt habe.«

»Autsch.«

»Autsch. Du sagst es.« Ich sehe zu ihm auf, aber er starrt ins Leere. »Worüber denkst du gerade nach?«

»Deinen Dad. Wenn er so tickt, wie du sagst, wäre er sicher nicht erfreut, wenn er wüsste, was du gerade tust. Ein Cameron Burton ist nicht dazu geeignet, jemanden stolz zu machen.«

»Er würde durchdrehen«, stimme ich zu. »Aber nicht wegen dir. Zwangloser Sex ist in seiner Welt höchstens für Männer okay. Wenn überhaupt. Davon abgesehen möchte ich, dass er stolz auf mich ist – nicht auf die Typen, die ich date.«

»Wir wissen beide, dass das hier kein Dating ist.«

Von seinem Tonfall irritiert setze ich mich auf und versuche ihm in die Augen zu schauen, aber Cameron weicht meinem Blick aus. »Wie meinst du das?«

»Es ist, wie ich gesagt habe: Ich war in Ann Arbor für viele nur der Versager aus dem Diner, der zu dumm zum Verhüten war. Das abschreckende Beispiel für alle kleinen Mädchen aus der Nachbarschaft. Die Leute haben mich dort nie so angesehen, wie man hier Drew oder Mateo ansieht. Ich war kein Held. Meine Eltern haben sich nicht umsonst jahrelang Sorgen um mich und meine Zukunft gemacht. Ich bin niemand, den man datet, um damit anzugeben. Das hier ist Sex. Und wir sollten uns nicht der Illusion hingeben, dass mehr daraus werden könnte.«

Seine Worte versetzen meinem Herz einen Stich, weil ich sehe, wie sehr er unter der Erinnerung leidet – und sie gleichzeitig benutzt, um mich auf Abstand zu halten.

»Glaub es oder nicht, aber ich weiß auch, wie schäbig es sich anfühlt, wenn die Leute auf der Straße beleidigende Dinge über einen sagen. Und wie schwierig es ist, sich davon frei zu machen. Worte sind Waffen. Aber setz sie nicht gegen mich ein.«

»Tue ich das?«

»Ja. Du gibst mir gar nicht die Chance dazu, dich kennenzulernen, weil du denkst, dass es sinnlos ist. Hast du das nicht gerade gesagt? Es ist wie beim Interview. Ich frage dich nach intimen Geheimnissen, und du erzählst mir etwas über Socken. Socken. Ernsthaft. Wenn dir Gelegenheitssex genug ist, kann ich dich ja jetzt allein lassen. Dann haben wir geklärt, wie es mit uns weitergeht.«

Er richtet sich ebenfalls auf. »Was willst du denn hören? Was willst du von mir wissen? Ich werde nie hier reinpassen. Realistisch betrachtet werde ich nach dem Abschluss meines Studiums in der Werbeabteilung irgendeines mittelständischen Unternehmens sitzen, Werbeflyer für Toilettensitze layouten und Broschüren über Verkaufszahlen aktualisieren. Wenn ich Glück habe, werde ich einigermaßen erfolgreich Football spielen und kann mit dem Geld Lucys Zukunft absichern. Und das war's. Das ist die bestmögliche Variante meines Lebens. Siehst du darin irgendeinen Platz für dich? Denn ich tue es nicht.«

»Autsch«, ist alles, was mir dazu einfällt.

»Manchmal ist die Realität hart.«

Es ist nicht die Realität, die mich verletzt, sondern Cameron. »Okay. Dann streich unsere Verabredung am Sonntag.«

»Ging es dabei um mehr als Sex? Ich dachte, das war unsere letzte Vereinbarung. Gelegentliche, zwanglose Treffen.«

»Du dachtest …« Blinzelnd sehe ich ihn an. Wahrscheinlich hat er recht, und es wäre die naheliegende Vermutung gewesen. »Eigentlich wollte ich dir die Stadt zeigen«, antworte ich leise.

»Deine Überraschung war eine Stadtführung?« Er klingt so verwirrt, dass ich mich vollkommen naiv fühle, darüber auch nur nachgedacht zu haben. »Und was ist, wenn man uns dabei zusammen sieht und jemand es deinen Eltern erzählt?«

»Du bist ziemlich gut darin, Probleme zu suchen«, ist das Einzige, was mir dazu einfällt. Je länger dieses Gespräch dauert, umso blauäugiger komme ich mir vor.

»Ich bin nur nicht so weltfremd, mir einzureden, dass das nicht früher oder später passieren wird. Man wird uns zusammen sehen, und es besteht eine etwa fünfzigprozentige Wahrscheinlichkeit, dass dann gerade einer von uns die Hände irgendwo hat, wo sie nicht sein sollten.«

Sein Handy lenkt meine Aufmerksamkeit auf sich, als es ein leises *Pling* von sich gibt und die Displaybeleuchtung im Dunkel der Nacht aufleuchtet. Er wirft einen flüchtigen Blick darauf. »Nur eine neue Bewertung in meinem Onlineshop. Nichts Wichtiges.«

»Onlineshop?«, frage ich verwirrt. »Ich wusste nicht, dass du einen betreibst.«

»Ich verkaufe dort ein paar T-Shirt-Motive.« Erneut seufzt er. »Du wolltest doch etwas über mich wissen. Das ist es. Ich arbeite nebenbei als Freelancer und nehme kleine Designaufträge an, schließlich muss ich meinen Unterhalt irgendwie bestreiten. Es ist ein Nebenverdienst, dem ich orts- und zeitunabhängig nachgehen kann, also genug Zeit für Lucy habe. Aber wie gesagt: Manchmal geht es dabei um Flyer für Toilettensitze oder Imbisswagen, deren Logofarben mir Albträume bescheren.«

»Sekunde«, bitte ich ihn. »Du spielst also Football und studierst Grafikdesign. Neben einem Stipendium und einer Förderung nimmst du Aufträge an und hast einen Onlineshop – und das alles neben deiner Doppelbelastung als Dad? Wann schläfst du?«

»Lucy ist die meiste Zeit nicht bei mir, und die Aufträge kann ich in freier Zeiteinteilung abarbeiten. Es ist entspannter, als es klingt. Ich habe früher neben der Schule im Diner meiner Eltern gearbeitet, bin um vier Uhr morgens aufgestanden, um Burgerbrötchen zu backen, oder habe noch Gemüselieferungen angenommen, wenn der Fahrer im Stau stand. Dagegen ist nachts Flyer zu layouten sehr angenehm.«

»Und du denkst wirklich, dass du keinen Grund hast, stolz auf dich zu sein?«, frage ich ungläubig.

»Zumindest keinen, der einen Menschen wie deinen Dad beeindrucken würde.«

Ich setze mich auf seinen Schoß und lege die Unterarme auf seinen Schultern ab. War ich eben noch sehr versucht zu gehen? Ja. Aber irgendwie habe ich das Gefühl, dass wir uns ähnlicher sind, als er zugeben mag. Wir beide wollen unsere Eltern nicht enttäuschen. Und wir sagen Dinge, um andere auf Abstand zu halten und uns selbst zu schützen.

Statt mich abzuweisen, legt er die Hände an meine Taille, lässt sie langsam zu meinem Po hinabgleiten und zieht mich an sich. »Ich dachte gerade, du wolltest gehen. Für immer.«

»Ich war kurz davor.«

»Wieso hast du deine Meinung geändert?«

»Weil ich dich gefragt habe, was aus deiner Sicht gegen uns spricht. Und Angst vor meinem Dad lasse ich nicht als Antwort gelten.«

»Aber er ist ein mächtiger Mann. Wenn er noch immer mit den Clovers befreundet ist, reicht wahrscheinlich ein falsches Wort, und ich werde in dieser Stadt nie eine Wohnung finden.«

Ich würde ihm gern widersprechen, kann es aber nicht. »Wohin auch immer das hier führt, ich werde mein Bestes geben, damit meine Eltern dir nicht das Leben zur Hölle machen. Okay?«

Einen Moment lang sieht er mich eindringlich an. Offenbar überlegt er, ob er das Risiko eingehen soll. Doch dann schließen sich seine Hände fester um mich. »Also besteht die Option einer Stadtführung am Sonntag noch?«

»Ja. Und wenn du möchtest, werde ich dabei darauf verzichten, dich erneut anzuflehen, mich gegen eine Hauswand zu drängen«, wispere ich gegen seine Lippen, bevor wir uns küssen.

Aus tastend und vorsichtig wird fordernd und ungestüm.

Als er den Rock meines Kleids hochschiebt, rutsche ich dichter an ihn heran. So nahe, dass ich seinen Körper ganz an meinem spüren kann. Man sollte meinen, dass der Quickie auf dem Tisch uns eine Weile besänftigt hätte, aber eine ganze Welle Glückshormone fließt durch meinen Körper. Sofort ist das drängende Pochen zwischen meinen Beinen zurück. Als meine Zunge in seinen Mund gleitet, stöhnt er leise auf. Wie von selbst beginne ich meine Mitte an der Härte in seiner Jeans zu reiben. Küsse ihn, halte mich an ihm fest und nehme erleichtert zur Kenntnis, dass er mir entgegenkommt. Wenn er will, dass diese Momente unsere Geheimnisse bleiben, bin ich einverstanden, solang sie nur nicht enden.

Ich schließe die Augen. Schmecke Cameron. Höre seinen schweren Atem. Spüre seine Hände an meiner Taille. Da sind nur noch seine Wärme, sein Duft und dieses berauschende Gefühl, das nach mehr verlangt.

Als er unseren Kuss pausiert, sehe ich ihn fragend an.

»Ich habe keine Kondome mehr da«, bringt er irgendwie hervor.

Statt ihn erneut zu küssen, neige ich den Kopf zur Seite und streiche zu seinem Ohr. Weil ich weiß, wie sehr es ihn erregt, wenn ich es mit meinen Lippen liebkose. »Wir können es anders beenden.«

»Warte«, drängt Cameron, doch so, wie er sich aufsetzt, hätte er genauso gut *Nein* sagen können. »Es gibt da noch eine Sache, die ich wissen muss. Ein paar der Jungs aus dem Team haben uns auf Drews Party miteinander reden sehen und mir beim Training Geschichten über dich erzählt.«

»Geschichten?«, hake ich nach und fühle mich reichlich desillusioniert. Was könnten seine Teammitglieder ihm erzählt haben? Mit Sicherheit nichts Gutes. »Meinst du, dass ich in der Vergangenheit wirklich unschöne Dinge über Drew gesagt habe?«

»Unter anderem«, stimmt er ausweichend zu.

»Verstehe. Bevor deine Wohnungssuche in Gefahr gerät, willst du die Wahrheit wissen.« Ich höre selbst, dass ich zickiger klinge, als ich beabsichtige. »Es stimmt. Ich habe gesagt, dass Drew aufgrund seiner Gehörlosigkeit keine Chance haben wird, in der NFL zu spielen. Ich meinte es nicht so – aber eine Version von mir meinte es doch so. Weil ich jeden Tag von Menschen umgeben war, die das gesagt haben. Mir war bis dahin nie so bewusst, wie sehr wir durch das geprägt werden, was wir täglich hören. In unserem Umfeld – oder aber in den Medien. Du sagst, du trägst die Verantwortung für Lucy. Und das stimmt. Aber am Ende tragen wir alle die Verantwortung für unsere Worte und was sie in der Welt bewirken. Einige meiner Worte haben schon unschöne Sachen bewirkt. Ich weiß das. Das werde ich nicht abstreiten. Fakt ist aber auch, dass ich versuche, mich zu ändern.«

»Was war der Auslöser dafür, deine Meinung zu überdenken?«, hakt er nach und klingt nicht vorwurfsvoll, sondern ehrlich interessiert.

»Irgendwann im letzten Jahr habe ich verstanden, dass ich von niemandem erwarten kann, sich für mich zu ändern. Ich darf es auch dann nicht einfordern, wenn die Menschen immer und immer wieder beteuern, sie würden es tun. Denn am Ende gibt es in unserem Leben immer nur eine Person, die wir verbessern können: uns selbst. Aber ich weiß jetzt auch, dass …

Keine Ahnung. Dass ich Freunde habe, die mich nicht fallen lassen. Ich habe …« Statt weiterzureden, streiche ich mir die Haare glatt. Die Worte, die mir auf der Zunge liegen, sind mir unangenehm, aber sie müssen trotzdem raus, weil ich das Gefühl habe, sonst irgendwann daran zu ersticken. »Ich habe mich so für meine Worte und mein Verhalten geschämt, dass ich irgendwie … Ich hatte das Bedürfnis, mich bei den anderen zu entschuldigen, ihnen etwas Gutes zu tun – und ihnen gleichzeitig aus dem Weg zu gehen. Also habe ich versucht, Artikel zu schreiben, um sie zu unterstützen, und bin gegen Beiträge vorgegangen, die sie oder andere verletzen. Es klingt albern, aber ich wusste nicht, wie ich sonst mit meinem schlechten Gewissen umgehen soll.«

»Es klingt nicht albern. Es klingt nach dir«, widerspricht Cameron. »Nach deinem Weg, die Dinge anzugehen.«

»Aber es ist feige, oder nicht? Statt einfach direkt mit den Leuten zu reden, habe ich mich in der Redaktion verkrochen und Artikel geschrieben. Oder ich habe July gebeten, Bo Rezepte für seine Sammlung und Flyer unserer College-LGBTQ+-Community weiterzugeben, um ihn zu ermutigen.«

»Fanden sie es feige? Haben sie das gesagt? Oder denkst du nur, dass sie das denken? Denn einen Artikel zu schreiben, den die ganze Welt lesen kann, erfordert auch Mut.«

Irritiert sehe ich ihn an, als er in die Hände klatscht. »Was wird das?«

»Hatten wir uns nicht darauf geeinigt? Applaus für jeden Schritt in Richtung Selbstbewusstsein. Wenn du mich fragst, waren das einige Schritte. Du hast gerade sehr offen über deine Gefühle gesprochen.«

Lächelnd greife ich nach seiner Hand und verschränke meine Finger mit seinen, damit er mit dem Klatschen aufhört. »Weil es mir bei dir leichtfällt. Meistens.«

»Wir alle machen Fehler. Und manche von uns machen es danach besser.«

Vielleicht hat er recht. Wir machen Fehler. Und wir versuchen, es besser zu machen, weil wir es nicht wieder gutmachen können.

»Okay. Du bist dran. Wann hast du dich zuletzt für etwas geschämt? Oder etwas Dummes getan? Und ich meine irgendwas so richtig Dummes.« Wie von einem Magneten angezogen, senke ich die Lippen auf seine.

Er erwidert den Kuss, bevor er kaum merklich auffährt. »Ich weiß etwas. Ich habe mir im Diner meiner Eltern mal die Nase gebrochen, weil ich auf einer Ketchuppfütze ausgerutscht bin. Seitdem pfeift sie manchmal beim Schlafen.«

»Nicht dein Ernst. Ich habe mir auch mal die Nase gebrochen. Allerdings beim Cheerleading. Und ich denke, sie macht seitdem keine ungewöhnlichen Geräusche.« Darüber hat Lin sich zumindest noch nicht beschwert. Und im Beschweren ist sie normalerweise richtig gut.

»Aber diese Geschichte kannst du nicht toppen«, kündigt er an. »Als ich klein war, wollte ich unbedingt Wrestler werden. Ich gab mir den Namen *Muscle Man*, konnte das aber nicht richtig aussprechen, sodass es immer klang wie *Muffin Man*. Meine Eltern nennen mich bis heute so.«

»Ernsthaft?«, hake ich nach.

»Ernsthaft. Ich bin ihr kleiner Muffin.«

Verdutzt sehe ich ihn an und breche dann in schallendes Gelächter aus. Die Vorstellung davon, wie jemand diesen fast zwei Meter großen, perfekten Körper *Muffin* nennt, ist einfach zu gut.

Räuspernd reiße ich mich zusammen. Wir sind nicht allein in der Wohnung, und ich möchte die anderen nicht wecken, falls wir das nicht schon getan haben. »Es ist wirklich nicht nett von ihnen, dich wie etwas zu essen zu nennen. Auch wenn du natürlich süß und zum Anbeißen bist.«

»Wie nennen dich deine Eltern?«, fragt Cameron und lässt meine gute Laune augenblicklich verfliegen.

»Penelope. Wie sonst? Sie hassen Spitznamen und können nicht verstehen, dass ich zulasse, dass mich jemand Penny nennt. Sie sagen, es wäre eine Verschandelung meines wunderschönen Namens.« Seufzend lasse ich mich wieder neben ihn gleiten und schmiege den Kopf an seine Brust.

»Ich verstehe«, murmelt er und streichelt mir liebevoll über den Arm.

»Was verstehst du?«

»Du hast den Kontakt zu all den Menschen abgebrochen, die dir nicht guttun. Mit Ausnahme deiner Eltern.«

»Sie sind meine Eltern«, sage ich stumpf. »Ich verdanke ihnen mein Leben. Wie könnte ich sie absichtlich enttäuschen?«

Statt etwas zu antworten, hält er mich weiterhin im Arm. Es dauert ein paar Minuten, bis seine Worte über meinen Kopf streichen. »Jemandem etwas zu verdanken ist nicht dasselbe, wie ihm etwas zu schulden.«

Er sagt es so, aber in meinem Fall ist es dasselbe. Das kann ich ihm unmöglich erklären. Ich schäme mich bis heute für mein Verhalten Drew gegenüber, doch es gibt Kapitel in meiner Vergangenheit, die noch sehr viel dunkler sind. Bevor mich die finsteren Gefühle zu sehr gefangen nehmen können, konzentriere ich mich auf Cameron. Seine Nähe und Wärme, die mich umhüllen wie ein schützender Kokon.

»Danke«, murmle ich.

»Wofür?«, fragt er und küsst mich auf den Scheitel.

»Dass ich bei dir einfach ich sein kann.«

»Das beruht auf Gegenseitigkeit.«

Vielleicht ist es so. Und vielleicht ist das der Vorteil an

zwanglosen Treffen: Keiner von uns geht davon aus, dass das hier für die Ewigkeit hält. Wir müssen uns nicht verstellen, um die Erwartungen des Gegenübers zu erfüllen.

Ein paar Minuten noch lausche ich dem beruhigenden Schlagen seines Herzens, bevor ich an Cameron gekuschelt einschlafe.

Mit schmerzendem Genick wache ich auf, als mir der Mond ins Gesicht scheint. Camerons Atem nach zu urteilen ist er ebenfalls eingeschlafen, hält mich aber noch immer im Arm.

Vorsichtig schiebe ich ihn beiseite und setze mich auf, um auf meinem Handy nach der Uhrzeit zu sehen. Es ist mitten in der Nacht.

»Was ist los? Alles okay?« Cameron blinzelt gegen das Licht der Displaybeleuchtung an.

»Alles gut. Ich wollte dich nicht wecken.«

»Dann wolltest du dich nicht schon wieder aus dem Zimmer schleichen?«

Kopfschüttelnd stecke ich das Telefon weg. »Oder vielleicht doch, aber dieses Mal hätte ich dir am nächsten Morgen geschrieben. Ich denke, ich sollte jetzt besser gehen.«

»Wenn du möchtest«, antwortet er und klingt fast ein wenig enttäuscht.

Oder ist das mein Wunschdenken?

Ein Teil von mir würde nichts lieber tun, als mich wieder an ihn zu schmiegen, mich von seiner Wärme einhüllen zu lassen und die Nacht hier zu verbringen. Aber auch wenn ich vorhin im Rausch der Gefühle anderes gesagt habe, bin ich noch nicht bereit, am Morgen auf die anderen zu treffen und mit ihren Fragen konfrontiert zu werden, auf die ich selbst keine Antwort weiß.

Mit einer Hand stütze ich mich auf dem Bett ab und zögere.

»Wie sieht die passende Verabschiedung für eine Freundschaft plus aus?«, frage ich zweifelnd.

»Ich weiß nicht. Ich fürchte, wir müssen improvisieren.«

Dass die Improvisation etwas aus dem Ruder gelaufen ist, muss ich wohl spätestens einsehen, als ich mich auf der Matratze wiederfinde und meine Hände unter sein Shirt schiebe, während Cameron mich so hingebungsvoll küsst, dass ich erneut kurz davor bin, all meine guten Vorsätze zu vergessen. Einer davon lautet: kein Sex ohne Kondom – auch wenn es in Camerons Nähe sekündlich schwieriger wird, ihn einzuhalten.

»Ich sollte wirklich gehen«, ergebe ich mich der Zeit, die immer in den unpassendsten Momenten viel zu schnell vergeht.

Es ist eher Morgen als Nacht, als ich ins Wohnheim zurückkehre, aber Lin ist nicht da. Vermutlich beobachtet sie wieder einmal die Sterne. Im Schein der Nachttischlampe tue ich, was Bo mir vorgeschlagen hat. Ich schreibe *In Sportkleidung einkaufen gehen* auf die Liste an meinem Bett, nur um es abzuhaken. Mit Bo mitzugehen war die richtige Entscheidung. Es ist, wie er gesagt hat: Andernfalls hätte ich den ganzen Freitag nur gearbeitet und irgendwann übermüdet den Laptop zugeklappt. Mir wäre eine Menge Spaß entgangen. Natürlich erledigen sich meine Hausarbeiten und Recherchen nicht von allein, aber nach dem Abend Auszeit bin ich viel motivierter, morgen früh aufzustehen und mich an den Schreibtisch zu setzen.

Gerade als ich in den Pyjama schlüpfen will, meldet mein iPhone eine neue Nachricht.

Cameron: *Ich wollte nur fragen, ob du angekommen bist, und dir eine gute Nacht wünschen. Oder einen guten Morgen. Je nachdem.*

Penny: *Alles gut. Ich gehe jetzt ins Bett und denke an dich.*
Cameron: *Und ich zähle die Stunden bis Sonntag.*

Sonntag. Die Stadtführung. Auch wenn ich mich jetzt schon darauf freue, ihn wiederzusehen, befürchte ich, dass es eine Herausforderung wird, ihm dabei nicht zu nahe zu kommen.

11. KAPITEL

☑ *Mit Freunden Football schauen*

»Entschuldigt, ich musste noch schnell einen Artikel überarbeiten, und im Wohnheim war plötzlich Stromausfall, weil irgendein Vogel einen nicht genehmigten Heizlüfter angeschlossen hat«, rattere ich herunter, als July mir die Tür öffnet.

Ich halte den Korb mit mexikanischen Speisen hoch, als wollte ich einen hungrigen Wolf besänftigen. Hanna war so lieb, die Snacks schnell allein zuzubereiten und im Wohnheim vorbeizubringen, weil ich sonst noch später gekommen wäre. Aber dem Kuchenduft in der kleinen Wohnung nach zu urteilen, wären wir auch ohne dieses Essen nicht verhungert. Offensichtlich hat Bo bereits für uns gebacken, und so wie ich ihn kenne, ist es wieder mehr als genug.

July nimmt den Korb entgegen, drückt mir einen Kuss auf die Wange und lässt mich rein. Sie sagt nichts, aber ich kenne sie gut genug, um zu wissen, was sie denkt: Ich arbeite zu viel.

»Schöne Grüße übrigens von Aliza«, plaudert sie. »Wir haben vorhin telefoniert, und ich soll dir ausrichten, dass du eine untreue Tomate bist, die sich gern mal wieder bei ihr melden könnte.«

Nickend setze ich es auf meine mentale To-do-Liste und muss mir eingestehen, dass sie meistens diejenige ist, die sich zuerst meldet, obwohl Alizas Alltag mindestens so stressig ist wie meiner.

»Hat das Spiel schon angefangen?«, wechsle ich das Thema, streife die Stiefel ab und wickle mich aus dem Karoschal. Ein schneller Blick ins Wohnzimmer verrät: Haley und Bo haben sich bereits auf eines der Sofas gekuschelt und den Fernseher eingeschaltet. Noch plaudern zwei Kommentatoren über die laufende Saison und Leistungen diverser Spieler. Offensichtlich habe ich es rechtzeitig vor dem Kick-off geschafft. Schnell hänge ich den Mantel auf und ordne die Haare.

»Hallo alle zusammen«, rufe ich beim Betreten des Wohnzimmers.

»Hey, Penny«, grüßt Bo knapp und starrt gebannt auf den Bildschirm.

Ich kremple die Ärmel meines Strickpullovers höher und setze mich auf einen Sessel, weil ich weiß, dass er so ungünstig steht, dass July mit ihrem bewegungseingeschränkten Genick von dort aus nicht gut gucken kann – obwohl der Fernseher für diesen Raum überdimensional groß ist.

Wie von selbst gleitet mein Blick zur Mattscheibe. Ich liebe Football. Trotz der Erfahrungen im letzten Jahr verbinde ich damit vor allem positive Gefühle. Erinnerungen an Cheerleading, Nervosität, Auftritte und Zusammenhalt. An Besuche im Stadion mit meinen Freunden. An BBQs im Mannschaftstrikot. An Ausflüge mit Bekannten meines Dads, die uns Tickets für Spiele der NFL organisiert haben. Ganz gleich ob Tribüne oder VIP-Lounge: Die Atmosphäre ist mitreißend!

Dass Haley noch immer nicht mit dem Footballfieber infiziert ist, wundert mich, denn Mateos Name fällt in der Berichterstattung gleich mehrfach. *Mateo Ortega, das Ausnahmetalent der Otters.* Es klingt so viel positiver als: *Andrew McDaniels, der gehörlose Quarterback.* Oder *Joshua Simons, der kürzlich mit seinem Outing für Schlagzeilen sorgte.*

Ich sehe lächelnd zu ihr hinüber, aber sie schneidet eine Grimasse nach der anderen, während ein paar Ausschnitte vergangener Spiele gezeigt werden: Mateo rennt, Mateo weicht aus, Mateo wird zu Boden gerissen.

»Er ist unfassbar gut. Du musst vor Stolz platzen«, plaudere ich an Haley gewandt, die prompt den Kopf schüttelt.

»Ich bin stolz auf ihn, sehr sogar, aber nicht dafür. Ich werde nie begreifen, wie er sich das freiwillig antun kann.« Sie beißt die Zähne zusammen, als erneut in Zeitlupe gezeigt wird, wie er aus vollem Lauf zu Boden gestoßen wird.

»Ehrlich. Kein Mensch, der sich das ansieht, glaubt, wie intelligent er ist.« Naserümpfend wendet sie den Blick ab und widmet sich lieber den Snacks, die July mittlerweile auf einer von Bos Servierplatten arrangiert und auf den Wohnzimmertisch gestellt hat.

»Ich kann da auch nicht hinschauen«, stimmt July zu und lässt sich auf das Sofa sinken.

»Wozu gibt es Schutzausrüstungen?«, frage ich rhetorisch. »Wo gehobelt wird, da fallen Späne. Und wieso treffen wir uns zum Footballgucken, wenn ihr da nicht hinschaut?« Zweifelnd wende ich mich an Bo. »Sag mir bitte nicht, dass ich die einzige Person in diesem Raum bin, die nicht mit einem Spieler zusammen ist und den Sport tatsächlich mag.«

»Du interessierst dich ja auch für Autos«, antwortet Bo ausweichend.

»Tja, und wer hätte gedacht, dass du nicht nur Autos reparieren, sondern auch die Jungs beim Autorennen schlagen kannst?«, wirft Haley ein.

»Ich kann keine Autos reparieren. Ich kann dir nur sagen, was daran kaputt ist. Das ist etwas anderes.« Ich fülle mir eines der bereitgestellten Gläser mit Wasser und nippe daran.

»Worüber denkst du nach?«, hakt July nach und sieht mich aufmerksam an.

»Nichts Bestimmtes«, behaupte ich. »Es ist nur … Denkt ihr wirklich, dass ich mit Kyle zusammen war, weil sein Körper ganz nett aussah? Dass ich mein Interesse an seinen Geschichten nur geheuchelt habe? Ich mag diesen Sport und höre mir gern die Sportanekdoten an. Wirklich.«

»Ernsthaft?«, fragt Haley zweifelnd. »Ich liebe Mat, aber ich hasse seine stundenlangen Spielanalysen.«

»Wenn er jemanden zum Analysieren von Spielzügen sucht, schick ihn gern vorbei«, schlage ich vor. Mit dem Wasserglas in der Hand kuschle ich mich auf den Sessel und verfolge die Berichterstattung, bis mein Handy piepst. Erschrocken fahre ich auf, weil ich schon am Klingelton erkenne, wer mir geschrieben hat. Es gibt nur eine Person, der ich kürzlich einen eigenen Nachrichtenton zugewiesen habe, um genau für Momente wie diesen vorgewarnt zu sein.

»Willst du nicht nachsehen, wer sich gemeldet hat?«, fragt July irritiert, da ich sonst quasi mit meinem Handy verheiratet bin.

»Ist nur mein Dad«, lüge ich und traue mich erst einen Blick auf mein Handy zu werfen, als ich Stunden später nach Hause gehe.

Lass uns reden. Bitte. Treffen in unserem Lieblingscafé in Ann Arbor? Morgen Mittag? – Kyle.

12. KAPITEL

☑ *Meinen Eltern Friedensfrühstück bringen*

»Oh Gott, Penny«, murmelt Lin und hebt träge den Kopf. »Es ist Sonntagmorgen und noch nicht einmal …« Meine Mitbewohnerin blinzelt gegen das Licht der Nachttischlampe an und tastet fahrig nach ihrem Handy. »Korrigiere. Es ist noch mitten in der Nacht. Was stimmt nicht mit dir?« Mit einem Stöhnen lässt sie den Kopf zurück auf das Kissen sinken.

»Der frühe Vogel fängt den Wurm!« Ich lege all meinen Enthusiasmus in diese Worte, während ich die Haare durchbürste, mir einen Zopf mache und Schal und Handschuhe anziehe, um gegen die Kälte gewappnet zu sein.

Wenn ich vollkommen ehrlich zu mir selbst wäre, müsste ich wohl zugeben, dass *Jogging* nicht unbedingt auf Platz 1 der Liste von Lieblingsaktivitäten steht, die ich um halb fünf an einem Sonntagmorgen durchführe. Aber ich halte es keine Sekunde länger im Bett aus. Ich brauche Bewegung und frische Luft, um meine Gedanken zu sortieren. Sie kreisten letzte Nacht zu oft um einen Planeten, den ich nie wieder betreten möchte. Zumindest habe ich mir das geschworen. Ganz egal, wie nahe er meiner Umlaufbahn kommt: Er ist tabu, weil seine Atmosphäre hochgradig giftig ist.

Was ist das für eine eigenartige Metapher? Stirnrunzelnd schaue ich zu den Plakaten über Lins Bett hinüber. Hier hängt zu viel von ihrem Astrophysikkram.

»Du bist doch echt nicht normal«, stöhnt sie ins Kissen und zieht es sich über den Kopf.

»Normal bedeutet der Norm entsprechend, und das ist nicht gut genug«, bestätige ich mit den Worten meines Vaters. Genau genommen sind nicht einmal ausgezeichnete Noten gut genug für ihn, wenn man kein Mann ist. Aber das sind ebenfalls keine Gedanken für einen Sonntagmorgen. Eigentlich sind das sogar Gedanken, die ich mir niemals machen möchte.

»Könntest du dir bitte wieder einen Freund suchen?«, murrt Lin.

Zumindest nehme ich an, dass ihr ersticktes Gemurmel das bedeuten soll. »Ich wecke dich, sobald ich zurück bin.«

»Auf keinen Fall!« Demonstrativ schmeißt sie ihr Kissen nach mir und verkriecht sich unter der Bettdecke.

Dann eben nicht.

Ich werfe einen letzten Blick in den Spiegel. Die Augenbrauen sind frisch gezupft, die Haare liegen, und meine Laufjacke passt farblich zur Sporthose. Ich rechne zwar nicht damit, dass ich um diese Uhrzeit jemandem begegne, aber falls doch, möchte ich anständig aussehen. Als hätte ich mein Leben im Griff. Nicht so, als würde ich mich wie ein losgerissener Heliumballon fühlen, der orientierungslos umhergetrieben wird.

Kyle macht es mir ganz schön schwer, ihn zu vergessen. Wenn July wüsste, dass ich noch immer Kontakt zu ihm habe, würde sie mein iPhone nehmen, es im Lake St. Clair versenken und mir dann den Kopf im eiskalten Seewasser waschen. Wahrscheinlich zu Recht. Ich sollte auf seine letzte Nachricht also einfach schreiben: *Nein. Ich komme nicht nach Ann Arbor. Ich habe kein Interesse daran, dich heute – oder jemals wieder – zu treffen.* Ich weiß, dass es klüger wäre, und trotzdem stelle ich in Gedanken schon mein Outfit zusammen. Irgendetwas, das sagt: *Sieh mich an, ich bin über dich hinweg.*

Von meinen eigenen Gedanken genervt lösche ich das Licht der Lampe und verlasse das winzige Wohnheimzimmer, das ich mir schon seit dem ersten Semester mit Lin teile. Wären wir nicht beide äußerst ordentliche Menschen, wäre ich in der Kammer längst durchgedreht.

Ordentlich ist auch eines der ersten Wörter, das mir nach dem Joggen und einer kalten Dusche beim Anblick meines Spiegelbilds in den Sinn kommt. Das schwarze Samtkleid mit weißem Bubikragen, das ich nun trage, ist fusselfrei, die Strumpfhose blickdicht, und kein einziges Haar hat sich meinem Pferdeschwanz entzogen.

»Ist schon wieder Ostern?«, murmelt Lin verschlafen und setzt sich in ihrem Bett auf. Schlaftrunken tastet sie nach der Wasserflasche auf dem Nachttisch und gähnt lautstark. »Oder ist es mal wieder Zeit für die Sonntagsbeichte?«

»So ähnlich. Ich habe Stress mit meinen Eltern«, gestehe ich und zupfe die Ärmel zurecht. »Also fahre ich in die Stadt und bringe ihnen Frühstück vorbei.«

»Und was tun sie, um ihren guten Willen zu zeigen?«, hakt sie nach.

»Mir weiterhin mein Leben finanzieren?«

»Du verkaufst deine Selbstachtung auch echt unter Wert. Vielleicht solltest du dir statt einem Freund einen Job suchen.« Mit einer Bewegung stellt sie die Flasche ab und lässt sich wieder auf die Matratze fallen. Sie ist eingeschlafen, bevor ihre Worte ganz zu mir durchgedrungen sind.

Selbstachtung.

Zweifelnd betrachte ich mein Spiegelbild. Auf mich selbst zu achten habe ich schon früh gelernt. Auf meine Haare. Meine Figur. Meine Nägel. Aber das ist wohl eher nicht das, was Lin meinte. Vielleicht hat sie recht, und ich habe in der

Vergangenheit zu wenig auf mein Selbst geachtet. Das wird sich in Zukunft ändern.

So lautet zumindest einer meiner Vorsätze. Aber von denen habe ich mittlerweile mehr, als mir lieb ist.

Das goldene Glöckchen über der Eingangstür kündigt mich an, während ich das *Hazelcup* betrete. Das Café hat seit kaum zehn Minuten geöffnet, dennoch hat sich am Tresen schon eine Schlange gebildet. Als ich an der Reihe bin, sieht Bo mich nur flüchtig an und greift nach einer Papiertüte. Ungefragt füllt er sie mit Croissants und legt drei Blaubeermuffins in eine Schachtel.

»So offensichtlich?«, frage ich, als er mir beides überreicht.

»Es ist Sonntagmorgen, und du siehst aus, als müsstest du auf eine Beerdigung. Klares Zeichen von Streit im Hause Perez und Zeit für das klassische Versöhnungsfrühstück.«

Ja, ich bin ebenso durchschaubar wie meine Eltern. Ohne zu wissen, was ich dazu sagen soll, überreiche ich Bo einen Geldschein und bedeute ihm, den Rest zu behalten. Ich will mich gerade zum Gehen wenden, da bleibt mein Blick an den Ringen unter seinen Augen hängen. Während des Studiums hat er Lernen und Arbeiten koordiniert bekommen, ohne jemals so erschöpft auszusehen. Vielleicht liegt es nicht allein an der körperlichen Anstrengung. Irgendetwas scheint ihm zu schaffen zu machen.

»Geht es dir gut?«, frage ich besorgt.

»Alles bestens.« Er bedient bereits den nächsten Kunden und schenkt mir ein schmales Lächeln, das seine Augen nicht erreicht. Irgendetwas stimmt nicht, aber weder er noch ich haben in diesem Moment die Zeit, um es zu klären.

»Pass auf dich auf«, bitte ich schlicht und füge *Mit Bo reden* auf meiner mentalen Liste hinzu.

Auf dem Weg zu meinen Eltern beginnt es erneut zu schneien. Wie eine Einstimmung darauf, dass das bevorstehende Frühstück eisig wird.

Meine Kleidung ist nur ein Teil dieser Inszenierung, bei der Hanna scheinbar überrascht die Haustür öffnet, obwohl sie bereits einen Platz für mich eingedeckt hat. Auf dem Esstisch im Wintergarten stehen drei Teller mit Besteck, als wäre nie jemand davon ausgegangen, dass ich nicht kommen würde.

Meine Eltern sitzen am Tisch und plaudern bei einer Tasse Kaffee, aber ihre Teller sind noch unangetastet.

Sie haben auf mich gewartet, schießt es mir durch den Kopf. Ob das etwas Gutes ist? Ist es ein Zeichen von Respekt oder meiner Durchschaubarkeit?

»Penelope, welch Überraschung.« Meine Mom sieht mich über den Rand ihrer Tasse hinweg an. In ihrem Blick liegt nicht der Hauch von Erstaunen. »Wenn du deine nassen Stiefeletten bitte ausziehen magst … Du weißt, wo du die Hausschuhe findest.«

»Ich habe …« Statt den Satz zu beenden, hebe ich die Tüte mit den Croissants hoch, die bereits für einen verräterischen Fettfleck auf dem Papier gesorgt haben. Die Tüte und der Karton mit dem Aufdruck des *Hazelcup* dürften selbsterklärend sein, schließlich ist das Ritual seit Studienbeginn immer das gleiche. Was als reumütige Geste meinerseits begann, weil ich weiß, wie sehr Mom das Gebäck aus dem *Hazelcup* liebt, ist eine Tradition geworden. Ein Ritual, das sich nach jedem Streit wiederholt und sich in dem Moment eigenartig belanglos anfühlt. Warum, kann ich mir selbst nicht erklären. Ich könnte mir einreden, dass unsere Streitereien ohnehin nur oberflächliche Zankereien ohne tiefergehende Bedeutung sind, denn irgendwann hat es mal so angefangen. Es war eine Party, von der ich eine halbe Stunde zu spät nach Hause kam. Oder der Rock, der ein paar Zentimeter zu kurz war. Dinge, die am nächsten Tag unwichtig erschienen. Aber in diesem Moment klammere ich mich an den Karton.

Als ich zum Tisch hinübergehe und die Tüte darauf ablege, fühlt es sich wie eine Kapitulation an. Als wäre ich einverstanden, mein Leben weiterhin in die Hände meiner Eltern zu legen. Aber so ist es nicht. Selbst wenn sie manche meiner Handlungen als Fehler betrachten, sind es *meine* Fehler. Meine Erfahrungen. Die letzten Jahre habe ich so oft versucht, vernünftig zu sein – und war ebenso oft unglücklich. Vernunft ist in Gefühlsdingen eine schlechte Beraterin.

Auf ein Handzeichen meines Dads hin nehme ich Platz und reiche Hanna das Gebäck, damit sie es auf einer Etagere anrichten kann. Meine Eltern halten nichts von Papiertüten auf dem fein gedeckten Tisch.

Da ich keinen Kaffee möchte, gieße ich mir ein Glas Orangensaft ein. Ich schaffe es gerade noch, daran zu nippen, bevor Dad seinen Vortrag beginnt.

»Ich nehme an, dir tut dein Verhalten leid?«, fragt er und widmet sich seinem Smartphone. Vermutlich informiert er sich über die aktuellen Aktienkurse oder überprüft seine E-Mails. Selbst an einem Sonntag fällt es ihm schwer, abzuschalten.

»Mir tut es leid, dass ich letzte Woche einfach gegangen bin«, ist alles, was ich zu meiner Verteidigung hervorbringe.

»Was dein Dad sagen will, ist, dass wir uns Sorgen um dich machen. Du hast selbst erlebt, was passiert, wenn man sich angreifbar macht. Das muss doch nicht sein, Penelope. Dieses ganze Gerede über Feminismus. Wo kommt das plötzlich her?«

»Ich habe letztens übrigens mit Kyles Vater gesprochen«, erzählt Dad zu beiläufig, um wirklich nebensächlich zu klingen. Er sieht nicht einmal von seinem Telefon auf, während er fortfährt: »Vielleicht …«

»Nein«, unterbreche ich ihn. Ganz egal, was er mir vorschlagen möchte, die Antwort lautet schlicht und ergreifend *Nein*. Schon allein deswegen, weil meine Eltern nie etwas ohne Hintergedanken tun.

»Wir machen uns einfach Sorgen«, stimmt Mom einen versöhnlichen Ton an. »Wir haben schließlich nur noch dich.«

Ihre Worte versetzen meinem Herz einen Stich. Ich hasse es, wenn sie damit anfängt. Unwillkürlich denke ich an Alejandro. An den kleinen Jungen, den ich lediglich von vergilbten Fotos kenne. Ich habe keine eigenen Erinnerungen an ihn. Alles was ich von meinem älteren Bruder weiß, habe ich von Mom und Dad gehört. Aber wir reden seit Jahren nicht mehr über ihn. Er starb, noch bevor ich geboren wurde. Nicht einmal July habe ich davon erzählt. Oder von den Jahren, in denen meine Eltern erfolglos versucht haben, weitere Kinder zu bekommen. Ich weiß, wie sehr es meine Mom belastet. Aber sie weiß nicht, wie sehr es mich belastet, ein Einzelkind zu sein, das nie eins hätte sein sollen. Ich zu sein und gleichzeitig alle Erwartungen zu erfüllen, die sie unbewusst an ihre anderen Kinder gestellt haben. Klug und hübsch. Strebsam und belesen. Weltoffen und technisch interessiert. Ich kann nicht all das sein, was meine Eltern sich gewünscht haben. Ich bin nur eine Person. Und das ist nicht genug. Ich bin nicht genug.

Wie sehr ich mich auch bemühe, ich schaffe es nicht, den Kloß im Hals herunterzuschlucken. Er nimmt mir die Luft zum Atmen. Ich wünschte, July wäre hier. Oder jemand anders. Denn dann fangen meine Eltern nie mit diesem Thema an.

»Penelope?«, reißt mich die Stimme meiner Mom aus den Gedanken.

»Ich bin kurz im Bad«, bringe ich irgendwie hervor und stehe so hastig auf, dass ich mir das Schienbein am Tisch anschlage. Aber was ist schon dieser vergängliche Schmerz im

Vergleich dazu, tot zu sein? In Momenten wie diesen habe ich das Gefühl, es meinem toten Bruder zu schulden, das Beste aus meinem Leben zu machen. Aber das sind auch die Momente, in denen ich mich am liebsten weinend in mein Bett verkriechen würde und mich frage, was für ein Mensch er heute wohl wäre.

Im Gästebad kostet es mich alle Selbstbeherrschung, mich nicht zu übergeben. Tief durchatmend lasse ich mir kaltes Wasser über die Handgelenke laufen und starre an die hellgraue Zimmerdecke, bis ich das Gefühl habe, wieder frei atmen zu können.

Alles ist gut. Sie meint es nicht so.

Ich beschließe, das Frühstück schnellstmöglich hinter mich zu bringen, sonst bleibt mir nicht genügend Kraft, um das Treffen am Mittag zu überstehen.

13. KAPITEL

☑ *Kyle in den Wind schießen*

Ihm eine weitere Chance zu geben ist das Letzte, was mir bei Kyles Anblick in den Sinn kommt. Ein Teil von mir will ihn einfach nur loswerden, wie eine eklige Zecke. Ein anderer Teil würde ihm gern dahin treten, wo es wehtut. Nur ein einziges Mal.

»Danke, dass du gekommen bist.« Er zögert, aber ich weiß auch nicht, welche die richtige Art ist, um ihn zu begrüßen.

Fast ein Jahr lang waren wir zusammen, aber nun ist er wie ein Fremder für mich. Und das liegt nicht nur daran, dass er sich während seines Auslandssemesters in London die Haare hat wachsen lassen oder statt der St.-Clair-Collegejacke einen Wollmantel trägt. Ich habe mit ihm Schluss gemacht, weil er mich immer wieder betrogen hat. Weil er einen One-Night-Stand mit July hatte, den er mir nie gestanden hat. Sie hat mir erzählt, was er Widerliches getan hat, um Drew aus der Mannschaft zu ekeln, und wie er July und die Notlage ihrer Familie ausnutzen wollte. Was auch immer mal zwischen uns war, bei seinem Anblick weiß ich nur eines: Wir sind keine Freunde mehr. Nur unseren Eltern zuliebe werde ich mich in seiner Gegenwart zusammenreißen.

Ich bin kein Mensch, der anderen eine Szene macht, aber als er sich zu mir herabbeugt, um mich auf die Wange zu küssen, weise ich ihn dennoch ab.

»Zu früh?« Er schenkt mir ein Lächeln, das beinahe schüchtern wirkt, obwohl ich weiß, dass er alles andere als das ist. Er ist ein Schauspieler, ein Manipulator, der genau weiß, welche Knöpfe er bei den Menschen drücken muss, um seinen Willen zu bekommen.

»Es ist zu *spät*«, korrigiere ich. »Du hattest deine Chance. *Chancen*. Ich weiß selbst nicht, warum ich hier bin. Außer um dir zwei volle Kartons deiner Geschenke wiederzugeben.« Ich deute auf mein Auto, das nur wenige Meter entfernt am Straßenrand parkt.

»Behalt sie«, bittet er. »Dir stehen High Heels und Handtaschen eindeutig besser als mir. Und keine Frau will gebrauchte Schuhe.«

»Dann werde ich sie spenden, an Frauen, die gebrauchte Sachen sehr wohl zu schätzen wissen. Die soll es nämlich durchaus geben«, behaupte ich und ernte sein Schulterzucken, als wäre es ihm vollkommen egal.

Schön, dass wir das geklärt haben.

»Sollen wir reingehen?«, bietet er an, als ein eiskalter Nieselregen einsetzt.

Mein Blick gleitet zum Eingangsschild des Cafés hinauf. Früher waren wir ab und an hier. Wann immer wir Zeit hatten und zu keinem Spiel oder Training mussten, sind wir gemeinsam nach Ann Arbor gefahren, durch die Mall in der Innenstadt gebummelt und anschließend in diesem Café eingekehrt. Es war eine andere Zeit. Damals habe ich mich gefreut, wenn man uns zusammen gesehen und Kyle auf der Straße erkannt hat. Ich war so unfassbar stolz auf ihn und seine Leistungen. Im Gegensatz zu July wollte ich nie in die NFL. Das Cheerleading war kein Teil meiner Zukunftsvision. Kyle hingegen war es. Ich habe mich so verbogen, um ihn davon zu überzeugen, dass wir zusammengehören, dass ich mich am Ende selbst nicht wiedererkannt habe. Wie eine Büroklammer, die man hierhin und dorthin biegt, bis sie bricht.

»Lass uns reingehen«, stimme ich zu, gehe voran und öffne mir selbst die Tür. In der Vergangenheit hat er das jedes Mal übernommen und mich von oben herab angelächelt, als hätte er mir soeben die Welt zu Füßen gelegt. Ich bin fest entschlossen, ihm keinen seiner Momente zu gönnen. Ich lasse mir nicht aus dem Mantel helfen oder den Stuhl an den Tisch schieben, und als er für mich bestellt, würge ich ihn ab.

»Heute kein Wasser. Ich hätte gern einen Chai Latte, mit fettarmer Milch«, bestelle ich beim Kellner.

Kyle lächelt mich an. Nicht freundlich, sondern überlegen. »Ich vergaß. Es ist Sonntag. Dein Cheatday.«

»Ich habe mit dem Cheerleading aufgehört und muss keine Diät mehr halten«, korrigiere ich.

Aus Trotz bestelle ich noch ein Eclair zu meinem Tee, auch wenn ich nicht weiß, wem ich damit etwas beweisen will. Und *was* vor allem? Dass ich mittlerweile auf gesunde Ernährung pfeife?

»Also?« Ich sehe Kyle auffordernd an. »Was möchtest du so dringend besprechen, wenn du deine Geschenke schon nicht zurückwillst? Soll ich einen Wiedergutmachungsartikel für dich schreiben, um deinen Ruf am College aufzubessern? Dürfte schwierig werden. Den hast du dir selbst gründlich ruiniert.«

»Ich bin mir sicher, dass du es trotzdem hinbekommen würdest. Wer, wenn nicht du? Aber nein. Kein Artikel. Ich komme auch nicht zurück ans St. Clair. Dad ist der Meinung, dass ich besser noch eine Weile einen Bogen um Fair Haven mache und den Ball flach halte. Im wahrsten Sinne des Wortes. Kein Football mehr.« Er starrt auf das weiße Tischtuch, als sollte es ihm etwas zuflüstern.

»Du könntest noch auf dem Feld stehen, wenn du dich mehr

fokussiert und angestrengt hättest«, erinnere ich ihn, aber er schüttelt den Kopf.

Ein bitteres Lächeln stiehlt sich auf sein Gesicht. »Sie hätten McDaniels nicht in die Mannschaft geholt, wenn sie nicht genau gewusst hätten, dass er besser ist als ich. Er hatte in Alabama nur das Pech, dass sie Ian Thorne haben. An dem kommt niemand vorbei. Jeder weiß das.« Er versucht vielleicht, zwanglos zu klingen, aber ich höre die Kränkung aus seinen Worten heraus. »Ich wollte dich nicht treffen, um über Football zu reden.«

Eine Kellnerin unterbricht uns, indem sie die Bestellung serviert, aber Kyles Blick verharrt auf seinem Becher, statt die Rundungen der jungen Frau zu bewundern.

»Geht es dir gut?«, frage ich irritiert und deute vage auf die Kellnerin, die bereits zum nächsten Tisch eilt. Selbst während wir zusammen waren, konnte er sich nicht zusammenreißen, nicht jedes weibliche Wesen fast mit Blicken auszuziehen. Jetzt ignoriert er sie? Was ist mit ihm los?

»Ja. Alles gut. Ich …« Er rollt die Schultern zurück und sieht aus dem Fenster. »Ist schwerer, es laut auszusprechen, als ich dachte.«

»Bist du krank?«, hake ich nach und spüre Unruhe in mir aufsteigen. Ich habe mich nach unserer Beziehung sicherheitshalber auf alle erdenklichen Krankheiten untersuchen lassen und bin gesund – trotzdem beunruhigt mich die Vorstellung, dass er sich bei seinen Abenteuern eine Infektion zugezogen haben könnte.

»Nein. Ja. Nein«, antwortet er unschlüssig, reißt sich vom Fenster los und greift nach seinem Becher, nur um mit dem Daumen darüberzustreichen. »Auf Moms Drängen hin bin ich in Therapie, um meine Süchte in den Griff zu bekommen. Ich wollte mich mit dir treffen, um mich bei dir zu entschuldigen. Für mein Verhalten. Die Jungs aus dem Team haben sich von mir abgewandt. Verständlicherweise. Ich habe ein paar neue Freunde, aber sie leben in Europa. Du bist eine der wenigen Personen aus meinem alten Leben, die noch mit mir redet. Du und Mat. Weil er wahrscheinlich genauso schlecht wie du darin ist, Kontakte abzubrechen. Er ist der Einzige, der weiß, dass ich hier im Sanatorium zur Behandlung bin. Also der Einzige außer dir. Jetzt.«

»Oh«, ist alles, was mir dazu einfällt. Ich unterdrücke den Impuls, meine Haare zu richten und nippe am Tee.

»Penpen?«, fragt er leise.

»Nenn mich nicht so«, bitte ich und stelle die Tasse ab. »Du hast dir dein Recht auf Spitznamen verspielt. Wenn es dir bei deiner Therapie hilft, können wir meinetwegen in Kontakt bleiben. Aber mehr auf keinen Fall.«

»Das reicht mir«, versichert er mir.

Es tritt ein eigenartiges Schweigen ein, also tue ich, was ich in solchen Situationen immer tue, und versuche mich in bedeutungslosem Small Talk »Wie war es in Europa?«

»Du meinst, abgesehen davon, dass Dad mich dahin abgeschoben hat, weil er sich für mich schämt?«, hakt Kyle nach. »Es war schön. Richtig toll. Das Wetter in London war genauso freundlich wie hier. Ich habe mich direkt wohlgefühlt. Es war auch fast gar nicht merkwürdig, in einem Pub zu sitzen, mit Fremden ein Bier zu trinken und meinen alten Kameraden beim Spielen zuzusehen.«

»Was soll dieser Tonfall? Erwartest du tatsächlich Mitleid von mir?«, hake ich nach.

»Keine Ahnung«, murrt er und sieht erneut zum Fenster hinaus.

»Du hast July gesagt, dass ich nur wegen des schönen Scheins mit dir zusammen war«, erinnere ich ihn.

»Weil deine Abfuhr mich gekränkt hat. Und weil es mir

vielleicht immer so vorkam. Du hast nie wirklich durchblicken lassen, ob ich dir etwas bedeute oder ob es dir reicht, wenn ich deine Bedürfnisse befriedige.«

»Tatsächlich? Für so oberflächlich hältst du mich? Dass ich mir dein Verhalten all die Monate angetan habe für ein paar teure Handtaschen und schnellen Sex auf der Rückbank deines Autos? Ich habe dich geliebt.«

Es gab eine Zeit, in der ich dachte, dass wir zusammengehören. Dass nur wir einander wirklich verstehen können, weil wir aus den gleichen Kreisen stammen. Weil wir beide wissen, wie hart es sein kann, wenn man den Erwartungen seiner Eltern nie gerecht wird. Wie kann er nicht gesehen haben, dass ich daran geglaubt habe, dass nur wir uns gegenseitig Halt geben können?

Wir zwei gegen den Rest der Welt. Ich habe es mir so sehr gewünscht, doch offensichtlich war ich mit meinen Gedanken allein. Wieder einmal.

Ich ziehe mein Portemonnaie aus der Tasche und stehe auf. Dann lege ich einen Geldschein auf den Tisch und greife meinen Mantel. Es wird Zeit für mich zu gehen.

»Ich kann dir nicht versprechen, dass wir je wieder Freunde werden, dafür ist zu viel vorgefallen. Aber ich wünsche dir Erfolg für deine Therapie.«

Als Kyle mir in die Augen sieht, wissen wir beide, dass wir an einem Scheideweg stehen – und unser gemeinsamer Weg hier endet.

»Es war nicht alles schlecht«, sagt er leise.

»Nein. War es nicht.« Aber es ist vorbei. Vielleicht sollte ich darüber erleichtert sein, trotzdem fühle ich eine Art von Wehmut, während ich das Café verlasse. Mich gegen Kyle zu entscheiden bedeutet, meine Eltern zu enttäuschen. Schon wieder. Ich weiß das. Und obwohl es sich richtig anfühlt, ist es zugleich so schwer.

14. KAPITEL

☑ *Cameron die Stadt zeigen*

»PiRez? Schick eine Nachricht an Cameron Burton«, bitte ich mein Auto auf dem Weg nach Fair Haven, kaum dass ich Ann Arbor hinter mir gelassen habe.

Erst nach dem Verlassen der Stadtgrenze fühle ich mich, als würde der Druck in meiner Brust nachlassen. Die ganze Zeit frage ich mich, ob Kyle vielleicht recht hat. War ich selbst schuld an seinem Verhalten, weil ich ihm nicht gezeigt habe, dass ich ihn liebe? Nicht genug? Nicht richtig? Aber ich habe es ihm gesagt. Immer wieder. Ich hätte alles für ihn getan. War ihm das nicht bewusst? Aber warum? Was ist nur verkehrt mit mir?

»Was möchtest du Cameron Burton schreiben?«, fragt mein Auto und reißt mich aus der endlosen Gedankenschleife.

Ich werde mich nie an diese Stimme gewöhnen. Eine Frauenstimme, die der meiner Mom nachempfunden wurde. Dad hat damals darauf bestanden, sie zum Vorbild für die künstliche Intelligenz hinter Perez Inc. zu nehmen, weil es in seinen Ohren die schönste Stimme der Welt ist. Dass ihm diverse Menschen davon abgeraten haben, weil Moms Stimme nicht gerade melodisch klingt, interessiert ihn bis heute nicht.

»Hey, Cameron. Ich bin unterwegs. Bist du bereit für die Stadtführung? – Abschicken.«

»Deine Nachricht an Cameron Burton wurde versandt«, bestätigt das Auto.

Etwas über eine Stunde dauert es, bis ich die Treppe zur WG hinaufsteige. Noch immer fühlt es sich ungewohnt an, wieder hier zu sein, aber die Vorfreude darauf, Cameron zu sehen, überwiegt. Nach dem Treffen mit Kyle mehr denn je. Gerade als er mir die Tür öffnet, beginnt mein Handy zu klingeln.

Ich drücke Cameron einen Kuss auf die Wange und ziehe mein dauerklingelndes iPhone aus der Tasche. Irritiert betrachte ich das Display. Mom? »Entschuldige, ich muss da eben rangehen.«

»Alles gut. Die anderen sind unterwegs«, verkündet Cameron und schließt die Tür, während ich das Gespräch annehme.

Kaum habe ich den grünen Hörer gedrückt, erklingt Moms Stimme aus dem Telefon – so laut, dass ich mich vergewissere, ob ich nicht aus Versehen den Lautsprecher erwischt habe. Was nicht der Fall ist.

»Penelope Perez! Wie konntest du nur?«

»Hi, Mom. Was genau konnte ich?«, frage ich verwirrt und bedeute Cameron, dass ich gleich für ihn da bin.

»Rate, wer mich soeben angerufen hat. Cynthia Clover! Weil ihr Sohn sich mit dir treffen wollte, um mit dir zu reden und sich bei dir zu entschuldigen. Stimmt das? Dass er sich bei dir entschuldigt hat und du ihn zum Dank dafür mitten im Restaurant hast sitzenlassen? So habe ich dich nicht erzogen!« Sie macht in ihrem Vortrag nicht einmal Atempausen, die es mir ermöglichen würden, ihr zu antworten.

»Mom? Beruhig dich. Sich so aufzuregen ist nicht gut für deinen Blutdruck«, warne ich. »Davon abgesehen war ich tatsächlich gerade in Ann Arbor, Kyle hat sich entschuldigt und ich …«

Ich weiß gar nicht, was mir unangenehmer ist. Camerons irritierter Blick, weil ich soeben gestanden habe, dass ich von einem Treffen mit meinem Ex-Freund komme, oder Moms

Vortrag, der dank ihrer Lautstärke noch meterweit zu hören ist. »Mom? Hör zu. Ich kann gerade nicht. Du kannst mich gern später weiter anschreien. Hab dich lieb.« Hastig lege ich auf und atme tief durch. »Es ist nicht so, wie es sich angehört hat«, versichere ich an Cameron gewandt.

»Dann hat deine Mom dich nicht gerade angeschrien, weil du deinem Ex-Freund keine zweite Chance geben willst?«

»Okay. Gut. Dann ist es genau so, wie es sich angehört hat. Auch wenn es bestimmt schon die zwanzigste Chance wäre.« Stöhnend reibe ich mir mit dem Handballen über die Stirn. »Ich will nicht undankbar klingen, aber manchmal sind meine Eltern echt anstrengend.«

»Das ist unser gutes Recht. Eine Rache für all die durchgemachten Nächte in der Babyzeit«, scherzt er, aber es hilft nicht dabei, die eigenartige Stimmung zu durchbrechen. »Willst du darüber reden?«

»Eigentlich nicht. Die Beziehung zu meinen Eltern ist … kompliziert.«

»Weil sie das Beste für dich wollen, aber ihr euch nicht einig seid, was das ist?«, vermutet er.

Seufzend lehne ich mich gegen die Rückenlehne des Sofas und lasse den Blick zum Fenster hinausgleiten. »Es ist mehr als das. Ich hatte einen Bruder«, bringe ich hervor, irgendwo aus der Tiefe meines Selbst, das ich in Camerons Nähe nicht unter Kontrolle habe.

»Was?«, fragt er verwirrt.

Wie könnte er es nicht sein? Meine Worte ergeben gar keinen Sinn. Mein ganzes Leben schleppe ich sie schon mit mir herum und habe sie wohlweislich heruntergeschluckt. Keiner hat sie je gehört. Nicht July. Nicht Kyle. Niemand. Aber in diesem Moment habe ich das Gefühl, sie nicht länger für mich behalten zu können, weil ich irgendjemandem davon erzählen muss. Jemandem, der versteht, dass Liebe und Leid manchmal nahe beieinanderliegen. Jemand, der weiß, wie es sich anfühlt, seine Eltern enttäuscht zu haben. Nicht mit Absicht, sondern weil das Leben manchmal nicht planbar ist.

»Ich hatte einen älteren Bruder«, wiederhole ich und grabe die Hände in das Leder der Couch. »Kennst du das Wort Rettungsgeschwister?«

»Bisher nicht«, gesteht er und kommt herübergeschlendert.

»Rettungsgeschwister werden künstlich gezeugt, um ihren tödlich erkrankten Geschwistern das Leben zu retten«, erkläre ich und jage mir mit meinem seltsamen Tonfall selbst eine Gänsehaut über den Körper. »Man wählt für einen passenden Stammzellenspender die Embryonen mit der größtmöglichen genetischen Übereinstimmung zum erkrankten Geschwisterkind aus. Alle anderen Embryonen werden … verworfen.« Ich bringe es nicht übers Herz, auszusprechen, dass sie entsorgt werden. »Manche sagen, dass die jüngeren Geschwister damit für medizinische Zwecke instrumentalisiert werden, aber …« Andernfalls würde ich nicht existieren. Zumindest ich für meinen Teil hätte die Strapazen auf mich genommen, wenn ich dafür dem Rest meiner Familie Leid erspart hätte. »Offensichtlich hatte das Schicksal andere Pläne. Keine Ahnung, wem im Labor der Fehler unterlaufen ist, aber ich war die Falsche. Ich hätte ein Junge werden sollen. Stichwort: genetischer Zwilling. Außerdem kam ich zu spät. Mein Bruder Alejandro starb, noch bevor ich geboren wurde.« Jetzt ist es raus. Eines der bestgehüteten Geheimnisse der Familie Perez. Ich hatte einen Bruder. Aber selbst wenn ich ein Pietro geworden wäre, hätte ich ihn nicht mehr retten können. Alejandro hat nicht lange genug überlebt. Und ich? Verdanke mein Leben einer Unachtsamkeit. Ähnlich wie Lucy. Und doch ganz anders. »Du siehst: Ich bin eine geborene Enttäuschung. Ich weiß das. Aber manchmal habe ich das Gefühl, dass ich die Schuld gegenüber meinen Eltern nicht abtragen kann. Selbst wenn ich mich mein Leben lang nach ihren Wünschen richte, wird es nie gut genug sein.«

»Penny.« Ist alles, was Cameron dazu einfällt.

Was erwarte ich auch? Zauberworte, die mein Gewissen von dieser Last befreien können? Warum erzähle ich ihm überhaupt davon? Wieso jetzt?

»Ich kann das nicht. Nicht für den Rest meines Lebens«, bricht es aus mir heraus.

»Komm her«, bittet er und schließt die Arme um mich.

Im Gegenzug lehne ich den Kopf gegen seine Brust.

Camerons Hand streicht mir durch die Haare, während er mich auf den Scheitel küsst. »Was passiert ist, ist nicht deine Schuld. Hörst du? Kein Mensch ist daran schuld.«

Ich weiß das. Dem rationalen Teil in mir ist das bewusst. Aber wenn er Pause macht, ist da noch immer dieser dumpfe Schmerz, den ich nicht beschreiben kann. Wie soll ich um etwas trauern, das ich nicht kenne? Das ich nie kennengelernt habe. Aber in Gegenwart meiner Eltern ist da immerzu das schlechte Gewissen. Dieses Gefühl, nie gut genug zu sein. Nie richtig zu sein. Ich weiß nicht, ob es jemals vergehen wird.

»Du bist genug«, flüstert Cameron und küsst mich erneut auf den Scheitel. »Und du bist kein Fehler.«

Habe ich die Worte eben tatsächlich ausgesprochen, statt sie zu denken? Aber welchen Unterschied macht es? Ich habe ihm ohnehin viel zu viel verraten.

Entschieden schüttle ich den Kopf. »Das Auto. Die Kleider. Die Handtaschen. All das ist nur Fassade. Ein Trugbild, damit niemand sieht, wie kaputt meine Familie im Inneren ist.« Hat er das noch immer nicht begriffen? »Manchmal glaube ich, dass sogar das Haus mit seinen gläsernen Wänden ein Teil davon ist. Meine Eltern tun, als hätten sie nichts zu verbergen, damit niemand genauer hinsieht.«

Augenblicklich lässt er mich los, umfasst vorsichtig mein Gesicht mit den Händen und streicht mit dem Daumen über meine Wange. »Das hier ist wirklich eine verdammt schöne Fassade, aber noch schöner ist das, was dahintersteckt.«

»Woher willst du das wissen? Du kennst mich kaum. Was ist, wenn die Leute recht haben? Wenn hinter dieser Fassade einfach nichts ist? Wenn ich mich so in die Beziehung zu Kyle hineingesteigert habe, weil ich ... Keine Ahnung. Keine eigene Persönlichkeit habe. Er hat vorhin gesagt, dass ich ihm nie gezeigt habe, dass ich ihn geliebt habe. Vielleicht bin ich für Gefühlsdinge einfach nicht geschaffen und sollte für den Rest meines Lebens bei Zahlen bleiben. Ich hasse sie. Sie fühlen sich kalt und herzlos an. Aber vielleicht bin ich das auch? Vielleicht studiere ich deswegen BWL. Weil es perfekt zu mir passt. Verstehst du?« Ich sehe hilfesuchend zu ihm auf, obwohl ich selbst nicht weiß, was ich mir von ihm erhoffe.

»Bis jetzt verstehe ich nur, dass es keine gute Idee war, deinen Ex-Freund zu treffen. Tut mir leid, dir das so direkt ins Gesicht zu sagen, aber du wirkst ein wenig neben der Spur. Bisher dachte ich, dass das mein Part in dieser Liaison wäre.«

Seufzend wende ich den Blick ab. Was habe ich auch erwartet? Dass er irgendwas sagt oder tut – und schon kann ich meinen Kokon abstreifen und urplötzlich zu einem strahlend schönen Schmetterling werden?

»Sieh mich an«, bittet er und versenkt den Blick in meinen. »Ich weiß nicht, was dein Ex-Freund getan hat – oder warum er es überhaupt verdient hat, mal dein Freund gewesen zu sein –, aber dass du keine Persönlichkeit hast, ist Unfug. Da bin ich mir ziemlich sicher, weil du dich mir gleich am ersten

Abend ungeschminkt gezeigt hast. Und das nicht nur wortwörtlich.« Er schließt mich erneut in die Arme und hält mich.

Ich weiß nicht, wie er es anstellt, aber mit jeder Sekunde in seiner Nähe wird die Stimme des Zweifels leiser, bis sie schließlich verstummt und ich mich tief durchatmend zurückziehe.

»Soll ich dir jetzt die Stadt zeigen?«, schlage ich vor.

»Geht es dir denn besser? Wir müssen nirgendwohin, wenn dir gerade nicht danach ist.«

Aber ich möchte, denn ich brauche dringend etwas, was mich von meinen Eltern und Kyle ablenkt.

»Okay. Ich muss mich nur noch wärmer anziehen, dann können wir los.« Cameron küsst mich auf die Stirn und betrachtet mich noch einen Moment, als wollte er sichergehen, dass es mir wirklich besser geht, bevor er sich zum Gehen wendet.

Seufzend sehe ich mich im Raum um und bleibe an den Zeichensachen hängen, die auf dem Esstisch liegen. Von Neugierde erfasst schlendere ich hinüber und betrachte die Bleistiftzeichnungen, die auf dem Tisch ausgebreitet sind. Es scheinen Skizzen zu sein, die irgendeinen Prozess visualisieren. Jede Menge Pfeile verbinden einzelne Projektschritte. Wie von selbst greifen meine Finger nach einem schwarzen Skizzenbuch, das mit den Worten *Cameron Burton, 6. Semester* beschriftet ist. Nur noch ein Jahr, dann hat er sein Bachelorstudium beendet. Wer weiß, wohin es ihn dann verschlägt? Ich blättere durch das Buch. Es ist wie eine Bestätigung dessen, was ich schon wusste: Er hat Talent.

Blinzelnd bleibe ich an einer Reihe von Bleistiftzeichnungen hängen.

Es sind ineinander verschlungene Hände. Das Armband, das ich in L.A. trug. Eine Silhouette von hinten. Das Muster des Kissens, über das ich gestolpert bin. Und zwei Sätze.

»Es wird dir gefallen«, sagte sie.

Und dann bin ich gefallen.

Es sind Fragmente einer Nacht.

Ich drehe mich zu Cameron herum, als er aus seinem Zimmer zurückkommt. Vielleicht sollte ich mich ertappt fühlen, weil ich durch seine Sachen schnüffle, stattdessen zeige ihm die Doppelseite. »Was ist das?«

Überrascht sieht er zwischen mir und dem Buch hin und her und schenkt mir ein scheues Lächeln. »Nur ein paar Skizzen. Wir sind dazu verpflichtet, Alltagsszenen festzuhalten. Wenn du möchtest, reiße ich die Seiten raus. Auf dem Rückflug von L.A. habe ich an dich gedacht und wollte irgendwas von der Nacht festhalten. Sie bewahren. Aber ich habe ein paar Fehler gemacht.« Vorsichtig nimmt er mir das Buch ab und legt es auf den Tisch, bevor er meine Hand ergreift. »Siehst du das? Ich wusste noch, dass du eine Narbe an der Hand hast. Aber ich habe sie ein Stück zu hoch gezeichnet.« Zart streicht er mit dem Finger über die feine Erhebung, die ich beinahe vergessen hatte.

»Ich kann mich gar nicht mehr daran erinnern, woher ich sie habe«, gestehe ich. Aber er hat sie sich gemerkt? »Also hast du nach unserer Nacht an mich gedacht? Obwohl du nicht einmal wusstest, wie ich wirklich heiße?«

»Natürlich. Wie hätte ich dich vergessen können?« Er schenkt mir ein Lächeln, das mein Herz einen anderen Takt anschlagen lässt.

»Kyle hat manchmal vergessen, dass ich existiere, während ich neben ihm stand.« Ich wollte nicht mehr über ihn reden, aber ihn vorhin zu sehen hat alte Erinnerungen wieder aufgewühlt, die mit aller Macht an die Oberfläche drängen. »Er hat andere Frauen auf Partys geküsst, obwohl ich im Raum war und er wusste, dass ich es sehe. Wenn wir essen gegangen sind, hat er den Kellnerinnen nachgesehen. Und manchmal …« Ich verstumme, als Cameron die Narbe an meiner Hand küsst.

»Es ist okay. Ich bin nicht Kyle. Erzähl mir, was dich beschäftigt«, bietet er an, während seine Lippen in Richtung meines Handgelenks streifen und einen Kuss auf die Stelle hauchen, unter der mein Puls schlägt. »Nur eine Frage: Soll ich dir lieber zuhören – oder dich ablenken?«, murmelt er, sein Atem streichelt meine Haut. »Beides kommt mir gerade verlockend vor.«

»Ich bin auch für beides.« Natürlich könnte ich ihn jederzeit abweisen, aber ich will es nicht. Ich will, dass er mich auf andere Gedanken bringt. Dass er die unschönen Erinnerungen ausradiert, als wären sie eine lästige Kritzelei. Außerdem gefällt es mir, wenn er die Initiative ergreift.

Langsam knöpft er meinen Mantel auf, legt die Hände an meine Taille und lässt sie auf meinen Rücken wandern.

Als hätten wir eine stillschweigende Übereinkunft getroffen, lasse ich den Mantel von den Schultern gleiten und setze mich neben seine Zeichnungen auf den Tisch. »Ich war heute Morgen bei meinen Eltern. Weißt du, was sie gesagt haben? Dass ich Kyle zurücknehmen soll. Ernsthaft. Vorhin habe ich ihn kurz getroffen. Nur für eine Aussprache. Sie ist vielleicht ein wenig eskaliert. Und was macht er? Er ruft als Erstes seine Mom an.«

»Was hätte er sonst tun sollen?«, fragt Cameron rhetorisch, legt eine Hand an mein Knie und lässt sie langsam nach oben wandern. »Vielleicht brauchen kleine Jungs den Trost ihrer Mommy?«

»Er hat sie manipuliert, damit sie meine Mom anruft und die mir eine Szene macht.«

»Weißt du, wonach das klingt?« Er drückt mir einen Kuss auf den Hals.

»Einem schlechten Verlierer?«, vermute ich, greife nach dem Saum seines Pullovers und lasse die Hand unter den Stoff gleiten.

»Ich wollte sagen, dass er vielleicht noch Gefühle für dich hat. Wenn du ihm egal wärst, hätte er sicher nicht so emotional reagiert.«

»Eben, das ist es ja. Er lässt die Leute glauben, dass er Gefühle hätte. Aber in Wirklichkeit ist er ein verdammter …«

»Schimmelbrokkoli?«, schlägt Cameron vor.

»Was?« Verwirrt ziehe ich die Augenbrauen zusammen und lehne mich zurück, um ihn besser ansehen zu können.

»Das ist das einzige Schimpfwort, das ich Lucy erlaube: Schimmelbrokkoli. Möchtest du dich noch weiter aufregen?«

»Eigentlich nicht.« Sein Pseudoschimpfwort hat mich vollkommen aus dem Konzept gebracht.

»Gut. Weil ich mich gerade daran erinnere, dass du mir erzählt hast, dass nur Joggen und Sex dir dabei helfen, dich zu entspannen – und ich habe hier weder Laufschuhe in deiner Größe noch Kondome gekauft.«

»Wann habe ich dir das erzählt?«, frage ich irritiert.

»Im Taxi.«

Es sind Kleinigkeiten, die ihm im Gedächtnis bleiben und mir nicht einmal auffallen. Mag sein, dass ich ihm das gesagt habe. Zumindest entspricht es der Wahrheit. Aber ich erinnere mich daran so wenig wie an die Herkunft der Narbe an meiner Hand. »Danke dafür, dass du mir zuhörst.«

»Danke dafür, dass du mir deine Gedanken anvertraust.«

»Fang jetzt nicht wieder an zu klatschen«, sage ich, weil mir dieser Moment wichtig ist. Ich habe Angst, dass er ihn ins Lächerliche zieht.

Doch als ich die Wange gegen Camerons Brust lehne, schlingt er erneut die Arme um mich. Für ein paar Atemzüge schließe ich die Augen und genieße es, von seiner Wärme und seinem Duft eingehüllt zu werden.

»Du bist kein Fehler«, murmelt er erneut, als wollte er sichergehen, dass seine Worte bei mir angekommen sind. Mit jeder Sekunde, die verstreicht, bin ich eher bereit, ihm zu glauben.

Erst als es mir besser geht, hebe ich den Kopf und sehe zu ihm auf. »Bist du bereit für die Stadtführung?«

»Jederzeit, wenn du es bist.«

Ich zeige Cameron nicht die Orte, die in den Hochglanzprospekten über Fair Haven gezeigt werden, sondern die, die einen besonderen Platz in meinem Herzen haben. Wie das *Hatcat*, in dem ich früher mit July und Bo Burger essen war. Bis July beschlossen hat, sich vegetarisch zu ernähren, denn seitdem essen wir dort aus Solidarität gemeinsam nur noch Pommes. Es gibt ein kleines Kino, das kaum jemand kennt, da dort vor allem spanischsprachige Filme laufen. Um nichts in der Welt würden meine Eltern dort hingehen, aber Hanna hat mich ein paarmal mitgenommen. Vielleicht auch ein paarmal mehr, wodurch meine Spanischkenntnisse vermutlich besser sind, als meinen Eltern lieb sein dürfte. Sie haben es nie für nötig gehalten, dass ich Spanisch lerne.

Aber auch so wichtige Attraktionen wie *der Gully, in dem ich mal einen Ohrring verlor* und *der hiesige Churros-Stand, an dem mein Dad nie vorbeigehen kann* stehen auf der Liste meiner persönlichen Sehenswürdigkeiten.

Mittlerweile ist die Sonne untergegangen, und nur die Beleuchtung der Restaurants, die durch die Schaufenster in der Slate Street auf den Bürgersteig fällt, taucht alles in warmes Licht.

»Und das war das sagenumwobene *Hazelcup*«, beende ich

den Rundgang und drücke Cameron einen Erdbeermilchshake in die Hand.

»Otterly good coffee«, liest er den Slogan vom Becher ab.

»Ja, Otter jeder Art erfreuen sich hier großer Beliebtheit. Fühl dich gewarnt, du wirst zukünftig sehr viele Fans haben«, versichere ich ihm und bringe ihn zum Lachen.

Er verstummt, als der Benachrichtigungston seines Handys sich meldet und er einen Blick auf das Display wirft. »Zoe«, stöhnt er.

»Ist was mit Lucy?«, frage ich besorgt, aber er schüttelt den Kopf.

»Ich habe das Selfie, das wir vorhin im *Hatcat* beim Burgeressen gemacht haben, in meinen Instagram-Status hochgeladen, und jetzt will sie wissen, wer du bist.«

»Bist du ihr denn Rechenschaft schuldig?« Ich muss einsehen, dass ich fast nichts über die Vergangenheit der beiden weiß. Wenn wir zusammen sind, redet er recht wenig über sie, und ich kann nicht einmal sagen, dass es mich stören würde.

»Es ist kompliziert«, gesteht er und lässt das Handy in die Hosentasche gleiten. »Aber auf keine Art, die dich beunruhigen müsste.«

»Wie meinst du das?«

»Lange On-off-Beziehung, viel Hin und Her, Eifersucht auf ihrer Seite, schlechtes Gewissen auf meiner. Ich glaube, ich habe die Nacht in L.A. mindestens ebenso gebraucht wie du, um zu verstehen, dass es etwas anderes geben muss. Lucy kennt ihre Mom und mich fast nur als beste Freunde. Wir haben uns offiziell getrennt, als Lucy drei war und ich nach Toledo aufs College gewechselt bin. Aus allem danach haben wir Lucy rausgehalten. Zoe ist es, die ihr einredet, dass wir wieder eine Familie werden könnten.«

»Das heißt, ihr habt euch noch getroffen? Ich meine, privat und nicht nur als Lucys Eltern.«

»Ich bin nicht stolz darauf, aber so ist es.«

Dann hat Cameron gelogen. Offensichtlich weiß er sehr viel besser als ich, wie diese Freundschaft-plus-Sache läuft. »Wann habt ihr euch zuletzt *getroffen?*«, frage ich und setze das letzte Wort in Gänsefüßchen.

Er zögert, bevor er schließlich doch noch antwortet. »Als ich für das Probetraining in Fair Haven war.«

»Oh.« Das ist nicht allzu lange her. Da ist es wieder, dieses nagende Gefühl, das ich sofort unterdrücke. »Also habt ihr euch immer nur heimlich getroffen, und jetzt hast du ein öffentliches Foto mit mir gepostet, obwohl du mich kaum kennst und Zoe noch Gefühle für dich hat? Was ich vielleicht sogar verstehen kann, wenn ihr euch bis vor Kurzem noch regelmäßig getroffen habt. Ich kann mir vorstellen, dass das für sie schwer zu ertragen ist.« Vielleicht kann ich es mir sogar besser vorstellen, als ich sollte, denn das Foto von uns war absolut harmlos. Während unseres gesamten Stadtausflugs haben wir nichts getan, was ich nicht auch mit anderen Kommilitonen tun würde. Und ich müsste lügen, um zu behaupten, dass es mir egal ist. Es kostet mich einige Selbstbeherrschung, Cameron so nahe zu sein, ohne ihm näherzukommen.

»Denkst du, ich sollte das Bild löschen?«, fragt er unschlüssig, nippt an dem Milchshake und gibt mir den Becher zurück. »Ist mir ehrlich gesagt zu süß.«

Schulterzuckend nehme ich das Getränk entgegen. Einer von Bos Milchshakes ist genau das, was ich jetzt brauchen kann. Für mich schmeckt er nach einem Stück Kindheit und Geborgenheit. Etwas, was mich tröstet, während ich über Zoe nachdenke. »Aus Solidarität gegenüber Zoe würde ich sagen: Lösch das Foto. Aber wenn diese Sache für dich endgültig vorbei ist, wird es ihr nicht helfen, die Realität auszublenden. Nicht dass es etwas auszublenden gäbe.« Doch darin, die Augen vor unangenehmen Erkenntnissen zu verschließen, habe ich Erfahrung.

»Ich würde mich nicht mit dir treffen, wenn die Sache mit Zoe nicht endgültig vorbei wäre. Okay?«, versichert er mir und beugt sich leicht zu mir hinab, als wollte er mich auf die Stirn küssen doch besinnt sich in letzter Sekunde eines besseren.

Es ist okay. Ich vertraue ihm, so wie ich es von der ersten Sekunde an getan habe. In diesem Moment bin ich diejenige, der ich misstraue. Weil ich weiß, dass ich dazu neige, mich in hoffnungslose Dinge zu verrennen.

Die Frage ist nur, ob meine Gefühle für Cameron auch unter diese Kategorie fallen?

15. KAPITEL

☑ *ST-CC-News-Blog aktualisieren*

»Was soll das heißen: Die Artikel der letzten Monate sind allesamt vom Blog gelöscht worden?«, frage ich ungläubig, werfe einen flüchtigen Blick in meinen Kalender und mache mich auf den Weg zum nächsten Termin.

Ein weiteres Interview mit dem Physiotherapeuten steht an – also ab ins Stadion. Nebenbei lasse ich das Telefonat laufen und öffne im Browser den College-Blog. Ungläubig blinzle ich die Startseite an und rufe ein paar Artikel auf. Drew ist der neue Starting-Quarterback? Von wann ist dieser Beitrag doch gleich? Und warum steht er auf der Startseite ganz oben? Wohin sind all die Nachrichten der Zwischenzeit verschwunden? Oder die Sonntagskolumne, für die ich noch bis Mitternacht nach dem perfekten Bild gesucht habe, um mich von meinen Gefühlen für Cameron abzulenken?

»Hast du ein Backup gemacht?«, fragt irgendein Raphael aus der IT.

»Nein«, antworte ich verwirrt.

Welches Backup? Wovon redet er? Wieso ist das meine Aufgabe? Seit wann? Es ist nicht so, dass ich technisch vollkommen unbegabt wäre, aber davon wusste ich schlicht und ergreifend nichts!

Ein Stöhnen dringt aus dem Telefon. »Hast du meine E-Mail nicht bekommen? Du hättest vor dem Wochenende ein Backup machen müssen. Wir haben die Server neu aufgesetzt. Jetzt haben wir den letzten Stand eingespielt, den wir noch hatten.«

Und der stammt offensichtlich aus dem vergangenen Sommer. Das ist eine Katastrophe! Ich bin mir nicht sicher, ob wir alle Artikel und Fotos der Zwischenzeit abgespeichert haben. Geschweige denn all die anderen kleinen Änderungen, die im Laufe des letzten halben Jahres auf der Webseite gemacht wurden. Ich habe gar keinen Überblick darüber, welche Studiengänge vielleicht neue Lehrkräfte bekommen haben, welche Studierenden Auszeichnungen erhielten, welche Bekanntmachungen es sonst noch gegeben haben mag. Das ist ein Desaster!

Selbst wenn ich jeden einzelnen Studiengangsleiter anrufe und zu den Trainern der Sportmannschaften laufe – das bekommen wir doch nie wieder alles zusammen! Und es ist meine Schuld.

Panisch rufe ich erneut die Webseite auf, als würde sich dadurch irgendetwas ändern. Das tut es natürlich nicht. Es sind nicht einmal mehr die aktuellen Einschreibungsfristen und Termine gelistet.

»Was machen wir denn jetzt?«, frage ich eher an mich selbst gewandt und sehe mich irritiert um. Wieso stehe ich auf der Wiese mitten auf dem Campus? Wann bin ich hierhergelaufen? Offensichtlich funktioniert mein Körper gerade nur noch auf Autopilot, denn in meinem Kopf wiederholt sich pausenlos die eine Frage: Was nun?

Meine innere Unruhe treibt mich in den Redaktionsraum, also gebe ich ihr nach und mache auf dem Absatz kehrt. Ich muss das irgendwie wieder hinkriegen. Aber wie?

»Jetzt müsst ihr händisch alles wieder einpflegen und nachtragen«, erklärt Raphael leichthin, als könnte ich mir das letzte halbe Jahr mal eben aus den Fingern saugen.

Aber das ist ja offensichtlich auch nicht sein Problem. Ich hingegen weiß gar nicht, wo ich anfangen soll.

Ich muss Rahel, meine Vorgängerin in Sachen Redaktionsleitung, kontaktieren. Wieso hat sie mir nichts von Backups gesagt? Vermutlich, weil wir uns nicht besonders gut verstehen. Meine Texte habe ich alle irgendwo im E-Mail-Ausgang, da ich sie von July korrigieren lasse. Zumindest die meisten von ihnen. Ab und an habe ich danach noch einzelne Wörter geändert, aber das wird wohl niemandem auffallen. Doch was ist mit den anderen? Haben sie all ihre Texte gesichert? Und erst die ganzen Informationen und Termine, die im Laufe eines Semesters aus verschiedenen Quellen zusammengetragen und eingepflegt werden. Wie soll ich die jemals rekonstruieren? Ich muss alle möglichen Leute kontaktieren und über meinen Fehler informieren. Herrlich. Genauso hatte ich mir den Start in die Woche vorgestellt.

Nur mühsam kann ich den aufkommenden Panikanfall unterdrücken.

Ich bin ein Mensch. Die machen Fehler. Und sie machen es besser, rufe ich mir Camerons Worte ins Gedächtnis.

Aber ich bin erst seit ein paar Wochen im Amt, und der Fehler ist immens. Gigantisch. Worst Case.

Ich fühle mich wie die schlechteste Redaktionsleitung, die das St. Clair je hatte. Wem mache ich hier etwas vor? Ich *bin* die schlechteste Redaktionsleitung, die die St. Clair Campus News je hatte.

Tief durchatmend gehe ich zu dem Raum, der laut Türschild die Redaktion ist. Es ist der wohl schmuckloseste Raum auf dem gesamten Campus. Sogar die Toiletten haben mehr Flair. Hier gibt es nur eine Gruppe weißer Tische. Die Blumen auf den Fensterbänken sind durch Vernachlässigung vertrocknet und warten immer noch darauf, endlich entsorgt zu werden.

Ich schreibe eine Liste aller Leute, die mir einfallen, die zur Redaktion gehören, im letzten halben Jahr gehörten oder uns regelmäßig mit Informationen versorgen. Es sind einige. Und ob ich will oder nicht, in diesem Fall bin ich auf Hilfe angewiesen.

Das wird mir spätestens klar, als der Physiotherapeut der Otters mich anruft, um mich zu fragen, wo ich bleibe, da ich ihn in dem Chaos irgendwie vergessen habe. Natürlich. Meine gestammelte Entschuldigung ist mir unendlich peinlich, dabei ist der verschusselte Termin nur die Krönung dieses majestätischen Tags der Schande.

Die meisten meiner Telefonate bleiben unbeantwortet. Kein Wunder, denn die anderen sitzen gerade in Vorlesungen oder der Mensa, in der es oftmals so laut ist, dass man kaum sein eigenes Wort, geschweige denn das Handy hören kann. Also schicke ich ihnen Nachrichten.

Allein in der Redaktion sitzend fühlt sich mein Versagen erdrückend an. Mit jeder einzelnen versandten Botschaft gestehe ich meinen Fauxpas aufs Neue ein. Dass ich Tim nach seinem Rauswurf schreiben muss, um nach seinen Artikeln zu fragen, fühlt sich noch unangenehmer an, als mich beim Physiotherapeuten für das vergessene Interview zu entschuldigen.

»Warum hat Raphael uns nicht persönlich Bescheid gesagt, dass wir ein Backup machen müssen, wenn keiner auf seine E-Mail reagiert hat?«, hakt David nach, kaum dass er mit Chloé die Redaktion betreten hat. Kopfschüttelnd packt er seinen Laptop aus.

»Ja, und warum hat Rahel dir nicht gesagt, dass wir überhaupt Backups machen müssen?«, fragt Chloé ebenso verständnislos. »Macht man das nicht normalerweise so, wenn man Ämter weitergibt?«

Keine zehn Sekunden später klopft besagte Rahel gegen den Türrahmen der offen stehenden Tür.

Sie schenkt uns ein schmales Lächeln. »Habe ich da gerade meinen Namen gehört? Wurde ich etwa vermisst?«

Sicher. Rahels Gegenwart hat mir in etwa ebenso gefehlt wie die monatliche Migräne.

Mittlerweile ist zumindest die Hälfte der Redaktion anwesend. Inklusive Tim, der sich seinen gehässigen Kommentar zwar nicht verkneifen konnte, aber bereit ist, uns zu helfen. Vorausgesetzt, wir nehmen ihn wieder ins Team auf, damit er seine benötigten Credits bekommt. Was bleibt mir in dieser Situation anderes übrig, als dem zuzustimmen?

Rahel betritt die Redaktion und seufzt so laut, dass es im gesamten Raum zu hören ist. »Als ich dir die Redaktionsleitung überlassen habe, wusste ich, dass es früher oder später Probleme geben würde. Aber dass es so früh ist, hätte selbst ich nicht erwartet.«

»Wie meinst du das?«, fragt Chloé und dreht eine ihrer karamellfarbenen Haarsträhnen zwischen den Fingern.

Rahel zuckt mit der Schulter und stellt ihre Tasche auf meinem Tisch ab, als wäre es ihrer und sie nie weg gewesen. »Menschenkenntnis. Penelope Perez verrennt sich gern in hoffnungslosen Dingen. Sie mischt sich in die Angelegenheiten anderer Leute ein, ohne ihre eigenen auf die Reihe zu bekommen. Und wenn sie das Zeug dafür hätte, eine Führungspersönlichkeit zu sein, wäre sie in der Vergangenheit sicher schon mal als Kapitänin ihres Cheerleading Squads vorgeschlagen worden. Aber für mehr als eine desaströse Probestunde hat es nie gereicht.«

Wie schön. Damit hat sie all meine Unzulänglichkeiten in

einen Zehn-Sekunden-Vortrag verpackt. Sie hat Talent für den Umgang mit Worten. Das muss ich ihr lassen.

»Ich denke nicht, dass wir dieses Gespräch hier vertiefen wollen«, warne ich, denn immerhin hat sie ihren Posten nicht ganz freiwillig hergegeben.

Dass nicht der gesamte Campus weiß, welche Informationen sie aus dem Informationspool der Redaktion gezogen hat, um sie auf einem dubiosen Klatschblog namens *Clair's Candy* zu veröffentlichen, liegt einzig und allein an meiner Abneigung gegenüber eben dieser Art von *Nachrichten*.

»Wie du meinst«, antwortet sie. »Soll ich dir sagen, warum ich dich trotz unserer privaten Differenzen als meine Nachfolgerin vorgeschlagen habe? Um dir einen Gefallen zu erweisen. Du jammerst so oft, dass du gern in die Firma deines Dads einsteigen würdest und er das nicht anerkennt. Vielleicht weiß er aber auch nur, dass du dafür nicht geschaffen bist. Dir fehlt der Biss. Aber das ist okay, du bist hübsch.« Diesen letzten Satz sagt sie so leichthin, als wäre das eine Entschuldigung für alles.

Ihre Worte verletzen mich. Ich will nicht, dass sie mich erreichen, aber sie stehlen sich direkt in dieses kleine Loch voller Selbstzweifel, um es weiter zu vergrößern. Als wäre mein Herz ein kranker Zahn. Nur eine Fassade, die von innen längst von Karies zerfressen und tot ist. Ich bin unfähig, zu ihren Worten irgendwas zu sagen. Schlagfertigkeit war noch nie meine Stärke.

»Ihr kommt ohne mich zurecht?«, wechsle ich das Thema und greife das Portemonnaie aus der Tasche. »Dann hole ich uns eben schnell eine Stärkung. Das hier kann ja noch einige Stunden dauern.«

»Ja, lauf ruhig weg, und kaschier deine Fehler mit dem Geld deiner Eltern. Wie du es immer tust!«, ruft Rahel mir nach.

Vielleicht habe ich ihren Unmut verdient, weil ich ihrem Treiben ein Ende bereitet habe, aber in Wirklichkeit habe ich am Monatsende so wenig Geld auf dem Konto, dass es nur einen Ort gibt, an dem ich versuchen könnte, uns Kaffee und einen kleinen Snack zu organisieren.

Es wird ein paar Minuten dauern, bis ich zum *Hazelcup* und zurück gelaufen bin, aber die werde ich auch brauchen, um mich zu beruhigen. Denn in diesem Moment kostet es mich all meine Selbstbeherrschung, Rahels Verfehlungen nicht vor der Redaktion auszuplaudern. Welchen Sinn hat es, mit ihren Fehlern von meinen abzulenken? Dass es mir danach besser geht? Das macht es nicht richtiger. Ich will mich nicht auf das gleiche Niveau wie Rahel begeben.

Mit einer Mischung aus Wut und Scham im Bauch, die meinen Magen reizt, stapfe ich über den Campus, bis mich eine Stimme innehalten lässt.

»Penny?«

Obwohl ich weiß, dass Cameron ebenfalls hier studiert, bin ich für einen Moment irritiert, als er über die Wiese zwischen den Gebäuden auf mich zugejoggt kommt. Ihn hier zu sehen ist ungewohnt.

»Ist alles okay?« Während er mich forschend ansieht, lässt er die Umhängetasche zu Boden gleiten und legt eine Mappe darauf ab, die er sich unter den Arm geklemmt hatte. Noch bevor ich antworten kann, beantwortet er sich die Frage selbst. »Den Blick kenne ich. Es ist nicht okay. Was ist passiert? Wieder Stress mit deinen Eltern?«

»Nein. Aber ich habe Mist gebaut, von dem ich nicht einmal wusste, dass er möglich ist.«

»Umarmung?«, bietet er an und breitet die Arme aus.

Nickend lasse ich mich gegen seinen Körper sinken und

spüre, wie meine Augen zu brennen beginnen. Ich will nicht weinen. Ich muss das irgendwie auf die Reihe kriegen!

Als Cameron die Arme um mich legt, mich auf den Scheitel küsst und seine beruhigende Wärme mich umgibt, kann ich die Tränen nicht länger zurückhalten. Es ist einfach zu viel. Ich schäme mich für meinen Fehler und den vergessenen Termin, ärgere mich über Rahel und mich selbst – und ein Teil von mir will hier einfach nur weg, sich im Bett verkriechen und nie wieder rauskommen. Ich weiß, dass das keine Option ist, dennoch ist die Vorstellung verlockend.

Cameron stellt keine weiteren Fragen. Er legt die Hand an meinen Hinterkopf und hält mich fest, während ich versuche, den Rest meiner Selbstbeherrschung zusammenzukratzen.

»Alles gut bei euch?«, höre ich Julys Stimme und wische mir hastig über die Wange.

Es ist nicht das erste Mal, dass ich vor ihr weine. Aber das erste Mal, dass ich dabei Camerons Mantel in Tränen tränke.

»Entschuldige«, murmle ich und streiche unangenehm berührt über den feuchten Stoff, als würde das irgendwie helfen.

»Alles gut«, versichert er mir und lässt die Arme sinken.

»Tim hat gesagt, dass es Probleme mit dem Campus-Blog gibt?«, fragt July vorsichtig.

»Ich hab's verkackt«, gestehe ich und versuche in wenigen Worten zusammenzufassen, warum ich die größte Enttäuschung seit der Gründung der St. CC News bin. »Hat zufällig einer von euch Zeit, mich zum *Hazelcup* zu begleiten, um den anderen Kaffee zu besorgen?«

»Klar«, stimmt July ohne Zögern zu, auch wenn ich mir recht sicher bin, dass sie dafür gerade eine Vorlesung schwänzt.

»Ich würde, aber ich muss zur Studienberatung, bevor das Büro schließt«, behauptet Cameron. »Ein paar Sachen wegen der Anerkennung der Credits und der Anmeldung zur Bachelorarbeit klären.«

»Wir kriegen das schon hin«, sagt July zuversichtlich.

»Ich komme vorbei, sobald ich fertig bin«, verspricht er und streicht mir mit dem Daumen über die Wange, als wollte er die Tränenspur verwischen. »Du bist stark. Okay?« Er zögert, betrachtet mich aufmerksam und sieht sehr versucht aus, mich zu küssen.

Ein Teil von mir wünscht sich, dass er es tut, aber Cameron schüttelt kaum merklich den Kopf und hebt seine Sachen vom Boden auf.

»Du passt auf sie auf?«, bittet er July.

Sie zuckt mit der Schulter und hakt sich bei mir unter. »Ich mache diesen Job schon ein paar Jahre länger als du, ich schaffe das.«

»Danke.«

Zweifelnd sieht sie ihm nach, als er sich zum Gehen wendet. »Wofür genau hat er sich jetzt bei mir bedankt?«

»Keine Ahnung«, gestehe ich.

»Als würde ich dich weinend allein hier stehenlassen. Aber ich mag ihn. Er scheint nett zu sein. – Auf zum *Hazelcup!*«, ruft sie enthusiastisch und wirft einen Arm in die Luft, als wären wir beim Cheerleading. »Wohoo!«

Lächelnd lasse ich den Kopf gegen ihren sinken und erinnere mich daran, dass sich nicht die ganze Welt gegen mich verschworen hat.

»Bo?«

Wir stehen am Tresen, aber Bo ist so vertieft in seine Tätigkeit, dass er uns nicht bemerkt.

Erst als ich mich räuspere und July energisch auf die Klingel am Tresen haut, fährt er erschrocken auf und blinzelt uns irritiert an. Sein Blick wandert unwillkürlich zur Uhr, als wundere er sich, was wir hier tun, statt in unseren Vorlesungen zu sitzen.

»Was ist los?«, fragt er irgendwo zwischen überrascht und besorgt.

»Ich habe Mist gebaut«, ist die kürzeste Erklärung, die mir einfällt. »Und brauche irgendetwas, um die anderen in der Redaktion zu besänftigen. Für maximal fünfzehn Dollar.« Ich werfe einen Blick in mein Portemonnaie und zähle den Inhalt. »Korrigiere. Es dürfen auch 17,23 Dollar sein.«

»Wie viele seid ihr?«, hakt er nach.

»Im Moment fünf, aber ich brauche nichts.«

Skeptisch hebt er eine Augenbraue. »Du siehst aus, als bräuchtest du dringend einen meiner berühmten Erdbeermilchshakes. Und eine Umarmung.«

»Die hatte sie gerade«, plaudert July und lässt sich auf einen Hocker am Tresen gleiten.

»Also eine Portion gute Laune für alle?«, schlussfolgert Bo und bereitet mir ein paar Heißgetränke zu, befüllt eine Pappschachtel mit Muffins und eine weitere mit halbierten, belegten Bagels. Ich habe das Gefühl, dass er das Budget von siebzehn Dollar gerade gekonnt ignoriert.

»Bo, das ist viel zu viel«, bremse ich ihn.

»Ich bin mir sicher, dass jeder von euch einen Muffin und einen Bagel schafft. Es ist nicht zu viel. Ich lege den Rest für dich aus, damit die Kasse heute Abend stimmt. Zahl es mir zurück, wann immer du das Geld hast.«

Als ich das Getränketablett entgegennehme, bin ich umso dankbarer, dass July bei mir ist und mir beim Tragen hilft.

»Kriege ich noch einen Muffin für den Weg?«, bittet sie liebreizend blinzelnd an ihren Bruder gewandt, der ihn ihr mit einem Augenrollen überreicht.

»Bester Bo-Bruder der Welt«, versichert sie mit einer ihrer Alliterationen, und irgendwie sorgt allein ihre Anwesenheit dafür, dass es mir besser geht.

Wie konnte ich je davon ausgehen, dass sie zu verlieren weniger schlimm wäre, als mit Kyle Schluss zu machen? Und wieso schaffe ich es nicht, seinen Namen endlich aus meinen Gedanken zu streichen? Vielleicht sollte ich akzeptieren, wie es ist: Er ist und bleibt ein Teil meiner Vergangenheit.

Ich weiß nicht, was ich erwarten soll, als wir in die Redaktion zurückkommen. Ich rechne mit schlechter Laune und finsteren Mienen, doch alle sitzen konzentriert vor ihren Laptops. Von Rahel fehlt allerdings jede Spur.

»Nervennahrung!«, ruft Chloé mit Blick auf die Tüten. »Ihr seid die Besten!«

»Davon abgesehen, dass ihr nur wegen meines Fehlers hier seid«, werfe ich ein. »Wo ist Rahel?«

»Haben wir rausgeworfen.« Sie winkt ab. »Sie hat dir absichtlich Informationen vorenthalten. Das ist … hinterhältig.«

»Sie hat die E-Mail des IT-Supports bekommen und dir nicht weitergeleitet«, erklärt David.

»Und das hier großartig herumerzählt, kaum dass du weg warst. Das ist Sabotage«, stimmt Chloé zu und bedeutet July, ihr die Schachtel mit den Muffins zu geben. »Weißt du, die Leute behaupten, wir Cheerleaderinnen wären hinterhältige Lästermäuler, aber Rahel nehmen sie in eine Schwesternschaft auf. Ist klar.«

»Aber …«, beginne ich und werde prompt unterbrochen.

»Kein Aber«, erwidert Chloé. »Ich weiß, dass du denkst, ich mache mich über dich lustig, weil ich mit deinem Freund geschlafen habe – während eurer Beziehung. Aber das stimmt nicht. Ich war total naiv und habe unterschätzt, was für ein gewaltiges Arschloch er ist. Lag echt nicht an dir. Ich hab mir richtig Mühe mit ihm gegeben.«

»Wollen wir die Details?«, fragt David zweifelnd und greift naserümpfend nach einem Kaffeebecher.

»Könnt ihr haben. Kyle geht, wenn er seinen Spaß hatte. Es interessiert ihn dabei überhaupt nicht, ob …«

»Keine Details«, unterbreche ich sie mit Nachdruck, weil es sich zu eigenartig anfühlt, sie über meinen Ex-Freund reden zu hören.

»Ja, keine Details«, pflichtet July bei und legt die Tüte mit den Bagels auf dem Tisch ab. »Braucht ihr mich noch? Sonst würde ich zu meinem Seminar gehen.«

»Geh ruhig.«

Sie sieht mich noch einen Moment forschend an, aber mir geht es wieder besser. Dank der Unterstützung der anderen weicht meine Anspannung einem Anfall von Tatendrang. »Wir haben viel zu tun, aber wir schaffen das.«

»Natürlich schafft ihr das!«, ruft sie und schaut Chloé an, die sofort in ein spontanes *Wohoo!* einstimmt. Einmal Cheerleaderin, immer Cheerleaderin.

»Ihr fehlt uns wirklich im Squad.« Seufzend beißt Chloé in ihren Muffin.

»Ihr fehlt mir auch.« Ein Funke Sehnsucht glimmt in Julys Augen auf, den sie tapfer weglächelt. Sie vermisst das Cheerleading so viel mehr als ich. Aber July wäre nicht July, wenn sie sich nicht voller Elan ihren neuen Zielen widmen würde.

Mit einem Kuss auf die Wange verabschiedet sie sich von mir.

»Denkst du, sie wird sich jemals von Drew trennen?«, fragt Tim, während sein Blick ihr zur Tür hinausfolgt.

»Bedaure, das halte ich für unwahrscheinlich. Aber wenn du dich für diese Dinge mehr interessierst als für die Sportkolumne, bist du von nun an mein Mann für den Tratsch- und Lifestyle-Teil des Blogs«, scherze ich und stoße auf überraschend wenig Protest.

»Ja, wieso tauscht ihr nicht?«, stimmt Chloé zu. »Du interessierst dich doch ohnehin mehr für Sport als alle anderen hier zusammen.«

Blinzelnd sehe ich sie an. Sie hat recht. Wieso habe ich bisher selbst nie darüber nachgedacht?

Tim und ich wechseln noch einen Blick und sind uns einig. Von nun an widmen wir uns den Dingen, die uns interessieren, nicht denen, die Rahel uns irgendwann einmal zugewiesen hat.

Für die nächsten Stunden herrscht in der Redaktion eine konzentrierte Stille, bis das Klopfen an der Tür uns alle erschrocken auffahren lässt.

»Überraschungsüberfall!«, ruft July enthusiastisch, kaum dass sie die Tür aufgestoßen hat. Auf einer Hand balanciert sie zwei Pizzakartons, mit der anderen Hand zieht sie Drew hinter sich her, der in die Runde winkt. Ihnen folgen Bo und Cameron mit Papiertüten aus dem *Hazelcup*.

»Mit freundlichen Grüßen von Mr Palmer«, erklärt Bo und stellt die Tüten auf einem freien Tisch ab.

»Wohooo!«, schreit Chloé erneut, woraufhin July kurz einstimmt, sich dann aber räuspernd zusammenreißt und abwinkt.

»Als ich Drew drüben abholen wollte, habe ich gesehen, dass bei euch noch Licht brennt. Wir dachten, ein wenig Nervennahrung tut euch gut.« Sie lehnt sich gegen meinen Tisch und öffnet eine Pizzaschachtel. »Und vielleicht hatten wir auch einfach Hunger.«

»Deine Freunde sind die besten!«, versichert mir Chloé.

»Sind sie«, stimme ich zu und kann ein Lächeln nicht unterdrücken.

»Danke, Leute.« David schließt sich Chloé an, nur um kurz darauf ehrfürchtig zu Drew aufzusehen.

»Alles okay?«, hakt July nach.

»Ja, aber vom Quarterback der Otters Essen gebracht zu bekommen … Mann, du bist eine Legende. Jetzt schon.«

Drew versucht, von seinen Lippen abzulesen, versichert sich aber noch einmal bei July, ob er sich nicht vertan hat.

»Legende«, bestätigt sie seine Gebärde.

Drews Lächeln wirkt geschmeichelt und verlegen zugleich. »Ich bin keine Legende. Ich bin einfach nur ein hungriger Typ, der gleich lernen muss.«

Seufzend beißt July in ihr Stück Käsepizza. »Ja, wir müssen leider sofort wieder los. Macht ihr noch lange?«

»Wir sind bedauerlicherweise nicht annähernd fertig«, bestätige ich.

»Wenn ich euch irgendwie helfen kann, sag Bescheid«, schlägt Cameron vor und überreicht mir einen Becher mit schwarzem Tee, als stünde mir meine Müdigkeit ins Gesicht geschrieben. »Ich muss nichts mehr für morgen vorbereiten und kenne mich ein wenig mit Content-Management-Systemen aus. Also zumindest die Grundlagen. Onlineshop und so – du erinnerst dich?«

»Das ist lieb, aber …«, beginne ich und werde prompt von Chloé unterbrochen.

»Penny, komm schon. Wir brauchen echt Hilfe.«

»Es wäre unverantwortlich, ihn wegzuschicken, wenn er extra zum Helfen gekommen ist«, stimmt July zu und sieht zwischen mir und Cameron hin und her, als würde sie zu ergründen versuchen, was da zwischen uns läuft.

Selbst wenn sie fragen würde, hätte ich keine eindeutige

Antwort für sie. Ich weiß, worauf wir uns geeinigt haben, aber manchmal habe ich das ungute Gefühl, dass mein Herz das entsprechende Memo nicht erhalten hat.

Unsicher schaue ich zu Cameron auf und weiß nicht recht, was ich sagen soll. Natürlich verbringe ich gern Zeit mit ihm, aber ich habe ein schlechtes Gewissen dabei, wenn er seine Freizeit zum Ausbügeln meiner Fehler opfert. Im Gegensatz zu den anderen wird er nicht einmal Credits dafür bekommen.

»Wenn du möchtest, freuen wir uns natürlich über deine Hilfe«, gebe ich nach und klinge so unentschlossen, wie ich mich fühle.

»Wenn ich nicht wollte, wäre ich nicht hier.«

»Klärt ihr ohne uns, was ihr wollt und was nicht«, schlägt July vor. »Wir müssen los.«

Ich verabschiede mich mit einer Gebärde, die meines Wissens nach *danke* heißen müsste. July hat einige Monate Vorsprung, aber es ist, wie ich Tim gesagt habe: Drew ist ein fester Bestandteil ihres Lebens, also gebe ich mir Mühe, zumindest die Grundlagen der Gebärdensprache zu lernen.

Da Drew lächelt, war die Gebärde offenbar korrekt und hat nicht etwas wie *Knopf* bedeutet oder so.

Ich zeige Cameron das Blogsystem mit allen Grundfunktionen, so kann er die Artikel eintragen und formatieren, während wir versuchen, die restlichen Beiträge und Termine des letzten halben Jahres zu rekonstruieren.

Er scheint seine Fähigkeiten nicht übertrieben zu haben und findet sich sofort zurecht.

Wir arbeiten konzentriert, und niemand beschwert sich, als ich im Hintergrund leise Jack Johnson für uns singen lasse. Als ich das nächste Mal auf die Uhr sehe, ist es drei Uhr morgens! Aber wir haben einen Stand, den wir zumindest vorläufig online stellen und nach und nach weiter ergänzen können.

»Geht es dir jetzt besser?«, fragt Cameron, sieht von seinem Stuhl aus zu mir herüber und streckt sich der Länge nach.

»Ja, aber es ist viel zu spät geworden. Darf ich dich noch nach Hause fahren, damit du schneller ins Bett kommst?«, frage ich, um mein schlechtes Gewissen ein wenig zu beruhigen.

»Hui«, lautet Chloés unqualifizierter Kommentar.

Darauf hat sie keine Antwort verdient, was sie hingegen sehr wohl verdient hat, ist mein Dank.

»Kann ich noch einmal kurz um eure Aufmerksamkeit bitten, bevor wir alle nach Hause gehen?« Unruhig stehe ich auf, richte die Haare und streiche das Oberteil glatt. Es ist eine lästige Angewohnheit, als müsste ich wenigstens anständig aussehen, wenn ich schon im Mittelpunkt stehe. »Ich wollte mich nur noch einmal bei euch bedanken. Ich weiß, dass ich einen Fehler gemacht habe – und das tut mir aufrichtig leid. Aber ich bin euch sehr dankbar dafür, dass ihr hier seid und der St. CC News eure Zeit geopfert habt. Ihr habt als Team wundervolle Arbeit geleistet, und wir sind heute wirklich weit gekommen. Normalerweise versuche ich, alles mit mir selbst auszumachen, aber ich weiß, dass ich mich auf euch verlassen kann. Und ihr euch aufeinander. Das ist großartig. Und …«

»Okay«, unterbricht mich Chloé. »Wir sind toll, und du bist uns dankbar. Das wissen wir. Aber ich bin hundemüde und habe zu Hause keinen Footballspieler, der mich zum Trost für diesen miesen Tag in den Schlaf streichelt. Also dauert die Rede noch lange?«

»Das habe ich echt nicht gehört«, murrt David und schüttelt den Kopf.

»Wir alle wissen, warum wir Penny gewählt haben, nachdem Rahel sie vorgeschlagen hat. Weil sie genau solche Dinge wieder geordnet kriegt und uns nebenbei mit Essen versorgt«, rechtfertigt sich Chloé. »Keiner von uns wusste, dass man Backups machen muss.«

»Ja, alles gut«, winkt David ab und packt ebenfalls seine Sachen.

Statt sich groß zu verabschieden, nickt Tim mir kurz zu.

»Vielleicht sollte ich öfter bei euch aushelfen. Scheint eine interessante Gruppe zu sein«, behauptet Cameron schmunzelnd, als die anderen den Raum verlassen, und wartet auf mich.

Ich verdränge die Erkenntnis, dass wir plötzlich allein sind, und prüfe auf meiner Liste ein letztes Mal, was wir heute gemeinsam geschafft haben und was ich im Laufe des nächsten Tages noch erledigen muss.

»Meinetwegen können wir los«, verkünde ich schließlich.

Statt ins Wohnheim hinüberzugehen, bedeute ich ihm, mir zum Parkplatz zu folgen.

Schweigend vergräbt er die Hände in den Manteltaschen. Es war ein langer Tag, und wir haben die letzten Stunden in einem stickigen Raum mit mieser Beleuchtung verbracht, also lasse ich ihn die Ruhe genießen.

Seite an Seite gehen wir zu meinem Auto. Erst als er sich ins Sitzpolster des Beifahrersitzes sinken lässt, entfährt ihm ein Seufzen. »Bin ich hier eigentlich der Einzige, dem diese Fast-Fremde-Nummer in der Öffentlichkeit immer schwerer fällt?«

»Nein«, gestehe ich und versuche den freudigen Hüpfer meines Herzes zu ignorieren. Ich strecke mich, um ihm einen harmlosen Kuss auf die Wange zu drücken. Ich kann nichts dafür, dass er mir in der Sekunde den Kopf zuwendet und sich stattdessen unsere Lippen berühren. Vielleicht kann ich allerdings etwas dafür, dass meine Hand an seiner stoppeligen Wange entlang und seinen Hals hinab streicht – aber für seine Hand an meiner Taille ist er selbst verantwortlich.

Es gibt Dinge, die in der Wiederholung an Reiz verlieren. Küsse mit Cameron gehören nicht dazu.

Räuspernd löse ich mich von ihm. »Ich glaube, mir ist egal, wer uns zusammen sieht. Wir sind nicht mehr in der Highschool und können tun und lassen, was wir wollen.«

»Du glaubst? Wie sicher bist du dir? Obwohl dich deine Mom unter Druck setzt«, hakt er nach. »Du hast selbst gesagt, dass deine Eltern dich bedrängen, deinen Ex-Freund zurückzunehmen.«

»Was meine Eltern tun, hat nichts mit dir zu tun. Oder mit uns. Ich bin ihnen vielleicht etwas schuldig, aber nicht mein Herz.« Ich stutze, als ich meine eigenen Worte Revue passieren lasse. »Was nicht heißen soll, dass ich sie nicht liebe. Das tue ich. Lass uns nach Hause fahren, bevor ich schlaftrunken noch mehr gefühlsduseliges Zeug über meine Eltern erzähle.«

»Nach Hause?«

»Ich meine, dich nach Hause«, korrigiere ich. »Nicht dass ich in der WG zu Hause wäre. Wobei zu Hause kein Ort, sondern ein Gefühl ist, oder nicht?«

»Man kann an einem Ort wohnen und an einem anderen zu Hause sein«, stimmt Cameron zu.

Während ich ihn zur WG fahre und er seine Hand auf meine legt, bin ich für einen Moment zu Hause.

An diesem Tag finde ich sogar einen Parkplatz direkt vor der Eingangstür des Wohnhauses, sodass wir uns in Ruhe voneinander verabschieden können.

»Ich verstehe, wenn du müde bist und in dein Bett möchtest, aber falls du magst, kannst du gern noch mit raufkommen«, bietet Cameron an.

»Auch auf die Gefahr hin, dass man uns zusammen sieht?«, stichle ich.

»Auch auf die Gefahr hin, dass deine Mom dich erneut am Telefon anschreit?«

»Das Risiko gehe ich ein.« Ich bin müde, aber Chloé hat recht. Es war ein langer und anstrengender Tag, und die Aussicht darauf, mich von Cameron in den Schlaf streicheln zu lassen, erscheint mir gerade sehr verlockend. Also stimme ich zu.

Wir tun nichts Verbotenes, als wir uns erneut mitten in der Nacht in die WG schleichen, dennoch kommt es mir ein wenig so vor. In seinem Zimmer angekommen, ziehe ich den Mantel aus und lege ihn zusammen mit meiner Tasche auf dem Schreibtisch ab. Es fühlt sich beinahe an, als würde ich ein Kostüm ausziehen.

Cameron schaltet eine Nachttischlampe ein, die alles in sanftes Licht taucht. »Wie lange bleibst du? Willst du gleich wieder los, oder soll ich dir ein Schlafshirt leihen?«

»Das wird nicht nötig sein«, lehne ich ab und schenke ihm ein Lächeln. Irre ich mich, oder wirkt er enttäuscht? Das muss er nicht sein. Ich ziehe mein Oberteil aus und lege es ebenfalls auf dem Tisch ab, bevor ich aus der Hose schlüpfe. »Ich muss nicht gehen, aber ich brauche trotzdem kein Shirt. In deiner Nähe wird mir nicht kalt.«

»So? Worauf lasse ich mich hier eigentlich ein?«, fragt er schmunzelnd, als ich zu ihm hinübergehe, die Hände unter seinen Hoodie schiebe und ihm bedeute, ihn auszuziehen. Cameron lässt das Oberteil achtlos zu Boden fallen und steigt aus der Hose. Er legt seine warmen Hände an meine Taille, beugt sich zu mir hinab und küsst mich. Langsam und innig, als hätte er tatsächlich schon seit Stunden darauf gewartet, das zu tun.

Ich habe es. Das wird mir erst jetzt so richtig bewusst.

Hauchzart streicht er mit den Fingerspitzen an meinen Rippenbögen entlang nach oben, zögert und schiebt den BH-Träger von meiner Schulter.

Als wäre es eine stumme Bitte, ziehe ich ihn aus. Sofort spüre ich Cams warme Hand an meiner Brust. Ein wohliger Schauer durchfährt mich, während er mit dem Daumen über meine Brustwarze streicht. Diese winzige Berührung reicht, um ein drängendes Pochen zwischen meinen Beinen zu entfachen – und er weiß es. Er weiß, welche Berührungen mich um den Verstand bringen, und ich weiß, wie ich mich revanchieren kann. Weil wir uns in L.A. alle Zeit der Welt genommen haben, einander zu erkunden. Die Aussicht darauf, ihn nie wiederzusehen, hat mich mutig genug gemacht, ihm zu erzählen, was mir gefällt. Und er hat zugehört.

Ich hauche ihm einen Kuss auf die Lippen, lege den Arm um seine Schulter und platziere eine Spur aus Küssen auf seiner Wange. Bis zu seinem Ohrläppchen hinauf, das ich sanft mit den Lippen liebkose. Zum Dank zieht er mich fester an sich, bis ich seinen umwerfenden Körper an meinem spüre.

»Tisch oder Bett?«, wispere ich verheißungsvoll und beiße ihm sacht ins Ohrläppchen.

Sein Dank ist ein leises Knurren. Camerons Hände gleiten meinen Rücken hinab, über meinen Po, zu meinen Oberschenkeln, bevor er mich anhebt, als wöge ich nichts.

»Eindeutig Bett«, lautet seine knappe Antwort, und ich weiß genau, was er sagen will. Das hier wird kein Quickie. Heute nicht.

Wir könnten diese Sache schnell beenden, aber wir haben einander vermisst. Nicht den Sex, sondern die aufrichtige Verbundenheit. Die Bewunderung und Wärme in unseren Blicken. Die Hingabe, mit der wir jeden Zentimeter Haut des anderen erkundet haben.

Vorsichtig setzt er mich auf der Bettkante ab. Noch während ich in die Mitte der Matratze rutsche, schlüpfe ich aus meinem Slip. »Falls du noch immer keine Kondome dahast, sind in meiner Handtasche welche«, weise ich kurz an. Es gäbe genügend Dinge, die wir auch ohne tun könnten – schöne Dinge –, aber Camerons Nicken nach sind wir uns einig. Sie wären heute nicht genug.

Während er in meiner Handtasche sucht, komme ich mir ein wenig untätig vor, also nutze ich die Zeit für Inspiration.

»Ich weiß, ich habe dir das nie so direkt gesagt, aber du hast mir wahnsinnig gefehlt. Alles an dir. Nach Drews Geburtstag und den Küssen im Schnee hätte ich am liebsten genau das hier getan. Stattdessen lag ich in meinem Wohnheim im Bett, und du hast keine Ahnung, wie viel Selbstbeherrschung es mich gekostet hat, meine Hände nicht meinen Fantasien folgen zu lassen.«

»Ging mir auch so«, bestätigt er knapp. »Aber wo in dieser Handtasche …«

»Seitenfach, Reißverschluss.«

»Logisch«, lenkt er ein, bevor ich ein leises Ratschen und dann ein Knistern höre. Seine Suche war also erfolgreich.

Mit der bewundernswerten Eleganz eines Menschen, der sich täglich mehrfach umzieht, steigt er aus den Boxershorts und schlendert zum Bett herüber.

»Und du bist wirklich bereit für eine weitere Wiederholung?«, vergewissert er sich, als er zu mir ins Bett steigt.

»Mehr als bereit«, bestätige ich und weiß nicht, was ich zuerst tun soll. Seinen Körper bewundern? Ihn küssen? An seinem Ohr knabbern?

Als sich Cameron mir gegenübersetzt, stütze ich die Hände auf seinen durchtrainierten Oberschenkeln ab, küsse ihn flüchtig und streiche mit den Lippen erneut in Richtung seines Ohrs. »Machen wir da weiter, wo wir in L. A. aufgehört haben?«, wispere ich. »Erzählst du mir, was dir gefällt?«

»Alles an dir«, raunt er und legt die Hand zurück an meine Brust, um mich erneut zu necken.

Zischend sauge ich die Luft ein, während sein Daumen über meine Brust streichelt. Seine Liebkosung macht das drängende Pochen zwischen meinen Beinen beinahe unerträglich. Zur Revanche zupfe ich mit den Lippen an seinem Ohrläppchen und entlocke ihm ein kehliges Stöhnen. Mit den Fingernägeln kratze ich vorsichtig seinen Oberschenkel hinauf, aber Cameron unterbricht mich.

»Lass mich erst …«, beginnt er und öffnet das Kondompäckchen.

»Sicher.« Nickend küsse ich erneut sein Ohr und ziehe die Hand zurück. Ich beobachte ihn dabei, wie er das Kondom überstreift, weil ich weiß, dass es ihn nicht stört. Dass ihm mein Blick auf seiner Haut gefällt, so wie ich die Freiheit liebe, zu tun und zu lassen, was ich will. Wenn mir danach ist, mich selbst zu berühren, versteht er es nicht als Angriff auf seine Männlichkeit. Er fühlt sich nicht in seinem Stolz verletzt. Cameron lässt mich einfach mehr ich sein. In allen Situationen. Von der ersten Sekunde an. Für ihn brauche ich keine geheimen Schubladen und kann alle Emotionen ausleben. Vielleicht hätte mir das gleich klar sein sollen. Der Sex mit ihm ist mehr als die Jagd nach dem nächsten Orgasmus. Er ist eines von vielen Lichtern in der Dunkelheit, die Cameron mir mit seiner Nähe bietet.

Ich warte, bis er das Kondom abgerollt hat, und folge seiner Einladung. Ungeduldig rutsche ich dichter an ihn heran, knabbere zärtlich an seinem Ohr und reibe meine pochende Mitte an seiner heißen Erektion.

»Sag mir, was du willst«, versuche ich verheißungsvoll zu flüstern, aber meine Worte sind kaum mehr als ein Keuchen. Mein Körper bewegt sich wie von selbst im Takt des drängenden Pulsierens.

Statt mir zu antworten, nickt er und streicht mit dem Daumen erneut über meine Brustwarze. Mir entfährt ein Wimmern, weil ich ihn so sehr brauche, dass es beinahe schmerzt.

»Ich will dich«, bringe ich irgendwie hervor. Selbst wenn ich wollte, könnte ich mich nicht länger zusammenreißen. Ich spüre, dass die Anspannung in meinem Inneren zunimmt. »Cam.«

»Mhm?« Ist seine einzige Reaktion. Er wendet den Kopf, damit ich von seinem Ohr ablasse und ihn stattdessen küsse.

Als ich seine Lippen mit meinen berühre, wandert seine Hand von meiner Brust zu meinem Po. Er zieht mich an sich und erhöht den Druck. Es ist zu viel. Ich werde kommen.

Ich bin so kurz davor, dass ich einen Moment brauche, um zu begreifen, dass sich ein Geräusch in mein Bewusstsein drängt. Was ist das?

»Mein Handy«, keucht er und ringt einen Moment mit sich selbst. »Ich muss rangehen.«

Irritiert sehe ich ihn an. Jetzt?

»Es tut mir leid.« Er küsst mich flüchtig, bevor er mich vorsichtig von sich schiebt und aus dem Bett springt.

Von der Situation überfordert sehe ich ihm nach, wie er nackt seine Hosentaschen durchsucht, sich mit einer Hand über die Stirn reibt und das Gespräch annimmt.

»Ja?«, meldet er sich knapp, während ich mit mir nichts Rechtes anzufangen weiß.

Ein Teil von mir fühlt sich unbefriedigt abgewiesen, aber es ist mitten in der Nacht. Wer auch immer ihn anruft, hat sicher ein dringendes Anliegen.

»Ich klinge abgehetzt, weil du mich mitten in der Nacht aus dem Bett geklingelt hast«, behauptet er.

Es ist nicht gelogen, aber auch nicht die ganze Wahrheit. Ist es ungerecht, mich verleugnet zu fühlen? Unangenehm berührt greife ich nach der Bettdecke und wickle mich darin ein.

»Zoe, komm zum Punkt«, bittet er und sieht mich flüchtig an, bevor er sich gegen den Schreibtisch lehnt. Was auch immer sie ihm erzählt, scheint ihm nicht zu gefallen. »Jetzt sofort? Oder reicht es morgen nach den Vorlesungen? Ich muss mir erst ein Auto leihen, und die Trainer werden auch nicht begeistert sein, wenn ich … Ich weiß, dass ich das gesagt habe. Das brauchst du mir nicht zu erzählen.« Seufzend lässt er den Kopf in den Nacken sinken und starrt an die Zimmerdecke hinauf. Als würde er sich erst jetzt bewusst werden, dass er noch immer ein Kondom trägt, streift er es ab und wirft es achtlos in den Papierkorb. »Ja, ist gut. Ich leihe mir irgendwo ein Auto und bin rechtzeitig da, damit du eine Runde schlafen kannst, bevor du zur Arbeit musst. Alles gut. Kein Ding. Bis morgen.« Damit legt er auf.

»Ist was mit Lucy?«, vermute ich. Es ist eigenartig, wie sich Avas Prophezeiung bewahrheitet hat. Wenn es sein muss, springt Cameron für seine Tochter nackt aus dem Bett.

Seufzend legt er das Telefon neben sich auf dem Tisch ab. »Lucy und meine Eltern haben sich irgendeinen Magen-Darm-Virus eingefangen. Wohl nichts Dramatisches, aber Lucy geht es nicht gut, und meine Eltern können morgen nicht auf sie aufpassen, während Zoe zur Arbeit muss.«

»Und Zoe hat in Ann Arbor keine Freundinnen, die stattdessen auf Lucy aufpassen können, damit du dein Training nicht versäumst?«

»Es ist schwierig. Zoe ist …«, er scheint nach einem Wort zu suchen und seufzt, als er es doch nicht findet, »… schwierig, wenn es um Lucy geht.«

»Und du brauchst ein Auto? Ich könnte dir meines leihen, wenn du es mir bis zum Wochenende zurückbringen kannst. Bis nach Ann Arbor reicht der Akku, aber dort müsstest du es irgendwo aufladen.«

»Du willst mir dein Auto leihen? Dieses Ding kostet ein halbes Vermögen.«

Schulterzuckend erhebe ich mich aus dem Bett, gehe zu ihm hinüber und sehe zu ihm auf. »Wenn du mir versprichst, es zu mir zurückzubringen, und nicht einfach in Ann Arbor bleibst und mich allein und ohne fahrbaren Untersatz hier zurücklässt.«

»Würde ich nie tun«, versichert er mir.

»Möchtest du jetzt sofort losfahren oder dich eine Runde ausruhen, bevor du aufbrichst?«

Cameron betrachtet mich, wie ich in seine Decke gekuschelt vor ihm stehe. »Ich weiß, ich hätte hier noch eine Sache zu Ende zu bringen, aber …«

»Aber du machst dir Sorgen um Lucy«, versuche ich möglichst verständnisvoll zu sagen. »Und du meinst, dass es eine gute Idee ist, wenn du Lucy hütest? Was ist, wenn du dich ansteckst und beim Training ausfällst?«

»Das ist wohl das Risiko eines Dads.«

»Du bist so tapfer, Muffin Man«, ziehe ich ihn auf und kann ein Lächeln dann doch nicht unterdrücken.

Cameron zögert, streckt die Hand aus und streicht mir eine Haarsträhne hinters Ohr. »Du auch.«

»Weil es immer wieder Momente geben wird, in denen du nackt aus dem Bett springst?«

»Für Lucy würde ich alles tun«, stimmt er, ohne zu zögern, zu.

Seine Worte versetzen meinem Herz einen Stich. Dabei gibt es keinen rationalen Grund dafür, mich verletzt zu fühlen, weil Lucy in Camerons Leben immer an erster Stelle stehen wird. Es ist, wie Ava gesagt hat: Ich werde nie seine Nummer eins sein. Bin ich etwa eifersüchtig auf Lucy, weil ihr Dad für sie nach Ann Arbor kommt, wenn es ihr nicht gut geht, während meiner sagen würde, dass ich mich zusammenreißen soll? Das wäre ziemlich kindisch. Aber enttäuscht bin ich trotzdem.

»Ich denke, ich sollte nach Hause fahren.« Ohne auf seine Antwort zu warten, lasse ich die Decke zu Boden gleiten und greife nach meinen Sachen.

»Du musst noch nicht fahren.«

Doch. Um mich zu schützen, muss ich jetzt gehen. »Wenn du möchtest, kannst du dir mein Auto morgen abholen. Okay?« Ich schlüpfe in meine Kleidung, ziehe die Haare aus dem Kragen meines Mantels und greife nach meiner Tasche. »Wir sehen uns?« Fragend sehe ich zu ihm auf, bis er nickt, und küsse ihn auf die Wange.

Es wirkt, als wollte er noch etwas sagen, doch er überlegt es sich anders. Wir haben uns das Ende dieser Nacht wohl beide anders vorgestellt, aber auch wenn ich Camerons Nähe normalerweise sehr genieße, brauche ich einen Moment für mich und meine Gedanken.

Was bedeutet dieses unangenehme Gefühl in meiner Brust? Es sollte Cameron doch sympathisch machen, dass er, ohne zu zögern, alles für seine Tochter tun würde, oder nicht? Es war richtig, ans Telefon zu gehen. Es ist wichtig, dass er für sie da ist, wenn es ihr nicht gut geht. Was soll also dieser nagende Zweifel?

Die Heftigkeit meiner Gefühle für ihn erschreckt mich. Ich war schon bei Kyle bereit, sehr viel für ihn zu tun, und habe mir geschworen, dass ich mich nicht noch einmal so bei einem Mann vergessen würde. Die tiefe Enttäuschung, die ich jetzt empfinde, beunruhigt mich.

Ob Cameron ahnt, was er in mir auslöst?

Als ich im Wohnheim im Bett liege, schreibe ich noch schnell eine Dankesrede in den Gruppenchat der Redaktion. Und je eine Nachricht an July und Bo, da auch sie meinen Tag gerettet haben. Chloé hat recht. Ich habe die besten Freunde der Welt. Und eine Affäre mit einem Mann, in dessen Leben ich nie die wichtigste Person sein kann. Warum nur stört mich dieser Gedanke so dermaßen?

Vielleicht, weil du noch nie die wichtigste Person für irgendwen warst und dir eingeredet hast, dass es mit Cameron anders sein könnte.

Aber so ist es nicht. Und vielleicht wäre diese Erkenntnis nicht ganz so unangenehm, wenn sie nicht ihre uneingeladene Schwester mitgebracht hätte: Für eine Affäre sollten diese Dinge gar keine Rolle spielen.

Dass ich mir insgeheim wünsche, für Cameron wichtig zu sein, kann nichts Gutes bedeuten. Und vielleicht ist das das eigentliche Problem: Ich fühle etwas. Emotionen, die mich überlegen lassen, diese Sache zu beenden, bevor ich mich erneut in eine Beziehung ohne Zukunft verrenne.

Fakt ist: Cameron hat zwar vorhin gestanden, dass es ihm schwerfällt, in der Öffentlichkeit so zu tun, als würden wir uns kaum kennen – aber was bedeutet das?

16. KAPITEL

☑ *Mich nicht erneut mit meinen Eltern streiten*

»Homerun!«, ruft meine Mom voller Inbrunst und bringt Dad und mich zum Lachen.

»Es heißt noch immer Touchdown, Mom«, korrigiere ich und ziehe die Wolldecke bis zu den Ohren hoch.

Theoretisch besitzt das Haus meiner Eltern, dieser gläserne Architektentraum mit Seeblick, ein ausgeklügeltes Heizsystem, praktisch friere ich dennoch. Es scheint, als würden die Glasscheiben selbst eine Kälte abgeben, die alles durchdringt.

Wir sitzen im Wohnzimmer und schauen gemeinsam das Spiel der Otters. Nach ihrem letzten Anruf war ich es, die wieder nachgegeben und zurückgerufen hat. Wir haben uns darauf geeinigt, dass ich nicht nett zu Kyle war und mich meinen Eltern zuliebe gegenüber den Clovers zukünftig besser zusammennehmen werde. Zu einem weiteren Treffen mit Kyle bin ich zwar nicht bereit, aber Mom scheint wieder versöhnt zu sein. Dennoch weiß ich, wie brüchig der Frieden im Hause Perez sein kann.

Heute werde ich in meinem alten Kinderzimmer übernachten, um auf jeden Fall pünktlich zum morgigen Brunch da zu sein. Mom hatte Angst, dass ich ansonsten mit meinem Auto im Schnee stecken bleibe. Wieso ich im Schnee feststecken sollte, während es die anderen Gäste rechtzeitig schaffen, hier zu sein, ist mir noch immer ein Rätsel.

Cameron hat sich mein Auto zwar ausgeliehen, aber pünktlich und unbeschadet zurückgebracht. Seitdem haben wir uns nicht mehr gesehen. Auf dem Campus bin ich ihm aus dem Weg gegangen, als wäre ich auf der Flucht. Ich rede mir nicht ein, dass ich das lange durchhalten werde, aber ich brauche ein paar Tage Abstand, um meine brodelnden Gefühle abkühlen zu lassen. So komme ich mal wieder dazu, einen Abend mit meinen Eltern zu verbringen und Football zu gucken. Vielmehr schauen Dad und ich es, Mom verfolgt offensichtlich ein Baseballspiel.

»Homerun. Ehrlich, Mom«, schnaube ich kopfschüttelnd und klinge dabei vermutlich wie ein niesendes Meerschwein. Ich nehme mir etwas von dem gesalzenen Popcorn.

»Der Junge ist gut«, murmelt Dad und greift ebenfalls beherzt in die Popcornschüssel. Dass ihm dabei die Hälfte auf den weißen Teppich fällt, ignoriert er gekonnt.

»Wen meinst du jetzt? Drew, Joshua, Mateo, Lex …?«

»Dass du dir die Namen merken kannst.« Mom rümpft die zierliche Nase.

»Das ist leicht, wenn man sie alle persönlich kennt.«

»Warum hast du diesen Ortega eigentlich nie gedatet?«, hakt Dad nach. »Er ist talentiert und sieht nett aus.«

»Ist das der mit den schrecklich zotteligen Haaren?«, fragt Mom.

»Weißt du, Dad, das ist wahrscheinlich schwer vorstellbar, aber Mateo Ortega hatte nie den Hauch von Interesse an mir. Das soll vorkommen. Außerdem hat er eine Freundin.«

»Warum hatte er kein Interesse?«, fragt er, ohne den Blick vom Fernseher zu lösen. »Du bist hübsch, klug …«

»Aber nicht klug genug um, deine Firma zu übernehmen?«

»Jetzt fangt nicht damit an«, bittet Mom. »Wir haben einen so netten Abend. Redet doch nicht schon wieder von Arbeit.«

»Du hast deine Mom gehört«, stimmt Dad zu und starrt gebannt auf eine Werbung für Nüsse im Schokomantel.

»Aber …« Ich habe den Mund kaum geöffnet, da unterbricht Dad mich mit einer entschiedenen Geste. Für ihn ist das Thema damit erledigt.

»Ich hasse es, wenn du mich wie ein kleines Kind behandelst«, murre ich und stehe auf, um die kurze Pause vor dem zweiten Viertel dazu zu nutzen, zur Toilette zu gehen.

»Ich werde damit aufhören, dich wie ein Kind zu behandeln, wenn du damit aufhörst, dich wie eines zu benehmen«, stimmt er halbherzig zu.

»Sicher.« Mit zusammengebissenen Zähnen ziehe ich mich ins Badezimmer zurück, setze mich auf den Badewannenrand und betrachte die Fliesen zu meinen Füßen.

Wo siehst du dich in fünf Jahren, Penny? Das ist eine dieser Standardfragen, die man uns im Studium immer wieder stellt.

Offensichtlich nicht in der Firma meines Dads. Aber wo dann?

Ich brauche einen Plan. Und muss mir dringend abgewöhnen, ständig auf der Unterlippe herumzukauen. Das sieht nicht nur doof aus, sondern tut auch ziemlich weh.

Nachdem ich im Badezimmer alles erledigt habe, hole ich das iPad aus meinem Zimmer und nehme es mit zum Sessel.

»Penny«, tadelt Mom. »Ihr wolltet doch das Spiel ansehen. Was machst du da jetzt mit diesem Ding? So bekommst du ja gar nichts mit.«

»Macht nichts. Die Otters werden ohnehin verlieren«, murmle ich.

»Wie kommst du darauf? Das Spiel ist doch noch lange nicht zu Ende.« Fragend sieht sie mich an.

»Weil Mateo vielleicht der schnellste Runningback ist, aber der zweitbeste auch reicht, wenn dein Cornerback zu langsam ist, um ihn aufzuhalten«, erkläre ich. »Lex ist schon seit Wochen nicht auf der Höhe und Cameron noch für den Rest der Saison gesperrt.«

»Du sprichst von diesem Burton«, sagt Dad.

»Der aus deinem Artikel? Der mit der Tochter?«, hakt Mom nach und hebt tadelnd eine Augenbraue.

»Könntet ihr damit aufhören, so über ihn zu reden? Er ist nett. Er ist gut in dem, was er tut.«

»Nett«, wiederholt Mom. »Ich hoffe doch, nicht so nett, dass ihr euch trefft. Denn nächste Woche erscheint die neue Ausgabe des Wirtschaftsmagazins. Das Gesicht deines Dads ist groß auf dem Cover, und ich möchte nicht, dass diese PR durch einen weiteren deiner Skandale überschattet wird.«

»Skandale?«, frage ich irritiert. »Wovon redest du?«

»Du erinnerst dich an den Vorfall in Kyles Auto? Die Clovers und wir mussten eine Menge Geld spenden, damit ihr deswegen nicht im College suspendiert wurdet.«

»Tatsächlich?« Davon haben sie nie etwas erzählt.

»Was denkst du denn, wie diese Welt funktioniert?«

»Und obwohl ich seinetwegen beinahe vom College geflogen wäre, wollt ihr, dass ich mich wieder mit Kyle treffe?«

»Dann hätte sich all der Aufruhr wenigstens gelohnt. Jeder verzeiht ungestüme Handlungen, wenn sie für die wahre Liebe passieren.«

»Das ist eure Motivation? Den Schein zu wahren?« Ungläubig sehe ich Mom an. »Ob ich glücklich bin, ist euch vollkommen egal?«

»Jetzt sei doch nicht so dramatisch«, tadelt sie. »Du hast in seiner Nähe nicht gerade unglücklich gewirkt.«

Aber ich war es. Warum sieht sie das nicht?

»Ihr entschuldigt mich? Ich muss hier raus«, bringe ich hervor und warte nicht auf eine Antwort. Mir ist schlecht, und ich friere trotz des dicken Wollpullovers, den ich trage.

Meine Eltern haben Geld dafür gezahlt, dass ich nicht vom College fliege – und ich verspüre keinen Hauch von Dankbarkeit. Bin ich deswegen ein schlechter Mensch? Weil ich mir fast wünsche, dass sie es nicht getan hätten? Dass ich die Konsequenzen meines Handelns direkt zu spüren bekommen hätte? Vielleicht wäre ich dann schon früher aufgewacht.

Ich ziehe mich in mein Zimmer zurück, setze mich aufs Bett und starre vor mich hin.

Um meine Gefühle zu sortieren, würde ich gern ein paar tiefgründige Sätze ins Handy tippen, aber die einzigen drei Wörter, die ich den ganzen Abend über schreibe, sind: *Ich vermisse mich.*

Dabei weiß ich nicht einmal, was sie bedeuten sollen.

Ein Klopfen an der Zimmertür reißt mich aus den Gedanken. Für einen Moment rechne ich mit Mom, aber Hanna öffnet die Tür.

»Ich will dich nicht stören«, sagt sie. »Ich wollte nur sehen, ob es dir gut geht.«

Seufzend richte ich mich auf und bedeute ihr, einzutreten. »Wie viel hast du gehört?«, frage ich unangenehm berührt, greife nach einem Kopfkissen und schlinge die Arme darum, als könnte es mir Halt geben.

»Genug.« Sie seufzt ihrerseits und sieht sich um, bevor sie sich auf den Hocker an meinem Schminktisch setzt. Schweigend schaut sie zu mir herüber und legt die Hände ineinander. »Ich habe euch in letzter Zeit öfter streiten gehört.«

»Tun wir das nicht immer?«, frage ich rhetorisch.

»Nicht so. Nicht auf diese Weise«, widerspricht sie. »Weißt du, Penelope, im Laufe meines Lebens habe ich viele Menschen getroffen, die von anderen gefordert haben, dass sie sich ändern sollen. Und auch Menschen, die gehofft haben, dass sich andere für sie ändern würden. Wirklich selten treffen wir diejenigen, die in der Lage sind, das Gegenüber so zu akzeptieren, wie es ist. Mit allen Ecken und Kanten. Und genau diese Menschen sind es, die es sich lohnt, festzuhalten.«

Meine Gedanken zucken unwillkürlich zu Cameron. »Und wenn so ein Mensch für mich existiert, er aber nicht das gleiche Interesse an mir hat wie ich an ihm und meine Eltern ihn ohnehin nicht akzeptieren würden?«

»Ich bin nicht hier, um dir Ratschläge zu geben.«

»Sondern?«

Hanna erhebt sich und zieht etwas aus der Tasche ihres schwarzen Kleids. Sie streicht es mit den Fingern glatt, bevor sie es behutsam auf meinem Bett ablegt. Ein Brief?

»Ich habe ihn nicht verbrannt«, gesteht sie. »Ich habe ihn aufbewahrt, um dich eines Tages daran zu erinnern, dass es da draußen schon immer Menschen gab, die an dich geglaubt haben. Eines Tages ist heute.« Sie schenkt mir ein flüchtiges Lächeln und nickt mir zu, bevor sie das Zimmer verlässt.

Ich löse den Arm vom Kissen und greife vorsichtig nach dem Brief. Mein Herz zieht sich schmerzhaft zusammen, als ich das Logo der Columbia erkenne. Hanna hat das Schreiben für mich aufbewahrt. Seufzend presse ich es an die Brust, als könnte es mein Herz versöhnen. Ständig frage ich mich, wie es in meinem Leben weitergehen soll. Dabei wusste mein Herz es die ganze Zeit. Ich habe nur verlernt, ihm zu vertrauen.

17. KAPITEL

☑ *Brunch bei meinen Eltern ohne Drama hinter mich bringen*

»Penelope?« Moms Schritte kündigen sie an, kaum dass ihr Ruf verklungen ist. High Heels auf dem Betonboden.

Wenn ich meine Mom mit einem Geräusch charakterisieren müsste, wäre es wohl das. Zusammen mit ihrer Stimme, wie sie »Sie haben Ihr Ziel erreicht« aus dem Navigationsgerät flötet.

Ich nicke, ohne den Blick vom See zu lösen. Etwas Gutes hat dieser gläserne Palast ja doch: eine umwerfende Sicht auf den Lake St. Clair. Draußen fällt Schneeregen und überzieht die Terrasse mit einer unansehnlichen Matschschicht.

»Wolltest du dich nicht längst umziehen?« Ihre Worte sind Frage und Vorwurf in einem. Sie stellt sich neben mich und mustert mich aufmerksam. »Oder ist dein Outfit stummer Protest wegen unseres Streits?«

Statt eines Kleids trage ich cremefarbene Skinnyjeans, eine weiße Bluse und einen Wollpullover, weil mir noch immer kalt ist.

»Ich kann doch davon ausgehen, dass du dich wieder im Griff hast? Du siehst aus, als hättest du die ganze Nacht kein Auge zugetan«, tadelt sie.

Ich nicke unbestimmt. Meine Nacht war tatsächlich kurz, aber nicht nur wegen des Streits. Es ist ja nicht so, dass diese Art von Auseinandersetzung neu für uns wäre. Aber in letzter Zeit fällt es mir immer schwerer, dankbar für mein Leben voller Privilegien zu sein und im Gegenzug die Erwartungen meiner Eltern zu erfüllen.

Das Klingeln an der Haustür entlockt meiner Mutter ein genervtes Geräusch zwischen Zischen und Stöhnen. »Dass die Clovers auch immer zu früh kommen müssen.« Sie schreitet in Richtung der Tür, obwohl Hanna bereits parat steht.

»Das Problem liegt in der Tat in der Familie«, murmle ich und reiße mich von dem Ausblick los, um die Gäste meiner Eltern willkommen zu heißen. Denn zumindest für diesen Brunch werde ich mich zusammenreißen.

Hanna öffnet den Clovers die Tür, doch ich verharre im Durchgang zur Eingangshalle, als mich Cynthias strafender Blick trifft. Das stechende Blau ihrer Augen kam mir noch nie so eisig vor. Offensichtlich hat sie mir meine Diskussion mit Kyle noch nicht vergeben. Ich gebe mir einen Ruck, um Kyles Mom zu begrüßen, doch sie schürzt missbilligend die Lippen und mustert mich abfällig, bevor sie mir ein falsches Lächeln schenkt.

»Penelope«, sagt sie gedehnt.

»Jetzt schau doch nicht so«, bittet Mom mit gespielter Freundlichkeit und küsst Cynthia zur Begrüßung auf die Wange. »Penelope tut ihr Verhalten eurem Sohn gegenüber aufrichtig leid. Sie ist nur nicht so gut darin, ihre Gefühle zu zeigen. Nicht wahr, Penelope?«

Ich öffne den Mund, um etwas zu antworten, kann es aber nicht. Lügen liegt mir nicht. Wenn ich schlecht darin bin, meine Gefühle zu zeigen – oder zu ihnen zu stehen –, dann liegt es vielleicht daran, dass mir von klein auf beigebracht wurde, dass sie unerwünscht sind. Ich habe zu funktionieren und dabei hübsch auszusehen. Interessiert es irgendjemanden, dass ich gerade sehr viel lieber überall nur nicht hier wäre? Natürlich nicht.

Mühsam schlucke ich alle Emotionen herunter und verbanne sie in mein internes Schließfach. »Es tut mir leid, dass ich im Café laut geworden bin«, antworte ich steif.

»Schnee von gestern«, erwidert Cynthia so eiskalt wie die Flocken jenseits der gläsernen Mauern dieses Hauses. Sie wendet sich Hanna zu und zieht ihren marineblauen Kaschmirmantel aus. Mit spitzen Fingern tastet sie, ob ihr Dutt noch richtig sitzt, während Mom mich beiseitenimmt.

»Ich erwarte, dass du dich zusammenreißt. Ich will mir wegen deines halsstarrigen Verhaltens keine neuen Freunde suchen müssen«, warnt sie.

Sie sind keine Freunde, wenn sie dich nur an deinen besten Tagen ertragen, liegt mir auf der Zunge, aber ich schlucke die Worte herunter.

»Wie du meinst.«

Flüchtig sehe ich zu Cynthia hinüber und sehe an ihrer ganzen Körperhaltung, dass sie beschlossen hat, mich für den Rest des Tages zu ignorieren. Es soll mir recht sein.

Veranstaltungen mit den Bekannten meiner Eltern sind so unbequem wie meine High Heels. Am liebsten würde ich sie ausziehen und in wärmenden Kuschelsocken durch das Haus laufen. Obwohl ich alle Anwesenden seit Jahren kenne, fühlt sich keines der Gespräche mit ihnen herzlich an. Auf die Frage: »Wie geht es dir?«, lautet die einzig richtige Antwort: »Bestens, vielen lieben Dank der Nachfrage. Ich hoffe, Ihnen geht es auch gut?« Dann folgt ein nicht enden wollender Sermon von eigenen Krankheiten oder den Krankheiten der Eltern oder entfernten Bekannten. Irgendjemand ist immer für eine Leidensgeschichte gut.

Einziger Lichtblick ist unsere ehemalige Nachbarin Mrs Hudgens. Allerdings kommt sie nur noch selten zu Besuch, seitdem sie ihre See-Villa gegen ein Penthouse in Ann Arbor getauscht hat, weil es sich angeblich besser als Alterswohnsitz eignet. Tatsächlich verreist Mrs Hudgens so häufig, dass sie eigentlich nur einen Ort zum Lagern ihrer Wechselkleidung braucht.

Ich mag ihre offene Art ebenso wie ihre Urlaubsanekdoten und zögere keine Sekunde, mich am Tisch neben sie zu setzen.

»Wie läuft es mit dem Studium?«, fragt sie interessiert.

»Sehr gut. Ich kann nicht klagen«, versichere ich, nur um mir im nächsten Satz die überaus beeindruckende Karriere ihres Sohnes anzuhören. Mit knapp dreißig schon Dozent und Aussicht auf eine Oberarztstelle. »Wie bemerkenswert.« Mehr fällt mir dazu nicht ein.

»Soll ich dir Christians Nummer geben?«, bietet sie augenblicklich an.

»Oh, ich denke nicht, dass ich demnächst eine Gallen-OP plane«, lehne ich ab und bringe sie zum Lachen.

»Nicht doch. Aber vielleicht mögt ihr euch auf einen Kaffee treffen?«

Dieses Mal ist es Mr Clover, der auflacht. »Penelope studiert am St. Clair. Es wäre wohl etwas unangebracht, einen der dortigen Dozenten privat zu treffen.«

Mrs Hudgens blinzelt mich irritiert an. »Du studierst in Fair Haven? Wolltest du als Kind nicht immer an die Columbia? Hat es nicht geklappt?«

Ja, das wollte ich. Und ich hätte es gekonnt, aber ich habe ein Studium an einem Ivy League College abgelehnt, um hier BWL zu studieren. Weil ich meinem Vater beweisen wollte, dass ich überall Großes leisten kann. Dass ich Interesse an Fair Haven und den regionalen Geschicken habe. Und tatsächlich auch, weil July damals nicht die Möglichkeit hatte, wegzuziehen, und ich ihr irgendwie beistehen wollte. Ich hatte so viele gute Gründe.

»Penny war schon immer ein bescheidenes Mädchen«, stimmt meine Mutter zu. »Und wir sind sehr stolz auf sie, dass sie sich für ein richtiges Studium entschieden hat, statt auf die Schreiberei zu setzen.«

»Apropos bescheiden und Studium«, greife ich das Thema auf, unterdrücke all die unschönen Emotionen, die Moms Worte in mir auslösen, und wende mich an Mr Clover. Mit dem freundlichsten Lächeln, das ich für ihn zustande bringe. »Mr Clover …«

»Mr Clover?«, lacht er humorlos. »Für dich noch immer Peter, auch wenn du meinem Sohn das Herz gebrochen hast.«

Wo nichts ist, kann nichts gebrochen werden, liegt mir auf der Zunge. Aber ich verkneife es mir.

»Ich denke, das beruht auf Gegenseitigkeit. Wir waren mit dem Verlauf unserer Beziehung beide nicht ganz glücklich«, antworte ich schließlich und tippe gegen mein Orangensaftglas. »Ich weiß, dass Sie kein großer Freund von Small Talk sind, deswegen komme ich gleich zur Sache. Ein Bekannter von mir sucht eine günstige Wohnung hier in Fair Haven. Er ist Student und hat ein geringes Budget. Ich dachte, vielleicht hätten Sie einen Tipp für mich, wo ich mich für ihn umhören kann.«

Ein überlegenes Lächeln umspielt seine Lippen. »Redest du von dem jungen Mann aus deinem Artikel? Diesem Button?«

»Burton«, korrigiere ich. »Head Coach Brooks bat darum, sich ein wenig umzuhören. Das tue ich natürlich gern, und auch wenn Kyle kein Mitglied der Otters mehr ist, sind Sie mit Brooks ja sicherlich noch … freundschaftlich verbunden.«

»Natürlich. Wenn ein Mann wie Brooks darum bittet, werde ich mich selbstverständlich umhören.«

»Vielleicht kann ich helfen«, springt Mrs Hudgens ein. »Ein Bekannter von mir ist Makler. Wenn einer die Immobilien in dieser Region kennt, dann er.«

»Das wäre wirklich lieb«, sage ich. »Ich weiß, wie schwer es ist, hier bezahlbaren Wohnraum zu finden. Cameron wird für jeden Tipp dankbar sein.«

»Ich werde meine Freunde natürlich ebenfalls fragen, ob jemand einem jungen, vielversprechenden Mann eine Wohnung zur Verfügung stellen kann«, pflichtet Mr Clover bei. »Ich habe gelesen, dass er eine kleine Tochter hat? Ihre Sicherheit steht bestimmt an erster Stelle. Es sollte also eine ruhige Gegend sein. Beschaulich und sicher für ein kleines schwarzes Mädchen.«

Mom sieht Dad vielsagend an, aber seine einzige Antwort ist ein abfälliges Kopfschütteln.

Mrs Hudgens kann sich einen Kommentar jedoch nicht verkneifen. »Schwarz?«, fragt sie und hebt die Augenbrauen.

»Ist das ein Problem?«, hake ich nach, aber sie hebt abwehrend die Hand.

»Nein, natürlich nicht. Ich frage mich nur gerade, warum Sie das so eigenartig betonen mussten.« Sie sieht Mr Clover mit zusammengezogenen Augenbrauen an. »Hätten Sie auch gesagt: Es muss sicher sein für ein kleines rothaariges Mädchen? Oder ein kleines Mädchen mit Sommersprossen? Was spielt das Aussehen dieses Kindes für eine Rolle bei der Immobiliensuche?«

»Was studiert deine *Bekanntschaft* noch mal?«, mischt sich Mom ein, bevor eine Rassismusdebatte ausbricht, auf die sie sichtlich keine Lust hat.

»Cameron studiert Grafikdesign und macht nächstes Jahr seinen Bachelorabschluss«, antworte ich und runzle die Stirn. »Wieso interessiert es dich?«

»Grafikdesign?«, wiederholt sie und sieht erneut zu Dad hinüber.

»Kreative Menschen bringen unser Land voran«, behauptet er und greift sich ein Ei mit Kaviar von einem der handbemalten Porzellantabletts.

Es ist kein Wunder, dass er so denkt, immerhin hat er alle Innovationen seiner Firma einfallsreichen Menschen zu verdanken, denen er dafür viel zu wenig Geld bezahlt.

Ich weiß, dass es meine Eltern nicht immer leicht hatten, aber wenn man sie heute sieht, ist das manchmal schwer vorstellbar.

Als ich am Nachmittag im Wohnheim auf dem Bett sitze, trifft eine neue E-Mail ein. Überrascht schaue ich auf den Absender: Christian Hudgens.

Liebe Penelope Perez,
im Namen meiner (mit einer E-Mail überforderten) Mutter leite ich dir folgendes Angebot eines befreundeten Maklers weiter. Die Kontaktdaten stehen im Exposé.
Mit freundlichen Grüßen
i. A. Hudgens (der mit Studierenden keinen Kaffee trinken geht, auch nicht auf Bitten seiner Mutter hin.)

Das ging schneller als erwartet, aber manchmal ist schnell auch nicht verkehrt.

18. KAPITEL

☑ *Exposé abliefern*

Es ist Sonntagabend, und ich bin voller Tatendrang. Gut gelaunt rufe ich Cameron an und hoffe, dass er sein Wochenende mit Lucy genossen hat.

»Hey, bist du zu Hause? Hast du kurz Zeit? Kann ich vorbeikommen?«, frage ich ohne Umschweife, kaum dass er das Gespräch angenommen hat.

»Sicher, aber …«

»Ich habe eine Überraschung für dich«, sprudelt es aus mir heraus.

»Okay. Aber bevor du deine Überraschung in die Tat umsetzt, muss ich dich darauf hinweisen, dass Lucy noch hier ist.«

»Ist das etwas Schlechtes?«, frage ich irritiert. »Ich dachte nicht an eine Art von Überraschung, bei der ich nur in Mantel und Dessous vor deiner Tür aufkreuze. Nicht solang du in einer WG wohnst. Aber glaub mir: Die Überraschung wird dir gefallen.«

»Daran habe ich keinen Zweifel«, antwortet er mit einem Schmunzeln in der Stimme.

»Cam? Eine Sache noch. Ist Lucy in der Nähe? Kann sie dich hören?«

»Sie sitzt neben mir und zeichnet ein Bild.«

»Okay. Kannst du mir einen Gefallen tun? Ich weiß, ich habe keine Kinder und kein Recht dazu, mich einzumischen, und du hast es nicht so gemeint, aber meine Eltern waren immer sehr beschäftigt mit ihrer Arbeit und ihren Terminen. Ich weiß, wie es sich anfühlt, wenn man irgendwie über ist. Lass es nicht so klingen, als wäre Lucys Anwesenheit etwas Unangenehmes. Ich mag sie und freue mich darauf, euch zu treffen. Okay?«

»Und wir freuen uns auf dich. Hast du gehört? Penny kommt gleich vorbei und hat eine Überraschung für uns.«

»Ist es ein Hund?«, fragt Lucy enthusiastisch.

Nein, leider ist es das nicht. Aber in der momentanen Situation sehr viel hilfreicher. Trotzdem erhebe ich mich von meinem Bett und suche in meiner Kommode nach einem kleinen, türkisfarbenen Schächtelchen. Cameron hat eine Überraschung angekündigt. Vielleicht hilft es der nicht vorhandenen Beziehung zwischen Lucy und mir, wenn ich ihr eine Kleinigkeit mitbringe. Ich weiß selbst nicht, warum ich das spontane Bedürfnis verspüre, mich mit ihr gut zu stellen, aber ich gebe ihm nach und öffne die kleine Schachtel, um sicherzugehen, dass ich die richtige erwischt habe.

Die silberne Kette mit dem Anhänger in Form einer Schneeflocke sieht ganz hübsch aus, liegt bei mir aber nur ungetragen herum, weil sie nicht ganz mein Stil ist. Vielleicht freut sich Lucy darüber.

Ich bin sogar ganz froh, dass Lucy noch bei Cameron ist. So habe ich keine Gelegenheit dazu, mir darüber den Kopf zu zerbrechen, welche Art von Begrüßung die richtige nach unserer Woche Abstinenz ist. Kaum hat Cameron mir die Wohnungstür geöffnet, winke ich also mit einem Schnellhefter, als würde der alles erklären.

»Ich habe ein Exposé für eine Wohnung und wollte es euch unbedingt persönlich zeigen. Falls ihr Zeit und Interesse habt.

Und vielleicht habe ich dann noch eine Kleinigkeit für Lucy dabei. Ich hoffe, ihr mögt Überraschungen.«

»Komm rein, positive Überraschungen sind immer willkommen.« Er reibt sich mit einer Hand über den Nacken. »Joshua und Mateo sind noch unterwegs, kommen heute allerdings nicht mehr her. Mateo übernachtet bei Haley und Joshua bei Bo.«

»Hallo, Penny!«, ruft Lucy vom Wohnzimmertisch aus und winkt. Vor ihr liegt ein Spiel, das verdächtig nach Memory aussieht. »Von welcher Kleinigkeit reden wir?«

»Hallo, Lucy. Schön, dich zu sehen«, sage ich rasch und schlüpfe aus den vom Schneematsch durchnässten Schuhen. »Ich ziehe mich nur kurz aus, dann zeige ich euch alles.«

»Zoe musste spontan ihre Schicht tauschen, weil ein Kollege krank geworden ist. Mein Dad holt Lucy ausnahmsweise erst morgen früh vor der Schule ab«, erklärt Cameron.

»Wir haben gerade Pizza bestellt«, ruft sie fröhlich. »Du kannst bestimmt etwas abhaben. Ich schaffe meine nie ganz.«

»Sehr gern. Wenn ihr wollt«, stimme ich zu und verdränge mein schlechtes Gewissen. Ich bin mir recht sicher, dass Lucy nur so gut gelaunt ist, weil sie keine Ahnung hat, was ihr Dad und ich in unserer Freizeit miteinander treiben.

Ob ich deswegen das Verlangen habe, ihr etwas zu schenken? Um mein schlechtes Gewissen zu beruhigen? Um Cameron zu zeigen, dass ich Interesse an ihr habe?

Demonstrativ tippe ich auf die Mappe. »Sollen wir uns kurz die Unterlagen ansehen? Ich hatte ja versprochen, mich für euch nach möglichen Wohnungen umzuhören, und hatte heute ein interessantes Exposé im E-Mail-Eingang.«

»Tatsächlich?«, fragt Cameron irritiert. »Ich habe schon seit Wochen kein Glück.«

»In Fair Haven geht nichts über Kontakte. Und ehrlich gesagt hat diese Wohnung einen kleinen Haken, aber vielleicht schaut ihr erst mal, ob ihr euch überhaupt vorstellen könnt, dort einzuziehen.«

Also setze ich mich zu Lucy an den Wohnzimmertisch und nehme das zusammengetackerte Exposé aus der Mappe. »Es gibt zu der Wohnung ein paar Fotos, damit ihr sie euch besser vorstellen könnt. Ich muss gleich sagen, dass sie nichts Außergewöhnliches ist, aber bezahlbarer Wohnraum ist in Fair Haven eine Rarität.«

»Eine was?« Fragend sieht Lucy zu mir auf.

»Sehr selten.«

»Ja, schöne Dinge sind immer selten.«

»Da hast du absolut recht. Also, es geht um eine niedliche Zweizimmerwohnung. Die liegt aber direkt über dem italienischen Restaurant hier gleich um die Ecke. Falls ihr Interesse habt, sie euch anzuschauen, ist das also kein großer Aufwand. Das gesamte Haus müsste eigentlich mal saniert werden. Das Bad ist nicht mehr das neuste, und die Fenster sind auch nicht auf dem aktuellen Stand. Wenn im Sommer die Gäste des Restaurants draußen sitzen, hört man sie anscheinend bis in die Wohnung. Dafür erscheint mir allerdings der Preis sehr fair.« Ich reiche Lucy das Exposé.

Sie betrachtet die Fotos eingehend und nickt unbestimmt, als wollte sie mir recht geben. Mit ein wenig Liebe – und wenn man keinen Wert auf moderne Badezimmer und Küchen legt – könnte die Wohnung ein gemütliches Zuhause werden.

»Die Wohnung gehört Bekannten einer ehemaligen Nachbarin meiner Eltern. Sie ist einfach aufgrund des Sanierungsstaus recht günstig. Nach der Modernisierung werden die Mietpreise vielleicht erhöht, aber das wird frühestens in zwei Jahren der Fall sein. Bis dahin könnt ihr euch in Ruhe weiter umhören. Falls du deinen Master hier machst und nicht ohnehin weiterziehst.«

»Sieht nett aus«, lautet Lucys gnädiges Urteil, nachdem sie die Bilder angesehen hat. »Auch wenn ich immer noch nicht verstehe, warum Dad hier eine Wohnung braucht.«

»Klingt annehmbar«, meint Cameron, sieht aber nicht begeistert aus.

Oder liegt seine Anspannung an meiner Anwesenheit? Er braucht sich keine Sorgen zu machen. Nie würde ich vor Lucy Sachen ausplaudern.

»Wenn du Bedenken hast, sag es ruhig. Ich wollte nur helfen, weil ich weiß, wie teuer Fair Haven ist. Aber wenn euch die Wohnung nicht gefällt, ist das vollkommen in Ordnung.«

»Doch. Sie ist bestimmt super, aber …« Er verstummt, als müsste er seine Gedanken sortieren, und atmet tief durch. »Wie kann es sein, dass ich seit Wochen nur Absagen kassiere und du scheinbar aus dem Nichts die perfekte Lösung zur Hand hast?«

»Kontakte«, wiederhole ich. So ungern ich es auch zugebe, manchmal hat es auch Vorteile, Penelope Perez zu sein.

Er greift nach den Unterlagen und sichtet sie.

»Aber wenn du dir hier eine Wohnung suchst, wann kommst du dann zu uns zurück?«, fragt Lucy, die offensichtlich ihre ganz eigenen Gedanken zu dem Thema hat.

»Lucy.« Cameron seufzt schwer. »Ich weiß nicht, wie oft ich dir noch erklären soll, dass ich vorerst nicht zu euch zurückkehren kann und hier auf jeden Fall eine Wohnung brauche.«

Sie wirken beide so unglücklich über die Situation, dass es wie der perfekte Moment erscheint, um sie ein wenig abzulenken und aufzumuntern. Also ziehe ich eine Geschenkverpackung aus der Tasche. »Da ich hier ja schlecht auftauchen und nur einem von euch eine Überraschung mitbringen kann, habe ich auch etwas für dich«, wechsle ich das Thema und schicke ein stummes Dankesgebet zum Himmel, als ihre Augen beim Anblick des kleinen Kartons zu leuchten beginnen. »Passend zum Winter.«

Lucy nimmt die Schachtel entgegen, öffnet sie und haucht ein leises »Wow«. Hastig nimmt sie die Kette aus der Verpackung und betrachtet, wie sich das Licht in den Kristallen des Anhängers bricht.

»Gefällt sie dir?«, frage ich hoffnungsvoll. Mir fällt ein Stein vom Herzen, als sie überschwänglich nickt. Hilfsbereit lege ich ihr die Kette um und kann ein Lächeln nicht unterdrücken, weil Lucy mit der Kette um die Wette strahlt. Ihr steht sie viel besser als mir.

Ich sehe zu Cameron – und er eiskalt zurück. Die Zähne so fest aufeinandergebissen, dass ein Muskel in seiner Wange zuckt. Die Finger krampfen sich um das Exposé, und schon bevor er den Mund öffnet, weiß ich, dass er wütend ist. So habe ich ihn noch nie gesehen.

Er wirft das Exposé auf den Tisch und erhebt sich. »Penny? Hilfst du mir kurz, Teller für die Pizza zu holen?« Es ist keine Frage, es ist eine Aufforderung, mit ihm zu kommen.

Verwirrt folge ich ihm zur Küchenzeile und sehe fragend zu ihm auf. »Was ist los?«

»Das fragst du?« Es kostet ihn Mühe, leise zu reden. Statt Teller aus dem Schrank zu nehmen, zieht er sein Handy aus der Tasche und tippt darauf herum. Was er tut, kann ich nicht sehen.

»Du wirkst wütend.«

»Brillant kombiniert, Sherlock Perez.« Was auch immer er sieht, lässt ihn fassungslos auf das Display starren.

»Was habe ich denn falsch gemacht?«

»Du …« Er schließt die Hand fester ums Handy. »Du bist … Die ganze Woche gehst du mir aus dem Weg. Dann tauchst du hier mit einer Wohnung auf und machst Lucy ungefragt ein Geschenk. Ich würde ja sagen, so teure Geschenke gibt es bei uns nur zu Weihnachten, aber …« Er dreht mir das Display zu. »Für eine Kette in dieser Preisklasse müssten Zoe und ich Jahre sparen. Jahre. Was wir nicht tun würden, weil uns für das Geld Besseres einfällt. Du kannst nicht einfach herkommen und …« Er presst die Lippen aufeinander und schüttelt kaum merklich den Kopf. »Das geht so nicht. Das funktioniert nicht.«

Erschrocken sehe ich Cameron an. »Sekunde. Ich dachte, ich helfe euch. Und die Kette ist quasi gebraucht. Ich … Ich verstehe dein Problem gerade nicht.«

»Eben. Für dich ist das keine große Sache, stimmt's? Du tauchst hier auf und untergräbst unsere Erziehung und …«

Blinzelnd sehe ich zwischen ihm und dem Handy hin und her. »Ich untergrabe gar nichts. Aber wenn du den Eindruck hast, dass …« Mir fehlen noch immer die Worte, um dem Chaos in meinem Inneren Ausdruck zu verleihen. »Ich dachte wirklich, ich mache euch eine Freude. Aber wenn du meinst, das Geschenk war zu viel oder du möchtest weiter nach einer Wohnung suchen …« Schweigend wende ich den Blick ab und versuche den bitteren Geschmack in meinem Mund herunterzuschlucken. Es dauert einen Moment, bis die vage Erkenntnis den Weg in mein Bewusstsein gefunden hat. »Ich habe eine Grenze überschritten, oder? Affären bringen den Kindern keine Geschenke mit. Man trifft sie allein und im Geheimen.« Meine Augen brennen, weil der dumpfe Schmerz in mir ein Ventil braucht. »Ist okay. Ich dachte, diese Freundschaft-plus-Sache würde irgendeine Art von Freundschaft beinhalten, aber da habe ich mich wohl geirrt.«

»Du hast dich eine Woche lang nicht bei mir gemeldet«, erinnert mich Cameron. Vielleicht täusche ich mich, vielleicht klingt er verletzt. Oder aber es ist nur mein Wunschdenken.

»Ich konnte es nicht, okay?« Ich sehe kurz zu ihm auf, ertrage seinen Blick aber nicht. »Ich hätte nicht herkommen sollen. Es tut mir leid.« Bevor er etwas erwidern kann, wende ich mich zum Gehen. Ich greife meine Sachen vom Sofa, schenke Lucy ein flüchtiges Tschüss und muss hier raus, bevor ich vor Camerons Tochter zu weinen anfange. Weil ich ihr und ihrem Dad eine Freude machen wollte. Stattdessen gibt er mir das Gefühl, unangenehm und übergriffig zu sein. Vielleicht bin ich das. Aber in diesem Moment fühle ich mich einfach nur naiv.

Mit Tränen in den Augen laufe ich die Steintreppe hinunter und ärgere mich. Nicht über Cameron, sondern über mich selbst. Weil ich mit einundzwanzig Jahren noch immer nicht die Spielregeln dieser Welt begriffen habe. Oder vielleicht weil ich so komplett dämlich bin, schon wieder Gefühle für jemanden zu entwickeln, der mich nicht wirklich in seinem Leben will.

Unten auf der Straße angekommen, weht mir ein eisiger Wind entgegen. Er ist so kalt, dass ich das Gefühl habe, die Tränen würden auf meinen Wangen gefrieren.

Der Nachrichtenton meines iPhones lässt mich zusammenzucken. Aus einem nicht nachvollziehbaren Grund glaubt mein Herz, dass es eine Nachricht von Cameron sein könnte. Ist es nicht. Aber als ich auf das Display sehe, muss ich dennoch lächeln und wische mir die Tränen von der Wange.

Aliza: *Hey, Süße, wie geht es dir? Was treibst du so?*

Ich habe keine Ahnung, wie sie das immer macht, aber zu wissen, dass es am anderen Ende der Staaten jemanden gibt, der gerade an mich gedacht hat, versöhnt mich.

Ohne zu zögern, rufe ich sie an, atme die kühle Nachtluft ein und gehe zu meinem Auto. Vielleicht liegt es daran, dass sie so weit weg wohnt oder wir aus ähnlichen Kreisen kommen, aber ich kann ihr alles erzählen und weiß einfach, dass meine Worte bei ihr gut aufgehoben sind.

»Entspann dich«, lautet Alizas Fazit. »Entweder er meldet sich bei dir und entschuldigt sich, oder er ist deine Gefühle nicht wert. Was auch immer passiert, liegt nicht in deiner Hand. Nicht mehr. Ich nehme doch mal an, du hattest ihn schon in der Hand.«

»Liz? Hör auf. Wenn deine Eltern dich hören würden ...«

»Ich sage es noch einmal: Entspann dich. Hatte ich dir das eigentlich erzählt? Über Weihnachten waren wir alle bei unseren Eltern. Selbstverständlich haben sie July und Drew und Aron und Emily in verschiedenen Zimmern einquartiert. Als Dad nachts auf die Toilette wollte, hat er auf dem Hinweg Aron im Flur getroffen und ist auf dem Rückweg beinahe über Drew gestolpert. Du kannst dir vielleicht denken, dass keiner von beiden die Nacht im eigenen Bett verbracht hat. Beim nächsten Frühstück haben meine Eltern ihre Einquartierungspläne verworfen, weil sich ohnehin niemand daran gehalten hat. Wir reden jetzt mal lieber nicht darüber, warum mein großer Bruder überhaupt wieder mit seiner Ex-Frau schläft.«

Alizas lockere Erzählung lenkt mich zumindest kurz davon ab, dass die Geröllhalde in meinem Inneren erneut um ein paar Steine erweitert wurde.

Nach dem Telefonat erinnere ich mich an einen meiner Vorsätze. Ich wollte mich nie wieder von einem Mann abhängig machen. Wie sagt man? Wenn das Leben dir Zitronen gibt, mach Limonade daraus. Und vielleicht kann ich die Steine nutzen, um einen neuen Weg daraus zu legen. Wohin der führen soll? Weit weg!

19. KAPITEL

☑ *Gefühle sortieren*

Wie falsch ist dein Leben?

Penny: Ja.

So zumindest fühle ich mich. Ich sitze allein in der Redaktion und habe kein Licht eingeschaltet. Die Beleuchtung meines Laptopbildschirms erzeugt eine unheimliche Atmosphäre. Seufzend starre ich aus dem Fenster, aber die Sonne ist längst untergegangen. Tim hat seine Artikel pünktlich abgegeben, und ich habe meine vorbereitet. Es gibt eigentlich keinen Grund für mich, noch hier zu sitzen. Mittlerweile habe ich die letzten Spielergebnisse der New York Nightingales abgerufen, und wenn ich ehrlich sein soll, prokrastiniere ich seitdem vor mich hin.

Ich hätte genügend Hausarbeiten zu schreiben, kann mich aber nicht dazu motivieren. Irgendwie fühlt sich mein Studium nicht mehr wie ein Teil von mir an, sondern wie ein Ballast. Etwas, was ich gern loswerden würde. Aber was dann?

Mein Blick gleitet auf eine Aufzählung, die ich im Laufe der vergangenen Stunde in mein Notizbuch gekritzelt habe. Es ist eher ein Phasenplan als eine To-do-Liste.

»Wenn man einen langen Weg vor sich hat, geht man ihn Schritt für Schritt«, murmle ich, während ich ihn überfliege.

Seufzend greife ich nach meinem iPhone und bin kurz versucht, Cameron zu schreiben. Aber soll ich mich wirklich dafür entschuldigen, dass ich seiner Tochter eine Freude machen wollte?

Stattdessen rufe ich die mittlerweile vollständig aktualisierte Campus-Website auf und öffne das virtuelle schwarze Brett.

Schritt 1: *Such dir einen Nebenjob.*

Ja, ich besitze ein paar Dinge, die ich verkaufen könnte, aber ich brauche ein regelmäßiges Einkommen, wenn ich mich von meinen Eltern unabhängig machen will. Das hätte ich schon längst tun sollen. Aber sie fanden das immer unschicklich. Was könnten die Leute sagen, wenn die Tochter von Manuel Perez auf Geld angewiesen ist?

Am besten suche ich mir einen Job, den man in jeder Stadt ausüben kann. Putzen, kellnern, Waren auffüllen. Im Grunde bin ich zu allem bereit. Ich öffne mehrere Tabs und nutze die Ruhe im Redaktionsraum, um statt Hausarbeiten Bewerbungen zu schreiben. Am Ende des Abends habe ich zwölf davon verschickt und hoffe auf wenigstens eine positive Rückmeldung – eine Chance.

Ich habe einen ersten Schritt getan, und das fühlt sich gut an.

Dieses gute Gefühl hält bis zum nächsten Nachmittag an. Es war klar, dass ich Cameron früher oder später wieder über den Weg laufen würde. Etwas später hätte es jedoch ruhig sein können. Er steht vor der Tür des Behandlungsraums des Physiotherapeuten und sieht auf, kaum dass ich in den Flur abgebogen bin. Ich bin sehr versucht, einfach kehrtzumachen, aber ich bin verabredet und möchte Mr Basumatary nicht erneut enttäuschen.

»Ist abgeschlossen?«, frage ich statt einer Begrüßung.

»Er hat noch einen Patienten.«

Nickend lehne ich mich neben der Tür gegen die Wand und lasse meine Tasche zu Boden gleiten.

»Ich habe überlegt, dich anzurufen, um mich zu entschuldigen«, gesteht Cameron leise nach einem Moment. »Aber dann dachte ich, dass es vielleicht besser ist, wenn wir diese Sache beenden, bevor … Keine Ahnung.«

»Bevor ich mehr als meinen Schmuck verschenke? Wenn das Geschenk unangemessen teuer war oder es aussah, als wollte ich mir eure Liebe erkaufen, dann …«

»Nein«, unterbricht er mich. »Das war es nicht. Es war … alles zusammen. Da war Lucy, die mir das Gefühl gibt, sie zu enttäuschen, wann immer ich sage, dass ich nicht nach Ann Arbor zurückkomme. Du bist mir tagelang aus dem Weg gegangen, tauchst plötzlich wieder auf und hattest ein Exposé dabei. Einfach so, obwohl ich seit Wochen erfolglos suche. Dann das Geschenk, das ich mir nie leisten könnte. Alles zusammen hat mir das Gefühl gegeben, der größte Versager auf Erden zu sein.«

»Das bist du nicht«, erwidere ich und sehe zu ihm auf, als ich seinen Blick auf meiner Haut spüre.

Mit gesenkter Stimme fährt er fort: »Dann war es ein Zufall, dass du mir aus dem Weg gegangen bist, nachdem ich dich enttäuscht habe?«

»Enttäuscht, weil du ans Telefon gegangen bist?« Irritiert schaue ich ihn an. Das ist seine Vermutung? Dass ich gekränkt war, weil er mich um meinen Höhepunkt gebracht hat? »Das war nicht der Grund dafür, dass ich Abstand brauchte. Nicht einmal annähernd.«

»Gut zu wissen.«

Es tritt ein Schweigen ein, das ich nicht ertrage. »Wenn du dich das nächste Mal so fühlst, rede mit mir. Ich weiß, dass ich kein Kind habe, und verstehe, dass ich dich wegen der Kette vorher hätte fragen müssen, aber du musst lernen, nicht immer das Schlimmste von mir anzunehmen. Okay?«

Nach einem Moment nickt er ernst. »Lucy hat sich übrigens sehr über deine Kette gefreut und war etwas verwirrt über deinen plötzlichen Abschied.«

»Kann ich verstehen.« Es war auch eher eine Flucht.

»Ich glaube, sie würde sich gern dafür bedanken, wenn sie das nächste Mal hier ist.«

»Jederzeit«, stimme ich zu und lasse den Blick durch den Flur schweifen, weil ich Cameron gerade nicht ansehen kann. Schon allein neben ihm zu stehen, ruft vollkommen gemischte Gefühle in mir hervor. Vermisse ich ihn? Ja. – Aber er hat mich auch verletzt. – Und sich erklärt. – Doch Entschuldigungen sind nur wie ein Pflaster, das man auf eine Wunde klebt.

Es tritt ein erneutes Schweigen ein, das von Camerons Räuspern unterbrochen wird. »Ich würde mich auch gern bei dir bedanken. Für das Wohnungsexposé.«

Als ich mich dazu überwinde, zu ihm aufzuschauen, zieht sich in mir alles so sehnsuchtsvoll zusammen, dass ich schließlich nachgebe. »Ich bin heute Abend allein. Meine Mitbewohnerin arbeitet. Du kannst jederzeit vorbeikommen, wenn du willst.«

»Und das wäre okay?«

»Sicher. Es ist ohnehin ein gemischtes Wohnheim und Besuch nicht verboten.«

»Das meinte ich nicht.«

»Es ist okay«, wiederhole ich mit Nachdruck, gerade als sich die Tür zum Behandlungsraum des Physiotherapeuten öffnet.

Er verabschiedet seinen Patienten, sieht uns an und bedeutet Cameron einzutreten. »Verletzte Spieler haben Vorrang.«

»Natürlich«, sage ich und fühle mich augenblicklich schlecht, weil ich so mit meinen eigenen Gefühlen beschäftigt war, dass ich keine Sekunde daran gedacht habe, Cameron zu fragen, weswegen er hier ist. Ich mache mir etwas Sorgen um ihn, bin aber trotzdem erleichtert, dass wir über das Missverständnis geredet haben. Denn wenn ich ehrlich sein soll, kann ich es kaum erwarten, ihn wiederzusehen.

Wie jeden Montag treffen wir uns zur Redaktionssitzung.

Während die anderen Platz nehmen und ihre Laptops auspacken, checke ich ein letztes Mal meine E-Mails. Mein Herz macht einen aufgeregten Hüpfer, als eine Antwort auf eine der Bewerbungen angezeigt wird. Rasch überfliege ich den Inhalt.

»Sehr geehrte Penelope Perez, es tut mir leid, Ihnen mitteilen zu müssen …«

Eine Absage. Der hiesige Supermarkt hat mich abgelehnt. Und es wäre nicht so unangenehm, wenn das Café in der Slate Street nicht ebenfalls noch vor dem Vorstellungsgespräch abgesagt hätte. Genauso das spanischsprachige Kino. Waren einräumen, Toiletten putzen, Popcorn verkaufen. Obwohl die Stellen noch immer ausgeschrieben sind, hat man kein Interesse an meiner Hilfe. Die Erkenntnis nagt an mir wie ich an meiner Unterlippe. Vielleicht sollte ich Bo meine Unterlagen prüfen lassen? Offensichtlich mache ich etwas falsch.

»Du könntest Tim mal wieder rauswerfen«, unterbricht Chloé meine Gedanken und klopft mit dem Kugelschreiber auf ihr glitzerndes Notizbuch. »Ehrlich. Wie kann man nur ständig zu spät kommen?«

»Es gibt vielleicht Menschen, die noch andere Verpflichtungen haben, außer den passenden Nagellack zum Outfit rauszusuchen?«, gibt er zurück.

»Kein Streit bitte. Immerhin ist er hier«, antworte ich und nippe an meinem Tee. Er ist hier, weil wir etwas zu besprechen haben. Also verdränge ich meine privaten Probleme. »Lasst uns anfangen.«

Wir reden über Ideen für anstehende Artikel und tauschen Termine und Gerüchte, denen wir nachspüren wollen. Ich leite Chloé ein paar der Fotoeinsendungen weiter, die zwar hübsch auf Instagram aussehen würden, zu denen mir aber partout keine Bildunterschrift einfallen mag. Vielleicht hat sie dazu kreative Ideen. Am Ende des Treffens weiß zumindest jeder, was er in den kommenden Tagen zu tun hat.

Manche müssen zu ihren nächsten Vorlesungen, andere setzen sich an die Laptops und beginnen schon einmal für ihre Artikel zu recherchieren oder überarbeiten diejenigen, die demnächst veröffentlicht werden sollen.

Auch ich setze mich an den Laptop, checke erneut meine E-Mails und stutze. Eine neue E-Mail, aber der Absender kommt mir nicht bekannt vor. Es ist keine Antwort auf eine Bewerbung. Irritiert überfliege ich die Nachricht, nur um sie gleich noch einmal zu lesen. Und noch einmal.

»Was ist los? Du siehst aus, als hättest du einen Geist gesehen«, reißt mich Chloé aus meiner Blase.

»Ich weiß nicht, ob das ein Scherz sein soll, aber die New York News hat geschrieben, dass sie eine Beitragsreihe planen. Über aktuelle Innenansichten aus dem Studierendenleben. Sie sind auf unserem Blog an einem meiner Artikel hängen geblieben und würden ihn im Rahmen der Reihe gern abdrucken. Da ich ihren Anruf nicht beantwortet habe, versuchen sie es jetzt per E-Mail. Sie würden für den Beitrag sogar ein paar Dollar zahlen.«

»Das ist doch supercool. Warum schaust du dann so schockiert?«

»Weil es ausgerechnet einer der Artikel über Ernährung im Studierendenleben ist. Der über Kuchen, falls du dich erinnerst?«

»Ja«, antwortet Chloé gedehnt. »Der, in dem der Ernährungsberater der Otters den Spielern Kuchen verbietet und du darüber philosophierst, ob das als seelische Grausamkeit durchgeht.«

»Der Artikel ist nicht einmal gut«, werfe ich ein.

»Er war humorvoll, hat zum Nachdenken angeregt, und man erfährt viel über Ernährung und Entbehrung – dein Zitat – der Footballspieler. So was interessiert die Leute, und darum geht's doch. Außerdem fand ich ihn sehr wohl gut geschrieben. Jedem von uns machst du ständig Mut, an sich zu glauben, und hilfst uns dabei, die Beiträge noch besser zu machen, aber deine eigenen Werke redest du immer klein. Diese Leute haben nicht ohne Grund ausgerechnet deinen Artikel ausgewählt, obwohl sie auch einen meiner grandiosen Beiträge hätten nehmen können.«

Vielleicht hat sie recht, trotzdem hätte ich wohl einen anderen Artikel ausgesucht.

»Schau nicht so skeptisch. Nimm das Geld und den Ruhm einfach an.«

Das Geld nehme ich gern, auch wenn ich bezweifle, dass ein Artikel in der NYN reicht, um sich einen Namen zu machen.

Meinetwegen können sie den Artikel abdrucken. Er ist meiner Meinung nach kein literarisches Meisterwerk, aber wenn er den Machern der NYN gefällt, bin ich zufrieden. Mehr als das. Damit hätte ich wirklich nicht gerechnet.

Sofort kommt mir das Schreiben der Columbia wieder in den Sinn, das Hanna mir zurückgegeben hat. Aber auch die Worte meiner Mom. Darüber, wie froh meine Eltern sind, dass ich mich für ein *richtiges* Studium entschieden habe. Wem mache ich etwas vor? Sie wären alles andere als erfreut darüber, wenn ich mein Studium abbreche, um mich dem Schreiben zu widmen. Daran wird auch ein Artikel in der NYN nichts ändern.

Ich schreibe der Redaktion schnell eine Zusage und bin überrascht, dass mein iPhone eine Antwort anzeigt, noch bevor ich all meine Sachen zusammengepackt habe.

Wir würden zu dem Artikel gern ein Bild veröffentlichen. Falls Sie beispielsweise ein Foto haben, das Sie sich zu dem Artikel vorstellen könnten, senden Sie es uns gern in den nächsten Tagen zu.

Ein Foto? Etwa von mir, einem Stück Kuchen und einem Football? Oder was könnte zu diesem Artikel passen? So etwas besitze ich nicht. Aber vielleicht habe ich eine andere Idee, weil ich zufällig einen ziemlich guten Illustrator kenne, der ebenfalls immer Geld gebrauchen kann.

»Du solltest dir einen eigenen Blog zulegen«, sagt Chloé aus heiterem Himmel.

Fragend sehe ich sie an, woraufhin sie mir ihren Laptop zudreht.

»Wenn man dich googelt, findet man gefühlt tausend Artikel über deinen Dad und deinen Steckbrief auf unserem Campus-Blog, aber nichts über dich. Wenn sie deinen Artikel drucken, werden vielleicht Leute nach dir suchen, und sie sollten mehr finden als dein Foto und wie du vor diesem überdimensionalen Weihnachtsbaum in der Eingangshalle der Perez Inc. stehst. Ehrlich. Wie hoch ist bitte dieser Baum?«

»Fünf Meter.«

Chloés Gedanken sind offensichtlich schon wieder weitergewandert, während meine bei dem Blog hängen geblieben sind. Ich finde die Idee gar nicht schlecht. Ein Dankeschön murmelnd beschließe ich, mich darum zu kümmern.

»Der Blog braucht einen Namen«, murmle ich in Dauerschleife, während ich mit dem Laptop auf dem Bett sitze.

Ein Klopfen an der Zimmertür lässt mich auffahren. Rasch springe ich auf, öffne die Tür und bin wenig überrascht, Cameron zu sehen.

»Komm rein«, sage ich statt einer Begrüßung und bedeute ihm, einzutreten.

»Bist du dir sicher, dass es okay ist?«

»Sonst hätte ich dich nicht hereingebeten.«

»Und deine Mitbewohnerin ist noch eine Weile unterwegs?«

»Ja, warum fragst du?«

Als er eintritt, fühlt sich das ohnehin schon kleine Zimmer noch winziger an. Als würde allein seine Präsenz den ganzen Raum ausfüllen.

»Weil … Ich habe …« Er zögert, bevor er den Mantel öffnet und ihn zu Boden gleiten lässt. Cameron trägt keinen Hoodie, kein Shirt, sondern präsentiert mir seinen nackten Oberkörper. »Du hast letztens am Telefon was gesagt von wegen nackt im Mantel überraschen. Zu Hause kam es mir noch wie eine gute Idee vor, aber jetzt …« Er reibt sich mit der Hand über den Oberarm, an dessen Schulter blaues Tape klebt. »War eine dumme Idee.«

Sein betretener Gesichtsausdruck bringt mich zum Lachen. Vielleicht ist es eine eigenwillige Art der Entschuldigung, aber irgendwie finde ich es sehr süß, wie er verlegen vor mir steht, als wäre er über seinen eigenen Mut erschrocken.

»Entschuldigung akzeptiert«, sage ich, gehe zu ihm hinüber, lege die Hände an seine Brust und sehe zu ihm auf. »Ich verspreche, ich werde Lucy nie wieder unangekündigt Geschenke machen. Wenn du es nicht möchtest, komme ich auch nicht vorbei, wenn sie da ist. Es war … unangemessen. Ich habe kein Recht dazu, mich in euer Leben zu drängen.«

Cameron unterbricht mich, indem er mir eine Hand an die Wange legt und mit dem Daumen darüberstreicht.

»Was?« Verunsichert sehe ich zu ihm auf, aber sein Blick ist auf meine Lippen gerichtet.

»Du hast noch nie so sexy ausgehen wie in diesem Moment.«

Das halte ich für eine Lüge, aber mein Körper kribbelt bereits in freudiger Erwartung, weil er weiß, wie dieser Moment ausgehen wird, noch bevor ich Camerons Lippen auf meinen spüre. Wie von selbst gleiten meine Hände über seinen muskulösen Bauch und widmen sich seinem Gürtel.

»Ist mit deiner Schulter alles okay?«, frage ich, ohne unseren Kuss zu unterbrechen.

»Alles gut. Nichts, worüber du dir Sorgen machen musst.« Er legt die Hände an meine Taille, lässt sie tiefer wandern und zieht mich an sich.

Ja, er hat mir auch gefehlt. Alles an ihm. Aber jedes Mal, wenn ich mit ihm schlafe, wird die zweifelnde Stimme in meinem Inneren lauter:

Was ist, wenn Orgasmen irgendwann nicht mehr reichen, um mich zu befriedigen? Wenn ich mehr von ihm will? Mehr, als er zu geben bereit ist?

Ich hatte vergessen, wie unsäglich mein Bett quietscht, wenn man sich darauf bewegt. Um nicht das halbe Wohnheim darüber zu informieren, was wir gerade treiben, wechseln wir auf den Fußboden. Aber der Gang zwischen den Betten ist so schmal, dass sich ständig einer von uns in den Perlenketten des Plastikvorhangs verheddert. Wie in stummer Übereinkunft beschließen wir, unsere Wiedervereinigung kurz zu halten.

Statt uns danach aneinanderzukuscheln, ziehen wir uns an, falls Lin zurückkommt. Nichts an diesem Moment ist auch nur annähernd romantisch. Obwohl ich nichts gegen spontanen

Sexbesuch habe, weiß ich nicht, ob ich das hier noch lange durchhalte. Mir fehlt etwas.

»Habe ich dir wehgetan?«, fragt Cameron und sieht mich besorgt an.

»Nein, alles gut.« Wahrscheinlich habe ich ein paar Sekunden zu lange vor mich hingestarrt, aber wenn ich Schmerzen habe, dann keine körperlichen.

Er setzt sich aufs Bett, greift nach meinem Laptop und sagt etwas, aber seine Worte kommen nicht bei mir an. Meine Gedanken sind zu laut. Zu einnehmend.

Haley hat einmal zu mir gesagt: *Du bist der wichtigste Mensch in deinem Leben. Also behandle dich auch so.*

Und vielleicht hat sie recht. Vielleicht bin ich es mir schuldig.

Mit zitternden Knien lasse ich mich auf die Matratze sinken und brauche ein paar Sekunden, um meine Gefühle zu verdrängen.

»Verrätst du mir, was das hier werden soll?« Cameron dreht mir den Laptop zu. Noch immer blinkt der Cursor an der Stelle, an der man den Namen des Blogs eingeben soll.

Also erzähle ich ihm von Chloés Idee. Statt sich über mich lustig zu machen, steigt er sofort in die Namenssuche ein. Mit Zetteln, Kugelschreibern und Textmarkern sitzen wir auf meinem Bett und starten ein spontanes Brainstorming. Es ist wirklich schwierig, einen Namen zu finden, der noch nicht vergeben ist – vor allem, wenn man noch keinen genauen Plan davon hat, worüber man eigentlich schreiben will.

»Ich will damit nicht berühmt werden«, sage ich. »Ich möchte den Leuten nur einfach die Chance dazu geben, mich kennenzulernen. Die Penny hinter dem Namen, falls du verstehst.«

»Wie wäre es dann mit so etwas wie *Private Affairs?* Du kannst den Namen später immer noch ändern.«

Ich kann ein Schnauben nicht unterdrücken. »Private Affairs. Der Vorschlag kann auch nur von dir kommen.« Da mir nichts Besseres einfällt, übernehme ich den Namen dennoch und will es für heute eigentlich gut sein lassen, aber Cameron ermutigt mich dazu, mich auch gleich um das Layout zu kümmern. Währenddessen skizziert er erste Entwürfe für ein Logo. Einfach so, ohne dass ich ihn darum gebeten habe.

»Ich weiß, du hast viel zu tun, aber könntest du dir eventuell vorstellen, mir eine Zeichnung zu einem Artikel anzufertigen? Ich könnte dir sogar ein wenig Geld dafür geben«, erkläre ich und schildere ihm die Anfrage der NYN.

»Klingt interessant. Bin dabei.«

Eine Weile sitzen wir noch auf meinem Bett, arbeiten an dem Blog und quatschen über dieses und jenes, bis Lin zurückkommt.

Sie schenkt uns einen so argwöhnischen Seitenblick, dass Cameron sofort vom Bett aufspringt, als hätte sie uns bei etwas Verbotenem erwischt.

»Ich sollte los«, verabschiedet er sich hastig. Und obwohl sein Abschiedskuss kaum als solcher durchgeht, bringt er Lin dazu, genervt zu schnauben.

»Wow. Penny datet einen Footballspieler. Wie originell.« Sie mustert Cameron und startet ihren Laptop. »Lass dich nicht dabei erwischen, wie du sie auf dem Parkplatz, der Tribüne oder in der Umkleide vögelst. Das kommt nicht gut an und führt meistens dazu, dass man vom College fliegt, wenn deine Eltern nicht das passende Kleingeld haben. Keine Ahnung, warum ich dir das sage. Aber du siehst nett aus.«

»Ich hatte nichts davon vor«, erwidert Cameron, schnappt sich seinen Mantel und zögert dennoch. »Ihr hattet Sex in der Umkleide?«

»Das sind nur Gerüchte«, antworte ich und ignoriere Lins Schnauben.

Cameron kann unbesorgt sein: Wir werden nichts tun, was seinen Platz in der Mannschaft gefährdet. Und wenn ich diesen Campus verlasse, dann ganz sicher nicht, weil man mich bei etwas Verbotenem erwischt.

Wir machen Fehler. Und wir machen es besser.

20. KAPITEL

☑ *Über meinen Schatten springen*

Ich verbringe das Wochenende im Wohnheim und arbeite endlich die To-do-Liste fürs Studium ab, um mich nicht mit anderen Zukunftsfragen auseinandersetzen zu müssen. Unter anderem mit der, wie ich meine Pläne in die Tat umsetzen soll, wenn ich für all meine Bewerbungen auf einen Nebenjob nur Absagen kassiere. Ich wurde kein einziges Mal zum Vorstellungsgespräch eingeladen. Kellnern, putzen, kassieren. Mir wäre egal, was ich tun muss, aber ich bekomme nicht einmal die Chance dazu.

Liegt es an mir? Den fehlenden Erfahrungen? Dem falschen Foto? Ich weiß es nicht. Ich weiß nur eins: Ohne Job keine Chance.

Je länger ich darüber nachdenke, umso unruhiger macht mich der Gedanke. Unser Zimmer hat sich noch nie so klein angefühlt. So eng und erdrückend. Aber auch als ich es verlasse, um eine Runde laufen zu gehen, verschwindet der Druck auf meiner Brust nicht. An meiner Lieblingsstelle am See mache ich eine Pause, lasse den Anblick auf mich wirken und atme tief durch.

Was ist nur mit mir los? Warum bin ich neuerdings so unzufrieden mit meinem Leben? Liegt es an der Situation mit Cameron? An Kyles Rückkehr? Dem Dauerstreit mit meinen Eltern?

Unfähig, meine Gefühle einzuordnen, jogge ich zum Wohnheim zurück. Dort angekommen setze ich mich an meinen winzigen Schreibtisch. Ich kann mich nicht entscheiden, ob ich meine Hausarbeit für Wirtschaftsethik beginnen oder doch lieber für Handels- und Gesellschaftsrecht lernen soll. Meine Wahl fällt auf Letzteres, bis ich nach einer Stunde abbreche.

Wie kann Joshua sich täglich mit solchen Dingen – und nichts anderem – auseinandersetzen? Das ist fast noch langweiliger als Grundlagen der Statistik. Oder Bilanztheorien. Oder Finanzmathematik.

Seufzend lasse ich mich der Länge nach aufs Bett fallen. Mein Blick wird wie magisch von dem Zettel angezogen, auf dem in großen Buchstaben steht: *Studienfach wechseln*. Wenn ich mich daran erinnere, durch wie viele erschreckend langweilige Vorlesungen und Seminare ich mich in den letzten Semestern gequält habe, klingt es viel zu verlockend. Das Studium abbrechen. Etwas anderes anfangen. Keine Mathematik mehr. Keine Zahlen.

Lin liebt Zahlen. Sie lebt für Berechnungen und ihr Studium. Nicht umsonst ist ihre Hälfte des Zimmers mit Plakaten von Planeten oder der Mondlandung tapeziert. Und was hängt an der Wand über meinem Schreibtisch?

Zitate von Schriftstellern, Künstlern und einigen Philosophen. Wie eines von Seneca: »Es gibt keinen bequemen Weg, der von der Erde zu den Sternen führt.«

Oder Worte von Aristoteles: »Wir sind das, was wir wiederholt tun. Vorzüglichkeit ist daher keine Handlung, sondern eine Gewohnheit.« Typische Dinge, die Dad mir seit der Kindheit vorgebetet hat. Aber wo sind die Zitate von Unternehmern und Pionieren? Motivierende Sprüche von Henry Ford oder Steve Jobs? Wo finde ich mich wieder?

Wie von einem inneren Drang getrieben, stehe ich vom Bett auf und hole aus der Schublade meines Nachttischs ein kleines Kästchen hervor, nur um einen Brief zu lesen, den ich frühestens nach dem Bestehen meines Bachelors wieder in die Hände nehmen wollte.

Über das Papier zu streichen fühlt sich an, als würde ich zu einem vergangenen Leben Kontakt aufnehmen. Dabei sind all die Gefühle von damals so präsent wie lange nicht mehr. Der Brief der Columbia hat existiert. Hanna hat ihn aufbewahrt. Ich hätte Journalismus studieren können. Aber ich habe mich dagegen entschieden. Ich hatte Gründe. Gute Gründe. Zumindest dachte ich das. July hat mittlerweile Drew, liebt ihr Studium, das Cheerdancing und braucht mich nicht mehr. Nicht so, wie sie mich damals gebraucht hätte, als ich stattdessen meine Zeit mit jemandem vergeudet habe, dem ich nichts wert war. Mein Studium langweilt mich. Alejandro ist noch immer tot, denn nichts und niemand kann ihn je zurückbringen.

Ava sagte, dass das Problem an Männern mit Kind ist, dass sie notfalls nackt aus dem Bett springen würden, um ihnen zu Hilfe zu eilen. Tatsächlich könnte ich in diesem Moment jemanden brauchen, der für mich da ist. Wo war mein Dad bei Spinnennotfällen? Wo ist er, wenn es in meinem Leben schwierig wird? Ja, meine Eltern haben Geld ans St. Clair überwiesen, damit sie mich nicht rauswerfen. Aber warum haben sie nie gefragt, wie es mir mit der Situation ging?

Warum fragen sie jetzt nicht? Mir geht es nicht gut. Mir geht es schon lange nicht mehr gut. Ich hatte nie jemanden, der für mich da war, wenn ich ihn brauchte. Außer July. Es war richtig, mit ihr zusammen hierzubleiben. Damals war es das. Aber jetzt ist die Situation eine andere.

Ein Klopfen an der Zimmertür reißt mich aus den vollkommen wirren Gedanken.

»Wer da?«, frage ich und lege rasch den Brief in die Schublade zurück. Statt einer Antwort höre ich nur ein Kichern.

Mit gerunzelter Stirn gehe ich zur Tür und bin nach dem Öffnen nicht weniger verwundert. Lucy und Cameron?

»Überraschung!« Lucy reißt die Hände in die Luft.

»Entschuldige den Überfall«, sagt Cameron. »Ich weiß, du brauchst bestimmt Zeit für dich und deine eigenen Sachen, aber Lucy wollte dich unbedingt noch einmal treffen, solang sie hier ist.«

»Tatsächlich?«, frage ich verwirrt und kann ein irritiertes Blinzeln nicht unterdrücken.

Lucy nickt entschieden, schiebt ihren dicken Schal beiseite und zieht die Kette hervor. »Ich wollte mich noch bei dir bedanken. Die Kette ist echt schön. Ich trage sie jeden Tag.«

»Das freut mich.« Der plötzliche Anblick der beiden überfordert mich. Eben war ich noch mit den Gedanken allein – und nun stehen sie vor meiner Tür. Habe ich darüber nachgedacht, wie einsam ich mich fühle? Dabei waren Cameron und Lucy auf dem Weg hierher. Zu mir. Es ist, als hätten sie gehört, dass ich jemanden brauche. Diese Erkenntnis erfreut mich mehr, als sie sollte.

»Euer Timing ist perfekt. Ich habe gerade eine Lernpause gemacht.« Rasch bedeute ich den beiden, einzutreten.

Lucy lässt sich nicht lange bitten, stapft in ihren Winterstiefeln ins Zimmer, schaut sich interessiert um und stutzt. »Das ist dein Zimmer? Du hast aber nicht sehr viel Platz.« Sie sieht mich aus großen Augen an und deutet auf den schmalen Gang zwischen den Betten. Mit den Fingerspitzen streicht sie durch den Vorhang, dessen Plastikperlen leise aneinanderklickern.

»Eine Hälfte gehört mir, in der anderen wohnt Lin, aber sie ist heute unterwegs. Ein Wochenende im Monat hilft sie im Planetarium aus.«

»Hier gibt es gar keine Tür. Hast du denn keine Toilette?«

»Doch. Zwei Türen weiter links ist ein Gemeinschaftsbad«, erkläre ich. »Wir haben davon mehrere auf dem Flur.«

Lucy hebt die Augenbrauen. »Dann läufst du nachts im Pyjama durch den Flur, wenn du mal musst? Und was ist mit einer Küche?«

»Wir haben keine, sondern erhalten Essensmarken, die wir in der Mensa einlösen können. So bekommen wir jeden Tag frisches Essen und müssen nicht selbst kochen.«

Da Cameron sich noch immer nicht gerührt hat, bedeute ich ihm erneut, einzutreten.

Im Grunde gibt es in unserem Zimmer gar nichts Interessantes zu entdecken, aber Lucy begutachtet sehr ausgiebig Lins Postersammlung des gesamten Universums.

»Das ist schön.« Sie deutet auf ein Plakat mit Galaxien, auf dem in Großbuchstaben geschrieben steht: *Betrachte die Sterne, nicht die Dunkelheit.*

»Sterne leuchten nur in der Dunkelheit«, murmelt Cameron neben mir.

Ich bemerke jetzt erst, dass sein Blick an der To-do-Liste über meinem Bett hängen geblieben ist. Die Liste ist kindisch und peinlich. Am liebsten würde ich sie sofort abreißen und verstecken, aber nun ist es zu spät. Wenigstens ist es *Bucket List 2* und nicht Variante eins, auf der ich dick und fett *Mit sexy Sportler schlafen* durchgestrichen habe. Oder: *Betrunken auf einem Tresen tanzen*. Oder all die anderen Sachen, die July und ich am Ende der Highschool für ein cooles Muss gehalten haben.

Warum liest Cameron noch immer die Liste? So lang ist sie doch gar nicht.

Seine Mundwinkel heben sich zu einem spöttischen Grinsen. »Hing die Liste letztes Mal schon da?«

Während ich nicke, wappne ich mich dagegen, dass er sich gleich über mich lustig machen wird, stattdessen neigt er den Kopf zur Seite.

»Wie wäre es mit einer spontanen Unternehmung? Einer Überraschung?«, schlägt er vor und wackelt provozierend mit den Augenbrauen. »Letztes Mal hast du uns überrascht, jetzt sind wir dran.«

»Ja!« In Lucys Augen tritt nicht nur ein freudiger Funke, sondern ein ganzes Freudenfeuerwerk. »Sag Ja.« Es scheint nicht mehr viel zu fehlen, bis sie vor Vorfreude auf und ab hüpft.

Mit nur einem Schritt tritt Cameron an meinen Schreibtisch heran und greift einen Kugelschreiber aus dem Becher mit allerlei Schreibutensilien. Er hält mir den Stift hin. Es ist ein Angebot, einen weiteren Punkt auf Julys *Bucket List* abzuarbeiten.

Spontan sein.

Ohne darüber nachzudenken, nehme ich den Stift entgegen, steige aufs Bett und streiche den Punkt durch.

»Lucy? Kannst du mal kurz am Fenster nach Vögeln Ausschau halten?«, bittet Cameron, und sie nickt. »Ich hoffe, es ist wirklich okay, dass wir hier sind?«, flüstert er und sieht mich eindringlich an. »Lucy wollte dich sehen, aber ich habe dich auch vermisst.«

»Es ist okay«, versichere ich ihm und versuche zu ignorieren, dass seine Worte mein Herz schneller schlagen lassen. »Mehr als okay.«

Statt eines Kusses tauschen wir nur einen tiefen Blick, aber er sagt mir so viel mehr, als jedes Wort es könnte.

»*Studiengang wechseln* fehlt noch auf deiner Liste«, sagt Cameron unvermittelt, als wir zu dritt die Straße entlanggehen.

Er hält Lucys Hand, während ich meine in die Manteltaschen schiebe.

Es macht mich fast verrückt, dass ich das Ziel unserer Unternehmung nicht kenne, aber ich reiße mich zusammen. Ich will keine Spielverderberin sein.

»Was würdest du denn gern studieren?«, fragt Lucy interessiert.

»Als Teenie wollte ich unbedingt an die J-School der Columbia und in New York Journalismus studieren. Meine Eltern sind früher viel mit mir gereist und haben mir die Welt gezeigt. Ich dachte, so könnte ich alles verbinden. Das Reisen, das Schreiben und die Neugierde.«

»Was hat dich davon abgehalten?«

»Vieles«, antworte ich unbestimmt.

»Aber du solltest das studieren, was dir Spaß macht«, sagt Lucy. »Sonst bist du bis zum Rest deines Lebens unzufrieden. So wie Mom. Die wollte nämlich eigentlich Helferin beim Tierarzt werden und nicht Verkäuferin. Und das sagt sie jeden Tag. Ich ertrage es nicht, wenn du auch so wirst.« Sie seufzt so schwer, dass sich ihre schmalen Schultern heben und senken.

»Denkst du denn, dass wir uns in Zukunft öfter sehen werden?«, frage ich vorsichtig.

Lucy sieht aus großen Augen zu mir auf und greift erneut nach der Kette um ihren Hals. »Ich dachte, wir sind Freundinnen?«

»Ja, natürlich. Das würde mich freuen«, antworte ich unsicher und schaue zu Cameron auf, der mir ein flüchtiges Lächeln schenkt. »Wenn Zoe mit ihrem Job so unglücklich ist, hat sie mal darüber nachgedacht, einen Schulabschluss nachzuholen? Ich meine, Lucy ist ja jetzt auch schon groß und geht selbst zur Schule. Vielleicht gibt es in eurer Nähe eine Initiative für Menschen, die sich weiterbilden wollen.«

Cameron seufzt so resigniert, als wäre ich nicht die Erste, die mit diesem Thema anfängt. Wahrscheinlich sind meine Gedanken egoistisch, aber für einen kurzen Augenblick habe ich die Hoffnung, dass Zoe weniger Vorbehalte gegen eine neue Freundin in Camerons Leben haben würde, wenn sie mit ihrem eigenen zufriedener wäre. Und selbst falls es nicht so wäre, würde ich ihr gern helfen. Ich habe noch immer die Dinge im Kopf, die man über Cameron gesagt hat. Wahrscheinlich waren die Menschen nicht viel netter zu Zoe, aber sie konnte nicht nach Toledo ziehen und von vorn beginnen.

»Mom sagt immer, dass der Zug für sie abgefahren ist«, erklärt Lucy.

»Das ist schade«, murmle ich.

»Ja, sehr schade. Ist immer doof, wenn man den letzten Zug verpasst.«

Da hat Lucy recht. Was ist, wenn auch ich in einem Zug sitze, der mich in eine Gegend bringt, in die ich gar nicht will? Die für viele andere Passagiere ein Traumreiseziel ist, sich aber für mich nicht so anfühlt? Vielleicht sollte ich umsteigen, solang ich es noch kann. Aber wo bekomme ich die neue Fahrkarte her, wenn mein Ticket nur für diese eine Linie gilt? Sprich: Wo finde ich einen Job?

Irgendwie ist Lucys Vorfreude auf die Überraschung jedoch so ansteckend, dass ich meine Zukunftsängste erst einmal beiseiteschieben kann.

»Ihr entführt mich in den Park?«, frage ich gut gelaunt und muss mich zusammenreißen, nicht mit ihr gemeinsam über den Weg zu hopsen. Es würde ziemlich albern aussehen. Allerdings verfliegt die Leichtigkeit, als ich begreife, wohin die beiden wollen. Dabei hätte ich es mir eigentlich denken können: zum Eislaufen.

In der Mitte des *Rose Parcs* wurde ein Eislaufring aufgebaut, der noch den gesamten Winter über stehen wird. An hölzernen Hütten, die in zarten Pastellfarben gestrichen sind, kann man Tickets kaufen, Schlittschuhe ausleihen oder sich mit Heißgetränken und Snacks versorgen. Lichterketten spannen sich über einen mit Tannenbäumen verzierten Platz, dessen Bänke zum Verweilen einladen. Es sieht wunderschön aus.

»Wir gehen eislaufen!«, ruft Lucy und klatscht in die Hände. Ihre Augen strahlen mit den Lichtern um die Wette.

»Wenn du wir sagst, meinst du …?«, beginne ich skeptisch und werde prompt von ihr unterbrochen.

»Uns alle drei!«

Hilfe suchend sehe ich zu Cameron auf. »Wie wäre es, wenn ihr zwei aufs Eis geht? Ich hole mir einen Kakao, warte an der Bande und winke euch freundlich zu, wenn ihr vorbeifahrt?«

»Nein!« Lucy schüttelt entschieden den Kopf und verschränkt trotzig die Arme vor der Brust. »Du musst mitlaufen.«

Ich möchte ihr nicht den Spaß verderben, aber ich will wirklich nicht aufs Eis. »Ich kann gar nicht eislaufen«, gestehe ich.

»Dann zeigen wir dir, wie es geht.« Sie greift nach meiner Hand und zieht mich in Richtung des Schlittschuhverleihs.

Alles in mir sträubt sich dagegen.

Nach Unterstützung suchend drehe ich mich zu Cameron um, der sich seufzend mit der Hand über die Stirn reibt. »Lucy, warte. Penny möchte nicht mit uns eislaufen.«

»Wieso nicht? Dafür sind wir doch hier!«, protestiert sie.

Für einen Moment bin ich irritiert, weil er meinen vorsichtig geäußerten Vorschlag so direkt zusammenfasst. Aber was soll ich tun? Meine Gefühle unterdrücken, um Lucy nicht zu enttäuschen?

»Ich gehe mit dir aufs Eis«, verspricht er ihr und hält ihr die Hand hin. »Komm, wir holen uns Schuhe.«

Lucy öffnet den Mund, als wollte sie erneut widersprechen, und lässt empört meine Hand los.

»Wir haben Penny nicht gefragt, ob sie mit uns eislaufen möchte. Wir können sie nicht dazu zwingen.«

Augenblicklich fühle ich mich noch schlechter. Als würde ich beide gleichermaßen enttäuschen. »Cam? Kann ich kurz mit dir reden?«

»Sicher. Wir holen nur kurz Schuhe.« Auf Lucy einredend wendet er sich zum Gehen.

Als er mich stehen lässt, fühle ich mich mies. Mein schlechtes Gewissen und meine Angst vor dem Eis kämpfen gegeneinander. Unzufrieden stelle ich mich an eine freie Stelle der Bande, stütze die Unterarme darauf und beobachte das Treiben auf der Eisfläche. Kinder laufen lachend um die Wette, Paare gleiten Händchen haltend über das Eis. Es sieht schön aus. Wirklich. Vor allem, als ein leichter Schneefall einsetzt und alles mit einer schimmernden Schicht überzieht, die wirkt, als wäre die Welt mit winzigen Diamanten verziert. Minutenlang starre ich vor mich hin und fahre auf, als Cameron sich neben mich stellt.

Er legt ein paar geliehene Schlittschuhe auf den Gummimatten zu unseren Füßen ab, stützt die Unterarme ebenfalls auf die Bande und bedeutet Lucy, nicht so weit wegzufahren, damit er sie im Blick behalten kann.

»Worüber möchtest du reden?«, fragt er ohne Umschweife.

»Dass ich es ehrlich etwas unfair finde, dass ihr mir nicht sagen wolltet, wohin wir gehen, und mir dann Vorwürfe macht, wenn ich darauf keine Lust habe.«

»Wieso denkst du, dass wir dir Vorwürfe machen?«, fragt er irritiert und betrachtet mich so nachdenklich, als wollte er die Antwort von meinem Gesicht ablesen.

»Hast du Lucys Blick gesehen? Sie war enttäuscht. Aber ich kann wirklich nicht eislaufen.«

»Penny.« Er streckt die Hand nach meiner aus und drückt sie leicht, bis ich zu ihm aufsehe. »Vielleicht ist Lucy enttäuscht, weil sie gern mit uns gemeinsam gelaufen wäre. Aber sie ist nicht enttäuscht von dir. Okay?«

»Okay«, murmle ich halbherzig. Sein Blick wandert zu meinen Lippen, und ich wünschte, er würde mich küssen, um mir zu versichern, dass zwischen uns wirklich alles in Ordnung ist. Aber das tut er nicht. Natürlich nicht. Nicht in der Öffentlichkeit. Nicht vor Lucy.

Räuspernd wendet er den Blick ab. »Ich gehe zu ihr. Brauchst du Geld für einen Kakao?«

»Ein paar Dollar habe ich dabei«, lehne ich ab, doch als Cameron sich zum Gehen wendet, halte ich ihn zurück. »Cam? Ich …«

»Es ist okay. Wir können anschließend noch etwas anderes machen.«

»Nein. Ich …« Ich sehe flüchtig zu Lucy hinüber, die zufrieden auf der anderen Seite der Bande auf und ab gleitet und geschickt den anderen Eislaufenden ausweicht. Sie scheint das nicht zum ersten Mal zu machen. »Ich war nur einmal eislaufen, und es war eine Katastrophe.«

»Wie kann eislaufen in einer Katastrophe enden? Bist du auf einem See gelaufen und eingebrochen?«

»Wenn du das so sagst, klingt meine Geschichte lächerlich. Ganz so katastrophal war es dann vielleicht doch nicht«, gestehe ich. »Ich war damals mit meinen Eltern an Weihnachten in New York. Eigentlich wollten wir shoppen, aber ich habe meine Eltern angefleht, dass ich eine Runde eislaufen darf. Es sah so schön aus, wie elegant die Menschen über das Eis geglitten sind. Meine Eltern waren dagegen, haben dann aber doch eingewilligt. Ich wusste nicht, dass das Eislaufen nur leicht aussieht, aber wahnsinnig schwierig ist. Ich war dumm und naiv. Ich hatte kaum einen Fuß auf das Eis gesetzt, da bin ich weggerutscht. Am Eingang des Eisrings war eine kleine Kante, und ich habe mir den Kopf angeschlagen. Es tat wahnsinnig weh. Ich hatte eine Platzwunde, und meine Mom war unfassbar wütend, weil ich mit meiner Dickköpfigkeit den neuen Mantel und den ganzen Tag ruiniert hatte. Statt zum Einkaufen sind wir ins Krankenhaus gefahren. Das getrocknete Blut ließ sich nicht mehr aus dem Mantel waschen. Sie hat es mir noch Jahre später vorgeworfen. Danach haben sie mich nie wieder mitgenommen, wenn sie über die Festtage nach New York geflogen sind. Ich bin immer bei Hanna geblieben.«

»Sieh mich an«, bittet er und kommt auf mich zu.

Erschrocken fahre ich auf, als er mit den Daumen über meine Wange streicht. »Unfälle passieren. Das war nicht deine Schuld. Wer so einen Aufstand wegen eines Kleidungsstücks macht, hat dich gar nicht verdient. Okay? Du bist keine Ankleidepuppe. Und ich verspreche dir, wenn du dich heute auf das Eis traust, wirst du nicht fallen. Ich passe auf dich auf.« Er mustert mich aufmerksam. »Niemand wird dich auslachen. Dieses Mal bist du nicht allein.«

Als ich nicke, senkt er leicht den Kopf, als würde er mich erneut küssen wollen, in der letzten Sekunde überlegt er es sich aber doch anders.

»Nicht vor Lucy?«, vermute ich.

»Du hast keine Ahnung, wie viel Selbstbeherrschung es mich manchmal kostet, mich zusammenzureißen.«

»Ich sehe es dir an«, widerspreche ich lächelnd.

»Verschieben wir das auf später. Jetzt holen wir dir ein paar Schlittschuhe und überschreiben diese unschöne Erinnerung mit einer positiven. Einverstanden?«

Ich weiß nicht, ob das so einfach geht: unschöne Erinnerungen durch bessere ersetzen. Meine zitternden Finger sind davon nicht überzeugt. Dennoch schnüre ich wenige Minuten später die geliehenen Schuhe zu und folge Cameron über einen Weg aus Gummimatten zu einem der Eingänge der Eisbahn.

»Halt dich an der Bande fest«, rät mir Lucy. »Ganz fest, dann kann dir nichts passieren.«

Ich folge ihrem Ratschlag, komme mir aber beobachtet vor. Es ist, als würden mich alle Leute anstarren und nur darauf warten, dass ich ihnen eine Gelegenheit dazu biete, mich auszulachen. Erschrocken fahre ich auf, als Cameron die Hände an meine Taille legt.

»Dir wird nichts passieren. Ich passe auf dich auf«, verspricht er, und sein warmer Atem streicht mir über den Kopf.

Ich weiß die Geste zu schätzen, aber das hier ist eine dumme Idee. Das muss ich spätestens einsehen, als ich den ersten Fuß aufs Eis setze, leicht wegrutsche und mich panisch an der Bande festkralle.

»Du kannst das wirklich gar nicht, oder?«, fragt Lucy.

Klingt sie desillusioniert? Enttäuscht? Besorgt? Zum Interpretieren von Tonfällen habe ich gerade keine geistigen Kapazitäten frei.

»Wenn du bereit bist, gibst du mir deine Hände«, sagt Cameron.

»Und dann? Willst du mich festhalten?«, frage ich sarkastisch. »Ich verliere den Halt, reiße dich mit ins Unglück, du verletzt dich, kannst nächste Saison nicht spielen und verlierst dein Stipendium.«

»Möglich. Oder du vertraust einfach darauf, dass ich dich halte.«

»Einfach«, murre ich. Tief durchatmend löse ich eine Hand von der Bande und umklammere seine viel zu fest.

»Auch die andere«, bittet er.

Keine Ahnung, wie viele Sekunden ich einfach nur vor mich hinstarre, bevor ich mich dazu überwinden kann, die Bande loszulassen und mein Eislaufschicksal in Camerons Hände zu legen. Ich komme mir fürchterlich beobachtet vor, als ich panisch seinen Griff erwidere.

»Entspann dich. Glaub mir. Das wird dir gefallen«, neckt er und gleitet sanft zurück.

Ich sehe, dass er weiß, was er tut. Sein perfekter Körper trägt ihn lässig übers Eis, während Lucy neben uns hergleitet und klatscht.

»Du machst das ganz toll«, versichert sie mir, als würde ich irgendwas anderes machen, als mich an ihrem Vater festzuhalten.

»Sobald du dich bereit fühlst, steig mit ein. Linker Fuß. Rechter Fuß. Linker Fuß. Rechter Fuß.«

Ich versuche es, ramme die Kufen aber so fest ins Eis, dass es klingt, als würde ich versuchen, Nägel einzuschlagen.

»Cam, ich kann das nicht«, sage ich das Offensichtliche.

Sofort bleibt er stehen, sodass ich unelegant gegen seine Brust stolpere. »Wie willst du etwas können, das du nie zuvor wirklich probiert hast?«

»Wir sehen aus wie zwei Vollpfosten.«

»Du entscheidest: Üben oder Kakao trinken? Du hast die Wahl.« Er sieht mich auffordernd an, als würde er eine Antwort erwarten.

Wenn ich jetzt Kakao trinken gehe, würde es sich anfühlen, als würde ich aufgeben. Und darin bin ich noch schlechter als im Eislaufen.

Die Augen verdrehend reiche ich ihm die Hand.

»Ich wusste, dass du eine Kämpferin bist.«

»Go Penny, wohoo!«, ruft Lucy, als hätte sie es sich bei July abgeschaut.

Wohoo. Von wegen. Am Ende der Stunde schaffe ich es, mich allein an der Bande entlangzutasten und ein paar Meter zu gleiten. Nicht sehr elegant, aber zumindest sturzfrei. Mein ganzer Körper schmerzt vor Anspannung, weil ich mich vollkommen verkrampft habe.

Als Cameron mir applaudiert, weiß ich, dass es nicht meinen nicht vorhandenen Eislaufkünsten gilt, sondern der Tatsache, dass ich nicht aufgegeben habe.

Und das fühlt sich gut an.

Ich muss lächeln.

Wir haben unsere Schuhe kaum wieder angezogen, da klingelt Camerons Handy. Fragend schauen Lucy und ich zu ihm auf.

»Jetzt sofort?« Er sieht zwischen uns hin und her. »Ja. Klar. Ich bin auf dem Weg.«

»Was ist los?«, frage ich besorgt.

»Nichts Schlimmes. Du erinnerst dich an das Exposé? Jemand ist abgesprungen, und wir könnten die Wohnung jetzt sofort besichtigen, wenn wir noch Interesse haben.«

»Oh. Das sind gute Neuigkeiten, oder nicht?«

Er wendet sich an Lucy, die ergeben nickt.

»Okay. Dann sehen wir uns erst die Wohnung an und gehen dann Eis essen«, gibt sie nach. »Aber wir gehen noch Eis essen. Versprochen?« Sie verschränkt trotzig die Arme vor der Brust, bis wir nicken. »Na, dann los.« Energisch ergreift sie mit einer Hand meine, mit der anderen Camerons, als hätte sie soeben beschlossen, dass es für uns selbstverständlich ist, gemeinsam Camerons neues Zuhause auszusuchen.

21. KAPITEL

☑ *Nie mehr vor Vögeln küssen!*

»Dieser Italiener ist übrigens richtig gut«, schwöre ich, nachdem wir die Vermieterin begrüßt haben. Soweit ich weiß, betreibt sie auch das Restaurant. Zumindest schenkt sie mir ein dankbares Lächeln.

Wir folgen ihr eine schmale Holztreppe hinauf in den ersten Stock des Hauses. Die Stufen sind uneben und ausgetreten und knarzen bei jedem Schritt.

»Ein wenig dunkel hier«, murmle ich.

»Im Hausflur gibt es leider kein Fenster«, stimmt sie zu. »Aber dafür hat das Badezimmer eins.«

Ich streiche mit dem Finger über einen ehemals weißen Handlauf, der seine besten Tage hinter sich hat. Die Farbe ist an einigen Stellen abgeblättert, sodass die Maserung des Holzes durchschimmert. Auch der ausgetretene Treppenläufer sieht aus, als hätte er schon so einige Geschichten zu erzählen. Insbesondere die darüber, wie er die vielen Flecken erhalten hat, die ihn zieren. Es gibt nur zwei schwache Lampen, die alles in diffuses Licht tauchen. Wären nicht die fröhlichen Stimmen aus dem Restaurant zu hören, könnte man das Treppenhaus in jedem beliebigen Gruselfilm einsetzen.

Vor der Wohnungstür angekommen, zögert die Vermieterin und spielt mit dem Schlüssel in der Hand. »Eigentlich ist die Wohnung besser für alleinstehende Studierende geeignet. Die

Zimmeraufteilung ist etwas ungünstig für Familien, aber vielleicht macht ihr euch selbst ein Bild davon, ob die Wohnung für euch infrage käme.«

Dankend nehme ich den Schlüssel an mich und verzichte darauf, sie darüber aufzuklären, dass ich hier nicht einziehen werde. »Eine Frage habe ich noch: Warum ist die Wohnung überhaupt frei geworden?«

Ich habe schon Angst, dass die Vermieterin »ein Todesfall« antwortet, aber sie sieht Lucy flüchtig an.

»Die Freundin des jungen Mannes, der hier wohnte, ist schwanger. Sie sind zusammen nach Ann Arbor gezogen. Wenn ihr nach der Besichtigung noch Fragen habt, meldet euch gern unten im Restaurant. Aber seht euch erst einmal alles in Ruhe an.« Damit verabschiedet sie sich die knarzende Treppe hinunter.

»Na dann.« Obwohl ich nach dem Anblick des Flurs eher skeptisch bin, versuche ich, optimistisch zu klingen, und schließe die Tür auf, um die beiden einzulassen. »Viel Spaß beim Umschauen.«

Zwischen dieser Wohnung und der Männer-WG, in der Cameron momentan lebt, liegen Welten. Sie erinnert mich am ehesten an Julys Wohnung. Aber eine nicht renovierte Variante davon. Jedes Haus und jede Wohnung hat einen Eigengeruch. Eine einzigartige Mischung, die die Grundlage für den individuellen Geruch einer Familie bildet. Mein erster Eindruck von dieser Wohnung ist eine leicht süßliche Holznote. Nicht aufdringlich, eher wie ein teures Parfüm, das noch in der Luft hängt. Einige der Flurdielen knarren beim Auftreten. Ob das gruslig oder gemütlich ist, ist vermutlich Ansichtssache.

»Wie gut, dass ihr nur zu zweit seid und keine WG plant«, scherze ich und wippe auf einem der Dielenbretter geräuschvoll auf und ab. »Hier kann sich nachts niemand auf die Toilette schleichen.«

»Und kein Einbrecher reinkommen!«, stimmt Lucy zu.

Da hat sie recht. Es dürfte schwierig werden, unbemerkt einzutreten.

»Verbuchen wir es also als Alarmanlage«, schlage ich vor.

»Sehe ich etwa nicht angsteinflößend genug aus, um Einbrecher abzuschrecken?« Cameron baut sich zu seiner vollen Größe auf und bemüht sich um einen grimmigen Gesichtsausdruck, der Lucy zum Lachen bringt.

»Du siehst aus wie der Hund von Mrs Jones«, behauptet sie.

»Aber das ist ein Chihuahua«, wirft er ein und sackt in sich zusammen.

»Ja, und der plustert sich auch immer so auf und bildet sich ein, er wäre beeindruckend«, erklärt sie und stattet dem Badezimmer einen Besuch ab.

»Wenn sich deine Gegner vor Lachen auf dem Boden kugeln, werdet ihr zukünftig auch gewinnen.« Ich klopfe ihm aufmunternd gegen die Brust und folge Lucy zum Badezimmer.

Es sieht genauso klein und in die Jahre gekommen aus wie auf den Fotos, aber zumindest wirkt es gepflegt und sauber. Auch wenn ich nicht weiß, wann hellblaue Armaturen modern waren.

Ähnliches gilt für die Küche auf der gegenüberliegenden Seite. Der Kühlschrank sieht aus, als wäre er mal erneuert worden, aber der Herd ist sicherlich schon so alt wie Cameron.

Das Zimmer nach vorn raus ist geräumig und hat große Fenster. Im goldenen Glanz der Abendsonne fällt es nicht besonders schwer, sich vorzustellen, wie gemütlich es hier sein könnte. Aber ich verstehe, was die Vermieterin meinte: Das zweite Zimmer, mit Fenster zum Innenhof, ist winzig. Wäre Lucy jeden Tag hier, wäre es mir persönlich als Kinderzimmer auch zu klein. Ein schmales Bett und ein Schreibtisch dürften vielleicht hineinpassen, mehr aber nicht. Als Elternschlafzimmer oder Wohnzimmer erscheint mir der Raum ebenfalls unbrauchbar. Das einzig Schöne ist die Aussicht auf den großen Baum im Innenhof, auch wenn ich jetzt im Winter und ohne Blätter nicht sagen kann, was für eine Baumart es ist.

»Sieht aus, als wäre das hier mal die Speisekammer gewesen«, murmle ich, offensichtlich nicht leise genug.

Lucy schnuppert in die Luft, als könnte sie noch immer den Duft der einst hier gelagerten Lebensmittel einatmen. »Zumindest stinkt es nicht nach Käse. Ich mag keinen Käse.«

»Lucy, würdest du vorn mal lauschen, ob man die Autos durch die geschlossenen Fenster hört oder ob man da schlafen könnte?«, bittet Cameron.

»Leichteste Übung.« Sie stemmt die Hände in die Hüften und stiefelt in den Flur, während Cameron sich neben mich ans Fenster stellt.

So dicht, dass ich seine Körperwärme spüren kann. Als ich zu ihm aufsehe, ist seine Miene unergründlich. Woran denkt er wohl? »Was sagst du zu der Wohnung?«, frage ich.

»Ich weiß nicht. Sie ist okay. Denke ich. Zweckmäßig.« Er verstummt und betrachtet den Baum im Innenhof. »Würdest du hier einziehen?«

»Keine Ahnung«, gestehe ich und schlinge die Arme um den Oberkörper. Ich musste noch nie eine derartige Entscheidung treffen. Meine Eltern waren immer an meiner Seite, und vor allem war ich nie in der Position, ein Elternteil zu sein. Ich musste nie Verantwortung für einen anderen Menschen übernehmen. »Ich denke, solang Lucy nur ab und zu hier ist, würde es wohl gehen. Diese Wohngegend gilt als ruhig und sicher. Viele Studierende leben hier. Wenn wir ehrlich sind, wirst du mehr Zeit auf dem Campus als in deinem Zimmer verbringen.

Du wirst in Seminaren sitzen, Entwürfe anfertigen und den Großteil des Tages trainieren. Aber was die Wohnung an sich betrifft, kann man es sich hier sicher gemütlich machen, wenn man keine Ansprüche an modernste Technik hat. Ich meine, wenn dir Unabhängigkeit wichtig ist, würde ich wohl schnellstmöglich aus der WG ausziehen. Mateo und Joshua sind nett, aber ich könnte mir vorstellen, dass es sich komisch anfühlt, ihnen keine Miete zu zahlen. Zumindest auf Dauer.« Schweigend schaue ich in den Garten hinaus.

Ich sehe vor meinem geistigen Auge, wie Lucy im Sommer in der Sandkiste spielt oder auf der Schaukel dort am Baum hin und her schwingt, während Cameron am Laptop sitzt und arbeitet.

»Wir sollten die Vermieterin fragen, ob der Garten mitgenutzt werden darf. Ich denke, der wäre ein Pluspunkt.«

»Wir?«, hakt Cameron nach.

»Du«, korrigiere ich. Es geht um seine Wohnung, seine Tochter, seine Zukunft.

Als ich zu ihm aufsehe, lässt er den Blick zu meinen Lippen wandern. So eindeutig, dass es keine Einbildung sein kann. Sofort zieht sich alles in mir sehnsüchtig zusammen. Verdammt. Seine Nähe fehlt mir.

»Falls du jetzt das Verlangen verspüren solltest, mich zu küssen, tu es.«

Sein Blick zuckt kurz zur Tür, bevor er sich langsam zu mir hinabbeugt.

Ich komme ihm auf halber Strecke entgegen, stelle mich auf die Zehenspitzen und lasse die Hand auf seinen Nacken gleiten. Kaum berühren sich unsere Lippen, rauscht ein elektrisierendes Kribbeln durch meinen Körper. Obwohl er um mehr bettelt, weise ich Cameron ab, indem ich den Kopf zur Seite drehe.

»Lass uns das zu einem anderen Zeitpunkt fortsetzen«, sage ich. »Allein.«

Erneut sieht er flüchtig zur Tür. »Montagabend bei mir?«

»Klingt gut.« Ich nicke rasch, trete einen Schritt zurück und beende das Thema, als Lucy ins Zimmer spaziert.

»Besteht ihr eigentlich auf Eis? Oder hättet ihr Lust auf Pizza?«, schlage ich vor, um mich davon abzulenken, dass mein Körper gerade etwas ganz anderes vernaschen möchte. »Ich lade euch ein.«

»So weit kommt das noch«, widerspricht Cameron lachend. »Ich bezahle.«

»Ja, wir laden dich ein!«, verkündet Lucy mit Nachdruck. »Man kann ja nicht immer nur nehmen, man muss ja auch mal geben.«

»Ganz meine Meinung«, stimmt er zu und entlockt mir ein amüsiertes Schmunzeln.

»Wenn du so dringend einen ausgeben willst, lass dich nicht davon abhalten«, säusle ich und folge Lucy in den Flur. »Was ist denn dein erster Eindruck von der Wohnung?«

»Für eine Weile wird sie wohl gehen, auch wenn Bos Kuchen mir ehrlich fehlen wird.« Bedauernd schüttelt sie den Kopf.

»Für eine Weile?«, hake ich nach.

Sie sieht zu mir auf und hebt eine Augenbraue. »Ich bin vielleicht noch ein Kind, aber ich bin nicht doof. Wenn ihr ein Baby bekommt, ist hier eindeutig zu wenig Platz für uns alle.«

»Lucy, wieso sagst du so etwas?«, fragt Cameron verwirrt.

»Weil du immer sagst, dass du nicht zu uns zurückkommst. Mommy hat mir ein Foto von dir und Penny gezeigt. Und sie hat sich tierisch aufgeregt, dass Penny mir die Kette geschenkt hat. Was ich nicht verstanden habe, weil sie echt hübsch ist. Also habe ich Grandma im Diner besucht und ihr von allem erzählt. Sie hat das Bild von dir und Penny übrigens auch in deinem Status gesehen. Und die Kette. Und sie hat gesagt, dass du mich zwar lieb hast, dass es aber sein kann, dass du und Mommy nie wieder zusammenkommt. Weil es sein kann, dass du dich in eine andere Frau verliebst. Das habe ich Jeremy erzählt. Dessen Eltern sind auch geschieden. Und der bekommt jetzt zweimal im Jahr Geburtstags- und Weihnachtsgeschenke. Das hat mich ein wenig getröstet.«

»Lucy, warte.« Cameron legt ihr eine Hand auf die Schulter. »Grandma hat recht, okay? Was auch immer passiert: Ich liebe dich. Und du wirst immer der wichtigste Mensch in meinem Leben bleiben.«

»Ja, ich weiß.« Flüchtig schaut sie mich an, bevor sie ihm sehr laut zuflüstert: »Aber wenn du das mit Penny nicht auch versauen willst, solltest du das vielleicht nicht vor ihr sagen. Okay?« Erst als er nickt, hört sie auf, ihn eindringlich anzusehen. »Jeremy hat mir übrigens auch erzählt, woher die Babys kommen. Wenn zwei Menschen sich küssen und ein Storch das sieht, dann fliegt er zu einem Froschteich und klaut dort einer Seerose eine Perle, und dann, wenn die Frau schläft, spuckt er ihr die in den Mund, und daraus schlüpft in ihrem Bauch ein Baby.«

»Okay«, antworte ich gedehnt und weiß nicht, ob ich lachen oder mich gruseln soll. Es ist auf jeden Fall die spannendste Erklärung zum Thema Babyentstehung, die ich jemals gehört habe. »Dann werde ich wohl besser nie wieder jemanden küssen.«

»Ja, ist wohl besser so«, stimmt sie zu. »Zumindest wenn dir Vögel dabei zusehen. Denn manchmal petzen die das an den Storch weiter. Und das nennt man dann vögeln.«

Ich beiße mir auf die Unterlippe und kann dann doch nicht anders, als in lautstarkes Gelächter auszubrechen. Das ist mit Abstand die absurdeste, aber in sich schlüssigste Herleitung, die ich je über irgendetwas gehört habe. Mir laufen Tränen die Wangen hinunter. Ich will nicht gemein sein, aber Lucys Schilderungen bringen mich jedes Mal wieder zum Lachen. Ich würde mich gern zusammenreißen, doch ich kann einfach nicht.

Ich habe mich erst wieder vollkommen unter Kontrolle, als Cameron am Ende der Besichtigung die Wohnungstür hinter uns zuzieht.

»Geht's dir gut?«, fragt Lucy besorgt, geht die Treppe hinunter und springt die letzten Stufen in den Flur.

Räuspernd nicke ich. Mir geht es gut. Wenn Lachen tatsächlich die beste Medizin ist, werde ich in ihrer Nähe in den nächsten Jahren keinen Arzt brauchen.

»Lucy, gehst du schon mal ins Restaurant und suchst uns einen Tisch?«, bittet Cameron und wartet, bis sie durch die Tür mit der Aufschrift *Zum Restaurant* gegangen ist. Sofort wird sie von einer hilfsbereiten Kellnerin in Empfang genommen. Cameron seufzt so schwer, dass sich seine Schultern heben und senken. »Es tut mir echt leid. Ich hätte das Bild nicht teilen sollen. Ich dachte, es sieht harmlos aus. Ich hatte vergessen, dass meine Mom seit Weihnachten ein Smartphone besitzt.«

»Schon gut. Immerhin hat sie dich offensichtlich nicht kurz darauf angerufen, um dich zu fragen, ob es dein Ernst ist und du Schande über die Familie bringen willst.«

»Würde sie nicht tun. Sie wartet schon seit drei Jahren darauf, dass ich ihr endlich mal ein Mädchen vorstelle. Meine Eltern mögen Zoe. Aber nur als Lucys Mom, nicht als … Was auch immer.«

Was auch immer. – Er sagt es so, als wüsste er selbst nicht, was das zwischen uns ist.

»Als was würdest du mich deiner Mom vorstellen? Wenn du es tun würdest?«, frage ich meinem Gefühl folgend.

»Penelope Perez, die uns auf der Landstraße vor dem Kältetod gerettet hat«, schlägt er vor.

Das ist seine Antwort? Sie fühlt sich unangenehmer an, als sie sollte.

Ist das alles?, liegt mir auf der Zunge, aber ich halte die Worte zurück. Der dumpfe Schmerz in meinem Inneren ist auch so schon unangenehm genug. Ich sollte nicht darum betteln, noch Salz in die Wunde zu streuen.

Cameron betrachtet mein Gesicht und hebt zögerlich die Hand. Vorsichtig streicht er über meine Wange. Seine Finger hinterlassen dort, wo sie mich berühren, ein warmes Gefühl auf meiner Haut. »Du hast hier überall Wimperntusche.«

»Also Montagabend bei dir?«, vergewissere ich mich und bin mir nicht ganz sicher, wozu wir uns gerade verabreden, als er nickt.

»Und vielleicht habe ich bis dahin den ersten Entwurf für deine Illustration«, verspricht er, als bräuchte ich noch einen weiteren Anreiz dafür, ihn treffen zu wollen.

22. KAPITEL

☑ *Lucy unbeschadet zu Cameron zurückbringen*

»Der Fehler saß also dreißig Zentimeter vor dem Bildschirm«, schlussfolgere ich und bin erleichtert, dass sich das Problem so leicht beheben ließ.

Ich sitze mit Bo auf dem Sofa und bin sehr froh darüber, dass er sich mit dem Blogsystem so gut auskennt. Vielleicht hätte ich auch Cameron fragen können, aber er hat an seinem Lucy-Sonntag sicher Besseres zu tun, als meinen Blog zu reparieren, den ich mir offensichtlich selbst zerschossen habe, als ich das Layout anpassen wollte. Da July Drew zu einem Auswärtsspiel begleitet, haben wir die WG für uns.

»Hauptsache wir haben den Fehler gefunden«, beschwichtigt er. »Nicht jedes Blog-Layout unterstützt alle Funktionen, aber hier hast du deine Seitenspalte zurück.«

Das ist super. Momentan nutze ich sie, um Adressen und Anlaufstellen für Menschen aus Mexiko zu sammeln, die in Ann Arbor und Umgebung ein neues Leben beginnen wollen. Es sind vor allem Stammtischtermine und eine Collegegruppe, zu der ich schon allein durch die Arbeit in der Redaktion Kontakt habe. Sollten meine Eltern jemals auf meinen Blog aufmerksam werden, ist ein weiterer Streit vorprogrammiert. Ich höre jetzt schon die Stimme meiner Mom und wie sie mir vorwirft, dass ich mich für Sachen interessiere, die sie nicht umsonst hinter sich gelassen haben. Dass ich mich zur

Zielscheibe für Lästereien mache, wenn ich meine persönliche Meinung veröffentliche, statt mich auf neutrale Berichterstattung zu beschränken. Tatsächlich ist das einer der Gründe dafür, warum ich bisher keinen einzigen Beitrag geschrieben habe. Wenn ich das hier durchziehe, mache ich mich angreifbar. Aber vielleicht ist es immer noch besser, für etwas verurteilt zu werden, das man selbst in der Hand hat, als im Flur mit den Eskapaden des Ex-Freunds konfrontiert zu werden. Die Leute reden ohnehin immer über irgendwas.

»Bo, du bist der Beste.«

»Ich hörte, dass ich mir den Titel mittlerweile mit Cameron teilen muss«, meint er schmunzelnd.

»Wer sagt das?«

»Ich habe es mit meinen eigenen Ohren gehört. In der WG. Ihr seid nicht gerade leise.«

»Oh«, ist alles, was mir dazu einfällt. Ich bemühe mich um eine neutrale Miene, obwohl ich spüren kann, wie meine Wangen glühen. Da habe ich gleich noch etwas, was mir peinlich sein kann. »Das tut mir leid.«

»Wie kommt es, dass ich über euch noch kein offizielles Statement im Tratschteil des Campus-Blogs gelesen habe?«

»Weil es nichts Offizielles ist.« Das laut auszusprechen, ist unangenehmer, als ich mir eingestehen will. Vielleicht sollte ich ergänzen, dass es so okay ist, aber als ich den Mund öffne, bringe ich kein Wort heraus.

Bos Blick nach versteht er mich auch so. Er war lange genug nicht mit Joshua zusammen, um zu erahnen, was ich konsequent verdränge. »Wenn du darüber reden willst, bin ich hier«, ist alles, was er schließlich sagt.

»Danke.«

»Worüber möchtest du eigentlich schreiben?«, wechselt er spontan das Thema und lehnt sich entspannt zurück.

»Das ist eine gute Frage. Ich glaube, ich fange mit den Dingen an, die mich momentan selbst interessieren. Hat July dir von der Lesung erzählt? Ich liebe die Arbeit von Sofia Flores. Wie sie Einzelschicksale mit allgemeinen Themen verknüpft. Sie kommt auch aus Mexiko. Meine Eltern erzählen mir so wenig über ihr Herkunftsland, dass ich gern mehr über meine Wurzeln wissen würde. Aber …« Seufzend klappe ich den Laptop zu. »Ich weiß noch gar nicht, wie ich das anfangen soll. Vieles, was mich beschäftigt, sind sehr private Themen, und ich habe keine Ahnung, wie Sofia es schafft, die perfekte Balance zwischen Einzelschicksal und Gesellschaftskritik zu finden, ohne dass es effekthascherisch oder peinlich wird.«

»Und wenn du sie fragst?«

»Wie stellst du dir das vor? Soll ich ihr eine E-Mail schreiben? *Liebe Sofia, ich bin ein großer Fan deiner Arbeit. Wie machst du das nur?* Wohl kaum.«

»Warum nicht? Was soll im schlimmsten Fall passieren? Dass sie nicht antwortet?«

Wäre das der schlimmste Fall? Oder wäre es noch schlimmer, wenn sie mich googelt, meine Artikel liest und sich totlacht?

Trotzdem behalte ich diese Möglichkeit im Hinterkopf.

Unverhofft kommt oft – oder wie lautet dieses Sprichwort doch gleich?

Auf dem Rückweg von Bo will ich noch einmal in der Redaktion vorbeischauen, weil ich mein Notizbuch dort habe liegen lassen. Eigentlich beabsichtigt, damit ich nicht in Versuchung gerate, am Wochenende zu arbeiten, aber nachdem wir meinen Blog überarbeitet haben, gebe ich dem Drang nach. Doch kaum bin ich auf dem Hauptweg zum Campus abgebogen, laufe ich Cameron und Lucy in die Arme.

Lucy hält einen To-go-Becher in der Hand und wirkt alles andere als fröhlich. Schluchzend nippt sie an ihrem Getränk, Tränen laufen ihr die Wangen hinab und in ihren dicken Schal.

»Hey, ihr zwei«, grüße ich sie verunsichert. Es bricht mir fast das Herz, sie so niedergeschlagen zu sehen. »Alles okay?«

»Hallo, Penny«, murmelt sie mit gebrochener Stimme.

Cameron streicht über ihre Strickmütze, bevor er mich auf die Wange küsst. »Heute ist einfach kein guter Tag«, gesteht er und zwingt sich zu einem Lächeln. »Ich musste noch einen Entwurf beenden, aber es hat länger gedauert, als ich dachte, und jetzt haben wir es nicht mehr zum Schlittschuhlaufen in den Park geschafft. Ich muss gleich zu einem Sondertraining, und danach wird Lucy abgeholt.«

»Sondertraining?«, frage ich irritiert. An einem Sonntag?

»Kardiotraining und Laufanalyse. Wer montags frei hat und sich nicht damit herausreden kann, dass er vom letzten Spiel erschöpft ist, muss manchmal auch am Wochenende ran.« Er deutet vage in Richtung des Stadions.

Ich sehe Lucy an, dass sie versucht, tapfer zu sein.

Schniefend putzt sie die Nase im Ärmel ihres Mantels ab und schluckt schwer.

Nur mühsam kann ich das Bedürfnis unterdrücken, sie in den Arm zu nehmen. Ich weiß, wie es sich anfühlt, wenn einem Sachen versprochen werden, die nicht eingehalten werden können. »Falls es dir im Stadion zu kalt ist, könnten wir etwas Zeit zusammen verbringen«, biete ich an. »Wir sind doch Freundinnen, oder nicht? Ich habe heute nichts mehr vor. Wie lange trainiert dein Dad? Bis neunzehn oder zwanzig Uhr?«

Er sieht mich so überrascht an, dass ich es sofort bereue, dem Impuls nachgegeben zu haben, statt ihn zuerst zu fragen, ob mein Vorschlag für ihn überhaupt in Ordnung ist. Aber nach kurzem Zögern nickt er. »Lucy wird gegen achtzehn Uhr am Stadion abgeholt.«

»Ich muss nur kurz was aus der Redaktion holen. Wir könnten zusammen das Gelände erkunden«, schlage ich vor. »Ich weiß, dass es nicht dasselbe ist wie ein Ausflug mit deinem Dad, aber vielleicht schafft ihr es nächstes Mal. Meine Eltern haben auch immer viel gearbeitet und mussten manche Verabredungen absagen. Ab und zu ist dann unsere Haushälterin eingesprungen. Das war zwar nicht das Gleiche, aber meistens trotzdem ganz schön. Was meinst du?« Ich stupse Lucy vorsichtig gegen die Schulter.

»Ich weiß nicht«, murmelt sie in ihren Schal und wischt sich die feuchten Wangen daran ab.

»Bist du dir sicher, dass du das tun willst?«, hakt Cameron nach.

»Klar. Sonst hätte ich es ja nicht vorgeschlagen«, antworte ich, ohne darüber nachzudenken, so wie er keine Sekunde gezögert hat, als ich Hilfe beim Wiederaufsetzen des Blogs brauchte. Wie schwer kann es schon sein, auf Lucy aufzupassen?

Gut, das dachte ich als Kind auch mal über den Hund unserer Nachbarin, der mir beim Spaziergang prompt entlaufen ist – aber ich wusste damals auch nicht, dass Hunde nicht automatisch zurückkommen, nur weil man »Bei Fuß!« schreit. Lucy hingegen wirkt intelligent genug, um nicht verloren zu gehen. Und versteht meine Sprache. Außerdem hat sie sicher kein Interesse an der läufigen Nachbarshündin. Das ist ein weiterer entscheidender Pluspunkt. Sehen wir der Wahrheit ins Auge: Ich habe es einfach nicht mit Tieren.

»Möchtest du denn mit Penny mitgehen?«, vergewissert sich Cameron.

»Okay.« Sie nickt so tapfer, als stünde ihr eine große Prüfung bevor.

»Natürlich nur, wenn es für dich wirklich in Ordnung ist«, wende ich ein und sehe zu Cameron auf. Ich kann mir vorstellen, dass es ihn einige Überwindung kostet, jemandem seine Tochter anzuvertrauen. »Als kleine Wiedergutmachung für den versauten Vormittag.«

»Versaut?« Er schafft es tatsächlich, synchron eine Augenbraue und einen Mundwinkel anzuheben.

»Du weißt, wie ich das meine.« Ich wende mich von ihm ab, weil ich seinen provozierenden Blick nicht ertrage. Meine Gedanken melden sofort die Bereitschaft an, wirklich versaute Dinge zu tun. »Ich hole nur kurz mein Notizbuch, dann kann es losgehen«, schlage ich an Lucy gewandt vor.

Sie atmet tief durch, umfasst ihren Becher fester und nickt.

»Ich bringe sie dir nachher unbeschadet zurück. Falls etwas sein sollte, habe ich ja deine Nummer.«

»Danke dir. Also sehen wir uns nachher?« Er scheint noch etwas sagen zu wollen, überlegt es sich aber anders. Er drückt Lucy einen Kuss auf die Mütze und küsst mich auf die Schläfe, bevor er sich zum Gehen wendet.

Wie kann es sein, dass ich ihn vermisse, kaum dass er uns verlassen hat?

»Das ist also das *Hazelcup*«, sagt Lucy andächtig, als wir das Café im Retrolook betreten. Wobei der Begriff »Retro« sehr relativ ist.

Das *Hazelcup* existiert schon ein paar Jahrzehnte und hat sich in der Zeit kaum verändert. Aber genau das – und Mr Palmer – macht dieses Café zu etwas Besonderem. Einer Art Zuhause für jeden, der einen Moment Pause vom Alltag braucht und einen Ort sucht, der sich seit seiner Kindheit nicht verändert hat.

»Wenn du mich fragst, gibt es hier die besten Milchshakes

der Stadt. Andere sagen, dass es die im *Hatcat* gibt. Das ist ein Burgerladen, den wir ein anderes Mal ausprobieren könnten«, schlage ich vor, greife nach Lucys Hand und steuere mit ihr die perfekte Sitznische an. Sie ist weit genug von der Tür entfernt, damit es nicht zieht, und liegt nicht auf dem Weg zur Toilette, sodass ständig Leute an uns vorbeilaufen. Das wären absolute K.-o.-Kriterien, weil ich beides als ungemütlich empfinde.

»Seit meiner Kindheit hat sich hier fast nichts verändert«, plaudere ich, während wir uns setzen. Außer der Speisekarte, auf der nun ein paar von Bos Kreationen zu finden sind.

Es ist nicht so, dass das *Hazelcup* in den vergangenen Jahrzehnten keine anderen Angestellten gehabt hätte. Im Gegenteil: Im Sommer helfen hier regelmäßig Studierende aus, um während der Semesterferien ein wenig Geld zu verdienen, aber mit Bo ist es anders. Schon bevor er sein Studium abgebrochen hat, war er das Gesicht des *Hazelcup*. Der charmante junge Kellner, für den eine Menge junger Frauen – und Männer – noch einmal auf eine Extraportion Eis vorbeigekommen sind.

Da Lucy nach einer halben Stunde auf dem Campusgelände langweilig geworden ist, dachte ich mir, dass ein Milchshake genau die richtige Ablenkung sein könnte. Ihren strahlenden Augen nach war es eine gute Idee.

Ich grüße Mr Palmer. Anders als die Einrichtung ist er nicht immun gegen den Wandel der Zeit. Er ist sichtlich um einiges älter und noch langsamer geworden. Er steht hinter dem Tresen und pikst mit zittrigen Händen Papierschirmchen in Cocktailkirschen, während ein Kellner versucht, den Laden am Laufen zu halten. Offensichtlich ist er darin nicht annähernd so gut wie Bo. Mehrere Gäste beschweren sich, dass sie schon gefühlt eine Ewigkeit warten, und auf den Tischen stapeln sich leere Eisbecher.

Wir sitzen schon einige Minuten, bis man uns die Karten reicht.

»Sieht aus, als hättet ihr viel zu tun«, sage ich vorsichtig zu dem jungen Mann, der laut Schild Kevin heißt.

Er nickt und sieht sich flüchtig nach Mr Palmer um. »Er hat sich von seiner letzten Lungenentzündung nie ganz erholt und ist keine große Hilfe. Ich hasse die Tage, an denen Bo frei hat.« Mehr traut er sich nicht zu sagen, aber ich sehe ihm an, was er meint: Mr Palmer gehört zwar dieses Eiscafé, aber Bo hat in den letzten Wochen stillschweigend die Leitung übernommen. Weil er an Mr Palmer und dem *Hazelcup* hängt.

Kevin nickt einem Paar zu, das soeben eintritt. »Sucht ihr euch was aus? Ich bin gleich zurück.« Damit verschwindet er, um auch den neuen Gästen ihre Karten zu bringen.

»Er ist nett, aber er wirkt etwas überfordert.« Lucy schaut ihm nach, bevor sie konzentriert die Eisfotos in der Karte betrachtet.

Wir bestellen zwei Erdbeermilchshakes und plaudern über Lucys Leben in Ann Arbor. Über ihre Schildkröte Juicy. Über ihre Mom. Zeit mit Lucy zu verbringen ist leicht, weil sie eine dankbare Gesellschaft ist. Sie redet von sich aus so viel, dass ich gar nichts tun muss, um das Gespräch am Laufen zu halten. Der Nachmittag ist so gut wie perfekt. Ich hätte ihn mir nicht besser wünschen können.

Bis ich Lucy zum Stadion bringen will und in der Eingangshalle von einer sehr aufgebrachten Zoe empfangen werde.

»Wo wart ihr?«, fragt Cameron in einem Tonfall, der mir nicht vertraut vorkommt. Er wirkt für meinen Geschmack ein wenig zu erleichtert, als Lucy ihm im Eingangsbereich des Stadions in die Arme fällt. Fast so, als hätte er nicht damit gerechnet, dass ich sie ihm unbeschadet wiederbringe. Oder wie soll ich seine Miene sonst deuten?

»Wir waren im *Hazelcup!*«, ruft Lucy.

Zoe ist nicht viel größer als ich, trotzdem hat sie in dem Moment etwas an sich, das mich einschüchtert. In ihren grünen Augen blitzt es kampfeslustig auf. »Ich werde dir vor unserer Tochter keine Szene machen, obwohl mir gerade sehr danach ist. Aber sollte ich noch einmal mitbekommen, dass Cameron seine Aufsichtspflicht verletzt und Lucy einer Fremden anvertraut, war es das letzte Mal, dass er sie gesehen hat. Habe ich mich klar ausgedrückt?«

Überfordert blinzle ich sie an und weiß nicht, was mich mehr verletzt. Ihr aggressiver Unterton, die Drohung oder das Wort *Fremde*.

»Ich bin Penelope«, versuche ich mich vorzustellen und strecke die Hand aus, die Zoe ignoriert.

»Ich weiß verdammt gut, wer du bist. Muss schön sein, wenn man sich einbildet, von Daddys Geld alles kaufen zu können. Nur Charakter leider nicht. Fühlt es sich gut an, eine Familie zu zerreißen? Sorgt Daddy jetzt wenigstens dafür, dass Cam es in die NFL schafft, damit er in deine Familie passt?«

Vollkommen perplex schüttle ich den Kopf. »Ich weiß nicht, was du meinst. Cameron sagte, ihr seid getrennt und …«

»Hat er das?«, unterbricht sie mich. »Dann ist es ein Zufall, dass er nach dieser sagenumwobenen Nacht in L.A. nichts mehr von uns wissen will? Wir haben gemeinsame Freunde, Penelope. Denkst du, sie erzählen mir nicht, mit wem er sich vergnügt?«

»Ich wusste nicht, dass das ein Verbrechen ist«, werfe ich ein.

»Er hat dir also gesagt, dass wir getrennt sind? Hat er auch erwähnt, dass er bisher nach jeder Trennung auch wieder zurückkam? Ihr gebt euch einer Illusion hin, wenn ihr denkt, dass es dieses Mal anders endet. Cameron und ich gehören zusammen. Du bist in unserem Leben ein Niemand.«

Ihre Worte treffen mich. Flüchtig sehe ich zu Cameron und Lucy hinüber. Er versucht sie abzulenken, indem er ihr Werbetafeln und ausgestellte Trophäen zeigt. Zoes Worte hat er nicht gehört.

»Hast du nicht gesagt, dass du hier keine Szene machen willst?«, ist die erste Erwiderung, die mir bei Lucys Anblick in den Sinn kommt.

»Du hältst dich wohl für sehr clever. Du wirst schon noch sehen, was du davon hast«, verspricht sie und wendet sich von mir ab. »Lucy-Schatz, wir fahren jetzt!« Mit einem letzten abschätzigen Blick verabschiedet sie sich und lässt mich ratlos zurück.

Habe ich etwas falsch gemacht? Sie hat mir nicht einmal die Chance gelassen, mich zu rechtfertigen.

Verunsichert sehe ich zu Cameron auf.

»Tut mir leid, dass sie dich in unseren Streit gezogen hat«, sagt er. Er sieht müde aus, als hätten das Training und das Zusammentreffen mit Zoe ihm alle Kraft entzogen.

»Ich wollte nur helfen und nicht, dass du meinetwegen Stress mit Zoe bekommst.«

»Ich weiß«, seufzt er und reibt sich mit der flachen Hand über die Stirn. »Aber du kannst mit Lucy nicht einfach das Gelände verlassen, ohne uns Bescheid zu sagen.« Er deutet auf eine blaue Sitzecke in der Eingangshalle, als würde er vorschlagen, dass wir uns setzen.

Fast alles in diesem Stadion ist in Blau-Weiß gehalten. Es sind die Mannschaftsfarben der Otters, die sich auch überall auf dem Campus wiederfinden. Da unsere Cheerleading-Uniformen ebenfalls blau-weiß waren, habe ich mich in diesen Farben immer wohlgefühlt. Sie symbolisieren für mich Teamgeist und Wir-Gefühl. Doch in diesem Moment – hier in der zugigen Eingangshalle – wirken sie unbehaglich. Oder liegt es daran, dass ich ahne, dass das Gespräch unangenehm wird?

Camerons angespannte Körperhaltung lässt nicht viel Spielraum für Fantasien.

»Ich dachte nicht, dass es eine große Sache ist«, gestehe ich, gehe voran und setze mich auf einen der unbequemen Ledersessel, der neben einem Aufsteller mit Info-Flyern steht. Aus irgendeinem sinnlosen Reflex heraus greife ich nach einem Werbeflyer der Otters und beginne ihn unruhig zu falten. »Ich wollte nicht, dass du Stress mit Zoe bekommst«, versichere ich erneut. »Ich wollte nur helfen. Lucy hat sich gelangweilt, und ich schwöre, ich hätte sie sofort zurückgebracht, wenn ich den Eindruck gehabt hätte, dass sie sich bei mir unwohl fühlt oder ich der Situation nicht gewachsen bin.«

»Für dich mag das keine große Sache sein, aber ich mache mir Sorgen, wenn ihr allein unterwegs seid.« Er lässt seine schwere Tasche auf die Steinfliesen gleiten und geht unruhig auf und ab. »Ich bin Zoe Rechenschaft schuldig, mit wem ich Lucy allein lasse. Am Ende trage ich die Verantwortung, wenn euch etwas passiert. Du kannst nicht einfach die Örtlichkeit wechseln, und niemand weiß, wo ihr gerade seid.«

»Okay, aber du hättest mich anrufen können. Mein Handy war die ganze Zeit auf laut gestellt.«

»Wenn ich euch angerufen hätte, hätte ich gestehen müssen, dass ich nicht den Hauch einer Ahnung habe, wo ihr gerade seid. Zoe hat auch so einen riesigen Aufstand gemacht. Sie will, dass du dich nie wieder allein mit Lucy triffst. Andernfalls bringt sie Lucy nicht mehr nach Fair Haven. Und egal, was ich gerade über sie denke und was für unschöne Worte sie mir an den Kopf geworfen hat, sie ist Lucys Mom. Sie wird immer ein Teil meines Lebens sein, und ich will keinen Stress mit ihr.«

»Sie wird immer ein Teil deines Lebens sein, und ich bin nur eine flüchtige Bekanntschaft. Ist es das, was du sagen möchtest?«

Er pausiert seine Runde und sieht mich mit einem Blick an, den ich nicht deuten kann.

Ich warte darauf, dass er etwas sagt. In seinem Gesicht spiegelt sich eine Vielzahl von Gefühlen.

»Das ist nicht, was ich sagen wollte, aber im Grunde hast du recht«, bringt er schließlich hervor.

»Oh.« Erschüttert sehe ich zu ihm auf.

Autsch. Das tat weh.

»Du hast deine Meinung also kein Stück geändert?«, vergewissere ich mich. »Das hier ist für dich wirklich nur Sex?«

Cameron sagt nichts. Und vielleicht ist das die ehrlichste Antwort, zu der er imstande ist.

»Okay«, bringe ich tonlos hervor und ignoriere das Gefühl, als würde ich fallen. Die Landung auf dem Boden der Tatsachen ist jedes Mal aufs Neue hart. Nickend greife ich nach meiner Tasche. Meine Augen brennen, und mein Herz fühlt sich an, als würde eine unsichtbare Hand es zusammendrücken. Aber ich bin fest entschlossen, nicht zu weinen. Nicht in der Öffentlichkeit. »Wenn das so ist, wird es dir ja sicher nichts ausmachen, wenn ich es an dieser Stelle beende.«

Cameron reagiert nicht.

Blinzelnd räuspere ich mich. Ich muss hier raus. Jetzt.

»Leb wohl.« Mit großen Schritten verlasse ich die Halle und schlinge die Arme um meinen Oberkörper, als könnte ich dadurch mein Herz davor schützen, zu zerbrechen. Schon wieder. Wieso bin ich jedes Mal aufs Neue so dämlich, mich in Männer zu verlieben, die es nicht erwidern? Ich sollte einfach akzeptieren, dass ich nicht liebenswert bin.

Aber immerhin habe ich es dieses Mal geschafft, einen Schlussstrich zu ziehen, bevor ich mich noch weiter in Dinge verstricke, die mich verletzen.

Bis zur Eingangstür schaffe ich es, bevor mir die ersten

Tränen die Wangen hinablaufen. Ein eiskalter Wind schlägt mir entgegen, als ich die Tür öffne.

Hastig wische ich mit dem Ärmel meines Mantels über mein Gesicht, aber es hilft nicht. Ich kann nicht zu weinen aufhören. Dann ist es eben so. Ich brauche mich für meine Gefühle nicht zu schämen!

»Penny, warte!«, höre ich Cameron rufen, aber ich bleibe nicht stehen. Auch nicht, als seine Schritte mir nach draußen folgen.

Kopfschüttelnd setze ich meinen Weg zum Wohnheim fort. Es gibt nichts mehr zu sagen, keine Worte, die Kyle nicht schon benutzt hätte. Ich habe sie alle gehört.

»Ist okay«, versichere ich, als ich mir sicher bin, dass er in Hörweite ist.

»Bleibst du bitte stehen?«, fragt er und greift nach meiner Hand, die ich ihm entziehe.

Ich ertrage seine Nähe gerade nicht. »Ich komme zurecht. Mach dir keinen Kopf.«

»Bleib bitte stehen«, wiederholt er. »Wir sollten darüber reden.«

Schnaubend verharre ich in der Bewegung, wische mit dem Handballen flüchtig über meine feuchte Wange und sehe zu ihm auf. »Möchtest du noch etwas loswerden? Du traust mir nicht zu, auf Lucy aufzupassen. Du möchtest dich meinetwegen nicht mit Zoe streiten. Du siehst für uns keine Zukunft. Aber der Sex war nett. Ist es das in etwa?«

»Nicht annähernd«, verneint er und hebt die Hand, als wollte er mich erneut berühren, bevor er es sich anders überlegt und sie in seine Manteltasche schiebt. »Aber kannst du dir wirklich vorstellen, ein Teil unseres Lebens zu werden? Mit allem, was dazugehört? Stiefmutter zu sein? Thanksgiving mit meiner Familie in einem Diner zu feiern? Dich mit deinen Eltern zu zerstreiten? Einen gebrauchten Ford zu fahren, in dem es nach nassem Hund riecht? Mir fällt es schwer, dich so zu sehen. Ich muss an die Wohnung über der Pizzeria denken und im Gegensatz dazu an diese riesige Villa am See, an der ich letztens vorbeigejoggt bin. Und ich frage mich, wie unsere Welten zusammenkommen sollen.«

»Du zählst gerade nur Oberflächlichkeiten auf«, werfe ich ein. »Fällt es dir so schwer, dir vorzustellen, dass ich morgens neben dir aufwache, statt mich nachts aus irgendwelchen Zimmern zu schleichen?«

Seine Stimme wird drängender, und er tritt an mich heran. »Ist es wirklich das, was du willst? Mit allen möglichen Konsequenzen?«

»Bist du dir denn sicher, dass du bereit bist, mir einen Platz in deiner Welt einzuräumen? Manchmal habe ich den Eindruck, dass du mich absichtlich auf Abstand hältst.«

Cameron ringt mit sich, das kann ich ihm ansehen.

Ich wünschte, er würde mich einfach in die Arme nehmen und alle Probleme zwischen uns mit einem Kuss vom Tisch wischen. Aber so einfach ist das Leben nicht.

»Denk darüber nach, Cameron, was genau du willst. Ich werde es auch. Das war doch von Anfang an unsere Abmachung, oder nicht?« Ich werfe ihm ein trauriges Lächeln zu. »Wir hätten uns daran halten sollen.«

Als ich im Wohnheim zurück bin, habe ich so viele Fragen in meinem Kopf, dass der Punkt *Sofia Flores eine peinliche Fan Mail schreiben* noch am harmlosesten klingt. Außerdem brauche ich dringend etwas, das mich von meinem Liebeskummer ablenkt.

Ja, verdammt. Wem mache ich etwas vor? Ich bin in Cameron verliebt und weiß nicht einmal, wie lange schon.

Also tue ich genau das, was Bo vorgeschlagen hat. Ich schreibe Sofia eine Nachricht.

Was soll schon Schlimmes passieren?

Es sollte mich wohl nicht wundern, dass mein Handy eine neue Nachricht anzeigt, kaum dass ich die E-Mail versandt habe. Alizas Timing ist wie immer bemerkenswert.

Aliza: *Hey, Süße. Wie geht es dir?*

Was soll ich darauf nur antworten? Wenn ich ihr schreibe, was zwischen Cameron und mir vorgefallen ist, wird sie wahrscheinlich wieder sagen, dass er es nicht wert ist, ihm nachzutrauern. Auch wenn sie ihren Ex-Freund ab und an noch immer vermisst, rät sie mir stets dazu, nach vorn zu sehen. Manchmal wirkt es fast, als würde sie vor etwas aus ihrer Vergangenheit davonlaufen. Außerdem ist es ziemlich schwierig, in die Zukunft zu schauen, wenn einem niemand eine Chance geben will.

Penny: *Ehrliche Antwort? Ein One-Way-Ticket käme mir gerade sehr gelegen. Ich meine: Wie kann es sein, dass es in dieser ganzen Stadt keinen Aushilfsjob gibt, für den ich geeignet bin? Ich bekomme nur Absagen.*

Aliza: *Weil es in der ganzen Stadt wahrscheinlich zu viele Menschen gibt, die Angst davor haben, es sich mit deinem Dad zu verscherzen, wenn sie dich zum Einräumen von Supermarktregalen einstellen.*

Meint sie das ernst? Ist das wohlmöglich der Grund? Aber ich kann doch nichts dafür, wie ich heiße oder wer mein Vater ist. Wieso denken alle, dass mir mein Nachname Türen öffnet, wenn er in Wirklichkeit zwischen mir und dem steht, was ich wirklich will? (Cameron und einen Job.)

Penny: *Ich bin nicht mein Dad.*
Aliza: *Nein, du bist wie dieses niedliche Löwenbaby, hinter dem ein drohend dreinschauender ausgewachsener Löwe steht.*
Penny: *Themawechsel – wie geht es dir?*
Aliza: *Gut. Bradley hat seine Funkstille beendet. Falls er die anstehenden Werbeverträge unterzeichnet, kann ich dir von meiner Provision einige Flugtickets kaufen.*

Das ist eine typische Aliza-Antwort.

Penny: *Und es geht dir wirklich gut damit?*
Aliza: *Damit, dass ich das Gefühl habe, ihn auszunutzen, wenn ich meinen Job mache, obwohl ich weiß, wie sehr ihn diese Werbesachen nerven? Manchmal habe ich tatsächlich ein schlechtes Gewissen und denke, dass es besser wäre, auch beruflich getrennte Wege zu gehen.*
Penny: *Aber?*

Obwohl Aliza online ist, antwortet sie nicht mehr. Ich glaube, ich kenne ihre Antwort auch so. Arbeitskontakt ist besser als gar kein Kontakt.

23. KAPITEL

☑ *Antworten suchen*

»Es ist Montagabend. Das bedeutet Panik oder Korrekturlesen«, flötet July ohne Begrüßung aus dem Hörer.

»Weder noch«, gestehe ich. »Ich brauche einfach nur jemanden zum Reden. Bist du gerade zu Hause? Kann ich vorbeikommen? Ich könnte uns auch Pizza aus der besten Pizzeria der Stadt mitbringen.«

»Wenn du sogar zu Bestechungsmitteln greifst, muss es was Ernstes sein«, schlussfolgert sie. »Komm gern vorbei, aber Haley ist auch hier.«

»Und sie nimmt eine Pizza mit Pilzen und Schinken!«, ruft es aus dem Hintergrund. »Wenn ihr in Ruhe reden wollt, nehme ich sie auch gern mit nach Hause.«

»Nein, ist schon okay.« Und das ist es wirklich. Weil ich weiß, dass hinter Haleys manchmal vorlauter Fassade ein aufmerksamer und einfühlsamer Mensch steckt.

Während Bo und Drew eine Runde laufen sind, machen wir es uns mit der Pizza im Wohnzimmer gemütlich.

»Also, wie können wir dir helfen?«, fragt July und beißt genüsslich in ein Stück Käsepizza.

»Ich weiß, es klingt seltsam und klischeehaft «, nehme ich vorweg und hebe abwehrend die Hände. »Aber ich brauche eure Hilfe, um meine Gefühle für Cameron zu ordnen.«

Haley schenkt mir den irritierten Blick, den ich erwartet habe. »Solltest du nicht am besten wissen, was du für ihn empfindest?«

»Das tue ich. Aber es ist kompliziert. Camerons Ex-Freundin hängt noch an ihm. Er hat mit ihr eine Tochter. Und meine Eltern sind unter anderem über den Punkt mit der Tochter nicht erfreut. Überhaupt scheint Cameron Angst vor meinen Eltern zu haben. Als würden sie dafür sorgen, dass er in der Stadt keine Wohnung findet oder aus der Mannschaft fliegt, wenn er sich auf mich einlässt. Vielleicht steckt auch mehr dahinter. Ich weiß nicht. Manchmal ist er super einfühlsam, aber sobald es um Lucy oder Geld geht, wird er so … unentspannt.«

»Na ja. Ich nehme mal an, Lucy und Geld sind die zwei Themen, die aus seiner Sicht zwischen euch stehen«, wirft July ein. »Es ist nicht mein Lieblingsthema, aber ich weiß, wie es sich anfühlen kann, jemanden mit vermögenden Eltern zu daten, wenn man selbst keines hat. Wobei ich glaube, dass es für Bo noch schlimmer ist. Drew macht sich nichts aus teurer Kleidung oder schicken Hotels. Joshua hingegen ist immer sehr bemüht, das Geld, das ihm seine Eltern zur Verfügung stellen, zu nutzen, um allen das Leben möglichst angenehm zu machen. Er zahlt die WG oder teure Flüge oder teure Kleidung …«

»Er ist in dem Punkt wie seine Mom«, stimmt Haley zu.

»Bo besteht darauf, all seine Sachen selbst zu kaufen, weil er nichts haben will, das er nicht zurückgeben könnte. Was gelegentlich zu Stress führt, weil Joshua nicht immer begreift, warum Bo sich das Leben absichtlich so schwer macht.«

»Davon wusste ich gar nichts«, gebe ich zu.

»Du kennst ihn. Bo redet nicht gern über seine Gefühle.«

»Er ist eher ein Mann der Tat«, stichelt Haley.

Sie hat recht. Es war bisher immer Joshua, der über seine Gefühle für Bo geredet hat.

»Ich könnte mir einfach vorstellen, aber das ist nur eine Vermutung, dass Cameron in dem Punkt wie Bo ist. Jemand, der sich alles selbst erarbeiten will und nicht besonders gut darin ist, seine Gefühle zu kommunizieren. Vielleicht hat er auch wirklich Respekt vor deinen Eltern. Sie können schon einschüchternd sein. Wenn ich eine kleine Tochter hätte, würde ich sie auch vor ihnen beschützen wollen. Stell dir vor, du würdest Cameron und Lucy zu einem Brunch mitnehmen, wo sie die Clovers und all die anderen Freunde deiner Eltern treffen.«

»Gruselig«, stimme ich zu. »Davor würde ich sie auch beschützen wollen.«

July nimmt sich ein weiteres Stück Pizza. »Es ist alles nicht so einfach.«

»Du meinst, nicht so einfach, wie es mit einem anderen sein könnte?«, vergewissert sich Haley.

Vielleicht ist das der Punkt. Alles könnte so viel einfacher sein, wenn Cameron nicht Cameron wäre. Aber es ändert nichts daran, dass der Gedanke, ihn nicht mehr wiederzusehen, sich falsch anfühlt. Und von Anfang an falsch angefühlt hat.

»Was mir am meisten Sorgen bereitet, ist … das Gesamtkonstrukt. Da sind so viele rationale Gründe, die gegen uns sprechen, und ich weiß nicht einmal, was er für mich empfindet. Ich bin einundzwanzig. Zu Cam Ja zu sagen bedeutet quasi, ein Kind zu adoptieren. Dabei habe ich ja nicht einmal mein eigenes Leben im Griff. Ich wollte mein Leben nie wieder nach einem Mann ausrichten. Und dann nach einem Mann und einem Kind? Das ist doch verrückt.«

»Ist es das nicht immer?«, fragt Haley rhetorisch. »Immer, wenn wir Menschen in unser Leben lassen, müssen wir Kompromisse eingehen. Oder nicht? Ich meine, ernsthaft. Du bist einundzwanzig. Fühlst du dich jetzt anders als mit achtzehn?

Denkst du, in weiteren drei Jahren wird es anders sein? Oder in sechs?«

»Keine Ahnung.«

»Vielleicht liegt es daran, dass ich ausgerechnet mit meiner Mom zusammenlebe, aber ich glaube, dass viele Erwachsene nur gut darin sind, so zu tun, als hätten sie alles im Griff.« Sie sieht July an. »Erinnerst du dich noch daran, wie Bo und du kurz bei uns gewohnt habt? Und wie Mom es geschafft hat, all unsere weiße Wäsche rosa zu färben? Oder nehmt Mateo. Viele Leute bewundern ihn. Er hat letztes Wochenende seine Zahnbürste und die Wechselunterwäsche zu Hause liegen lassen, weil er mit den Gedanken woanders war. Keiner von uns ist perfekt, und ich glaube nicht, dass irgendwann der magische Tag kommt, an dem sich das ändert.«

Kauend denkt July darüber nach. »Fast niemand ist perfekt. Außer Drew.«

Haley gibt ein Geräusch von sich, als müsste sie würgen.

Tatsache ist, dass ich sogar glaube, dass July ihn für perfekt hält. Allerdings macht sie genug Fehler für zwei Menschen. Wenn er genauso impulsiv und zugleich stur wäre, wären sie alles, aber nicht zusammen.

»Denkt ihr, dass ich mich da wieder in etwas verrenne?«, frage ich meinen Gedanken folgend. »Dass es leichtsinnig ist, wenn ich für Cameron die Beziehung zu meinen Eltern riskiere?«

»Na ja«, beginnt July vorsichtig. »Wenn du jemals selbst entscheiden möchtest, in welcher Stadt du lebst, welche Kleidung du trägst und welche Männer du datest, solltest du vielleicht generell mal überlegen, wie viel Entscheidungsgewalt über dein Leben du ihnen einräumen möchtest.«

»Mom gibt auch ständig Tipps von sich«, stimmt Haley zu. »Was nicht heißt, dass ich die immer berücksichtigen würde. Aber das ist kein Grund für Streitereien.«

»Hatte sie Bedenken wegen deiner Beziehung zu Mateo?«, vermute ich – immerhin hatte er den Ruf, ein Frauenheld zu sein.

Aber ihr entfährt nur ein Schnauben. »Frag lieber nicht, was sie mir zu Weihnachten geschenkt hat. Nicht einmal Mat wusste, ob er sich darüber freuen oder sich in seiner Mannesehre gekränkt fühlen soll.«

»Er war so irritiert von dem Geschenk, dass er Drew und Bo um seelischen Beistand gebeten hat«, ergänzt July grinsend.

»Ich verstehe«, behaupte ich, obwohl ich mir nicht im Entferntesten vorstellen kann, dass meine Eltern auch nur auf die Idee kommen würden, mir Sextoys zu schenken. Egal zu welchem Zweck. Zumindest nehme ich an, dass es das ist, was Haley meint, aber ich möchte keine Details.

Obwohl ich den ungeplanten Mädelsabend genieße, bin ich am Ende kein Stück weiter.

Mag ich Cameron? Ja.

Mag ich Lucy? Ja.

Könnte ich mir vorstellen, Zeit mit ihnen gemeinsam zu verbringen? Auf jeden Fall.

Bis zum Rest meines Lebens? Keine Ahnung.

Was meine Eltern davon halten? Gar nichts.

Muss mich das interessieren?

Ich kenne die Antwort. Schon seit Langem.

Aber sie mir einzugestehen, fällt mir schwer.

24. KAPITEL

☑ *Zu meinen Gefühlen stehen*

Mir ist klar, dass ich mit Grübeln allein nicht weiterkomme. Ich brauche Antworten – und zwar bald. Das Gespräch mit July und Haley hat mir vor allem eins gezeigt: Andere können meine Probleme nicht für mich lösen. Das kann nur ich. Und davor wegzulaufen, bringt gar nichts. Deshalb will ich mich ihnen stellen.

Es ist schon ziemlich spät, als ich von July zur WG aufbreche. Mateo und Joshua sind bereits vom Training zurück. Joshua zieht sich mit seinen Lernunterlagen in sein Zimmer zurück, während Mateo bereits wieder auf dem Sprung ist. Offensichtlich hat Haley ihm geschrieben, dass sie ebenfalls auf dem Weg nach Hause ist, zumindest ist seine Begrüßung zugleich eine Verabschiedung.

»Ich habe der Wohnung zugesagt«, sind Camerons erste Worte, kaum dass Mateo zur Tür hinaus ist. Er fragt mich nicht, was ich hier tue. Um diese Uhrzeit. »Ich habe nachgedacht und glaube, dass es für alle besser ist, wenn ich schnellstmöglich ausziehe.«

»Hast du auch über uns nachgedacht?«, falle ich mit der Tür ins Haus.

»Meine Überlegungen sind einer der Gründe, schnellstmöglich auszuziehen«, stimmt er zu.

Ich gehe zum Sofa hinüber und lehne mich dagegen, weil

ich das Gefühl habe, Halt zu brauchen. »Ich würde gern wissen, was du für mich empfindest.«

Langsam kommt er zu mir herüber. Nicht einmal eine Armlänge entfernt von mir bleibt er stehen. »Ich dachte eigentlich, dass die Antwort darauf ziemlich offensichtlich wäre.« Vorsichtig streckt er die Hand aus und streicht mit den Fingerspitzen an meinem Unterkiefer entlang. Statt etwas zu sagen, beugt er sich langsam zu mir herab und küsst mich. So hingebungsvoll und innig, dass mein ganzer Körper darauf reagiert.

»Das ist keine Antwort«, beschwere ich mich halbherzig, ohne die Lippen von seinen zu lösen, und absolut unfähig, diesen Kuss zu unterbrechen.

Er öffnet meinen Mantel und schiebt die Hand unter meinen Pulli, wo sie sofort ihr Ziel findet. Sein Daumen streicht über meinen BH, bis mir ein leises Keuchen entfährt.

Sofort zieht Cameron sich zurück.

Verwirrt sehe ich zu ihm auf. Was sollte das?

»So geht es mir in deiner Nähe die ganze Zeit«, erklärt er lächelnd.

»Verwirrt, erregt und bedürftig?« Oder welche Assoziationen wollte er provozieren?

»In etwa.«

»Gut. Okay. Sehr charmant. Aber das beantwortet meine Frage kein Stück.«

»Wenn du nicht in meiner Nähe bist, wünschte ich, du wärst es. Auf dem Rückflug von L.A. musste ich dich zeichnen, weil ich gehofft habe, dich so aus dem Kopf zu bekommen. Aber es hat nicht funktioniert. Ich musste ein zweites Skizzenbuch anfangen, weil im ersten plötzlich nur noch Zeichnungen von dir waren. Zeichnungen, die ich meinem Prof unmöglich zeigen kann. Vielleicht möchtest du sie sehen? Dann wüsstest du, dass du die ganze Zeit durch meinen Kopf geisterst. Soll ich noch deutlicher werden? Wenn ich dich gestern verletzt habe, tut es mir leid. Ich wollte dich nicht abweisen. Ich mag dich. Mehr als das. Ich bin auf dem besten Weg, mich in dich zu verlieben, Penelope Perez.«

Mein erster Gedanke schwankt zwischen *Ja* und *Autsch*. Kann etwas die Antwort sein, die man hören wollte – und zugleich die falsche?

Was soll das bedeuten, dass er auf dem Weg ist, sich zu verlieben? Zumal er bekanntlich ziemlich gut darin ist, sich zu verlaufen. Was ist, wenn er nie ankommt? Wenn ihm der letzte Funke immer fehlen wird, weil ich vielleicht tatsächlich keine liebenswerte Person bin?

»Verlauf dich nicht«, ist alles, was mir dazu einfällt. Ich stoße mich vom Sofa ab und muss kurz auf die Toilette, um einen Moment Ruhe zu haben. Einen Moment, um meine verletzten Gefühle nicht zu unterdrücken, aber um sie zu akzeptieren.

Als ich aus dem Badezimmer zurückkomme, steht Cameron am Esszimmertisch.

»Ich habe noch etwas für dich.« Er hält ein Skizzenbuch in der Hand, blättert es für mich auf und überreicht es mir. »Ich habe mich am Inhalt deines Artikels orientiert und alles in Grautönen gehalten, da Farbdruck bei Zeitungen immer … na ja. Es ist möglich, aber die Nuancen gehen so oder so verloren.«

Fasziniert starre ich auf die Zeichnung in meinen Händen. Cameron hat eine Szene kreiert, die nie passiert ist, aber so lebensecht wirkt, als hätte sie geschehen können. Eine gezeichnete Version von mir hält die Überreste einer von Bos Tortenkreationen in der Hand – die soeben von einem darin gelandeten Football zerstört wurde. Die Tortenglasur ist mir ins Gesicht gespritzt, und der Ausdruck in meinen Augen liegt irgendwo zwischen erschrocken und amüsiert. Als ich Cam um eine Illustration gebeten habe, wusste ich, dass sie gut werden würde. Aber sie ist mehr als das.

»Sie ist perfekt. Zumindest fast. Aber hier fehlt noch etwas«, merke ich an und reiche ihm das Buch zurück.

»Was denn?« Nachdenklich sieht er die Zeichnung an. »Soll ich dir noch mehr Accessoires zeichnen? Oder einen Hintergrund?«

»Nein. Da fehlt eindeutig deine Signatur auf dem Bild«, korrigiere ich. »Wenn mein Name unter dem Artikel steht, gehört deiner unter das Bild. Gleichberechtigte Partner.«

»Dann werde ich es signieren und dir dann schicken?«, fragt er lächelnd.

»Ich bitte darum.«

»Dir gefällt meine Antwort nicht«, sagt er unvermittelt und legt das Buch auf dem Tisch ab.

»Doch. Signieren und schicken klingt gut«, widerspreche ich.

»Das meinte ich nicht. Denkst du, ich weiß nicht, warum du ins Badezimmer verschwunden bist? Was hätte ich deiner Meinung nach sonst sagen sollen? Welche Worte hätten dir besser gefallen?«

»Wir haben gesagt, wir sind ehrlich zueinander. Und wenn das deine ehrliche Antwort ist, dann ist es so.« Irgendwie weiß ich mit mir nichts anzufangen, aber neben Cameron zu stehen fühlt sich so falsch an, dass ich im Wohnzimmer auf und ab laufe, weil ich Bewegung brauche.

»Ich habe den Eindruck, dass ich mich ungeschickt ausgedrückt habe.«

»Warum kannst du es nicht einfach gut sein lassen? Du hast gesagt, was du fühlst – und ich lebe damit. Haken dran.«

»Ich kann es nicht gut sein lassen, solang ich das Gefühl habe, dass du dir gerade selbst wehtust, indem du dir Dinge einredest, die ich nie gesagt habe.«

»Gut. Okay.« Ich pausiere meine Runde am anderen Ende des Wohnzimmers und versuche meine Gedanken zu sortieren. »Dann hast du nicht gerade gesagt, dass du mich zwar magst, aber mehr auch nicht? Und dass du dir nicht ganz sicher bist, ob daraus jemals mehr werden wird?«

»Und genau deswegen bohre ich nach. Weil das nicht annähernd das ist, was ich gesagt habe.«

»Dann liegt es wohl an mir.«

Statt etwas dazu zu sagen, massiert er sich mit Daumen und Zeigefinger die Nasenwurzel.

»Ich habe einfach Kyles Stimme im Ohr. Wie er sagt, dass ich ihm nicht verständlich machen konnte, dass ich ihn liebe. Und ich denke mir, dass … Keine Ahnung. Vielleicht bin ich schlecht darin zu lieben oder habe es gar nicht verdient, geliebt zu werden. Vielleicht ist es sogar unmöglich. Manchmal bin ich mir nicht einmal sicher, ob meine Eltern mich lieben. Und wenn nicht einmal die es können …« Kopfschüttelnd beiße ich mir auf die Unterlippe, bis es schmerzt.

»Das haben meine Worte ausgelöst?«, fragt Cameron entsetzt. »Ich versuche, dir auf schonende und nicht abschreckende Weise meine Gefühle zu gestehen, und das Resultat ist, dass du dich infrage stellst?«

»Deine nicht so abschreckende Weise war ziemlich abschreckend.«

»Das wollte ich nicht. Wärst du dazu bereit, mit in mein Zimmer zu kommen und mir eine zweite Chance zu geben?« Es dauert einen Moment, bis er abwehrend die Hände hebt. »Das klang vollkommen falsch. Ich habe ein Geschenk für dich. Ein richtiges. Keinen Versöhnungssex, falls das so klang.«

Widerstrebend gebe ich mir einen Ruck und folge ihm in sein Zimmer hinüber, wo er die Nachttischlampe einschaltet und etwas von seinem Schreibtisch greift.

»Ich sagte ja, ich habe nachgedacht. Und ich will nicht, dass du dich dazu gezwungen fühlst, dich nachts aus meinem Zimmer zu schleichen. Also habe ich dir ein Schlafshirt angefertigt.« Er überreicht es mir und deutet mit einer Geste an, dass ich es auseinanderfalten soll.

Auf der Vorderseite steht in Großbuchstaben *Save me from the Muffin Man*. Darüber befindet sich die Miniaturausgabe eines Muffins mit Superheldencape und Reißzähnen.

»Es ist süß«, gestehe ich widerstrebend und kann ein Lächeln nicht unterdrücken. Das Shirt, die Zeichnung, die Geste und Camerons einfühlsamer Blick sorgen dafür, dass mir warm ums Herz wird. Wortwörtlich. »Wirklich. Mir hat noch nie jemand etwas gebastelt.«

Er hebt die Hand und streicht mir zögernd über die Wange. »Du hast recht: Ich habe Respekt vor deinen Eltern und ihrem Einfluss. Aber wenn man etwas wirklich will, lohnt es sich, dafür mutig zu sein. Wenn du bereit bist, Lucy und mir eine Chance zu geben, bin ich es auch. Ich möchte der Mensch sein, dem du alles erzählen kannst. Was dich beschäftigt. Was dich verletzt. Einfach alles. Ja, vielleicht hast du recht und ich verlaufe mich oft. Vielleicht bin ich so gut wie du darin, mich in Dinge zu verrennen und auf dem Weg in sämtliche Fettnäpfchen zu treten. Aber wenn mir Mateo und Joshua eine Sache jeden Tag wieder und wieder vorkauen, dann die, wie wichtig es ist, an sich selbst zu glauben und für seine Ziele zu kämpfen. Bist du mit dieser Antwort zufrieden?« Er sieht mich aufmerksam an.

Nickend sehe ich zu ihm auf und presse das Shirt gegen meine Brust. »Es gibt keinen leichten Weg, der von hier zu den Sternen führt, richtig?«

»Wir werden sehen.«

Ich lege die Arme um seinen Hals, strecke mich und küsse ihn. Es fühlt sich wie ein Versprechen an. Ich weiß, dass

Cameron für mich da ist, wenn ich ihn brauche. So wie er es auf dem Eis war. Und ich bin fest entschlossen, ihm zu zeigen, dass ich es wert bin, gehalten zu werden. Mit oder ohne Designerkleidung.

»Könnte sein, dass ich auch auf dem Weg bin, mich in dich zu verlieben«, necke ich ihn, ohne meine Lippen von seinen zu lösen.

»Verlauf dich nicht.« Er packt mich, trägt mich durch das Zimmer und setzt mich auf dem Schreibtisch ab.

Ich kann nicht anders, als laut aufzulachen. Weil ich glücklich bin und sich mein Leben zum ersten Mal seit langer Zeit so anfühlt, als wäre ich auf der richtigen Route. Es ist nicht perfekt, aber es ist ein Anfang.

25. KAPITEL

☑ *Mein Inneres preisgeben*

»Oh mein Gott«, ist alles, was ich hervorbringe. Mein Herz schlägt einen anderen Takt an, kaum dass ich die erste Zeile der E-Mail gelesen habe. Ich brauche ein paar Atemzüge, um mich so weit zu beruhigen, dass die Worte wirklich bei mir ankommen.

»Was?«, fragt Lin genervt und blickt von ihren Unterlagen auf.

»Sofia Flores hat mir geantwortet!«

»Und?« Skeptisch sieht sie zwischen mir und ihren ausgebreiteten Notizzetteln hin und her.

»Sie ist momentan für eine Reportage unterwegs und hat nicht viel Zeit, aber sie hat sich meine Artikel für die St. CC News angesehen und schreibt, ich wäre auf einem guten Weg und sollte meinem Herzen vertrauen, um meine eigene Stimme zu finden. Dass die Leute mir zuhören werden, wenn ich dazu bereit bin, mich ihnen zu stellen. Und dass sie meinen Blog abonniert hat, um meine zukünftigen Artikel zu verfolgen.« Mir entfährt ein leises Quieken, weil ich mich so unfassbar darüber freue, dass sie sich die Zeit für mich genommen hat. Es sind vielleicht nur ein paar Worte, aber ich fühle mich wie nach ihrer Lesung. Sie war inspirierend, und ich hätte den ganzen Tag von der Begegnung mit ihr schwärmen können. Wenn meine Eltern Interesse daran gehabt hätten, mir zuzuhören.

»Und das ist jetzt cool, weil du ein Buch schreiben willst – oder was soll ich mit dieser Information anfangen?«

»Nein. Ich möchte kein Buch schreiben, ich möchte nur … Ich weiß, wie es ist, wenn einem nicht wirklich zugehört wird. Ich möchte dabei helfen, Menschen eine Stimme zu geben, wenn sie etwas sagen wollen, es aber nicht können.« Rasch packe ich meine Sachen zusammen.

»Was hast du vor?« Lin beobachtet mich so argwöhnisch, als könnte ich mit meinem Anfall von Tatendrang ihren Tagesablauf durcheinanderwirbeln.

»Ich muss einen Artikel für meinen Blog schreiben.« Er ist noch immer vollkommen leer, aber ich spüre das Verlangen, das zu ändern. Doch nicht hier. Zum Schreiben brauche ich Ruhe. Ich könnte in die Redaktion hinübergehen, stattdessen greife ich nach meinem iPhone und frage Cameron, ob er sein Zimmer als Co-Working-Space anbietet.

Mir entfährt erneut ein – sicherlich meerschweinmäßiges – Quieken, als er einwilligt.

Cameron hat den Fußboden seines Zimmers in ein Meer aus Aquarellen verwandelt, durch das er nun zum Bett hinüberwatet.

»Was wird das eigentlich?«, frage ich und klappe meinen Laptop zu, als er sich neben mich setzt.

»Nichts Konkretes. Es sind nur Illustrationsübungen. Das vorgegebene Thema lautet *Hautnah*. Aber erst einmal brauche ich ein stimmiges Konzept, das ich den Dozierenden vorstellen kann. Irgendeine Mischung aus Zeichentechniken, die nicht jeder verwendet, und ein gesellschaftlich relevantes Thema, das eben unter die Haut geht.«

»Ich folge einer Künstlerin, die Aquarelle mit Kaffee malt. Meinst du etwas in der Art?«

»Zum Beispiel.«

Hautnah. Einen Moment denke ich darüber nach, bis ich mich an einen Artikel erinnere, den ich vor Kurzem in einem Lifestylemagazin gelesen habe. »Wusstest du, dass es früher Leute gab, die sich selbst tätowiert haben? Mit Asche, Tinte und einer Sicherheitsnadel. Vielleicht kannst du das für den technischen Aspekt nutzen. So von wegen hautnah und Tattoo«, schlage ich vor.

Cameron hebt überrascht die Augenbrauen. »Tatsächlich? Das wäre auf jeden Fall ein Ansatz.«

»Und was den Inhalt betrifft – Football bietet dir nicht ausreichend Themen zur Inspiration?« Ich stelle den Laptop neben dem Bett ab und setze mich rittlings auf Camerons Schoß.

»Ein Footballspieler, der eine Arbeit über Football abliefert?«, erwidert er schmunzelnd. »Nicht sehr originell. Außerdem sollte das Thema eine gewisse gesellschaftliche Relevanz haben.«

»Schaust du dir manchmal Poetry Slams an? Vielleicht ist da etwas zur Inspiration bei. Die Vortragenden verarbeiten meist aktuelle Themen in ihrer Kunst.«

»Darüber habe ich noch gar nicht nachgedacht, aber ist vielleicht interessanter als die tausendste Visualisierung von Frankensteins Monster.«

»Es gibt bestimmt auch Beiträge über Mary Shelley. Manchmal interpretieren die Vortragenden auch alte Märchen und Geschichten neu und beziehen sie auf die heutige Zeit.«

»Ich merke schon, auf mir sitzt ein Poetry-Slam-Profi.« Er legt die Arme um mich und schenkt mir ein Lächeln, das ich einfach erwidern muss.

»Es interessiert mich. Ich finde es beeindruckend, wie die Leute in so wenig Sätzen so viel Inhalt rüberbringen können. Es reichen manchmal ein paar Wörter, um die Zuhörenden komplett zu fesseln. Ich versuche das zwar auch ab und zu, aber die richtigen Bilder zu finden ist wirklich schwierig und gelingt mir fast nie.«

»Du schreibst?«, fragt er überrascht. »Also etwas anderes als Artikel, Listen und Hausarbeiten, meine ich.«

»Manchmal mache ich mir kurze Notizen, um den Kopf freizubekommen, aber das ist auch alles. Richtiges Schreiben kann man das wohl kaum nennen.«

»Magst du mir deine Notizen irgendwann mal zeigen?«, fragt er und wirkt ernsthaft interessiert. »Nur wenn du dich damit wohlfühlst, natürlich.«

»Es sind bloß …«, beginne ich und werde liebevoll unterbrochen, indem Cam mich küsst. »Ich wollte sagen, dass es nur …«

»Nicht nur«, korrigiert er sanft. »Deine Gedanken sind wertvoll, sie sind einzigartig. Niemand kann sie so formulieren wie du«, benutzt er meine eigenen Worte, um mich zu entwaffnen.

»Aber es sind wirklich nur Fragmente, keine zusammenhängenden Texte.« Ich greife mein Handy, entsperre es und reiche es ihm, damit er sich davon überzeugen kann. Da ich durch sein Skizzenbuch geblättert habe, erscheint es mir gerecht, ihm auch etwas von mir zu zeigen.

Dass das keine gute Idee war, weiß ich, als er anfängt die Schnipsel vorzulesen. Irgendwie klingen sie dadurch noch unvollständiger.

»Du legst Wörter wie Perlen um meinen Hals. Sie sind schillernd, glatt – und eiskalt.« Er wischt weiter, bevor er die nächste Notiz vorliest. »Wie eine Mohnblüte im Sommerregen zerfalle ich – und du stehst nur daneben.«

Für einen kurzen Moment hatte ich wohl vergessen, dass ich meist schreibe, wenn es mir schlecht geht. Alles, was Cameron vorliest, klingt nach Einsamkeit und Schmerz.

Als er verstummt, nehme ich das Handy wieder an mich. »Ich sagte ja, es sind nur Fragmente.«

»Genau genommen ist Frankensteins Monster auch eine Sammlung von Fragmenten. Oder nicht?«, murmelt er und lässt den Blick auf seine trocknenden Blätter gleiten. »Vielleicht habe ich eine Idee für meine Seminararbeit, aber sie funktioniert nur, wenn du mitmachst.«

»Ich helfe dir gern«, stimme ich zu, ohne darüber nachzudenken.

»Auch dann, wenn du mir dafür ein paar deiner Texte anvertrauen müsstest?«

»Du willst mit meinen Texten arbeiten?«, frage ich erstaunt.

»Ja, natürlich suchen wir sie zusammen aus. Ich würde nie etwas verwenden, das du nicht freigibst. Und dein Name würde als Autorin der Gedichte genannt werden.«

Penelope Perez.

Ich weiß nicht, ob meine Eltern begeistert davon wären, wenn sie wüssten, dass ich schreibe. Es ist emotional und unsachlich. Nichts *Richtiges*. Um nichts in der Welt würde mein Dad – der erfolgreiche Geschäftsmann – so etwas Albernes wie einen Gedichtband veröffentlichen. Aber ich bin nicht Dad. Und vielleicht wird es Zeit, mir das einzugestehen, um meinen eigenen Weg zu verfolgen.

»Solang ich Mitspracherecht habe, bin ich dabei.«

»Natürlich hast du das. Wir sind gleichberechtigte Partner. Egal wobei.«

»Klingt gut.« Ich beuge mich vor und küsse ihn. Langsam und innig, als würden wir ein Versprechen besiegeln.

Seine Finger gleiten so sacht an meiner Wirbelsäule auf und ab, dass es ein angenehmes Kribbeln verursacht.

»Hast du Lust, die Wohnung heute noch mal zu verlassen?

Ich könnte dir etwas zeigen. Es wird dir gefallen«, verspricht er verheißungsvoll und hebt schmunzelnd eine Augenbraue.

Worum auch immer es geht: Ich bin dabei. Ungeschminkt, in einem von Cameron geliehenen Hoodie und mit einem unordentlichen Zopf, der meiner Mom das kalte Grauen bescheren würde.

»Du hast schon die Wohnungsschlüssel?«, frage ich überrascht und ziehe den Schal bis zu den Ohren hoch. Zum Glück sind es nur wenige Meter bis zum Italiener an der Ecke. Der mit Eiskristallen gespickte Wind ist ziemlich unangenehm und fühlt sich an wie Glassplitter auf der Haut.

Statt mir zu antworten, klimpert Cameron demonstrativ mit den Schlüsseln vor meinem Gesicht.

Also folge ich ihm in den dunklen Hausflur, wo er die Taschenlampenfunktion seines Handys aktiviert und meine Hand ergreift. »Vorsicht, Stufen«, warnt er und geht langsam voran, immer darauf achtend, dass ich nicht stolpere.

Es fühlt sich eigenartig an, mit ihm – nachts – seine leere Wohnung zu betreten. Das Knarzen der Dielen wirkt nicht gemütlich, sondern bedrohlich. Als wären wir Einbrecher, die sich unbefugten Zutritt verschaffen.

Erschrocken schreie ich auf, als Cameron über einen Metalleimer stolpert und es mächtig durch den leeren Flur scheppert. Ich presse die freie Hand auf mein rasendes Herz und atme tief durch. Mit der anderen klammere ich mich noch immer an Cam. Viel zu fest.

»Entschuldige. Ich habe ein wenig geputzt und den Eimer vergessen.« Vorsichtig schiebt er ihn mit dem Fuß beiseite.

Selbst das Geräusch von Metall auf Holz erscheint mir in der Nacht unnatürlich laut.

»Kann ich dich für eine Sekunde allein lassen?« Er streichelt mit dem Daumen über meinen Handrücken. »Ich mache nur eben das Licht an.«

Erst als ich nickend die Hand zurückziehe, geht er langsam in Lucys Zimmer hinüber. Kurz darauf dringt schwacher Lichtschein in den Flur.

Das Quietschen der Dielen kündigt Cameron an, bevor er wieder vor mir erscheint. »Das Etwas, das ich dir zeigen will, ist noch nicht fertig. Du musst deine ehrliche Meinung sagen.«

Ich gehe zu ihm hinüber. »Was …?«, ist alles, was mir über die Lippen kommt, als ich Lucys Zimmer betrete. »Wann hast du das gezaubert?« Mein Blick schweift über die hellblau gestrichenen Wände, die den kleinen Raum in eine Wolke aus Behaglichkeit tauchen. Ein Mückennetz dient als Baldachin über einer auf Paletten gebetteten Matratze. An dem dünnen Stoff hängen Dutzende Sterne aus Goldfolie, die um selbstleuchtende Sterne ergänzt werden, die an der Wand rings um das Bett kleben. Sie und die winzigen Lichter einer Lichterkette verleihen der Szene etwas Magisches. Pastellfarbene Kissen aus Samt und Plüsch stapeln sich auf der Matratze und laden zum Kuscheln ein. So wie es aussieht, sind alle Farben des Regenbogens vertreten.

»Haley war so lieb, die Kissenbezüge für uns zu nähen«, erklärt Cameron.

»Es ist wunderschön. Ich bin mir sicher, dass Lucy dieses Zimmer lieben wird.«

»Das Einhorn ist noch nicht ganz fertig.«

Ich hätte es in der schwachen Beleuchtung beinahe übersehen, aber die weiße Silhouette eines Einhorns mit goldenem Horn ziert die Wand neben der Tür.

»Ich vergesse manchmal, dass du ein Künstler bist. Das sieht großartig aus.« Ich hätte es als Kind geliebt, ein lebensgroßes Einhorn an der Zimmerwand zu haben.

Ich habe keine Ahnung, wann er und Haley es geschafft haben, neben all den Terminen und der Arbeit noch dieses Zimmer zu dekorieren, aber es sieht wunderschön aus. Ich lehne den Kopf zurück, als Cameron sich hinter mich stellt und die Arme um meine Taille legt. Sofort fühle ich mich geborgen. »Es ist wirklich magisch. Nicht nur das Einhorn, sondern das Zimmer. Ihr habt ganze Arbeit geleistet.«

»Freut mich, dass es dir gefällt«, murmelt er nahe meines Ohrs und drückt einen Kuss auf meinen Halsansatz. »Wie schaffst du es nur, immer so gut zu riechen?«

»Ich habe eben auch Talente«, antworte ich unbestimmt und versuche vergeblich den Schauer zu unterdrücken, der bei Camerons Liebkosungen durch meinen ganzen Körper fährt. »Du legst die Latte für die anderen Räume ganz schön hoch.« Ich neige den Kopf zur Seite, als er die Lippen erneut auf meinen Hals senkt.

»Ich muss dich enttäuschen. Weiter bin ich nicht gekommen«, lehnt er ab und küsst mich auf die Stelle, unter der mein Puls schlägt.

»Aber es beginnt vielversprechend«, versichere ich ihm und drehe mich zu ihm um. Meine Hände finden wie von selbst den Weg auf seine Brust.

»Apropos vielversprechende Anfänge: Wie wäre es, wenn wir die Nacht hier verbringen?«

»Nur wenn du auf mich aufpasst. Ich finde leere Wohnungen ein wenig gruslig.«

Er streichelt mit der Rückseite der Finger über meinen Hals. »Obwohl ich so beeindruckend bin wie ein Chihuahua?«

»Das ist nur Lucys Meinung. Ich vertraue dir und wollte schon immer mal unter einem Himmel aus leuchtenden Plastiksternen schlafen.«

»Aber ich muss dich warnen: Als Verpflegung haben wir nur

Blubberbrause, Schokolinsen und zum Frühstück Cornflakes mit Milch.«

»Kein Ei mit Kaviar? Ich bin zutiefst schockiert«, stichle ich.

Er betrachtet mich, während seine Hand noch immer federleicht über meinen Hals streicht.

»Das war ein Scherz«, erkläre ich sicherheitshalber. »Cornflakes und Milch klingen perfekt.«

Es wirkt, als wollte er noch etwas sagen, stattdessen beugt er sich zu mir herab und küsst mich. Wie damals nach Drews Geburtstag lässt er die Hände an meinem Rücken hinabwandern, über meinen Po, zu meinen Oberschenkeln. Es kostet ihn keinerlei Mühe, mich anzuheben.

Ich schlinge die Beine um ihn und betrachte sein Gesicht im schwachen Licht.

»Ich habe Kondome gekauft«, sagt er so vollkommen unvermittelt, dass ich kurz stutze.

»Sehr umsichtig von dir, aber ich hätte auch welche dabei.« Ich versuche erst gar nicht, ein Lächeln zu unterdrücken, bevor ich ihn küsse.

Es ist das erste Mal seit Tagen, dass wir uns vollkommen entspannen können. Wir sind allein in Camerons Wohnung. Keine Lucy. Keine Mitbewohner. Niemand kann uns stören – oder hören.

Ihn zu küssen hat sich immer gut angefühlt, aber lange nicht so aufregend. Schon bei der Aussicht darauf, diese Nacht mit ihm allein zu sein, zieht sich alles in mir in freudiger Erwartung zusammen. Dennoch beende ich unseren Kuss.

»Lässt du mich runter?«, bitte ich.

Nickend lässt er mich zu Boden gleiten.

»Bevor wir hier weitermachen, würde ich gern mit dir sprechen.«

»Worüber?«

»Dich«, sage ich geradeheraus. Denn ich will mehr über ihn erfahren. Sehr viel mehr. »In der letzten Zeit ging es viel zu oft um mich und meine Probleme. Jetzt möchte ich mehr über dich erfahren, Muffin Man.«

Mit dem Kopf auf Camerons Oberarm sehe ich zu den Leuchtsternen hinauf. Wenn wir ganz ruhig sind, hört man ein leises Gemurmel aus dem Restaurant unter uns, aber auf mich wirkt es eher beruhigend als störend. Die Lebenszeichen anderer Menschen machen die Wohnung für mich sehr viel weniger unheimlich.

»Das hier ist etwas Besonderes für mich.« Cameron streicht mit einer Hand über die Härchen an meiner Schläfe.

»Ich glaube, die erste eigene Wohnung ist immer besonders«, stimme ich zu.

»Das auch. Aber das meinte ich nicht. Ich verbringe gern Zeit mit dir.« Um seine Worte zu untermalen, küsst er mich auf den Scheitel.

»Das beruht auf Gegenseitigkeit.«

Schweigend betrachten wir die glitzernden Sterne, die sich langsam im Zug der Heizungsluft drehen.

»Könntest du dir vorstellen, dein ganzes Leben hier zu verbringen?«, murmelt Cameron.

»In Fair Haven? Manchmal ja«, antworte ich, ohne darüber nachzudenken. »Und manchmal auf keinen Fall. Es gibt Tage, da will ich nichts lieber, als all das hier hinter mir zu lassen und woanders hinzugehen.«

»Ein Neuanfang?«

Ich nicke und schmiege die Wange an seine Brust. »Einer der Gründe, warum ich nach der Highschool geblieben bin, waren July und Bo. Aber nach dem College wird es anders sein. Sie werden weggehen. Nach Alabama oder New York oder ganz woandershin. Weit weg von Fair Haven. Und die Vorstellung, dann allein zurückzubleiben, macht mir Angst. Schon wenn ich mir vorstelle, hier festzusitzen, raubt es mir den Atem.«

»Weswegen? Was belastet dich? Die Erinnerungen an deinen Bruder?«, fragt er leise.

»Nein. Ich habe keine eigenen Erinnerungen an ihn. Was mich verfolgt, ist eher die Gewissheit, dass ich ohne seine Erkrankung nicht existieren würde. Es ist, als ob ich ein Geschenk erhalten habe, das mir nicht zusteht. Ich habe den Lohn für eine Arbeit bekommen, die ich nicht erledigt habe. Verstehst du, was ich meine?«

Er streichelt mir über die Taille. »Ich habe schon öfter darüber nachgedacht, aber ich verstehe es nicht. Wenn du geboren wurdest, nachdem er verstorben ist, warum haben dir deine Eltern überhaupt davon erzählt? Ich meine nicht, dass du einen Bruder hattest. Aber ich hätte Lucy nie erzählt, dass sie geboren wurde, um ihren verstorbenen Bruder zu retten. Warum sollte ich sie mit so etwas belasten?«

»Weil meine Eltern so sind, wie sie sind. Du bist Cameron. Du hältst Lucys Hand und zeigst ihr, dass man das Beste aus jeder Situation machen kann – oder aus jeder Speisekammer. Zum Beispiel mit Leuchtsternen und Einhornbildern.« Ich drehe mich zu ihm um und streiche mit einer Hand über sein kurzes Haar.

Als ich Cameron einen Kuss auf die Lippen hauche, gleitet seine Hand von meiner Taille auf meinen Po.

»Du kannst wirklich mit Worten umgehen«, murmelt er.

»Ich kann noch ganz andere Dinge«, behaupte ich. Aber das sind nicht die Dinge, die wirklich wichtig sind. »Erzähl mir etwas über dich.«

»Okay.« Er legt die freie Hand unter den Hinterkopf.

Wie von selbst gleitet mein Blick zu seinem muskulösen Oberarm.

»Also, mein Name ist Cameron Burton. Ich bin einundzwanzig Jahre alt und habe eine kleine Tochter, die zwar nicht geplant war, die ich aber dennoch sehr liebe. Und ich spiele Football. Weil ich es mag, aber vor allem, weil es mein Studium finanziert.«

»Was du nicht sagst. Das sind ja alles ganz neue Erkenntnisse«, ziehe ich ihn auf und zeichne mit den Fingerspitzen die Muskelstränge seines Arms nach, bis ich an den Saum seines T-Shirts stoße. »Erzähl mir mehr«, bitte ich und lasse die Hand über seine Brust wandern, über seinen harten, flachen Bauch.

»Wo war ich? Ah ja, ich spiele Football. Das Training ist echt hart, aber es scheint sich auszuzahlen.« Er setzt sich auf, als meine Hände sein Shirt höherschieben. Ohne zu zögern, zieht er es aus und lässt es neben die Matratze fallen, damit meine Finger ungestört ihre Erkundungstour fortsetzen können. »Ich …« Er legt sich wieder hin und denkt sichtlich über seinen nächsten Satz nach, während meine Hände sacht über seinen Bauch streichen. »Ich habe seit Kurzem eine neue feste Freundin. Sie ist echt süß.«

»Süß? Tatsächlich?« Ich kann ein Lächeln nicht unterdrücken und hauche ihm einen Kuss auf das Brustbein. »Soll ich dir zeigen, wie süß ich sein kann?« Ich streiche mit den Lippen seinen Bauch hinab, bis zu seinem Bauchnabel.

Cameron schluckt hart. Er stöhnt leise, als ich ihm einen Kuss unter den Bauchnabel gebe, direkt über den Saum der schwarzen Jeans. »Süß und sexy.«

»Tatsächlich?«, wiederhole ich und küsse ihn erneut, um ihn zu necken.

»Hast du nicht gesagt, du willst reden?«, fragt er und stemmt sich auf die Unterarme hoch.

»Ich sagte, ich will mehr über dich erfahren. Also erzähl weiter.«

Cameron sieht mich mit einem Blick an, den ich nicht deuten kann, bevor er sich wieder auf das Kissen sinken lässt. »Ich bin grausam schlecht in Memory, und im Moment habe ich das Gefühl, mich auf ein weiteres Spiel eingelassen zu haben, das ich nicht gewinnen kann.«

»Irrtum, Burton«, sage ich und küsse ihn erneut, bevor ich den Knopf der Hose öffne. »Im Gegensatz zu Football gibt es hier nur Gewinner.« Ich lege den Zeigefinger auf seine Lippen, als er protestieren will. »Wenn es dir zu viel wird, sag es. Aber sag es nicht aus falscher Zurückhaltung, okay? Entspann dich und red weiter.«

»Ich weiß nicht, wie lange ich noch weiterreden kann, während du mich ausziehst«, wirft er ein.

»Das ist okay.« Mit einer Hand stütze ich mich neben seinem Kopf ab, während ich mit der anderen über die Beule in seinen Shorts streiche. Ich küsse ihn fordernd, nur um abzubrechen, als er eine Hand nach mir ausstreckt. Auch wenn ich seine Berührungen normalerweise genieße, weise ich ihn vorsichtig ab. »Erzähl mir mehr über dich.«

Camerons Atemfrequenz ändert sich, als ich die Hand in die Shorts schiebe, um über die samtige Haut seiner Erektion zu streichen.

»Ich habe gerade das Gefühl, dass du sehr gut darin bist, Männer zu quälen«, fährt er fort. Sein gestöhntes »Oh Gott!« klingt nicht, als wäre es dazu geeignet, ein Gebet zu beginnen.

Mir gefällt es, wie er sich bemüht, mir Anekdoten aus seiner Highschool-Zeit zu erzählen, während sein Körper spürbar und hörbar nach immer mehr verlangt. Es kostet mich große Selbstbeherrschung, mich nicht ebenfalls auszuziehen, nach seinen Händen zu greifen und sie an all den Stellen zu platzieren, die gern seine Aufmerksamkeit hätten. Oder mit der einen Hand mich und mit der anderen ihn zu berühren.

Als Cameron sich rhythmisch unter mir zu bewegen beginnt und seine Worte nur noch stoßweise kommen, weiß ich langsam nicht mehr, wohin mit mir. Ich will ihn spüren, zugleich genieße ich es, ihn einfach nur anzusehen.

Sein nächster Satz bringt mich vollkommen um den Verstand. »Ich hatte vor dir nur mit einer anderen Frau Sex.«

»Wirklich?«, bringe ich irgendwie hervor. »Du hast nie mit einer anderen Frau als Zoe geschlafen?«

Seine einzige Antwort ist ein Stöhnen. Ich betrachte Cameron, die winzigen Schweißperlen auf seiner Stirn und seiner muskulösen Brust, wie er den Hinterkopf in das Kissen drückt und sich unter meiner Berührung windet. Jede Faser seines Körpers scheint sich darauf zu konzentrieren, sich nicht fallen zu lassen.

»Würde es dich stören, wenn es den Rest deines Lebens bei zwei bleibt?«, flüstere ich verheißungsvoll.

»Klingt perfekt«, versichert er, dreht sich zur Seite und holt wie auf eine stumme Vereinbarung hin ein Kondom aus der Hosentasche.

Während er es entpackt und überstreift, ziehe ich meine Kleidung aus.

Als er sich wieder hinlegt, reicht mir ein einziger bewundernder Blick, um zu wissen, dass wir uns einig sind. Das Spiel ist vorbei.

Mit einer Hand stütze ich mich auf seiner Schulter ab und tue das, wonach unsere Körper verlangen. Es war so nicht geplant. Es passiert einfach. Und es fühlt sich jedes Mal wieder so verdammt richtig an wie alles, was Cameron betrifft.

»Red weiter«, sage ich, während ich mich auf ihm zu bewegen beginne, aber als ich den Beckenboden anspanne, ist ein weiteres Stöhnen das Einzige, was über seine Lippen kommt.

Cameron legt die Hände an meine Taille und festigt seinen Griff. Mit geschlossenen Augen gibt er sich ganz und gar seinen Gefühlen hin. Seiner fordernden Hüftbewegung und der Atemfrequenz nach zu urteilen wird das hier ein kurzes Vergnügen – aber das ist in Ordnung.

Ob es in Zukunft immer so sein wird? Wir können zusammen arbeiten, kochen, eislaufen … Aber kaum überschreiten wir eine unsichtbare Grenze, können wir nicht genug voneinander bekommen.

Die Augen schließend lege ich den Kopf in den Nacken und folge seinem Rhythmus. Ich liebe Sex. Ich liebe das Gefühl der Verbundenheit. Und ich liebe es, wie ich mich bei Cameron einfach fallen lassen kann.

Mit einer Hand stütze ich mich auf seiner Schulter ab und sehe auf ihn hinab. Er hat die Augen geschlossen, und seine Hände an meiner Taille fordern nach mehr. Ich höre an seinem Atem und spüre an seinen drängenden Bewegungen, dass er gleich kommen wird, also beuge ich mich zu ihm hinab und liebkose mit den Lippen sein Ohr, um ihn zu provozieren. Dem Stöhnen nach, das er von sich gibt, verfehlt es seine Wirkung nicht.

Cameron löst eine Hand von meiner Taille, führt sie an die Stelle, an der wir uns berühren, und legt sie zielstrebig auf meine pulsierende Mitte. Er massiert mich, als würde mein Körper nicht ohnehin schon nur noch aus kribbelnden Nervenenden bestehen, die um Erlösung betteln.

Ich weiß, dass er kurz vor dem Höhepunkt steht, als aus seinem Streicheln ein drängendes Reiben wird.

Ein letztes Mal spanne ich den Beckenboden an, um ihn zu necken. Und als ich spüre, dass er kommt, folge ich ihm.

Schwer atmend lasse ich mich auf seine Brust sinken. Genieße seine Wärme, lausche seinem wild schlagenden Herzen und spüre, wie sich seine Brust unter mir hebt und senkt. Seine Hand streichelt mir übers Haar, und bevor ich darüber nachdenken kann, spreche ich es aus: »Ich liebe dich.«

»Ich dich auch«, erwidert er atemlos und küsst mich auf die Stirn. »Ich dich auch.«

»Lässt du eigentlich all deine Interviewpartner so wenig zu Wort kommen?« Cameron lacht, als ich nach meinem Kurzbesuch im Bad wieder zu ihm ins Bett steige und ihn mit einem Kuss zum Schweigen bringe. »Ich dachte, du wolltest, dass ich dir von mir erzähle«, murmelt er gegen meine Lippen.

»Und du hast einfach damit aufgehört«, tadle ich grinsend.

»Es wäre gelogen zu behaupten, dass es mir leidtut«, sagt er und zupft an Lucys Mückennetz. »Auch wenn ich mir wie ein lausiger Dad vorkomme, der Sex im Kinderbett hat.«

»Mein Fehler«, werfe ich ein und bette den Kopf auf seinem Oberarm. Ich genieße es, wie er zärtlich über meine Taille streicht. »Wir besorgen Lucy eine neue Matratze.«

»Wir sind wohl beide schuldig.« Er küsst mich flüchtig auf die Schläfe. »Und so unromantisch es klingt: Wir können einfach den Matratzenschoner waschen. Es gibt Dinge, die lernt man erst richtig zu schätzen, wenn sich das Kind im Bett übergibt oder den kompletten Inhalt einer Milchtasse auf der gesamten Matratze verteilt.«

Da mag er recht haben.

Wie hypnotisiert sehe ich zu den Sternen hinauf und spüre, wie meine Augen immer schwerer werden. Es war ein langer Tag.

»Woran denkst du gerade?«, frage ich und kann ein Gähnen nicht unterdrücken.

»Meintest du das ernst, was du vorhin gesagt hast? Oder war das so ein Nach-Orgasmus-Ausspruch im Rausch der Hormone?«

»Dass ich dich liebe?«, hake ich nach und stupse einen der Sterne mit dem Zeigefinger an. »Es ist mein Ernst. Du bedeutest für mich Sex, Geborgenheit, Wärme, Hilfsbereitschaft, Kreativität, Fürsorge, Zuspruch. Nicht immer in der Reihenfolge«, zähle ich auf, was mir spontan in den Sinn kommt. »Manchmal frage ich mich, was du an mir findest. Meist ist, dass ich hübsch bin, das einzig Positive, was den Leuten zu mir einfällt. Als wäre ich eine Enttäuschung, aber zumindest eine, die nett anzusehen ist.«

»Es ist kein Aber«, murmelt Cameron. »Sondern ein Und. Und bei Weitem nicht das Wichtigste.«

»Lieb, habe ich auf deiner Liste vergessen. Du bist eindeutig lieb«, ergänze ich und wende mich ihm zu, um sein Gesicht zu betrachten. »Und treu. Und ein ziemlich guter Koch.«

Zärtlich streichelt er mir über die Wange. Sein Blick ist so gefühlvoll, als würde er etwas Kostbares betrachten. »Ich glaube, wir könnten das die ganze Nacht tun und wären dennoch nicht fertig miteinander.«

»Meinst du kuscheln oder Komplimente austauschen?«

»Auch das ist kein Oder, sondern ein Und«, zitiert er sich selbst.

Nickend schließe ich die Augen, senke die Lippen auf seine und hoffe, dass wir niemals miteinander fertig sein werden.

Wir reden noch eine Weile über Dinge, die uns bewegen. So erzählt Cameron mir unter anderem von seinen letzten Semesterarbeiten. Mir war nie ganz bewusst, dass es auch beim Grafikdesign darum geht, gesellschaftliche Probleme so zu verpacken, dass sie von möglichst vielen Menschen entschlüsselt werden können. Klimawandel, häusliche Gewalt, Amokläufe an der Schule. Cameron hat sich schon mit vielen Dingen beschäftigt, die mich ebenfalls interessieren.

Ich zeige ihm den Artikel über Rettungsgeschwister, durch den ich damals auf Sofia Flores gestoßen bin. Wir reden stundenlang, doch irgendwann schlafe ich eng an ihn gekuschelt ein.

Am nächsten Morgen kann ich ein Lächeln nicht unterdrücken, als er mir eine Schüssel Cornflakes ans Bett bringt. Ich trage nur sein Shirt, kämme mir mit den Fingern flüchtig die Haare und nehme dankend die Schüssel entgegen. »Mir hat schon lange niemand mehr Frühstück im Bett serviert. Das ist echt süß von dir.«

»Tut mir leid, dass wir nur Cornflakes haben. Sie sind das Einzige, was Lucy morgens isst.« Er setzt sich mit seiner Portion auf die Kante der Matratze und wirkt beinahe verlegen, dabei gibt es keinen Grund dafür.

Als er zu löffeln beginnt, stelle ich vorsichtig meine Schüssel auf den Fußboden neben die Matratze und nehme ihm auch seine ab. Meine Arme um seinen Hals legend drücke ich ihm einen Kuss auf die Wange. »Danke fürs Frühstück.«

Cameron legt die Hände an meine Taille, als wäre es eine Einladung, ihm näherzukommen, also lasse ich mich auf seinen Schoß gleiten.

»Cornflakes und Brause sind nicht gerade Croissants und Caffè Latte, aber ich habe die Cornflakes mit möglichst viel Liebe in die Schüssel geschüttet«, sagt er.

»Ich stehe ohnehin nicht auf Kaffee. Für französisches Frühstück hätte ich hingegen vielleicht etwas übrig.«

»Ich kann eben schnell zum Bäcker gehen.«

»Das war nicht, was ich meinte.« Ich neige den Kopf zur Seite und schenke ihm ein Lächeln, aber er sieht mich lediglich irritiert an. Einige Sekunden dauert es, bis die Erkenntnis zu ihm durchgesickert ist.

»Oh. Das war … Du meintest …«

»Ich meinte nichts, wofür du dieses Bett verlassen müsstest«, stimme ich schmunzelnd zu.

Es dauert einen Moment, bis er nickt. »Okay. Für diese Art von Frühstück bin ich immer zu haben.«

Selbst wenn ich wollte, könnte ich nicht zu lächeln aufhören, denn irgendetwas an diesem Moment macht mich glücklich. Nicht auf die aufregende und kribbelnde Weise, die ich in Camerons Nähe immer spüre. Eine tiefe Ruhe erfüllt mich, als er die Arme um meine Taille legt und mich küsst.

Ich kann es nicht erklären, aber in diesem Moment fühle ich mich … vielleicht nicht angekommen, aber angenommen. So wie ich bin. Und ich weiß nicht, ob ich ihm jemals richtig begreiflich machen kann, was mir das bedeutet.

26. KAPITEL

☑ *Pärchen-Date*

»Ich fasse nicht, dass Chloé das als Thema für einen Artikel vorschlägt.« Kopfschüttelnd lege ich mein iPhone auf den Tisch im *Hazelcup*, während Cameron neben mir einen Lachanfall bekommt. »Wie gut, dass ich ihr nicht die Sportkolumne anvertraut habe. Ehrlich. Sonst würden bald alle Artikel lauten: *Wer ist heißer? Lex oder Cam?* Seit wann ist das die Art von Artikel, die wir veröffentlichen?«

»Fast wie in alten Zeiten«, seufzt July und lässt sich gegen das Polster der Sitzbank sinken.

»In ganz alten Zeiten«, stimme ich zu.

Es ist ewig her, dass wir im *Hazelcup* waren, um Bo bei der Arbeit zuzusehen. Und Gesellschaft hatten wir dabei auch eher selten. Da die Footballsaison mittlerweile beendet ist, haben Drew und Cameron Zeit, uns zu begleiten. Wir waren – wie in einem kitschigen Weihnachtsfilm – zusammen im Park eislaufen. Aus irgendeinem Grund, den ich nicht nachvollziehen kann, wollten July und Drew unbedingt gemeinsam eislaufen gehen. Ich muss zugeben, dass July auf dem Eis trotz ihrer Bewegungseinschränkungen eine sehr viel bessere Figur gemacht hat als ich. Die meiste Zeit habe ich mich an Cameron oder der Bande festgehalten und sah dabei sicher so unelegant aus, dass niemand darauf gekommen wäre, dass ich jahrelang Ballettunterricht hatte.

Nun sitzen wir zu viert hier, um uns aufzuwärmen, und diskutieren darüber, welcher der wohl beste Milchshake der Stadt ist.

»Bo macht die besten Milchshakes der Stadt«, untermauert July ihre These.

»Trotzdem ist der beste Milchshake der Stadt der Erdbeermilchshake aus dem *Hatcat*«, widerspricht Drew. July setzt gerade zu einer Erwiderung an, als er ergänzt: »Den habe ich getrunken, als wir das erste Mal zusammen essen waren. Also muss er der beste sein.«

Sie stutzt, bevor sie sich geschlagen gibt. »Das war zu süß, um zu widersprechen.« Seufzend lehnt sie sich an ihn und küsst ihn auf die Wange, als er den Arm um sie legt.

»Um ehrlich zu sein, schmecken die für mich alle gleich süß«, gesteht Cameron.

»Du bist so unromantisch«, ziehe ich ihn auf. »Wo ist deine Anekdote über unser erstes Treffen?«

»Ehrlich? Soll ich hier erzählen, dass wir uns im Club einen *Sex on the Beach* geteilt haben, weil …« Er zögert. »Ich weiß nicht mal mehr, warum du mir angeboten hast, von deinem Drink zu probieren. Aber vielleicht habe ich andere Qualitäten?«

»Die hast du«, versichere ich ihm und will ihn auf die Wange küssen, als er mir den Kopf zuwendet und den Kuss erwidert.

Ihn endlich in der Öffentlichkeit zu küssen, fühlt sich gut an. Erleichternd. Noch besser, seitdem July und Drew von uns wissen und sich für uns freuen, statt mir ins Gewissen zu reden.

Die Milchshake-Diskussion wird von Mr Palmer unterbrochen, der an den Tisch getrottet kommt.

»July Summers und Penelope Perez!« Er sieht uns abwechselnd an und hebt mahnend den Zeigefinger. »Ihr seid schon viel zu lange nicht mehr hier gewesen. Das Gleiche wie immer?«, fragt er und bringt mich vollkommen aus dem Konzept.

Wir haben ewig nichts bei ihm bestellt. Woher will er wissen, was wir normalerweise bei Bo ordern? Wird er etwa langsam wunderlich?

»Ein Schokomilchshake mit Hafermilch und ein Erdbeermilchshake mit fettarmer Milch?«

»Ja«, bringe ich vollkommen verwirrt hervor. »Woher wissen Sie …?«

Er tippt sich mit dem Finger gegen die Schläfe. »Der zuverlässigste Computer überhaupt. Schon über siebzig Jahre im Einsatz und noch leistungsfähig. Ich erinnere mich sogar daran, wie ihr zwei das erste Mal durch diese Tür gekommen seid.« Er sieht zu Cameron hinüber. »Zwei absolut zauberhafte junge Mädchen. Da wusste ich, die Männer, die die zwei abbekommen, haben Glück. Das dachte ich zwar auch bei Bo, aber man weiß es ja nicht. Nicht wahr?« Mr Palmer zwinkert Drew zu und wendet sich zum Gehen.

»Der Mann ist echt ein Phänomen«, sage ich anerkennend, bevor meine Aufmerksamkeit von etwas an der Tür abgelenkt wird. Mein Herz zieht sich schmerzhaft zusammen. Das Lächeln gefriert mir augenblicklich im Gesicht, als eine Gruppe von Frauen das *Hazelcup* betritt. Ich blinzle mehrfach, aber dadurch ändert sich das Bild vor meinen Augen nicht.

»Cam? Meine Mom«, bringe ich tonlos hervor und greife nach seiner Hand, gerade als sie uns erblickt.

Ihre Stimme dringt durch das gesamte Café. »Penelope! July!« Die Absätze ihrer hohen Schuhe scheinen sich bei jedem Schritt in den Boden zu rammen.

Oder kommt es nur mir so laut vor? Drehen sich alle Gäste zu uns um, oder ist das Einbildung?

Ich sollte einfach nie wieder das Haus verlassen. In der Öffentlichkeit passiert nie etwas Gutes!

In Moms Kielsog folgen ihre Freundinnen Sarah und Emma.

Ich zucke zusammen, als July mir vors Schienbein tritt.

Hastig fahre ich auf und bemühe mich um ein Lächeln. »Mom. Ich wusste nicht, dass ihr heute in der Stadt seid.« Ich habe mich nicht getraut, mir vorzustellen, wie das erste Treffen von Cameron und ihr laufen würde, aber sicher nicht so.

Ihr Blick gleitet zu ihm hinüber und zu mir zurück, als hätte sie soeben beschlossen, ihn zu ignorieren. Lediglich eine kleine Falte über ihrer Oberlippe verrät ihren Unmut.

»Wir treffen uns nur auf einen Kaffee«, antwortet sie unbestimmt. »Wir waren ein wenig an der Promenade stöbern, aber hier ist der Kaffee besser. Zumindest, wenn Bo ihn macht. Nichts gegen Mr Palmer, aber sein Kaffee ist eine elendige Plörre.«

»Wollen Sie sich zu uns setzen?«, bietet July höflich an.

»Lieb von dir, aber wir wollen euch nicht mit Alt-Frauen-Kram nerven.« Ihr Blick zuckt erneut zu Cameron.

»Mom, du erinnerst dich an den Neuzugang der Otters? Der junge Mann, der eine Wohnung gesucht hat? Das ist Cameron Burton.« Ich sehe ihn flüchtig an, aber Cameron lächelt. In diesem Moment bin ich unendlich dankbar dafür, dass er ein so unkomplizierter Mensch ist.

»Der angehende Designer mit der Tochter«, erinnert sie sich und presst die Lippen zu einem blutleeren Strich zusammen. Es dauert einen Moment, bis sie ein »Wie nett!« hervorwürgt.

»Sie haben von mir gehört?«, fragt er eine Spur zu verwirrt.

»Penelope erzählte beim Brunch davon, dass Sie eine Wohnung suchen.« Sie mustert ihn zu aufmerksam für meinen Geschmack. »Wir Eltern müssen doch zusammenhalten, nicht wahr? Wir wollen alle nur das Beste für unsere Töchter.« Sie wird von Sarah unterbrochen, die kurz zu verstehen gibt, dass sie sich schon einmal einen Tisch suchen. Kaum haben sie Platz genommen, setzt Mom ihr Verhör fort. »Haben Sie sich denn schon ein wenig in Fair Haven eingelebt, Cameron? Wie alt ist Ihre Tochter eigentlich?«

»Meine Tochter wird sieben, und wir wurden sehr herzlich in Fair Haven empfangen«, versichert er und drückt leicht meine Hand.

»Sieben. Wie zauberhaft«, behauptet Mom, obwohl ich genau sehe, dass ihr die Vorstellung überhaupt nicht gefällt. Sie sieht mich an. Es ist nur der Hauch eines Kopfschüttelns, aber das reicht. Sie weiß es. Sie weiß alles. Und es missfällt ihr. »Ich erwarte dich am Sonntagnachmittag zum Tee. Allein«, sind ihre letzten Worte, bevor sie mit schnellen Schritten zu ihren Freundinnen hinübergeht.

Tock-tock-tock-tock-tock.

Es ist der Takt ihrer Schuhe und meines aufgeregten Herzes.

Mom weiß es. Und es gefällt ihr nicht, ist alles, was ich denken kann. Es ist eine Dauerschleife, die nicht einmal dann endet, als wir schnellstmöglich das Café verlassen.

Behutsam legt Cameron die Hand zwischen meine Schulterblätter, als wollte er mich stützen. Ich überlege, ob ich mich von Mom verabschieden sollte, doch als ich zu ihr hinübersehe, wendet sie demonstrativ den Kopf ab und verwickelt ihre Freundin in ein Gespräch.

Ich wusste, dass das hier passieren würde. Wir beide wussten es. Trotzdem hatte ich die naive Hoffnung, dass es anders enden würde. Dass meine Eltern Cameron doch eine Chance geben. Aber vielleicht hat er recht, und unsere Welten passen nicht zusammen. Nicht auf Dauer.

27. KAPITEL

☑ *Sonntagstee mit Mom*

»Möchtest du ein Gurkensandwich?«, bietet Mom an und deutet auf ein Tellerchen mit filigranem Blumenmuster. Darauf stapeln sich Toastscheiben, die in handliche Dreiecke geschnitten sind.

»Seitdem du britische Krimis für dich entdeckt hast, hast du eine ziemliche Obsession für Gurkensandwiches und Scones entwickelt«, mache ich mich über sie lustig und streiche mit dem Zeigefinger über die filigrane Goldverzierung auf dem edlen Porzellangeschirr. »Fehlt nur noch Schwarztee.«

»Ich kann dir gern einen zubereiten lassen«, schlägt sie vor.

»Auf keinen Fall!« Ich klammere mich an das viel zu kleine Tässchen und habe Angst, es zwischen meinen Händen zu zerbrechen.

»Wie geht es denn deinem Freund Cameron?«

Ich sehe den missbilligenden Ausdruck in ihren Augen und spüre, wie die Stimmung am Tisch kippt, noch bevor sie ihren nächsten Satz sagt.

»Und seiner Tochter, die viel zu alt ist, um unter vernünftigen Umständen entstanden zu sein …«

»Richtig, Mom«, unterbreche ich sie. »Babys entstehen häufig unter sehr unanständigen Umständen. Meistens ist man dabei vollständig nackt, wenn man nicht gerade auf moderne Reproduktionstechniken setzt.«

»Du hast gesagt, Coach Brooks hätte dich gebeten, den Neuen zu interviewen und dich nach einer Wohnung für ihn umzuhören. Aber er hat dich sicher nicht darum gebeten, ihn so anzusehen, wie du ihn angehimmelt hast. Und schon gar nicht seine Hand zu halten oder dich an ihn zu kuscheln. Ich bin nicht blind, Penelope. Und dein Vater wird nicht glücklich sein, wenn du jemanden wie ihn hierher mitbringst. Wir haben uns nicht aus diesem Sumpf gekämpft, damit du dorthin zurückkehrst.« Sie greift nach einem Umschlag, der auf dem Tisch neben ihrem Teller liegt, und schiebt ihn zu mir herüber. Sie macht eine auffordernde Geste. »Ich möchte, dass du dir das ansiehst.«

»Was ist das?« Irritiert stelle ich die Tasse ab und öffne das Kuvert. Ich rechne fast mit Geld oder einem Scheck, um mich zu motivieren, auf sie zu hören, aber was ich herausziehe, schockiert mich noch mehr. »Woher hast du die?«, frage ich entsetzt und betrachte die Fotos in meiner Hand. Fotos von mir und Cameron beim Schlittschuhfahren. Die sehen noch harmlos aus. Im Gegensatz zu denen, auf denen wir wild knutschend die WG verlassen oder ich mich gegen mein Auto lehne, während Cameron die Hände unter meinen Mantel schiebt.

»Nachdem uns immer mal wieder zugetragen wurde, dass unsere Tochter mit einem jungen Mann gesehen wurde, haben wir einen kleinen Hintergrundcheck beauftragt. Was wir dabei erfahren mussten, bereitet uns Sorge. Dein Dad sagt, dass wir dir diese kleine Auszeit zugestehen sollten, aber als ich dich mit diesem Mann im Café gesehen habe …« Sie schüttelt missbilligend den Kopf. »Wie soll ich das meinen Freundinnen erklären? July trifft sich mit Andrew McDaniels. Und meine Tochter? Hurt mit irgendeinem Niemand aus der Provinz herum? Er ist der Sohn eines Dinerbesitzers. Wusstest du das? Ich habe Fotos von dem Laden gesehen. Er ist winzig.«

»Wow. Ich weiß gerade nicht, was mich hieran am meisten schockiert«, gestehe ich und lasse die Bilder auf den Tisch fallen.

»Du bist schockiert? Was denkst du, wie es uns geht?«

Ich öffne den Mund und schließe ihn wieder, ohne etwas gesagt zu haben. Darauf fällt mir keine passende Erwiderung ein.

»Wir alle wären sehr froh, wenn du Kyle …«, beginnt sie, aber das kann ich mir nicht länger anhören.

»Ist das dein Ernst? Du erzählst mir, dass ich Dad nicht unglücklich machen soll, und schlägst im selben Atemzug vor, es noch einmal mit Kyle zu versuchen? Zählt mein Glück hier gar nichts?« Kopfschüttelnd stehe auf. »Ich fasse es nicht, dass ihr mich habt beschatten lassen. Wofür? Was erhofft ihr euch davon?«

»Ich will doch nur nicht, dass du dich unglücklich machst!« Sie springt so hastig auf, dass ihr der Tee über den Rand der Tasse und auf ihr weißes Kleid schwappt.

»Dann lass mich selbst entscheiden, was mich glücklich macht und was nicht!«

»Warum verstehst du nicht, dass wir dich nur beschützen wollen? Du bist doch selbst noch fast ein Kind! Du weißt nicht, was das Leben mit Kindern bedeutet. Oder wie ein Leben ohne Geld aussieht.«

»Dann lass es mich herausfinden«, schlage ich vor.

»Du willst es herausfinden?« Sie schnaubt belustigt. »Gut. Dann streichen wir dir von heute an die monatliche Zuwendung.«

»Was?« Entgeistert sehe ich sie an. So habe ich das nicht gemeint. Dabei sollte mich diese Reaktion wirklich nicht überraschen.

»Wenn du wissen willst, wie es sich anfühlt, nicht Penelope Perez, sondern irgendein Mädchen von der Straße zu sein, dann finde es heraus. Und es beginnt damit, dass du dein Auto hier vor der Tür stehen lässt.«

»Wie soll ich dann zurück zum Wohnheim kommen?«

»Das sind Probleme, die du von nun an allein lösen musst. Was denkst du, wie wir von Mexiko hierhergekommen sind?«

Ich greife nach meiner Tasche. Es kostet mich Überwindung, aber ich lasse den Autoschlüssel auf den Glastisch fallen. »Willst du das iPhone auch?«

Sie verschränkt die Arme vor der Brust. »Hast du es dir denn verdient?«

Wenn sie mit *verdient* meint, dass ich das Geld dafür selbst erarbeitet habe, dann nicht. Also landet es ebenfalls auf dem Tisch. »Darf ich wenigstens meinen Mantel behalten? Oder hättest du ihn auch gern zurück?«

»Ich will gar nichts zurück«, erwidert sie. »Du bist diejenige, die hier gerade ihre Unabhängigkeit erprobt.«

»Schön.« Ich nehme Handtasche und Mantel und gehe durch die riesige Eingangshalle zur geflügelten Eingangstür.

»Wenn dein Trotzanfall beendet ist, bist du jederzeit willkommen!«, ruft Mom, kurz bevor die Tür ins Schloss fällt.

Es ist nicht das erste Mal, dass ich mich mit meinen Eltern streite, aber das ändert nichts daran, dass ich es hasse. Jedes Mal wieder! Mein Blick streift das Auto, das einsam und verlassen auf der Auffahrt steht. Von hier bis zum Wohnheim dürften es etwa neun Meilen sein. Aber ich weiß gar nicht, ob ich dorthin will.

Fröstelnd ziehe ich den Mantel enger um mich, als ein unangenehmer Schneeregen einsetzt. Der hat mir gerade noch gefehlt.

Als ich das zweite Mal bei July klingle, bin ich mir nicht mehr so sicher, ob es eine gute Idee war, hier unangekündigt aufzutauchen.

»Ich komme!«, schreit sie durch die geschlossene Tür. »Eine Sekunde noch! Aua! Verdammt!«

Es dauert bestimmt eine Minute, bis sie mir die Tür öffnet. Sie trägt ein Jerseykleid, das überhaupt nicht zu den Temperaturen passt, und hat sich ein Handtuch um die Haare geschlungen. Fluchend reibt sie sich das Schienbein.

»Sorry, ich hätte anrufen sollen«, entschuldige ich mich.

Sie lässt von ihrem Bein ab und blinzelt mich an, als hätte sie ihre Kontaktlinsen noch nicht eingesetzt. »Was ist denn mit dir passiert?« Sie greift nach dem feuchten Ärmel meines Mantels und zerrt mich in den Hausflur.

»Drew?«, ruft sie und schüttelt den Kopf über sich selbst. »Ich werde mir wohl nie abgewöhnen, das zu tun. Er hat schon vorgeschlagen, sich ein Vibrationshalsband umzulegen, wie es gehörlose Hunde tragen.« Sie humpelt ins Bad und kommt mit einem Handtuch zurück. »Gibt es irgendeine Stelle von dir, die trocken geblieben ist?«, fragt sie zweifelnd und geht in ihr Schlafzimmer.

Ich schenke Drew ein Lächeln, als er – nur mit einem Handtuch bekleidet – aus dem Bad kommt. »Ich störe«, murmle ich kleinlaut.

»Schon okay«, versichert mir July und schmeißt Leggings und Wollpullover aufs Bett. »Ich habe mir nur total blöd das Schienbein an der Duschwanne gestoßen. Das tut jetzt wieder drei Tage weh.«

»Nein. Ich meinte wegen …« Ich deute flüchtig auf Drew, der mich so zweifelnd ansieht, als wäre ich diejenige, die halb nackt im Flur steht.

»Hör auf, ihn so mitleidig anzusehen, als würde er gleich

verhungern. Er hat heute schon gegessen, falls du verstehst. Mehrfach. Also zieh dich um.« Sie gibt Drew mit Gebärden irgendwas zu verstehen, dem ich nicht folgen kann.

Nickend zieht er sich in sein Zimmer zurück.

»Ich hätte …«, beginne ich erneut und werde sofort unterbrochen.

»So ein Quatsch! Du rufst sonst immer an, bevor du vorbeikommst. Dass du es nicht getan hast, bedeutet nur, dass es ein Notfall ist.« July zieht sich selbst Leggings über und wuschelt sich mit dem Handtuch durch die Haare, bevor sie sie zusammenknotet und die Brille aufsetzt. Dann schließt sie die Zimmertür und legt mir Unterwäsche raus. Wie gut, dass wir beide eine ähnliche Kleidergröße haben, denn ich bin tatsächlich bis auf die Unterhose durchnässt.

»Ich konnte nicht anrufen. Mom hat mein Handy und die Autoschlüssel«, gestehe ich und schäle mich aus den nassen Klamotten.

Seufzend lässt sich July aufs Bett sinken. »Also habt ihr euch mal wieder gestritten?«

»Weißt du, ich kann ja noch irgendwie verstehen, dass sie Vorbehalte gegen Cameron hat. Ja, er hat eine Tochter. Okay, die lässt sich nicht wegdiskutieren. Geschenkt. Aber dass sie ernsthaft jedes Mal vorschlägt, dass ich es noch mal mit Kyle versuchen könnte … Jedes Mal wieder!« Wütend werfe ich den Mantel auf den Fußboden. »Es fühlt sich an wie … Keine Ahnung! Als wäre es ihnen vollkommen egal, was er mir angetan hat.«

»Sekunde. Kommst du gerade von deinen Eltern? Du willst mir nicht erzählen, dass du eben drei Stunden durch den Schneeregen gelaufen bist?«

Als ich mit den Schultern zucke, schnaubt sie abfällig. »Möchtest du warm duschen? Das Bad ist frei. Komm einfach rüber, sobald du fertig bist, und ich mach dir in der Zwischenzeit schon mal einen Tee.«

»Danke«, ist alles, was mir dazu einfällt.

Erst als ich mit einer Wolldecke auf dem Sofa sitze und mich an einen Teebecher klammere, wird mir bewusst, wie verdammt kalt mir ist.

»Was ist los?«, frage ich, da Drew mich immer noch aufmerksam ansieht.

»Soll ich dich nachher ins Wohnheim fahren, oder übernachtest du hier? Mein Bett steht ohnehin nur zur Deko in meinem Zimmer«, erklärt er.

»Korrigiere«, wirft July ein und untermalt ihre Worte mit passenden Gebärden. »Das Bett steht in seinem Ankleidezimmer. Er braucht es nur zum Lagern von all seinen Sportklamotten.«

»Dust Kitty?« Drew macht irgendwelche Gebärden, die July langsam wiederholt.

»Ah. Okay. Andersherum. Eure Grammatik macht mich fertig.«

»Solang es nur die Grammatik ist«, antwortet Drew zwinkernd.

»Du bist so ein Spinner, Mr Alabama«, erwidert sie und kann ein Lächeln dann doch nicht unterdrücken.

Seitdem sie Drew kennt, übt sie permanent das Fingeralphabet und die Gebärdensprache – schon bevor sie zusammen waren. Obwohl sie ständig flucht, lernt sie schnell. Sprachen aller Art liegen ihr einfach. Das ist genauso offensichtlich wie die Tatsache, dass July und Drew eigentlich keine Worte bräuchten, um sich zu verstehen.

»Kommt ihr zurecht?« Er deutet vage auf die Tür zu Julys Zimmer. »Ruft mich einfach, wenn ihr mich *nicht* braucht«, stichelt er an July gewandt und drückt ihr einen Kuss auf den Haaransatz, bevor er uns allein lässt.

»Wie spät ist es überhaupt?«, frage ich, als jemand einen Schlüssel ins Schloss der Wohnungstür steckt. Hat Bo schon Feierabend? Wie lange bin ich bitte unterwegs gewesen?

Sobald er das Wohnzimmer betritt, muss ich mich korrigieren: Das ist nicht Bo, sondern ein Zombie, der wie Bo aussieht. Vor Kurzem gab es einen totalen Hype um ein Spiel, bei dem man in der Rolle eines Zombies Magier jagen musste. Und genauso sieht Bo aus: als könnte er auf die Straße gehen und gleich damit anfangen.

»Du arbeitest zu viel«, sagt July, und bestätigt damit meine Gedanken. Ohne zu zögern, steht sie auf und macht ihm ebenfalls einen Tee.

»Was soll ich denn machen?« Er lässt sich aufs Sofa fallen und sieht aus, als würde er sofort einschlafen. Mit dem Kopf an der Sofalehne schließt er die Augen. »Wenn ich weniger arbeite, geht das *Hazelcup* vor die Hunde. Das kann ich weder mit meinem Gewissen noch unserem Konto vereinbaren.«

»Bo, so geht das nicht weiter!«, ruft seine Schwester tadelnd aus der Küche herüber. »Ich mag Mr Palmer, aber wenn er seit seiner Krankheit noch weniger hilft als vorher, soll er seine alten Füße ganz hochlegen und dich zum Geschäftsführer ernennen. Dann kannst du so viele Leute einstellen, wie ihr braucht und euch leisten könnt.«

Er stöhnt und legt sich die Unterarme übers Gesicht. »Als ich das letzte Mal etwas in der Richtung angedeutet habe, meinte er, ich wäre zu jung. Ich solle mein Leben genießen und ihm die wichtigen Entscheidungen überlassen. Weißt du, was er noch gesagt hat? Dass es gut wäre, wenn ich am Community College wenigstens ein paar Kurse über Rechnungswesen und Ähnliches belegen würde, bevor er mir Verantwortung überträgt.«

»Na ja. Also falls du tatsächlich mit dem Gedanken spielen solltest, im *Hazelcup* mehr Verantwortung zu übernehmen, kann das vielleicht nicht schaden«, werfe ich vorsichtig ein, weil ich mich noch gut an unser letztes Gespräch über seine Zukunft erinnere. Auch jetzt wirkt Bo alles andere als begeistert.

»Hör zu«, bittet ihn July, überreicht ihrem Bruder einen Becher und lässt sich neben mir auf das Sofa fallen. »Wir verstehen, dass du mit deiner College-Zeit viele unschöne Erinnerungen verbindest, aber dieses Mal wüsstest du, wofür du hingehst. Für das *Hazelcup*. Und niemand wird dir im Flur unschöne Worte an den Kopf werfen.«

»Jetzt klingst du wie Haley«, behauptet er.

»Weil sie recht hat.«

Seufzend trinkt er einen Schluck Tee und betrachtet argwöhnisch mein Kuscheloutfit. »Was ist eigentlich mit dir passiert? Mal wieder Stress mit deinen Eltern?«

»Meine Mom hat das Auto einbehalten und mir das Taschengeld gestrichen. Da ich angeblich ja ohnehin gerade dabei bin, mein Leben zu ruinieren, bekomme ich schon einmal einen Vorgeschmack auf meine Zukunft.«

»Ich nehme an, es geht um Cameron?«

»Ich wünschte, es wäre so einfach, aber es geht um mehr als das. Ich kann einfach nicht mehr dem Weg meiner Eltern folgen.«

Denn das ist mir vorhin klar geworden, als ich durch den Schnee gestapft bin: Vielleicht bin ich niemandem etwas schuldig. Aber ich bin selbst für mein Glück verantwortlich.

»Danke übrigens für eure Liste. Ihr habt recht: Ich werde nicht glücklich, wenn ich etwas studiere, das ich hasse. Aber niemand wird mich retten, wenn ich es nicht selbst tue.«

»Also denkst du tatsächlich darüber nach, das Studienfach zu wechseln?«, fragt July überrascht.

»Vielleicht. Und ich könnte dringend einen Job brauchen. Also falls das *Hazelcup* eine Aushilfe suchen sollte, sag gern Bescheid.«

Bo nippt an seinem Tee und mustert mich. »Kannst du denn Kaffee kochen?«

»Nein. Ich trinke nicht einmal welchen«, gestehe ich.

»Hast du schon mal gekellnert oder kassiert?«

»Höchstens den Gästen meiner Eltern Getränke gereicht oder für die Kirche Kerzen verkauft. Also nein.«

»Wärst du bereit, es zu lernen?«

»Ja.« Darüber muss ich nicht einmal nachdenken. »Ehrlich. Ich würde auch die Toiletten putzen oder mich um den Abwasch kümmern. Sag einfach, wobei ihr Hilfe braucht, und ich tu's.«

Bo wirkt noch nicht vollkommen überzeugt. Oder wie soll ich seinen skeptischen Blick verstehen? »Muss ja ein schlimmer Streit gewesen sein, wenn du dazu bereit bist. Aber ich rede mit Mr Palmer und sehe, was sich machen lässt.«

»Du bist der Beste.«

Wir werden vom Klingeln seines Handys unterbrochen. Umständlich holt er es aus der Hosentasche und zieht eine Augenbraue nach oben, bevor er rangeht. Mehr als ein müdes »Mhm?« bringt er nicht hervor und sieht mich zweifelnd an. »Hey, July. Cameron lässt fragen, ob du heute schon etwas von Penny gehört hast. Er macht sich Sorgen. Er hat mehrere Nachrichten geschickt und versucht, sie anzurufen, aber sie geht nicht ans Telefon. Weißt du irgendwas darüber?«

Ich bekomme augenblicklich ein schlechtes Gewissen. Ich war bei meinen Eltern für ein klärendes Gespräch – und melde mich dann nicht mehr? Er zieht bestimmt vollkommen falsche Schlüsse aus der Funkstille.

»Kann ich kurz …?« Ich zeige auf das Handy.

Als er Anstalten macht, aufzustehen, bedeute ich ihm, sitzen zu bleiben, springe auf und nehme das Telefon entgegen.

»Cam?«

»Du lebst noch«, stellt er eine Spur zu erleichtert fest.

»Ja. Ich wollte mich nicht *nicht* melden, aber nach unserem Streit hat meine Mom Telefon und Auto einkassiert. Ich musste zu Fuß in die Innenstadt zurücklaufen und konnte niemanden kontaktieren. Wie läuft der Umzug?«

Natürlich habe ich ihm meine Hilfe für den Umzug an diesem Wochenende angeboten, aber mit den Jungs aus dem Footballteam hatte er bereits genug helfende Hände. Und dank Haleys Mom eine komplette Wohnungseinrichtung. Ich wusste zwar, dass sie sich für Upcycling und Recycling interessiert, hätte aber nicht gedacht, dass die Garage ihres Hauses eine Fundgrube für Secondhandmöbel ist.

»Deine Mom hat deine Sachen konfisziert?«, fragt er empört. »Als wärst du ein Kind, das zu spät von einer Party heimgekommen ist?«

»Ja, lange Geschichte.« Ich sehe July und Bo flüchtig an und seufze resigniert. »Sie wollte mir in Dinge reinreden, die sie nichts angehen. Zur Strafe für mein trotziges Verhalten hat sie mir die finanzielle Unterstützung gestrichen, bis ich wieder vernünftig bin. Fragt sich, wer sich von uns beiden kindischer verhält.«

»Diese *Dinge*, die sie nichts angehen, heißen aber nicht Cameron Burton oder Lucy Woods?«, hakt er nach. »Ich will nicht der Grund für Stress mit deinen Eltern sein.«

»Ich weiß«, murmle ich in den Hörer. »Und ich kann dir versichern, dass es nicht wirklich an euch liegt. Aber vielleicht …«

Aber vielleicht geht es nicht anders.

Aber vielleicht ist es das wert.

Aber vielleicht ist es besser so.

»Möchtest du vorbeikommen?«, bietet er an. »Wir sind mit dem Umzug so weit durch. Die Möbel stehen, und die letzten Kleinigkeiten kann ich unter der Woche machen. Dank der Trödelkontakte von Haleys Mom besitzen wir jetzt übrigens auch ein Schlafsofa.«

»Hast du gerade *wir* gesagt?«

»Ja. Und wir könnten es gemeinsam einweihen.«

Über das Angebot muss ich nicht lange nachdenken. Möchte ich lieber in meinem Wohnheimzimmer schlafen oder Camerons Sofa ausprobieren? Die Wahl fällt eindeutig auf Letzteres. Vor allem, weil mir die Kälte bis in die Knochen gekrochen ist und ich immer noch entsetzlich friere, ist die Aussicht darauf, mich an Cameron kuscheln zu können, verlockender als je zuvor.

»Penny? Ruh dich aus«, bittet mich Bo, als er mich vor der Tür des Italieners absetzt. Da er den restlichen Abend bei Joshua verbringt, liegt Camerons Wohnung auf dem Weg.

»Danke dir fürs Mitnehmen«, will ich sagen, aber mein Hals fühlt sich an, als hätte ihn jemand mit Schmirgelpapier bearbeitet. In etwa so geschmeidig klingt auch meine Stimme.

Schon auf dem kurzen Weg die Treppe zu Camerons Wohnung hinauf wird mir klar, dass es keine gute Idee war, hierherzukommen. Die paar Stufen setzen mir mehr zu, als sie sollten. Oben angekommen pulsiert mein Kopf im Takt meines Klopfens an der Tür.

Ich versuche mich zusammenzureißen, als Cameron die Tür öffnet. Er wirkt erschöpft, aber glücklich, zumindest bis er mich aufmerksam ansieht und die Augenbrauen hebt.

»Ich habe mir Sachen von July geliehen, weil meine durchnässt waren«, erkläre ich und halte den Beutel mit meinen Kleidungsstücken hoch.

Blinzelnd nimmt er ihn an sich und stellt ihn neben einer kleinen Kommode ab. »Bist du den ganzen Weg zu Fuß zu July gelaufen? Bei dem Wetter? In deinem dünnen Mantel?«

Ja, mein Mantel sieht vor allem schick aus, eignet sich aber weniger für Spaziergänge im eisigen Schneeregen.

»Möchtest du dich aufs Sofa setzen?«, schlägt er vor.

Nickend folge ich seiner Geste und staune nicht schlecht. Aus dem Raum mit den rostroten Wänden, die wir in den letzten Tagen gemeinsam gestrichen haben, ist in den vergangenen Stunden ein richtig gemütliches Zimmer geworden. Die meisten Möbel haben schon gestern gestanden, aber die Dekorationen verleihen dem Raum erst den letzten Schliff. Ein mit Kissen und Decken überladenes Sofa steht an einem runden Holztischchen. An der Wand dahinter hängen Fotos und Skizzen in unterschiedlichen Größen und Rahmen. Gegenüber reihen sich in einem Regal Bücher aneinander, die unterschiedlicher nicht sein könnten. Skizzenbücher stehen neben Fantasyreihen und literarischen Klassikern. Kann etwas zugleich chaotisch und stimmig aussehen?

Ich schlendere zu dem kleinen Esstisch am Fenster rüber und betrachte eine hölzerne Gliederpuppe, die auf der Fensterbank an einem schwarzen Blumentopf lehnt. Wenn mich nicht alles irrt, wächst darin Basilikum.

»Ein Geschenk der Vermieterin«, erklärt Cameron auf meinen fragenden Blick hin. »Ihr fehlte hier etwas Grünes.«

»Wie lieb von ihr«, krächze ich und leiste keinen Widerstand, als er mich zum Sofa lotst.

»Wie wäre es, wenn du dich einkuschelst, und ich bringe dir heiße Milch mit Honig?«

»Klingt gut«, sage ich und schmiege mich in eine der Decken. Ich will mich bei ihm dafür entschuldigen, so angeschlagen hier aufzutauchen – jetzt muss er sich nach dem langen und anstrengenden Wochenende auch noch um mich kümmern. Aber die Kissen sind unfassbar weich. Ich bin mir sicher, dass Haley sie genäht hat, denn sie duften wie sie nach Jasmin und weißen Blüten. Ich nehme mir fest vor, mich bei ihr zu bedanken, aber vorher werde ich ein kleines Nickerchen machen. Nur ganz kurz die Augen schließen … Noch bevor Cameron aus der Küche zurück ist, bin ich eingeschlafen.

»Penelope?«

Kopfschmerzen, Gliederschmerzen, Schüttelfrost, verschwitzt auf dem neuen Sofa des Freundes aufzuwachen – ich weiß nicht, was mir davon am unangenehmsten ist. Ich will mich aufsetzen, aber Cameron drückt mich zurück auf das Kissen. Oder ist es einfach nur die Schwerkraft, die mich nach unten zieht? Um mich herum dreht sich alles. Da ich seit Jahren nicht mehr krank war, hatte ich vollkommen vergessen, wie elendig man sich dabei fühlt.

»Möchtest du auf dem Sofa weiterschlafen, oder soll ich dich in Lucys Bett hinübertragen?«, bietet er an.

»Lass mich einfach hier liegen«, murmle ich, als wäre ich die tragische Heldin, die zurückgelassen wird, weil sie nicht mehr zu retten ist. Ich will ihm keine Mühe machen. Hätte ich geahnt, dass es mir so dreckig gehen würde, wäre ich erst gar nicht hergekommen. Wobei ich dann Lin auf die Nerven gegangen wäre, was keinen Deut besser ist. Sie hasst es, wenn man ihren gewohnten Tagesablauf stört – und leidend in meinem Bett zu liegen stört sie gewaltig.

Cameron drückt mir einen Kuss auf die verschwitzte Stirn.

»Ich habe dir Wasser und fiebersenkende Schmerztabletten auf den Tisch gestellt. Da ich einen Entwurf fertigstellen muss, bleibe ich noch eine Weile wach. Wenn du irgendwas brauchst, bin ich gleich nebenan. Ich lasse die Türen auf, okay?«

Ich will ihn damit aufziehen, dass er schon wieder seinen liebenswerten Dad-Tonfall anschlägt, aber mein Hustenanfall unterbricht mich. Stöhnend drücke ich den Kopf gegen das Kissen und ergebe mich.

Mitten in der Nacht werde ich von meiner vollen Blase geweckt. Mit schmerzendem Kopf und klebrigen Klamotten schaffe ich es, den Weg ins Badezimmer hinter mich zu bringen, um mich zu erleichtern. Da ich schon einmal dort bin, schäle ich mich aus Julys Pulli und wasche mir das Gesicht mit kaltem Wasser. Der Blick in den Spiegel bestätigt: Ich sehe genauso erbärmlich aus, wie ich mich fühle. Verschwitzt, mit geröteten Wangen und Schatten unter den Augen. *Herzlichen Glückwunsch, Penny. Du hast dir eine richtig schöne Erkältung eingefangen.*

Erschrocken fahre ich auf, als es an der Tür klopft.

»Ist nicht abgeschlossen.« Ich wanke hinüber und öffne Cameron die Tür.

»Ist alles okay? Brauchst du was?«, fragt er ebenso verschlafen wie besorgt. Er steht nur in Shorts vor mir und versucht vergeblich, ein Gähnen zu unterdrücken.

»Ich wollte dich nicht wecken«, sage ich, aber er schüttelt gähnend den Kopf.

»Die quietschende Flurdiele war's«, gesteht er. »Wenn dir das Sofa zu unbequem ist, können wir tauschen. Oder ich klappe es eben schnell aus. Du bist vorhin eingeschlafen, bevor ich dazu gekommen bin. Wenn dir kalt ist, können wir auch gemeinsam dort schlafen. Du musst es mir nur sagen.«

»Ich will dich nicht anstecken. Und ich klebe.« Demonstrativ zupfe ich an meinem Top, aber Cameron schenkt mir lediglich ein Lächeln.

»Das hat mich letztens nicht gestört und stört mich auch jetzt nicht.« Er stutzt. »Ich meinte das nicht so, wie es klang.«

»Ich weiß.« Und ich glaube es ihm, denn zum ersten Mal in meinem Leben habe ich das Gefühl, dass es wirklich vollkommen in Ordnung ist, ungeschminkt und kränkelnd in jemandes Bett zu steigen.

Als ich wenig später den Kopf an seine Brust lehne und seinem Herzschlag lausche, legt er den Arm um mich. Mir ist viel zu warm und viel zu kalt auf einmal, aber das ist okay, weil ich in Camerons Nähe vor allem eines empfinde: Geborgenheit.

28. KAPITEL

☑ *Pause machen*

Mitten in der Nacht fahre ich hustend vom Sofa auf, sodass Cameron ebenfalls wach wird.

»Geht es?«, fragt er besorgt, streicht mir über den Rücken und legt mir eine Hand auf die Stirn, kaum dass sich der Anfall gelegt hat. »Du hast noch immer Fieber.«

»Es wird schon wieder.«

»Ich mache dir noch eine heiße Milch und bin sofort zurück.«

»Danke dir.« Sobald er das Zimmer verlässt, will ich mich wieder auf das Kissen sinken lassen, aber sein Handy lenkt meine Aufmerksamkeit auf sich. Es leuchtet neben mir auf, als eine neue Nachricht eintrifft. Mitten in der Nacht. Irritiert lese ich die Worte, die auf dem Bildschirm angezeigt werden.

Zoe: *Überleg es dir. Ich liebe dich.*

Sekundenlang starre ich sie an, bis die Bildschirmbeleuchtung wieder erlischt.

Ich liebe dich.

Mein Herz zieht sich schmerzhaft zusammen. Warum schreibt sie ihm das mitten in der Nacht? Seit dem Zusammentreffen im Stadion habe ich nichts mehr von ihr gehört. Was sicherlich auch daran liegt, dass Cameron mich, so gut er kann, aus dieser Sache heraushält. Aber warum dann diese Nachricht? Haben sie einander geschrieben, während ich geschlafen habe?

Unangenehm berührt lege ich das Handy auf Camerons Kopfkissen und ziehe die Beine an. Es dauert vielleicht eine Minute, bis er zurück ist und mir einen Becher überreicht.

»Wenn du mehr Honig möchtest, sag Bescheid.«

»Ich bin mir sicher, es ist genug. Du hast übrigens eine neue Nachricht von Zoe«, sage ich und nehme den Becher entgegen. »Ich wollte sie nicht lesen. Sie traf gerade ein, als du gegangen bist. Entschuldige.«

»War es denn wichtig?«, fragt er und steigt zurück zu mir in unser Schlaflager.

»Ich denke schon«, murmle ich und nippe an der Milch.

Nur aus dem Augenwinkel sehe ich, wie er nach dem Handy greift, es entsperrt und die Mitteilung liest. Kommentarlos legt er es neben sich auf den Tisch – ohne zu antworten.

»Darf ich dich etwas fragen?« Ich kann nur mühsam verhindern, dass meine Augen zu brennen beginnen. Eigentlich will ich es nicht aussprechen, weil ich Angst habe, etwas kaputt zu machen. Aber die Stimmen aus der Vergangenheit drängen mich dazu. Ich muss es einfach wissen. »Läuft da wieder irgendwas zwischen euch?«

»Nein«, antwortet er vollkommen ruhig.

Im fahlen Licht, das durch die dünnen Vorhänge dringt, versuche ich irgendetwas von seinem Gesicht abzulesen.

Er streicht mir vorsichtig eine Haarsträhne hinter das Ohr. »Ich verstehe, dass du misstrauisch bist, aber du kannst dich auf mich verlassen. Du kannst mir vertrauen.« Er küsst mich auf den Haaransatz und greift nach seinem Telefon. »Die Pin zu meinem Handy ist Lucys Geburtstag.« Er tippt das Datum vor meinen Augen ein, damit ich es mir merken kann, und überreicht mir das Smartphone. »Du kannst gern alle Nachrichten und E-Mails lesen. Nur den Gruppenchat mit den Jungs würde ich vielleicht auslassen. Da steht bloß Quatsch drin«, gesteht er verlegen.

Ich komme mir wie eine schlechte Freundin vor, die ohne Beweise nicht in der Lage ist, ihm zu vertrauen, aber ich muss seine Nachrichten lesen. Ich kann nicht mein Leben neu ordnen, nur um erneut betrogen zu werden. Lieber gehe ich mit Fieber allein durch den Schnee ins Wohnheim.

Zoe: *Ich habe nachgedacht und finde, wir sollten uns noch eine Chance geben. Lucy zuliebe. Sie hat eine intakte Familie verdient. Meinst du nicht? Komm zurück zu uns. Fair Haven tut dir nicht gut. Du wirst dort zu einem Menschen, den du früher verachtet hättest. Du musst kein Footballstar werden. Du musst nicht studieren. Du musst niemandem etwas beweisen. Komm zurück nach Ann Arbor, und wir fangen neu an. Wir können gemeinsam wegziehen. Irgendwohin, wo uns niemand kennt. Denk darüber nach.*
Cameron: *Tut mir leid, dich enttäuschen zu müssen. Wir hatten unsere Chancen. Ich werde hier nicht die Zelte abbrechen. Und zieh Lucy nicht mit hinein. Ich liebe sie. Sie hat das nicht verdient.*
Zoe: *Überleg es dir. Ich liebe dich.*

Ich lehne den Kopf gegen seine Brust und gebe ihm das Handy zurück.

»Ich gehe nicht zurück nach Ann Arbor«, sagt er schlicht und streicht mit der Hand über meine Taille. »Und was Zoe betrifft, weißt du alles, was du wissen musst.«

Es tritt ein Schweigen ein, währenddessen ich einzig und allein Camerons Herzschlag lausche. Vielleicht liegt es an diesem beruhigenden Rhythmus oder dem Fieber, aber es fällt mir sekündlich schwerer, die Augen offen zu halten.

Noch während er ein weiteres Mal über meinen Kopf streicht, bin ich bereits wieder eingeschlafen.

»Penny?« Cameron berührt mich an der Schulter.

Mühsam schlage ich die Augen auf und blinzle, aber es dauert, bis ich wieder klar sehen kann.

Er kniet vor dem Sofa und legt eine Hand auf meine Stirn.

Ich wünschte, ich könnte behaupten, dass es mir besser geht, aber das wäre gelogen. Es hat mich wirklich erwischt. »Wie spät ist es?«, will ich fragen, die Hälfte des Satzes geht jedoch in einem heiseren Krächzen unter.

»Halb neun. Ich weiß, du hättest Vorlesungen, aber in dem Zustand solltest du das Haus nicht verlassen.«

Ich will protestieren, doch kaum habe ich mich aufgesetzt, dreht sich alles.

»Ich habe dir Wasser hingestellt, falls du Durst hast. Ich muss jetzt zu einem Korrekturgespräch bei meinem Dozenten und gehe anschließend bei der Apotheke vorbei. Ich würde lieber hierbleiben, aber ich kann den Termin nicht absagen. Kommst du klar? Ruh dich aus, okay?«

Ich will ihn schon wieder für seinen liebevollen Dad-Tonfall aufziehen, aber meine Antwort endet in einem weiteren Hustenanfall.

»Ich beeile mich«, versichert er mir und küsst mich auf die Stirn.

Nickend lasse ich mich in die Kissen sinken und bin eingeschlafen, kaum dass ich die Decke hochgezogen habe.

Irgendwann fahre ich erschrocken auf, als mich etwas im Gesicht kitzelt.

»Bin wieder zurück«, flüstert eine Stimme an meinem Ohr.

Stöhnend drehe ich mich zu Cameron um. Habe ich wirklich den ganzen Tag verschlafen? »Ich sollte ins Wohnheim und dich hier nicht vollschniefen.«

»In guten wie in schlechten Zeiten?«, hakt er lächelnd nach.

»Aber es heißt auch, bis dass der Tod uns scheidet«, erwidere ich. »Und du bist zu jung und schön zum Sterben.«

»Gleichfalls, du kleine Dramaqueen. Ich habe dir ein paar Medikamente, ein Smartphone und eine Prepaidkarte besorgt. Falls du Freunde kontaktieren möchtest oder Redaktionsdinge zu erledigen hast, brauchst du ja wohl ein Telefon.« Er deutet auf das Tischchen neben mir. »Ich habe im Teamchat gefragt, ob jemand noch ein altes Telefon übrig hat. Echt erstaunlich, wie viele Leute Smartphones ersetzen, nur weil ein neues auf den Markt kommt. Ein paar Nummern, die ich hatte, habe ich dir schon eingespeichert.«

»Das ist echt süß. Womit habe ich das verdient?« Ich fische eine Schmerztablette aus der Packung und spüle sie mit einem Schluck Wasser herunter.

Er lacht auf. »Du musst dir bei mir nichts verdienen. Aber wenn, dann vielleicht dafür, dass du uns und das Auto eingesammelt hast. Oder bei der Wohnungssuche unterstützt hast. Oder beim Renovieren geholfen hast. Oder auf Lucy aufgepasst hast. Mir fällt bestimmt noch mehr ein. Aber bevor du mir dankst, ich muss das Geld für das Telefon von unserem Essensbudget abziehen.«

»Ich gebe es dir wieder«, verspreche ich. »Meine Eltern haben mir monatlich zu wenig Geld überwiesen, um davon etwas zu sparen, aber ich kann ein paar Dinge verkaufen, bis ich eine Lösung gefunden habe.« Als July damals Geld gebraucht hat, hat sie mich nicht um Hilfe gebeten, weil sie wusste, dass ich keins habe. Aber ich hätte auch für sie einige meiner Designerstücke veräußert, wenn sie mich eingeweiht hätte. Das

Geld hätte nie gereicht, um die Schulden ihrer Familie zu begleichen, aber es wird reichen, um uns davon Essen zu kaufen.

Mein Dad hatte bei der Gründung seiner Firma Startkapital, einen Riecher für lohnende Investitionen und ist stur wie ein Esel. Ich sehe vielleicht aus wie meine Mom, aber stur kann ich auch sein.

»Oh, ich habe übrigens etwas mitgebracht«, verkündet Cam und geht zum Esstisch hinüber, wo er etwas aus seiner Tasche holt. Wenn mich nicht alles täuscht, ist es eine Zeitung. »Dein Artikel in der NYN ist heute erschienen.« Er blättert die entsprechende Seite auf und überreicht sie mir.

»Wow«, ist das Einzige, was ich hervorbringe. Ja, sie haben meine Kolumne abgedruckt. Ungekürzt. Auf einer ganzen Seite. Und in der Mitte? Camerons Zeichnung, die alles perfekt abrundet. »Das ist nicht mein Artikel, das ist unser Artikel«, korrigiere ich seine Aussage. Denn diese Seite wäre ohne seine Illustration nicht annähernd so cool geworden. Sie ist ein richtiger Hingucker.

»Ich bin stolz auf dich«, sagt er, streicht mir über den Kopf und drückt mir einen Kuss auf den Haaransatz.

»Und ich auf dich«, gebe ich zurück und greife nach seiner Hand.

Ja, dieser Tag könnte schöner sein, wenn ich nicht krank wäre, aber dieser Moment fühlt sich dennoch besonders an.

»Ich liebe dich«, rutschen mir die Worte ein weiteres Mal heraus, bevor ich weiß, was ich da sage. Einfach weil ich es fühle. Er ist hier, hält meine Hand und unterstützt all meine Ideen. Wie konnte ich jemals glauben, dass eine einzige gemeinsame Nacht reicht?

Statt mir zu antworten, lächelt Cameron mich an. Der Glanz in seinen grauen Augen ist so voller Wärme, dass er nichts zu sagen braucht. Ich sehe ihm an, was er empfindet.

Ich mache ein Foto des Artikels und schicke es July und Aliza, um meine Freude mit jemandem zu teilen. Kurz bin ich versucht, auch meinen Eltern zu schreiben, verzichte aber dann doch darauf. Sicherlich wird einer ihrer Bekannten die NYN lesen und ihnen Bescheid geben. Der Artikel ist schließlich nicht zu übersehen.

Da Cameron montags Trainingspause hat, ist er den ganzen Abend bei mir, macht ein Home-Workout, und ich frage ihn die Spielzüge ab, die er auswendig lernt. Er vergewissert sich ein Dutzend Mal, ob es wirklich in Ordnung ist, wenn er eine Runde laufen geht. Natürlich ist es das. Wenn ich gesund wäre, würde ich ihn gern begleiten, aber so verabredet er sich stattdessen mit Lex am See. Ich nutze die Zeit, um mich mal wieder bei Aliza zu melden, mit July zu schreiben und mich nach Stipendien und Förderungen zu erkundigen, falls meine Eltern auch die Zahlungen an das St. Clair einstellen sollten. Vielleicht würden meine Noten mich für ein wenig Unterstützung qualifizieren, aber möchte ich das? Mich weiterhin durch mein Studium quälen, nur um nicht das Gefühl zu haben, dass ich versagt habe? Denn wäre ein Abbruch nicht genau das? Eine Kapitulation? Oder ist er einfach ein Teil meines Wegs?

Seufzend öffne ich im Browser meines Handys die Homepage der J-School und stöbere ein wenig durch Blogbeiträge und die Alumni-Übersicht und besuche die Seiten diverser Journalisten, um mich von meinen Ängsten abzulenken. Das Schreiben war schon immer etwas, das mir dabei geholfen hat, meine Gefühle zu sortieren. Aber das ist nicht alles. Während ich einen Blog nach dem anderen besuche, erinnere ich mich daran, warum ich damals unbedingt nach New York wollte. Warum ich mich neben dem Studium und dem Cheerleading immer so für den Campus-Blog eingesetzt habe: Worte können die Gedanken aller Menschen auf dieser Welt formen. Wir können an einem besseren Morgen arbeiten. Für uns – für Kinder wie Lucy –, wenn wir die Augen nicht vor Missständen verschließen, sondern sie aufdecken. Wenn wir auf Dinge hinweisen, die im hektischen Alltag vielleicht übersehen werden würden. Wir können Dinge aussprechen, die anderen verboten sind. Worte haben Macht. Das war es, was Sofia bei ihrer Lesung sagte. Sie hat mir in ihrer E-Mail kein Patentrezept für gute Artikel an die Hand gegeben, sondern empfohlen auf mein Gefühl zu vertrauen. Und in diesem Moment sagt es, dass es an der Zeit ist, meine eigenen Träume zu verfolgen. Ohne die Unterstützung meiner Eltern. Ohne ihr Geld. Ohne schlechtes Gewissen. Endlich fühle ich mich frei genug, um den ersten Blogbeitrag zu veröffentlichen.

Ich erzähle darin nicht irgendeine Geschichte, sondern meine. Von Schuld, vom Loslassen, von herumtreibenden Heliumballons, Ungewissheit, dem Landen auf einem Baum und neuen Perspektiven, die sich daraus ergeben. Es ist bestimmt nicht mein bester Artikel. Aber er ist ein Anfang.

Ich werde mein Studium nicht sofort abbrechen, aber ich muss einfach herausfinden, ob die J-School mich noch nehmen würde. Wenn es nicht klappt, ist es okay, dann habe ich es wenigstens versucht. Denn July hat recht: Wenn ich eines Tages auf dem Sterbebett liege, will ich wissen, dass ich meine Zeit bestmöglich genutzt habe.

Wie ich ein Studium in New York mit der Beziehung zu Cameron vereinbaren soll? Diese Gedanken schiebe ich vorerst beiseite. Wir werden schon einen Weg finden. Wichtiger ist: Wie soll ich das finanzieren?

Ich hatte fast vergessen, dass ich Bo um Hilfe gebeten habe, bis er mir eine Nachricht schickt: *Wenn es dir ernst ist, kannst du zum Probearbeiten vorbeikommen, sobald du wieder gesund bist. Krank lasse ich dich hier nicht rein.* ;)

»Danke, Universum.«

Vielleicht ist das die eine Chance, um die ich gebeten habe. Ich bin fest entschlossen, sie zu nutzen.

29. KAPITEL

☑ *Zukunftspläne schmieden*

Es dauert ein paar Tage, bis ich wieder halbwegs auf den Beinen bin und es zu Fuß ins Wohnheim schaffe, um zwei meiner überteuerten Designerhandtaschen über eine Shopping-App zu verkaufen. Wie gut, dass ich meinen Laptop nicht dabeihatte, um ihn leichtsinnigerweise auch bei meinen Eltern zu lassen. Also hole ich ihn ab und mache es mir mit Camerons Erlaubnis auf seinem Sofa bequem, während er seine Kurse besucht und Korrekturgespräche wahrnimmt.

Ich muss den Stoff aus den verpassten Vorlesungen und Seminaren nachholen, Artikel für den Campus-Blog sortieren und herausfinden, welche Stipendien für ein Journalismusstudium in New York infrage kommen.

Leider haben sie etwas gemeinsam: Man braucht Referenzen. Da ich nicht gerade erst die Highschool beendet habe, werden die Artikel der Schülerzeitung von damals wohl nicht mehr reichen. Ich muss mein Portfolio aktualisieren – und mir etwas einfallen lassen, warum die Columbia mir eine zweite Chance geben sollte, nachdem ich die erste abgelehnt habe.

Theoretisch könnte ich auch im Redaktionsraum oder meinem Wohnheimzimmer arbeiten, aber auf dem Sofa ist es nicht nur gemütlicher, ich erledige auch gleich einen Punkt von Julys Liste: *Den kompletten Tag im Pyjama durch die Wohnung laufen.* Es fühlt sich zwar tatsächlich ein wenig so an, als hätte ich die

Kontrolle über mein Leben verloren, aber ich bin eben auch noch nicht ganz gesund.

Erst als Cameron nach Hause kommt und ich nach wie vor im Schlafanzug auf dem Sofa sitze, habe ich kurz ein schlechtes Gewissen. Er fragt jedoch nicht, wann ich mir zuletzt die Haare gebürstet habe. Ob ich es nicht geschafft habe, mir etwas anzuziehen. Oder was der Postbote denken sollte, falls er mit einem Paket vor der Tür steht.

Er sieht mich einfach nur lächelnd an, während er sich gegen den Türrahmen lehnt. »Wie geht es dir heute?«

»Besser«, sage ich und stelle den Laptop neben mir auf dem Sofa ab.

»Gut genug für einen Kuss?«

»Auf jeden Fall.«

Kaum habe ich die Worte ausgesprochen, kommt er zu mir herüber.

Lächelnd neige ich den Kopf zur Seite und lege die Arme um seinen Körper, als er mich auf die Schläfe küsst. Ich weiß, dass ich meine perfekte Fassade nicht aufrechterhalten muss. Styling, Make-up – all das spielt für ihn keine Rolle. »Wie war dein Training?«

»Hart. Echt hart. Aber ich habe den ersten Sprint gegen Joshua gewonnen. Zumindest den ersten, den er mich nicht hat gewinnen lassen, um mir einen Gefallen zu tun.«

»Glückwunsch. Aber Joshua hat dich ehrlich gewinnen lassen? Kratzt es nicht an seinem Ego, freiwillig zu verlieren?«

Cameron lacht. »Doch. Aber ich glaube, er hatte noch größere Angst, dass ich alles hinwerfe, wenn ich hier keinen Fuß auf den Boden kriege.«

Blinzelnd sehe ich ihn an. »Er hat mir also nicht zugetraut, dass ich dich ausreichend motiviere, um hierzubleiben?«

»Er hat ja keine Ahnung …«

»Dann machen wir uns einen entspannten Sofa-Kuschel-Abend?«, schlage ich vor.

»Klingt perfekt. Lass mich nur kurz mein Outfit deinem angleichen.« Mit einem Zwinkern wendet er sich zum Gehen.

Noch während ich ihm nachsehe, frage ich mich, ob das Leben tatsächlich so einfach sein kann. So einfach und so gut.

Wenn ich in den folgenden Tagen ein neues Gedicht verfasst hätte, dann darüber, dass Cameron sich nach Zuhause anfühlt. Nach meiner Krankheit hätte ich ins Wohnheim zurückziehen können. Eine Nacht habe ich es ausgehalten – allerdings haben wir dabei bis in die Morgenstunden hin und her geschrieben, was wir miteinander tun würden, wenn wir gerade zusammen wären. Bis ich meine Tasche gepackt habe und zu ihm gegangen bin, um all die Sachen in die Tat umzusetzen. Falls meine Eltern mein Wohnheimzimmer kündigen sollten, habe ich keine Angst, weil ich weiß, dass ich erst einmal bei ihm bleiben könnte.

Und wir sind auch arbeitstechnisch ein gutes Team. Wir haben all meine Texte gesichtet und die stimmigsten ausgesucht, die Cameron nun zu illustrieren versucht. Aber die richtige Mischung aus Technik und Bildsprache zu finden, um seine Dozierenden zu überzeugen, scheint gar nicht so einfach zu sein.

»Die Kombination aus Tinte und Ruß ist etwas dunkel«, sagt er mit Blick auf seine neusten Illustrationen, die zum Trocknen auf dem Küchentisch liegen.

»Der Ruß verleiht dem Bild Tiefe, außerdem passt die Dunkelheit zu den Texten«, behaupte ich, als würde ich davon irgendetwas verstehen. Ich sehe die Kombination aus Text und Illustration eigentlich nur an und denke: *Wow. Du kannst Kunstwerke aus dem Nichts erschaffen.*

»Apropos Texte.« Er lehnt sich mit dem Hintern gegen die Küchenzeile. »Ich habe sie meinem Prof gezeigt.«

»Oh«, ist alles, was mir dazu einfällt. Sofort spüre ich Nervosität in mir aufsteigen. »Und? Was hat er gesagt?«

»Nichts Konkretes. Wir haben uns ein wenig darüber und über deinen Artikel in der NYN unterhalten. Er sagte, wenn dir das Schreiben Spaß macht, solltest du es auf jeden Fall weiterverfolgen, weil du Talent für den Umgang mit Worten hast.«

»Aber genug für ein Stipendium?«, werfe ich ein. »Denn ich werde es brauchen, wenn ich mein Studium abbreche und auf mich allein gestellt bin. Sicher kann ich auch in New York Kaffee zubereiten, aber kein Nebenjob der Welt reicht, um mir den Lebensunterhalt und das Studium zu finanzieren.«

»Kaffee zubereiten?«

»Sobald ich wieder fit bin, werde ich Bo im *Hazelcup* aushelfen. Oder es zumindest probieren.«

Er mustert mich einen Moment, bevor er lächelt. »Wenn du Tipps eines Kellners brauchst, sag Bescheid. Wenigstens haben sie im *Hazelcup* keinen Ketchup. Mein erster Tipp würde sonst lauten, den Boden im Auge zu behalten, während du volle Tabletts trägst.«

»Ich werde es im Hinterkopf behalten.«

»Ich bin stolz auf dich, du kleine Kämpferin.«

»Ich liebe dich, aber ich hasse mein Studium«, bricht es aus mir heraus. Es sind Worte, die ich noch nie ausgesprochen habe. Es ist die Wahrheit. Ich habe dieses Studienfach damals gewählt, weil ich dachte, dass es so sein müsste. Dass ich ein Ziel hätte, auf das ich hinarbeite. Dass ich dafür Opfer bringen müsste, weil es jeder muss, so wie Mateo auf seinen geliebten Kuchen verzichtet. Aber es hat mir von Anfang an keinen Spaß gemacht, und näher bin ich meinem damaligen Ziel auch nicht gekommen.

Am liebsten würde ich das BWL-Studium sofort hinwerfen, weil allein der Gedanke daran, es weiterzuführen, mir Bauchschmerzen bereitet.

Aber das tue ich nicht, stattdessen arbeiten wir gemeinsam an Camerons Entwürfen, er hilft mir beim Layouten meines Bewerbungsportfolios, und wenn wir eine Pause brauchen, gehen wir gemeinsam joggen. Wir sitzen abends nach einer gemeinsamen Dusche auf dem Sofa, teilen uns eine Portion Nudeln und schauen uns auf meinem Laptop eine Folge von *Game of Thrones* an, weil mein Unwissen angeblich eine Bildungslücke ist.

Mittlerweile ist Cameron nicht nur mein fester, sondern auch mein bester Freund. Jemand, mit dem ich über alles reden kann. Der mich nie verurteilt. Der all meine Unsicherheiten erträgt. Und genau deswegen kann ich ihm sagen, wie es ist: »Ich glaube, ich mag die Serie nicht.«

»Was? Unter diesen Umständen weiß ich nicht, ob wir eine Zukunft haben. Wie soll ich nur mit einer Frau zusammen sein, die meine Vorlieben nicht teilt?« Er seufzt theatralisch.

»Ich teile genug deiner Vorlieben, um dir anzubieten, die Szene da nachzustellen. Hilft dir das bei deiner Entscheidung?«

»Jetzt?« Er sieht zwischen mir und dem Pärchen hin und her, das sich gerade auf einem Stuhl vergnügt.

»Jetzt. Morgen. Nächste Woche«, zähle ich auf. »Wir können das auch erst zu Ende sehen. Wie viele Staffeln gibt es davon?«

»Acht.«

Acht Staffeln. Super.

»Wir machen einen Deal. Wir schauen das. Und danach schaust du mit mir sieben Staffeln *The West Wing*«, schlage ich vor.

»Okay«, sagt er, ohne zu zögern, und kuschelt sich wieder in die Kissen.

»Okay.« Ich lehne den Kopf gegen seine Brust und lausche seinem Herzschlag. Ich habe allerdings die Vermutung, dass er keine Ahnung hat, worauf er sich da soeben eingelassen hat.

»Aber die Stuhl-Sache steht noch?«, fragt er beinahe nebensächlich.

»Jederzeit«, bestätige ich.

Es dauert etwa zehn Sekunden, bis er die Serie pausiert und den Laptop zuklappt. »Wie klingt jetzt?«

»Perfekt«, stimme ich lachend zu.

Kompromisse sind gut. Spontaneität ist besser.

30. KAPITEL

☑ *Mich bei Hanna bedanken*

Als ich nach der Nachmittagsschicht im *Hazelcup* doch mal wieder mein Zimmer im Wohnheim betrete, sieht Lin von ihren Notizen auf, zieht eine Augenbraue hoch und schüttelt den Kopf.

»Als ich sagte ›Such dir einen Freund!‹, meinte ich so etwas wie ›Du bist irgendwie nicht ganz ausgelastet‹ und nicht ›Zieh aus!‹. Ich habe dich seit Tagen nicht gesehen und schon angefangen, mir Sorgen zu machen.«

»Tut mir leid«, erwidere ich und schließe die Tür hinter mir, bevor Lin sich beschweren kann, dass es zieht. Ich lasse die Tasche zu Boden gleiten und schlüpfe aus dem Mantel, den ich über die Lehne meines Schreibtischstuhls hänge. Tief durchatmend sehe ich mich um. Da wäre ich also wieder. Schnell tausche ich meine Arbeitskleidung gegen Jeans und einen Hoodie, den ich mir von Cameron ausgeliehen und nie zurückgegeben habe.

»Feierabend!«, seufze ich und strecke mich der Länge nach.

»Stimmt es, dass du neuerdings im *Hazelcup* arbeitest? Das Gerücht hat schon auf dem ganzen Campus die Runde gemacht, bevor du wieder hier warst.«

»Ist die Wahrheit.« Es ist anstrengend. Körperlich und geistig, weil ich gefühlt tausend neue Handgriffe lernen muss. Ständig klebt der Boden hinter der Eistheke, das Trägersieb der Espressomaschine klemmt, und in schöner Regelmäßigkeit vergesse ich die Stempelkarten. Zum Glück ist Bo ein äußerst geduldiger Lehrer. Streng, aber gerecht.

»Ich habe dir zwar selbst vorgeschlagen, dass du dir einen Job suchen sollst, hätte aber nie erwartet, dass du das tust«, lautet ihr abschließendes Urteil. »Ich schulde dir übrigens was. Eure Haushälterin war die letzte Woche jeden Tag hier und hat was zu essen vorbeigebracht. Weil du nicht da warst und die Mensa echt mies geworden ist, war ich so frei, es für dich zu essen.« Lin deutet auf einen Korb, der neben meinem Bett steht. Darin stapeln sich diverse Frischhalteboxen.

»Was wollte Hanna? Hat sie noch irgendwas gesagt? Und warum hast du nicht Bescheid gegeben?«, frage ich irritiert.

»Ich habe ja versucht, dich zu erreichen, hatte aber keinen Erfolg«, erwidert sie schulterzuckend. »Bei dir ging immer nur die Mailbox ran.«

Zu meiner Schande muss ich einsehen, dass ich wohl vergessen habe, Lin meine neue Nummer zu geben.

»Und Hanna hat wirklich nicht gesagt, was sie wollte?«, hake ich nach. Es ist überhaupt nicht typisch für sie, mir Essen vorbeizubringen. Zumindest nicht einfach so. Sie hilft mir zwar gern, aber im Haushalt meiner Eltern ist ohnehin genug für sie zu tun.

»So genau hat sie das nicht gesagt – und ich habe sie nicht gefragt. Aber ich glaube, sie wollte einfach sichergehen, dass es dir gut geht. Oder mal schauen, ob du noch lebst.« Sie klopft mit dem Kugelschreiber auf ihren Block. »Du hast dich bei deinen Eltern anscheinend genauso wenig gemeldet wie bei mir.«

»Ja. Und in einem der beiden Fälle tut es mir nicht leid«, antworte ich mit Nachdruck. »Bei dir entschuldige ich mich hiermit.« Und ich werde bei Hanna anrufen, um mich bei ihr für ihre Fürsorge zu bedanken.

Ich schrecke auf, als es hinter mir an der Tür klopft.

»Dürfte eure Haushälterin sein. Sie kommt jeden Tag zur gleichen Zeit vorbei«, erklärt Lin und widmet sich wieder ihren Lernunterlagen.

»Hanna ist nicht *unsere* Haushälterin, sondern die meiner Eltern«, korrigiere ich. »Und vor allen Dingen ist sie ein guter Mensch.« Doch als ich die Tür öffne, steht nicht Hanna davor. Es ist mein Dad. Und er sieht genauso überrascht aus, wie ich es bin. Was tut er hier? Ich kann mich spontan gar nicht daran erinnern, wann er sich das letzte Mal ins Wohnheim verirrt hat.

»Du lebst also doch noch«, ist alles, was er zur Begrüßung hervorbringt und betrachtet mich aufmerksam.

»Offensichtlich.« Tief durchatmend bedeute ich ihm, einzutreten, aber er wirft nur einen flüchtigen Blick ins Zimmer, bedenkt Lin mit einem knappen Nicken und schüttelt den Kopf.

»Ich würde es vorziehen, woanders mit dir zu reden. Wie wäre es, wenn du dir etwas Schönes anziehst und wir uns in deinem Lieblingsrestaurant darüber unterhalten, was zwischen dir und Mom vorgefallen ist?«

Mir etwas Schönes anziehen.

Ich sehe an mir herunter. Eine schwarze Skinnyjeans und ein grauer Hoodie mit neongelbem Aufdruck entsprechen offensichtlich nicht seinem Sinn für Ästhetik, aber mir steht nicht der Sinn danach, in ein Etuikleid und High Heels zu schlüpfen, nur um ... Was genau zu tun? In einem Restaurant zu demonstrieren, dass ich ein artiges Mädchen bin, das ordentlich aussieht und seinem Dad keine Szene macht?

»Wie wäre es, wenn wir im *Hatcat* essen?«, schlage ich vor. Es war seine Idee, in einem meiner Lieblingsrestaurants zu essen, doch offensichtlich hat er mit etwas anderem gerechnet.

»*Hat-cat?*«, wiederholt er, als wäre er sich nicht ganz sicher, ob er sich verhört hat.

»Das ist ein Burgerrestaurant in der Slate Street. Wir waren schon mal dort. Zusammen mit July und Bo.«

»Das muss Jahre her sein«, sagt er unbestimmt. »Aber sicher. Wenn es dir eine Freude bereitet, gehen wir dorthin. Warum nicht?«

»Danke, Dad.« Ich schenke ihm ein knappes Lächeln und greife nach meinem Mantel.

»Willst du nicht erst noch …?« Er deutet vage auf mein Gesicht.

Flüchtig werfe ich einen Blick in den Spiegel und bürste die Haare. Nach einem langen Tag in diversen Vorlesungen und im *Hazelcup* könnte mein Make-up eine Auffrischung vertragen, aber da die Wimperntusche noch sitzt, belasse ich es dabei und schlüpfe nur in die Stiefel.

Meinetwegen können wir los.

Mit Dad ins *Hatcat* zu gehen, fühlt sich eigenartig an. Er sagt nichts, aber ich merke schon beim Betreten des Restaurants, dass er sich hier nicht wohlfühlt. Vermutlich ist es ihm zu laut, die Bilder an den unverputzten Backsteinwänden sind zu bunt, und das Polster der roten Sitzbank hat tatsächlich ein deutlich erkennbares Loch.

Dad zieht zwar das Jackett aus, blickt sich aber ständig unruhig um, als wäre er ein Agent auf geheimer Mission. Oder als hätte er Angst, dass ihn jemand beim Burgeressen ertappen könnte. Mit routinierten Griffen krempelt er die Ärmel seines weißen Hemds hoch und greift ein Tütchen der Erfrischungstücher aus dem Spender auf dem Tisch, um erst damit und dann mit einer Serviette die Tischplatte vor sich zu reinigen.

»Werden die Studierenden immer jünger oder ich immer älter?«, murmelt er verdrießlich. »Gib es zu. Du wolltest nur herkommen, damit ich mich mal richtig alt fühle.«

»Eigentlich eher, damit du mal den Chili-Cheese-Burger probierst«, widerspreche ich. »Gib der Sache eine Chance, vielleicht wirst du positiv überrascht.« Ich greife nach der Karte auf dem Tisch und streiche mit den Fingerspitzen darüber. »Ehrlich, Dad. Das *Hatcat* ist nicht umsonst so beliebt.«

Er sieht alles andere als überzeugt aus. Schweigend greift er ebenfalls eine Karte aus dem Halter, schlägt sie auf und liest jedes einzelne Gericht so gründlich, als sollte er anschließend eine Erörterung darüber verfassen. »Du warst die letzten Sonntage nicht zum Frühstück da.« Er löst den Blick nicht einmal von der Karte, während er seinen Vortrag beginnt. »Wir haben dich erwartet.«

»Ja, ich …« Ich lecke mir flüchtig über die Lippen. Natürlich könnte ich ihm sagen, dass ich krank war und das Bett gehütet habe. Es wäre nicht gelogen, aber auch nicht die ganze Wahrheit. Selbst wenn ich gesund gewesen wäre, hätte ich nicht vorgehabt, vorbeizukommen. »Dad, ich kann das nicht. Ich kann meine Freunde nicht danach aussuchen, ob sie euch gefallen. Ich brauche Menschen um mich herum, die mir guttun. Ich weiß, dass Mom Aliza nicht mag, aber ihr kennt sie nicht. Sie ist ein herzensguter Mensch. Wenn ihr euch die Zeit nehmen würdet, um sie kennenzulernen, würdet ihr sie vielleicht mögen. Das Gleiche gilt für Cameron.«

Ihm entfährt ein abfälliges Schnauben. »Diese Aliza hat dich dazu gebracht, an deinem Geburtstag Alkohol zu trinken und in einen dieser furchtbaren Clubs zu gehen.«

»Ich bin kein kleines Mädchen mehr, Dad. Und die Entscheidung auszugehen habe ich selbst getroffen. Niemand hat mich dazu gedrängt. Und schon gar nicht Aliza. Ihr würdet sie mögen, wenn ihr ihr eine Chance geben würdet. Nur weil ihr mit den Clovers befreundet seid und sie Drews Schwester ist, ist sie kein schlechter Einfluss.«

»Dann war es also die Stadt, die dir nicht guttut? Oder woher kommen auf einmal all deine neuen Ansichten?«

Die Augen verdrehend schlage ich die Karte vor mir auf. »Genau das meine ich. Nur weil ich mich für Sachen entscheide, die euch nicht gefallen, heißt das nicht, dass sie mir nicht guttun. Ich bin nicht Mom. Und ich bin nicht du. Ich bin ein selbstständiger Mensch, mit eigenen Bedürfnissen.«

»*Das* haben wir gesehen«, stimmt er zu.

»Das meinte ich nicht«, widerspreche ich. »Ich sprach nicht von Sex. Ich möchte einfach … Keine Freunde, die ich nur so nenne, weil sie mir im Leben Vorteile verschaffen. Ich will Freunde, die an mich glauben. Die mir ihre ehrliche Meinung sagen. Die mich bei sich aufnehmen, wenn ich ein Sofa brauche. Die mir all meine Fehler verzeihen.« Ich sehe an Dads Miene, dass der letzte Satz den Bogen überspannt hat. Eine Perez sollte keine Fehler machen. Und schon gar nicht, wenn bereits ihre Geburt einer war. »Ist es denn wirklich so verwerflich, wenn ich neue Wege gehen will?«, frage ich hilflos. »Wenn ich einmal auf mein Herz höre?«

»Wenn dein Herz dir sagt, dass du einen mittellosen Kunststudenten treffen sollst …«

»Grafikdesign, Dad. Und er ist nicht mittellos. Er ist sehr engagiert. Außerdem bin ich mir sicher, dass du selbst einige Designer beschäftigst.«

»Ja, ich bezahle sie, damit sie für mich arbeiten. Nicht, damit sie mit meiner Tochter schlafen. Man sagte mir, dass du neuerdings in einem Eiscafé jobbst. Warum trittst du alles mit Füßen, wofür wir so viele Opfer gebracht haben?«

»Das tue ich doch gar nicht!«, sage ich viel zu laut. »Ich bin euch sehr dankbar. Wie oft habe ich gesagt, dass ich nur euretwegen BWL studiere? Um euch stolz zu machen. Um später in deiner Firma auszuhelfen. Ich wollte nie irgendetwas mit

Füßen treten! Ihr habt mich von dieser Vision ausgeschlossen. Egal, wie oft ich darum gebettelt habe, dass du …« Ich atme tief durch, aber es hilft nicht dabei, das Brodeln in meinem Inneren zu unterdrücken. »Es ist egal. Ihr habt eure Entscheidung getroffen – und ich treffe meine. Mom sagt, ihr streicht mir das Taschengeld, also gehe ich arbeiten. Hast du meinen Artikel in der NYN gelesen?«

»Da mich sehr viele Leute darauf angesprochen haben, blieb mir wohl keine Wahl.«

Das ist alles, was er dazu sagt? Mehr fällt ihm nicht ein?

»Was würdest du dazu sagen, wenn ich das BWL-Studium abbrechen und stattdessen Journalismus studieren möchte?«, hake ich nach.

»Dass es nach einer deiner Dummheiten klingt.«

»Wie meinst du das?« Ich zucke zusammen, als er mich wütend ansieht.

»Wir haben viel Geld dafür gezahlt, dass du nach der Sache mit Kyle nicht vom College fliegst. Und wie dankst du es uns? Indem du dich von ihm trennst. Und jetzt möchtest du dein Studium abbrechen? Nachdem wir jahrelang deine Studiengebühren übernommen haben?«

»Ich dachte nicht, dass euch das Geld wehtut.«

»Aber deine Ignoranz gegenüber unserer harten Arbeit tut es. Geld wächst nicht auf Bäumen, Penelope. Wir haben dafür gearbeitet – Tag und Nacht. Und nun erfahre ich, dass unsere einzige Tochter – unser einziges Kind – alles hinwerfen will, um Künstlerin zu werden!«

»Journalistin, Dad. Ich will doch einfach nur eure Erlaubnis, glücklich zu werden.«

»Du willst meine Erlaubnis, einen Mann zu treffen, der sich nicht einmal eine anständige Wohnung leisten kann? Der eine uneheliche Tochter hat? Du willst meine Erlaubnis, dein

Studium hinzuwerfen, um dich irgendwelchen Fantasien hinzugeben? Um Artikel für Zeitungen zu schreiben, in die man morgen auf dem Markt Fisch einwickelt? Bitte. Die hast du.« Es sind nur drei Worte, aber sie sorgen dafür, dass sich mein Herz schmerzhaft zusammenzieht. Dads Tonfall ist eiskalt. Als würde er die Worte ausspucken, bevor er daran erstickt.

Er greift seine Jacke, steht auf und geht. Einfach so. Er lässt mich hier zurück, ohne sich noch einmal nach mir umzudrehen.

»Dad?« Ich springe auf und will ihm nach, aber er reagiert nicht. Er zuckt nicht einmal zusammen.

Als er das *Hatcat* verlässt, nimmt er nicht nur einen Teil meiner Kindheit, sondern auch meines Herzens mit sich. Und es ist noch schmerzhafter, als ich es erwartet habe. Weil ich meine Eltern liebe. Und weil ich ein weiteres Mal in meinem Leben das Gefühl habe, sie zu enttäuschen.

Ich will das nicht!

Aber was soll ich denn tun? Weitere Jahre die Kleider tragen, die ihnen gefallen? Männer daten, die sie aussuchen? Auf Partys gehen, die sie organisieren? Bin ich ihnen das schuldig? Muss ich mein Leben ihren Wünschen unterordnen, weil ich Alejandro nicht retten konnte? Ist es das, was sie als Gegenleistung für ihre Liebe erwarten? Sollte Liebe nicht bedingungslos sein?

»War das gerade Mr Perez?«, höre ich einen Studierenden am Nachbartisch fragen. Er reißt mich aus der Blase meiner Gedanken.

Ich bin nicht allein, und das ist nicht der richtige Ort, um im Selbstmitleid zu versinken.

Ich kehre ins Wohnheimzimmer zurück und ignoriere Lins Frage danach, warum ich schon wieder da bin. Mir ist nicht danach zu reden. Zumindest nicht mit ihr.

Es ist unfair, wie oft ich bei Cameron klingle, nur weil ich gerade etwas von ihm will. Letztens brauchte ich einen Ort, an dem ich mich kränkelnd zurückziehen konnte. Heute brauche ich die Unterstützung, die ich von meinen Eltern nicht bekomme.

Ich habe kaum an der Wohnungstür geklingelt, da öffnet er auch schon die Tür. Ich hätte mich ankündigen können, habe es aber nicht getan.

Obwohl er überrascht wirkt, schenkt er mir ein Lächeln.

»Ich wusste nicht, dass du heute noch vorbeikommst, sonst hätte ich aufgeräumt«, gesteht er.

Er hat im Flur Papierbögen zum Trocknen ausgelegt, aber im Moment könnte mir das Chaos nicht gleichgültiger sein.

»Bist du allein?«

»Ja, natürlich. Warum?«, fragt er sichtlich verwirrt.

Mit einem Fußtritt schließe ich die Tür hinter mir und lasse den Mantel zu Boden gleiten. Meine Hände finden wie von selbst den Weg unter sein T-Shirt, noch während ich mich auf die Zehenspitzen stelle, um ihn zu küssen.

»Oh, verstehe.« Lächelnd beugt er sich zu mir hinab und haucht mir einen Kuss auf die Lippen. »Ja, ich bin allein«, flüstert er, ohne die Lippen von meinen zu lösen. »Und ich habe dich auch vermisst.«

Meine Finger streichen über seine warme Haut, über die Muskeln, hinab zu seinem Gürtel. »Wie wäre es mit einem Sprint?«, schlage ich vor. »Besieg mich, wenn du kannst.«

»Du bist verrückt.« Er lacht, zieht sein Shirt aus und hebt mich an, um mich ins Wohnzimmer hinüberzutragen.

»Verrückt nach dir«, stimme ich zu und fordere einen weiteren Kuss ein.

Er scheint noch etwas sagen zu wollen, überlegt es sich aber anders. Er lässt sich auf meine Spontaneität ein – und ich bin ihm dankbar, denn ich brauche das hier gerade wirklich, um die Stimmen in meinem Kopf zum Schweigen zu bringen.

»Wovon halte ich dich gerade ab?« Ich lege die Hände auf Camerons nackte Brust, bette das Kinn darauf und blinzle ihn an. Nach unserem Ausflug auf den Esstisch sind wir auf das Sofa gewechselt, weil es der gemütlichere Ort ist.

»Ob du es glaubst oder nicht – von gar nichts. Ich wollte nach den Seminaren und dem Training mal einfach nur auf meinem Sofabett liegen, darauf warten, dass die Bilder trocknen, und ein Buch lesen, das nichts mit Spielzügen zu tun hat.«

»Gar nichts«, wiederhole ich gedehnt und drehe mich seufzend auf den Rücken. »Ich wünschte, mein Kopf würde auch mal Ruhe geben. Das muss schön sein. Genieß das süße Nichtstun.«

Er lacht leise und streicht mir durch die Haare. »Ich bin gerade dabei. Verrätst du mir, was das eben war? Oder begrüßt du mich zukünftig immer, indem du mich im Flur im Stehen ausziehst? Ich will nicht klingen, als hätte ich etwas dagegen.«

»Ich hätte auch nichts dagegen einzuwenden.« Ich lege den Hinterkopf auf seiner Brust ab und starre an die Zimmerdecke, um meine Gedanken zu sortieren. Dann erzähle ich ihm, was vorgefallen ist.

»Sollen wir deine Bewerbung nachher abschicken?«, schlägt er vor, als wollte er mich auf andere Gedanken bringen. »Ich denke, sie ist so weit.«

Vielleicht meint er auch, dass ich so weit bin. Ich habe meinen Eltern von meinem Wunsch erzählt – und sie werden mich nicht dabei unterstützen. Das wird meine Meinung nicht ändern. Dieses Mal werde ich nicht einknicken. Ich will diesen Weg gehen.

»Schicken wir sie ab«, stimme ich zu. »Aber da bleibt noch immer das Problem mit dem Geld. Was ist, wenn sie das Portfolio nicht aus den Socken haut? Ein Artikel in der NYN ist so gut wie nichts. Ohne Vollzeitstipendium kann ich mir das Studium nicht leisten. Und auch wenn ich dank Bo bald einen perfekten Latte macchiato zaubern kann, wird ein Baristajob allein nicht reichen, um in New York über die Runden zu kommen.«

»Ich hätte da vielleicht eine Idee. Du erinnerst dich daran, dass ein Teil meines Studiums von einer Förderung finanziert wird? Sie unterstützt alle kreativen Studiengänge. Gerade in New York ist sie sehr aktiv, hat ein gutes Netzwerk, vermittelt WG-Zimmer an Studierende … Ich habe auf der Website vielleicht etwas gesehen, das dich für eine Förderung qualifizieren würde. Aber es wird dir nicht gefallen.«

»Worum geht's?« Camerons Schilderung klingt eigentlich zu gut, um wahr zu sein. Was könnte da schon schiefgehen?

»Wir müssten nach New York fliegen.«

»Wie gut, dass Kyle seine Handtaschen nicht wiederhaben wollte und ich sie noch nicht gespendet habe«, scherze ich. Das Geld sollte für zwei Flüge reichen, allerdings neigt sich mein Vorrat an Designerhandtaschen dem Ende entgegen. Ich brauche dringend eine langfristige Lösung für mein finanzielles Problem.

»Du müsstest dort an einem Poetry Slam teilnehmen.«

»Was?« Entgeistert sehe ich ihn an. Das kann nicht sein Ernst sein. Artikel und Gedichte zu schreiben ist eine Sache. Aber sie vorzutragen? Auf keinen Fall! So etwas liegt mir nicht. Wirklich nicht. Außerdem ist ein kompletter Beitrag länger als ein paar Zeilen. »Ich kann das nicht.«

»Du kannst«, widerspricht Cam milde lächelnd. »Mut ist nicht die Abwesenheit von Angst. Mut ist, etwas immer ein wenig mehr zu wollen, als dass es einen ängstigt. Wie sehr willst du nach New York? Und was ist die Alternative?«

Die Alternative? Mir Stipendien für ein Studium suchen, das ich hasse? Es klingt nicht wirklich verlockend.

»Aber was ist, wenn ich mich in diese Sache hineinsteigere und nichts daraus wird? Wenn ich mir Hoffnungen auf etwas mache, das total unrealistisch ist? Wenn meine Eltern recht haben und ich nicht gut genug bin? Wenn ich mich lächerlich mache?«

»Was soll dann passieren? Was hast du zu verlieren?«

»Außer meiner Würde?«, schlage ich vor.

»Ja.« Er legt sich die Hand aufs Herz und seufzt schwer. »Wie sagte schon Jon Schnee? Manchmal gibt es keine glückliche Wahl, nur eine, die weniger schmerzlich ist. Wenn deine Würde natürlich wichtiger ist als die Chance darauf, deinen Traum zu leben, kann man nichts machen.«

»Jetzt machst du dich über mich lustig und nutzt dafür ein *Game-of-Thrones*-Zitat?«, hake ich nach. »Du bist dir meiner Gefühle für dich aber sehr sicher.«

»Ziemlich«, stimmt er lächelnd zu. »Jetzt mal im Ernst. Was soll denn passieren? Dass sie dich nicht einladen und deine Bewerbung mit einem Haufen anderer beiseitelegen? Dann werden sie sich am nächsten Tag nicht einmal an dich erinnern. Wenn sie dich einladen und dann ablehnen? Tut mir leid, das zu sagen, aber auch dann werden sie dich übermorgen vergessen haben. Oder merkst du dir jeden schlechten Zeitungsartikel, den du je gelesen hast? Wohl kaum. Du merkst dir die, die dich berühren. Und ich fürchte, so ist es mit Menschen auch.«

»Du kannst ganz schön gemein sein, Muffin Man«, ziehe ich ihn auf und denke über seine Worte nach. Im Grunde hat er ja recht. »Das alles klingt total verrückt, aber ich bin dabei«, verkünde ich vor allem an mich selbst gewandt. »Und was meine Würde betrifft, ist sie wohl spätestens letztens auf deinem Esszimmerstuhl gestorben. Von nun an nehmen wir wieder den Tisch.«

»Ja, wir haben es irgendwie mit Tischen.«

»Ehrlich, Cam. Ich würde weit weg sein. Was sollen wir dann tun?«

»Jeden Tag telefonieren?«

»Und das wird dir reichen?«

»Es wird nie genug sein, aber eine Fernbeziehung mit dir ist besser als nichts.«

Seufzend lasse ich den Kopf gegen seine Brust sinken, im Gegenzug legt er die Arme um mich.

»Mach dir keine Sorgen. Es wird alles gut«, versichert er mir und küsst mich auf den Scheitel. Er sagt es so optimistisch, doch das Einzige, worauf ich momentan vertraue, ist er.

Gemeinsam schicken wir die Bewerbung an die Columbia ab, und Cameron zeigt mir den Beitrag auf der Website der Allbright-Förderung. Zumindest für die Gewinnenden klingt er fast zu gut, um wahr zu sein. Neben den Stipendien gibt es Mentoringprogramme, ein Netzwerk, das bei der Vermittlung von Wohnungen hilft, und wahrscheinlich alles andere, das Studierende kreativer Studiengänge sich wünschen können. Wir recherchieren Flüge von Washtenaw nach New York, stellen meine letzten Designerklamotten in die Shopping-App, und nach einem kurzen Telefonat mit Joshua, dessen Eltern uns in New York ein Gästezimmer zur Verfügung stellen, buchen wir die Flüge, kaum dass meine Anmeldung für den Poetry Slam bestätigt wurde.

Alles ist so gut wie perfekt, wäre da nicht ein Problem: Ich habe nicht den Hauch einer Ahnung, worüber ich bei dem Wettstreit reden soll. Ich muss absolut verrückt geworden sein, mich darauf einzulassen. Aber während ich unruhig in der Wohnung auf und ab laufe, um meine aufgewühlten Gedanken zu sortieren, kann ich nicht anders, als loszulachen. Verdammt! Wir fliegen nach New York, nur damit ich auf einer Bühne über etwas reden kann, was mein komplettes Leben bestimmen wird. Meine Zukunft. Ja, es ist bescheuert. Aber es ist auch aufregend. Ich habe ein Ziel. Ein *eigenes* Ziel. Und niemanden, der mir reinredet. Der mich davon abhält. Zum ersten Mal seit Langem fühle ich mich frei. Der Preis für diese Freiheit ist hoch. Vielleicht zu hoch. Aber was interessiert es den Vogel, wenn er aus dem Nest springt?

»Geht es dir gut?«, fragt Cameron besorgt, da ich nicht aufhören kann zu lachen.

Es sind einfach zu viele Emotionen in mir, die ihren Weg nach draußen suchen. Aber ja. Es geht mir gut.

Als ich mich wieder gefasst habe, küsse ich ihn, schnappe mir mein Telefon und muss Aliza anrufen, um ihr von allem zu erzählen.

Glücklicherweise klingt sie mindestens so euphorisch, wie ich mich fühle.

»Das ist wundervoll, Süße. Endlich zieht mal jemand in eine coole Stadt. Jedes Mal muss ich eine Landkarte öffnen, um den Leuten zu zeigen, wo Drew jetzt wohnt. Kein Mensch kennt Fair Haven.«

»Es steht noch nicht fest, es ist nur eine Idee«, erinnere ich sie.

»Glaub an dich, dann tut es auch der Rest der Welt«, flötet sie in den Hörer. »Das sagt Aron immer, und der Erfolg gibt ihm recht. Sag mal, wann ist dieser Poetry Slam doch gleich? Ich habe demnächst ein paar Termine in New York. Bradley und ich müssen einige Dinge besprechen. Vielleicht kann ich die Termine auf dein Wochenende legen. Dann können wir uns treffen und nach der Arbeit New York unsicher machen. Wie klingt das?«

»Davon abgesehen, dass ich momentan überhaupt kein Geld habe, ganz gut.«

»Mach dir keine Sorgen. Ich zahle unsere Cocktails, und dann schauen wir mal, wie ich dir helfen kann. Ich weiß, dass unsere letzten Treffen eher nicht danach aussahen, aber ich bin eine gute PR-Beraterin und mache meinen Job auch nicht erst seit gestern. Wir kriegen das schon hin.«

Was auch immer dieses *das* ist – ich bin dabei.

»Aliza? Danke dir. Du bist ein Schatz.«

»Das weiß ich doch. Und als Nächstes sorgen wir dafür, dass du begreifst, dass du das auch bist. Keine Widerrede.«

Als ob irgendein Mensch die Macht dazu hätte, jemandem aus dem McDaniels-Clan zu widersprechen.

31. KAPITEL

☑ *Freunde in verrückten Plan einweihen*

»Gemütlich habt ihr es hier«, sagt July anerkennend und überreicht mir eine Tüte mit indischem Essen, das sie als Abwechslung zur Pizza mitgebracht haben.

Ich stelle das Essen auf dem Tisch ab, während sie die Bücher in Camerons Regal betrachtet.

Haley hingegen schlendert zum Esstisch und blättert durch einige Logo-Skizzen, an denen Cameron aktuell arbeitet. »Ich wünschte, ich könnte so schraffieren«, murmelt sie und betrachtet eine der Illustrationen. »Er ist echt gut. Denkst du, er würde mir zeigen, wie er das anstellt?«

»Bestimmt, ich kann ihn nach dem Training für dich fragen. Aber würdet ihr euch eventuell setzen?«, bitte ich. »Ich möchte euch etwas erzählen.«

»Du bist schwanger?«, vermutet Haley und lässt sich auf das Sofa fallen.

»Nicht dass ich wüsste.«

Als July Platz genommen hat, verteile ich die Pappschachteln mit Curry und erzähle den beiden die ganze Geschichte. Angefangen bei der ersten Zusage der Columbia, meinem Entschluss, in Fair Haven zu bleiben, bis hin zu dem Streit mit meinen Eltern, dem Plan, mein Leben zu ändern, meiner erneuten Bewerbung und dem anstehenden Poetry Slam.

July sieht mich überfordert an. Ich weiß nicht, wann ich sie jemals sprachlos erlebt habe, aber jetzt ist sie es.

»Ich hätte dir eher von allem erzählt, aber … na ja. Manchmal behält man Dinge für sich, weil man denkt, dass sie nie wieder von Bedeutung sein werden«, spiele ich darauf an, dass sie mir lange nichts von ihrem One-Night-Stand mit Kyle erzählt hat.

»Ja, sicher. Ich weiß nur gerade nicht, was mich mehr schockiert. Dass du gedacht hast, du müsstest meinetwegen hierblieben, dass du dein Studium abbrechen willst, mit deinen Eltern gebrochen hast oder nach New York gehen möchtest.«

»Du meinst das im positiven Sinne«, wirft Haley ein.

»Ja, natürlich. Absolut. Ich meine, ich werde dich hier vermissen, aber wenn du die Chance dazu bekommst, solltest du dringend nach New York gehen. Ich wusste, dass du die Arbeit in der Redaktion liebst, aber … Du hattest eine Zusage der Columbia. Das ist …« Sie wirkt noch immer leicht überfordert. »Jetzt fällt mir nicht einmal eine passende Alliteration ein.«

»Wirklich wahnsinnig wundervoll?«, springt Haley ein. »Was sagt Cameron zu deiner Idee?«

»Er unterstützt mich. Bei allem, was ich tue. Aber ich brauche noch einmal eure Hilfe«, gestehe ich. »Ich bekomme jetzt schon Magenschmerzen, wenn ich mir vorstelle, dass ich auf einer Bühne schreien soll. Allein.«

»Muss man da denn schreien?«, fragt Haley unbedarft.

»Nicht direkt, aber du musst das Publikum schon irgendwie abholen. Am Ende entscheiden eine Jury und das Publikum vor Ort zu gleichen Teilen, wer den Poetry Slam gewinnt und eine Förderung bekommt. Über Anzahl und Höhe der Stipendien entscheidet die Jury nach Potenzial. Wenn keiner überzeugt, gehen alle leer aus.«

»Aber ist Leute abzuholen nicht das Gleiche, was ihr als Cheerleader getan habt?« Haley nimmt sich ein Samosa aus unserer Gemeinschaftspackung und denkt kauend darüber nach. »Ehrlich. Wenn du lächelst, geht die Sonne auf. Das solltest du nutzen.«

»Hast du denn schon eine Idee für ein Thema, über das du reden möchtest?«, hakt July nach.

»Deswegen habe ich euch eigentlich eingeladen«, gestehe ich. »Vielleicht könnt ihr mir dabei helfen. Da es eine Bewerbung ist, ist das Oberthema in diesem Fall vorgegeben. Es lautet: *Take A Chance On Me*. Es ist quasi ein Motivationsschreiben als Fünf-Minuten-Vortrag.«

Haley rümpft die Nase. »Ich könnte auch keinen Vortrag über mich selbst schreiben: Hey, ich bin Haley. Nehmt mich!«

»Das füllt keine fünf Minuten. Wie wäre es, wenn du den Leuten das gibst, was sie erwarten?«, schlägt July vor. »Sie müssen dir bis zum Ende zuhören, ohne dich zu unterbrechen?«

Ich nicke. So lauten die Regeln. »Was schwebt dir vor?«

»Du erzählst ihnen das, was sie erwarten. Wie du heißt, was du studierst, vom Cheerleading, euren Reisen. Und dann erzählst du ihnen, wer du wirklich bist.«

»Und wer bin ich?«

»Jemand, der all das zurücklässt, um in New York von vorn zu beginnen. Eine Anspielung auf Ellis Island und die Einwanderer ist vielleicht etwas übertrieben, aber du verstehst, was ich meine.«

»Also doch ein Seelenstriptease«, murmle ich. Sofort habe ich Camerons Semesterthema vor Augen. *Hautnah*.

Sofia schrieb, dass mir die Leute zuhören werden, sobald ich bereit bin, mich ihnen zu zeigen. Und irgendwie weiß ich, dass ich es nur dann schaffen werde, einen überzeugenden Beitrag zu verfassen, wenn es mir gelingt, Moms Stimme auszublenden. Nicht, wie sie roboterartig »Sie haben Ihr Ziel erreicht« sagt, sondern mir immer wieder indoktriniert, dass eine Perez keine Gefühle zeigt. Nur um mir dann vorzuwerfen, dass ich schlecht darin bin, es doch zu tun.

Den Widerspruch verstehe ich erst jetzt: Sie hat kein Interesse daran, dass ich den Menschen meine Emotionen zeige. Sie möchte lediglich, dass ich auf Knopfdruck die abrufe, die ihr gerade genehm sind. War es nicht das, was sie beim Brunch von mir wollte? Dass ich nett zu Cynthia bin, damit ihr keine Unannehmlichkeiten entstehen? Was ich dabei gefühlt habe, war ihr einerlei.

»Wisst ihr, was? Ihr habt recht. Es wird Zeit, den alten Ballast loszuwerden.«

»Apropos alter Ballast«, beginnt July. »Bo hat sich Mr Palmer zuliebe tatsächlich für ein paar Abendkurse angemeldet. Ihr wisst schon. Kostenkalkulation, Rechnungswesen und das andere Zeug, von dem ich nichts verstehe.«

»Wenn er bei irgendetwas Hilfe braucht, kann er sich jederzeit melden.« Für irgendwas müssen meine Seminare ja gut gewesen sein.

Den Rest des Abends schwelgen wir in alten Erinnerungen, hin und wieder notiere ich mir etwas, das ich in den Vortrag einfügen will. Als Cameron nach Hause kommt, liegen wir satt und kichernd im Wohnzimmer herum, und ich bin so zufrieden wie schon lange nicht mehr.

32. KAPITEL

☑ *Nach New York fliegen*

»Facetten aus Lichtern und schillernden Farben verdecken, verhüllen, verbergen die Narben. Ein Kleid aus Seide und Staub hüllt mich ein, doch ich stehe hier entblößt und allein …« Das Türklingeln unterbricht meinen Vortrag. Mit den Zetteln in der Hand pausiere ich mein Auf- und Ablaufen. Seit Tagen versuche ich die richtigen Worte zu finden. Über die Penny, die ich war, und die, die ich sein möchte. Aber es fällt mir verdammt schwer. »Erwartest du Besuch?«, frage ich irritiert, als es erneut klingelt. Es scheint wichtig zu sein. Doch um die Uhrzeit?

»Eigentlich nicht, aber ich gehe schon.« Cameron erhebt sich vom Sofa und steigt über unsere gepackten Taschen, die im Flur bereitstehen.

Morgen geht es nach New York. Die Flugtickets sind verwahrt, Joshuas Eltern werden uns für das Wochenende bei sich aufnehmen, und Lucy bleibt für die Tage bei ihren Großeltern. Außer meinem Vortrag ist alles perfekt vorbereitet. Zumindest denke ich das, bis ich an der Tür eine Stimme höre, die nichts Gutes verheißt.

Was tut Zoe hier?

Irritiert lasse ich die Notizzettel auf das Sofa fallen und stelle mich in den Türrahmen zum Flur.

»Was willst du hier?«, fragt Cameron, kaum dass er die

Wohnungstür geöffnet hat, und sieht sehr versucht aus, sie sofort wieder zuzuschlagen.

»Mit euch reden und dich zur Vernunft bringen. Deine Eltern haben mir gesagt, dass ihr vorhabt, über das Wochenende zu verreisen. Aber ich denke, wir sollten uns vorher über ein paar grundlegende Dinge unterhalten.«

»Ich wüsste nicht, welche das sein sollten.«

Statt ihm zu antworten, sucht Zoe etwas in ihrer Handtasche und zieht einen unbeschrifteten Umschlag daraus hervor. Sie fährt damit durch die Luft und sieht mich auffordernd an. »Vielleicht hat Penelope ja eine Vermutung. Ihre Eltern haben mir etwas zugesteckt.«

»Zahlen sie dir Geld, um uns zu nerven?«, vermutet Cameron, dennoch lässt er sie herein, wenn auch sichtlich widerwillig.

Ich fühle mich augenblicklich unwohl – und es liegt nur zum Teil daran, dass ich eine Jogginghose trage und meine Haare zu einem unordentlichen Dutt zusammengebunden habe.

Instinktiv weiche ich zurück, als Zoe entschiedenen Schrittes ins Wohnzimmer geht. Sie nimmt irgendwas aus dem Umschlag, das ich erst erkenne, als sie es auf den Wohnzimmertisch fallen lässt. Es sind Fotos. Fotos, die ich schon kenne, weil meine Mom sie mir gezeigt hat.

»Woher hast du sie?«, frage ich entsetzt, obwohl sie die Antwort darauf schon gegeben hat. Aber irgendwie kann ich den Anblick der Bilder nicht fassen. Warum haben meine Eltern ihr die gegeben? Das sieht ihnen gar nicht ähnlich. Dinge preiszugeben, die eine Perez angreifbar machen. Oder heiligt der Zweck neuerdings die Mittel? »Wann hattest du Kontakt zu meinen Eltern?«

»Spielt keine Rolle. Sie haben mich gesucht und gefunden.«

»Was sind das für Fotos?«, fragt Cameron verwirrt und geht zum Tisch hinüber.

»Hat Penelope dir etwa nicht erzählt, dass ihre Eltern Fotos von euch haben machen lassen? Sehr intime Fotos. Ich wusste es auch nicht, bis sie mich kontaktiert haben. Offensichtlich sind sie nicht sehr begeistert von eurer Liaison, wenn sie sich solche Mühe gegeben haben, mich ausfindig zu machen. Und warum sonst sollten sie mir die Fotos zur freien Verfügung überlassen? Fotos, die mehr zeigen, als euch lieb sein dürfte.« Sie sieht zu Cameron auf, der ungläubig eines der Fotos betrachtet. »Begreifst du es denn immer noch nicht? Sie macht dich zu einem Menschen, der du nicht bist. Und der du nicht sein willst. Der Cam, den ich kenne, der würde sich nicht so verantwortungslos verhalten. Und er würde Lucy nicht enttäuschen, um nach New York zu fliegen und sich zu vergnügen. Sie hat sich sehr auf euer gemeinsames Wochenende gefreut. Deine Absage bricht ihr das Herz.«

»Lass Lucy da raus«, bittet Cameron und wirkt für einen Moment überfordert. Er greift ein weiteres Bild vom Tisch, betrachtet es und sieht mich eindringlich an. »Du wusstest, dass solche Bilder von uns existieren? Und hast es mit keinem Wort für nötig gehalten, das mal zu erwähnen?« Er nimmt die nächste Fotografie und beißt die Zähne so fest zusammen, dass ein Muskel in seiner Wange zuckt.

Ich sehe ihm an, wie er sich für das Motiv verachtet und erinnere mich daran, wie er in Julys Küche von einer Vorbildfunktion sprach. »Ich dachte, meine Eltern würden sie unter Verschluss halten und ich müsste dir nichts davon erzählen, weil du sie nie sehen würdest«, gestehe ich.

»Du hast mich also angelogen?«

»Nicht direkt.«

»Siehst du, was ich meine?«, bohrt Zoe nach. »Sie war nicht ehrlich zu dir. Wer weiß, wobei noch? Hat sie dir erzählt, dass sie beinahe vom College geflogen wäre, weil sie sich auch mit ihrem Ex-Freund unangemessen in der Öffentlichkeit verhalten hat?«

»Was?«, fragt Cameron und schaut so ungläubig, wie ich mich fühle. »Ich dachte, das wären nur Gerüchte.«

Auch das haben meine Eltern ihr erzählt? Aber warum? Warum tun sie mir das an?

»Ihr passt nicht zusammen, sondern verrennt euch in eine hoffnungslose Sache. Du wirst nie gut genug für sie sein. Auch wenn sie der Meinung ist, dass es sie zu einem anderen Menschen macht, wenn sie in einem Café arbeitet. Was ihre Eltern ebenfalls nicht begeistert. Ihr beide macht euch etwas vor, wenn ihr denkt, dass ihr einen Weg finden werdet, um … Was auch immer ihr hier tut. Es ist besser, euch davor zu bewahren, bevor ihr euer Leben ruiniert«, insistiert Zoe und sieht mich an. »Cameron hat die Chance auf eine Familie. Eine intakte Familie. Und ich war bei deinen Eltern zu Hause. Ich habe gesehen, woher du kommst. Willst du wirklich alles aufgeben für das hier?« Sie deutet demonstrativ um sich. »Ihr zwei kommt aus vollkommen verschiedenen Welten. Ich verstehe, dass es dir reizvoll erschien, mit Cameron Spaß zu haben. Wirklich. Aber am Ende werdet ihr euch trennen.«

»Ob wir das tun, geht niemanden außer Cam und mich etwas an!«, ereifere ich mich.

»Hast du mir nicht zugehört?« Irritiert sieht sie mich an und schüttelt den Kopf. »Diese Sache wird enden. So oder so. Deine Eltern haben sich sehr direkt ausgedrückt. Wenn ich es nicht schaffe, werden sie andere Wege gehen, um dich zur Vernunft zu bringen.«

»Wie sollen die aussehen?«, hake ich nach und balle meine Hände zu Fäusten.

»Du wirst vom College fliegen«, sagt sie so direkt, dass mir kurz der Atem stoppt. »Sie werden dir sämtliche Unterstützung streichen, bis du keine andere Wahl hast, als zu ihnen zurückgekrochen zu kommen. Und ich denke, wir alle sind uns einig, dass du dir das ersparen kannst.«

Cameron lässt die Fotos auf den Tisch fallen und wendet sich Zoe zu. »Ich denke, dass es besser ist, wenn du jetzt gehst.«

»Das werde ich. Aber sei gewarnt. Wenn Penelopes Eltern es so wollen, werdet ihr beide vom College fliegen. Sie werden einen Grund finden. Und du hast keine Eltern, die dir im Notfall einen Studienplatz im Ausland besorgen können, bis Gras über die Sache gewachsen ist.«

»Haben sie dir wenigstens ausreichend Geld dafür gegeben, deine Seele zu verkaufen?«

»Nein, Cam. Ich bekomme kein Geld. Vorerst appelliere ich ein letztes Mal an deine Vernunft.« Sie sieht zu ihm auf und schüttelt erneut den Kopf. »Mir wäre es auch lieber, wenn wir das hier anders hätten klären können.«

»Wir hatten schon lange nichts mehr zu klären.«

»Wie du meinst. Wenn du also Lucy nicht sehen möchtest, sondern lieber einen Ausflug mit deiner Freundin unternimmst, muss ich wohl davon ausgehen, dass sie dir nicht wichtig ist und dass es dir egal ist, wenn du sie zukünftig gar nicht mehr sehen wirst.«

»Ist das dein Ernst?«, fragt er, während ich hoffe, dass ich mich verhört habe.

»Sekunde«, bitte ich. »Du verlangst von ihm, dass er hierbleibt und sich um Lucy kümmert? Wir haben mit Camerons Eltern gesprochen, und sie springen gern ein.«

»Du hältst dich aus dieser Sache raus, Prinzessin«, fährt sie mich an. »Deine Meinung interessiert niemanden. Und ja, ich verlange, dass Cam sich um seine Tochter kümmert. Sonst wird er es nie wieder tun.«

»Okay.« Blinzelnd versuche ich meine Gedanken zu sortieren. »Dann fliege ich eben allein nach New York.«

»Ich glaube, du hast mich noch immer nicht verstanden«, korrigiert Zoe. »Aber deine Eltern sagten schon, dass du manchmal ein wenig naiv bist. Ich erwarte, dass Cam sich entscheidet. Jetzt. Zwischen dir und seiner Tochter. Nicht für dieses Wochenende. Sondern für immer. Diese ganze peinliche Nummer, die ihr hier abzieht, muss ein Ende finden.«

»Peinliche Nummer?«, wiederhole ich. Wieso nur höre ich da die Stimmen meiner Eltern aus ihr sprechen? »Du kannst nicht einfach so auftauchen und verlangen, dass du ein Mitbestimmungsrecht in Cams Leben hast!«

»Doch, kann sie«, murmelt Cameron und mustert Zoe, bis ein desillusionierter Ausdruck in seine Augen tritt. »Wir waren nie verheiratet.«

»Was soll das heißen?«, hake ich nach und verstehe kein Wort. Mit diesen Dingen kenne ich mich nicht aus.

»Was Cam dir sagen will, ist Folgendes«, erklärt Zoe an seiner Stelle. »Er hat kein Anrecht darauf, Lucy zu sehen, da er nie als Vater anerkannt wurde. Dass er es bisher durfte, verdankt er meiner Rücksichtnahme. Wenn es allerdings der einzige Weg ist, euch zur Vernunft zu bringen, werde ich ihm den Kontakt verbieten.«

»Warum tust du das?«, frage ich verständnislos und überfordert. »Du kannst dich nicht in unsere Beziehung einmischen, uns erpressen und ernsthaft erwarten, dass Cameron danach einwilligt, mit euch Familie zu spielen.«

»Damit ich zufrieden bin? Hast du mir letztes Mal nicht zugehört? Er war es, der bisher immer wieder zurückkam.« Sie wendet sich an Cameron und deutet mit einer fahrigen Geste auf die Fotos. »Überleg dir gut, ob es dir ein wenig Spaß mit dem Mädchen aus reichem Hause wert ist, dafür deine Tochter zu verlieren. Denn das wirst du, wenn du so weitermachst.«

Ohne auf eine Antwort zu warten, verlässt sie die Wohnung. Wie ein Tornado ist sie hier hereingerauscht und hat nichts als Chaos und Zerstörung zurückgelassen.

»Cam?« Fragend sehe ich zu ihm auf, aber sein Blick haftet noch immer an den Fotos. »Ich dachte wirklich nicht, dass meine Eltern sie jemals jemandem zeigen würden.«

»Ist okay.« Er reibt sich mit der Hand über die Stirn. »Aber ich brauche einen Moment, um das zu verarbeiten.«

Ein stimmloses *Okay* ist alles, was ich herausbringe.

Er lässt sich auf das Sofa sinken, stützt die Ellbogen auf den Knien ab und reibt sich erneut über die Stirn.

Ratlos, was ich tun soll, sammle ich die Fotos vom Tisch, bis Cameron mich bittet, damit aufzuhören.

»Lass sie ruhig liegen. Sie sind nicht das Problem.«

Mit zittrigen Knien lasse ich mich neben den Wohnzimmertisch sinken, aber die Stille ist für mich kaum zu ertragen. »Was ist dann das Problem?«

Dass du unehrlich warst. Dass wir uns einer Illusion hingeben. Deine Eltern. Mir kommen Dutzende Antworten in den Sinn, aber keine trifft es.

»Cam? Denkst du, dass sie das ernst meint? Dass sie dir Lucy vorenthält, nur weil wir uns weiterhin treffen? Das ist nicht fair. Und nicht gerecht.«

»Ich weiß.« Er nickt und nimmt eines der Fotos vom Tisch. Mit den Fingern streicht er über das Motiv, betrachtet es andächtig, bevor er die Hand zur Faust ballt und das Bild zusammenknüllt. Er beißt die Zähne zusammen. Mit einem Fluch schmeißt er die Papierkugel gegen die Wand. »Ich wusste die ganze Zeit, dass sie Stress machen wird«, bringt er mühsam beherrscht hervor. »Und deine Eltern sind das Allerletzte.«

Noch nie zuvor habe ich ihn so gesehen. Täuscht es, oder zittert er am ganzen Körper?

»Vergiss meine Eltern«, bitte ich. »Ein Teil von mir wusste von Anfang an, dass sie mich enterben, wenn ich das hier durchziehe. Ich meine, ihre Drohung schüchtert mich schon ein. Aber wie hast du gesagt? Man muss etwas immer ein wenig mehr wollen, als man Angst davor hat. Was mir mehr Sorgen bereitet, ist Zoe. Denkst du, sie zieht das mit dem Kontaktverbot durch?« Ich setze mich neben ihn und versuche, seinen Blick aufzufangen.

»Ich habe dir von unserer On-off-Beziehung erzählt. Jedes Mal, wenn ich sie verlassen habe, hat sie Andeutungen gemacht. Dass ich es bereuen werde. Dass ich sehen werde, was ich davon habe.«

»Sie hat dich unter Druck gesetzt?«, frage ich, obwohl *emotional erpresst* es wohl auch treffen würde.

»Und ich war ein dankbares Opfer«, stimmt er zu.

Er braucht es nicht auszuführen, ich kann mir vorstellen, was er meint. Vermutlich haben sie während ihrer geheimen Treffen nicht nur Pizza gegessen und *Game Of Thrones* gesehen.

»Und jetzt?«, frage ich hilflos. »Was sollen wir tun?«

»Keine Ahnung. Du solltest dich nicht zwischen mir und deinen Eltern entscheiden müssen.«

»Das habe ich längst.«

»Aber ich kann mich nicht zwischen dir und Lucy entscheiden. Solang Zoe etwas gegen uns hat, wird ihr ständig etwas Neues einfallen, um mich unter Druck zu setzen. Sie hat recht, Penny. Sie braucht keinen Grund dafür, mir den Umgang mit Lucy zu verbieten. Weißt du, was auf Lucys Geburtsurkunde steht? Da, wo ihr Vater eingetragen sein sollte? Nichts. Weil

Zoe ihr Einverständnis hätte geben müssen. Und das wollte sie nie.«

»Warum nicht?«, frage ich verständnislos. »Du bist doch Lucys Dad, oder nicht? Daran bestehen keine Zweifel?«

»Sie hatte ihre Bedingungen. Sie wollte nur einwilligen, wenn wir zusammenziehen oder heiraten. Beides war für mich keine Option.«

»Verstehe«, murmle ich und betrachte ihn.

Er weicht meinem Blick aus, nur um erneut an den Bildern auf dem Tisch hängen zu bleiben.

»Du weißt, wie viel mir unsere gemeinsame Zeit bedeutet hat?«, fragt er leise. »Und wie viel du mir bedeutest? Ich wäre gern derjenige gewesen, der dich dabei unterstützt, deinen Traum zu leben.« Es scheint, als wollte er noch etwas sagen, kann es aber nicht.

Nickend lege ich die Hand auf seinem Knie ab. Ich würde ihn gern in den Arm nehmen und küssen, doch etwas hält mich zurück. Vielleicht die dunkle Vorahnung, dass ich morgen allein nach New York fliegen werde.

»Das hier wird ein Abschied, oder?«, frage ich leise.

»Ich weiß es nicht«, widerspricht er. »Ich kann mir nicht vorstellen, dich nie wiederzusehen. Du bist das Beste, was mir in den letzten Jahren passiert ist. Aber wenn Zoe mir den Kontakt zu Lucy verbietet … Verdammt, Penny. Sie ist der wichtigste Mensch in meinem Leben. Sie verlässt sich auf mich. Ich kann sie nicht so enttäuschen. Was soll sie denken, wenn Zoe behauptet, dass ich sie nie wiedersehen will? Dass sie mir nicht wichtig ist?«

»Das kannst du nicht. Ich verstehe das.« Vielleicht nicht aus Camerons Sicht, aber aus der Sicht einer Tochter, die oft von ihren Eltern im Stich gelassen wurde. Auf die eine oder andere Weise. »Ich will auch nicht, dass du Lucy verlierst«, versichere ich ihm. Die beiden gehören einfach zusammen. Einem liebenden Vater den Kontakt zu seiner Tochter zu verbieten, ist seelische Grausamkeit.

»Cam, es ist okay«, sage ich und jage mir mit dem eigenartigen Tonfall selbst einen Schauer über den Rücken.

»Ist es nicht«, widerspricht er und streckt zögerlich die Hand aus. Behutsam streicht er mir über die Wange. »Wir wissen beide, dass es nicht okay ist. Nicht einmal annähernd.«

»Die Welt ist nicht gerecht.« Ich zögere, bevor ich mich vorbeuge und ihn küsse. Es ist ein Abschiedskuss – ein Lebewohl. Aus der behutsamen Berührung unserer Lippen wird etwas anderes, hart und ungestüm.

»Ich will dich nicht verlieren«, raunt er, ohne seine Lippen von meinen zu lösen, und vergräbt die Hand in den Haaren an meinem Hinterkopf. So fest, dass es beinahe wehtut. Trotzdem ist dieser Schmerz erträglicher als die Aussicht darauf, Cameron zu verlieren.

Ich sitze hier vor ihm. Seine Wärme umhüllt mich wie ein schützender Kokon. Mein Körper bettelt um mehr. Mehr Nähe. Mehr Innigkeit. Mehr Ewigkeit. Im Flur stehen unsere Taschen. Bereit für unseren Flug. Es hätte das perfekte Wochenende werden können. Stattdessen bin ich dabei, Cameron zu verlieren. Nicht, weil er es so will. Nicht, weil wir nicht zusammenpassen. Sondern weil es Menschen gibt, die uns keine andere Wahl lassen, als getrennte Wege zu gehen.

Wut und Enttäuschung toben gleichzeitig durch meinen Körper. Tränen fließen mir über meine Wangen. Aber es spielt keine Rolle. Ich werde Cameron verlieren. Egal, wie besitzergreifend ich ihn küsse. Egal, wie weit ich auf seinen Schoß rücke und mich an ihn presse. Er entgleitet mir. In diesem Moment, in dem er sein Shirt auszieht und achtlos auf den Wohnzimmertisch wirft, wissen wir beide, dass es unser letztes Mal ist. Ich ziehe meinen Pullover aus und lasse zu, dass Cameron die Leggings von meiner Hüfte streift. Ungeduldig öffne ich seine Hose. Wir benehmen uns wie zwei Raubtiere, die sich aufeinanderstürzen.

Zwischen zwei Küssen zieht er die Hose zusammen mit den Boxershorts aus.

In dem Moment, in dem Zoe beschlossen hat, sich mit meinen Eltern zusammenzutun, haben wir einander verloren. Wir wussten es nur noch nicht.

Noch nie habe ich so viele unterschiedliche Emotionen zugleich gespürt. Liebe. Verlangen. Verzweiflung. Verlust. Hass. Ja, zum ersten Mal in meinem Leben empfinde ich so etwas wie Hass. Ein Level an Verachtung, das nicht einmal Kyle erreicht hat.

Ich lege die Hand auf Camerons Schulter und drücke ihn auf das Sofa. Wir waren uns schon immer einig in dem, was wir wollen. Selbst jetzt sind wir es.

Wir reden nicht, sondern verabschieden uns so, wie wir uns kennengelernt haben: küssend und ineinander versunken.

Unsere Körper sind mittlerweile ein so eingespieltes Team, dass wir selbst im Autopilotenmodus beinahe gleichzeitig den Höhepunkt erreichen. Ich hatte noch nie einen Orgasmus, der sich so verdammt bedeutungslos angefühlt hat. Von unseren Gefühlen überwältigt haben wir zum ersten Mal kein Kondom benutzt. Aber es spielt keine Rolle. In diesem Fall ist die Premiere auch die Dernière. Es wird keine weitere Vorstellung geben. Nie wieder.

Schweigend ziehe ich mich von Cameron zurück und gehe kurz ins Bad. Auf dem Rückweg sammle ich die Fotos vom Tisch und packe meine restlichen Sachen zusammen. Jede einzelne Handlung vollführe ich, als liefe ich auf Autopilot. Meine Gefühle habe ich weit, weit hinten in meinem Archiv vergraben, weil ich nur so funktioniere, ohne in tausend Teile zu zerbrechen.

»Was hast du jetzt vor?«, fragt er und sieht mir zu, ohne vom Sofa aufzustehen. Er hält mich nicht auf, weil er ebenso gut wie ich weiß, wie sinnlos es wäre.

Es gibt Hindernisse, die kann man gemeinsam überwinden. Andere ziehen einen nur in einen Abgrund.

»Jetzt? Übernachte ich bei July und fliege morgen nach New York. So wie es geplant war. Irgendwie war mir immer klar, dass ich meine Pläne nicht von einem Mann abhängig machen kann. Nur dass es in diesem Fall nicht deine Schuld ist.«

»Bist du dir sicher, dass du schon gehen willst? Vielleicht …«

»Vielleicht finden wir eine Lösung? Denkst du das wirklich? Dass es irgendetwas gibt, um Zoe umzustimmen? Nach allem, was ich bisher über sie gehört habe, wird das nicht passieren. Nicht solang sie noch an dir hängt. Nicht solang sie mit ihrem eigenen Leben so unglücklich ist.«

Cameron braucht nichts zu sagen. Ich klinge herzlos. Aber wenn ich meinen Gefühlen jetzt nachgebe, schaffe ich es nicht nach New York. Vielleicht nicht einmal zu July, ohne zusammenzubrechen.

Ich werde ihm keine Szene machen. Zoe lässt ihm keine andere Wahl, als sich für Lucy zu entscheiden, und es wäre unfair, meine verletzten Gefühle an ihm auszulassen.

Ich würde Cameron gern noch etwas sagen. Dass ich ihn liebe, er mir fehlen wird oder sich alle zukünftigen Männer an ihm werden messen müssen, weil er der erste Mensch ist, der es geschafft hat, dass ich mich geliebt fühle. Angenommen und wahrgenommen. Aber ich will die Situation für ihn nicht noch schwerer machen.

Als ich die Wohnung verlasse, höre ich, dass er noch einmal

meinen Namen ruft. Aber ich bleibe nicht stehen. Es gibt nichts mehr zu sagen.

Also hat es vielleicht auch etwas Gutes, wenn man Übung darin hat, die Emotionen zu unterdrücken. So schaffe ich es immerhin halbwegs gefasst bis zu July, bevor ich weinend auf ihrem Sofa zusammenbreche. Sie stellt keine Fragen, sondern ist einfach für mich da. Genauso wie Bo, der uns Pancakes macht, die ich dann doch nicht esse, weil ich keinen Bissen herunterbekomme.

Als ich mich von Kyle getrennt habe, fühlte es sich so an, als hätte er einen riesigen Berg zerbrochener Gefühlsbrocken zurückgelassen. Ein undurchsichtiges Chaos aus schmerzhaften Erinnerungen. Nach der Trennung von Cameron fühle ich mich wie leer gefegt. Vielleicht ist es gut so: eine leere Seite für einen Neuanfang. Denn von diesem Moment an funktioniere ich nur noch. Ich habe einen Plan gefasst – und den werde ich durchziehen. Es gibt kein Zurück.

»Können wir den Flug vielleicht umbuchen?«, schlägt July irgendwann vor. »Dann könnten Bo oder ich dich begleiten.«

Ich habe es noch immer nicht geschafft, ihr zu erzählen, was passiert ist, aber wahrscheinlich sprechen mein desolates Aussehen und die gepackten Taschen für sich.

Noch bevor ich dazu komme, ihr zu antworten, klingelt mein Handy. Aliza. Dieses Mal ist es keine Gedankenübertragung. Ich hatte ganz vergessen, dass wir noch über unser Cocktail-Date reden wollten.

»Hey, Liz.« Ich räuspere mich, weil ich zu sehr nach jemandem klinge, der die letzten Stunden geweint hat.

»Stellst du mich auf Lautsprecher?«, bittet sie statt einer Begrüßung.

Ohne zu fragen, folge ich ihrer Aufforderung.

»Hey, July. Danke dir für den Hinweis, dass eine meiner besten Freundinnen aussieht wie etwas, was man vom Fußboden kratzen könnte.«

»Das habe ich so nicht geschrieben!«, ruft July und hebt abwehrend die Hände.

Ich vergesse manchmal einfach, dass die beiden ebenfalls befreundet sind. Natürlich weiß July, dass Aliza momentan in New York ist.

»Wie auch immer. Ich habe ohnehin darüber nachgedacht, ob ich euch vom Flughafen abholen und zum Poetry Slam begleiten soll. Deine Schilderungen über Camerons mangelnden Orientierungssinn haben mir ein wenig Sorgen gemacht. Aber offensichtlich ist das nicht sein einziges Defizit, wenn er meine beste Freundin verlässt.«

»So ist es nicht«, erwidere ich. »Es ist kompliziert. Er ist kein Arschloch.«

»Ja, Süße. Sicher denkst du das. Aber nach allem, was ich gehört habe, hast du das auch von deinem anderen Ex-Freund behauptet, und der war erwiesenermaßen eine Vollpfeife. Lass uns das zu einem anderen Zeitpunkt diskutieren und uns jetzt erst mal auf das Wesentliche konzentrieren. Du steigst ins Flugzeug. Ich hole dich ab. Du rockst den Poetry Slam – und danach zeige ich dir, wo es die besten Cocktails der Stadt gibt. Okay?«

Tief durchatmend nicke ich.

»Sie ist einverstanden«, übersetzt July. »Wie war eigentlich dein Termin mit Bradley heute?«

»Super«, behauptet Aliza ironisch. »Er hat gerade den Superbowl vermasselt. Dementsprechend motiviert war er auch, die nächsten PR-Kampagnen durchzusprechen. Selten jemanden gesehen, der so verbissen auf eine weiße Wand gestarrt hat.«

»Ich meinte, wie es dir damit geht, ihn zu sehen«, korrigiert July.

»Keine Ahnung.« Aliza seufzt hörbar. »Er ist halt nicht mehr der Typ, mit dem ich sechs Jahre zusammen war. Es gibt Dinge, die ihn beschäftigen, an die er mich nicht heranlässt. Manchmal würde ich ihn gern danach fragen, aber dazu habe ich kein Recht.«

»Und wenn du es einfach tust?«, schlage ich vor.

»Was?«

»Ihn fragen, was mit ihm los ist. Seit Monaten machst du dir Sorgen um ihn. Warum fragst du ihn nicht? Was soll er im schlimmsten Fall antworten? Dass es dich nichts angeht? – Was?« Ich sehe fragend zwischen July und Bo hin und her, die einen Blick austauschen.

»Ich glaube, wir haben Penny endlich zurück«, zieht mich Bo auf.

Zumindest nehme ich an, dass er sich über mich lustig macht.

»Ich werde darüber nachdenken«, behauptet Aliza, aber ich höre genau, dass sie es nicht tun wird.

»Also sehen wir uns morgen?«, hake ich nach.

»Nichts in der Welt wird mich davon abhalten, dich abzuholen«, verspricht sie und bestätigt, was ich schon wusste: Ich habe die besten Freunde der Welt.

33. KAPITEL

☑ *Den Poetry Slam rocken*

Ein Teil von mir hat sich offensichtlich gewünscht, dass Cameron am nächsten Morgen zum Flughafen kommt, um mich doch noch zu begleiten. Er weiß, wann und von welchem Gate mein Flug geht, aber natürlich erscheint er nicht. Solche Szenen sind dann wohl doch eher Stoff für Kinofilme. Ich kann es ihm nicht einmal vorwerfen. Es ist für alle besser so.

Also fliege ich allein nach New York und werde von Aliza abgeholt, die mich zur Begrüßung so fest an sich drückt, dass es fast schmerzhaft ist, bevor sie darauf besteht, ein Foto von uns zu machen und in ihrer Instagram-Story zu teilen. Mit einem Filter und einem kitschigen *BFF*-Sticker sehe ich gleich viel weniger wie ein Zombie aus.

Ich mag Aliza, aber das Engagement, mit dem sie ihr Leben in den sozialen Medien teilt, ist manchmal etwas anstrengend. Vor allem an den Tagen, an denen man sich lieber im Bett verkriechen würde.

Während wir den Flughafen verlassen, sieht sie mich immer wieder an.

»Was?«, frage ich irritiert.

»Nichts. Ich frage mich nur gerade, wann dir auffällt, dass du deine Haare noch immer zu einem chaotischen Vogelnest verknotet hast. Vor einem halben Jahr wärst du so nicht vor die Tür gegangen.«

»Interessiert das hier in New York irgendwen?«

»Nein. Eigentlich nicht. Obwohl wir dir an einem Straßenstand noch einen dieser widerlichen Billigkaffees kaufen sollten, damit du perfekt ins Stadtbild passt. Ehrlich. Ich hatte heute schon drei Stück davon. Die schmecken nicht. Aber mit jedem weiteren fällt es dir weniger auf.«

Lächelnd schüttle ich den Kopf. Ich werde keinen Kaffee trinken. Die Aussicht auf meinen Vortrag macht mich schon kribbelig genug. »Wohin gehen wir eigentlich?«

»Wir nehmen ein Taxi, sehen uns die Stadt an, schießen noch ein paar Fotos, um deinem Ex-Freund zu zeigen, was er in New York alles Grandioses verpasst, und heute Abend rockst du deinen Vortrag.«

»Liz, ich muss Cameron nichts beweisen. Wir haben uns einvernehmlich getrennt.«

»Ja«, antwortet sie gedehnt. »Und dennoch habt ihr euch getrennt. Was mich zu der Frage bringt, warum er dich hat gehen lassen. Allein dass er nicht um dich gekämpft hat, macht ihn schon zu einem Vollpfosten.«

»Vielleicht ging es nicht anders?«

Aliza schweigt und schlingt die Arme um den Oberkörper.

»Was ist los?«, frage ich einfühlsam, weil ich sehe, dass sie etwas beschäftigt, das nichts mit mir und Cameron zu tun hat.

»Alles gut. Lass uns das Thema wechseln. Heute ist dein großer Tag. Der Tag, an dem du sie alle von ihren Stühlen reißt. Versprochen?«

»Sicher«, antworte ich, klinge aber alles andere als euphorisch. Ich weiß, dass dieser Vortrag wichtig ist. Meine ganze Zukunft hängt davon ab. Davon und von meiner Bewerbung bei der Columbia. Ich muss das hier hinkriegen. Alles andere spielt momentan keine Rolle.

Den ganzen Tag über macht Aliza Fotos von uns, ein paar

teile ich in meiner Story – und fühle mich augenblicklich schlecht. Weil ich eigentlich nicht möchte, dass Cameron sie sieht. Er trägt keine Schuld an der Situation, und ich möchte ihm nicht unter die Nase reiben, dass ich nun allein in New York bin, obwohl ich weiß, dass er mich gern begleitet hätte. Am liebsten würde ich ihm schreiben, dass ich ihn vermisse. Dass ich mir wünsche, dass er all das hier mit mir zusammen sehen könnte, weil er nie zuvor in New York war. Aber so funktioniert das Leben nicht.

Zum wiederholten Mal wische ich die feuchten Hände an meinem Kleid ab und bin mir sicher, dass es Aliza verrückt macht. Ich sitze mit den anderen Vortragenden im Publikum, während auf der ausgeleuchteten Bühne ein junger Mann sein Leben mit dem des Mädchens mit den Schwefelhölzern vergleicht. Wo da die Verbindung liegt? Ich habe es verpasst. Meine Gedanken waren zu sehr beim nächsten Vortrag. Meinem. Ich bin als Nächste an der Reihe. Den ganzen Tag bin ich ihn in Gedanken durchgegangen. Jedes Wort sitzt, trotzdem bin ich nervös. Allein bei der Vorstellung, auf diese Bühne hinaufzumüssen, wird mir übel. Tief durchatmen.

Ich kann das. Ich kann das. Ich kann das.

Immer wieder rufe ich mir Camerons und Sofias Worte ins Gedächtnis: Ich muss das hier mehr wollen, als dass ich Angst vor einer Blamage habe. Die Leute werden mir zuhören, wenn ich bereit bin, mich ihnen zu zeigen.

Als Applaus ertönt, schlägt mir das Herz so wild in der Brust, dass ich ihn kaum höre. Nur gedämpft dringt eine Stimme zu mir durch, die meinen Namen aufruft.

Ich bin dran. Penelope Perez. Das bin ich.

Ich musste im Studium schon viele Fünf-Minuten-Präsentationen halten. Das Zeitlimit einzuhalten ist kein Problem, aber noch nie hing so viel davon ab. Hier geht es nicht um die nächste Note, sondern um meine Zukunft.

Übergib dich nicht, und stolpere nicht, ermahne ich mich selbst.

Meine Knie zittern so sehr, dass ich es kaum die drei Stufen zu der kleinen Bühne hinaufschaffe. Sofort erhitzt das Scheinwerferlicht mein schwarzes Kleid und mein dunkles Haar. Ich blinzle in die Menge hinab, kann vor lauter Gegenlicht jedoch kaum etwas sehen, außer verschwimmende Silhouetten.

Die Jury sitzt links von mir, das weiß ich, aber alles verschwindet hinter dem Vorhang aus goldenem Licht.

Was zum Geier tue ich hier? Wieso tue ich mir das an?

Räuspernd richte ich mir die Haare und wünschte, Cameron wäre hier. Dass er meine Hände halten würde, so wie er es beim Eislaufen getan hat. Dass er mich fängt, wenn ich falle. Aber ich bin auf mich allein gestellt.

Es wird dir gefallen, versprach sie.

Und dann bin ich gefallen – kommen mir die Worte aus seinem Skizzenbuch in den Sinn. Vollkommen ungelegen und unpassend. Mein bis eben wild galoppierendes Herz zieht sich schmerzerfüllt zusammen.

»Die Zeit läuft!«, ruft jemand aus dem Publikum.

Erneut streiche ich mit den Händen über das Kleid und nicke.

Der Vortrag muss gut werden. Und das wird er nur, wenn er ehrlich ist. Also bin ich ehrlich. Hier mitten auf der Bühne. Vor zweihundert Leuten. Ich erstelle eine Liste über mich, weil Listen nun mal mein Ding sind. Das Pro und Kontra zu meiner Person.

Auf der Kontraseite steht: Ich bin verwöhnt, ich bin unselbstständig, ich grüble zu viel, ich bin privilegiert, ich bin manchmal verletzend, ich verrenne mich in hoffnungslose

Dinge, und für alles Negative, was mir passiert, gebe ich gern anderen die Schuld.

Als ich am Ende der Kontra-Seite ankomme, mache ich eine kleine dramatische Pause. Im Publikum ist es mucksmäuschenstill. Vielleicht zweifeln sie an meinem Verstand, weil ich Dinge gestehe, die niemand über sich preisgeben will.

Dann sage ich: »Auf der Pro-Seite steht: Ich will mich ändern.«

Nur das.

Einen Moment lang ist es noch ganz ruhig, niemand sagt etwas, und mir klopft das Herz bis zum Hals, der Schweiß läuft mir über den Rücken, aber dann brandet Applaus auf. Es gibt anerkennende Pfiffe, und ich gehe mit zitternden Beinen und einem Lächeln von der Bühne.

Ich lasse mich auf meinen Platz fallen, kurz bevor eine andere junge Frau die Bühne betritt.

»Das dürfte einem zumindest im Gedächtnis bleiben«, sagt Aliza. »Und es war … eloquent.«

»Es war ehrlich«, korrigiere ich. Die ehrlichste Version meiner selbst, die ich bieten konnte.

Jetzt kann ich nur noch hier sitzen und warten.

Nach den Vorträgen zieht sich die Jury für eine erste Beratung zurück, auch wenn die Siegerverkündung in diesem Fall nicht sofort erfolgt, sondern man uns erst in ein paar Tagen Bescheid gibt. Um den Abend ausklingen zu lassen, werden wir und die Gäste mit Gratisgetränken und Snacks versorgt. Es ist eigenartig: Obwohl alle Teilnehmenden um dieselbe Förderung konkurrieren, ist die Stimmung zwischen uns überraschend entspannt. Als würde hier jeder den Mitstreitern den Sieg gönnen und im Fall einer Absage den Fehler bei sich selbst suchen, statt jemand anderen dafür verantwortlich zu machen.

Ich versuche mich am Small Talk, obwohl ein Teil von mir sich sicher ist, mit dem ehrlichen Vortrag alles ruiniert zu haben. Was soll ich machen, wenn hieraus nichts wird? Darüber hätte ich wohl vorher nachdenken sollen.

Mit einem Ohr höre ich dem jungen Mann zu, der vor mir dran war. Er erzählt eine Anekdote darüber, wie er vor Kurzem betrunken aus einer Bar getorkelt ist und dabei beinahe über einen Kater gestolpert wäre, als hätte das Schicksal einen eigenartigen Sinn für Humor.

»Ich bin mir sicher, dass es das hat«, stimme ich mit Gedanken an Cameron zu – und verdränge ihn sofort wieder. Ihn zu vermissen ist keine Option. Aber verhindern kann ich es auch nicht. Den ganzen Abend über habe ich das Gefühl, dass ein Teil von mir fehlt.

Als mich jemand an der Schulter berührt, fahre ich überrascht herum. Es ist ein Mann mittleren Alters in einem schwarzen Rolli.

»Sie sind Penelope Perez?«, fragt er geradeheraus. »Die Tochter von Manuel Perez? Mein Name ist Stone, und ich habe Ihre Bewerbungsunterlagen gelesen.«

»Oh«, ist alles, was mir über die Lippen kommt. Also gehört er der Stiftung an? Vielleicht sogar der Jury.

»Ich habe nur eine Frage an Sie: Wie kommt es, dass Sie sich für eine Förderung bewerben? Ihr Dad kann es sich doch sicher leisten, Ihnen das Studium zu finanzieren.«

»Wie in meinen Unterlagen beschrieben, habe ich im Moment keinen Kontakt zu meinen Eltern«, gestehe ich unangenehm berührt. »Was ich vorgetragen habe, war nicht gelogen. Ich möchte mich ändern und mein altes Leben zurücklassen. Dafür muss ich meinen eigenen Weg gehen. Und mein Dad ist generell nicht unbedingt ein Freund davon, anderen Menschen Geld zu geben.«

»Nicht einmal seiner Tochter, damit sie ihre Träume leben kann?«

»Ich fürchte, er findet meine Ziele naiv. Außerdem haben er und Mom sich alles in ihrem Leben selbst erarbeitet. Sie halten nicht viel von … finanzieller Unterstützung. Auch nicht bei ihrer Tochter.« Es fällt mir schwer, meine Probleme zu schildern, ohne schlecht über meine Eltern zu reden, denn obwohl ich enttäuscht von ihnen bin, möchte ich nichts preisgeben, was negative Presse rechtfertigen würde.

Manuel Perez beutet seine mexikanischen Mitarbeiter aus und unterdrückt seine Tochter. Ich kann die Schlagzeilen schon vor mir sehen.

Aber meine vage Antwort scheint ihm zu reichen, um eine Entscheidung fällen zu können. Wie auch immer sie ausfallen mag.

»Manchmal braucht man zunächst finanzielle Unterstützung, um sich etwas zu erarbeiten.« Mr Stone schenkt mir ein letztes Lächeln, bevor er sich zum Gehen wendet.

»Ich denke, du hast ihn überzeugt«, säuselt Aliza, greift meinen Arm und führt mich ein paar Meter weiter. »Wenn sie kein Interesse an dir hätten, hätte er das Gespräch nicht gesucht.«

»Ich interpretiere da lieber nicht zu viel hinein.«

»Vertrau mir, natürlich sind diese Menschen hier, um Leuten eine Chance zu geben, die sie sonst nicht hätten. Sicher liegt ihnen ihr Vorhaben am Herz. Aber ab und zu schadet es auch nicht, jemanden zu fördern, der einen interessanten Namen hat. Ein wenig Aufmerksamkeit in der Presse lockt neue Förderer an, was weiteren jungen Talenten eine Chance bietet. Sie wären dumm, dich nicht zu nehmen.«

»Ich will aber nicht aufgrund meines Namens ausgewählt werden«, erwidere ich, vielleicht eine Spur zu gereizt.

»Ehrenwerter Vorsatz, aber am Ende liegt es so oder so an

dir, mit Leistung zu überzeugen, damit sie dich nicht nach dem ersten Semester von der Liste streichen. Wie wäre es, wenn wir jetzt die Location wechseln? Ich ertrage keine weiteren Anekdoten von dem Jungen mit den Schwefelhölzern. Wenn du mich fragst, sollte er sich ohnehin lieber der Junge mit dem Sekundenkleber nennen, so wie er an dir haftet.«

Irritiert sehe ich über meine Schulter zu ihm zurück. Tatsächlich schenkt er mir ein Lächeln, aber ich bin nicht in der Stimmung für Flirtereien.

»Lass uns gehen«, stimme ich zu.

»Es gibt hier in Williamsburg angeblich eine coole Dachterrassenbar mit Blick über den East River bis nach Manhattan. Die Lichter der Hochhäuser sollen aussehen wie ein Sternenhimmel. Laut dem Text der Website.«

Die Webseite hat nicht gelogen. Da es zu kalt ist, sitzen wir zwar nicht auf dem Dach, sondern hinter einer Fensterfront, aber die Aussicht auf Manhattan bei Nacht hat wirklich etwas Magisches an sich. Allein die Vorstellung davon, vielleicht hier leben zu können, erfüllt mich mit einem aufgeregten Kribbeln. Zumindest bis mir wieder einfällt, dass ich dafür alles andere zurücklassen müsste. Fair Haven. Die Otters. Meine Freunde. Das *Hazelcup*. Das kleine Kino. All die Personen und Orte, die für mich immer besonders waren und es für immer sein werden.

Wir bestellen Cocktails, Aliza postet Fotos, und obwohl meine Gedanken immer wieder zu Cameron zucken, ist der Abend eigentlich sehr schön.

Zumindest bis schön durch seltsam ersetzt wird, als plötzlich ein attraktiver Mann an unserem Tisch erscheint. Kein Kellner, sondern ein Typ, den ich aus dem Fernsehen kenne. Aus Werbekampagnen. Und aus Alizas Erzählungen.

Sie plaudert gerade ausgelassen über einen ihrer letzten Modeljobs und verschluckt sich beinahe an ihrem Long Island Iced Tea, als Bradley einen Stuhl vom Nebentisch holt und sich ungefragt zu uns an den Zweiertisch setzt.

»Entschuldige«, bittet er mich und wartet gar nicht auf eine Antwort, bevor er Aliza ansieht. »Ich habe auf Instagram gesehen, dass ihr hier seid, und dachte, ich versuche mein Glück.«

»Haben wir gestern irgendetwas zu besprechen vergessen?«, fragt sie sichtlich verwirrt. »Möchtest du länger bleiben? Sollen wir dir etwas zu trinken bestellen?«

»Ich trinke nicht«, antwortet er knapp und sieht sie eindringlich an.

»Hätte mich auch gewundert. Also, was kann ich für dich tun?«

»Kannst du das bitte sein lassen und mal für fünf Minuten die PR-Beraterin ausschalten? Ich hasse es, wenn du das tust.«

»Wenn ich was tue?« Sie neigt den Kopf zur Seite und blinzelt ihn liebreizend an.

»Genau das!« Er deutet fahrig auf sie. »Dieses ganze ...« Er unterbricht sich und sieht mich an. »Du bist doch Penny?«

»Ja«, antworte ich überfordert. Warum will er das wissen?

»Gut.« Was auch immer damit geklärt ist, ist für ihn offensichtlich erledigt. Er wendet sich wieder an Aliza. »Ich kenne dich seit acht Jahren. Sechs davon haben wir uns ein Bett geteilt, auch wenn es für deine Eltern offiziell nur zwei Jahre waren. Ich hatte mit deiner Familie nie Probleme. Ich habe dank Drew die Gebärdensprache gelernt. Ich war Arons Trauzeuge. Dein Dad ist mein Manager. Es war mir nie zu viel. Wenn du ein Video drehen wolltest, wie ich halb nackt am Frühstückstisch Frühstücksflocken esse, weil du irgendeinen Deal abgeschlossen hattest: kein Problem. Aber ich werde keinen einzigen Werbevertrag mehr unterschreiben, bevor du nicht endlich damit aufhörst, vor mir wegzulaufen, und mir einmal ins Gesicht sagst, was das Problem war.«

»Ich verstehe nicht ganz, was du von mir willst«, gesteht Aliza. »Wir haben uns einvernehmlich getrennt, weil du Kinder willst und ich nicht.«

»Ist es das, was sie allen erzählt?« Bradley sieht mich auffordernd an, bis ich nicke. Kopfschüttelnd wendet er sich wieder an Aliza. »Lizzy, ich weiß, dass du immer gesagt hast, dass du keine Kinder möchtest. Aber das ist nicht der Grund für das, was passiert ist. Okay? Du hast nichts verkehrt gemacht. Wenn ich irgendwas gesagt haben sollte, das so klang, als wären mir Kinder wichtiger als du, dann tut es mir leid. So ist es nicht. Ich liebe dich. Und wir sollten endlich darüber reden, bevor du noch weiter wegziehst als ans andere Ende der USA.«

Aliza sagt nichts. Es ist das erste Mal, dass ich sie sprachlos erlebe. Aber auch mir fehlen die Worte, weil ich mir nicht sicher bin, ob ich Bradleys Andeutung richtig verstehe.

»Du fehlst mir. Okay? Und ich bin hier, weil ich dich zurückwill. Und zwar die Aliza, die ich kenne, seitdem sie eine Zahnspange getragen hat. Die Aliza, die selbst nichts anhatte, während sie mich halb nackt gefilmt hat. Die Aliza, die nicht einmal deine Eltern oder Brüder kennen. Und nicht diesen dauerlächelnden PR-Albtraum. Ehrlich, Liz. Ich bekomme Albträume von den Nachrichten, die du mir mit dieser zuckrigen Stimme auf den AB quatschst. Wenn das der Mensch ist, der du jetzt bist, ist es okay. Dann bin ich hier, um unsere Geschäftsbeziehung zu beenden. Aber wenn Lizzy noch existiert, hätte ich sie gern zurück. Wenn es ihr in L.A. gefällt, kann sie gern dort wohnen bleiben. Wir müssen nicht wieder zusammenziehen. Aber ich würde gern darüber reden. Nur ein einziges Mal.«

Aliza sieht ihn schweigend an. Jegliches Lächeln ist aus ihrem Gesicht gewichen. Sie wirkt so blass und zerbrechlich, dass ich am liebsten ihre Hand halten würde, um sie zu unterstützen. »Ich bin nach Los Angeles gezogen, weil es möglichst weit von New York entfernt ist.«

»Ich weiß das. Ich kenne dich. Und ich weiß, warum du damals zu Drew geflohen bist, kaum dass du das Bett verlassen durftest. Aber es ändert nichts daran, dass du mir fehlst.« Er zögert, bevor er sich erhebt. »Macht euch noch einen schönen Abend. Und, Penny? Danke dir für die Zeit. Ich schaffe es sonst nie, dass sie mir fünf Minuten zuhört, ohne mich zu unterbrechen und mich stattdessen mit irgendwelchen Deals vollzusäuseln, die mich nicht interessieren.«

»Gern. Jederzeit. Ich bin ein großer Fan von dir. Und den New York Nightingales. Also meistens«, stammle ich wenig eloquent und winke ihm zu, als er sich zum Gehen wendet.

Es tritt ein Schweigen ein, das ich schließlich durchbreche.

»Du warst schwanger?«, frage ich so leise, dass ich mir nicht sicher bin, ob sie es gehört hat.

»Ja«, antwortet sie ebenso leise und räuspert sich. »Aber nur für acht oder neun Wochen. Irgendwann hat das Herz zu schlagen aufgehört, und ich habe es nicht einmal bemerkt.« Die Zähne zusammenbeißend schaut sie aus dem Fenster. »Sag es nicht Drew, okay? Ich habe ihm und unseren Eltern nichts davon erzählt. Aron auch nicht, aber manchmal sagt er Dinge, die mich vermuten lassen, dass Bradley ihm etwas angedeutet hat. Er hat recht: Ich wollte keine Kinder. Ich meine, wir waren dreiundzwanzig, und vielleicht hätte ich es mir irgendwann überlegt, aber es ist einfach passiert. Als ich beim Frauenarzt war und das Herz schlagen gesehen habe, war es …« Sie blinzelt unkontrolliert. »Okay. Es war wirklich … Ich dachte, vielleicht wollte Gott es so. Dass es so sein sollte. Aber beim nächsten Termin …« Sie schließt die Augen und atmet tief durch. »Es ist ein halbes Jahr her. Ich sollte darüber hinweg sein, oder?«

Kopfschüttelnd greife ich über den Tisch nach ihrer Hand und drücke sie leicht. Ich denke an Alejandro und meine Mom. Wie sie nachts noch immer seine Bilder betrachtet. »Trauer hat kein Ablaufdatum. Liebe auch nicht.«

Schweigend erwidert sie meine Geste.

»Wirst du mit ihm reden?«

»Ja. Irgendwann werde ich das.«

Wenn sie dafür bereit ist. Vielleicht täusche ich mich, aber ich glaube, dass Bradley so lange auf sie warten wird. Ihre Geschichte ist noch nicht vorbei, das spüre ich.

Als ich abends im Bett liege, kostet es mich alle Selbstbeherrschung, Cameron nicht zu schreiben. Er fehlt mir. Alles an ihm. Dieser ganze Tag hat mich so mitgenommen, dass ich gern mit meinem besten Freund über alles reden würde. Aber es geht nicht. Darüber bin ich wütend und traurig, gleichzeitig bin ich stolz auf mich. Ich habe etwas durchgezogen, was ich mir noch vor ein paar Wochen nie zugetraut hätte. Und ganz gleich wie diese Sache hier ausgeht, die Erinnerung daran kann mir niemand mehr nehmen.

Allein der Erschöpfung durch die letzten Stunden habe ich es zu verdanken, dass ich trotz der wirbelnden Gedanken in meinem Kopf und des Gefühlschaos in meinem Herzen schließlich doch einschlafe.

34. KAPITEL

☑ *Während des Wartens nicht durchdrehen*

Jeden Morgen greife ich als Erstes – noch vor dem Aufstehen – nach meinem Handy, um meine E-Mails zu lesen. Gebannt starre ich auf die Anzeige »E-Mail empfangen …« und zucke zusammen, wenn das *Pling* eine neue Nachricht ankündigt. Mit viel zu schnell klopfendem Herz überfliege ich den Absender, nur um jedes Mal wieder enttäuscht zu werden. Werbung. Fotoeinsendung für die Redaktion. Ein neuer Kommentar in meinem Blog. Was ist, wenn sie sich nie melden? Wenn ich tagelang jede zweite Minute vergeblich meine E-Mails checke? Wie viele Tage ist es okay, sich Hoffnungen zu machen, bevor man einsehen muss, dass es nicht geklappt hat?

Frustriert stehe ich auf, gehe duschen und ziehe mich an. Ich bereite mich auf Vorlesungen vor, auf die ich keine Lust habe, und frage mich jeden Tag, ob ich demnächst meine Sachen packen und zu July ziehen muss, weil meine Eltern das Zimmer gekündigt haben. Spätestens im nächsten Semester werden sie die Studiengebühren nicht überweisen. Davon gehe ich aus. Und dann?

Bisher waren meine Noten immer gut genug für ein Stipendium, aber in den letzten Wochen habe ich das Studium ganz schön schleifen lassen. Mich zu den Vorlesungen zu quälen wird von Tag zu Tag schwerer, aber wenn ich mich nicht zusammenreiße, stehe ich vielleicht bald vor dem Nichts. Um das zu verhindern, habe ich mich gestern noch für andere Journalismusstudiengänge beworben und mich über Kredite informiert, mit denen ich notfalls das BWL-Studium doch noch beenden kann, um nicht mit leeren Händen dazustehen, aber irgendwie fühlt sich das alles falsch an. Vielleicht auch weil sich momentan wirklich alles falsch anfühlt.

Um Cameron nicht versehentlich über den Weg zu laufen, nehme ich stets die kürzesten Wege über den Campus, verzichte auf das Essen in der Mensa und verkrieche mich abwechselnd in der Redaktion oder meinem Zimmer. Selbst meine Joggingrunden habe ich verlegt, um ihm nicht am See zu begegnen. Albern, ich weiß. Aber ich fühle mich nicht bereit, ihn wiederzusehen. Allein an ihn zu denken sorgt dafür, dass sich mein Inneres schmerzhaft verkrampft.

Auf Drews Party hat July mir geraten, ein Leben zu leben, das ich liebe. Davon bin ich auch Monate später noch sehr weit entfernt.

Mit meiner gepackten Tasche mache ich mich auf den Weg, prüfe im Flur noch schnell mein nicht virtuelles Postfach – ebenfalls leer – und mache mich auf zur ersten Vorlesung für diesen Tag: Personalmanagement.

Ich starre auf eine Matrix, die unsere Dozentin an die Tafel zeichnet, und mache mir Notizen auf dem Laptop, als ein besonders lautes *Pling* ertönt. Vielleicht kommt es mir auch nur so vor, denn keiner der anderen zuckt zusammen. Niemanden stört es, dass ich vom Notiz- ins Mailprogramm wechsle, die Absender überfliege und … Sofort beschleunigt sich mein Puls.

Absender: Stone. Allbright-Stiftung der Allbright Academy of Modern Arts
Betreff: Ihre Bewerbung

Wie kann man einen derart nichtssagenden Betreff auswählen, wenn die gesamte Zukunft eines Menschen davon abhängt?

Meine Finger zittern so sehr, dass ich es kaum schaffe, den richtigen Link anzuklicken. Die E-Mail öffnet sich. Sie ist tatsächlich da. Eine der Nachrichten, die mein Leben verändern könnten.

Mir rauscht das Blut so laut in den Ohren, dass ich nur noch meinen eigenen Herzschlag höre, während ich die ersten Worte lese.

»Sehr geehrte Penelope Perez,
vielen Dank für Ihr Interesse an einer Förderung durch die Allbright-Stiftung.
Wie Sie sich vorstellen können, erhalten wir jedes Jahr unzählige Bewerbungen. Leider können wir nicht jeden Kandidaten bei seinem Vorhaben unterstützen. Unser Programm dient dazu, denjenigen jungen Menschen einen Zugang zum Studium zu ermöglichen, die es sich andernfalls nicht leisten könnten …«

Eine Absage, schießt es mir durch den Kopf. Schon wieder. Doch dieses Mal bin ich selbst schuld. Sie haben mich eingeladen, und ich habe es vermasselt. Aber macht das einen Unterschied? Das war es. Selbst wenn die Columbia zusagen sollte und mir ein Stipendium anbietet und ich weiterhin in einem Café jobbe, werde ich mir New York nicht leisten können.

Ich habe das Gefühl zu fallen. Wie sagt man? Träume sind Schäume. Der undefinierte Schmerz in meinem Inneren fühlt sich tatsächlich so an, als wäre ich auf dem Boden der Tatsachen aufgeschlagen. Mit Tränen in den Augen lese ich den Rest.

»Nach ausgiebiger Beratung habe ich mir persönlich die Freiheit genommen, bei Ihren Eltern anzurufen, um Ihre Geschichte zu prüfen. Bitte haben Sie Verständnis dafür, dass mir dieser Schritt nicht leichtgefallen ist, aber als Vater einer Tochter in Ihrem Alter wollte ich nichts unversucht lassen. So leid es mir tut, es Ihnen mitteilen zu müssen: Es ist ausgerechnet das Zerwürfnis mit Ihren Eltern, das Sie für eine Förderung qualifiziert.
Sollten Sie ein Studium in einem kreativen Studiengang antreten, melden Sie sich bei mir. Ihnen wird dann ein/e Mentor/in zugewiesen, der/die mit Ihnen alles Weitere klärt.
Ich wünsche Ihnen für Ihre Zukunft alles Gute.
Sollten Sie wieder einmal in New York sein, melden Sie sich gern.
Mit freundlichen Grüßen
Stone
Dozent für Dokumentarfotografie
an der Allbright Academy of Modern Arts, New York«

Ich lese den Text erneut. Und erneut. Es ist keine Absage. Zum ersten Mal in meinem Leben ist es keine.

Mir entfährt ein Quieken, das einige Leute dazu animiert, mich irritiert anzusehen. Aber das ist mir egal. Wenn ich die E-Mail richtig verstehe, gilt die Förderung auch für jedes andere kreative Studium in jeder anderen Stadt. Das heißt, wenn die Columbia mich ablehnt, kann ich es woanders probieren.

Ich kann hier raus. Egal, wohin.

Entschieden klappe ich den Laptop zu und packe meine Sachen zusammen. Ich bin hier fertig. So was von fertig!

Voller Euphorie setze ich mich an den Laptop, gehe die bereits versandten Bewerbungen durch und suche nach anderen

Studiengängen, die mich ebenfalls interessieren könnten. Alles ist besser, als weiter auf die verblasste Blümchentapete zu starren und Analysen durchzuführen.

Ich sehe auf, als Lin zurückkommt und achtlos einen ganzen Stapel Briefe auf meinen Schreibtisch wirft.

»Was ist das?«, frage ich irritiert. Es ist ein beachtlicher Stapel Post, den ich mir nicht erklären kann.

»Frag mich nicht.« Sie wickelt sich den Schal vom Hals und packt ihren Laptop aus. »Irgendeine Isabel Perez meinte, dass der Postbote ständig deine Briefe in ihren Briefkasten wirft. Sie hat sie wohl gesammelt und wollte sie dir irgendwann geben, aber heute Morgen war etwas dabei, was wichtig aussah, also hat sie beschlossen, dass irgendwann heute ist. Ich muss das nicht verstehen, oder?«

»Musst du nicht«, bestätige ich und blättere mich durch den Stapel. Das Meiste dürfte Werbung sein. Aber ich finde sofort das Logo, das meinen Puls in die Höhe treibt. Sieht dieser Brief anders aus als der letzte? Ich weiß es nicht. Obwohl ich nervös bin, fühlt es sich gut an, diesen Umschlag zu öffnen. Weil ich gleich Gewissheit habe und dank der E-Mail vom Vormittag weiß, dass eine Absage in diesem Fall noch nicht das Ende bedeutet. Es gibt Optionen.

Ich ziehe den Brief hervor, lese ihn und kann ein Lachen nicht unterdrücken. Es ist eine erneute Zusage. Endlich kann ich in das Leben starten, das ich immer wollte. Weil ich dafür gekämpft habe – und es Menschen gibt, die an mich glauben.

Ich muss schon wieder heulen. Dieses Mal jedoch aus Freude und Erleichterung.

Es gibt Dinge, die fühlen sich wundervoll und schmerzhaft zugleich an. Wie die Zusage einer Wunsch-Uni für einen

Wunschstudiengang plus Stipendium und Förderung. Es wäre beinahe zu gut, um wahr zu sein, wenn es im Gegenzug nicht bedeuten würde, alles Vertraute zurückzulassen. Ich weiß, dass July sich für mich freuen wird, aber noch habe ich es nicht geschafft, meinen Freunden zu sagen, dass ich ab dem nächsten Semester nicht mehr hier sein werde. Dass Bo eine neue Aushilfe im *Hazelcup* und die Redaktion eine neue Leitung brauchen wird. Ich werde Chloé als meine Nachfolgerin vorschlagen, weil ich mir sicher bin, dass sie es mit ihrem Enthusiasmus und ihrer offenen Art schaffen wird, die Jungs auf Trab zu halten. Wer hätte gedacht, dass der Tag kommen würde, an dem ich sie vermisse? Und sie ist nicht die Einzige, die mir fehlen wird. Aber ich weiß, dass ich all diese Dinge zurücklassen muss, um frei zu sein.

Soeben habe ich meinen Antrag auf Exmatrikulation ausgedruckt und schlendere durch die Gänge des St. Clair. Ich verbinde so viele Erinnerungen mit diesem Campus. An meine Freunde. An Liebe. An gebrochene Herzen. Es fühlt sich an, als wäre das St. Clair der Ort gewesen, an dem ich endgültig erwachsen geworden bin.

Jedes Mal, wenn ich an die Briefe auf meinem Schreibtisch denke, beginnt mein Herz schneller zu schlagen. Vor Freude, vor Aufregung, vor Ungewissheit.

Von Unruhe getrieben gehe ich über den Campus in Richtung des Wohnheims und stutze, als ich Mateo an einem Baum lehnen sehe. Er hält das Handy in der Hand, starrt aber auf einen Punkt, den nur er sehen kann. Seine Miene passt genauso wenig zu ihm wie die Tatsache, dass er allein ist. Normalerweise bewegt er sich nie ohne Begleitung über den Campus. Haley, die Jungs aus dem Team, Fans – meist ist jemand an seiner Seite.

Ich gebe mir einen Ruck und gehe zu ihm hinüber, aber

er bemerkt mich erst, als ich mich leise räuspere. So erschrocken wie er auffährt, muss er mit den Gedanken sehr weit weg gewesen sein.

»Ganz allein, Ortega?« Ich lehne mich neben ihm gegen den Baumstamm und versuche nachzuvollziehen, was er wohl angesehen haben mag. Aber ich kann nichts Nennenswertes entdecken, nur den Campus, der so langsam aus seinem Winterschlaf erwacht. Der Baum über uns trägt erste Knospen, und auch das Grün des Grases scheint neue Intensität zu gewinnen.

Mateo steckt das Handy weg und atmet tief durch.

»Alles in Ordnung bei dir?«, frage ich, irritiert von seiner ungewohnten Schweigsamkeit.

Statt einer Antwort stützt er einen Fuß gegen den Baum und lässt den Blick erneut in die Ferne schweifen. »Ich habe erfolglos versucht, meine Therapeutin zu erreichen. Antwort genug?«

Ich wusste nicht, dass Mateo eine Therapie macht, aber dass es ihm nicht gut geht, sehe selbst ich. »Stress mit Haley?«

»Noch nicht«, lehnt er ab.

»Noch?«, hake ich nach und kann ein ungutes Gefühl nicht unterdrücken. »Was hast du getan?«

Er schnaubt. »Was ich getan habe? Das denkst du? Dass mein Problem ist, dass ich fremdgevögelt habe?«

»Sag du es mir.« Er sieht aus, als bräuchte er jemanden zum Reden.

Mit der Hand reibt er sich über die Augen und deutet auf den Campus. »Die Zeit vergeht so schnell. Nächstes Semester geht Haley für ihr Praktikum nach Ann Arbor, und wenn sie zurückkommt, ist mein Studium fast beendet. Und dann? Unterschreibe ich irgendwo einen Vertrag und ziehe irgendwohin, wo ich von Training zu Training und von Spiel zu Spiel hetze. Jetzt gerade fühlt sich mein Leben zum ersten Mal gut an.

Als hätte alles einen Sinn. Aber es wird enden, und ich kann es nicht aufhalten.«

Aufmerksam betrachte ich ihn. Seine Körperhaltung, seine Mimik, seinen Tonfall. »Du hast Angst.«

»Eine Scheißangst«, bestätigt er nickend. »Ich will dieses Team und den Campus nicht verlassen. Und wenn ich es muss, dann würde ich Haley am liebsten einpacken und mitnehmen. Egal wohin. Aber ich kann sie nicht dazu zwingen, woanders zu Ende zu studieren, nur damit ich beim Einschlafen nicht darauf verzichten muss, meine Nase in ihren Haaren zu vergraben.«

»Du liebst sie wirklich.«

»Ich bin komplett am Arsch«, sagt er und atmet erneut tief durch. »Ich wollte meine Therapeutin anrufen, damit sie mich davon abhält, etwas Dummes zu tun, aber sie hat ausgerechnet jetzt Urlaub.«

»Von welcher Art von Dummheit reden wir?«

»Ich würde Haley gern einen Ring an den Finger stecken, aber ich weiß, dass es nicht der richtige Weg ist, um meine Ängste anzugehen.«

»Du willst sie heiraten?«, frage ich vollkommen überrascht. Eine Hochzeit hätte ich so ziemlich jedem außer Mateo zugetraut.

»Nicht unbedingt gleich heiraten«, antwortet er ausweichend und wendet sich ab. »Ich glaube, ich will von ihr eine Gewissheit, die mir niemand geben kann.«

»Weiß sie, dass du solche Angst davor hast, sie zu verlieren?«

Er nickt flüchtig. »Sie weiß auch, dass ich immer noch ab und zu zur Therapie gehe, und hat angeboten mitzukommen.«

»Du solltest ihr keinen Antrag machen, wenn es dir darum geht, abzusichern, dass sie nicht wegläuft. Aber du könntest sie fragen, wenn du dir ein Leben ohne sie nicht mehr vorstellen magst.«

»Was ist, wenn sie einen Besseren findet?«

»Was ist, wenn du für sie der Beste bist?« Ich stoße mich vom Baum ab. »Rede mit ihr über deine Ängste vor der Zukunft.«

Das ist mein Rat an Mateo – und an mich. Denn er hat recht: Die Zeit lässt sich nicht anhalten. Sie wartet auf niemanden. Es ist egal, wie lange ich es vor mir herschiebe, irgendwann werde ich mit allen reden müssen. Mit Lin. Mit Aliza. Mit July. Mit Haley und Bo. Mit Chloé. Und vielleicht schreibe ich Cameron eine kurze Nachricht über die Zusage, auch wenn ich weiß, dass er nicht darauf antworten wird.

Lin ist nicht sonderlich beeindruckt davon, als ich ihr sage, dass ich am Semesterende ausziehen werde. Was habe ich auch erwartet? Die gleiche Euphorie wie von Aliza?

Aliza: *Gott sei Dank. Jetzt kenne ich schon zwei coole Leute in New York. Wenn ich mal wieder Lust auf richtig schlechten Kaffee habe, kann ich mir also zukünftig aussuchen, bei wem ich übernachte.*
Penny: *Du würdest bei Bradley übernachten?* – Das ist zumindest das, was ich zwischen den Zeilen lese.
Aliza: *Könnte sein, dass ich bei ihm war, nachdem ich dich zum Flughafen gebracht habe. Er wohnt in einem dieser Industrial Lofts. Überall rote Backsteinwände und schwarz gestrichene Stahlbetonträger. Etwas erdrückend, wenn du mich fragst. Aber solang er sich wohlfühlt …*
Penny: *Ihr werdet also nicht wieder zusammenziehen?*
Aliza: *Vorerst nicht. Aber da ich diejenige bin, die ortsunabhängig arbeiten kann, werde ich ihn vielleicht ab und zu in seiner Junggesellengruft besuchen. Ehrlich. Überall Pokale und Poster von sich selbst in Lebensgröße.*

Ich spüre zwar, dass Aliza mit ihrem Bericht über die Deko von anderen Problemen abzulenken versucht, aber so wie sie vermutlich das Loft gedanklich schon umdekoriert, bin ich mir sicher, dass sie auch all die anderen Probleme angehen wird, sobald sie bereit dazu ist.

Seufzend lasse ich mich auf das Bett fallen und gebe mir einen Ruck: Ich schreibe Cameron. Denn nur dank seiner Hilfe habe ich die Förderung der Allbright überhaupt bekommen.

Penny: *J-School und Allbright haben zugesagt. Ich kann es immer noch nicht fassen, aber ich gehe im Sommer nach New York.*

Eigentlich rechne ich nicht mit einer Antwort, doch sie kommt fast sofort.

Cameron: *Das sind wundervolle Neuigkeiten. Das Studium ist eine riesige Chance für dich, endlich das zu tun, was du willst. Glückwunsch! Du kannst stolz auf dich sein.*

Und ein klatschendes Emoji.

Mein Blick hängt an der Miniaturabbildung der Hände. Ich weiß, dass zumindest er stolz auf mich ist. Dass er diesen Weg für den richtigen hält. Dass er mir geantwortet hat, bedeutet vielleicht, dass er genauso an mich denkt wie ich an ihn. Aber was ändert das?

Unschlüssig halte ich mein iPhone in der Hand und wünschte, Cameron würde mir noch irgendetwas schreiben. Dass er mich vermisst. Oder dass Zoe es sich anders überlegt hat. Irgendetwas. Doch es ist egal, wie lange ich warte und mein Handy anstarre, es bleibt die letzte Nachricht.

Und vielleicht ist es gut so. Für eine Weile war Cameron Burton mein Zuhause, aber ich werde umziehen. Ihn zusammen mit dem Rest meiner Kindheit in Fair Haven zurücklassen. Da gibt es die Parkbank, in die July, Bo und ich als Teenies unsere Initialen geritzt haben. Und meine erste richtige Liebe. Den Menschen, der mich so geliebt hat, wie ich bin.

Wahrscheinlich tut es uns beiden nicht gut, uns an diese Nachrichten zu klammern wie ich mich an mein Handy. Das mit uns hat keine Zukunft. Wir wissen es. Und auch wenn es sich gerade so unfassbar falsch anfühlt, sollten wir es akzeptieren.

Bevor ich nach New York gehe, möchte ich allerdings noch eine Sache erledigen. Zwar habe ich Zoes Adresse nicht, aber der Diner von Camerons Eltern lässt sich im Internet finden. Obwohl wir uns nicht persönlich kennen, vertraue ich darauf, dass sie meine Botschaft an Zoe weiterleiten. Denn selbst wenn der letzte Zug abgefahren ist, kommt ein neuer Tag, und der Bahnhof nimmt seinen Betrieb wieder auf.

Ich erkundige mich danach, welche Voraussetzungen man erfüllen muss, um Tierarzthelferin zu werden, und suche nach Möglichkeiten, um in Ann Arbor Schulabschlüsse nachzuholen. Lucy hat gesagt, dass ihre Mom unglücklich ist. Wenn ich mich irre, wird sich das selbst dann nicht ändern, wenn Cameron erneut zu ihr zurückkehren sollte. Liebe ist wichtig, aber nicht alles im Leben.

Ich tue das, was ich am besten kann: einen Plan entwerfen. Doch dieser ist nicht für mich. Er ist mein Abschiedsgeschenk an Zoe. Ich drucke Listen aus, Adressen von Initiativen, die sich speziell an junge Mütter richten und teilweise sogar Möglichkeiten zur Kinderbetreuung anbieten. Obwohl es mich einige Überwindung kostet, greife ich nach einem Füller und schreibe Zoe einen Brief.

Ich weiß nicht, wie es ist, mit fünfzehn Mutter zu werden. Ich kann mir nicht vorstellen, wie es ist, für einen anderen

Menschen Verantwortung zu übernehmen. Sicher ist es schwierig, darüber nicht sich selbst zu vergessen. Aber wie sagte July?

Was willst du dir selbst sagen, wenn du auf dem Sterbebett liegst?

Die Tiere auf dieser Welt können jede Unterstützung brauchen, die sie bekommen können. Und Zoe hat es verdient, glücklich zu werden.

35. KAPITEL

☑ *Einen Neuanfang wagen*

»Ich fasse immer noch nicht, dass du hier lebst«, murmelt July mit Blick aus dem Fenster. Von dort hat sie eine hervorragende Aussicht auf eine Hauswand aus roten Backsteinen. Und vielleicht ein paar Müllcontainer, aber mehr gibt es nicht zu sehen.

»Tu nicht so übertrieben begeistert, die WG ist winzig«, schnaube ich. »Und Williamsburg ist nicht Manhattan.«

»Aber mir gefällt es hier. Wie sind deine Mitbewohnerinnen so?«, fragt sie und schlendert durch mein Zimmer, bevor sie sich auf das schmale Bett fallen lässt.

»Sie sind okay.« Das sind sie wirklich. Rori studiert Darstellendes Spiel, und wenn man Lilly mal antrifft, ist sie sehr damit beschäftigt so zu tun, als täte ihr vom Tanzen nicht alles weh.

Ich weiß gar nicht, wie viele Pflaster sie dieses Semester schon für ihre Füße gebraucht hat, aber ich bewundere die beiden für ihre extrovertierte Art. Vielleicht sind sie genau das, was ich an meiner Seite brauche, um in einer Großstadt wie dieser zurechtzukommen.

Das Studium hat erst vor ein paar Wochen begonnen, aber ich weiß, dass es die richtige Wahl war. Ich bereue nichts. Alles hier fühlt sich so viel leichter an als in Fair Haven. Ich arbeite nicht weniger, aber anders. Nur noch an den Sachen, die mir etwas bedeuten und von denen ich nicht denke, dass sie mir etwas bedeuten *sollten*. Selbst das Kaffeezubereiten in dem kleinen Café, in dem ich jobbe, geht mir leichter von der Hand. Vielleicht, weil ich mehr Übung habe oder ganz genau weiß, wofür ich stundenlang hinter dem Tresen stehe.

»Und du willst ganz sicher morgen mit nach Fair Haven?« July greift nach einem Buch, das auf meinem Nachttisch liegt, und liest den Text eines Aufklebers vor, der darauf haftet. »Designpreis in der Kategorie Newcomer.«

»Cameron hat mir das Buch geschickt.« Ich setze mich neben sie und schlage das Buch auf. Er hat mir eine Karte beigelegt, aber auf ihr steht nichts weiter als: *Vieles wird allein nicht annähernd so gut.* Wenn ich den Jurytext zum Buch richtig gelesen habe, haben wir beide den Preis gewonnen – als Team. Er hat mich gefragt, ob es für mich in Ordnung ist, wenn er seine Semesterarbeit irgendwo einreicht. Erst als das Buch ankam, habe ich erfahren, dass es erfolgreich war. Aus meinen Texten und seinen Illustrationen ist ein richtiges Buch geworden. Er hat ihm den Titel *Fragmente einer Nacht* gegeben. Es ist ziemlich düster, aber auch das hat der Jury anscheinend gefallen.

»Dieses Buch ist wie ein Blick in die Seele der Studierenden dieser Zeit«, liest July einen Teil des Klappentextes vor. »Penelope Perez, Tochter des erfolgreichen Unternehmers Manuel Perez, und Cameron Burton, der sehr früh Vater wurde und seinen Fans vor allem durch den College Football bekannt ist, gewähren ungeschönte Einblicke in die Schattenseiten des Collegelebens.«

»Sehr reißerisch – ich weiß.« Augenrollend nehme ich ihr das Buch ab und lege es zurück. »Offensichtlich werden wir ewig *Tochter von* und *Vater von* bleiben, aber wenigstens die Stiftung war begeistert von dieser Doppelauszeichnung.«

»Und sonst habt ihr keinen Kontakt mehr?«, hakt sie nach.

»Nein. Aber wir haben uns im Guten getrennt, also werde ich auf gar keinen Fall das erste Heimspiel der Otters in dieser

Saison verpassen«, versichere ich enthusiastischer, als ich mich fühle.

Cameron spielen zu sehen ist eine Erfahrung, auf die ich verzichten könnte, aber ich freue mich darauf, die anderen zu treffen. Da ich die letzten Monate einen Bogen um alles gemacht habe, was mit Fair Haven zu tun hat, weiß ich nur, dass Cameron seit Saisonbeginn spielt. Daraus schlussfolgere ich, dass sein Training erfolgreich war. Laut den ersten Spielergebnissen läuft es diese Saison auch wieder besser für die Otters.

Warum ich den Berichten über Cam noch folge, kann ich mir selbst nicht ganz erklären. Jedes Mal, wenn ich seinen Namen lese, zieht sich mein Herz schmerzhaft zusammen. Ich weiß, dass es irgendwann damit aufhören sollte, aber noch vermisse ich ihn.

»Soll ich dir eigentlich ein Kleid leihen?«, wechsle ich das Thema, um mich von meinen Gefühlen für Cameron abzulenken. »Oder willst du deinen Geburtstag in einem Kleid nachfeiern, das aussieht, als hättest du es schon seit der Highschool?«

July betrachtet das gestreifte Jerseykleid und lacht. »Das habe ich. Außerdem verbinde ich damit schöne Erinnerungen.«

»Welche?«

»Ich hatte es bei meinem ersten Nicht-Date mit Drew an. Und am Morgen nach unserem ersten Würstchenversenken, wie Haley sagen würde.«

»Oh Gott.« Ich kann ein Lachen nicht unterdrücken. Haleys Ausdrucksweise ist gewöhnungsbedürftig, aber manchmal fehlt sie mir. »Kommt sie morgen auch?«

»Nein, sie muss arbeiten. Momentan macht sie ein Praktikum in Ann Arbor und hat nicht freibekommen.«

»Aber sie und Mat sind noch zusammen?«

»Jupp, und ich habe nicht den Eindruck, dass sie das ändern wollen.«

»Schön für sie.« Mehr fällt mir dazu nicht ein. Herzensangelegenheiten und ich stehen noch immer auf Kriegsfuß miteinander. Ich weiß nicht, wie lange es dauert, ein gebrochenes Herz heilen zu lassen, aber das ist okay. Ich habe hier genug zu tun, um mich davon abzulenken.

Mein Kurzbesuch in Fair Haven fühlt sich richtig und falsch zugleich an. Richtig, weil ich mich darüber freue, Bo, Drew und auch Chloé wiederzusehen. Weil mir die Atmosphäre Fair Havens ebenso fehlt wie ein Eis aus dem *Hazelcup* oder ein Burger im *Hatcat*. All das war für Jahre meine Heimat. Und zugleich ist es falsch, wieder hier zu sein, weil ich noch nicht so weit bin.

Ich treffe mich mit Chloé und Ava auf einen Kakao, bei dem sie mir von der Arbeit in der Redaktion und Anekdoten aus dem Squad erzählen. Spätestens als ich mit July, Drew, Bo und Joshua im *Hatcat* sitze und Chili-Cheese-Fries esse, holt mich das Heimweh endgültig ein. Wir plaudern, bis mich etwas auffahren lässt. Ich kann es nicht erklären. Es ist wie auf Drews Geburtstag. Irgendetwas zieht meine Aufmerksamkeit auf sich.

Cameron, schießt es mir durch den Kopf, kurz bevor er mit Mateo an unserem Tisch vorbeikommt und stehen bleibt.

Für einen Moment frage ich mich, ob Joshua den beiden Bescheid gesagt hat, dass wir hier sind, aber Camerons irritiertem Blick nach zu urteilen ist es nicht so.

»Ihr auch hier?«, fragt Mateo in einem Tonfall, den ich nicht deuten kann.

Ist er jetzt überrascht, oder tut er nur so?

»Und das an einem Freitag vor einem Spiel«, fährt er in

demselben Tonfall fort und lässt sich auf die Sitzbank gleiten. Er betrachtet Drews und Joshuas Teller, aber beide haben nur Salat mit Hühnchenbrust bestellt. »Was für ein Mensch isst Salat im *Hatcat?*«

»Ein Mensch, der morgen auf dem Platz steht«, antwortet Joshua mit Nachdruck.

»Vergiss es.« Kopfschüttelnd bedeutet Mateo Cameron, Platz zu nehmen.

Er zögert noch einen Moment, bis er der Einladung folgt, mir ein unbestimmtes »Hey« entgegenhaucht und mich mustert. »Du bist blond?«

In meine Haare greifend nicke ich. »Es war der letzte unerledigte Punkt auf meiner *Bucket List.* Ich wollte nicht, dass er meine Erfolgsquote ruiniert.« Es ist die Wahrheit. Meine neue Haarfarbe hat keinen tieferen Sinn. Bevor ich nach New York gegangen bin, war mir einfach danach, etwas Neues zu probieren. Ich weiß nicht, ob Hanna sich damit strafbar gemacht hat, die Hermès-Tasche aus meinem Zimmer zu schmuggeln und mir vorbeizubringen, aber dank ihr hatte ich ausreichend Startkapital für einen Neuanfang. Frisör, Flug, Kaution für die WG.

»Sieht gut aus«, versichert er mir rasch. »Also du. Generell. New York steht dir.«

»Danke. Und dir das Training«, erwidere ich etwas unbeholfen, weil ich nicht weiß, was Cameron von mir erwartet. Ich habe ohnehin das Gefühl, dass uns alle zuhören. Oder bilde ich mir nur ein, dass die Gespräche am Tisch verstummt sind?

»Wie geht es Lucy?«, frage ich das Unverfänglichste, was mir einfallen will, aber Cameron zuckt zusammen, als hätte ich ihn geohrfeigt.

»Gut«, antwortet er knapp und reibt sich mit der Hand über den Hals. »Ich denke, ich sollte jetzt gehen.« Er steht auf, als die Kellnerin an den Tisch tritt, um seine und Mateos Bestellung anzunehmen.

Irritiert sehe ich ihm nach, bis ich dem Impuls nachgebe und ihm folge.

»Cam, warte!«, rufe ich und laufe hinterher, aber er verharrt erst, als er das *Hatcat* verlassen hat und die warme Spätsommerluft einatmet. »Ist etwas mit Lucy?«, frage ich besorgt und sehe zu ihm auf.

»Nein. Ihr geht's gut. Sie ...« Er weicht meinem Blick aus und atmet erneut durch. »Ihr geht's gut. Wirklich. Ich dachte nur, du fragst nach ihr, weil ...« Er kratzt sich am Hinterkopf.

»Weil wir uns ihretwegen getrennt haben?«, vermute ich und schüttle den Kopf. »Sie hat keine Schuld. Das weißt du genauso gut wie ich.«

Er zögert, bevor er nickt. »Möchtest du ein Foto sehen?«

»Auf jeden Fall«, bestätige ich und kann ein Lächeln nicht unterdrücken, als er mir seinen Sperrbildschirm zeigt. Lucy ist im letzten halben Jahr gewachsen, aber sieht noch genauso offen und fröhlich aus, wie ich sie in Erinnerung habe. »Schön zu sehen, dass es ihr gut geht. Das ist das Wichtigste.«

»Tatsächlich?« Er hält das Handy noch einen Moment in der Hand, bevor er es einsteckt. »Ich meine, ja sicher. Und an der Columbia würdest du doch bestimmt ausreichend sexy Footballspieler finden, um dich abzulenken. Falls es etwas geben sollte, das du aus Fair Haven vermisst.«

»Ich habe ein paar von ihnen interviewt«, stimme ich zu. »Aber man erwartet von uns so viel Professionalität, das Gegenüber nicht gleich während des Gesprächs auszuziehen.«

»Hast du jemand anderen kennengelernt?« Cameron wippt sichtlich unbehaglich auf und ab.

»Als Erstsemester ist es so gut wie unmöglich, niemanden kennenzulernen«, antworte ich, obwohl ich weiß, dass er das so nicht gemeint hat. »Mein Leben in New York ist anders als das hier. Ich bekomme keinen Bonus, weil mein Vater Perez heißt. Niemanden dort interessiert, ob dein Dad Unternehmer, Schauspieler oder Politiker ist. Alle müssen gleichermaßen um ihre Noten kämpfen. Ich wohne in einer winzigen Dreier-WG, muss mich allein um meine Angelegenheiten kümmern und habe keine Haushälterin, die einspringt, wenn ich keine Zeit habe. Ich habe weder Nerven noch Energie dazu, die Augen nach jemandem offen zu halten, der geeignet wäre, mir das Herz zu brechen. Oder es zu reparieren.«

»Das klingt sehr erwachsen«, spöttelt Cameron.

Zumindest nehme ich an, dass er sich über mich lustig macht, doch als ich zu ihm aufsehe, wirkt sein Lächeln alles andere als überheblich.

»Ist dein Verhör beendet, oder möchtest du noch etwas wissen?«, vergewissere ich mich.

»Ich weiß nicht. Sind wir fertig?« Er betrachtet mich aufmerksam.

Zu aufmerksam für meinen Geschmack. Sein Blick prickelt warm auf meiner Haut. Sofort drängen all die Gefühle an die Oberfläche, die noch da sind. Die ich lediglich unterdrücke. Schon seit Monaten.

»Ich weiß es nicht«, wiederhole ich seine Worte. Tief durchatmend versuche ich, meine Gedanken zu sortieren, aber das Ablagesystem ist vollkommen durcheinandergeraten. »Für eine Weile dachte ich, dass wir nie miteinander fertig sein müssten. Aber ich habe mich geirrt.«

Da stehen wir nun. Mitten auf der Slate Street und sehen uns schweigend an. July hat mir mal erzählt, dass nur wenige Meter weiter ihre und Drews gemeinsame Geschichte begonnen hat. Das Schicksal hat eben doch einen eigenartigen Humor.

Cameron reibt sich erneut über den Hals. »Ich wollte dich in

New York nicht stören. Es ist ja auch einige Monate her, dass wir uns zuletzt gesehen haben, aber …«

»Aber?«, hake ich nach.

»Zoe hat einen neuen Freund. Sie hat ihn bei einem ihrer Kurse an der Abendschule kennengelernt. Anscheinend hat ihr jemand einen Brief mit Adressen einer Initiative zur Wiedereingliederung von Schulabbrechern geschickt. Zusammen mit dem Hinweis, dass es nie zu spät ist, Tiere zu retten.«

»Ja«, antworte ich und zupfe an einer Haarsträhne. »Weißt du, ich habe es nicht so mit Tieren. Aber ich denke, dass es nie zu viele Menschen geben kann, die sie retten. Unter anderem vor Menschen wie mir. Die nicht wissen, dass Hamster Einzelgänger sind zum Beispiel.«

»Du hast ihr einen Gefallen getan, obwohl sie dich verletzt hat?«

»Ich hatte einfach den Eindruck, dass sie jemanden braucht, der …« Einen Moment suche ich nach den richtigen Worten und finde sie nicht. »Jemanden, der ihr Optionen zeigt, die sie übersieht oder nach denen sie sich gar nicht traut zu suchen, weil sie Angst davor hat, zu scheitern. So wie ich Hanna und dich hatte, als ich keinen Ausweg wusste. Ich dachte, dass sie dich vielleicht in Ruhe dein Leben führen lässt, wenn sie mit ihrem eigenen zufriedener ist. Es war ein Versuch.«

Ich muss den Blick abwenden, weil ich Camerons nicht länger ertrage. Er sieht mich schon wieder so an wie damals, als sein Auto gestreikt hat. Mit jeder Sekunde, die ich vor ihm stehe, fällt es mir schwerer, mich daran zu erinnern, dass ich jetzt in New York lebe. Weit weg.

»Was ich sagen wollte, war …« Cameron räuspert sich. »Vielleicht liegt es an deinem Brief oder daran, dass sie ihr Leben neu geordnet hat oder dass ihr neuer Freund ihr ins Gewissen geredet hat. Keine Ahnung, wie er es gemacht hat, aber sie hat eingesehen, dass es nicht okay ist, Lucy als Druckmittel zu benutzen.«

»Oh«, ist alles, was mir dazu einfällt. »Das war in etwa der Plan, aber …« Blinzelnd sehe ich zu ihm auf. Wer hätte gedacht, dass das funktioniert?

»Ein typischer Penny-Plan, die Dinge aus dem Hintergrund zu regeln.« Er schenkt mir ein Lächeln, das mein Herz schneller schlagen lässt. »Ich weiß auch nicht, warum ich dir das alles erzähle. Es ist ja nicht so, dass es etwas ändern würde. Du lebst in New York deinen Traum. Und das ist gut so.«

»Du hast recht. Es ändert nichts«, stimme ich zu. »Aber es ändert auch nichts daran, dass du ein Teil dieses Traums warst. Für eine Zeit.«

»Und nun?«, fragt er.

Mir fällt jetzt erst auf, dass uns nur noch eine Armlänge voneinander trennt. Wann haben wir die Lücke zwischen uns geschlossen?

»Danke übrigens für das Buch. Es ist angekommen. Und es ist wunderschön.«

»Ohne deine Hilfe wäre es nie so gut geworden.«

»Vieles wird ohne Hilfe nicht annähernd so gut«, stimme ich zu und sehe zu ihm auf. Er steht so nah bei mir, dass ich die Wärme seines Körpers an meinem spüren kann.

»Vieles«, wiederholt er und senkt den Blick auf meine Lippen.

Sofort kribbeln sie in freudiger Erwartung eines Kusses, der nicht passieren wird.

Räuspernd tritt Cameron einen Schritt zurück, als würde er die Anziehung ebenfalls spüren. »Kommst du morgen zu unserem Spiel?«

»Auf jeden Fall. Ich hörte, die Otters hätten einen neuen Cornerback. Der soll verdammt gut sein. Und ziemlich sexy.«

Lächelnd wendet er den Blick ab. »Immer diese New Yorker Journalistinnen mit ihrem offensiven Interviewstil. Ich denke, ich sollte jetzt gehen.«

»Aber ihr seid doch gerade erst gekommen«, werfe ich ein. »Wir hatten noch gar keine Gelegenheit dazu, unseren Designpreis zu feiern.«

»Wenn ich mich richtig erinnere, haben wir auch noch nicht geklärt, wo es denn nun die besten Milchshakes der Stadt gibt.« Er schenkt mir ein Lächeln, dem ich mich nicht einmal dann entziehen könnte, wenn ich wollte.

Als wir zu den anderen zurückkommen, sagen sie nichts, sondern rutschen lediglich ein Stück beiseite, damit wir uns alle gemeinsam in die Sitznische quetschen können.

»Fehlt nur noch Haley«, sage ich mit Blick in die Runde und bringe Mateo zum Seufzen.

»Perez, musst du auch noch Salz in die Wunde streuen?«

»Wie weit bist du mit deinen Plänen?«, frage ich vorsichtig und spiele an meinem Ringfinger, bis Mateos Blick der Bewegung folgt.

»Was bin ich froh, dass du mittlerweile in New York wohnst«, ist seine einzige Antwort, während July ihn anstarrt.

»Du willst Haley heiraten?«, fragt sie. »Aber sie ist noch nicht einmal volljährig.«

»Da hast du deine Antwort«, bestätigt Mateo.

Und seine Antwort war eindeutig kein *Nein*.

»Kein Wort zu Brooks«, warnt Mateo, der sich nach seinem Cheeseburger noch einen Milchshake gönnt.

Auch Cameron testet den Erdbeermilchshake.

»Und?«, fragen Bo und ich erwartungsvoll.

Cameron nimmt noch einen Schluck, bevor er mit den Schultern zuckt. »Wenn ihr mich fragt, sind sie beide gleich gut.«

»Diplomatisch wie immer.« Lachend schüttle ich den Kopf und stupse mit einem Finger einen der liegen gebliebenen Kartoffelstreifen an. Ich genieße die Zeit in Fair Haven – mit meinen Freunden.

»Ihr seid das Einzige, was mir in New York fehlt«, gestehe ich, als sich der Abend dem Ende entgegenneigt.

Als ich Kyle das erste Mal nach unserer Trennung wiedergesehen habe, hatte ich nur das Bedürfnis, ihm dorthin zu treten, wo es wehtut. Cameron hingegen umarme ich zum Abschied und vermisse seine Nähe schon in der Sekunde, in der er mich loslässt.

»Weißt du mittlerweile, was du nach deinem Bachelorabschluss machen wirst?«, frage ich unvermittelt.

Er schüttelt den Kopf. »Es gibt einige Optionen. Mal sehen, welche sich davon nächstes Jahr am besten anfühlt.«

»Ich nehme an, du möchtest in Lucys Nähe bleiben?«

»Wenn ich noch meinen Master mache, dann wahrscheinlich hier. Mit einem NFL-Vertrag sollte ich genug Geld haben, um sie auch so ab und an zu besuchen.«

»Wenn du jemals in New York sein solltest, hast du ja meine Nummer«, sage ich unentschieden.

»Ist das eine Einladung?« Cameron mustert mich so aufmerksam, dass ich den Blick abwenden muss.

»Wieso nicht?« Ich räuspere mich. »Zoe hat ihre Meinung geändert, oder nicht? Und meine Eltern haben es aufgegeben, sich in mein Leben einzumischen. Es ist ja nicht so, dass es zwischen uns beiden je ein Problem gab.«

»Ich wohne noch immer in derselben Wohnung. Du bist jederzeit willkommen.«

»Ja, aber ich habe nicht mehr das Geld, um demnächst noch einmal herzukommen.«

»Jederzeit könnte auch heute sein.«

»Könnte«, murmle ich. Aber seit dem letzten Moment auf seiner Couch sind so viele Monate vergangen. Nicht nur mein Wohnort hat sich geändert.

Cameron schreckt auf, als Mateo ihm auf die Schulter klopft. »Ich nehme an, unser Männerabend ist abgesagt? Denk dran, dass morgen ein wichtiges Spiel ansteht.«

»Sicher.«

Ich sehe zu July hinüber, die mit den Augen rollt, mir aber mit einer Geste zu verstehen gibt, dass ich gehen soll. Noch bin ich mir nicht sicher, was ich mir davon erhoffe, dennoch willige ich ein, Cameron zu begleiten. Statt uns auszusprechen, schweigen wir einander an. Auch dann noch, als wir die Stufen zu seiner Wohnung hinaufsteigen. Sie hat sich kaum verändert, wenn man von einigen neuen Bildern an der Wand absieht.

»Es ist komisch, noch einmal hier zu sein«, gestehe ich und schlüpfe aus den Sandalen. Barfuß laufe ich über die hölzernen Flurdielen, die noch immer so laut quietschen, wie ich es in Erinnerung habe.

»Es ist auch komisch, dich hier zu sehen.«

Während ich ins Wohnzimmer hinübergehe, lehnt sich Cameron gegen den Türrahmen und beobachtet mich.

»Wegen der blonden Haare, der zu kurzen Hose oder weil ich drei Kilo zugenommen habe, seitdem ich mich hauptsächlich von Gratiscookies ernähre, die abends im Café übergeblieben sind? Oh, und wir haben in der Nähe der WG einen von diesen Streetfood-Ständen, an denen sie Hotdogs verkaufen. Hotdogs mit Chili. Erzähl es July nicht, aber ich gehe dort ab und an mit meiner Mitbewohnerin Rori hin.«

»Du klingst glücklich.«

»Das bin ich. Die meiste Zeit. Wie geht es dir? Ich weiß nur, dass du mittlerweile spielst.«

Er nickt. »Ich habe einen festen Startplatz und beginne nächstes Semester meine Bachelorarbeit. Ansonsten hat sich bei mir nicht viel geändert. Ich bin noch immer der gleiche langweilige Typ, der seine Farbtuben nach Nummern sortiert.«

»Datest du momentan eine andere?«, frage ich geradeheraus und weiß nicht, wie ich sein Schweigen interpretieren soll.

Schließlich schüttelt er den Kopf. »Ich hatte keine Lust, mich erneut von Zoe erpressen zu lassen, und dachte, es wäre besser, das Ganze zwangloser anzugehen.«

»Verstehe.« Es sollte mich nicht stören, dass Cameron Sex mit anderen hat. Wir sind nicht mehr zusammen, und ich wohne weit weg, trotzdem spüre ich einen Stich der Enttäuschung. »Ich sagte ja, Otter erfreuen sich hier großer Beliebtheit.«

»Es war nur einmal, und ich dachte, es würde dabei helfen, dich zu vergessen.« Er stößt sich vom Türrahmen ab und kommt zu mir herüber geschlendert. »Hat es aber nicht.«

Blinzelnd sehe ich zum ihm auf, während er wie in Zeitlupe eine Hand ausstreckt und mir vorsichtig über die Wange streicht.

»Sag etwas«, bittet er. »Wie soll ich diesen Blick deuten? Willst du gehen?«

»Ich habe einfach Angst.«

»Vor mir?« Er zieht die Hand zurück, als hätte er sich verbrannt.

»Seit Silvester in L.A. hat sich so viel geändert. Wir sind nicht mehr dieselben Menschen wie früher. Schau dich an. Man sieht, wie hart du für deinen Startplatz gekämpft hast. Du bist ein Stammspieler der Otters, ein Dad, ein fast fertig ausgebildeter Grafikdesigner in einer eigenen Wohnung, der nebenbei noch Zeit findet zu arbeiten. In New York bin ich ein Niemand. Ein Niemand mit einem hässlichen Haaransatz, weil es ein Vermögen kostet, schwarze Haare blond zu färben.

Ich arbeite in einem Coffeeshop, wo ich Leuten wie meinem Dad Kaffee verkaufe, während ich … Manchmal benutze ich Teebeutel zwei oder dreimal, und diese Hose habe ich online im Sale gekauft. Ich bin glücklich, aber ich bin nicht mehr das Mädchen, das du im Club angesprochen hast. Und du bist offensichtlich nicht mehr der Mann, der in seinem Leben nur mit zwei Frauen geschlafen hat. Die Welt hat sich weitergedreht, und ich habe Angst, mich an etwas zu klammern, das nicht mehr existiert.«

»Denkst du wirklich, dass wir uns geändert haben? Oder sind wir für den Rest der Welt nur endlich zu den Menschen geworden, die wir zusammen schon immer waren?«

»Du meinst, weil ich bei dir von Anfang an mehr ich selbst sein konnte?« Das ist eine gute Frage. Zögerlich strecke ich eine Hand aus und lege sie auf den weichen Stoff seines Shirts. Direkt auf die Stelle, unter der sein Herz schlägt. Viel zu schnell.

»Deine Nähe macht mich noch immer nervös«, gesteht er.

Lächelnd sehe ich zu ihm auf, bis er mir entgegenkommt und mich küsst.

Mir entfährt ein leises Seufzen, als sich unsere Lippen berühren. Es ist, als hätte ich ewig darauf gewartet. Cameron legt die Arme um mich, während wir uns so langsam und innig küssen, als hätten wir alle Zeit der Welt.

»Fühlt sich für mich kein bisschen anders an als früher«, murmelt er, ohne seine Lippen von meinen zu lösen.

»Für mich auch nicht.« Aber was sich anders anfühlt, ist sein Körper, als ich die Hände unter sein Shirt gleiten lasse.

Kaum merklich weicht er vor mir zurück. »Ich musste ein paar Pfund abnehmen, um halbwegs mit Mateo mithalten zu können.«

»Du bist mir keine Rechenschaft schuldig. Auch nicht, wenn du mit dem Spielen aufhören willst, um dich aufs Zeichnen zu konzentrieren. Es ist dein Leben. Tu, was dich glücklich macht.«

Ich habe den Satz kaum beendet, da küsst er mich erneut. So drängend und innig, dass mein ganzer Körper darauf reagiert. Ich schlinge ein Bein um ihn und genieße seine Wärme, seinen Duft und die Härte, die herausfordernd gegen meine pulsierende Mitte drückt.

»Wir sollten das nicht tun«, bringe ich mühsam beherrscht hervor. »Wir sollten in Ruhe überlegen, ob das hier wirklich eine Zukunft hat, bevor wir uns erneut in etwas verrennen.«

»Sollten wir«, stimmt Cameron zu und drückt einen Kuss auf meinen Halsansatz. Seine Hand wandert an meiner Taille entlang, auf meinen Po und zieht mich an sich.

Mit einer Hand stütze ich mich auf dem Tisch ab und gebe dem Drängen meines Körpers nach. Mich an Cameron zu reiben ist nicht vernünftig. Aber vernünftig zu sein war in seiner Nähe noch nie meine Stärke.

»Was in Fair Haven passiert, bleibt in Fair Haven?«, schlage ich vor.

»Klingt gut.«

Ob es wirklich eine gute Idee ist, weiß ich noch immer nicht, aber als wir kurze Zeit später auf sein Sofa wechseln, fühlt sich Camerons Nähe an, als würde ich nach Hause kommen.

Es war anders geplant, aber diese Nacht verbringe ich bei ihm und schlafe eng an ihn geschmiegt ein.

Als ich morgens in seinen Armen aufwache und mir unsere gemeinsame Vergangenheit durch den Kopf gehen lasse, wird mir eines klar: Seine schönste Liebeserklärung war, einfach immer an mich zu glauben. So wie ich an ihn.

Cameron und meine Freunde fehlen mir, aber vieles andere vermisse ich nicht. Das merke ich am nächsten Tag schon beim Tailgating, als July, Bo und ich vor dem Spiel über den Parkplatz am Stadion schlendern. Zu oft werde ich erkannt und fühle mich wieder wie die Penelope Perez, die ich in Fair Haven zurücklassen und nie wieder treffen wollte. Wenn man mich grüßt, lächle ich, weil es von mir erwartet wird. Nicht, weil es mich mit Freude erfüllen würde, all die Gesichter wiederzusehen. Vor allem um Rahel würde ich lieber einen Bogen machen.

Erst als ich mit July und Bo auf der Tribüne im Stadion sitze, kann ich mich etwas entspannen. Zumindest kurz. Denn als die Spieler das Feld betreten, flattert mein Magen nervös. Sofort brandet Applaus auf. Er wird noch lauter, als die Spieler den neuen Gruß der Otters ausführen. Drew hat irgendwann damit angefangen, July bei seinen Auswärtsspielen eine Gebärde zukommen zu lassen – und irgendwie hat sich die Sache seitdem verselbstständigt. Laut July bedeutet das Handzeichen im ursprünglichen Sinne »Ich liebe dich«, wird allerdings auch oft benutzt, um Solidarität gegenüber gehörlosen Menschen auszudrücken. Die Spieler nutzen es, um ihre Fans zu grüßen. Im Stadion und zu Hause vor dem Fernseher – I. Love. U.

July rutscht die ganze Zeit unruhig auf dem Sitz hin und her, als könnte sie es kaum ertragen, Drew zuzusehen. Ich hingegen kann meine Augen einfach nicht von Cameron abwenden. Er fehlt mir. Nach all den Monaten spüre ich noch immer diese besondere Anziehungskraft zwischen uns. Aber ich wohne in New York. Wer sagt, dass Cameron ein Mensch für Fernbeziehungen ist? Darüber hätten wir gestern reden sollen, statt uns zu küssen, als gäbe es kein Morgen. Aber so endet es doch jedes Mal mit uns: Wir beschließen zu reden – und vergessen es im selben Augenblick, weil uns die Leidenschaft überwältigt.

Penny, vergiss ihn, und konzentrier dich auf das Spiel.

Ich will in der Halbzeitpause gerade aufstehen, um mir die Beine zu vertreten und etwas zu trinken zu holen, als mich eine Stimme in der Bewegung verharren lässt.

»Penelope Perez?«, dringt es aus dem knarzenden Stadionlautsprecher.

Cameron? Selbst wenn ich wollte, könnte ich meinen Herzschlag nicht beruhigen. Ich habe das Gefühl, dass mich alle im Stadion anstarren. Sofort schießt mir Röte in die Wangen. Es fühlt sich an, als würden sie mit meinen Ohrenspitzen um die Wette glühen.

Was soll das werden?

»Ich schwöre, das hier ist mir mindestens so unangenehm wie dir. Aber du hattest Angst vor dem Poetry Slam und hast ihn trotzdem gemeistert, also …«, er räuspert sich, »müssen wir da jetzt beide durch. Vor dem gesamten Stadion. Und wie sagtest du damals? Wenn sich unsere Gegner vor Lachen auf dem Boden kugeln, werden wir auch gewinnen. Ich will einfach nur, dass … Keine Ahnung. Ich wollte eine große Geste, die dir in Erinnerung bleibt, wenn du wieder in die Weltmetropole verschwindest. Du gehörst dorthin. Aber vorher muss ich dir unbedingt noch etwas sagen, weil ich es mein Leben lang bereuen würde, wenn ich es nicht täte. Und gestern Abend war ich einfach zu feige, und zu glücklich, dich wiederzusehen. Also dann jetzt: Vielleicht kannst du darüber nachdenken, ob du zu einer Fernbeziehung bereit wärst. Denn ich kann dich einfach nicht vergessen. Das zwischen uns war von Anfang an besonders. Du weißt, was ich meine. Ich warte nach dem Spiel auf dich. Danke fürs Zuhören. Und allen noch viel Spaß beim Zusehen. Go blue, go!«

Niemand im Stadion lacht. Für einen Moment ist es totenstill, bevor ein Jubel der Begeisterung ausbricht. Lächelnd schüttle ich den Kopf. Das hätte er wirklich nicht tun müssen, eine Aussprache in seiner Wohnung hätte es auch getan. Aber jetzt weiß ich mit Sicherheit, dass ich nicht die Einzige bin, die auch ein halbes Jahr später noch nichts vergessen kann.

»Dein Auf-und-ab-Gelaufe macht mich wahnsinnig wuschig«, behauptet July gegen Drews Auto gelehnt, während ich auf dem Parkplatz hin und her gehe.

Ich weiß das, aber ich brauche ein Ventil für meine Nervosität, denn mir fällt einfach keine Antwort ein. Das Spiel ist vorüber, jeden Moment kommen die Spieler aus dem Stadion, und ich weiß einfach nicht, was ich Cameron sagen soll. Oder *ob* ich ihm etwas sagen soll.

Eine halbe Stunde suche ich nach den passenden Worten, nur damit mein Körper in den Autopilotmodus umschaltet, kaum dass ich Cameron neben Drew den Weg entlanggehen sehe. Eine halbe Stunde lang habe ich Sätze formuliert und überlegt, ob ich stattdessen einen Blogbeitrag schreiben soll. Oder vielleicht einen Brief?

Und am Ende? Laufe ich Cameron entgegen, bleibe vollkommen außer Atem vor ihm stehen, sehe zu ihm auf und sage äußerst eloquent: »Ja!«

»Ja?«, wiederholt er und lässt die Sporttasche zu Boden gleiten.

Ja. Wozu auch immer. Zu allem. Und in diesem Moment vor allem zu einem Kuss. Noch während ich die Arme um seinen Hals werfe, kommt Cameron mir auf halber Strecke entgegen.

Es hat sich nichts geändert: Ihn zu küssen fühlt sich noch immer so lebensnotwendig an wie zu atmen.

»Danke, dass du Zoe damals geschrieben hast«, raunt er, ohne die Lippen von meinen zu lösen.

Das habe ich gern getan. Weil ich weiß, dass ein einzelner Brief im richtigen Moment dein ganzes Leben verändern kann. Wenn man ihn nicht verbrennt.

Epilog

Vier Jahre später

»Es tut mir so leid!«, rufe ich beim Betreten der VIP-Lounge und wickle mir den Schal vom Hals. Hastig stopfe ich ihn in den Rucksack und schaue zu einem der Monitore hinauf. *Verdammt!* Ich bin zu spät und habe den Kick-off verpasst. Erst hatte unser Flug aus New York Verspätung, dann haben wir kein Taxi bekommen. Es ist mir hochgradig peinlich, aber die Einzigen, die das Geschehen auf dem Rasen zu verfolgen scheinen, sind Joshua und Bo. Sie stehen Seite an Seite am Fenster und sehen auf das Footballfeld hinunter.

July und Haley sind in ein Gespräch über irgendetwas vertieft – Hauptsache, sie müssen das Spiel nicht ansehen.

»Wirklich, Mädels«, tadle ich und umarme sie zur Begrüßung. »Ihr könnt nicht mit Footballern zusammen sein und keines ihrer Spiele verfolgen.«

»Reicht es nicht, wenn ich Mat nachher wieder zusammenflicken darf?«, fragt Haley und wirkt wenig enthusiastisch. »Ich werde diesen Sport nie mögen.«

»Lass das nicht eure Fans hören, Mrs Ortega«, stichle ich und ignoriere ihr Augenrollen. »Aber wenigstens von einer Trainerin für Cheerdancerinnen kann ich ja wohl etwas mehr Enthusiasmus erwarten. Wohoo!«, ziehe ich July auf.

»Vielleicht haben deine Eltern recht, und New York tut dir wirklich nicht gut«, antwortet sie trocken.

Autsch. Das habe ich wohl verdient. Aber wenigstens reden sie wieder mit mir und haben widerwilligen Respekt davor, dass ich meinen Weg ohne sie schaffe. So wie auch sie sich früher selbst hochgearbeitet haben.

July zögert noch einen Moment, bevor sie sich einen Ruck gibt. »Wohoo!«, stimmt sie nachträglich ein.

»Hey, ihr zwei«, begrüße ich Bo und Joshua. »Schön, euch mal wiederzusehen. Und Bo so ganz ohne Arbeitsuniform. Wem hast du dein geliebtes *Hazelcup* für heute anvertraut?«

»Frag ihn nicht«, bittet Joshua. »Sonst fängt er gleich wieder an, sein Handy alle zwei Minuten zu prüfen, weil es ja sein könnte, dass er in der Zwischenzeit einen wichtigen Anruf verpasst hat. Weil die Kühlung der Eistheke ausgefallen oder das Trägersieb der Espressomaschine verstopft ist. Oder …«

»Ah. Helikopter-Hazelcup-Herrchen ist wieder am Start«, ziehe ich Bo mit einer von Julys Alliterationen auf.

»Ist ja gut. Ich schalte das Handy aus«, verspricht er und fährt es vor unseren Augen herunter. »Dieser Nachmittag gehört nur euch. Wo hast du Cam gelassen?«

»Er musste kurz zur Toilette.«

»Hat er das gesagt?«, stichelt Haley und stellt sich neben mich. »Nicht dass er wieder das Stadionmikro kapert und dir stattdessen in der Halbzeitpause einen Heiratsantrag macht.«

»Das würde er sich nicht trauen.« Zumindest hoffe ich es, denn diese Anekdote von Cam und seinem Halbzeitvortrag werden wir uns auch so für den Rest unseres Lebens anhören müssen.

Mein Blick gleitet auf das Feld hinab. Es ist so absurd, dass heute Alizas Mittlerweile-Ehemann Bradley gegen Drew und Mateo spielt. Überhaupt ist es für mich manchmal immer noch schwer zu glauben, dass die beiden es nicht nur in die NFL, sondern in denselben Verein geschafft haben: die Indianapolis

Interceptors. Allerdings haben sie in ihrer letzten Collegesaison ein so verdammt gutes Team abgegeben, dass es grob fahrlässig gewesen wäre, sie zu trennen.

»Wie stehst du eigentlich zu Mateos Unterwäschekampagne?«, hake ich an Haley gewandt nach. »Ich glaube, ich wurde auf dem Weg vom Flughafen bis hierher ein Dutzend Mal von Mateo in Boxershorts angelächelt. In Überlebensgröße.«

»Wenn es ihn glücklich macht.« Sie seufzt. »Sich nicht für unseren Aktzeichenkurs ausziehen wollen, aber fast nackt für Werbefotos posieren. Das College zahlt den Aktmodellen eindeutig zu wenig Geld.«

Ich fahre auf, als sich Hände an meine Taille legen. Wie von selbst neige ich den Kopf zur Seite und spüre, dass jemand seine Lippen auf meinen Hals senkt. Sofort bedankt sich mein Körper mit einer kribbelnden Gänsehaut.

»Da bist du ja endlich«, murmle ich und bin froh, dass es damit bei einer Halbzeitanekdote bleibt. Sie reicht wirklich für den Rest meines Lebens.

»Ihr bleibt noch das ganze Wochenende?«, fragt July und hakt sich bei Bo unter.

»Es muss ja auch Vorteile haben, wenn es die eigene Mannschaft nicht ins Finale geschafft hat«, stimmt Cameron zu und lehnt den Kopf gegen meinen.

Drei Jahre lang habe ich versucht, möglichst oft New York gegen Fair Haven zu tauschen. Im letzten Jahr hat Cameron sein Masterstudium beendet und spielt seitdem in Chicago. Dreihundert Meilen trennen ihn dort von Lucy, was bedeutet, dass er seine knappe Freizeit zwischen uns aufteilen musste. Es war nicht immer leicht, aber ein Leben ohne Cameron kann ich mir nicht mehr vorstellen. Auch wenn mein Bachelorstudium nun beendet ist, werde ich nicht hierher zurückkehren, sondern zu ihm nach Chicago ziehen, um dort als freie Journalistin zu arbeiten. Sollte Cameron der Profisport mehr abverlangen, als er zu geben bereit ist, werden wir weitersehen.

So lautet zumindest unser Plan. Aber wenn ich in den letzten Jahren etwas gelernt habe, dann das, dass Pläne und Listen höchstens eine grobe Orientierung darstellen, von denen man auch abweichen darf.

»Hier sind wir also«, murmle ich.

Mit all unseren *Träumen*, die wir hatten.

Mit den Umwegen, die wir aus guten *Gründen* für die Liebe gehen mussten.

Mit den Menschen, mit denen wir gefühlt *für immer* verbunden sein werden.

Danksagung

Wenn ihr diese Danksagung lest, geht es euch vielleicht wie mir und ihr verabschiedet euch mit einem lachenden und einem weinenden Auge aus Fair Haven.

Auf der Reise von Michigan nach New York haben mich viele Menschen begleitet und unterstützt. Um mich auch im dritten Band bei einigen von ihnen zu bedanken, leihe ich mir Pennys Vorliebe für Listen und Julys Leidenschaft für Alliterationen.

Mein besonderer Dank gilt …:

- ☑ *den leidensfähigen Lektorinnen:* Kathleen und Sabrina – denn ohne ihre Unterstützung wäre die *St. Clair Campus*-Reihe nie zu dem geworden, was sie heute ist: für immer in meinem Herzen.

- ☑ *den ideenreichen Illustratorinnen:* Asuka und Halszka – deren Talent ich noch immer bewundere. Sie haben den Studierenden des *St. Clair Campus* auf eine Weise Leben eingehaucht, wie ich es nie könnte.

- ☑ *den tollsten Testleserinnen:* Mounia, Nicole, Nina – deren Feedback so manche Figur auf den richtigen Weg geschubst hat.

☑ *dem seelischen Supportteam:* Ob Anika, Ava, Kim Nina, Lena, Mehwish, Mounia, Nicole, Sarah – sie waren immer zur Stelle, wenn ich sie gebraucht habe. Mit Recherchetipps, Zeit oder lieben Worten haben sie mir durch den Marathon dieser Reihe geholfen.

☑ *der fantastischsten Familie:* Mama, Papa, Markus, L., Nina – für das Verständnis, dass meine Gesprächsthemen zeitweilig nur zwischen Menschen- und Buchbabys variierten.

☑ *dem pfotastischen Personal Trainer:* Henri – für das tägliche Workout an der frischen Luft. Go, Henri! (In dieser Reihe gab es definitiv zu wenig Tiere.)

☑ *den leidenschaftlichen Leser:innen:* Tausend Dank für eure lieben Worte und wunderschönen Fotos zu der *St. Clair Campus*-Reihe. Ich danke euch dafür, dass ihr mit mir nach Fair Haven gereist seid. Dass ihr mit July gelitten und Drew geliebt habt. Dass ihr mit Haley ein Eis im Hazelcup essen oder einen Abend mit Bo und Joshua zocken wolltet. Dass ihr Penny eine Chance gegeben und euch Geschichten über Figuren gewünscht habt, die so nie geplant waren.

Vielleicht lesen wir uns eines Tages in New York oder Alabama wieder, aber bis dahin tröste ich mich damit, dass wir jederzeit nach Fair Haven zurückkehren können, wenn wir den *St. Clair Campus* vermissen.

In Liebe
Yvy

Eine besondere Nacht wird ihre Leben für immer verändern

Mounia Jayawanth
NIGHTSKY FULL OF PROMISE

480 Seiten
ISBN 978-3-7363-1659-1

In einer Berliner Sommernacht verbringen Sydney und Luke ein paar viel zu kurze Stunden miteinander, bevor Luke ins Ausland geht. Um ihren Gefühlen trotzdem eine Chance zu geben, vereinbaren sie, sich nach Lukes Rückkehr am selben Ort zu treffen. Sydney ist zur Stelle – Luke jedoch nicht. Auch fünf Jahre später kann Sydney ihn nicht vergessen. Und dann steht Luke ihr plötzlich wieder gegenüber. Nur erinnert er sich weder an sie noch an ihr Versprechen …

»Ihr haltet hier ein ganz besonderes Buch in den Händen, das direkt mit der ersten Seite einen Platz in meinem Herzen erobert hat.« @BOOKSLOVE128

LYX

Wenn du dir selbst nicht mehr vertraust, vertraue mir ...

Anna Savas
KEEPING SECRETS

480 Seiten
ISBN 978-3-7363-1534-1

Dass ihr neuer Film am College ihres Heimatorts spielt, passt Schauspielerin Tessa Thorn gar nicht. Und dass der angehende Journalist Cole Williams ein Portrait über sie schreiben soll, erst recht nicht. Schließlich darf niemand erfahren, was vor acht Jahren passiert ist. Und je tiefer er in ihrer Vergangenheit gräbt, desto näher kommt er nicht nur Tessa, sondern auch ihrem großen Geheimnis, das alles zerstören könnte ...

»Eine wundervolle Geschichte, die mich von Kapitel zu Kapitel mehr gefesselt hat. Atmosphärisch, romantisch, ein wenig melancholisch. Ich hätte ewig weiterlesen können.« AVA REED

LYX

Die wahre Liebe hat immer eine zweite Chance verdient

Helena Hunting
STAND BY ME
Aus dem amerikanischen
Englisch von
Barbara Först
384 Seiten
ISBN 978-3-7363-1529-7

Kailyn stolpert an ihrem ersten Tag am College buchstäblich über den Schauspieler Daxton Hughes. Trotz dieses Vorfalls entwickelt sich zwischen den beiden eine freundschaftliche Rivalität - bis Dax ihr unerwartet in den Rücken fällt. Als ihre Wege sich 8 Jahre später wieder kreuzen und Dax sie um Hilfe bittet, hat Kailyn ihm diesen Verrat noch nicht verziehen, aber sie kann ihn in seiner Notsituation auch nicht einfach im Stich lassen. Und schon bald ist das Knistern zwischen ihnen heiß wie nie zuvor.

»Eine verflucht witzige und heiße Liebesgeschichte, in der für die Charaktere viel auf dem Spiel steht und die Emotionen hochkochen!« KIRKUS REVIEWS

LYX